KB187785

멩켄의 편견집

H. L. Mencken's

Prejudices

Yeesan Publishing Co.

멩켄의 편견집

H. L. 멩켄 지음/김우영 옮김

히스토리아 문디 13

이산

히스토리아 문디 13

멩켄의 편견집

2013년 6월 [illegible]일 1쇄 인쇄
2013년 6월 30일 1쇄 발행
지은이 H.L. 멩켄
옮긴이 김우영
펴낸이 강인황
도서출판 이산
서울특별시 마포구 양화로6길 57-18
TEL: 334-2847/FAX: 334-2849
E-mail: yeesan@yeesan.co.kr
등록 1996년 8월 8일 제 2-2233호

편집 문현숙
인쇄 한영문화사/제본 한영제책

ISBN 978-89-87608-71-6 04840
ISBN 978-89-87608-30-3 04900(세트)
KDC 844

가격은 뒤표지에 있습니다. 잘못된 책은 바꿔드립니다.

www.yeesan.co.kr

차례

일러두기

1. 이 책은 H. L. Mencken, *Prejudices: First, Second, Third, Fourth, Fifth & Sixth Series*(1919-1927)에서 주로 미국문화와 미국인의 정체성에 관한 고전적인 에세이들을 가려뽑아 번역한 것이다.
2. 각주는 모두 옮긴이가 붙인 것이다.
3. 'United States of America' 'God' 'the people.' 이 세 단어는 각각 '아메리카합중국(또는 미합중국)' '하나님' '국민(또는 민중)'으로 번역할 수도 있겠으나, 이 책에서는 '미국' '하느님' '인민'으로 번역했다. 여기서 '인민'은 계급적 관점에서 이야기하는 피지배자로서의 인민이 아니라 국가나 사회를 구성하는 자연인으로서의 인민을 뜻한다.
4. 미국에서 Liberalism은 Conservatism(보수주의)과 대립되는 개념으로 쓰이므로, 문맥에 따라서 '진보주의'로 번역했다. 아울러 우리가 '진보적'이라는 의미로 쓰는 Progressive는 '혁신적'으로 번역했다. 예, Progressive Party : 혁신당

1

비평의 비평의 비평

이따금 자기의 일상적 노력이 부질없다는 생각에 사로잡히면, 그리스도교권의 비평가들은 자기의 주특기인 비평의 본질과 목적에 대해 침울하게 고찰해보곤 한다. 다시 말해서 비평을 비평하기 시작하는 것이다. 비평이란 쉽게 말해서 무엇인가? 그 목적은 엄밀히 말해서 무엇인가? 그 경계는 어디까지인가? 그 이점은 무엇인가? 그것이 예술가와 예술작품에 미치는 통상적인 영향은 무엇인가?

지난 몇 년 동안 그런 자성(自省)의 시간이 진행되어왔고, 각국의 비평가들은 제법 명료하고 그럴듯한 이론들을 제시해왔다. 비평에 대한 그들의 견해는 그들이 주로 다루는 분야들에 대한 견해만큼이나 다양했다. 어떤 집단은 직설적인 선언과 다른 집단들에 대한 공격을 통해 옹호하려는 비평의 목적이 미덕을 함양하고 죄악을 규탄하는 것, 즉 세상의 도덕적 질서와 조화를 이룰 수 있도록 예술을 감시하는 것이라고 주장한다. 다른 집단은 이런 감시기능을 거부하면서, 예술은 도덕성과 상관없으며, 예술의 유일한 관심은 순수미라고 강력하게 주장한다. 세 번째 집단은 예술작품, 특히 문학작품의 주요한 측면은 심리적 기록으로서의 측면이라고 역설한다. 인간이 자신을 이해하는 데 도움을 주지 못하는 작품은 별 쓸모가 없다는 것이다. 네 번째 집단은 비평을 엄밀한 학문으로 환원하여 수학공식과도 같은 기준을 들이댄다. 운율을 중시하는 문학평론가, 대위법을 신봉하는 음악평론가, 빛의 중요성을 과장하는 미술평론가가 이 집단에 속한다. 이런 식으로 다섯 번째·여섯 번째·일곱 번째·여덟 번째·아홉 번째·열 번째 집단의 이론과 논거가 이어진다.

이 모든 도덕적·탐미적·심리적·수학적 집단에 맞서고 있는 인물이 J. E. 스핀간 소령[1]이다. 내가 그를 소령이라고 부르는 것은 그가 최근에 학문생활을 정산하고 군에 입대하기로 했다고 나에게 공식 통보해왔기 때문이다.[2] 그러나 그가 『창조적 비평』을 쓸 당시에 그는 컬럼비아 대학 교수였고, 아직도 나는 그가 대단히 박식한 군인이라기보다는 반골기질이 강한 교수라고 생각한다. 사람들이 뭐라고 안 좋은 소리를 하든, 그의 관념은 확실히 교수라는 자리에 어울리는 것은 아니다. 그래서 가장 영향력 있고 세력도 큰 상아탑의 비평가 집단을 특징짓는 원칙들에 구애받지 않고 거침없이 비상한다. 이를 뒷받침해주는 그의 말을 들어보자. "시가 도덕적이라거나 비도덕적이라고 말하는 것은 정삼각형은 도덕적이고 이등변삼각형은 비도덕적이라고 말하는 것만큼이나 무의미하다." "그런 말은 식탁에서 '이 꽃양배추는 국제법에 따라 조리했다면 더 맛있었을 것'이라는 대화가 오가는 세상에서나 나올 법하다." 이런 무신론적 주장이 떠도는 것에 화들짝 놀란 윌리엄 라이언 펠프스 교수[3]의 노기 어린 얼굴이 떠오른다. 그는 조지프 콘래드가 '도덕률'을 설교했다는 것을 알아낸 바 있다. 웨스트민스터 신앙고백[4]처럼 엄격한 기준을 찾아야 한다고 열변을 토하는

1. 신비평이라는 용어를 최초로 사용한 영문학자이자 문예비평가.
2. 스핀간은 1910년에 사생활이 문란하다는 이유로 해직된 동료교수를 변호하다가, 그 자신도 컬럼비아 대학의 전횡적인 총장 니컬러스 머리 버틀러에 의해 면직되었다. 그 후 스핀간은 독자적인 학문활동을 계속하다가 제1차 세계대전이 발발하자 육군에 입대, 소령으로 복무했다.
3. 미국에서 최초로 현대소설 강의를 개설한 예일 대학 영문과 교수.
4. 칼뱅주의 신학 전통에 입각한 장로교회의 신앙고백.

일명 애머스트의 아리스토텔레스 윌리엄 C. 브라우넬[1]교수의 "여보시오, 그게 도대체 무슨 소리요?"라는 반응도 연상된다. 청교도주의가 미국의 공식철학이고, 이 사실을 부정하는 사람은 적이나 다름없으므로 추방되어야 한다고 철석같이 믿는 아이오와 출신의 다재다능한 교수 스튜어트 셔먼 박사[2]의 우렁찬 애국적 경고도 들려온다. 스핀간 소령은 실제로 성스러운 신분집단—그 자신도 한때 이 집단의 신분을 획득하고 장식했다—이 가장 두려워하는 여러 가지 배신행위를 하고 있다. 다시 말해서 그는 자신에게 적대적인 모든 정통파 비평가 집단에 차례로 덤벼들고, 그들을 조롱하고 있다. 처음에는 이미 언급한 감미롭고 경건한 주장의 대행자들과, 다음에는 통일성과 운율을 비롯한 모든 엄격한 공식의 옹호자들과, 그 다음에는 상상의 심리학 전문가들과, 그러고 나서는 온갖 범주를 역사적으로 비교하고 정리하고 설정하는 사람들과, 마지막으로는 순수미학을 추구하는 교수들과 승강이를 벌인다. 이 모든 사람이 그의 수술대에 올라 발가벗겨져 해부된다.

그렇다면 모든 권위를 부정하는 이 전직교수 자신의 이론은 무엇인가?(벼룩 없는 개가 없듯이 이론 없는 교수도 없다.) 간략하게 말하자면, 그가 제시하는 것은 괴테의 이론—심지어 괴테의 시대에도 그리 새롭지는 않았지만 오랫동안 망각되었던 이론—을 도용한 이탈리아인 베네데토 크로체의 이론을 차용한 것, 즉 일찍이 토머스 칼라일이 표현한 것처럼 "시인의 목적이 정말로 무엇이었는지, 그가 어떻게 그 작업을 하게 되었는지, 그가 자신에게 주어진 자료를 이용하여 그 목적을 얼마나 달성했는지"를 알아내는 것이 비평가의 유일무이한 의무라는 이론이다. 박식한 예술가 또는 문학가는 〔영어의〕 poet(시인) 대신에 운문이든 산문이든 아름다운 문장을 만드는 말의 예술가를 뜻하

1. 매사추세츠 주의 명문사립대인 애머스트 칼리지 출신의 언론인이자 문학비평가.
2. 멩켄의 논적으로 유명한 일리노이 대학의 문학비평가.

는 독일어 'Dichter'(시인)를 사용한다. 입센도 언제나 본인을 극작가나 연극배우가 아닌 'Digter'라고 했다. 나는 감히 셰익스피어도 그랬을 것이라고 생각한다. 그렇다면 이른바 시인이 성취하려는 것은 무엇일까? 그는 그 일을 어떻게 수행하는 것일까? 스핀간에 따르면, 바로 이런 것이 비평가의 질문이다. 작품의 도덕성은 그의 관심사가 아니다. 어떤 작품이 아리스토텔레스를 존중하는지 조롱하는지 결정하는 것은 그의 임무가 아니다. 그는 작품의 압운(押韻), 길이와 범위, 음절의 강약, 정치, 애국심, 신앙심, 심리적 정확성, 심미안에 대해 판결을 내리지 않는다. 그도 그런 것들에 신경은 쓰겠지만, 구체적으로 불만을 토로하지는 않을 것이다. 그는 자신이 비평하는 작품이 어떤 범주에 들지 않는다고 한탄하지 않을 것이다. 모든 소네트, 모든 희곡, 모든 소설은 독특한 것으로, 고유한 기반 위에 서 있다. 모든 작품은 그 고유의 의도에 의해 판단되어야만 한다. 스핀간 소령은 "시인들은 실제로 서사시·목가·서정시를 쓰는 것이 아니다.(물론 그들이 이런 잘못된 추상화에 현혹될 가능성은 배제할 수 없다.) 그들은 자기 자신을 표현하는 것이고, 이 표현이 그들의 유일한 형식이다. 그러므로 세상에는 세 가지, 또는 열 가지, 또는 백 가지 문학양식이 존재하는 것이 아니다. 시인의 수만큼 많은 양식이 존재하는 것이다"라고 말한다. 시인에 대한 인신공격은 어떤 타당성도 가질 수 없다. 시인의 성격과 배경을 논하는 것은 얼토당토않다. 문제는 시 자체이다. 오스카 와일드는 유약하고 호색한(동성애자)이었지만 아름다운 산문을 썼다. 와일드가 추잡한 습성을 가졌다는 이유로 그의 산문을 거부하는 것은 『뉴욕타임스』지의 편집국장이 『인간이란 무엇인가?』[1]에 내포된 신학

1. 마크 트웨인이 1906년에 쓴 에세이. 이 에세이는 그의 사후인 1917년에 다른 작품들과 함께 출판되었는데, 그해 6월 13일자 『뉴욕타임스』지에 이 에세이가 마크 트웨인의 명성에 걸맞지 않게 서글프고 냉소적이고 염세적인 인생관을 피력하고 있다고 비판하는

을 이해할 수 없다는 이유로 이 작품을 외면하는 것만큼이나 어리석은 짓이다.

이 스핀간-크로체-칼라일-괴테의 이론은 물론 비평가에게 무거운 짐을 안겨준다. 비평가는 모든 지적인 사상을 개방적으로 받아들이고 읽어낼 수 있는 개화되고 관대한 인간이어야 함을 전제로 하고 있기 때문이다. 이 이론은 미국에서 비평에 종사하는, 나이만 많은 미숙한 비평가들의 10분의 9를 당장 제명해버리라는 요구이기도 하다. 그들의 문제는 한마디로 아이디어, 특히 새로운 아이디어를 받아들이는 데 필요한 지적 유연성을 결여하고 있다는 것이다. 그들이 어떤 사상을 소화해내는 유일한 방식은 그것을 가장 유사한 공식으로 변형시키는 것인데, 이는 대개 가혹하고 파괴적인 작업이다. 그래서 그들은 최근 미국에서 새롭게 떠오르고 있는 문학작품들 가운데 가장 사적이고 독창적이면서 동시에 가장 설득력 있고 의미심장한 작품들을 이해할 수 없는데, 바로 이것이 그들의 고질병이다. 그들은 자기와 유사한 부류에 속하는 선배들이 소화하고 정리하여 그들이 아는 형태로 만들어서 신중하게 명명해둔 것들에는 정통하다. 그러나 예외적인 것들과 마주치면 즉각 경보를 발령한다. 이제 우리는 브라우넬이 기준을 엄격하게 적용하자고, 즉 선례와 패턴과 틀에 박힌 양식을 존중하자고 소리 높여 호소하는 이유, 펠프스가 시어도어 드라이저[1]의 출현 같은 엄청난 현상을 이해하지 못하는 이유, H. W. 보인턴이 사실주의에 대해 유치한 견해를 개진하는 이유, 셔먼이 방첩법(防諜法)을 예술에 적용하려고 애쓰는 이유, 폴 엘머 모어[2]가 낭만주의에 대해 불만과 적대

서평이 실렸다.

1. 『아메리카의 비극』으로 유명한 미국의 소설가.
2. 각종 신문과 잡지에 실렸던 에세이와 서평들을 엮어낸 11권짜리 『셸번 문집』으로 유명한 미국의 언론인이자 비평가.

감을 드러내는 이유, 온갖 얼빠진 분류작업이 엄숙한 문예지에서 비평으로 통하는 이유를 알 수 있다.

이처럼 배운 것 많고 근면하지만 본질적으로는 무식하고 상상력이 빈곤한 사람들에 의해, 비평은 일종의 설교 나부랭이가 되어버렸다. 그들은 예술작품을 가해성(可解性)과 진지성, 아이디어의 힘과 매력, 예술가의 기술적 완성도, 독창성과 예술적 용기가 아니라, 단지 자신이 정통이라 생각하는 기준에 의해 판단한다. 예술가가 이른바 '올바른 생각을 하는 사람'이라면, 그가 덧없고 진부한 것들을 당당하게 옹호하는 데 헌신하는 사람이라면, 그는 존경받을 만한 인물로 간주된다. 그러나 그런 것들 중 어느 하나에라도 의심하거나 무관심한 낌새를 보이는 자는 악인이 되고, 그들의 이론에 의해 나쁜 예술가로 낙인찍힌다. 우리는 이런 경건한 망언에 끔찍할 정도로 익숙해져 있다. 그렇다고 내가 상황을 과장하는 것은 아니다. 여러분은 사실상 모든 아둔한 인간의 비평에서 그런 헛소리를 발견할 수 있다. 그들이 쓴 다수의 글에서 그 헛소리는 아주 명백한 방식으로 진술되고, 신학적·교육적 광기에 사로잡힌 사람들에 의해 옹호된다. 가장 대담한 헛소리는 예술가, 예컨대 극작가나 소설가가 악을 매력적인 것으로 묘사하는 것은 수치스러운 짓이라는 교리로 표출된다. 악이 분명히 매력적인 경우가 많다는 사실—그렇지 않다면 우리 가운데 일부가 끊임없이 악에 탐닉할 까닭이 있겠는가?—은 고상한 제스처와 함께 무시되어 버린다. 이 엄격한 비평가들은 "그것이 어쨌단 말이냐?"고 반문한다. 그들이 생각하는 예술가는 리포터가 아니라 위대한 교사이고, 예술가의 임무는 당연히 있는 그대로의 세상이 아니라 바람직한 세상을 묘사하는 것이다.

이런 관념에 맞서 미국의 비평계는 별다른 진전을 보이지 못하고 있다. 미국인은 사실 복음주의적 국민이다. 미국인 세 명 가운데 한 명은 주로 물리력으로 동료시민들을 향상시키는 일에 열중하고 있다. 세상을 완전히 바꿀 수 있다는 망상은 우리의 국민질병이다. 도덕군자 교수들은 대중의 지지를 얻고 있어서, 그들의 권위를 무너뜨리기란 결코 쉽지 않다. 심지어 사악한 자들도 여전히 악을 비난하고 있다. 예술가가 "소설 한 편을 썼습니다"라고 말하면, "왜 종교에 관한 논문을 쓰지 않았소?"라는 교수의 불호령이 그 소설과 소설가에게 떨어진다. 화가가 "그림 속의 이 소녀가 참 예쁘지요"라고 말하면, 교장은 "하지만 속옷을 입지 않았잖소?"라고 면박을 주고, 가난한 화가는 하는 수 없이 그림에 덧칠을 한다. 작고한 해밀턴 라이트 메이비[1]의 '백색도서목록'[2]은 그래도 이런 헛짓거리들 가운데 양반에 속한다. 최악의 형태는 어리석고 혐오스러운 검열이다. 대단히 편협하고 독단적인 사람들이 진정한 비평을 할 수 없는 것은 음치가 제대로 된 음악을 할 수 없는 것과 마찬가지이다. 예술가를 해석하고 이해하기 위해, 비평가는 창조적 열정의 무한한 압력을 느끼고 깨달을 수 있어야만 한다. 스핀간 소령의 말마따나 "심미적 판단과 예술적 창조는 똑같은 생명력을 가진 본능이다." 바로 세계 최고의 비평들이 예외 없이 비평가의 성찰적이고 분석적인 능력과 예술가의 기호를 겸비한 사람들에 의해 쓰인 이유이다. 괴테, 칼라일, 레싱, 요한 엘리아스 슐레겔,[3] 생트 뵈브,[4] 윌리엄 해즐릿,[5] 헤르만 바르,[6] 게오르그 브라네스,[7] 제임스 허니커[8] 등이 그 예이다. 허니커는 『차라투스트라는 이렇게 말했다』

1. 미국의 수필가.
2. 어린이를 위한 권장도서목록.
3. 독일의 작가이자 비평가.
4. 프랑스의 문학사가이자 비평가.
5. 영국의 비평가·언론인이자 수필가.
6. 오스트리아의 비평가이자 극작가.
7. 스칸디나비아의 문학계에 지대한 영향을 미친 덴마크의 비평가.
8. 미국의 음악평론가이자 문학비평가.

를 붙들고 씨름을 한 후 그 내용을 명료하게 밝혔다. 그러나 폴 엘머 모어가 달라붙어 고약하게 수정해놓은 『차라투스트라는 이렇게 말했다』는 우둔한 학생의 습작이 되고 말았다.

이제 컬럼비아 대학에서 근대 언어와 문학을 담당했던 전(前) 교수 스핀간 소령의 이론을 살펴보기로 하자. 분명히 그의 이론은 다른 교수들이 애지중지하는 이론들에 비해 훨씬 건전하고 자극적이다. 다른 교수들은 일정한 학식과, 이미 알려진 지식을 무엇이든 받아들일 태도만 갖추고 있으면 비평가의 자격이 있다고 보지만, 스핀간은 비평가가 지성과 관용, 폭넓은 정보, 아이디어에 대한 진정한 개방성을 갖춘 사람이 될 것을 요구한다. 그러나 일단 자신의 원칙을 천명한 뒤에, 이 영리한 전(前) 교수는 교수답게 곧장 무리한 주장을 하면서 그 원칙을 깨기 시작한다. 그가 다소 신선도는 떨어지지만 여전히 영양가 높은 알을 낳아 부화시키자, 어리석게도 그는 그 알을 깨고 나온 플라밍고가 비평계의 조류(鳥類)를 집대성한 것이라고 주장하기 시작한 것이다. 그런데 인간이 수행하는 비평은 물론 이런 직관적인 미의 재창조에 미치지도 못하지만, 더욱 중요한 점은 비평이 미의 재창조에 그쳐서도 안된다는 것이다. 비평은 정확하면서도 독자들이 이해할 수 있는 용어로 된 해석이어야 한다. 그렇지 않다면 원작의 미스터리는 비평 이전과 다름없이 베일에 싸여 있을 것이다. 그리고 해석에는 의역과 직역이 수반된다. 난해한 것은 쉽게 풀이되어야 하고, 초월적인 것은 적어도 어느 정도는 상식적으로 납득할 수 있게 설명되어야 한다. 도대체 도덕성, 장단격(長短格),[1] 6보격(六步格),[2] 기승전결, 역사적 원리, 심리학적 원칙, 극적 통일성이란 무엇인가? 이 모두가 문학작품을 쉽게 이해할 수 있도록 도와주는 편리한 개념적 도구 내

1. 하나의 장음절 뒤에 하나의 단음절이 나오는 시의 음보(音步).
2. 6개의 음보를 가진 시행. 고대 그리스 시의 표준적인 운율.

지 용어들 아닌가? 더욱이 우리가 아는 이 세상의 아름다움이란 스핀간 박사가 생각하는 것처럼 현실에서 유리된 망령이 아니다. 그것은 사회적이고 정치적인, 심지어 도덕적인 함의를 갖는다. 베토벤의 다단조 교향곡(「운명」)의 피날레 부분은 굉장한 음악일 뿐 아니라 굉장한 반란이기도 하다. 요컨대 그것은 무엇인가에 저항하는 그 어떤 것에 대해 말하고 있다. 또한 아름다움의 원천은 작품 그 자체에만, 심지어 작가의 재능에만 내재되어 있는 것이 아니라, 작품이나 작가의 외부에 존재하는 경우도 종종 있다. 브람스가 「독일 진혼곡」을 작곡한 것은 그가 위대한 예술가였기 때문이기도 하지만, 그가 훌륭한 독일인이었기 때문이기도 하다. 그리고 니체의 경우 성스러운 영감은 부차적인 것이 되고, 스피로헤타[1]가 무대를 독차지하던 시절이 있었다.

스핀간 소령 자신도 자신의 이론에 이런 한계가 있다는 점을 어느 정도 의식하고 있는 듯하다. 그는 "시인의 의도는 창작행위의 순간을 기준으로 판단되어야만 한다"고 경고함으로써 다수의 고전작가를 다룰 수 있는 여지를 충분히 확보한다. 그러나 한계가 있건 없건 그는 적어도 곰팡내 나는 쓰레기들을 많이 치웠고, 그의 예전 동료들에 비해서는 진실에 가까이 다가가고 있다. 그들은 열심히 적용하면 할수록 시인이 성취한 바를 더 많이 감춰버릴 뿐인 이론에 자기의 에너지와 시간을 낭비하고 있지만, 스핀간은 어쨌든 예술에서 표현의 자유는 반드시 보장되어야 하고, 외국문학에 대한 텃세와 선험적 가정(假定), 단 몇 개의 단어로 이념을 테스트하는 일은 없어야 한다는 건전한 관념에 기반을 두고 있다. 안전지대는 아마도 양측 사이에 놓여 있겠지만, 아무래도 스핀간 쪽에 가까울 것이다. 무엇인가를 진실로 조명하는 비평가는 세상의 편견과 무지를 적절히 감안하면서 작업을 시

1. 매독이나 재귀열 같은 심각한 전염병을 일으키는 나선형 세균.

작한다. 실행 가능한 최고의 비평은 허니커의 저서 여러 장(章)에서 발견된다. 그는 루퍼스 그리즈월드[1]의 뒤를 이은 모든 수다쟁이 현학자보다 확실한 영향력을 행사하고 있고 예술에 대한 기여도가 대단히 높은 비평가이다. 에드거 앨런 포의 경우와 마찬가지로 이 섬세하고 지적인 예술가는 다른 예술가들의 작품을 재창조하고 있지만, 세상물정에 밝은 인물답게 격식을 갖추면서 적절하고 교훈적인 비평을 하고 있다. 그가 고리타분한 훈계를 비난하는 방식은 자신의 도덕적 판단을 밝히는 것이고, 범주를 문제 삼는 방식은 기존의 범주에 반하는 새로운 범주를 설정하는 것이다. 셰익스피어의 작품을 흠모하는 방식은 이 예술가가 무운시(無韻詩)를 다루는 방식과 그의 사회적 소망, 그의 강제결혼,[2] 배우들의 과도한 열정을 자주 용인한 그의 태도에 관심을 보이고, W. H. 씨[3]에게 약간의 호기심을 갖는 것이다. 정말로 유능한 비평가는 모름지기 경험주의자여야 한다. 그는 자기의 개인적 한계범위 내에 있는 모든 수단을 동원하여 탐구를 해야 하고, 작동 가능한 모든 도구를 사용하여 소기의 성과를 거두어야만 한다. 알약이 듣지 않으면 톱을 꺼내고, 톱이 통하지 않으면 곤봉을 잡는 식으로 말이다.

아마도 스핀간 소령의 이론을 짓누르는 가장 큰 부담은 표제의 수식어가 아닌가 생각한다. '창조적'(creative)이라는 말은 다소 현란한 감이 있다. 이 단어는 그가 원하는 바를 말해주긴 하지만, 그것보다 훨씬 많은 것을 이야기하는 듯하다. 이 위급한 때에 나는 오해의 소지가 있는 그 수식어를 떼어내고 그 자리에 다른 수식어를 사용할 것을 권한다. 즉 '창조적'이란 말을 '촉매적'(catalytic)이라는 말로 대체할

1. 에드거 앨런 포와 앙숙이었던 것으로 유명한 미국의 언론인이자 비평가.
2. 셰익스피어는 18세 때 8세 연상의 여인 앤 해서웨이를 임신시켜 마지못해 결혼했다는 설이 있지만, 이 결혼이 정말로 강제결혼(shotgun marriage)이었는지를 밝혀줄 만한 증거는 없다.
3. 셰익스피어가 『소네트』를 헌정한 신원미상의 인물.

것을 제안하는 바이다. 물론 '촉매적'이라는 말은 다소 생소하고 신학교에서 쓰는 변칙적인 라틴어의 느낌을 주긴 하지만, 그 의미는 정말이지 매우 단순하다. 화학에서 말하는 촉매란 다른 두 물질의 반응을 촉진하는 물질이다. 예를 들어 보통의 설탕과 물을 생각해보자. 설탕을 물에 녹이면 특별한 변화가 일어나지 않는다. 그러나 산(酸)을 몇 방울 떨어뜨리면 설탕은 포도당과 과당으로 변한다. 그런데 이런 변화가 일어나는 동안에도 산 자체는 전혀 변하지 않는다. 그것이 하는 일이라곤 물과 설탕 사이의 반응을 도와주는 것뿐이다. 이 같은 현상이 촉매현상이고, 위의 경우에 산은 촉매이다.

촉매의 작용은 진정한 예술비평가의 기능에 가깝다. 그의 임무는 예술작품과 구경꾼 사이의 반응을 야기하는 것이다. 배경지식이 없는 구경꾼은 아무런 감동도 받지 못한 채 그냥 서 있다. 구경꾼은 예술작품을 바라보지만, 작품은 그에게 아무런 지적 인상도 남기지 못한다. 만일 그가 작품에 대해 자연스럽게 느끼는 바가 있다면 비평은 필요없을 것이다. 하지만 이제는 비평가가 나타나 촉매작용을 한다. 그는 구경꾼을 위해 예술작품에 생명을 불어넣는다. 이런 과정을 통해 구경꾼은 작품을 이해하고 음미하고 지적으로 향유한다. 이것이 바로 예술가가 만들어내고자 했던 결과이다.

2

조지 에이드

일본과 동맹국들이 미국을 압박하여 무장하게 함으로써 미국 전체가 벌집 쑤셔놓은 것처럼 된 뒤, 옥스퍼드 대학이나 중유럽의 거물급 문학교수가 미국문학 전체를 해부하는 작업을 진행하고 있는데, 미국문학사를 개관할 예정인 이 작업에서, 그는 틀림없이 미국 평단의 거장들이 신진작가들을 이상할 정도로 시종일관 무시해왔다는 점을 간파할 것이다. 물론 나는 지금 진정한 작가, 돋보일 정도로 정말로 독창적인 작가, 의심할 여지없이 탁월한 재능을 지닌 작가를 말하는 것이다. 맹세컨대 미국에서는 사류작가들이 분에 넘치는 대접을 받아왔다. 10년, 20년, 30년, 또는 50년 전의 표준적인 문학교과서를 들춰보면, 지금은 잊힌 지 오래인 수준 낮고 평범한 작가들이 찬사를 받고 있다는 사실에 놀라움을 금할 수 없다. 지금은 연로한 출판인의 회고록에서나 그 이름을 겨우 찾아볼 수 있는 조지 윌리엄 커티스[1]가 그의 시대에는 왕족에게 버금가는 존경을 받았다. 심지어 아티머스 워드[2]와 페트롤리엄 내즈비[3]를 비롯한 대여섯 명의 속빈 강정 같은 익살꾼은 마크 트웨인과 동급으로 취급되거나 그 이상으로 대우

1. 19세기에 유명했던 수필가.
2. 19세기 미국의 유머작가 찰스 브라운의 필명.
3. 19세기 미국의 유머작가 데이비드 로스 로크의 필명.

받았다. 프랭크 R. 스톡턴[1]은 30년 동안 올바른 생각을 중시하는 모든 비평가의 총아였다. 리처드 헨리 스토더드와 에드먼드 클래런스 스테드먼은 비평가 겸 시인으로 명성을 떨쳤다. 이 따분한 명단의 끝을 장식할 도널드 G. 미첼은 학계에서 대단한 인물로 부풀려진 덕분에, 전원에서 조용히 술잔과 찻잔을 기울이다가 졸지에 전미예술·문학회[2]의 창립회원이 되었고, 사망할 당시에는 미국예술·문학아카데미의 회원이었다!

한편 미국이 낳은 명실상부한 일류작가 다섯 명 가운데 세 명은 미국 내에서 제대로 인정받지도 못하다가 해외에서 열광적인 반응이 일어나거나, 국내에서 독자대중의 항의가 빗발치고 나서야 비로소 떨떠름해하는 평단의 주목을 받기 시작했다. 내가 에드거 앨런 포, 월트 휘트먼, 마크 트웨인을 염두에 두고 있음은 새삼 말할 필요도 없다. 포 생전에 포를 제임스 쿠퍼[3]나 워싱턴 어빙[4]보다 높이 평가한 미국의 주요 비평가가 있었는지는 몰라도, 나는 지금까지 당시의 비평서에서 그런 사실을 입증할 만한 흔적을 찾아내지 못했다. 사실 포는 글재주는 있지만 다소 미심쩍은 언론인, 격려해주기에는 너무 독단적인 인물로 간주되었다. 제임스 러셀 로웰[5]은 1845년에 포에게 찬사를 보내는 동시에 그만 못한 작가들에 대한 당대의 과찬을 비난했지만, 나중에는 매우 중요한 조건을 달아서 그 찬사는 퇴색되어 버렸다.[6] 한동

1. 해학적인 이야기를 주로 쓴 소설가이자 유머작가.
2. National Institute of Arts and Letters. 문학과 예술의 발전을 목적으로 1898년에 창설된 단체. 1904년에 미국예술·문학아카데미(American Academy of Arts and Letters)로 재창설되었다.
3. 『모히칸족의 최후』를 쓴 미국의 소설가.
4. 미국의 수필가이자 단편작가.
5. 미국의 시인·비평가·외교관.
6. 1848년에 출판된 저서에서 로웰은 포를 "5분의 3은 천재, 5분의 2는 순전한 헛소리꾼"이라고 평하여 포를 격분시켰다.

안 이런 상태가 지속되다가 보들레르가 포의 진가를 발견하고 나서야 포는 뒤늦게 미국 내에서 명성을 얻었다. 휘트먼이 포보다 더 푸대접을 받은 것은 누구나 아는 사실이다. 에머슨은 처음에는 휘트먼을 치켜세웠으나, 휘트먼이 평단의 돌대가리들 사이에서 악평을 얻자 자기의 명성에 금이 갈까 봐 휘트먼에게 등을 돌렸다. 어떤 영향력 있는 비평가도 휘트먼에게 도움의 손길을 내밀지 않았다. 휘트먼은 몇몇 개인의 열성적인 지지에 힘입어 빈곤과 박해의 어두운 시기를 견뎌냈다. 결국 그를 광명의 세계로 끌어올린 것은 프랑스인과 영국인이었다. 1865년에 하버드 대학의 한 교수가 그에 관해 강의하는 모습을 상상해보라! 마크 트웨인의 문단 데뷔 후 첫 15년의 이야기는 예일 대학의 윌리엄 라이언 펠프스 교수에 의해 잘 묘사되고 있다. 평단의 거장들은 하나같이 마크 트웨인에게 적대적이었다. 일부는 그를 형편없는 사기꾼으로 경멸했고, 일부는 그에 관해 거론하는 것조차 거부했다. 그가 천재, 적어도 반(半)천재일지도 모른다고 생각한 사람은 단 한 명도 없었다. 펠프스는 마크를 매장시키려는 학계의 시도를 즐거워하면서, 드라이저에게 동일한 비평을 가한 신자인 척하는 형제들에게 가세했다.

이제 조지 에이드를 다룰 차례이다. 그는 이상의 논의에는 들어맞지 않는 인물일지도 모른다. 그는 일류 문예가(文藝家)도 아니거니와 오랫동안 인정받고 심지어 명예도 누렸기 때문이다. 그는 일찌감치 전미 예술·문학회 회원으로 추대되었고, 지금도 로버트 W. 체임버스, 헨리 시드너 해리슨, 올리버 허퍼드, E. S. 마틴, 『치미 패든』의 저자 E. W. 타운센드 등과 함께 "미술·음악·문학 분야에 탁월한 업적을 남긴 사람들"의 명단에 올라 있다. 그렇지만 그가 우리의 논의에서 그리 멀리 떨어져 있는 것도 아니다. 그는 일류[문예가]는 아니라 할지라도 이류로 대접받기에는 전혀 손색이 없는 인물이고, 전미 예술·문학회가 그를 파격적으로 받아들인 것은 아마도 그를 제2의 체임버스 내지 허퍼드, 어쩌면 제2의 마틴 내지 타운센드로 간주했기 때문일 것이다. 하지만 교과서의 저자들은 그가 주목할 만한 가치가 전혀 없는 미미한 존재라는 원칙을 끈질기게 고수하고 있다. 예컨대 『1870년 이후의 미국문학사』를 쓴 프레드 루이스 패티 교수[1]는 체임버스, 메리언 할런드,[2] 허퍼드, 타운센드, 아멜리 리브스, R. K. 먼키트릭을 비롯해서 그 외에도 문단에 빛을 더해주는 사람들을 언급하고, 심지어 젤렛 버지스, 캐럴린 웰스, 존 켄드릭 뱅스에게도 경의를 표하지만, 조지 에이드와 드라이저의 이름은 그의 색인에서 빠져 있다. 다른 교수들도 마찬가지 태도를 취하고 있다. 그들은 서로 약속이라도 한 듯 학부생을 위한 입문서에서 에이드에 관해 언급하지 않았고, 수많은 서평에서도 그를 칭찬하지 않으려고 신중을 기하고 있다. 그가 가물에 콩 나듯 받는 칭찬은 고(故) 조지프 제퍼슨[3]이 이따금 받았던 칭찬과 비슷하다. 어릿광대도 하느님의 창조물 가운데 하나이고, 우스꽝스러운 복장 속에 그리스도 교도의 심장을 감추고 있을 것이라는 사실을 상기시키는 수준의 칭찬이다. 내가 아는 한 사도의 후계자를 자처하는 비평가들이 에이드에게 바친 최고의 찬사는 에이드가 순수하다는 것, 즉 술집 혹은 열차 흡연칸, 결혼피로연에서나 통할 법한 외설적 풍자를 자신의 저서에 집어넣지 않는다는 것이다.

그러나 사실은 어떠한가? 사실 에이드는 현재 창작활동을 하고 있는 대단히 독창적인 소수의 문학 장인 중 한 명이다. 또한 그는 문학적 내공을 충분히 쌓은 뒤에 글을 쓰기 시작했는데, 이런 소설가는 현

1. 펜실베이니아 주립대학 영문과 교수.
2. 메리 버지니아 터훈의 필명.
3. 어빙의 단편소설 「립 밴 윙클」을 각색한 연극에서 주연을 맡아 일약 유명해진 미국의 희극배우.

재 대여섯 명에 불과하다. 그리고 소설이든 희곡이든 그의 모든 작품은 윌리엄 하우얼스[1]나 E. W. 하우[2]나 마크 트웨인의 작품과 마찬가지로 그 질감과 색채, 정취와 풍미, 구성과 관점이 철저하게 미국적이다. 내가 알고 있는 한 「제8구(區)의 착한 요정과 증기기관 설치공의 1달러 유람」, 「두 명의 만돌린 연주자와 적극적인 구애자」, 「선수(先手)를 친 노처녀」 같은 에이드의 우화만큼 미국적인 것에 대한 감각, 미국인의 편견과 특성에 대한 예리한 감수성을 적나라하게 드러내는 소설은 없다. 그는 우리가 배꼽을 잡고 웃을 만큼 우스꽝스러운 미국의 현실을 놀라울 정도로 생생하고 정확하게 표현한다. 그의 억지스러운 과장 뒤에는 미국인과 미국적 사고방식, 미국문화의 모든 것에 대한 훌륭한 스냅사진이 숨어 있다. 그의 소설에는 익살스럽고 미신적이고 코를 킁킁거리는 전형적인 미국인이 등장한다.

에이드는 이야기꾼으로서의 초연한 태도를 유지하려 하지만, 그 자신도 본인의 작품에 등장하는 초원지대 소도시의 상인과 외판원, 비정한 고리대금업자와 멍청한 경찰, 한량과 미녀처럼 뼛속들이 미국인이다. 하우를 제외하면 우리 세대의 작가들 가운데 에이드만큼 철저히 미국적인 사람도 아마 없을 것이다. 그는 메밀가루로 만든 팬케이크와 우애기사단,[3] 셔토쿼 운동,[4] 빌리 선데이,[5] 우드로 윌슨 박사의 허세만큼이나 미국적이다. 그는 속물적이고 체면을 중시하고 이념을 불신하는 미국인의 성향을 제법 강하게 드러낸다. 그래서 거리행진에 동참하고, 운동에 참여할 뿐 아니라 운동에 반대하는 운동에도

1. 미국의 소설가이자 비평가.
2. 미국의 편집인이자 소설가.
3. Knights of Pythias. 1864년에 우정·명예·충성을 모토로 워싱턴에서 창설된 비밀결사.
4. 19세기 말과 20세기 초에 미국의 농촌과 소도시에서 활발히 전개되었던 대중적인 성인 교육운동.
5. 메이저리그 야구 선수 출신의 유명한 전도사.

참여한다. 영어 외에 다른 언어는 모른다. 또 시어도어 루스벨트는 상당히 중시하면서 모차르트와 입센은 대수롭지 않게 여긴다. 그리고 그가 이름 없는 칼리지에 입학하기 전까지 속옷만 입고 잤고, 『엡워스 헤럴드』지[1]를 읽었다는 사실에 새삼 놀랄 필요는 없을 것이다. 드라이저처럼 그도 성스러운 영감을 받은 농민이다. 이 위대한 천생 예술가는 인디애나의 푸르른 농장에서 태어났다. 그는 자신의 코밑에 있는 사물까지 정확하게 관찰할 수 있는 희귀한 재능과, 그 사물을 생생하게 기록하여 살아 움직이게 하는 더욱 희귀한 재능을 갖고 있다. 사람들은 종종 소설 속의 인물, 심지어 좋은 소설 속의 인물에 대해서도 그 현실성을 의심한다. 그러나 「두 명의 만돌린 연주자」의 거스[2]나 「여동생 메이」의 메이,[3] 또는 우화가 아닌 본격적인 소설 「페이슨 씨의 풍자적 크리스마스」의 페이슨[4]에 대해 어느 누가 의심을 품을 수 있겠는가? 붓이 아니라 빗자루를 사용한 것 같은 투박하고 강한 필치로, 에이드는 오 헨리가 자신의 재능을 총동원해서도 성취하지 못한 것을 이루어내고 있다. 그는 자신의 색다른 이야기에 사람냄새 나는 인물들을 채워 넣는다. 표면상으로는 특별한 기교가 눈에 띄지 않는다. 이야기 자체는 그리 신선하지도, 복잡하지도 않다. 충격을 주지도 않고, 때로는 지나치게 평범하다. 그러나 표면 아래에는 대단히 잘 다듬어진 기교가 존재하는데, 그것은 등장인물들을 자신의 이야기에 억

1. 1890년부터 1940년까지 간행된 엡워스 리그(미국 북동부 감리교회 산하의 청소년 봉사단체)의 공식 신문.
2. 점잖은 만돌린 연주자들을 제치고, 적극적인 구애로 미녀를 차지하는 인물.
3. 학교 다닐 때 공부는 못했지만, 억척과 끈기로 신분상승에 성공하는 여인.
4. 크리스마스 때 선물을 주고받는 한심한 전통에 대한 풍자랍시고 친척들이 싫어할 만한 쓸모없는 선물만 골라서 보냈다가 예상과는 달리 고맙다는 편지를 받고 당황하는 인물(예컨대 문호들의 책만 읽는 여동생에게 시시껄렁한 연애소설을 보냈다가, 여동생으로부터 나도 가끔은 이런 책을 읽고 싶었는데 어쩌면 그렇게 내 마음을 잘 알았느냐는 답장을 받은 격이라고 할까).

지로 끼워 맞추는 것이 아니라, 그들로부터 자신의 이야기를 능수능란하게 끌어내는 이야기꾼으로서의 뛰어나 기교이다.

두말할 나위도 없이 익살꾼 뒤에는 도덕주의자가 버티고 있다. 그는 교훈을 주기도 하고, 심지어 분노하기도 한다. 「퍼두커[1]에서 제일 사랑받는 희극배우들」과 「'곤돌라'는 왜 투옥되었는가?」 같은 거칠고 가벼운 웃음거리를 읽으면서 저급한 쇼를 보는 촌놈처럼 큰소리로 웃던 사람들은 「작은 루티」, 「정직한 재력가」, 「회사 중역의 잃어버린 야망」 같은 작품들을 접하면 깜짝 놀란다. 후자의 작품들도 일정 지점까지는 웃음 일색이지만, 그 뒤부터는 번쩍이는 칼날과 날카로운 이빨이 드러난다. 이 대목에서 우리의 해학가는 미국인의 한계를 드러낸다. 그는 익숙하지 않은 것과 혐오스러운 것을 구별할 줄 모른다. 그래서 자신의 속물근성을 다소 자랑스럽게 떠벌이는 것을 자제하지 못하며, 귀족주의·간통·오르되브르·소나타 형식 같은 해악들에 의해서도 자기는 흔들리지 않는, 올바른 생각을 가진 미국인이자 건전한 시민이고 애국자라는 사실을 기어이 입증해야 직성이 풀린다. 그러나 이런 철두철미한 내셔널리즘은 그를 방해하기보다는 그를 도와주는 일면이 있다. 그것은 그로 하여금 미국인의 감성을 파고들고 포착하여 정확하게 표출하게 해준다. 내가 아는 한 에이드의 「아티」만큼 젊은이의 몽환을 풍부한 감수성과 동정심으로 그려낸 작품은, 지금은 잊혀진 프랭크 노리스의 소설 「블릭스」뿐이다. 그런 분야에서 에이드는 보기 드물게 확실한 성공을 거두고 있다.

그러나 이 모든 우화와 그 밖의 작품들은 형편없는 영어로 된, 쓰기 쉽고 그리 중요하지도 않은 단순한 스케치, 하찮은 소품, 즉흥적 단편이다! 과연 그럴까? 일단 그런 생각은 접어라. 15~20년 전에 에이드

1. 켄터키 주 서부의 도시.

가 신문계의 스가나렐[1]로 절정의 인기를 누리고 있을 때, 수십 명의 희극작가가 그를 모방하려 했지만 죄다 실패했다. 나도 그 중 한 명이었다. 나는 신문에 이른바 유머 칼럼을 연재하고 있었고, 다른 기자들처럼 속어로 된 우화를 썼다. 결과는 참담한 실패였다! 에이드의 작풍을 흉내 내기는 쉬웠다. 그러나 그의 제재(題材)를 모방하기란 불가능했다! 「철야집회[2]를 끝내야 할 때」나 「본의 아니게 회중의 의향을 살피게 된 목사」, 또는 「으스대는 사내들」 같은 우화를 쓰는 것이 간단한 일이라고 착각해서는 안된다. 절대 그렇지 않다! 에이드와 같은 업적을 성취하기 위해서는 우선 미국인의 성격에 대한 정확한 이해, 단도직입적이고 단순하면서도 재미있는 이야기를 생각해내는 능력, 대비와 클라이맥스에 대한 센스, 참신하고 생동감 있고 기억에 오래 남는 문구를 만들어내는 놀라운 재능을 갖추고 있어야 한다. 특히 그의 문구들은 때로는 단순한 속어의 외형을 띠고 있지만, 기본적으로 그레이의 "침묵하는, 무명의 밀턴"[3]이나 키플링의 "수에즈 동쪽의 어딘가로"[4] 같은 문구보다 특별히 상투적이거나 통속적이지는 않다. 하나의 아이디어를 몇 개의 의미심장한 말로 압축한 그의 문구들은 독자의 주의를 환기시키고, 단숨에 장면 전체에 생기를 불어넣는다. 그리고 그의 문구들은 그가 명확한 감식안과 빈틈없는 통찰력을 가진 인물이라는 생생한 증거인 동시에, 아직까지 극소수만이 알아볼 만큼, 매우 복잡하고 효과적인 기교를 지닌 그의 작품을 차별화시켜 주는 요소이다.

1. 몰리에르의 희곡 「동 쥐앙」에 나오는 하인.
2. 사실은 네 친구의 밤샘도박.
3. 영국의 시인 토머스 그레이의 시 「시골 교회묘지에서 읊은 만가」에 나오는 구절.
4. 키플링의 유명한 시 「만달레이」에 나오는 구절.

3

에티켓의 계보

사회학(아직까지는 학문이라기보다는 미식축구 쿼터백의 백패스나 신학처럼 어쩌다가 들어맞는 속임수에 가깝다)을 제외하면 심리학이 가장 역사가 짧은 학문인데, 그런 만큼 억측·엉터리치료법·야바위·허튼소리가 이 학문의 주를 이룬다. 한편으로는 자료상의 결함이 너무 커서 가장 단순한 원칙을 정하는 일조차 불가능까지는 아니더라도 아주 어렵다. 알맹이가 없고 엉성하다는 점, 특히 경계가 불분명하다는 점을 노린 수많은 사기꾼이 이 학문에 침입하여 그 질을 떨어뜨리며 난센스를 양산하고 있다. 설상가상으로 이런 상태는 사이비학자와 정직한 탐구자를 구별할 수 없는 혼란스러운 상황으로 치닫고 있다. 낮에는 실험실에서 아기들에게 핀을 꽂고 울음소리가 커졌다 작아졌다 하는 것을 차트에 기록하면서 심리학 통계자료를 축적하고, 밤에는 심령술사의 작업실에 출몰하는 정령과 기타 천상의 동물을 쫓아내거나 자신의 비밀스러운 방에서 수정으로 점을 치는 교수가 참말로 하나둘이 아니다. 비네 테스트[1]와 무분별한 최면술이 우리가 대충 심리학이라 칭하는 학문의 결실인데, 둘 다 신뢰할 수 없기는 마찬가지이다. 독창적이고 실력 있는 연구자인 지그문트 프로이트 박사는

1. 프랑스의 심리학자 비네가 개발한 지능검사.

사고의 요소와 작동에 대해 굉장히 중요한 정보를 많이 제공해왔지만, 사소하고 의심스러운 정보도 많이 제공해왔다. 프로이트주의의 기본적인 학설은 진실에 가까울지라도, 프로이트의 막연한 추론들은 건전한 것보다는 선정적인 것이 훨씬 더 많다. 미국과 유럽의 자칭 프로이트주의자들은 대부분 코에는 분장용 유성분(油性粉)을 바르고 손에는 방광을 들고 다니는데, 그렇게 하지 않으면 전도사나 서커스 광대와 거의 구별되지 않는다.

이런 상황에서 심리학자가 모든 사람이 관심을 갖는 문제, 기존의 자료만 잘 연구해도 쉽게 해결할 수 있거나 충분히 설명될 수 있는 문제를 제쳐두고, 확실하게 해결될 수도 없는 사소하고 쓸데없는 문제에 정력을 허비하고 있는 것은 그리 놀랄 일도 아니다. 이를테면 올리버 로지 경[1]과 인디언 추장 워카워카모크가 천국에서 행복할지에 대해 관심을 기울이는 사람은 거의 없다. 대부분의 사람은 그곳에서 그들을 만나기를 원하지도 않는다. 대학 신입생 25명을 곤봉으로 때렸을 때 17.75%는 "아야!"라고 소리치고 22.2%는 "제기랄!"이라고 외친다는 발견에 흥분할 사람은 아무도 없다. 살인피의자의 38.2%는 희생자의 시신과 함께 가둬두면 범행을 자백하는데, 그 중 23.4%는 죄를 짓지도 않은 사람이라는 통계, 의지가지없는 가난한 어린 학생들에게 읽기보다 쓰기를 덧셈보다 곱셈을 먼저 가르치려는, 알레산드로 칼리오스트로[2]를 연상시키는 사기꾼의 황당한 계획, 지각과 인식의 정확한 차이에 대한 얼치기 학자들 사이의 끝없는 논쟁, 자유의지·무의식·신경섬유막, 사구체(絲球體)의 기능, 하이에나 또는 별거

1. 무선전신 개발에 공헌한 영국의 물리학자. 내세·텔레파시·영매(靈媒)에 대한 연구로도 유명하다. 그는 아들 레이먼드가 제1차 세계대전에서 전사한 뒤 여러 명의 영매를 찾아다녔고, 이 경험을 책으로 남겼다.
2. 유럽을 전전하며 각종 사기와 음모에 연루되어 유명해진 이탈리아의 신비주의자·의사·연금술사 주세페 발사모의 별명.

중인 아내의 소송서류를 전달하는 공무원에게 쫓기는 꿈의 의미에 대한 미치광이 학자들 사이의 긴 논쟁도 사람들의 호기심을 자극하지 못한다.

물속 깊이 잠수하여 시시한 것만 잔뜩 건져 올리는 일에 비견될 만한 심리학 연구의 결과물들은 우리를 기쁘게 하지 못한다. 그것들은 아무 영양가도 없고, 우리의 흥미를 끌지도 못하며, 인생을 좀 더 이해하기 쉽고 참을 만한 것으로 만들어주지도 않는다. 우리가 알고 싶은 것은 우리의 두뇌에서 우리 자신의 일상적인 사고가 생성되는 과정이다. 그것을 알면 혼란스러운 인생을 살아가면서 좀 더 곧고 안전한 길을 택할 수 있을 것이다. 장로교인들의 대다수(이 문제에 관한 한 침례교와 성공회의 신자들, 스베덴보리주의자들[1]의 대다수)가 검은 고양이를 만나는 것을 흉조로, 핀을 발견하는 것을 길조로 여기는 이유는 무엇인가? 콩을 나이프로 먹는 것은 격식에 어긋난다는 이론 뒤에 숨어 있는 논리는 무엇인가? 나머지 면에서는 멀쩡한 사람이 도대체 어떤 과정을 통해 침례교 식으로 세례를 받지 않으면 지옥에 갈 것이라는 결론을 내리게 되는가? 어떤 요인이 남자를 자기 아내에게 충실하게 만드는가? 습관인가, 두려움인가, 가난인가, 상상력의 빈곤인가, 모험심의 부족인가, 어리석음인가, 종교인가? 상도의의 심리적 근거는 무엇인가? 서로 다른 욕구를 가진 개인들의 모호한 집합, 즉 루소가 말하는 사회계약의 진정한 본질은 무엇인가? 남성은 서로를 기꺼이 믿는데, 여성은 서로를 믿는 경우가 드문 이유는 무엇인가? 이른바 도덕적 이중잣대의 기원은 무엇인가? 우리가 머릿속으로는 사실이 아니라고 생각하는 진술, 예컨대 링컨의 「게티즈버그 연설」, 「미국 독립선언서」, 「시편」 103편에 크게 감동받는 이유는 무엇인가? 왜 여

1. 스웨덴의 신비주의자 스베덴보리의 추종자들.

성은 교회에서 모자를 벗으면 안되는가? 행복이란? 지성이란? 죄악이란? 용기란? 미덕이란? 아름다움이란 무엇인가?

우리 모두에게 흥미롭고 중요한 이 모든 질문에 대한 답이 제시된다면 세상에 대한 우리의 전망이 더욱 확실해지고, 그렇게 되면 우리가 사회적 환경을 지배하기도 한결 수월해질 것이다. 그러나 쓸모없는 일에 매달리고 있는 심리학자들은 그런 질문들에 답하기는커녕 대개 그런 질문을 하지도 않는다. 다른 많은 학자들보다 훨씬 예리한 윌리엄 제임스[1]는 종교의 심리적 본질에 대한 귀중한 정보가 거의 없다고 지적하면서, 그의 책 『종교적 경험의 다양성』에서 이 암흑세계를 조명하려고 노력했다. 그러나 인생은 짧고 학문은 길므로, 그는 문제를 진술하고 엄청나게 많은 증거를 나열하는 이상의 작업은 하지 못했다. 심지어 그의 이런 작업마저 유령과 요괴, 일곱째아들의 일곱째아들[2] 같은 심리학자의 총아들에 의해 끊임없이 교란되었다. 같은 방식으로 귀스타브 르봉[3]이라는 프랑스인이 대중의 마음에 대한 심리학적 연구에 착수했지만, 별다른 성과를 내지 못했다. 이상의 연구실적에 주로 비정상적인 심리상태에 관한 프로이트와 그 학파의 연구, 저급한 학술지에나 실릴 법한 수준 낮은 롬브로소[4]와 그 학파의 연구, 소스타인 베블런 교수와 같은 연구자들의 한가한 낭만적 탐구를 추가하면, 실용적인 일상생활의 심리학이라 불리는 분야에 공헌한 학문적 업적이 총망라되는 셈이다. 이상의 교수님들은 밭을 갈고 씨를 뿌리는 유용한 작업을 해왔다고 생각한다. 그들의 신중한 핀-꽂기·측정·기록은 시간이 경과하면 후학들이 좀 더 확신을 갖고 진정한 심리적

1. 미국의 철학자이자 심리학자.
2. 몇몇 나라의 민속에서 특별한 치유능력이나 주술적 능력을 갖고 태어나는 것으로 믿어지는 존재.
3. 프랑스의 사회심리학자.
4. 이탈리아의 범죄심리학자.

문제에 접근할 수 있는 밑거름이 될 테고, 어쩌면 해답을 제시하는 데도 일조할 것이다. 그러나 그러기 전까지 심리학의 대중적·사회적 효용성은 아주 미미한 수준에 머물게 될 것이다. 심리학은 여전히 참된 것과 그릇된 것을 정확하게 구분할 수 없을뿐더러 세상에 만연한 허위·미신·열광·히스테리를 방지할 수 있는 유용한 수단도 제공하지 못하고 있기 때문이다.

이런 긴급한 때에 아마추어가 심리학의 목초지를 샅샅이 훑어보면서 근시안적(어쩌면 '원시안적'이라는 말이 더 정확할 것 같다) 전문가들이 간과해왔던 것들을 조심스럽게 끄집어내려는 것은 괜찮은 시도일 뿐 아니라 칭찬받을 만한 일일 것이다. 프리드리히 빌헬름 니체도 가끔 비슷한 작업을 했다. 그가 행사했던 권리는 인간이 공통적으로 품고 있는 이런저런 망상—예컨대 적자생존의 법칙이 의회의 법령에 의해 폐지될지도 모른다는 망상—의 기원에 대한 다수의 흥미롭고 대담한 추측인데, 그 중 일부는 꽤 정확한 추측인 것 같다. 유사한 분야에 대한 몇 가지 흥미진진한 조사가 엘시 클루스 파슨스[1]에 의해 진행되어왔다. 그녀는 실험결혼을 발명했다 하여 한때 유명세를 탔는데,[2] 사실은 니체보다 적어도 20년은 뒤늦은 발명이었다.[3] 그녀의 조사결과는 『가족』, 『구식여성』, 『공포와 인습』 같은 저서에서 확인할 수 있다. 그녀의 책들은 식자들로부터 별로 인정받지 못하고 있는 듯하다. 나는 그녀의 저작이 인용되는 것을 거의 본 적이 없고, 그녀의

1. 미국의 인류학자·사회학자·페미니스트.
2. 엘시 클루스는 1906년에 출판한 『가족』에서 일정 기간 동거를 해본 뒤에 정식으로 결혼할 것인지를 결정하는 이른바 실험결혼을 제안하여 논란을 불러일으켰으나, 본인이 실험결혼을 했던 것은 아니다. 그녀는 1900년에 변호사 허버트 파슨스와 결혼하여 자녀 6명을 두었다.
3. 니체는 『차라투스트라는 이렇게 말했다』 3부 "낡은 서판(書板)과 새로운 서판" 24절 5단에서 단기적인 임시결혼을 제안했다.

이름은 『미국 인명사전』에 등재되는 최소한의 명예도 누리지 못하고 있다. 그렇지만 그녀의 저서, 특히 『공포와 인습』은 굉장히 교훈적인 책이다. 내가 알고 있는 한 우리 모두의 일상적 사고에 강력하게 침투해 있는 가정(假定)과 편견, 본능적 반응, 인종차별적 감정, 꺾을 수 없는 사악한 마음이 뒤섞여 있는 강력한 콤플렉스에 관해 이보다 더 체계적으로 관찰한 책은 없다. 저자는 사고를 현실과 무관한 순수한 실험적 현상으로 간주하는 수많은 심리학자의 습성에서 벗어나 있다. 그녀가 다루는 것은 현실세계의 남녀에 의해 이루어지는 사고, 반쯤만 지적이고 나머지 반은 침을 꿀꺽 삼키거나 눈을 깜빡이거나 사랑에 빠지는 것처럼 지적 활동과는 무관한 반사적인 사고이다.

이 콤플렉스의 힘은 비단 심리학자들뿐 아니라 문화에 관심이 있는 척하는 사람들에 의해서도 과소평가되곤 한다. 우리는 우리가 생각하는 동물이라는 사실에 자부심을 느끼고, 우리의 사고가 자유롭다고 믿고 싶어 한다. 그러나 우리들 가운데 열에 아홉은 태어나는 순간부터 우리 주변에 떠돌고 있는 속설에 의해 엄격한 제약을 받는다. 그리고 이 속설을 고찰하는 작업, 즉 그 속에 담긴 참과 거짓을 분리하는 작업은 극소수의 사람만이 해낼 수 있는 어렵고 지적인 과업이다. 지난 전쟁〔제1차 세계대전〕 초기에 영국인 교수들과 독일인 교수들 사이에 오간 막말은 냉정한 학자들마저 있는 그대로의 사실보다는 극심한 비지성적 편견에 좌우된다는 것을 여실히 보여주었다. 전쟁으로 인한 애국적 히스테리 속에서 이 저명한 교육자들은 서로를 공공연하게 비난하고, 양국의 관계가 원만한 시대에는 차마 입에 담지 못했을 말들, 그들 대다수가 본인은 그렇게 생각하지 않는다고 극구 부인했을 것들을 소리 높여 찬양했다. 그렇지만 사실 전쟁의 조짐이 있기 전부터 보통의 영국인 교수는 독일인에 대한 경멸감이 있었다. 자우어크라우트(양배추 절임)을 먹고, 평상복 상의를 입고 오페라를 보러 가며, 각하(Geheimrat)[1]라는 칭호에 흥미를 보이고, 영국시보다 독일음악을 좋아하며, 비스마르크를 존경하고, 자기 아내를 '무터'(엄마)라고 부르는 모든 자는 악당이라고 철석같이 믿었던 듯하다. 물론 그가 대놓고 그렇게 말하지는 않았고, 그가 그렇게 믿는다고 비난하면 그는 틀림없이 화를 냈을 것이다. 그러나 그가 그렇게 믿었다는 것과 그런 믿음 때문에 그가 독일인의 철학과 전기화학, 독일인이 작성한 바빌로니아 왕들의 계보를 잘 알지도 못하면서 삐딱한 시선으로 바라보았다는 것은 부인할 수 없는 사실이다. 마찬가지로 보통의 독일인 교수는 『더 타임스』지를 읽고, 아침에 절인 생선을 먹으며, 오후에는 차(茶)를 즐기고, 옥스퍼드를 대학이라고 말하는 자는 모두 멍청이, 악당, 심지어 후레자식이라는 생각을 가슴 깊이 품고 있었다.

우리들 중에서 자유로운 행위자는 단 한 명도 없다. 사실상 어느 누구도 독자적으로, 또는 정연한 과학적인 방식으로 생각하지는 않는다. 주위환경과 대중의 관념, 사회화된 지성(이라고 부적절하게 불리는 것)의 압력은 저항할 수 없을 정도로 강력하다. 미국인이라면 제아무리 예리한 비판적 감각을 소유하고 있다 하더라도 민주주의가 반(反)민주적인 어떤 정치형태보다 미묘하고 신비로운 방식으로 인간의 진보에 기여하고 정의로운 하느님을 만족시킨다는 관념에서 벗어날 수 없다. 서재에서 홀로 연구할 때는 민주주의가 정말로 유능한 인간보다 허울만 좋은 평범한 인간을 우위에 둔다는 사실을 매우 명료하게 인식하고, 이런 인식으로부터 민주주의를 포기하는 게 바람직하다는 결론을 도출한 사람도 고독한 서재에서 나와 동포들과 교류하기 시작하면 자신의 그런 생각이 이단적이고 비겁한 것이라는 까닭 모를 감정에 사로잡혀 괴로워하고, 중대한 사태가 벌어지면 다수 또는 저급

1. 영국의 추밀원장에 해당하는 독일(신성로마제국) 궁정 최고위 관료의 호칭. 신성로마제국이 해체된 뒤에는 학계와 문화계의 거장에게 부여되는 경칭으로 사용되었다.

한 부류에게 동조하게 된다. 실제로 이런 현상은 전시에 많이 나타났다. 내 주변에는 민주주의 이론에 회의적인 태도를 보이는 지인이 적지 않은데, 그래서 그런지 나를 찾아와서 방금 언급한 것과 같은 감정에 휩싸인 적이 있다고 털어놓는 사람이 제법 많았다. 그들 중에는 민주주의를 전세계에 전파해야 한다고 날마다 주장하던 언론인과, 적어도 이론상으로 민주주의를 강제하기 위해 애쓰던 육군장교도 있었다. 이 모든 사람이 성찰의 순간에는 민주주의의 조건 내지 예외에 대해 심각하게 고민했다. 그러나 선량한 시민으로서 공적인 입장에 서는 순간, 그들은 너나없이 당시의 선량한 시민이라면 누구나 그럴 것으로 기대되는 사고방식으로 되돌아갔고, 심지어 서재에서는 진지하게 의심하던 것을 밖에 나가서는 열광적으로 찬양하기도 했다.

파슨스 박사가 『공포와 인습』에서 시도한 작업은 인간의 추론능력이 제공할 수 있는 미약한 저항을 거대한 폭포처럼 무력화시키면서 모든 사람의 마음에 파고드는 관념들을 집어내는 것이다. 특히 그녀는 사회적 존재인 인간의 사고와 행동에 제약을 가하는, 다시 말해서 인간이 자신의 동포를 대하는 일상적인 태도와 자기 자신을 바라보는 일반적인 시선을 지배하는 사회적 통념을 규명하는 데 주력한다. 사회적 통념은 한편으로는 우리가 에티켓이라 부르는 것, 즉 우리 주위에 있는 사람들의 습관과 감정을 존중해야 할 의무를, 다른 한편으로는 우리가 도덕이라 부르는 것, 즉 우리 주위에 있는 사람들의 생명과 재산을 보호해야 할 의무를 우리에게 부과한다. 그러나 파슨스 박사가 보여주듯이 에티켓과 도덕의 경계는 매우 모호하기 때문에, 어떤 행동이 명백하게 비도덕적인 것인지 아니면 단지 격식에서 벗어난 것인지를 구분하기란 종종 불가능하다. 심지어 명백하게 도덕률이 적용되는 상황에서도 예절과 정중함이 요구될 수 있다. 그러므로 파슨스 박사의 지적처럼 간통의 에티켓도 있다. "불륜관계에 있는 남자가 정부(情婦)의 남편집에서는 그녀에게 키스하지 않겠다고 맹세"하는 것은 두려움 때문이 아니라, 스스로 신사에게 요구되는 분별력을 잊지 않고 있다는 표시로서, 즉 "부부관계를 고려하겠다는 표현으로서" 그렇게 한다는 것이다. 이 미묘한 상황에서 영국인과 미국인은 극과 극의 태도를 보인다. 아내가 정부와 함께 있는 현장을 덮쳐 아내의 정부를 고소하는 영국인은 여론의 동정을 받는다. 그러나 그런 식으로 행동하는 미국인은 사회적 체면을 영원히 잃고 만다. 미국인의 단순하고 유일한 의무는 그 남자한테 총격을 가하는 것인데, 만일 불륜장소가 포토맥 강 이남이라면 그를 총으로 쏴서 죽일 수 있지만, 강 이북이라면 그를 놓쳐버릴 것이다.[1]

고백하건대 나는 수수께끼 같은 그런 미묘한 차이에 관심이 많고, 그 기원과 의미에 대해서도 큰 흥미를 느낀다. 왜 우리 미국인은 길거리에서 말괄량이 소녀를 만나면 모자를 벗어 인사하면서, 지체 높은 신분의 남성을 만나면 모자도 벗지 않고 뻣뻣이 서 있는가? 유럽인이라면 두 번째 행동을 큰 무례로 간주할 것이다. 유럽인은 동급자나 상급자에게 인사할 때 상대가 여성이든 남성이든, 그 지위가 실질적인 것이든 단지 관습적인 것이든 모자를 벗는다. 우리는 왜 저녁 6시 이전에 정장을 차려입은 사람을 보면 웃음이 나올까? 유럽인은 저녁 6시든 정오든 중요한 약속이 있으면 항상 정장을 한다. 우리는 왜 식사시간에 냅킨을 조끼의 단추와 단추 사이에 끼우거나 목에 두르는 것을 상스럽다고 생각할까? 프랑스인은 아무런 죄의식 없이 그렇게 한다. 이탈리아인과 독일인도 마찬가지이다. 이 세 나라 사람은 실제로 우리보다 훨씬 격식을 따진다. 우리는 왜 결혼반지를 낀 남자를 비웃는가? 대부분의 유럽인은 그것을 끼지 않은 남편들을 의혹의 눈초리

1. 이런 식의 사적인 복수가 성적 일탈에 대해 보수적인 남부에서는 통할지 몰라도, 북부에서는 통하기 어려울 것이라는 뜻인 것 같다.

로 바라볼 것이다. 낯선 사람에게 나이를 물어보는 것이 유럽이나 미국에서는 무례한 일로 여겨지지만, 중국에서는 친근한 관심으로 간주되는 이유는 무엇일까? 우리가 존스 판사의 부인이나 스미스 교수의 부인처럼 여성을 남편의 직함으로 식별하는 것을 어리석다고 생각하는 이유는 무엇일까? 튜턴계와 스칸디나비아계의 유럽에서는 직함을 생략하는 것이 오히려 모욕으로 간주된다.

집요하게 고수되는 위와 같은 미묘한 차이로 인해 여러 흥미로운 의문들이 꼬리를 물지만, 그런 의문에 답하려다 보면 이내 궁지에 빠지고 만다. 몇 년 전에 나는 기혼남성이 자기 아내를 '미시즈 브라운'이라는 형식적인 호칭으로 부르는 미국인의 관습에 비판적인 발언을 한 적이 있다. 나의 주장인즉슨 남편은 동배(同輩) 앞에서 자기 아내를 칭할 때 '나의 아내'라고 부르고, '여사'〔미시즈〕라는 형식적인 칭호는 하급자나 지위가 모호한 이방인의 몫으로 남겨두는 것이 위계에 대한 논리적 배려 차원에서 옳다는 것이었다. 이 주장은 뜻밖에도 다양한 부류의 자칭 전문가에 의해 거세게 성토되었다. 처음에 그들은 이 관습이 결코 보편적인 것이 아니라는 사실을 잊고, 관습의 단순한 권위에 의거하여 나를 비판했다. 그러나 마지막에는 그들 가운데 한 명이 좀 더 분석적이고 설득력 있는 논리를 폈다. 즉 '나의 아내'라는 표현은 소유권을 암시하고 있으므로, 아내의 자존심을 상하게 한다는 것이었다. 아니, '나의 누이'와 '나의 어머니'라는 표현에도 소유의 개념이 내포되어 있다는 말인가? 남성이 동배에게 자신의 누이를 '미스 스미스'라고 소개하는 관습은 어디에도 없다. 하지만 토론은 아무 수확 없이 끝났다. 토론을 논리적으로 진행하기란 불가능했다. 이런 식의 모든 논의는 본질적으로 인간의 가슴속에는 논리를 가볍게 제압하는 강력한 힘이 존재한다는 사실을 보여준다. 인간의 사고는 지적으로 인식 가능한 형식을 취할지 몰라도, 지적으로 인식 가능한 결론에 이르는 경우는 거의 없다.

그럼에도 불구하고 파슨스 박사는 본인의 저서에서 인간의 사고를 좀 더 잘 이해하는 데 상당한 도움을 줄 것 같은 무엇인가를 제시하고 있다. 그것은 종종 이해하기 어렵고 때로는 명백하게 불합리한 고정관념의 기묘한 내구성이 공포에서 기인하고, 이 공포는 대단히 실질적인 위험의 산물이라는 학설이다. 인간사회의 안전은 그것을 구성하는 모든 개인이 주어진 상황에서 여태껏 적절한 것으로 승인되어왔던 방식대로 행동할 것이라는 가정에 달려 있다. 다시 말해서 사회의 구성원은 정해진 패턴에 따라 자신의 환경에 반응할 것으로 기대된다. 이는 그 패턴이 상상할 수 있는 최상의 것이기 때문이 아니라, 이미 정해져 있고 널리 알려져 있기 때문이다. 그가 그렇게 하지 않고 자기에게 좀 더 유리한, 또는 자기에게 좀 더 유리할 것이라고 생각되는 새로운 방식으로 반응한다면, 그는 주위사람들의 기대를 저버리는 것이 되고, 결국에는 그들에게 자신의 독립적인 사고에 의해 창출된 새로운 상황에 대처하도록 강요하는 셈이 된다. 그런 독립적인 사고는 꽤 많은 사람들에게는 도저히 있을 수 없는 일이고, 압도적인 다수에게는 매우 고통스러운 일이다. 파슨스 박사는 "우리 모두에게, 동물에게든 야만인에게든 문명인에게든, 혁신의 요구만큼 불편하고 불안하고 두려운 요구는 거의 없다.……적응이란 우리 모두가 싫어하거나 혐오하는 것이다. 우리는 가급적 그것을 피하려 한다"고 말한다. 우리는 우리의 뜻에 반해 우리에게 적응을 강요한 자에 대해, 그가 기대하고 의지하려는 우리의 이해와 우정을 철회함으로써 그를 응징한다. 다시 말해서 우리는 그를 상종 못할 반사회적 인간으로 따돌리고, 그의 배신이 어느 정도인지에 따라 그를 촌놈이나 범죄자라고 부른다.

미지의 것에 대한 이런 불신, 생소한 일을 하는 것에 대한 공포가 흔히 다른 동기들에서 비롯된 것으로 여겨지는 여러 관념과 제도의 밑바탕에 깔려 있는 것 같다. 예컨대 일부일처제를 생각해보라. 정통파의 설명에 의하면 일부일처제는 재산을 소유하고 간직하려는 욕망의 표출이다. 다시 말해서 남편은 본인의 자유를 희생하면서까지 자신의 재산목록 1호인 아내에 대한 배타적 권리를 지키고자 한다는 것이다. 그러나 파슨스 박사는 남편과 아내를 움직이는 진정한 힘은 습관의 힘, 즉 실험과 혁신에 대한 반감일지도 모른다고 주장하는데, 상당히 일리 있는 주장 같다. 한 명의 아내에게 충실하는 편이 또 한 명의 아내와의 모험을 감행하는 것보다는 더 쉽고 안전하다. 그리고 지금까지 내가 언급한 엄청난 사회적 압력도 모두 한 명의 아내를 고수하는 쪽에 집중적으로 가해진다. 더욱이 습관의 힘은 부부의 유대를 자동적으로 강화시킨다. 우리는 해본 적도 생각해본 적도 없는 일보다 일단 시도해보거나 생각해본 적이 있는 일에 더 익숙하다. 고(故) 윌리엄 제임스 교수는 다음과 같이 표현하고 있다. "가능한 다수의 후보 가운데 특정한 집, 특정한 배우자, ……특정한 그 무엇을 선택하는 일은……다른 가능성과 상황에 대한 무관심을 수반한다. 이 무관심은 심리학적으로는 이미 형성되어 있는 오래된 습관적 충동에 의해 새로운 충동이 억제되는 현상이라고 설명할 수밖에 없다. 자신의 가정과 아내를 소유하고 있다는 이유만으로도 우리는 이상하게 다른 사람들의 매력에 무감각해진다.……가정과 아내를 갖고 싶은 원초적 충동은 그것이 충족되는 순간에 새로운 상황에 반응할 수 있는 잉여 에너지를 남기지 않고 사라져버린다." 그래서 남성은 결혼하고 나면 더 이상 (적어도 한동안은) 다른 여성에게 눈을 돌리지 않게 되고, 신부는 신혼기간이 지나면 데이비드 그레이엄 필립스[1]가 말한 것처럼 남성을 유혹하는 데 필요한 몸단장에 소홀해진다.

1. 사회악을 고발하는 폭로성 기사로 유명한 미국의 언론인.

개인의 자유로운 사고와 행동에 제약을 가하는 터부의 대중적·일반적 성격을 감안할 때, 다시 말해서 터부란 제한된 범위의 전문가들이 아니라 일반 대중에 의해 강요된다는 점을 감안할 때, 터부가 민주사회에서 더 큰 힘을 발휘하는 것은 지극히 당연하다. 다수의 힘은 거의 무한정 찬양하면서 소수의 권리는 무엇이든 부정하는 것이 민주사회의 뚜렷한 특징이기 때문이다. 소수 특권계급의 지배를 받는 사회에서 관습을 개혁하려는 혁명가는 예상과는 달리 비교적 쉽게 그 작업을 수행할 수 있다. 비교적 적은 인원의 승인만 받으면 개혁을 추진할 수 있고, 그들 대부분은 어느 정도 지적이고 독립적인 사고에 이미 익숙해져 있기 때문이다. 그러나 민주사회하에서 혁명가는 거대한 집단의 반대에 직면하게 되는데, 막대한 비용이 드는 복잡한 조직을 갖추고 있지 않은 이상 그 많은 성원에게 일일이 자신의 뜻을 전하기란 사실상 불가능하고, 설령 그런 기회가 주어진다 하더라도 대부분의 사람은 몸에 밴 습관을 좀처럼 고치지 않으려 한다는 사실을 깨닫게 될 것이다. 그들은 정말로 참신한 혁신을 이해할 능력도 없거니와 이해하려는 의사(意思)도 없다. 그들의 유일한 욕망은 그것을 억눌러버리는 것이다. 심지어 계몽의 열기가 유행병처럼 전국을 휩쓸고 있는 오늘날에도 남부나 중서부의 평범한 하원의원은 만약 각반(脚絆)을 착용하거나 손목시계를 차고 유권자들 앞에 나타난다면 자기의 의원직을 내던질 각오를 해야 한다. 그리고 만약 어떤 연방대법원 판사가 상원의원의 부인과 불륜을 저지른다면, 그가 제아무리 높은 학식과 엄정한 판결로 유명하다 할지라도 즉시 파멸하고 말 것이다. 또한 만약 별안간 민주주의 이념에 반기를 들고 신중하게 그것의 폐기를 제안하는 대법관이 있다면 그 역시 파멸을 면치 못할 것이다.

그렇다면 대중이 새로 등장하는 도덕적·정치적·사회적 혁명가집단에게 끊임없이 현혹되고 선동되는 사실은 어떻게 설명할 것인가?

다시 말해서 대중은 왜 새로운 야바위꾼들에게 영원히 희생되는가? 그 원인은 대중의 눈높이를 맞추는 데는 일가견이 있는 혁명가들은 정말로 새로운 것, 그래서 이해할 수 없고 놀랍고, 진저리나는 것을 제시하지 않기 위해 늘 신경을 쓴다는 단순한 사실에서 찾을 수 있다. 그들이 제시하는 것은 항상 번지르르하게 포장된 오래된 처방이다. 그것은 어머니가 만들어주곤 했던 복통약처럼 이미 효과가 검증되고 맛도 있어 널리 애용되는 치료제이다. 표면적으로 미국이라는 나라는 신기한 것을 마냥 좋아하는 심각한 만성질환을 앓고 있는 것처럼 보인다. 그러나 실제로 모든 미국적 사고방식은 소수의 정치적·경제적·종교적 이념의 경계 내에서 이루어진다. 하나의 예는 민주주의에 대한 근본적인 이념, 즉 모든 정치권력은 주민의 손에 있어야 하고, 그것이 우월한 사람들에 의해 행사되는 것은 본질적으로 부도덕하다는 생각이다. 이런 이념으로부터 그것을 감성적인 방식으로 다시 표현한 것에 불과한 무수한 관념과 열광, 이를테면 보직순환제, 직접선거, 국민발안제와 국민투표, 일반투표에 의한 공직자 해임권, 개방형 예비선거 등이 생겨났다. 또 하나의 예는 막대한 재산을 소유하는 것은 죄악이라는 주의(主義)이다. 절반은 종교적 유산이고 절반은 대중적 질투의 산물인 이런 주의로부터 자유로운 은화주조,[1] 반(反)트러스트, 국유제, 폭로언론,[2]

1. Free Silver. 금과 은을 모두 본위화폐로 사용하자는 주의 내지 운동. 19세기 말의 경제 침체기에 농산물 가격의 하락으로 생활고에 시달리던 남부와 서부의 농민들은 통화팽창 효과를 기대하고 자유로운 은화주조 운동을 전개했다. 1896년과 1900년의 대선에서 자유로운 은화주조는 가장 첨예한 정책적 쟁점으로 부상했는데, 전통적으로 도시와 공업의 이익을 대변하던 공화당은 금본위제 고수를 주장했고, 민주당은 농민의 지지를 얻기 위해 자유로운 은화 주조를 주장했다. 양대 선거에서 도시 유권자의 압도적인 지지를 받은 공화당 대통령 후보 매킨리가 민주당 후보 브라이언에 승리한 이후 이 운동은 기세가 꺾였다.

2. muck-raking. 시어도어 루스벨트 대통령이 1906년 4월 14일 연설에서 폭로를 일삼는 언론인들을 존 버니언의 『천로역정』에 나오는 "갈고리로 쓰레기더미를 뒤지는 사람"(영적이고 고상한 것에는 도통 관심이 없고 세속적이고 추잡한 것에만 골몰하는 사람)에 비

포퓰리즘, 블리즈주의,[1] 진보주의, 온건한 형식의 사회주의, '개혁'정치의 온갖 허풍이 생겨난다. 그리고 세상을 편하게 살아가는 사람들에 대한 농민 특유의 뿌리 깊은 의심도 있다. 이 의심은 일부는 노골적인 질투심에, 일부는 고리타분하고 야만적인 종교적 터부에 바탕을 두고 있다. 이런 불신으로 말미암아 노예제 폐지운동이나 금주법, 또는 경마 반대운동이나 맨법[2] 같은 갖가지 시끌벅적한 도덕운동이 전개되었다. 미국 정치사는 위와 같은 세 가지 이념의 역사라고 해도 과언이 아니다. 그 가운데 하나라도 관련되지 않은 쟁점이 미국인 앞에 제시된 적은 단 한 번도 없었다. 더욱이 그 세 가지 이념은 미국인의 근본적인 철학적(특히 인식론적) 원칙과 도덕이론, 심지어 외교관계를 특징지어왔다. 지난 전쟁〔제1차 세계대전〕은 처음에는 별로 인기가 없었지만, 민주주의를 구하기 위한 반쯤 종교적이고 전적으로 이타적인 군사행동이라고 광고문구처럼 포장되어 인민에게 "판매되자" 그들은 그것을 받아들였다. 만일 사실 그대로 그 전쟁을 굉장히 모호하고 복잡한 것이라고 설명했다면, 그것을 이해할 능력이 없는 그들은 전쟁을 혐오했을 것이다.

그들이 기본적으로 확신하는 이런 이념들의 범위를 벗어나면, 그들은 도저히 합리적인 사고를 할 수 없다. 철두철미한 군주제 지지자인 비스마르크가 침착하고 공정하게 민주주의를 논하는 것은 그리 놀랍지 않지만, 미국인이나 다른 민주국가의 국민이 군주제를 똑같은

유한 이후 널리 유행하게 된 표현이다. 하지만 20세기 초 미국의 폭로언론에는 남의 약점이나 스캔들을 뒷조사해서 독자들의 호기심을 충족시키는 부정적 측면뿐 아니라, 가려진 진실을 밝히고 비리를 고발하는 긍정적 측면도 있었다.

1. Bleaseism. 사우스캐롤라이나 주 지사와 상원의원을 지낸 콜먼 리빙스턴 블리즈가 내세운 극단적인 포퓰리즘과 백인우월주의를 말한다.
2. Mann Act. 부도덕한 목적(매춘)을 위해 여성을 국외로 내보내거나 다른 주(州)로 이동시키는 것을 금지한 법. 발의자인 일리노이 출신의 연방 하원의원 제임스 로버트 맨의 이름을 딴 것으로, 1910년에 제정되었다.

방식으로 논하는 것은 상상조차 할 수 없다. 사회적·정치적 대격변을 겪지 않는 한, 그들은 습관적인 사고방식에서 벗어나지 못할 것이다. 하지만 그런 대격변이 일어나면, 그들은 그 격변의 산물인 새로운 이념을 똑같이 견고하고 확실한 태도로 수용한다. 프랑스 혁명이 일어나기 1년 전만 해도, 국왕에 대한 불복종은 보통의 프랑스인으로서는 생각할 수도 없는 일이었다. 오직 소수의 대담하고 무례한 인간만이 그런 생각을 품고 있었다. 그러나 바스티유 함락 후 1년이 지나자, 국왕에 대한 복종은 있을 수 없는 일이 되어버렸다. 행동 면에서 대중심리 연구자들에게 흥미로운 자료를 많이 제공해주는 러시아의 볼셰비키는 자신의 행동원칙을 쉬운 말로 나타냈다. 일단 권력을 장악하자, 그들은 케케묵은 제정시대의 검열을 철폐하고 이제부터는 언론의 자유가 보장될 것이라고 선언했다. 단 볼셰비키가 제시하는 범위 안에서만. 다시 말해서 모든 시민은 바라는 대로 자유롭게 생각하고 말할 수 있었다. 그 생각과 말이 몇 가지 기본적 이념에 위배되지 않는 한에서! 이것이 바로 건국 초부터 미국에 만연해온 자유의 실체이다. 그것은 보통의 인간이 이해할 수 있는 유일한 종류의 자유이며, 그는 자기가 하는 모든 생각의 90%를 결정짓는 비논리적이고 종종 비지성적인 편견, 본능, 정신적 악습에서 벗어날 수 있는 능력을 선천적으로 결여하고 있다는 점을 극명하게 드러낸다.

어쩌다 보니 정치적 사색에 빠져 의회의 법령 몇 가지를 무시하는 발언을 하고 말았다. 파슨스 박사는 매우 흥미로운 저서에서 정치에 대해서는 언급하지 않는다. 그녀는 순전히 사회적인 관계, 즉 남녀 사이, 부모자식 사이, 주인과 손님 사이, 상사와 부하 사이의 관계만 다루고 있다. 그녀가 제시하는 자료들은 상당히 흥미롭고, 그것들을 찾아내고 정연하게 배열한 그녀의 노고도 대단한 것임에 틀림없다. 그런데 그녀가 본격적으로 탐구하지 않은 것들 또한 굉장히 흥미로워

보인다. 다른 연구자들에게는 황금의 기회인 셈이다. 나는 이 분야가 거의 전인미답이라는 점에 종종 놀란다. 프로이트주의자들은 성에 대한 강박을 떨쳐버리고 그 분야에 뛰어들면 업적을 낼 수 있을 것이다. 알프레드 아들러[1] 박사에 의해 묘사된 열등감은 언젠가는 군중심리라는 수수께끼 같은 현상을 명확하게 설명하는 데 도움을 줄 것이다. 프로이트 박사의 책에는 최악의 지적 신장염이라 할 수 있는 청교도주의의 기원과 구조에 대한 실마리가 있을지도 모른다. 나는 프로이트주의자들이 더 이상 시간을 지체하지 말고 이 과업에 천착해주기를 간절히 바란다. 다른 모든 면에서는 합리적인 사고를 하는 인간이 귀신의 존재를 믿는 이유는 무엇인가? 예술은 남성적이지 못한 것이라는 미국인의 공리(公理)는 어디에서 유래하는가? 사랑에 빠지는 것이라 일컬어지는 과정의 정확한 기제(機制)는 무엇인가? 왜 사람들은 신문을 신뢰하는가? ……빛이 있으라!

1. 오스트리아의 정신의학자이자 심리학자.

4

얼스터의 폴로니어스*

마크 트웨인이 구사했던 유머의 절반 정도는, 우리 모두가 지니고 있지만, 그 누구도 좀처럼 인정하려 하지 않는 악덕과 약점의 존재를 솔직히 인정하는 것으로 구성되었다. 그런데 조지 버나드 쇼의 명민함이란 사실상 모든 사람이 알고 있는 것을 요란하게 외치는 것으로 이루어져 있다. 나는 누구 못지않게 그의 권고적인 글과 희곡을 잘 안다고 생각한다. 내가 쓴 첫 책[1]은 그의 작품들을 다룬 것이었고, 나는 지금까지도 그의 작품들을 제법 꾸준하게, 그리고 무척 재미있게 읽어왔다. 그렇지만 나는 여태껏 그의 작품에서 독창적인 아이디어를 발견한 적이 없다. 어떤 사실이나 의견에 대한 그의 진술은 하나같이 이미 익숙하거나 거의 진부한 것이다. 그의 희곡 가운데 아무것이나 하나를 골라 그 주제를 평이하게 표현할 경우, 그리스도교권의 식자들 가운데 그것을 들어본 적이 없거나 진지하게 논박할

* The Ulster Polonius. 버나드 쇼를 가리킨다. 버나드 쇼는 아일랜드의 더블린 출신이지만, 멩켄은 그가 얼스터-스코틀랜드인(17세기 초 아일랜드 북부의 얼스터 지방으로 대거 이주한 저지대 스코틀랜드의 프로테스탄트들과 그 후손)의 기질을 그대로 물려받았다는 점에서 그를 얼스터인 또는 스코틀랜드인이라고 부른다. 폴로니어스는 『햄릿』에 등장하는 덴마크의 재상이자 햄릿의 장인(오필리아의 아버지)으로, 주변사람들에게 충고와 조언을 아끼지 않는 인물이다. 따라서 '얼스터의 폴로니어스'는 도덕적 훈계를 늘어놓는 프로테스탄트라는 뜻이다.

1. 1905년에 출판된 *George Bernard Shaw: His Plays*를 말한다.

사람은 단 한 명도 없을 것이다. 그가 쓴 희곡의 모든 주제는 기본적으로 평범하다. 사실 감명을 주는 모든 무대극 자체가 평범하다. 따라서 극작가가 불가피하게 평범한 이야기를 하는 사람이라는 사실은 이중으로 저주받은 평범함이다. 그러나 쇼는 연극의 숨 막히는 관습에 의해 방해받지 않을 때조차 명백한 것에 집착한다. 그가 쓴 페이비언주의에 대한 소책자들이나 전쟁에 관한 팸플릿들은 부정할 수 없는 참된 것들의 일람표이다. 그가 그 속에서 진지하게 진술한 것은 논리적 다툼의 여지가 전혀 없는 것들이다. 그의 작품들은 상당한 분노를 촉발시켰고, 그에게 많은 재미있는 욕설을 안겨주었지만, 나는 실제로 그의 글을 논리적으로 반박하는 사람을 본 적이 없다. 코페르니쿠스의 천문학을 논박하는 사람을 찾는 편이 오히려 쉬울 것이다. 그의 글은 구구단만큼이나 확실하고, 십계명이나 미국 헌법보다 훨씬 견고하다.

그렇다면 이 얼스터인이 그토록 각광받는 이유는 무엇인가? 왜 그는 갈릴레오나 니체, 시몬 마구스[1]에 필적할 만한 대(大)이단으로 간주되는가? 이유는 아주 간단하다. 그가 명백한 것을 기상천외한 방식으로 조명하는 멋진 솜씨를 보여주기 때문이다. 굳건해 보이는 2개의 전제를 연결시켜 부조리하고 부자연스러운 결론을 이끌어내는 논리적 속임수의 대가이기 때문이다. 무엇보다도 재기발랄하고 대담하고 언변이 좋고 설득력 있고 익살스럽고 우상파괴적이고 아부도 잘하는, 굉장히 매력적인 연설가이기 때문이다. 요컨대 주로 우리를 가르치고 타이르는 근엄한 색슨인의 정반대 인물형인 진정한 켈트인이기 때문이다. 그의 『인간과 초인』을 읽어보면, 쇼의 모든 장치가 어떻게 작동하는지 알 수 있다. 그는 바보가 아닌 이상 그 누구도 시비를 걸 리 없는 자명한 사실, 즉 그리스도교권의 일부일처제하에서는 여성이 남성

1. 그노시스주의의 일파인 시몬파를 창시했고, 초기 그리스도교 교부들에 의해 모든 이단적 교의의 시조로 간주되었던 서기 1세기의 인물.

보다 결혼을 통해 얻는 것이 훨씬 많다는 사실로부터 출발한다. 이 사실은 일부일처제 자체만큼이나 오래된 것으로, 일부일처제를 탄생시킨 혁명의 사회적 기반이었다고 말해도 과언이 아니다. 그런데 그 후 쇼는 세인들이 정서적으로 감추고 싶어 하는 함의, 원래의 명제에 분명히 내재되어 있지만 어리석고 위선적인 터부에 의해 발설되지 않고 그곳에 고이 모셔져 있는 연역적 결론을 제시한다. 즉 여성은 결혼이 자신에게 가져다줄 이익을 잘 알고 있기 때문에, 남성보다 훨씬 결혼에 적극적이고 혼인에서 주도권을 장악하려고 애쓴다는 것이다. 이 두 번째 사실은 25세에서 40세까지 힘든 시기를 겪은 남성에게는 첫 번째 사실만큼 빤한 것이지만, 일반적 동의에 의해 공언되지 않는다. 이 일반적인 동의를 어기는 것은 다른 사람들의 명예를 훼손하는 게 된다. 쇼는 그저 상습적으로 명예훼손의 잘못을 저지르는 인물로, 이 분야의 전문적인 범죄자이다. 그가 평생 한 일이라곤 명백한 것을 명예롭지 못한 방식으로 알린 것뿐이다.

그런 수다에 대한 두려움의 저변에는 가장 뿌리 깊고 가장 널리 퍼져 있는 인간의 약점, 다시 말해서 소심하게 정신적 평온과 안락만 추구하고 사물의 이치를 따져보는 걸 두려워하는 지적 비겁함이 깔려 있다. 모든 인간은 그런 소심증을 어느 정도 앓고 있다. 심지어 가장 용감하고 솔직한 사람도 자기 아내가 뚱보라거나, 그녀가 빤한 속임수로 자신을 계단으로 유혹했다거나, 자기 아들이 처남이나 장인을 닮아서 상스럽다는 사실을 솔직하게 인정하려 하지 않는다. 논리와 증거를 믿는 극소수의 비범한 영웅만이 가끔씩, 아주 가끔씩 인정할 수 있을 것이다. 보통사람은 백 번 죽었다 깨어나도 그렇게 할 수 없다. 자기가 마음속으로 알고 있는 것을 영원히 두려워한다. 평생토록 그것을 피하고 숨기려고 한다. 그래서 항상 지성이라 간주되는 것으로부터 달아나려 하고, 고귀한 감성, 즉 어리석고 그릇되고 감상적인 생각이라 간주되는 것에 안주하려 한다. 쇼는 이런 비겁한 시민을 소환하는 일에 몰두하고 있다. 그는 센세이션을 일으키기 위해, 때로는 심약한 인간을 모욕하는 기쁨을 누리기 위해, 단호하고 무자비하게 사물의 이치를 밝히는 사람이다. 그런 과정에서 이따금 절묘한 솜씨와 해학을 선보이기도 하지만, 생각이 올바른 보통사람도 용기만 내면 얼마든지 시도할 수 있는 졸렬한 방식을 사용하는 경우가 더 많다. 이 공식만 기억하면, 쇼의 독창성이라 일컬이지는 모든 것은 악취미를 가진 악동의 무례함에 지나지 않는다는 것을 깨달을 수 있다. 그는 해골을 관에서 꺼내 와 음란한 춤을 추게 한다. 물론 모든 사람은 그것들이 줄곧 거기에 있었음을 알고 있었다. 만약에 그가 속옷을 벗고 스트랜드 거리[1]를 활보하면서 깜짝 놀랄 런던 사람들에게 의문의 여지가 없는 (하지만 인습적으로 은폐되고 망각된) 사실, 즉 그 역시 포유류이며 배꼽을 가지고 있다는 사실을 상기시킨다면, 종류는 똑같을지라도 아마 좀 더 격렬한 소동이 일어날 것이다.

이제 쇼의 작품들 가운데 서문이 붙어 있는 그의 전형적인 희곡 『안드로클레스와 사자』를 살펴보기로 하자. 이 작품에는 쇼의 공식이 고스란히 드러나 있다. 한편으로는 다수의 식상한 말들이 있고, 다른 한편으로는 음란물의 분위기가 있다. 그는 한편으로는 감리교 목사조차도 이미 들어봤을 법한 진부한 사실들을 되풀이해서 말하고, 다른 한편으로는 경건한 자들로 하여금 설교단에서 열변을 토하는 목사를 보고 느끼는 짜릿한 감동을 전부 잊어버리게 만들 정도로 그 진부한 사실들을 선정적으로 표현한다. 그의 주장을 몇 가지만 소개하자면 다음과 같다.

1. 호텔·상점·극장이 밀집해 있는 런던의 거리.

(a) 예수가 설교한 사회적·경제적 교리는 현재 사회주의라 불리는 것과 분간할 수 없는 것이었다.

(b) 「사도행전」과 각종 서한에서 엿보이는 바울의 초월주의는 4대 복음서에 개진된 소박한 인도주의와는 확연하게 다르다.

(c) 예수에게는(그가 지상에 재림한다고 가정할 경우) 오늘날의 그리스도교가 니체·힌덴부르크[1]· 클레망소[2]의 이론만큼이나 혐오스러울 테고, 골드만[3]의 이론보다 훨씬 가증스러울 것이다.

(d) 성서의 기적들, 심지어 복음서의 역사적 진실성을 거부한다고 해서 결코 그리스도를 부정하는 것은 아니다.

(e) 초대 그리스도 교인들이 박해받은 것은 그들의 신학이 불온한 것으로 간주되었기 때문이 아니라, 그들의 공적인 행동이 민폐를 끼쳤기 때문이다.

그의 주장은 더 들어볼 필요도 없다. 부인할 수 없는 사실에 이보다 치욕적으로 굴복할 수 있을까? 150년 전에 나온 독일의 성서 주석서를 이보다 식상하고 맥 빠진 일련의 진술로 축약할 수 있을까? 4대 복음서 사이의 모순에 대한 그의 논의는 더욱 가관이다. 그의 모든 논점은 신약비평에 관한 기본적인 모든 논문, 하다못해 램즈던 밤포스[4]의 유치한 소책자에도 나와 있다. 쇼는 실제로 「마태복음」 1장 1~17절에 나오는 예수의 족보와 18절에 나오는 성령에 의한 잉태라는 직접적인 주장 사이에는 눈에 띄는 모순이 있다는 뉴스를 자못 심각하게 전해준다. 나아가 예수는 훌륭한 유대인이었고, 바울이 (지금은 그

1. 제1차 세계대전에 독일군 원수로 참전한 군인이자 정치가.
2. 제1차 세계대전 당시에 프랑스의 총리를 맡아 연합군의 승리에 기여한 정치인.
3. 미국에서 활동한 리투아니아 출신의 아나키스트.
4. 남아프리카에서 활동한 유니테리언파의 영국인 목사.

리스도 교인의 중요한 신조인) 할례를 거부한 것은 예수를 놀라게 했을 테고, 아마도 그에게 엄청난 충격을 주었을 것이라는 대단한 소식도 전해준다. 114페이지에 달하는 서문 전체가 이런 진부한 이야기들로 채워져 있다. 나는 서문을 눈을 부릅뜨고 처음부터 끝까지 읽어보았지만, 내가 익히 알고 있지 않은 사실이나 주장은 단 하나도 찾아내지 못했다. 평소 신학에 별로 관심이 없는 나 같은 사람은 지극히 평범한 신학적 문구만 보고도 놀라는 것이 정상일 텐데 말이다.

그럼에도 불구하고 이 서문은 자꾸 눈길을 끄는데, 여기에 쇼의 변함없는 인기비결이 숨어 있다. 쇼는 도발적인 언변의 귀재로, 각종 학설 중에서 가장 시시한 학설에 호전적인 기운을 불어넣는 법을 알고 있다. 그는 언제나 의기양양하고 언제나 도전적이며 언제나 박력이 있다. 그의 소재는 잡화점이나 고물상에서 구할 수 있을지 몰라도, 그의 방법은 언제나 그만의 것이다. 그의 어투는 고리타분하지만, 그가 하는 말은 참신하다. 예컨대 예수의 성격에 대한 그의 논의를 생각해보라. 기본적인 생각은 단순하고 명백하다. 예수는 세례자 요한처럼 불행을 예고하는 엄숙한 예언자도 아니고, 고행자도 아니며, 신비주의자도 아니었다는 것이다. 그러나 곧이어 쇼의 특기가 발휘된다. "그는……생활방식 면에서 우리가 예술가나 보헤미안이라 부를 만한 인물이었다." 사실은 그대로 남아 있지만, 그 사실에 대한 그의 과장된 진술은 일요일에 교회에서 접하는 까다로운 고집쟁이와 자신들의 숭배대상인 관대하고 다정한 인물을 혼동해온 사람들에게는 충격을, 그들보다 조금 똑똑한 사람들에게는 통쾌한 웃음을 준다. 속죄를 다루는 그의 방식도 마찬가지이다. 그가 속죄에 반대하는 이유는 진부하지만, 그는 속죄를 받아들이는 자는 더욱 약해지게 마련이고, 그것을 거부하는 자는 자신의 용기와 신중함에 의존할 수밖에 없으므로 결과적으로 그 두 가지 미덕을 고양하게 된다는 뻔한 사실을 지적함으로써 졸지에 신선한 효과를 얻는다. 예수가 격식에 얽매이지 않는 자유로운 존재였다는 첫 번째 주장은 내가 어떤 주교의 입을 통해 직접 들었을 정도로 식상한 것이다. 두 번째 주장은 지극히 당연해서, 나 역시 기차 흡연칸에서 우연히 만난 그리스도 교인에게 써먹은 적이 있다. 이 그리스도 교인은 처음에는 마치 쇼의 글을 읽은 사람마냥 놀랐지만, 30분가량이 지나자 사실은 자신도 오래전에 속죄에 반대하는 생각을 가진 적이 있었는데, 양심에 찔려 그런 생각을 접었다고 털어놓았다. 나에게 도덕적 책임감이라는 큰 부담을 갖게 하고, 하느님의 선민들보다 주의 깊게 행동할 것을 강요하며, 재정·논리학·연애의 유쾌한 이로움을 빼앗아버리는 교리를 도저히 받아들일 수 없다는 나의 설명을 흥미롭게 경청하던 그의 모습이 눈에 선하다.

쇼의 전설에는 이중의 웃음거리가 숨어 있다. 첫 번째 것은 이미 내가 폭로했다. 두 번째 웃음거리는 쇼에게 배료된 희생자들이 생각하는 것과는 달리 쇼는 결코 불가지론자가 아니라 가장 독단적이고 강퍅한 스코틀랜드의 정통파 장로교인, 다시 말해서 거의 전형적인 청교도라는 사실과 연관이 있다. 나는 그가 아일랜드인이라는 설을 믿지 않는다. 그의 이름부터가 해기스[1]만큼이나 스코틀랜드적이고, 그의 출생지는 거의 스코틀랜드인만 거주하는 곳이다. 진정한 아일랜드인은 낭만적이다. 그래서 인생을 신비, 경이, 열정과 아름다움의 경험이라고 느낀다. 정치적으로는 논리적이라기보다는 감정적이다. 종교적으로는 계율보다 성사(聖事)에 초점을 둔다. 반대로 스코틀랜드인은 낭만주의와 거리가 멀다. 그런 만큼 유물론적이고 논리적이고 공리주의적이다. 그에게 인생이란 시가 아니라 일련의 엄격한 규제이다. 하느님은 관대한 아버지가 아니라 가혹한 심판자이다. 성인은 없

1. 양이나 송아지의 간·심장·폐를 다져서 오트밀 따위와 섞어 만든 소를 그 위장에 꽉 채워 넣고 삶은 스코틀랜드 전통요리.

고 악마만 있을 뿐이다. 아름다움이란 도덕에 봉사할 때에만 구제될 수 있는 추잡함이다. 현세에서 잘 사는 것이 천사의 날개를 스치는 것보다 훨씬 중요하다. 쇼는 그야말로 전형적인 스코틀랜드인이다. 그의 비평들을 통독해 봐도, 그가 글을 쓰는 동안 예술적 영감에 충만해 있었을 거라는 인상은 전혀 받을 수 없다. 그는 입센이 하바리 복음주의자, 다시 말해서 윌리엄 부스[1]의 형, 에멀린 팽크허스트[2] 여사의 오빠, 성(性)위생학회 이사에 불과하다는 미신을 영국에 널리 퍼뜨렸다. 그는 셰익스피어를 빗물 받는 통에서 구슬피 우는 흉조(凶鳥)로 둔갑시켰다. 심지어 리하르트 바그너의 악극에 (헤라클레스의 완력으로) 도덕적 내용을 주입했다. 도덕적 관념이 이토록 엄청난 규모로 미의 제단에 바쳐진 경우는 일찍이 없었다. 언제나 윤리에 집착하는 스코틀랜드 청교도의 특징이 쇼에게서 엿보인다. 그의 정치적 견해는 도덕적 분개에 지나지 않고, 그의 미학이론은 미학에 대한 만행이다. 그는 자신의 글을 통해 지금껏 인간의 약점으로 치부되어왔던 것들에서 끊임없이 잔학성을 찾아낸다. 또한 계속 새로운 죄를 만들어내면서 처벌을 요구하고, 항상 자신의 적을 잘못된 존재인 동시에 악당으로 본다. 나는 그를 장로교인이라고 불러왔는데, 여기에 그가 결정론이라는 유사과학적인 미명(美名)하에 예정설을 갖고 장난치는 사람이라는 말을 덧붙이고 싶다. 그는 인간이 자신의 미덕을 발휘할 책임은 없을지 몰라도 자신의 잘못에는 반드시 책임을 져야 한다고 확신하는 듯하다. 잘못을 저지른 인간은 몰매를 맞아도 싸다는 말인가?

이런 것이 혁명가이자 이단아라는 쇼의 실체이다! 우리는 어쩌면 다음번에 교황 베네딕투스 15세가 무신론자라는 이야기를 듣게 될지도 모르겠다.

1. 구세군의 창설자.
2. 영국의 여성참정권 운동가.

5

조지 진 네이선

우리는 고든 크레이그[1]를 농담이나 하는 사람이 아니라 매우 진지하고, 심지어 근엄한 인물이라고 생각한다. 지난 10여 년 동안 온건한 축에 드는 미국의 연극비평가들은 그를 깍듯이 예우해왔고, 아메리카드라마리그[2]의 감상적인 노처녀들과 자아도취적인 교수들은 그를 연극비평의 최종적 권위자로 떠받들었다. 사실 크레이그는 이런 존경을 받아도 전혀 이상하지 않다. 연극 분야에서 뛰어난 작업을 해왔을 뿐 아니라, 대단한 영향력과 재능, 아주 독창적인 인물이기 때문이다. 그럼에도 불구하고 그는 토비 벨치 경[3]과 쾨페니크의 대위[4]를 연상시키는 저속한 해학가의 면모를 풍기기도 한다. 1년 전쯤 그는 불쾌한 농담으로 자기의 숭배자들을 동요시켰다. 내가 그 악명 높

1. 영미의 연극계에 지대한 영향을 미친 영국의 배우·연극이론가·연출가.
2. 좋은 연극에 대한 대중의 관심을 높이기 위해 1910년에 시카고에서 연극 관계자들과 동호인들에 의해 창설된 단체. 1931에 해체되었다.
3. 셰익스피어의 희극 『십이야』(十二夜)에 나오는 주책없는 주정뱅이 노(老)기사.
4. 1906년 프로이센군의 대위를 사칭한 황당한 사건을 일으켜 세상을 떠들썩하게 한 프리드리히 빌헬름 포이크트를 말한다. 25년을 감옥에서 지낸 전과자인 구두수선공 포이크트는 황제의 명을 받았다며 베를린에서 보초근무를 마치고 돌아가려는 제4근위대 경비병들을 근교의 소도시 쾨페니크까지 데려가, 시청을 장악하고 공금횡령 죄목으로 시장을 체포한 다음 시청 창구에 있던 돈 4천 마르크를 챙겨 유유히 사라졌다. 군국주의 프로이센 사회의 경직된 분위기를 교묘하게 이용한 이 사기꾼의 이야기는 극작가 카를 추크마이어에 의해 『쾨페니크의 대위』(1931)로 극화되었다.

은 네이선 사건을 언급한다는 것을 새삼 말할 필요가 있을까? 다음과 같은 장면을 상상해보라. 윌리엄 아처[1]와 아서 워클리[2]같은 비평가들이 장시간의 비밀회의에서 아마도 마테를링크[3]에게 바치는 월간 외신(外信)을 준비하고 있을 때, 끔찍한 소식을 전하는 사자가 도착한다. 고든 크레이그가 머나먼 이탈리아의 은거지에서 네이선을 칭찬하는 〔교황의〕 교서를 내렸다는 것이다! 어느 네이선? 조지 진 네이선. 뭐라고? 『스마트세트』[4]의 스가라무슈, 상스러운 친구, 야비한 흉내쟁이, 플로렌즈 지그펠드[5]를 찬미하고, 예쁜 다리를 유난히 좋아하고, 외젠 브리외,[6] 데이비드 벨라스코,[7] 오거스터스 토머스,[8] 미니 매던 피스크[9]를 오만하게 비웃는 그 작자 말인가? 그렇다. 그렇다면 도대체 크레이그는 그를 어떻게 평했는가? 그는 네이선에 대해서, 읽을 가치가 있는 글을 쓰는 미국의 유일한 연극비평가이고, 연극평단의 내로라하는 인사들의 지식을 모두 합친 것보다 훨씬 많은 지식을 갖고 있으며, 학식·분별력·치밀함·공평성·타당성·필력 면에서 타의 추종을 불허한다고 평했다.

그러나 비평가들의 이름은 문제가 아니다. 사실 크레이그는 굳이 그들의 이름을 열거하지도 않았다. 단지 무대를 깨끗이 청소한 다음, 다소 당황스러워하는 네이선을 그 빈 공간 중앙에 배치했을 뿐이다. 그날은 지난 5년 동안 미국에서 크레이그의 권위를 확립하기 위해 노

1. 입센의 희곡들을 번역하여 영국 대중에게 소개한 스코틀랜드의 연극비평가.
2. 『더타임스』지를 비롯한 각종 신문에 평론을 기고한 영국의 연극비평가.
3. 1911년에 노벨문학상을 받은 벨기에의 상징파 시인이자 극작가.
4. 네이선이 멩켄과 함께 편집한 문예지.
5. 시사풍자극으로 유명한 미국의 연극연출가.
6. 프랑스의 극작가.
7. 100편 이상의 브로드웨이 연극에 관여한 미국의 연출가이자 극작가.
8. 미국을 배경으로 한 다수의 희곡을 쓴 미국의 극작가.
9. 입센의 작품을 미국의 대중에게 소개한 미국의 여배우.

력을 아끼지 않았던 순진한 고집쟁이들에게는 슬픈 날이었지만, 출판인 크너프[1]에게는 기쁜 날이었다. 크너프는 당시에 네이선의 『대중연극』을 막 출간한 참이었다. 그는 즉시 8번가의 인쇄업자에게 달려가 크레이그의 찬사를 실은 전단 10만 장을 주문하여 전국에 뿌렸다. 그 결과는 대단히 미국적이고 흥미롭다. 네이선의 이전 책들은 칭찬을 받은 일도 별로 없었거니와, 어쩌다 칭찬을 받는다 해도 조건부의 미온적인 것이었다. 요컨대 그는 남을 조롱하는 데만 능할 뿐 진정한 비평가의 필수조건인 냉정함과 위엄을 갖추지 못했으므로, 재미있긴 하지만 진지하게 받아들일 만한 인물은 아닌 것으로 평가되었다. 그러나 외국인, 특히 영국인의 지지를 등에 업자, 그는 졸지에 장점, 심지어 모종의 엄숙함마저 갖추기 시작했다. 나는 지금까지 『대중연극』보다 더 많은 호평을 받은 연극 관련 책을 본 적이 없다. 이런 현상은 이미 말한 것처럼 전형적으로 미국적인 것이었다. 미국에서 문명화된 견해로 통하는 유치한 미신들이 권위 있는 한 외국인의 발언에 의해 하루아침에 타파된 것이다. 나 자신도 비슷한 과정을 경험한 적이 있다. 『미국어』 이전에 내가 쓴 모든 책은 대체로 냉담한 평가를 받았다. 특히 『서언집』은 정통파 평론가들로부터 외면을 당했다. 그런데 『미국어』가 출간되기 직전에, 프랑스의 문예지 『메르퀴르 드 프랑스』가 『서언집』을 소리 높여 칭찬하는 의외의 기사를 실었다. 그 결과 졸저 『미국어』가 갑자기 명저로 둔갑했고, 나의 전작(前作)들을 깡그리 무시했던 명망 높은 비평가들이 굉장히 우호적인 서평을 써주었다.

각설하고 네이선 이야기로 돌아가자. 드라마리그의 회원들과 그 밖의 잘난 체하는 수다쟁이들이 그토록 오랫동안 네이선을 고상한 앨런 데일[2] 정도로 오해했던 것은, 그가 우둔함을 진지하게 받아들이기

1. 1915년에 앨프레드 A. 크너프 출판사를 설립한 미국의 출판인.
2. 미국에서 비평가로 활동한 영국작가 앨프레드 코언의 필명.

를 거부하고, 격식을 차리거나 학자연하지 않고, 연극무대를 진솔하게 즐기고, 특히 호전적으로 우상을 타파하고 촌철살인의 위트를 구사했기 때문이다. 하지만 지성인 크레이그는 네이선이 가짜와 진짜를 가려내는 특출한 능력, 상투적인 수법과 편견으로부터 자유로운 열린 마음, 연극 관련 문헌에 대한 해박한 지식, 합리적인 미학이론에 바탕을 둔 탄탄한 논리, 무엇보다도 자신이 쓰는 글의 대상에 사람들의 관심을 집중시키는 비범한 재주의 소유자임을 간파했다. 이런 재능 덕분에 그는 이미 많은 독자를 확보하고 있었다. 실제로 그는 지난 5~6년간 미국에서 가장 널리 읽힌 연극비평가 중 한 명이었다. 그러나 현명한 것과 재미있는 것은 양립하기 어렵다는 잘못된 고정관념으로 말미암아, 네이선의 견실하고 명확한 사고는 빛을 발하지 못했다. 정말로 재미있는 그의 글이 왠지 천박해 보였던 것이다. 이런 상황에서 크레이그가 그런 천박함은 어디까지나 겉모습일 뿐, 네이선의 비평은 잘 계획되고 명확하게 표현된 것이며, 그 중심에는 연극과 연극학에 대한 건전한 이론이 자리하고 있음을 보여주었다.

도대체 그 이론은 무엇인가? 그것은 그 어떤 책에도 일목요연하게 정리되어 있지 않지만, 『연극에 관한 또 한 권의 책』, 『대중연극』, 『조지 진 네이선 씨의 진술』을 읽은 사람이라면 그 개요쯤은 익히 알고 있을 것이다. 간략히 말해서 그것은 베네데토 크로체와 그 문하생인 J. E. 스핀간 박사가 괴테와 칼라일의 이론을 차용하여 열정적으로 전파한 이론, 즉 모든 예술작품은 본질적으로 독특한 것이고, 비평가의 임무는 그 작품에 이름표를 붙여 분류하는 것이 아니라, 작품의 고유한 의도와 내용을 파악하고, 그 의도의 구현 여부와 그 내용의 타당성이나 가치에 따라 작품을 평가하는 것이라는 이론이다. 이것은 학술적 비평과는 관점이 전혀 다른 이론이다. 교수는 체계적인 색인의 작성자에 불과하다. 그는 분류하지 않으면 저주받는다. 그의 명언은 "그것은 뛰어나지만 희곡은 아니다"라는 선언이다. 네이선은 훨씬 지적이고 개방적인 눈을 갖고 있다. 유연하고 융통성 있는 그의 잣대는 부실하고 저속하고 부정직한 작품에 대해서만 적대적이다. 그래서 무기력하고 작위적인 희곡을 배척한다. 입센과 마테를링크를 어설프게 모방한 값싼 감상도 배격한다. 단순히 인기몰이를 하거나 말초신경을 자극하는 모든 시도를 배제한다. 그러나 어떻게 착안되거나 계획되었든, 쉽게 납득이 되도록 잘 구현된 연극이라면 모두 포용한다. 재능 있고 독창적이고 정말로 재미있는 극작가의 작품은 모두 환영한다. 그리고 진실한 목적을 만족스럽게 달성하고 솔직하게 표현한 온갖 연극적 볼거리도 수용한다.

이 이론만 명심하고 있으면, 네이선의 실제 활동을 잘 이해할 수 있다. 첫째, 그는 브로드웨이의 상품들뿐만 아니라 허튼짓을 무자비하게 풍자한다. 둘째, 에이버리 호프우드,[1] 플로렌즈 지그펠드, 루트비히 토마[2] 던세이니 경,[3] 사샤 기트리,[4] 로타르 슈미트,[5] 페렌츠 몰나르,[6] 로베르토 브라코,[7] 게르하르트 하웁트만[8] 등의 다양한 인물을 열렬히 옹호한다. 이들에게는 한 가지 공통점이 있다. 지적이고, 아이디어가 풍부하고, 본인이 하는 일이 무엇인지 알고 있다는 것이다. 물론 유럽에는 미국에 비해 그런 사람이 훨씬 많고, 그들 가운데 가장 미미한 작가도 미국의 일류작가에 뒤지지 않는다. 그래서 네이선은 항상

1. 브로드웨이의 극작가.
2. 독일의 소설가이자 극작가.
3. 아일랜드의 시인·극작가·설화작가. 던세이니의 18대 남작 에드워드 존 모턴 드랙스 플렁켓의 별명.
4. 프랑스의 배우이자 극작가.
5. 독일의 극작가.
6. 헝가리의 극작가이자 소설가.
7. 이탈리아의 극작가이자 소설가.
8. 1912년에 노벨문학상을 수상한 독일의 극작가.

그들을 소개하고, 그들의 작품을 공연해야 한다고 주장하는 것이다. 다시 말하면 그가 수입품을 선호해서가 아니라, 완성도 높은 작품이 많은 만큼 미국의 예술가들에게 자극을 주는 본보기가 될 가능성도 크기 때문이다. 그가 브로드웨이 거물들의 감상적인 허식에 맞서 싸울 때 코미디, 심지어 익살극이라는 무기를 휘두르는 것도 같은 이유에서다. 사랑이 칼보다 강하며 순수한 마음이 〔사형장의〕 전기의자를 무력화시키고 눈이 손보다 빠르다는 것을 증명하기 위해 돌팔이 의사의 주술과 주일학교의 진부한 이야기를 내세워 들고 일어날까? 그러면 네이선은 슬랩스틱 코미디를 이용해 그를 고소하고, 그의 늙은 광대를 무참히 짓밟아버릴 것이다. 벨라스코는 과연 이 자유인 앞에서 엄지손가락을 이마에 대고 위대한 예술가—차일즈 레스토랑[1]의 대형 석판화와 매디슨 가의 골동품상 같은 그의 스튜디오가 그 증거이다—의 포즈를 취할까? 그러면 네이선은 그를 비웃고, 그를 그가 있어야 할 자리로 옮겨놓을 것이다. 코뿔소처럼 뚱뚱하고 멍청한 한 여배우가 살찐 라신[2]의 외설적인 희곡을 발굴하여 성위생관념을 함양한답시고 대중에게 그 지겹고 역겨운 장면을 그대로 보여준다면, 그리고 감히 위대한 교훈을 주겠다며 침묵의 약조를 깨뜨리고 브리외와 그 일당의 고상한 작품을 계속해서 공연한다면, 그리하여 참을성 없는 말괄량이들을 몰렉[3]의 제단에서 구해내려 한다면, 즉 그런 건방지고 어리석은 말괄량이가 신문지상을 헛소리로 도배하고 맨해튼에서 제일 큰 극장을 열광적인 얼간이들로 가득 채운다면? 그러면 상스러운 네이선은 그녀에게 돼지풀 꽃가루가 섞인 밀가루를 끼얹을 테고,

1. 20세기 초에 성업한 미국 최초의 레스토랑 체인. 벨라스코는 1912년에 자신이 연출한 한 연극에서 이 레스토랑의 모든 것(식기와 음식에서 인테리어에 이르기까지)을 충실하게 재현했다.
2. 여배우는 미니 매던 피스크를, 살찐 라신은 브리외를 가리키는 것 같다.
3. 고대 셈 족이 섬기던 화신(火神). 어린아이를 불 속에 던져 제사지냈다.

그녀는 자신의 괴상한 재채기 소리에 맞춰 무대에서 쫓겨날 것이다.

그는 부득이하게 자주 공격에 나서야 한다. 정직하게 연출되고 정직하게 연기된 정직한 연극 한 편에 약 20편의 모조품이 나오는 것이 브로드웨이의 현실이다. 그런 작품들이 얼마나 나쁜지 진지하게 폭로하려면, 체면불구하고 윌리엄 윈터[1]의 어리석음과 무익성까지 밝혀야 한다. 조롱만으로 충분하지 않을 때도 있다. 작품의 근본적인 진부함을 드러내는 간략하고 극적인 방식이 반드시 필요한 경우가 있다. 크로체처럼 이곳을 수정하고 저곳을 개칠하여 작품을 재창조하는 방식도 시도해봄직하다. 그 결과는 희작(戱作)이지만, 이런 희작이야말로 가장 엄격하고 계몽적인 비평의 하나라고 할 수 있다. 토머스의 평범한 연극이 정반대의 순서로(즉 연극의 마지막 장면부터 시작하여 첫 번째 장면으로 되돌아가는 식으로) 상연되었다면 차라리 나았을 것이라는 네이선의 논증을 어떻게 잊을 수 있겠는가?[2] 연극에 종사하고 있는 나머지 모든 미국작가의 능력을 압도하는 인물의 이 당당하고 멋진 촌평은 토머스의 전설을 한방에 날려버렸다. 『밑에서부터 위로』라는 제목의 얇은 책에는 상대방을 가볍게 제압하는 그와 같은 유희가 숱하게 나온다. 네이선은 판사인 양 멜로드라마에 사형선고를 내리는 것이 아니라, 그것이 입센 외젠 스크리브[3]나 에우리피데스의 작품만 못하다는 것을 어렵사리 증명하는 것이다. 그가 책상 앞에 앉아서 쓰는 짧은 멜로드라마는 모든 아류를 우르르 쓰러뜨릴 만큼 굉장히 익살스럽다. 그는 프랑스 희곡이 미국에서 번역되어 무대에 올려지면 작품을 망친다는 사실을 일요판 신문의 칼럼 네 편을 통해 증명하는

1. 미국의 연극비평가.
2. 네이선은 오거스터스 토머스의 희곡 『인디언 서머』(1912)의 줄거리를 거꾸로 뒤집어 재구성했다.
3. 프랑스의 극작가.

것이 아니다. 단 여섯 줄로 간단하게 그 일을 해낸다.

이런 방법은 물론 골빈 사람들을 상대하는 데 쓰인다. 미숙한 연극계의 협잡꾼들을 감정적으로 모욕한다. 그리고 교활한 막후의 보복을 유발한다. 대부분의 나라에서 그렇듯이 미국에서도 극장은 주로 졸부들에 의해 운영된다. 배우들과 끊임없이 어울리는 사람들은 자연히 허영심, 단순무식, 자기보다 뛰어난 사람들에 대한 상투적인 폄하 같은 배우의 속성이 몸에 배게 된다. 이런 나쁜 기운은 극작가와 비평가에게 퍼져 나간다. 그리하여 전자는 허풍쟁이가 되고, 후자는 비겁하고 역겨운 부정행위에 빠져든다. 이런 연극계에서 긍정적인 생각과 세련된 취향, 변함없는 성실성을 가진 사람은 대개 이방인이고, 이들은 저질 인간들이 드러내는 온갖 적의에 대항해야만 한다. 내가 알고 있는 한 브로드웨이에서 졸작을 팔아먹는 작자들 중에서 폭력적인 방식으로 네이선을 매장하려고 시도해보지 않은 사람은 단 한 명도 없다. 네이선은 반골적인 평론가들을 좌절시키는 데 특효약으로 정평이 난 모든 수단에 노출되어왔고, 그것에 대항하는 과정에서 새로 끔찍하게 고안된 극악무도한 장치에 의해 특별취급을 받아왔다. 연극비평가 중에서 그토록 맹공을 당하고도 별다른 불편을 느끼지 않은 사람은 일찍이 없었다. 더욱이 그는 하수들의 전매특허인 그런 집중공세를 역이용하려는 노력을 전혀 하지 않았다. 그와 10년 동안 지근거리에서 지내온 내가 지켜본 바에 의하면, 그런 공격은 그에게 아무런 영향도 미치지 못했다. 천지개벽에 대한 망상이라고는 조금도 없는 철두철미한 회의론자인 그는 한편으로는 비겁함을, 다른 한편으로는 비분강개를 회피해왔다. 연극계에는 제임스 S. 멧캐프[1]처럼 순교자 티를 내는 사람들이 많지만, 네이선은 예외이다. 그가 보여주는 불요불굴

1. 1906년에 자신을 배척하는 뉴욕의 극단대표들을 상대로 소송을 제기한 비평가.

의 독립정신(과 고고하고 도도한 태도)이 대중에게 유용하다는 말을 들으면, 그는 아마 크게 기뻐할 것이다. 나는 때때로 그런 사람이 극장에서 밤마다 저급한 무리와 나란히 앉아 나쁜 공기를 마시며 천방지축으로 날뛰는 얼간이들을 멍하니 바라보고 있는 이유가 뭔지 궁금해진다. 어쩌면 그것은 은밀한 낭만 때문일 것이다. 입장권과 번쩍이는 장식, 화려한 색과 달콤한 음향, 비상식적인 영웅들과 욕망을 자극하는 소녀들에 대한 소년기의 유쾌한 추억이 아련하게 남아 있는 것일지도 모르겠다. 그러나 좀 더 개연성이 큰 이유는 그의 유머감각과 열정에 있을 것이다. 그에게 인생이란 결코 지루하지 않은 구경거리이다. 무한히 놀랍고 재미있고 우스꽝스럽고 통속적이고 추잡한 쇼이다. 결국 연극이란 인생의 축소판이 아니라, 굉장히 과장된 인생의 확대판이다. 연극의 감정은 현실의 감정보다 10배나 강렬하고, 그 이념은 현실 속 인간의 이념보다 20배나 어리석으며, 그 조명과 색상과 음향은 자연의 빛과 색과 소리보다 40배나 강력한 힘으로 우리의 눈과 귀를 멀게 하고, 그 등장인물들은 우리가 아는 모든 사람에 대한 기괴한 희화화이다. 이런 것이 냉소주의자의 기분을 전환시켜주며 네이선이 연극에 충실한 이유를 설명해준다.

네이션을 매료시킨 원인이 무엇이든, 그것은 영속적인 것 같다. 풍부한 이념을 손쉽게 글로 표현하는 사람은 언제나 실험을 하고, 낯선 위험에 뛰어들고, 더 많은 분야에서 자신을 표현하고 싶어한다. 그렇지만 불혹이 다 되어가는 네이선은 연극에만 전념하고 있다. 그의 저서 여섯 권 가운데 연극을 다루지 않은 책은 단 한 권뿐이고, 그나마 아주 얇은 책이다. 지난 4~5년 동안 그가 다른 주제에 관해 쓴 글은 거의 없다. 나는 이런 부지런함의 근저에는 광기라고 표현할 수밖에 없는 그 무엇이 있다고 생각한다. 어쩌면 호기심이라는 말이 적절한 표현일지도 모르겠다. 그의 주된 관심사는 극장의 주요 공연물이 아니라, 끝도 없이 새로 등장하는 인물들과 활발한 혁신, 즉 우리 시대에 진행되고 있는 급진적인 쇄신이다. 나는 그가 쓴 책이나 기사에서 연극의 고전들을 평가하는 단락을 단 하나도 본 기억이 없다. 기껏해야 그 해석에 관한 한두 가지 촌평이 떠오를 뿐이다. 그는 언제나 정반대의 것에 관심을 기울이고 있으며 온갖 종류의 참신한 것(모조품만 아니라면)에 강한 호기심을 보인다. 막스 라인하르트[1]와 조지 버나드 쇼, 사샤 기트리 같은 실험주의자들, 그랑기뇰[2]의 대담한 무명배우들, 던세이니, 지그펠드, 조지 코핸,[3] 슈니츨러,[4] 등의 독창적인 인물들을 열렬히 지지했다. 또한 호프우드의 익살극에서 우리의 연극에 새로운 자극이 될 요소를 누구보다 먼저 찾아냈고, 엘러너 게이츠[5]와 클레어 쿠머[6]의 참신한 관점을 주저 없이 환영했다. 이와 동시에 소극장운동[7]에서 단순히 잘난 체하는 사이비 지성은 배제하고 건전한 부분만 살려냈다. 브로드웨이를 향해 날카로운 필봉을 휘두르는 이 가혹하고 심지어 악의적인 친구는 대단히 친절하게 돼지의 목에 진주목걸이가 걸려 있음을 끊임없이 알려준다. 42번가의 새로운 연극이 홍보담당자들이나 신문의 비평가들이 말하는 것처럼 진지한 예술작품인가? 그렇다면 당신 할머니의 틀니도 예술작품이다! 마테를링크가 위대한 사상가인가? 그렇다면 프랭크 크레인 박사[8]도 위대한 사상가

1. 정교한 반(反)자연주의적 양식으로 베를린과 빈에서 명성을 얻은 독일의 연출가.
2. 19세기 말 프랑스 파리에서 유행한, 살인이나 폭동 따위를 주제로 한 전율적인 연극.
3. 미국의 배우이자 극작가.
4. 오스트리아의 소설가이자 극작가.
5. 미국의 작가.
6. 미국의 극작가이자 작사가.
7. 연극의 상업주의를 배격하고, 소규모 극장에서 여러 가지 실험과 혁신을 통해 새로운 연극을 시도한 운동. 미국에서는 20세기 초에 시카고·보스턴·시애틀 같은 도시를 중심으로 전개되었다.
8. 20세기 초에 사회정치적 이슈에 관한 교훈적 칼럼을 신문에 연재하여 인기를 끈 미국의 목사·연설가·칼럼니스트.

이다! 벨라스코가 심오한 예술가인가? 그렇다면 호텔 식당의 천장을 설계한 사람도 심오한 예술가이다! 그러나 너무 성급하게 슬퍼하지는 말자. 길모퉁이 어딘가에서 상연되고 있는 연극에는 멋진 장면이 나온다. 그 옆의 극장에서는 짜증나게 지루한 줄거리가 전개되는 와중에 2명의 어릿광대가 등장하여, 한 명이 다른 한 명을 마요네즈가 가득 들어 있는 독일식 소시지로 때린다. 그리고 한 블록 떨어진 곳에 있는 무대의 두 번째 줄에는 아주 매력적으로 내측광근(內側廣筋)[1]을 꼬고 있는 소녀가 있다. 장미 냄새만 맡고 그 가시는 잊어버리자!

네이선의 이런 태도가 주로 투쟁의 대상으로 삼는 것은 저급함·음란함·진부함보다도, 오락의 장(場)인 극장을 아카데메이아의 숲—마테를링크·브리외·그랜빌-바커[2]의 복합체—에 딸린 헛간으로 전환시키려는 얼빠진 노력이다. 미국은 물론이고 영국에도 워클리 정도를 제외하곤 네이선만큼 그런 움직임에 단호하게 맞서온 비평가는 없다. 그는 연극의 기능과 한계에 대해 환상을 갖지 않는다. 그는 빅토르 위고와 마찬가지로 관념의 영역에서 연극이 수행할 수 있는 최고의 기능은 "사상을 대중의 정신적 양식으로 변형시키는 것"이라는 사실, 그리고 가장 단순하고 불확실한 사상만이 그런 변형을 거칠 수 있다는 사실을 알고 있다. 입센 열풍이 최고조에 달한 15년 전에 등단한 그는 처음부터 입센주의의 장황한 말잔치에 비판적인 입장을 취했다. 그는 희곡의 달인인 입센의 높은 가치를 즉각 알아차리고 그를 연극적 기법의 개혁가로 환영했지만, 동시에 그의 연극이 보여주는 관념적 내용이 진부하다는 것을 간파하고 이 사실을 공표함으로써 입센주의자들의 비위를 상하게 했다. 하지만 입센주의자들은 사라졌고 네이선은 남아 있다. 그는 브리외 소동도 견뎌냈고, 벨라스코의 전설에 사

1. 무릎 위의 허벅지 안쪽에 붙어 있는 넓은 근육.
2. 영국의 연출가·극작가이자 배우.

망선고를 내렸으며, 마테를링크와 그랜빌-바커에게도 비판의 메스를 가했다. 또한 다수의 어설픈 무언극에도 엄청난 위력을 보였다. 그리고 리처드 버턴[1]과 클레이턴 해밀턴,[2] 윌리엄 윈터 같은 부류가 근엄하고 거만하게 학자연하며 잡설을 늘어놓는 혼탁한 시류에 맞서는 한편, 신학·방부학·산과학(産科學)과 함께 추방되었던 우리의 연극비평을 구출해내어, 전쟁·현악기연주·개복수술과 함께 니체가 '즐거운 학문'[3]이라고 부른 것 사이에 자리매김한다. 네이선은 연극비평을 재미있고 자극적이고 도전적이고 심지어 다소 충격적인 것으로 만들어 놓았다. 그리고 레싱·슐레겔·해즐릿·조지 헨리 루이스[4] 같은 선구자들의 묵직한 저작에 대한 명확하고 해박한 지식을 은근슬쩍 평단에 소개했고, 세계 각지의 연극계 동향에 대한 방대한 지식도 아낌없이 전수했다. 이토록 방대한 양의 정보를 방출하기 위해, 그는 영어를 잡아당기고 두드려 새롭고 때로는 놀라운 형식으로 바꿔놓았고, 영어만으로 부족한 경우에는 프랑스어·독일어·이탈리아어·미국어·스웨덴어·러시아어·터키어·라틴어·산스크리트·고대교회 슬라브어[5]·연산기호·화학공식·음악부호·황도12궁으로 보충했다.

이런 방식에는 물론 위험이 없지 않다. 지나치게 표현력이 뛰어난 사람은 때때로 단순한 기교의 유혹에 넘어가기 쉽다. 평균적인 작가, 특히 평균적인 연극비평가는 하나의 새롭고 독특한 경구(警句)만 평론에 포함시켜도 성공을 거둘 수 있다. 네이선의 경우에는 자신의 창작을 평균적인 독자들이 이해할 수 있도록 충분히 평범한 표현으로

1. 미국의 시인이자 비평가
2. 미국의 연극비평가.
3. gay science. 즐거운 학문은 시를 쓰는 데 필요한 기교를 뜻하는 프로방스어에서 유래한 말로, 삶을 풍요롭게 해주는 지식이라는 뜻으로 사용된다. 니체는 1882년에 동명의 책을 출판했다.
4. 영국의 철학자·극작가·비평가.
5. 9세기에 성서 번역에 사용된 슬라브어.

희석시켜야 성공하는 것이다. 그런데 그는 고정관념에 사로잡힌 사람처럼 식상한 표현을 철저하게 피한다. 그의 저서를 전부 뒤져도 비평의 상투어 열 개를 찾기 힘들 것이다. 단언컨대 그가 어떤 희곡을 '설득력 있다'고 평했거나 한 영국인 배우 겸 연출자의 콧방귀에서 '권위'를 발견했다고 말한 적이 있다는 게 발견된다면, 그는 죽거나 쓰러질 것이다. 이처럼 빤한 것으로부터 끊임없이 달아나려는 태도는 잘되면 환상적이고 매우 신랄한 신조어들이 이어지는 통렬하고 흥미진진한 문체, 요컨대 네이션주의에 일조하지만, 최악의 경우 작위적이고 현학적이고 모호한 글을 낳고 만다. 엘러노 게이츠의 『불쌍한 부잣집 소녀』에 관한 그의 평론(이 희곡의 인쇄본에 서문으로 붙어 있다)을 예로 들어보자.[1]

> 예컨대 마테를링크의 『파랑새』처럼 과대평가된 작품들의 알맹이 없는 상징적 자만과 허풍에 비해, 이 작품—본질적으로는 『파랑새』와 동류의 희곡이지만—처럼 단순하고 꾸밈없는 짧은 희곡은 좀 더 정직한 마음을 달래주고, 바다를 건너온 굉장하지만 공허한 명사(名士)들의 속물근성에 덜 물든, 미국연극에 직업상 애정을 가질 수밖에 없는 우리를 좀 더 그럴듯하고 완전하게 만족시켜준다.

"단순하고 꾸밈없는 짧은 희곡"이라는 칭찬을 듣는 그녀의 모습을 상상해보라! 나는 1916년경에 그녀의 작품을 비판하여 약간의 성과를 거두었던 것으로 기억한다. 아무튼 나는 그의 발언들의 얽힌 실타래가 점점 풀려가고 있다는 느낌을 받는다. 물론 예의 현란한 창작은 여전하다. 가장 가벼운 종류의 평론에서도 놀라운 조어들이 등장한

1. 게이츠의 희곡은 1912년에 처음 출간되었고, 네이션의 서문이 들어간 판본은 1916년에 출간되었다.

다. 기지는 변함없이 번득인다. 음도 〔바이올린의 최고현인〕 E현에 머물고 있다. 그러나 내 귀에 들리는 리듬은 옛날보다 훨씬 차분하다. 사실 이 친구는 문체나 관점 면에서 좀 더 침착한 습관을 붙이려 하고 있다. 근본적인 것은 절대 포기하지 않고, 자신이 경멸해마지않는 정통파의 의견에는 한 치도 양보하지 않지만, 그도 중년의 나이에 굴복하기 시작한다. 단지 어리석은 자들을 놀래키는 것은 이제 예전만큼 매력적인 일이 아니다. 그가 현재 내놓는 비평은 좀 더 편안한 것으로, 때로는 심지어 교훈적인 것에 가깝다. 그러나 나는 네이선이 윌리엄 윈터 같은 인물의 기이하게 연장된 노년기를 부러워할지언정 교수가 되지는 않을 것이라고 생각한다. 그는 끝까지 놀라움을 안겨주는 인물로 남을 것이다. 숨이 넘어가는 순간에도 얼간이를 안절부절 못하게 할 경구를 만들어낼 것이다.

불멸의 세 미국인

1. 아리스토텔레스적 장례식

다음 글은 1882년 5월 1일자 『보스턴헤럴드』지에서 발췌한 것이다.

아름다운 꽃 책이 책받침대 위에 펼쳐진 채 설교단 왼쪽에 놓여 있었다. ……그 책의 마지막 페이지는 하얀 카네이션과 하얀 데이지, 옅은 드라이플라워로 구성되어 있었다. 그 잎에는 자주색 드라이플라워로 된 'Finis'(끝)라는 단아한 글자가 디스플레이되어 있었다. 그 크기는 가로세로 모두 약 60cm 정도였고, 그 테두리는 다양한 색깔의 월계수로 이루어져 있었다. 이 책의 다른 부분은 짙고 옅은 빛깔의 꽃들로 구성되어 있었다. ……커다란 설교단의 앞면은 느슨하게 놓인 하얀 솔가지 뭉치로 덮여 있었고, 그 솔가지 뭉치의 가운데는 노란 수선화로 이루어진 큰 하프처럼 보였다. ……이 하프 위는 한 아름의 짙은 팬지 꽃더미였다. 각 사이드에 빼곡히 무리지어 있는 것은 칼라릴리꽃 같았다.

도대체 이것은 무엇을 묘사한 것인가? 굉장히 거창한 직함을 가진 공제조합의 회원, 아니면 태머니홀[1]의 보스, 아니면 나이 지긋하고 명망 높은 포주의 장례식인가? 아니다. 랠프 월도 에머슨의 장례식 장면이다. 즉 뉴잉글랜드는 청교도 미학의 가장 아름다운 성과를 뉴잉글랜드가 낳은 가장 위대한 아들의 시신에 아낌없이 쏟아 부었다. 이런 식으로 청교도 문화가 한 철학자를 애도했던 것이다.

2. 에드거 앨런 포

볼티모어에 에드거 앨런 포의 기념관이 있다는 신화를 믿는 사람이 의외로 많다. 심지어 굴을 먹기 위해 볼티모어에 들른 사람들 중에도 그것을 보러 가는 사람이 있다. 사실을 말하자면, 포 기념관은 없다. 기념관을 찾는 사람이 실제로 발견할 수 있는 것이라곤 한 장로교회 부속 묘지의 구석빼기에 있는 싸구려 티가 나는 볼품없는 묘비뿐이다. 이 묘비는 페르 라셰즈[2]에 있는 최악의 묘비만큼 볼썽사납다. 포의 사후 26년간은 그마저도 없었다. 다시 말하면 그의 무덤에는 아무런 표지도 없었다. 볼티모어에는 포의 친척들이 생존해 있었고, 그들은 부유했다. 어느 날 그들 중 한 명이 그의 무덤에 평범한 돌 하나를 올려놓기로 하고, 인근에 사는 석공에게 일을 맡겼다. 그런데 석공이 돌을 다듬어 묘지로 운반해 가려던 때, 탈선한 화물열차가 그의 작업장으로 돌진하여 그 돌을 박살내버렸다. 그 후 포의 친척들은 포를 잊어버린 것 같다. 여하튼 더 이상의 진척은 없었다.

현존하는 묘비는 볼티모어 여교사회가 약 1,000달러를 들여서 세운 것이다. 이 돈을 모으는 데는 장장 10년이 걸렸다. 이 사업은 한 '문학회'에서 모금된 380달러로 시작되었다. 이때가 1865년이었다.

1. Tammany Hall. 18세기 말에서 20세기 초반까지 자선사업과 후원이라는 전형적인 보스정치를 통해 막강한 영향력을 행사한 뉴욕 시 민주당의 파벌적 정치기구.
2. 프랑스 파리에 있는 거대한 정원식 공동묘지.

기부금은 워낙 더디게 모였기 때문에, 6년 뒤에 이자를 합친 총액이 고작 587.02달러였다. 3년이 더 지나자 총액은 627.55달러가 되었다. 그 후 한 익명의 독지가가 100달러를 쾌척했고, 다른 독지가 2명이 50달러씩을 기부했으며, 열성적인 여교사들이 52달러를 모금했고, 조지 W. 차일즈[1]가 나머지 부족분을 채워주기로 약속했다. 이 모든 일이 진행되는 동안 이름 깨나 있는 미국의 문인은 단 한 명도 도움을 주지 않았다. 그리고 마침내 묘비가 만들어지고 세워져 제막식이 거행되던 날, 행사장에 모습을 비춘 작가는 월트 휘트먼뿐이었다. 행사에 참석한 그 밖의 모든 사람은 볼티모어의 무명인사로, 주로 교사와 목사들이었다. 3명이 연설을 했는데, 한 명은 현지 고등학교의 교장, 또 한 명은 같은 학교의 교사였고, 포에 대한 '개인적인 추억'을 전해주기 위해 초대된 나머지 한 명은 세 번째 문장에서 "저는 포를 딱 한 번 만났고, 채 한 시간도 이야기를 나누지 못했습니다"고 털어놓았다.

이것이 미국에서 열린 가장 화려한 포 추모식이었다. 이 시인은 사후에 제임스 러셀 로웰의 죽음에 쏟아졌던 것과 같은 황공한 관심을 받지 못했다. 1849년의 포 장례식에는 단 8명이 참석했는데, 그 중 6명은 친척이었다. 이미 말한 것처럼 그는 한 장로교회의 묘지에 유아저주의 교리[2]를 신실하게 믿는 사람들과 함께 묻혔지만, 장례식을 인도한 사람은 감리교 목사였다. 포가 죽은 지 이틀 뒤에 하느님의 종인 고명한 침례교인 루퍼스 W. 그리즈월드가 『뉴욕트리뷴』지에 그를 폄훼하는 기사를 실었고, 이 기사는 한동안 미국 내에서 포에 대한 비판적 논조가 만연하는 계기가 되었다. 그는 이렇게 잠들어 있다. 한 감리교인에 의해 장로교인들 틈바구니에 떠밀려 들어간 채, 그리고 한

1. 필라델피아의 출판인이자 자선가.
2. 예수를 주님으로 믿는다는 고백을 할 능력이 없는 유아기에 죽은 인간은 구원을 받지 못한다는 장로교의 교리.

침례교인에 의해 공개적인 저주를 받은 채.

3. 추도식

1820년에 태어나 1899년에 죽은 제임스 할런의 영혼, 그 불멸의 영혼을 저승에서 불러내보자. 1865년에 할런은 미국 상원에서 물러나 링컨 행정부의 내무장관으로 입각했다. 당시 내무부에는 남북전쟁 기간에 육군 위생병으로 3년 동안 열심히 복무했던 월트 휘트먼이 연봉 600달러를 받으며 서기로 근무하고 있었다. 어느 날 휘트먼이 『풀잎』이라는 시집의 저자임을 알게 된 할런은 당장 그의 해고를 명했고, 명령은 즉각 이행되었다.[1] 이 사건과 이 사람 할런을 기억해두자. 할런은 그냥 죽기에는 너무나 아까운 인물이기 때문이다. 그러니 1년에 한번은 교회에 가서, 1865년의 어느 날 미국이 낳은 가장 위대한 시인과 최악의 꼴통을 한 장소에 있게 해준 하느님께 감사드리자.

1. 할런은 육체의 아름다움과 성욕을 솔직하게 표현한 그 시집을 외설스럽다고 판단했다.

7

루스벨트: 부검

우드로 윌슨 박사가 쓴 조지 워싱턴 전기는 전세계에서 가장 기묘한 책 가운데 하나이다. 워싱턴은 미국 최초의 신사이자 아마도 마지막 신사일 것이다. 반면에 윌슨으로 말할 것 같으면 스스로 혼란에 빠진 장로교인, 바른 생각을 가진 남자, 도덕 타령이나 하는 정치인, 비열한 그리스도 교도의 완벽한 모델이다. 그것은 마치 빌리 선데이 목사가 찰스 다윈의 전기를 쓴 격이다. 또 윌슨 박사가 자신의 만년을 바야르[1]나 엘 시드[2] 혹은 그리스도의 삶에 헌신한 격이다. 그러나 이런 현상은 이 나라에서는 실제로 그리 드문 일도 아니다. 미국에서는 개연성과 염치를 따진다면 도저히 상상할 수도 없는 온갖 일들이 벌어진다. 족히 한 세대에 걸쳐 이 땅의 주요 문학비평가로 행세하던 사람들은 침례교 목사였고, 다시 그의 지위는 문학에 조예가 깊은 월가의 금융인에게 승계되었으며, 이 금융인은 다시 그 자리를 저급한 현학자들의 학회에 물려주었다. 기이하기 짝이 없는 이런 사도직 승계에 대해서는 다른 곳에서 이미 논한 바 있다. 음악비평의 대부

1. 영웅적이고 헌신적이며 관대하고 친절한, 완벽한 기사의 전형으로 추앙된 중세 프랑스의 군인.
2. 무어인과의 전투에서 명성을 떨친 스페인(카스티야 왕국)의 영웅 로드리고 디아스 데 비바르.

노릇을 하는 사람은 정가극 대본의 번역이 본업으로, 아마 역사상 최악의 음악비평가 중 한 사람일 것이다. 이제 정치인의 전기로 다시 돌아가자. 미국의 전기문학 가운데 몰리의 『윌리엄 글래드스턴의 일생』,[1] 트리벨리언의 『매콜리 경의 생애와 편지』,[2] 칼라일의 『프로이센의 왕 프리드리히 2세, 일명 프리드리히 대왕의 역사』, 하다못해 윈스턴 처칠이 쓴 자기 부친의 전기 『랜돌프 처칠 경』에 견줄 만한 것이 있는가? 아무리 머리를 쥐어짜 봐도 앤드루 잭슨[3]에 대한 윌리엄 그레이엄 섬너[4]의 연구밖에 떠오르지 않는다. 조금의 빈틈도 없이 심혈을 기울여 이 책을 집필한 섬너는 대니얼 코이트 길먼[5]과 함께 자기 세대에서 가장 과소평가된 인물이다. 그러나 워싱턴에 대한 멋진 전기—18세기의 영국신사를 이해할 수 있는 사람이 내실 있고 공정하며 예리하고 정직하게 집필한 그런 전기—는 어디에 있는가? 그리고 제퍼슨, 알렉산더 해밀턴, 새뮤얼 애덤스, 애런 버,[6] 헨리 클레이,[7] 존 캘훈,[8] 대니얼 웹스터,[9] 찰스 섬너,[10] 율리시스 그랜트,[11] 윌리엄 셔먼,[12] 로버트 리[13]를 제대로 조명한 책을 읽으려면 얼마나 더 기다려야 할

1. 글래드스턴은 네 차례나 총리를 지낸 영국의 정치가이고, 존 몰리는 작가와 신문편집인으로 활동한 블랙번의 자작이다.
2. 토머스 매콜리는 영국의 정치가·수필가·역사가이고, 조지 오토 트리벨리언은 매콜리의 조카이다.
3. 미국의 제7대 대통령(1829-1837년 재임).
4. 사회진화론에 관한 다수의 저서를 남긴 미국의 사회학자.
5. 존스홉킨스 대학 초대 총장을 지낸 교육자.
6. 독립전쟁 때 워싱턴의 참모로 활약한 정치가.
7. 19세기 전반부에 미주리 타협을 비롯한 중대한 정치적 타협을 이끌어낸 정치가.
8. 노예제를 옹호한 구(舊)남부(남북전쟁 이전의 남부)의 대표적인 정치인.
9. 하원의원·상원의원·국무장관을 지낸 웅변가이자 정치가.
10. 남북전쟁 기간에 노예제 폐지에 헌신한 정치가이자 웅변가.
11. 남북전쟁 말기 북군의 총사령관으로 활약하고, 제18대 대통령(1869-1877년 재임)을 지낸 군인이자 정치가.
12. 남북전쟁 말기에 사우스캐롤라이나에서 남군을 물리친 북군의 지휘관.
13. 남북전쟁에서 남군 총사령관으로 활약한 장군.

까?

심지어 링컨의 생애를 생생하게 묘사한 책도 없다. 니컬레이와 헤이[1]의 공저 『에이브러햄 링컨의 전기』는 질적으로 함량미달이며, 전기라기보다는 전기적 소재의 방대한 창고에 불과하다. 이 책을 읽을 수 있을 정도로 인내심이 강한 사람이라면 반란〔남북전쟁〕에 대한 엄청난 분량의 공식기록도 읽을 수 있을 것이다. 링컨에 대한 그 밖의 모든 전기, 예컨대 워드 힐 래먼의 『에이브러햄 링컨의 생애: 탄생에서 대통령 취임까지』, 윌리엄 헌던과 제시 와이크의 『헌던의 링컨: 위대한 생애의 실화』, 스토더드의 『에이브러햄 링컨: 위대한 생애의 실화』, 존 모스의 『에이브러햄 링컨』, 아이다 타벨의 『에이브러햄 링컨의 일생』은 수준이 더 한심하다. 이런 책들은 터무니없는 설교나 엉터리 내용이나 시시껄렁한 이야기로 채워져 있다. 내가 아는 한 링컨에 대한 진정한 학문적 연구는 시도된 적이 없다. 그에 대한 증언이 기가 막힐 정도로 엇갈린다는 점이 문제로 남아 있다. 즉 아직도 가장 기본적인 사실조차 확정되지 않았다. 링컨은 해가 갈수록 더욱 종잡을 수 없는 전설적인 인물로 변하고 있다. 지금쯤이면 그의 종교관에 대한 의문은 틀림없이 해소되었을 것이라고 생각할지 모르지만, 사실은 그렇지 않다. 약 1년 전에 그 문제를 중점적으로 다룬 윌리엄 바턴[2]의 저서가 나왔는데, 나는 그 책을 읽고 나서도 읽기 전이나 다름없이 링컨의 종교에 대해 전혀 감을 잡을 수 없었다. 이 저자가 제시하는 증거에 따르면, 그 이전의 모든 전기작가는 문제를 회피하거나 거짓말을 한 것처럼 보였다. 링컨에 대한 공식적인 교의는 정말이지 믿을 수 없는 것이다. 우리는 주일학교에서 링컨이 끊임없이 하느님의 이름으로 기도한 근엄하고 경건한 인물이었다는 이야기를 듣고, 역사교과서

1. 둘 다 링컨의 비서였다.
2. 『에이브러햄 링컨의 영혼』을 쓴 회중교회 목사.

에서는 그가 이루 말할 수 없는 내면의 미덕에 힘입어 자신의 대단한 능력을 모두 발휘한 탁월한 이상주의자였다는 내용을 읽는다. 미덕의 힘으로 멍청이들을 홀리고 다른 정치인들의 예봉을 꺾고 예비선거와 전당대회를 통과하여 미국 정계에서 성공한 인물을 상상해보라! 그가 군중에게 추상같이 엄격한 정의를 베풀었다는 이야기는 또 어떤가! 링컨은 사실 내사(內査)라는 위대한 민주적 기술에 아주 능통한 사람이었음에 틀림없다. 나는 그를 자신들만의 무기를 가진 에드윈 스탠턴[1]· 스티븐 더글러스[2]· 찰스 섬너 같은 정치인들을 같은 무기를 써서—교묘하게 그들을 함정에 빠뜨리거나 과감하게 그들을 모욕하거나 멋지게 그들을 무력화시키거나 속임으로써—물리친 인물, 요컨대 승부 자체를 즐기고 여론을 이용할 줄 아는, 엄청난 재능의 정치인으로 생각하고 싶다. 초상화든 은판사진이든 그의 공식 초상에서 그는 곧 교수형당할 사람의 분위기를 풍기고 있다. 그가 웃고 있는 초상은 없다. 그럼에도 불구하고 우리는 그런 모습이 그가 유명해지기 전 이따금 일리노이 주 바깥에서 연설을 할 때 여성과 어린이, 성직자들의 마음을 사로잡았다는 이야기를 듣는다. 그리고 그가 일리노이 주의회에서 태머니파 보스의 활약을 연상시키는 의정활동을 펼쳤다는 엄연한 사실은 흔히 망각된다.

그러나 그에 대한 온갖 전기에서 그의 진면목을 찾아볼 가망성은 거의 없다. 그것들은 그야말로 주로 왜곡, 즉 경건한 신앙과 감성으로 가득 차 있다. 미국 정치인의 전기 전체, 심지어 미국의 역사 전반이 결함투성이이다. 미국의 거의 모든 전문 역사가는 대학에 적을 두고 있는 불쌍한 인간들로, 이들이 정치적·경제적·사회적 과두세력으

1. 링컨 행정부에서 육군장관을 지낸 법률가이자 정치가.
2. 링컨과의 논쟁으로 유명한 변호사이자 정치인. 주민주권론(각 주의 노예제 채택 여부를 주민의 표결에 맡긴다는 이론)의 옹호자. 1860년 대통령 선거에서 링컨한테 패했다.

로부터 받고 있는 고통의 강도는 프로이센의 교수들이 호엔촐레른 왕가[1]로부터 받았던 고통의 10배에 달한다. 만일 현재의 공식 교의에서 조금이라도 벗어나면, 그들은 마치 술에 취한 시종이 쫓겨나듯이 자리에서 추방당하고 만다. 최근의 전쟁에서는 2,500명의 비참한 노예 집단이 조지 크릴[2]에 의해 조직화되어 조국을 위해 거짓말을 하는 임무를 맡았다. H. P. 데이비슨,[3] 윌리엄 심스 제독,[4] 니컬러스 머리 버틀러,[5] 애스터 가(家),[6] 버나드 바루크,[7] 노스클리프 경[8]의 사상에 일치하게 미국사를 다시 쓰는 비굴한 작업에 착수했던 것이다. 미국 학계의 명예를 걸고 저 유명한 시슨 문서[9]가 진본이라고 엄숙하게 맹세한 것도 이런 무리의 위원회였다.

이처럼 한심하고 저돌적인 우행이 벌어지는 마당에, 시어도어 루스벨트 대령 사후에 눈이 핑핑 돌 정도로 빠르게 쏟아져 나온 그에 대한 모든 전기가 부실하고 부정확하고 무지하고 비상식적이라는 사실은 그렇게 놀랄 일도 아니다. 나는 지난 1년 동안 이런 책들을 적어도

1. 브란덴부르크 선제후(選諸侯), 프로이센 왕, 독일 카이저, 호엔촐레른 공국의 통치자와 루마니아 왕을 배출한 가문.
2. 제1차 세계대전 중에 미국 공공정보위원회의 책임자가 되어 정부의 홍보나 선전활동을 입안하는 데 기여한 언론인.
3. 제1차 세계대전 기간에 미국적십자사 총재를 지낸 은행가.
4. 제1차 세계대전 때 유럽의 해역에서 작전을 수행한 해군지휘관.
5. 40년 넘게 컬럼비아 대학 총장으로 재직했으며, 제1차 세계대전 직전에 다수의 국제평화회의에서 활약한 교육자이자 외교관.
6. 모피무역으로 번 돈을 뉴욕 시 부동산에 투자해 막대한 부를 축적한 존 제이콥 애스터를 시조로 하는 미국의 재벌가.
7. 윌슨 대통령 재임기간에 국방자문위원, 전시(戰時)산업국장으로 활동한 정치인.
8. 신문의 근대화와 대중화에 기여하고, 제1차 세계대전 때 신문을 이용하여 반(反)독일 여론을 조성하는 데 힘쓴 영국의 언론인.
9. 미국 공보위원회를 대표해 상트페테르부르크에 파견되었던 에드거 시슨이 1918년에 입수한 러시아어로 된 일련의 문서. 제1차 세계대전 기간에 레닌과 트로츠키를 비롯한 볼셰비키 혁명정부의 지도자들이 독일정부의 이익을 위해 돈을 받고 스파이 노릇을 했다고 주장하는 내용을 담고 있다. 이 문서의 진위를 둘러싼 논쟁은 1956년에 외교관 존 케넌이 그것이 위작임을 입증하는 논문을 발표함으로써 일단락되었다.

10권은 읽은 것 같은데, 그 모든 책에서 내가 발견한 것은 대체로 분별력보다는 감정 과잉이었다. 로런스 애벗[1]의 『시어도어 루스벨트의 인상』과 윌리엄 세이어[2]의 『시어도어 루스벨트: 상세한 전기』는 좋은 표본이 될 것이다. 애벗의 책은 한 인간을 편견 없이 연구한 사람이 쓴 것이 아니라, 한 영웅의 하인쯤 되는 사람이 쓴 것 같다. 그는 올바른 사고에 대한 덧없는 정의에 입각하여 루스벨트가 완벽하게 올바른 생각을 하는 사람임을 입증하기 위해 굉장히 공을 들였고, 그 결과 자신의 기록 전체에 미심쩍은 기운만 잔뜩 불어넣고 말았다. 나는 그가 정직한 사람이라는 것을 알고 있고, 그래서 그가 옳을 수도 있겠다 생각하면서도 그를 의심하게 된다. 내가 보기에 세이어가 쓴 전기는 경박하고 무가치하고 저속한 문학작품이며, 고 뮤럿 홀스테드[3]나 『뉴욕타임스』지 편집국장 정도의 재주를 가진 사람이 쓸 법한 책이다. 그런 세이어가 근래에 들어서는 미국을 대표하는 전기작가로 칭송되고, 우리는 어떤 신설대학이 그에게 명예박사학위를 수여했다거나, 이런저런 학회가 메달을 수여했다거나, 외국의 유명 문학교수가 우편으로 그에게 새로운 기념장(紀念章)을 보냈다는 등의 소식을 심심치 않게 듣고 있다. 그가 정말로 전기의 대가라면, 내가 지금까지 미국의 전기작가들에게 해온 발언은 너무나 온건하고 감미로운 것이 된다. 우리가 그의 책에서 발견할 수 있는 것은 보스턴 식민지 주민의 저급한 정확성뿐이다. 예컨대 전쟁에 관한 그의 빈번한 논의를 생각해보라. 전쟁은 루스벨트에 대한 모든 논의에서 필요한 부분이긴 하다. 하지만 영국에는 전쟁에 대한 어중이떠중이의 관점도 있고, 랜즈다운,[4] 로버

1. 루스벨트 대통령의 친구였던 문필가.
2. 루스벨트의 하버드 대학 동창으로 작가이자 역사가.
3. 『신시내티가제트』지의 편집국장을 지낸 언론인이자 작가.
4. 캐나다와 인도에서 총독을 지낸 외교관이자 랜즈다운의 5대 후작인 헨리 찰스 키스 페티-피츠모리스의 별명.

트 리드,[1] 오스틴 해리슨,[2] 모렐,[3] 존 케인스, 리처드 홀데인,[4] 허스트,[5] 밸푸어,[6] 로버트 세실[7] 같은 교양 있는 지성인들의 관점도 있다. 뉴잉글랜드에서는 두 가지 관점이 합쳐지는데, 첫 번째 관점이 더욱 부각된다. 세이어의 책에서 이 주제에 관해 호레이쇼 보텀리[8]가 쓰지 않았을 것 같은 글은 거의 한 줄도 없다.

루스벨트 전기가 충분히 만족스러운 것이 되려면 전기의 상당 부분이 전쟁에 대한 그의 반응에 할애되어야 한다. 그의 생애에서 전쟁에 대한 반응만큼 그의 진면목을 포괄적으로 보여주는 것은 없다고 생각하기 때문이다. 그것은 그의 모든 정치적 원칙뿐 아니라 온갖 정치적 책략까지도 보여준다. 그래서 한편으로는 그가 얼마나 영리한 인물인지를, 다른 한편으로는 그가 얼마나 위선적인 인물인지를 가늠케 한다. 나는 그가 연합국 그리고 나중에는 미국이 찬동했던 일련의 정책에 대해서 동감하지 않았고, 심지어 이해할 수도 없었다고 확신한다. 그의 눈에는 위선적이지 않은 정책은 비정상적인 것으로, 비정상적이지 않은 정책은 위선적인 것으로 비쳤을 것이다. 그는 본능적으로 세상에 대한 민주적인 장광설을 혐오했으며, 단순한 내정(內政)을 뛰어넘어 국력을 바탕으로 거창한 계획에 전념하는 강력히 중앙집권화된 연방을 신뢰했다. 그는 세실 로즈,[9] 하인리히 폰 트라이치케,[10] 델카

1. 자유당의 제국주의적 팽창정책에 반대한 법률가이자 정치인.
2. 제1차 세계대전 직후 독일에 대한 관대한 강화조약을 주장한 언론인.
3. 제1차 세계대전 때 평화주의 운동에 앞장섰던 프랑스 출신의 언론인.
4. 영국의 정치가·법률가·육군개혁가.
5. 『전쟁의 정치경제』를 쓴 경제학자.
6. 유대인의 팔레스타인 정착을 허용한 밸푸어 선언으로 유명한 정치가.
7. 국제연맹의 규약을 기초한 정치인.
8. 영국의 은행가·언론인·사기꾼. 1914년 이후 독일민족의 절멸을 주장했고, 1921년에는 금융사기·위증·분식회계 혐의로 기소되어 5년의 실형을 선고받았다.
9. 영국의 아프리카 종단정책에 가담하여 남아프리카의 경제계를 지배한 영국의 재정가이자 정치가.
10. 제국주의적 힘의 정치를 주장한 독일의 역사가이자 정치학자.

세[1]와 같은 부류의 제국주의자였다. 그러나 국내 정치상황으로 인해, 그는 거의 정반대의 철학을 대변할 수밖에 없는 입장에 처했다. 그의 눈앞에 있는 적은 윌슨이었다. 그가 정치가로서 원하는 것을 얻으려면 윌슨한테서 그것을 빼앗는 수밖에 없었다. 그런데 교활한 윌슨이 제대로 싸워보지도 않고 그것을 호락호락 넘겨줄 리가 없었다. 그는 주로 평화를 외치면서 전쟁을 셔토쿼 운동 같은 데서 볼 수 있는 막연한 레토릭 뒤에 숨기고, 스윙 곡을 연신 바꿔가며 광란의 춤을 주도하는 식으로 속임수를 썼다. 윌슨은 라이벌 루스벨트를 난처하게 만든 적이 한두 번이 아니었고, 결국에는 그를 낙담시켰다. 이 대중선동의 귀재는 루스벨트가 도저히 따라할 수 없는 교묘하고 효과적인 기술을 구사했다. 승산 없는 싸움에 말려들어간 '거친 카우보이'[2]는 불합리의 수렁에 깊이 빠져들었고, 그를 구해줄 수 있는 것은 불합리에 대한 민주적 마취뿐이었다. 조금이라도 앞으로 나아가기 위해 그는 자기편과 싸울 수밖에 없었다. 그는 실제로 그가 믿는다고는 상상도 할 수 없는 대의를, 자신의 진정한 신념은 물론이고 윌슨의 신념에도 어긋나는 철학에 입각하여 소리 높여 외치는 불쌍한 신세가 되었다. 이 모든 일이 엄청난 아이러니였다. 두 경쟁자는 본질적으로 사기꾼이었다.

오늘날 윌슨의 사기성은 아직 생존해 있는 몇몇 나이 많은 공보관들(이들에게는 정직성도, 지성도 없다)을 제외하고 모든 사람들이 인정하고 있는 것이다. 윌리엄 불릿[3]과 케인스[4]를 비롯한 100여 명의 증인이 폭로한 진실, 러시아 및 산둥(山東) 문제에 대한 윌슨의 처리방

1. 영국과 협상을 맺어 독일의 고립화를 추진한 프랑스의 외무장관.
2. 루스벨트를 말한다. 루스벨트는 1898년에 미국-스페인 전쟁이 발발하자, '거친 카우보이들'(Rough Riders)이라 불리던 의용기병대를 이끌고 참전하여 혁혁한 전과를 올렸다.
3. 1919년 윌슨에 의해 파리평화회의에 파견된 외교관.
4. 파리평화회의에 영국 대표단의 일원으로 참석했다.

식,[1] 마국 내에서 발생한 눈에 띄는 여러 현상 앞에서, 편견에 사로잡히지 않은 사람이라면 그 누구도 이 청산유수 같은 언변을 자랑하는 박사가 한때 도덕적 세계를 계몽하고자 제창했던 싸구려 이상들 가운데 단 하나라도 실제로 마음에 품고 있었다고 믿을 수는 없을 것이다. 그 이상들은 기껏해야 교묘한 전략에 불과했고, 심지어 그것들이 널리 신뢰받던 시절에도 신뢰의 기반은 그럴싸한 내용이 아니라 방첩법(防諜法)[2]과, 체신부에 대한 송무(訟務)차관[3]의 협조요청이었다.[4] 루스벨트의 경우 사기성이 덜 명백한데, 이는 그 사기성이 완전히 파헤쳐지기 전에 그가 죽었기 때문이다. 더욱이 그의 죽음은 당시 진행되고 있던 모든 조사에 종지부를 찍었다. 미국인은 정서적으로 적어도 망자의 무덤에 바친 헌화가 모두 시들기 전에 망자의 약점을 들춰내는 것은 예의가 아니라고 생각한다. 1년 전 한 잡지에 루스벨트와 카이저〔빌헬름 2세〕의 철학적 유사성에 대한 기사를 기고했을 때, 나는 전국에서 날아드는 협박편지를 받았는데, 개중에는 린치를 당하고 싶지 않으면 주장을 취소하라는 직설적인 요구도 적지 않았다. 나도 바보가 아닌 이상, 이런 요구에 주의를 기울여야 했다. 우리는 이상하고 때로는 위험한 나라에 살고 있다. 나는 과속을 했다거나 인도에 침을

1. 윌슨은 연합국의 일원이었던 러시아와의 국교를 정상화해야 한다는 초대 러시아 주재 미국대사 불릿의 의견을 무시했고, 파리평화회의에서 독일이 중국의 산둥 지방에서 누리던 이권을 일본에 넘겨주는 데 동의함으로써 민족자결주의에 고무되었던 중국인을 격분시켰다.
2. Espionage Act. 제1차 세계대전에 미국이 참전하기 직전인 1917년 6월 15일에 연방의회에서 제정된 법률로, 국방에 관한 정보를 누설한다든가 징병을 방해한다든가 하는 자는 1만 달러 이하의 벌금과 최고 20년의 징역형에 처한다는 내용을 담고 있다. 이 법 아래에서 1,500명이 체포되었다.
3. 연방대법원에서 연방정부가 관련된 소송이 벌어질 경우 정부의 입장을 변론하는 관직으로, 법무부 서열 4위의 직책이다.
4. 체신부는 법무부의 협조요청에 따라 미국의 전쟁수행을 비판하는 것으로 보이는 각종 인쇄물의 배달을 거부했다.

뱉었다거나 술병을 들고 다녔다는 이유로 루스벨트를 존경하는 판사 앞에 끌려가, 방첩법에 근거한 사법적 결정에 의해 억울하게 10년 동안 수감되었을 수도 있다. 그러나 두 가지가 망자에 대한 나의 저항을 북돋아주었다. 하나는 거의 광적이라 할 수 있는 진실에 대한 심원한 존경심과 충성심이었다. 다른 하나는 내가 존경해마지 않는 인식론의 동지이자 올바른 생각을 가진 저명한 아이오와의 애국자 S. P. 셔먼 교수의 지지였다. 지금보다는 좀 더 고상했던 시대부터 오늘날까지 『네이션』지[1]에 기고하고 있는 셔먼 박사는 내가 말하고자 하는 요지를 쉽게 표현했다. "루스벨트는 독일 군국주의자들의 기본적인 종교관에 전적으로 공감했다."

전적으로? 이 부사는 어감이 다소 강한 듯하다. 루스벨트에게는 현실의 귀족, 특히 귀족의 사적 규범에 대한 본능적인 반감이 있었다. 이는 물론 그가 부르주아로 태어나고 교육받았기 때문이다. 그러나 그가 융커(귀족)에게 전적으로 동의할 수는 없었다 하더라도, 적어도 분화되지 않은 다수의 하층민인 제3계급에 대한 그들의 불신에는 동의했을 것이다. 나는 그가 니체에게 많은 빚을 지고 있다고 단언한다. 그는 언제나 독일어 책을 읽었고, 그 중에는 물론 『차라투스트라는 이렇게 말했다』와 『선악의 피안』도 있었다. 사실 그의 열변에서는 니체가 끊임없이 메아리친다. 몇 년 전에 나는 병원신세를 지는 동안 재미삼아 루스벨트의 철학을 니체의 그것과 나란히 놓고 비교한 적이 있다. 「불굴의 삶」[2]에서 발췌한 글들과, 니체의 저작에서 발췌한 글들을 병치해 보았던 것이다. 한눈에 보기에도 루스벨트가 니체로부터 차용

1. *Nation*. 1865년에 창간되어 현재도 발행되고 있는 미국에서 가장 오래된 주간지. 정치와 문화를 주로 다루는 진보 성향의 잡지이다.
2. The Strenuous Life. 루스벨트가 1899년 시카고에서 행한 연설로, 불굴의 노력으로 난관을 극복하려는 자세가 미국인이 수용해야 할 이상이라는 내용이다. 1900년에 다른 연설문들과 함께 묶어 동명의 단행본으로 출판되었다.

해온 것이 많았다. 시어도어는 농부가 페루나[1]를 병·뚜껑·상표·보증서까지 꿀꺽 삼키듯이 프리드리히 니체를 들이마셨다. 설상가상으로 그 한 모금이 그의 식욕을 자극했는지, 그는 곧 카이저의 근위기병대 연설과 전함 진수식 연설까지 먹어치웠다. 이런 면에서 그는 융커로서는 다소 하자가 있는 인물이었다. 그가 전성기에 공포한 정치적·신학적 교서들은 빌헬름 2세의 칙령들과 거의 구별하기 어렵다. 실제로 전시(戰時)에 그 중 일부는 영국 공보국에 의해 과감하게 철회되었고, 포츠담 궁정에서 유래한 악의적인 몰상식으로 간주되었다. 루스벨트에게 빌헬름 2세는 세계정책(Weltpolitik)·사회학·성서 해석·행정·법·스포츠·결혼생활의 모델이었다. 두 사람 모두 끊임없이 전쟁에 대비하는 강병론을 부르짖었다. 전쟁을 방지하는 방법은 모든 가상의 적으로 하여금 두 번, 세 번, 열 번 생각하게 만드는 것이라는 이론을 지지했다. 둘 다 뉴욕의 브루클린 다리만큼이나 긴 전함을 갖춘 강대한 해군을 꿈꿨다. 또한 시민에 대한 국가의 의무는 경시하면서, 국가에 대한 시민의 의무는 쉼없이 강조했다. 그리고 임신한 여성을 늘 칭송했다.[2] 둘 다 사냥을 좋아했고, 예술을 적극적으로 후원했다. 하느님과는 막역한 사이였고, 하느님의 뜻이 무엇인지 권위 있게 선언했다. 두 사람은 본인들의 앞길을 가로막는 모든 사람은 악마의 사주를 받은 것이므로 당연히 지옥에 떨어져 고통당할 것이라고 믿었다.

만약 두 사람 사이에 어떤 차이가 있다면, 그 차이는 모두 빌헬름 2세한테 유리하게 작용했다. 일단 그는 연설을 훨씬 적게 했다. 드레드노트급 전함[3]의 진수식이나 육군대장의 생일축하연 같은 큰 행사가

1. Peruna. 20세기 초 미국의 서민들이 만병통치약으로 알고 즐겨마시던 자양강장 음료.
2. 시어도어 루스벨트는 미국 역사상 가장 많은 자녀(6명)를 둔 대통령으로 꼽힌다. 빌헬름 2세도 7남매를 두었다.
3. 1906년에 건조된 영국의 드레드노트(Dreadnought) 호를 시발로 각국에서 경쟁적으로 건조한 대포 전함. 기준배수량 17,900톤, 12인치 주포 10문, 최대속력 21노트라는, 당시

있을 경우에만 연설을 했다. 따라서 독일제국의회는 그의 충고와 비판에 빈번히 시달릴 필요가 없었다. 다음으로, 그는 좀 더 온건하고 점잖은 인물이었다. 상황과 권위에 좀 더 익숙했고, 조국의 위대함에 덜 도취되어 있었다. 끝으로, 그는 자신의 당면한 운명뿐 아니라 한창 때는 오랫동안 패권을 유지할 것 같았던 민족의 장기적인 이익까지 생각하도록 훈련받았기 때문에, 신중한 태도, 심지어 남의 기분을 맞추는 정중한 태도까지 함양했다. 그런 만큼 필요에 따라서는 적에게도 굉장히 공손한 태도를 취할 수 있었다. 그러나 루스벨트는 적에게 공손해본 적이 없다. 미국의 기준으로는 신사였을지 몰라도, 확실히 점잖은 사람은 아니었다. 40년 가까운 정치경력에서 라이벌을 정정당당하게 대한 적조차 없다. 공평정책에 대한 그의 모든 허튼소리는 프로이트 심리학으로 쉽게 설명할 수 있는 보호색에 불과했다. 열띤 논쟁에서 루스벨트와 맞선 사람들 가운데 실제로 공평한 대우를 받은 사람은 아무도 없다. 그는 엄청난 특권을 누렸으며, 자기와 대결을 벌이는 상대에게 저질 꼴통처럼 행동했다. 그도 그럴 것이 거의 상습적으로 벨트 아래를 가격했다. 아무도 그를 디즈레일리와 파머스턴[1] 급의, 하다못해 제임스 블레인[2]급의 결투자라고 생각하지 않는다. 사람들은 언제나 그를 선술집을 영원히 주름잡는 항만노동자, 그리고 흥분하면 상대의 눈을 찌르거나 클린치 상태에서 이빨로 물어뜯거나 비교적 무른 브라스너클[3]을 낀 상대를 의자다리·나무망치·타구(唾具)·목이 가는 큰 병·얼음송곳 따위로 공격할 만큼 최소한의 자긍심조차 없는 인물로 생각한다.

로서는 획기적인 성능의 전환이었다.

1. 외무장관과 총리를 역임한 영국 정치가.
2. 1884년 대통령 선거에서 민주당 대통령후보 그로버 클리블랜드에게 패한 공화당 대통령후보.
3. brass knuckle. 격투할 때 손가락 관절에 끼워서 사용하는 흉기.

애벗과 세이어는 각자의 책에서 자신들의 영웅을 프로이센인의 책략, 특히 그들의 전술을 선천적으로 몹시 싫어하는 인물로 묘사하기 위해 공을 들이고 있다. 애벗은 심지어 루스벨트가 아프리카에서 돌아오는 길에 유럽에 들렀을 때 카이저가 보여준 관심이 그를 은근히 불쾌하게 만들었다고 말하고 있다. 이보다 어리석은 말은 없을 것이다. 셔먼 교수는 이미 언급한 글에서 루스벨트가 베를린 방문 때 행한 연설을 인용하면서 그 헛소리를 일축하고 있다. 루스벨트는 그 연설에서 극단적인 군국주의를 주창했고, 이에 일부 융커마저 자신의 귀를 의심할 지경이었다는 것이다. 이제 더 이상의 논박은 불필요할 것이다. 루스벨트가 시종일관 꿈꾸던 미국은 대외적으로는 호전적이고 대내적으로는 잘 통제된 프로이센의 확대판이었다. 그의 강연에서는 언제나 칼과 칼이 부딪히는 살벌한 소리가 났다. 그는 아주 사소한 일을 논의할 때도 용기병(龍騎兵)[1]의 패션만큼이나 허풍이 심했다. 애벗은 독일의 벨기에 침공으로 인해 그가 흠모하는 인물이 즉각적이고 무시무시한 도덕적 분노를 터뜨렸는데, 이 일이 이상하게 대중에게 늦게 알려진 것은 자신의 어리석은 개입(그는 나중에 이 과실을 통탄했다) 때문이었다는 설을 내세움으로써 자충수를 두고 있다. 불운하게도 그가 제시하는 증거는 나의 의구심만 증폭시킨다. 그 설이 우리에게 믿어달라고 요구하는 것은 간단히 표현하면 다음과 같다. 단순한 상업적 이익을 위해, 그리고 프리드리히 바르바로사[2]의 유명한 표현을 빌리자면 "자신의 이름을 세상에 널리 알리기 위해" 1848년에 체결된 미국과 콜롬비아(당시의 국명은 뉴그라나다) 사이의 조약, 즉 미

1. 16~17세기 이래 유럽에 있었던 기병. 갑옷을 입고, 용 모양의 개머리판이 달린 총을 들고 있어서 이렇게 불렸다.
2. 신성로마제국 황제 프리드리히 1세(1152-1190년 재위). 바르바로사는 붉은 수염이라는 뜻이다.

국이 파나마 지협에 대한 콜롬비아인의 '주권과 소유권'을 영구적으로 보장했던 조약을 파기했던 바로 그 장본인이 13년 뒤에는 두 전선에서 강력한 적들과 대치하고 있던 독일이 벨기에의 주권도 아니고 단지 중립—독일이 제시하는 증거에 따르면 벨기에가 중립의무를 먼저 위반했다—을 보장한 1832년 조약을 파기했을 뿐인데, 치를 떨며 분노했다는 것이다.

무조건 믿어보겠다고 자정하지 않은 다음에야, 그런 말을 믿을 수는 없다. 대단히 충동적이고 말이 많은 사람이 터져 나오는 분노를, 그것도 그의 집 앞에 진을 친 기자들이 그가 간직하고 있는 비밀을 알려달라고 밤낮없이 진드기처럼 달라붙는 상황에서 6주 동안 감쪽같이 숨겼다는 사실을 어떻게 믿으란 말인가? 가슴에서 울화가 치밀고 혈관에서 노기가 폭발하는 상황에서 한 달 반 동안이나 평정심을 유지하는 루스벨트를 상상이나 할 수 있겠는가? 윌슨 박사를 난처하게 만들고 싶지 않았기 때문이라는 애벗의 말을 믿는다고 하더라도, [주변의 충고대로] 그토록 섬세하고 세련되게 처신하는 루스벨트의 모습은 생각할 수도 없다! 이 모든 미증유의 절제력을 쉽게 설명할 수 있는 방법은 그것을 그리 고상하지 않은 다른 동기와 결부시켜보는 것이다. 실제로 일어났던 일을 추측해보면 다음과 같다. 나는 압도적인 다수의 미국인과 마찬가지로 루스벨트도 독일이 벨기에를 침공했다고 해서 반사적으로 즉각 격분하지는 않았다고 생각한다. 오히려 그는 사태를 유감스럽긴 하지만 충분히 예상할 수 있고 그리 낯설지도 않은 전술, 소름이 돋을 정도로 멋지고 효과적인 계책, 군사전문가를 유쾌하게 해주는 묘기쯤으로 간주했을 것이다. 그러나 그 후 벨기에에서 벌어진 잔혹행위에 대한 이야기가 쏟아져 나왔고, 미국인의 동정심을 자극하는 조직적인 캠페인이 벌어졌다. 이 캠페인은 금세 성공을 거두었다. 8월 중순이 되자 영국 공보국이 분주하게 움직이기 시작했고, 9월 초가 되자 전국이 선동적인 유인물로 홍수를 이루었다. 전쟁이 발발하고 6주가 지나자, 미국에 살고 있는 독일인이 고국의 상황을 이야기하는 것조차 위험해졌다. 한편 일찍이 중립을 선언했던 윌슨 행정부는 적어도 표면적으로는 그 정책을 고수하려고 제법 진지한 노력을 기울였다. 여기에 루스벨트의 기회가 있었고, 그는 동물적 직감으로 이 기회를 포착했다. 한편에는 자신이 혐오하는 행정부가 있었고, 그의 이기심(예컨대, 예전의 리더십을 되찾아 1917년에 다시 대통령이 되려는 열망)은 윌슨 정권에 치명타를 가하라고 그를 부추겼다. 다른 한편에는 굉장히 교활한 선전에 의해 잔뜩 부풀려져 감정적 폭발 가능성이 엄청나게 크지만 그때까지 일류 대중선동가에 의해 이용되지 않고 있던 이슈가 이미 있었다. 이런 상황에서 그가 조랑말에 올라 타 소리 높여 전쟁을 외치는 것이 이상한가? 전쟁은 그에게 일생일대의 기회였다. 전쟁에는 윌슨의 혼란과 파괴가 있었고, 거친 카우보이, 직업적 영웅, 미국판 바르바로사의 멜로드라마 같은 부활이 있었다.

이상은 물론 껍데기는 벗기고 알맹이만 추려 그 인과관계를 밝힌 것이다. 만약에 루스벨트가 살아 있다면, 그는 자신이 직접 나의 이야기를 아마도 솔직하게 비난할 것이다. 자신의 타고난 순수한 정신을 야박하게 모욕하는 것이라고. 그 솔직함에 대해 의문을 제기할 필요는 없다. 미국에서 정치적 독트린이 발달하고 전파되는 과정을 연구해본 사람이라면, 어떤 이슈에 대한 정치가들의 신념은 그 이슈의 대중적 인기에 정확하게 비례하여 강해지거나 약해지는 경향이 있다는 사실을 간파하게 될 것이다. 대중이 갑자기 새로운 만병통치약을 삼키거나 또는 새로운 걱정거리를 겁내기 시작한다 치자. 그러면 위정자들은 십중팔구 당장 새로운 만병통치약이 공화국의 모든 질병에 대한 확실한 치료제이고, 새로운 걱정거리가 모든 법과 질서, 국내 평화에 대한 감내하기 힘든 직접적인 위협이라고 믿기 시작한다. 이 기이한 지적 융통성의 바탕에는 물론 상당히 철저한 계산이 있다. 인간은 광기의 행렬에 뒤처지지 않아야 하며, 그렇지 않으면 자기의 시대는 순식간에 끝난다는 계산 말이다. 그러나 이런 융통성은 훨씬 미묘하고 어쩌면 좀 덜 수치스러운 몇 가지 고려에서 비롯되기도 한다. 첫째, 애국심과 선조들의 지혜를 금과옥조로 여기는 인간은 국가시책의 배후에 있는 온갖 교조적 잡설에 묵종하는 성향이 매우 강하다. 보통 사람들이 무류(無謬)의 명민함을 타고나는 것이 아닌 이상, 적어도 그들은 자기의 어리석음이 실행되는 것을 볼, 양도할 수 없는 권리를 갖고 있다고 믿기 때문이다. 앵무새처럼 날마다 무의미한 말을 반복해서 외치는 정치인은 결국 그것이 의미 있다고 생각하게 된다. 설령 그것이 정말로 의미 있다고 믿지 않을지언정. 둘째, 흥분한 군중의 광기는 일종의 전염병이긴 한데 대단히 과소평가된 전염병이다. 우리 모두는 전시에 그것이 어떤 일을 할 수 있는지 목격했다. 대학교수들이 옐로저널리즘에 맞장구를 치고, 설교단에 선 목사들이 극장에서 자유국채[1]를 판매하는 자들의 흉내를 낼 때, 히스테리는 인플루엔자처럼 번져 나간다. 그 누구도 감염에서 자유로울 수는 없다. 이런 전염성은 민주사회의 여러 황당한 현상, 특히 군중의 지도자가 군중에게 종종 희생되는 이유를 설명해준다.

루스벨트는 정치적 이상에 고무되었다기보다는 그 난폭한 대결과 눈부신 보상을 즐겼기 때문에 정치에 투신한 그야말로 전형적인 정치가였으며, 위에서 말한 대로 철저한 계산에 따라 운신했다. 만약 영국의 공보관들이 눈물샘을 자극하는 논평과 전쟁고아 사진을 내보내는

1. Liberty Loans. 1917년 제1차 세계대전에 참전한 미국이 발행했던 국채. 총5회에 걸쳐 발행했는데, 첫 4회를 '자유국채,' 마지막 1회를 '승리국채'(Victory Loans)라고 한다. 총액은 214억 7천 800만 달러에 달했으며, 모두 동맹국 원조와 전비에 충당되었다.

데 미숙하여 벨기에 침공에 대한 미국인의 분노가 가시화되지 않았다면, 나아가 영국인이 미국인의 각종 권리를 심각하게 침해했던 역사적 사실로 인해 그 사건이 완전히 묻혀버렸다면, 그리고 최종적으로 윌슨 박사가 대중의 격렬한 반대를 무릅쓰고 전쟁을 주장했다면, 틀림없이 루스벨트는 그다지 도덕적 충격을 받지 않았을 테고, 당연히 독일의 벨기에 침공을 중요한 정치적 이슈로 삼지도 않았을 것이다. 그러나 정반대의 현실이 그의 눈앞에 놓여 있었기에, 그는 그것에 맹독성분을 주입했고, 얼마 후 독일 군국주의에 대한 그의 오래된 호감은 독일 군국주의에 대한 거만한 혐오로 바뀌었다. 대서양 건너편에서 독일을 강력하게 대변하던 인물이 독일을 강력하게 비판하는 인물로 변신한 것이다. 물론 오랜 호감을 없애기란 그리 쉽지 않았다. 구체화된 열정은 억누를 수 있었지만, 마음의 습관까지 버릴 수는 없었다. 그 결과 우리는 군국주의를 군국주의적 용어로 질타하고, 카이저를 의심의 여지가 없는 카이저의 어조로 비난하는 희한한 광경을 목격할 수 있었다.

이처럼 달면 삼키고 쓰면 뱉어버리는 식의 언행은 그에게는 새삼스러운 일도 아니었다. 실제로 그의 정치이력은 줄곧 그래왔다. 그에게 가장 많은 표를 가져다준 이슈들은 기본적으로 그가 믿지도 않는 것들이었다. 그의 레토릭에는 언제나 심리유보(心裏留保)가 있었다. 그는 평민의 호민관이 아니라, 『네이션』지의 영향 아래 1880년대에 흔히 볼 수 있던 거드름 피우는 아마추어 개혁가로 정계에 입문했다. 하버드 출신의 이 청년은 자신의 고향(뉴욕 시)이 마이클 오쇼네시와 테렌스 구건 같은 듣도 보도 못한 이름을 가진 사람들에 의해 좌우되고 있다는 사실, 다시 말해서 자신보다 사회적으로 열등한 자들이 자신보다 정치적으로 우월한 위치에 있다는 사실을 알고는 분개했다. 기본적으로 반(反)민주적인 것에 호감을 느끼고, 부와 학력을 겸비한 청년으로서의 자신을 높이 평가하고 있던 그는 권력을 소수의 손에 집중시키고 하층민을 엄격하게 통제하며 민주주의의 진부함을 포기하고 강력한 중앙집권을 지지했다. 그의 영웅은 모리스[1]와 해밀턴 같은 연방주의자였다. 그는 이들을 찬양하는 글을 써서 처음으로 세상에 이름을 알렸다. 좀 더 유감스러운 것은 그가 일상적으로 접촉하던 사람들이 고율 관세를 추진하던 공화당원들로 구성된 유니언리그[2]의 늙은이들, 기의 광적으로 아래로부터의 사회운동에 반대하던 사람들, 굉장히 보수적이고 의심 많고 신중하고 합리적인 사람들, 평화에서 부당이득을 취하고 나중에는 전쟁에서 부당이득을 취한 사람들이었다는 사실이다. 그의 정치적 모험은 초반에는 운이 따르지 않았고, 지도자로서의 역량을 보여주지도 못했다. 당시의 보스들은 그를 장난삼아 받아들인 다음에는 토사구팽해버렸다. 그는 몇 년 만에 정치에 염증을 느끼고 서부로 갔다. 얼마 뒤에 돌아온 그는 뉴욕 시장 후보를 선출하는 공화당 경선에서 참패를 하고 다시 서부로 갔다. 그때까지만 해도 그는 희극적인 인물이었다. 정치가들에게 희생된 반(反)정치가, 자신이 증오하는 저질 대중선동가들에게 농락당한 유사 귀족이었다.

그러나 어떤 일이 벌어지면서 정계의 판도가 완전히 바뀌었고, 마침내 루스벨트에게도 기회가 왔다. 어떤 일이란 개혁의 지지기반이 위에서 아래로 옮겨간 것을 말한다. 이전까지 개혁은 기본적으로 귀족적인 운동, 즉 높은 양반들의 교만하고 반(反)민주적인 운동이었다. 그러나 이제 개혁은 선명한 민주적 색채를 띠게 되었고, 민주적 방법을 받아들이기 시작했다. 이런 변화는 개혁에 새 생명을 불어넣

1. 1787년에 개최된 미국제헌회의에서 강력한 중앙정부의 확립을 역설한 정치가.
2. Union League. 남북전쟁 기간인 1862년부터 북군과 링컨의 정책을 지지하기 위해 필라델피아·뉴욕·시카고 등의 대도시에서 부유한 공화당원들에 의해 결성된 조직. 루스벨트는 26세 때인 1884년에 이 조직의 뉴욕 클럽에 가입했다.

었다. 하버드와 유니언리그 클럽, 『네이션』지가 해내지 못한 일을 보통사람들이 맡아서 해내기 시작했다. 미덕의 오래된 보루가 침해받는 이런 현상은 서부에서 처음 목격되었는데, 이 현상은 틀림없이 루스벨트에게 만족감보다는 불안감을 안겨주었을 것이다. 그가 인민당[1]의 색다른 주장이나 브라이언[2] 이전에 활약하던 이단아들의 무모한 책략에서 자신의 취향에 맞는 것을 단 하나라도 찾아냈을 리는 없다. 그는 본능적으로 그런 모든 것에 거부감을 느꼈다. 그러나 이 운동은 동부로 확산되는 과정에서 점차 다듬어졌고, 뉴욕에 당도할 무렵에는 제법 모양새를 갖추기 시작했다. 루스벨트는 이 새로운 종류의 개혁과 타협했다. 그것은 잘난 척하고 싶은 그를 모욕하는 온갖 원칙으로 가득했지만, 적어도 효과는 있을 것 같았다. 이때부터 죽을 때까지 그의 정치경력은 이 새로운 힘과 타협하는, 전략적 차원에서 자신의 선천적인 편견에 전혀 어울리지 않는 이념들에 점차 굴복하는 과정이었다. 한 세대에 걸쳐 일종의 타협이 이루진 후, 이른바 혁신당이 결성되고, 그가 이 당을 만든 중서부 출신 의원들로부터 당권을 빼앗았을 때 그로서는 정치달인들의 목록에서 영원히 상위권을 차지할 만한 위업을 달성한 셈이었다. 즉 지금까지 그 어떤 영웅도 아무리 용감하고 아무리 목이 마르다 해도 삼켜본 적이 없는 경이로운 사회적·정치적·경제적 혼합주를 엄청나게 큰 술병에서 따라 단숨에 마셔버렸던

1. People's Party. 군소정치 세력이 결집하여 대기업과 기성정당(공화당과 민주당)의 지배에 대항하기 위해 결성한 제3정당. 1892년 미국 대통령 선거에 독자후보 제임스 위버(James Weaver)를 내고 선전했으나 패했다. 그 정치강령 중에는 자유로운 은화주조, 국립은행 폐지, 철도·기선항로·전신전화망의 공유, 누진적 소득세 도입 등이 있다.
2. 민주당 정치가. 세 차례 대통령선거에 출마했으나(1896·1900·1908년) 번번이 낙선했다. 1896년 7월 민주당 대통령 후보를 수락하는 연설에서, 금융권력을 황금십자가에 비유하여 "금본위제를 주장하는 사람들에게 다음과 같이 답하고자 합니다. 노동자의 이마에 가시면류관을 씌워서는 안됩니다. 인류를 황금십자가에 못박아서도 안됩니다"라고 말하면서 일약 유명해졌다.

것이다. 이 술은 자신의 시대에 얼간이들 사이에서 잘 팔리던 온갖 만병통치약—여성참정권과 직접예비선거, 국민발안제 및 국민투표와 선출직 공직자 감축안,[1] 금주법과 국유제, 반(反)트러스트와 판사에 대한 소환투표제—을 섞어놓은 칵테일이었다.

이런 영웅적 업적은 그를 미국 정치사에서 가장 누더기 같은 정당, 공존 불가능한 구성요소들이 아주 느슨하게 결합되어 있어 태어나는 순간부터 해체되기 시작한 정당의 대표로 만들었다. 한편으로 그 정당은 그저 정신 나간 광신자들, 아무것이나 믿는 자들, 경신(輕信) 콤플렉스의 애처로운 희생자들, 엉터리 구세주의 상습적 추종자들, 구제 불능의 낙관론자와 기회주의자들로 이루어져 있었다. 그러나 다른 한편으로는 루스벨트 자신 같은 사이비 개종자들,[2] 즉 감투에 목이 마르지만 기성정당에 실망한, 그래서 멍청한 교조주의자들이 자신들에게 줄 수 있는 모든 도움을 기꺼이 받아들이려던 사람들로 구성되어 있었다. 당시의 감정적 흥분과 특히 혁신당의 첫 번째 전당대회를 특징짓던 사이비-종교적 속임수에 도취된 루스벨트는 교조주의자들 가운데 적어도 일부는 온갖 우매한 언동을 일삼기는 하지만 간혹 실행 가능하고 심지어 건전한 이념들도 설파한다고 서서히 믿게 되었다. 그러나 효과가 확실하다는 그들의 구체적인 처방들은 물론이고 보통 사람들의 지혜와 미덕에 대한 그들의 유치한 신념에 내심 반감을 느꼈다. 루스벨트는 민주적 유행어와 민주적 제스처를 비롯한 대중선동가의 온갖 무기를 능란하게 구사했지만, 그의 가슴 깊숙한 곳에는 그런 것들에 대한 믿음이 없었다. 그는 민주주의가 아니라 통치를 믿었

1. 남북전쟁 이전에는 선출직 공직자의 수를 늘려야 민주주의가 증진된다는 사고가 지배적이어서 비교적 중요하지 않은 직책까지 선거로 뽑았지만, 이른바 진보의 시대라는 1890년대 초에서 1910년대 말까지는 주요 공직자만 선출하고 중요하지 않은 직책은 임명하는 것이 효율적이라는 주장이 대세를 이루었다.
2. rice converts. 선교사로부터 쌀이나 생필품을 얻기 위해 그리스도교로 개종한 사람들.

을 뿐이다. 현존하는 모든 고통과 갈망에 대한 그의 처방은 권력의 분산이 아니라 권력의 강력한 집중이었다. 그는 무제한적인 실험이 아니라, 위로부터의 엄격한 통제, 영감을 받은 예언자와 경찰의 독재를 선호했다. 그는 자기의 추종자들이 이해하던 민주주의의 실체와 이상을 지지하지 않았다. 그가 지지하던 것은 비스마르크 형(型), 또는 나폴레옹이나 루덴도르프[1]형에 가까운 가부장적인 온정주의, 즉 채탄과 육류가공의 규제에서 철자법과 군권(軍權)의 규제에 이르기까지 모든 문제에 일일이 간섭하는 온정주의였다. 그는 언제나 낭만적 자유주의자의 본능이 아니라, 재산을 보유한 토리[2]의 본능에 따라 행동했다. 자유주의의 기본 목표들인 언론의 자유, 자유로운 기업경영, 정부개입의 최소화는 그의 생각과 상반되는 것이었다. 심지어 선거유세를 위해 진보주의자들과 타협할 때도 그의 마음은 항상 다른 곳에 가 있었다. 트러스트를 비판할 때도 그가 염두에 두고 있던 것은 경쟁 회복이 아니라 모든 민간 트러스트를 하나의 거대한 국영 트러스트에 예속시키는 것이었다. 그가 사법부를 비판한 것도 법관들이 법보다 본인들의 편견을 앞세웠기 때문이 아니라, [루스벨트] 자신의 편견을 법보다 앞에 놓기를 거부했기 때문이다.

그는 평생 정치를 했지만, 그가 시민의 권리를 주장하는 것을 들어본 사람은 아무도 없다. 그의 웅변은 언제나 시민의 의무를 상세히 설명하는 데 할애되었다. 지금 내 앞에는 그가 "모든 남녀에 대한 친절한 정의의 정신"을 변호하는 연설 한 편이 놓여 있다. 그러나 그것이 그가 할 수 있는 최대한의 발언이다. 그리고 그가 마음에 품고 있던 것은 자유로운 사회의 자율적이고 양도불가능한 정의가 아니라, 절대

1. 제1차 세계대전 기간(특히 1916년 이후)에 독일을 사실상 독재적으로 지배한 장군.
2. 미국 독립혁명 당시 영국 국왕에 대한 충성을 고수한 사람들. 반면에 토머스 제퍼슨과 알렉산더 해밀턴, 토머스 페인처럼 독립혁명을 추진한 세력은 휘그라고 불렸다.

군주가 하사하는 정의였다. 그가 이해하는 시민의 의무는 행동뿐 아니라 사고(思考)와도 관련이 있었다. 그의 마음속에는 일련의 기본 원칙이 있었고, 원칙에서 벗어나는 것은 가장 볼썽사나운 범죄였다. 루스벨트만큼 정적들을 가혹하고 부당하고 비열하게 대하기도 어려울 것이다. 실제로 비신사적인 논쟁에서 탁월한 능력을 보여준 윌슨 박사조차도 그의 앞에서는 빛을 잃었다. 루스벨트는 솔직하고 공정하게 토론에 임한 적이 없다. 그는 쓸데없는 질문으로 토론의 주제를 엉뚱한 데로 돌리는 기술을 구사하면서, 청중들을 향해 매력적인 표정을 지었다. 또한 연예인으로서의 뛰어난 재능, 국민영웅으로서의 지위, 자신의 대중적 영향력을 십분 활용했다. 그가 관련된 두 건의 소송은 정의에 대한 놀랄 만한 벌레스크였다. 그는 두 소송이 정식으로 재판에 회부되기도 전에 신문지상에서 그것들을 심리했다. 소송과 무관한 문제들로 소송의 쟁점을 흐렸다. 그의 법정 출두는 다른 증인들과 동등한 자격을 가진 한 증인으로서의 출두가 아니라, 방청객들의 호응을 확신하는 일종의 코미디언으로서의 출두였다. 특정 개인을 상대할 때나 막연한 대중을 상대할 때나, 그는 고도의 기술을 갖춘 사기꾼이었다. 두말할 필요도 없이, 그에게는 상대를 홀리는 사기꾼 특유의 매력과 대담한 교활성, 인간적인 천진난만함과 기만성이 공존하고 있었다. 그는 속물들뿐만 아니라 그렇지 않은 사람들에게도 자신에 대한 지지를 호소하는 법을 알고 있었다. 비록 모략과 뒤통수치기를 밥 먹듯 하긴 했지만 어쨌든 그는 대단한 사내였다.

정치적 이단은 힘으로 진압되어야 마땅하고, 공인된 것에 이의를 제기하는 자는 법, 즉 형평의 원칙 안에서 보호받을 자격이 없으며, 그나마 언론과 집회의 자유, 우편의 이용 같은 헌법상의 혜택을 박탈당하지 않으면 천만다행으로 여겨야 한다는 오늘날의 미국식 이론을 만들어낸 인물이 윌슨 박사가 아니라 루스벨트였다는 사실은 망각되고 있는 것 같다. 대부분의 진보주의자는 그 이론의 창시자가 누구냐는 질문을 받으면 아마도 윌슨에게 그 명예를 돌릴 것이다. 윌슨은 이 이론을 엄청나게 오래 끌고 왔고, 현재 그 이론의 지지자들 가운데 단연 돋보이는 인물이다. 어쩌면 그는 그 이론의 선구자로 미국사에 기록될지도 모른다. 그러나 그것을 처음으로 명료하게 언명한 것은 올바른 생각을 하는 세계 각지의 사상가들에게 보낸 윌슨의 교서가 아니라, 이른바 패터슨 아나키스트에 반대하는 루스벨트의 교서였다.[1] 같은 주장이 그의 법무장관 찰스 보너파트가 그를 위해 준비한 의견서에도 장황하게 개진되어 있다. 보너파트는 루스벨트만큼이나 괴짜이며, 민주주의자로 위장한 전제주의자였다. 그는 법을 제공했고, 루스벨트는 철혈(鐵血)을 제공했다. 둘은 거의 환상의 콤비였다. 보너파트에게는 거친 카우보이에게 언제나 결여되어 있던 이탈리아인의 섬세함이 있었다. 루스벨트는 죽는 날까지 헌법은 이단자를 보호해주지 않는다는 패터슨 독트린을 믿었다. 그가 계시에 대한 불복종이라고 생각하는 것과 마주하는 순간, 그의 분노는 걷잡을 수 없이 커졌다. 피고석에 앉아 있는 용의자에게 그것보다 두려운 것은 없었다. 그의 머리 위에는 중세 교황의 노기 어린 성무금지 명령 못지않게 격렬한 공개 비난이 쏟아졌다.

이런 인간들의 출현은 물론 민주주의 아래서는 불가피한 일이다. 이 완전한 쇼맨들은 어리석은 대중의 경탄을 자아냄으로써 민주주의에 대한 의혹을 잠재운다. 쇼맨들이 정말로 무엇을 믿는가는 부차적인 문제이다. 중요한 것은 그들이 무슨 말을 하는가, 나아가 그 말을

1. 1900년 뉴저지 주 패터슨에 거주하고 있던 이탈리아계 미국인 가에타노 브레시라는 아나키스트가 이탈리아에 가서 움베르토 1세(1878-1900년 재위)를 암살했다. 또한 이듬해에 매킨리 대통령이 한 아나키스트에게 암살되자, 루스벨트는 의회에 보낸 교서에서 국제아나키스트들에 맞서는 강력한 조치를 취해야 한다고 주장했다.

어떤 식으로 하는가이다. 그들의 활동이 민주주의 이론에 큰 해를 끼친 것은 분명하다. 보통사람들이 현명하게 지도자를 선택한다는 민주주의의 대원칙을 반증해주는 존재가 이 쇼맨들이기 때문이다. 그들은 좀 더 미묘한 다른 방식으로도 민주주의에 피해를 입힌다. 즉 그들이 선동하고 헷갈리게 만든 대중의 마음에 대한 뿌리 깊은 멸시로 인해, 그들은 숙명론에 빠져서 기본적인 일들을 의도적으로 회피하는 냉소적이고 기회주의적인 정략을 구사한다. 그래서 민주정치는 지도자 개인의 야심과, 대중의 일희일비하는 감정에 따라 수시로 변하는 영원한 즉흥정치가 되고 만다. 뼛속까지 비민주적인 루스벨트는 종종 대중의 감정적 변덕을 판단하기 어려웠다. 이 사실은 그가 자주 대중의 지지를 잃고 외톨이가 된 이유를 설명해준다. 그는 놀랍게도 인기 코미디언 빰치는 쇼맨 기질을 발휘하여 프롤레타리아트를 그의 발밑에 거의 무릎 꿇게 한 적도 있었지만, 그들을 어리둥절하게 만들고 실망시킴으로써 그들의 적대감을 불러일으킨 적도 있었다. 1915년 초에 중립을 선언한 윌슨을 맹비난했을 때, 그는 그다운 실수를 저질렀다. 벨기에인의 피해에 대한 대중의 분노가 그 뜨거운 열기를 유지할 것이고, 그러면 어느 순간 미국의 개입을 요구하게 될 것이라고 믿은 게 잘못이었다. 루스벨트는 그런 요구의 대변자를 자임했지만, 분노의 기세가 수그러들고 있다는 사실을 알고는 경악을 금치 못했다. 윌슨이 표방한 중립노선하에서 잘 살고 있던 대부분의 대중은 벨기에인이 어떤 희생을 치르든 그 노선을 유지하는 쪽으로 기울었다. 1915년에 '루시타니아' 호 사건[1]이 일어나자 여론은 루스벨트의 편이 되는 듯했고, 영국 공보국도 루스벨트에게 전폭적인 지지를 보냈다. 그러나

1. 제1차 세계 대전 중에 대서양에서 영국의 민간여객선 루시타니아 호가 독일 잠수함 U-20의 공격을 받아 침몰한 사건. 128명의 미국인을 포함한 1,198명의 사망자를 낸 이 사건은 미국인의 분노를 불러일으켰으나, 윌슨은 중립정책을 고수했다.

몇 달이 지나자, 그는 자신의 곁을 썰물처럼 빠져 나가는 대중을 붙잡아보려고 안간힘을 쓰는 처지가 되었다. 루스벨트보다 훨씬 약삭빠른 정치인이며, 루스벨트처럼 자신의 레토릭에 발목이 잡힌 적이 거의 없었던 윌슨이 사태를 훨씬 빠르고 정확하게 파악했던 것이다. 1916년에 그는 단지 루스벨트에 반대하는 평화주의를 주장하며 재선을 위한 선거운동을 벌였고, 결국 재선에 성공했을 뿐 아니라 루스벨트를 아예 정계에서 밀어내버렸다.

그 후에 일어난 일은 미국의 역사가를 자처한 소심한 환관들이 소개한 것보다 훨씬 세심한 연구의 대상이 될 만하다. 당시 미국에 비해 매사가 훨씬 자유롭게 논의되던 영국의 공식 교의는 윌슨이 저항할 수 없는 아래로부터의 움직임에 굴복하여 전쟁에 휘말리게 된다는 것, 다시 말해 그가 대중의 강요에 못 이겨 중립노선을 버리고 부득불 독일을 공격하게 된다는 것이었다. 영국인의 예측은 완전히 빗나갔다. 1916년 말에 보통사람들은 평화를 원했고, 윌슨이 평화를 지지한다고 믿었다. 어떻게 그들이 서서히 냉정을 되찾고, 급기야 광적으로 평화를 주장하게 되었을까? 이 문제는 좀 더 여유로운 시대에 정치적 압력으로부터 자유로운 역사가들에 의해 논의되어야 할 것이다. 현재로서는 모든 일이 신속하고 깔끔하게 처리되었기 때문에, 허를 찔린 루스벨트는 무기력하게 당할 수밖에 없었다고 지적하는 것으로 충분할 것 같다. 그는 면전에서 이슈를 빼앗겼고, "불타는 갑판 위의 소년"[1]처럼 겁에 질린 채 홀로 남겨졌다. 그가 정신을 차리는 데는 몇 달이 걸렸다. 그러나 그 후에도 윌슨 행정부에 대한 그의 공격은 미약하고 무

1. 나일 해전(1798년 8월에 호레이쇼 넬슨이 지휘하는 영국 해군이 이집트에 주둔하고 있던 나폴레옹의 프랑스 해군을 격침시킨 전투)을 묘사한 영국 시인 펠리시아 헤먼스의 시 「카사비앙카」에 나오는 유명한 첫 구절 "소년은 불타는 갑판 위에 서 있었다"에서 따온 것이다. 이 전투에서 전사한 프랑스 장교의 아들인 이 소년은 다른 사람들이 모두 대피하는데도 홀로 그 자리에 있다가 불에 타죽었다.

력했다. 보통사람들에게 그것은 성공한 라이벌에 대한 악의적인 헐뜯기 정도로밖에 보이지 않았고, 실제로도 그랬다. 사람들은 무관심했으며, 루스벨트는 다시 한번 찬밥 신세가 되었다. 이렇게 해서 그는 어느 샌가 무대에서 사라졌다. 퇴물 정치인이자 낙담한 인간으로.

나는 그가 너무 빨리 죽었다는 생각을 지울 수 없다. 그의 전성기는 어쩌면 지난날이 아니라 앞날일 수도 있다. 만약 10년만 더 살았다면, 그는 선동적이고 변덕스러운 대중에 대한 낡고 그릇된 리더십을, 교양 있는 마이너리티에 대한 건전하고 올바른 리더십으로 대체하여 명예를 회복할 수 있었을지도 모른다. 이 대중선동가의 야바위를 연구하면 할수록, 이 광대의 이면에는 빈틈없는 인간이 숨어 있고, 그의 실질적인 신념은 그리 터무니없지도 않았다고 확신하게 된다. 실제로 진상은 날이 갈수록 명확하게 밝혀지고 있다. 자유롭고 자치적인 수들의 연방이라는 해묵은 이론은 그 자체의 무게에 의해 무너져왔고, 우리는 저항을 불허하는 강력한 힘에 의해 중앙집권화를 향해 나아가고 있다. 쇄국이라는 오래된 이론도 이제는 형해화되었다. 미국이 야심만만한 외국의 압력을 받지 않고 독자적으로 살아가기를 바라는 것은 언감생심이다. 우리는 더 이상 자신의 정체를 애써 숨기려 하지도 않는 적대국들에게 둘러싸인 전쟁에서 이제 막 벗어났다. 비록 그 나라들이 몇 세기 동안 독일을 속박했던 나라들만큼 지근거리에 있거나 위협적이지는 않지만, 그럼에도 그들은 분명히 존재하고 분명히 성장하고 있다. 루스벨트는 이런 사실을 언급하는 것 자체가 여전히 금기시되던 시대에 어떤 성찰이나 직관에 의해 그것을 감지했다. 그리고 그 사실을 모종의 음흉한 방식으로 미국사회에 널리 퍼져 있는 진부한 의견들과 절충하여 여기에 관심이 쏠리게 하는 것을 일생의 과업으로 삼았다. 한때는 각 주가 고유의 법과 고유의 법리(法理), 공통의 헌법적 유대에 대한 나름의 견해를 갖는 독립적인 국가로 공존할 수 있다고 모든 미국인이 주장했지만, 지금은 어느 누구도 진지한 표정으로 그렇다고 주장하지는 않는다. 한때는 미국이 충분한 방위수단 없이도 안전할 수 있다고 모든 미국인이 주장했지만, 지금은 어느 누구도 진지한 얼굴로 그렇다고 주장하지는 않는다. 미국인이 다음 세기에도 자기의 위치를 유지하려면 더욱 분발해야 할 것이라는 점은 생각하기는 싫지만 부인할 수도 없는 사실이다.

루스벨트는 자신의 이념이 이처럼 생명력을 얻게 되는 것을 직접 볼 수 있을 만큼 충분히 오래 살았지만, 그것이 공개적으로 채택되는 것을 볼 수 있을 만큼 장수하지는 못 했다. 선견지명만 놓고 따진다면, 그는 이 나라의 진정한 지도자였다. 앞으로 그의 실질적인 이념이 그것을 포장하기 위해 남발한 선동적 호언장담과 분리된다면, 좀 더 솔직한 그의 선언은 큰 명예를 얻게 되고, 그는 선각자의 반열에 오르게 될 것이다. 그는 당대인의 눈에 똑똑히 보이지 않았던 것들을 분명하게 간파해냈다. 예컨대 극단적인 내셔널리즘이 득세하는 새로운 세계시스템하에서는 잦은 전쟁이 불가피하다는 것, 세계평화를 유지하기 위해서는 후진국을 일군의 속국집단으로 편성하여 강대국의 지배하에 두어야 한다는 것, 자유경쟁이라는 구(舊)시스템이 붕괴할 가능성이 크다는 것, 스파르타의 덕목은 사회적으로 대단히 유익하지만 태만과 안락은 매우 위험하다는 것, 언론의 자유와 민주주의는 양립 불가능하다는 것 등이다. 나는 그가 언제나 정직했다는 말을 하려는 게 아니다. 그는 심지어 의심의 여지없이 옳았던 순간에도 정직하지 않았다. 그러나 꾸밈없이 행동해도 정치적으로 생존할 수 있다고 판단했을 때는, 그도 정직하게 사고하고 단도직입적으로 말했다. 다시 말해서 그는 진실을 말하고 싶어 하는 본능을 갖고 있었다. 윌슨 박사가 변덕과 위선의 본능을 갖고 있었던 것처럼 말이다. 루스벨트의 딜레마는 투쟁의 순간이 올 때마다 명예에 대한 열망이, 영원한 진리에 대한 갈망보다 훨씬 강했다는 데 있다. 그는 박수갈채를 받기 위해 기꺼이 모든 것을 희생하는 인물이었다. 그래서 그는 존경받는 정치인에서 타락한 정치꾼이 되었고, 철학자의 반열에서 추락하여 일개 수다쟁이가 되고 말았다.

그의 가장 큰 실패작은 그의 해결책이었다. 해박하고 공정하며 진정한 학문적 열정과 예리한 통찰력을 지닌 그였으나 정작 치료법을 처방할 때는 언제나 부끄럽게도 사기를 쳤다. 그는 트러스트에 대해 선정적인 비난을 퍼부었지만, 정작 트러스트를 규제하는 방안은 구상해본 적도 없다. 심지어 다른 사람들의 계획을 응용하려 했을 때도, 그는 늘 그렇듯이 소심함과 위선으로 일을 그르쳤다. 국가의 전쟁준비 캠페인도 마찬가지였다. 그는 고질적인 문제를 훌륭하게 지적했지만, 그가 내놓은 처방은 막연하고 설득력이 없었다. 물론 보통사람들이, 충분한 병력이 필요하다는 그의 주장을 엄청난 대군의 선두에서 군마(軍馬)를 타고 거드름을 피우고 싶은 은밀한 열망의 표현으로 오해할 여지가 있는 것도 사실이었다. 귀속주의[1]를 버리고 미국인으로서 단결하자는 그의 감동적인 호소도 마찬가지였다. 그가 지적한 위험은 실제로 존재했고 매우 위협적이었지만, 그 위험을 줄이려는 그의 계획은 오히려 사태를 악화시켰다. 독일인에 대한 그의 비난은 아무런 득이 되지 못했다. 1915년에 외국계 시민은 여전히 외국계 시민으로 남아 있었다. 그를 지지하기에는 그에 대한 잊을 수 없는 쓰라린 기억이 너무 많았다. 루스벨트는 과연 그답게 대단히 과격했다. 독일계 미국인의 귀속주의를 터무니없이 비난함으로써, 결과적으로 훨씬 오래되고 훨씬 위험한 병폐인 영국계 미국인의 귀속주의에 엄청난 힘을 실어주고 말았다. 급기야 거대한 유력 정당이 거의 노골적으로 미

1. hyphenism. 미국의 외국계 시민들 사이에서 출생국 내지 이전 국적에 대한 귀속감 때문에 미국에 대한 애국심이 분산되거나 약화되는 현상.

국을 영국의 속국으로 바꿔놓으려 하는 사태까지 벌어졌다. 전후에 우리가 목격한 것은 미국인의 결속이 아니라, 외국계 시민들의 한 파벌이 다른 파벌의 절멸을 꾀하는 노너싱당[1] 정강의 부활이다. 루스벨트의 실수는 그가 늘 저지르던 것이었다. 자신이 대중을 쉽게 선동할 수 있다는 자신감에 고무되어, 완고하고 감상적인 사이비 융커가 베풀 수 있는 것 이상의 선의를 갖고 길고 복잡한 과정을 거쳐야 비로소 성취할 수 있는 일을 강압적으로 신속하게 달성하고자 했던 것이다. 그런데 비록 그의 치료법은 엉터리였지만, 그의 진단은 틀림없이 옳았다.

만능재주꾼 셔먼은 내가 앞서 칭찬한 기사에서 이 죽은 검투사가 미국인의 생활에 크게 기여한 바는 타의 모범이 될 만한 호방한 취향, 노고와 투쟁을 즐기는 태도, 끈질긴 생명력이라고 주장하고 있다. 맞는 말이다. 그가 타파하고자 했던 것은, 민주주의의 공적인 문제들은 자존심 강하고 교양 있는 한 인간의 배려와 노력을 필요로 하지 않는다는 미국인의 거만한 비관론, 우리 자신의 수준이 평균 이상이라고 생각하는 우리 모두의 서글픈 오신(誤信)이었다. 루스벨트는 시종일관 그런 자멸적 초연함에 용감하고 효과적으로 맞서 싸웠다. 굉장히 예민하고 적응력이 뛰어나며 거의 병적일 정도로 활동력이 왕성했던 그는 인간이 상상할 수 있는 가장 자극적인 오락은 돈이 아니라, 이념을 위한 투쟁이라는 것을 만인에게 보여주었다. 그에게 귀족적인 면

1. Know-Nothing Party. 독일계와 아일랜드계 가톨릭 이민자들의 급증으로 정치적·경제적 안정을 위협받는다고 느낀 토박이 프로테스탄트에 의해 1845년에 결성된 국수주의적 정당이다. 이 당의 당원들은 당의 조직과 활동에 대한 질문을 받으면 아무것도 모른다고 대답하게 되어 있었으므로, 노너싱이라는 이름을 얻었다. 이 당의 대표적인 정강은 공직자의 자격을 미국에서 태어난 영국계 프로테스탄트로 제한할 것, 미국에 21년 이상 거주한 이민자에게만 시민권 취득자격을 부여할 것, 공립학교 교사의 자격을 프로테스탄트에게만 부여할 것 등이다.

은 없었다. 실제로 그는 귀족이 아니었고, 전형적인 상류 부르주아지의 일원이었다. 그의 집안은 뉴암스테르담의 지주가 아니라 평범한 상인이었다. 그는 사교적인 야심가였고, 보나파트를 내각의 일원으로 거느리고 있다는 점을 평생 자랑스러워했다.[1] 루스벨트에게는 기품 있는 인물의 특징이 전혀 없었다. 그는 뻔뻔하고 교양 없고 비밀이 너무 많고 교활하고 독재적이고 허영심이 강하고 때로는 밴댕이 소갈머리 같았다. 사람들은 그가 지나치게 딱딱한 태도로 손을 내밀 때면 오히려 그에게서 애처로움을 느끼곤 했다. 그러나 그에게 나쁜 면만 있었던 것은 아니다. 그는 자기 자신에게 만족하는 뚱뚱한 시민의 모든 미덕을 갖추고 있었다. 점잖은 척, 잘난 척하는 인간을 유난히 경멸했고, 자신의 허식 이외의 모든 허식을 증오했다. 또한 노력·충성·검약·정직한 성취를 존중했다.

그의 가장 안 좋은 결점은 그의 국민과 시대가 안고 있는 결함이었던 것 같다. 삼류인간들로 이루어진 국가에서 지도자가 되기를 열망했기에 그는 눈높이를 보통사람들의 수준에 맞출 수밖에 없었다. 그 수준을 넘어서는 영역에 발을 내디뎠을 때, 그는 언제나 슬픔을 맛보았다. 이 사람이 '불안한' 루스벨트, 웃음거리가 된 루스벨트, 갑자기 찬밥 신세로 전락한 루스벨트였다. 좀 더 행복한 시대, 좀 더 괜찮은 장소에서였다면 루스벨트는 좀 더 훌륭해졌을지도 모를 사람이었다. 뭐, 어쨌든 인간은 자신이 할 수 있는 일을 하는 법이니까.

1. 루스벨트 정부의 법무장관 찰스 보너파트는 나폴레옹 보나파르트의 막내동생인 제롬 보나파르트(프랑스 제국의 괴뢰국가인 베스트팔렌 왕국의 왕)의 손자였다. 하지만 미국의 보너파트 가(家)는 보나파르트 왕가의 일원으로 간주되지 않는다.

8

예술의 불모지*

아, 남부여! 그대의 책들은 갈수록 줄어드는구나.
그대는 딱히 문학에 기여한 바가 없구려.

이 비가(悲歌)의 지은이 고(故) J. 고든 쿠글러[1]에게는 진정한 시인의 통찰력이 있었다. 그는 적어도 정통계보에 의하면 딕시[2]의 마지막 음유시인이었다. 현재 그곳에는 시인이 오보에 연주자나 드라이포인트 에칭 제작자, 또는 형이상학자만큼 드물다. 사실 그렇게 광대한 빈 공간은 상상하기도 어렵다. 사람들이 떠올릴 수 있는 것은 별과 별 사이의 공간, 또는 지금은 신화가 되어버린 에테르의 엄청난 분포범위 정도일 것이다. 거의 유럽 전체를 옮겨놓을 수 있을 정도로 드넓은 그 지역에는 비옥한 농장, 조잡한 도시, 두뇌가 마비된 사람들이 있다. 프랑스·독일·이탈리아를 이동시킨 뒤에도 영국 제도를 위한 공간이 남는다. 그렇지만 남부의 그 모든 규모와 그 모든 부, 남부가 자랑하는 그 모든 '발달'에도 불구하고, 그곳은 예술적으로나 지적으로나 문

* The Sahara of the Bozart(Bozart는 beaux arts의 남부식 발음을 익살스럽게 모방한 멩켄의 조어이다).

1. 사우스캐롤라이나 출신의 시인.
2. Dixie. 미국 남부 제주(諸州)에 대한 별칭.

화적으로나 사하라 사막만큼 척박하다. 유럽에는 1에이커의 넓이에, 그리고 미국의 나머지 지역에는 아마도 1평방마일의 면적에, 포토맥 강 이남의 모든 주에 존재하는 것보다 더 많은 수의 일류인간을 수용하고 있는 곳이 수두룩하다.[1] 구(舊)남부연합의 전역이 내일 해일에 휩쓸려버린다 하더라도, 이 일이 교양 있는 소수의 인간에게 미치는 영향은 양쯔(揚子) 강의 범람보다 크지 않을 것이다. 인류의 역사에서 그토록 완전히 메말라버린 문명을 찾아내기란 불가능할 것이다.

내가 문명이라고 말하는 것은 남부도 옛날에는 문명을 가지고 있었기 때문이다. 비록 지금은 침례교와 감리교의 야만주의가 그곳을 지배하고 있지만 말이다. 더욱이 그것은 다양하고 뛰어난 문명, 아마도 지금까지 서반구에서 목격된 최고의 문명, 의심의 여지없이 미국에서 목격된 최고의 문명이었다. 지난 세기의 중엽까지만 해도 아메리카 대륙의 주요 이념은 포토맥 강의 다리들 건너편에서 부화되었다. 뉴잉글랜드의 상인들과 신학자들은 제대로 된 문명을 발달시키지 못했다. 그들이 발달시킨 것이라곤 통치기구뿐이었다. 그들은 아무리 잘 봐줘도 저속하고 볼품없는 사람들로, 태도는 촌스럽고 상상력도 전혀 없었다. 뛰어난 양키 신사의 이야기를 찾아보려고 역사책을 뒤지는 것은 웨일스 신사를 찾는 것만큼이나 부질없는 짓이다. 그러나 남부에는 섬세한 상상력과 세련된 천성, 귀족적 태도를 지닌, 요컨대 우월한 인간들 또는 신사들이 있었다. 그들은 자신의 주된 오락인 정치에 활기차고 독창적인 정신을 불어넣었다. 우리가 여전히 아끼고 감수하는 거의 모든 정치이론이 탄생한 곳도, 뉴잉글랜드의 투박한 교조주의가 세련되게 다듬어지고 인간화된 곳도 그곳이었다. 무엇보다도 생활의 기술에 대해 관심을 기울인 곳도 그곳이었다. 그곳에서

1. 1에이커는 1평방마일의 640분의 1.

인생은 단순한 고통을 넘어 유쾌한 경험이 되었다. 남부의 오래된 생활방식에는 어떤 고상함과 풍부함이 있었다. 남부연합의 선조에게는 여가가 있었다. 사색을 좋아하고 친절하고 관대했으며, 우리가 문화라고 부르는 모호한 그 무엇을 갖고 있었다.

그러나 그들이 남긴 제국의 현재를 생각해보라. 눈앞에 떠오르는 장면은 섬뜩한 느낌을 준다. 마치 남북전쟁이 문명의 기수는 모조리 없애버리고 농민 대중만 남겨놓은 듯하다. 아르메니아인과 그리스인, 야생돼지에게 양도된 소아시아, 폴란드인에게 내맡겨진 폴란드를 연상시킨다. 그 거대한 삼류낙원에는 가볼 만한 미술관, 베토벤의 아홉 개 교향곡을 연주할 수 있는 오케스트라, 오페라하우스, 연극 전용극장, (전후에 세워진) 찾아볼 만한 공공기념물, 아름다운 공예품을 만드는 공방이 단 하나도 없다. 로버트 러브맨[1]과 존 매클루어[2]를 제외하면, 동네 삼류시인의 수준을 벗어난 남부의 시인은 단 한 명도 없다. 또한 불투명한 호박에 박힌 진홍빛 잠자리 화석 같은 구체제의 끈질긴 생존자 제임스 브랜치 캐벌[3]을 제외하곤 실제로 글줄이나 쓰는 남부의 산문가(散文家)는 단 한 명도 없다. 비평가·작곡가·화가·조각가·건축가를 찾으려는 노력은 일찌감치 포기하는 게 좋다. 포토맥의 개펄과 멕시코 만 사이에는 그런 분야의 엉터리 전문가조차 없기 때문이다. 역사학자·사회학자·철학자·신학자·과학자도 당연히 없다. 이 모든 분야에서 남부는 실로 한숨만 나올 정도의 불모지이다. 포르투갈·세르비아·에스토니아와 막상막하이다.

일례로 현재 버지니아의 위상을 알아보자. 버지니아는 위대한 시대에 자타가 공인하던 미국의 대표적인 주로, 다수의 대통령(8명)과

1. 오하이오에서 태어났지만, 조지아와 앨라배마에서 주로 활동한 시인.
2. 오클라호마 출신의 시인.
3. 버지니아 출신의 작가.

정치인을 배출했고, 미국 최초의 명문 공립대학[1]을 설립했으며, 서방 세계의 심미적 권위자를 자처했다. 그렇다면 오늘날의 버지니아는 어떠한가. 캐벌 말고는 그곳에서 일류인간이 나온 지 오래이다. 이렇다 할 이념이 나온 지도 오래이다. 유서 깊은 귀족계급은 처참한 전쟁을 겪으면서 해체되었고, 지금은 쓰레기 같은 가난한 백인들이 권력을 잡고 있다. 버지니아의 정치는 시시하고 무례하고 편협하고 멍청하다. 전문직 구직자 수준 이상의 인물이 공직에 오르는 경우는 거의 없다. 지배적인 정책은 중서부 촌놈들에게 물려받은 값싼 중고품, 다시 말해서 브라이언주의·금주법·악덕탄압운동 같은 온갖 종류의 추잡한 인기몰이용 방책으로 이루어져 있다. 법 집행은 청교도와 첩보활동 전문가들이 쥐락펴락하고 있다. 하느님의 뜻에 의해 어쩌다 이곳에서 태어난 워싱턴이나 제퍼슨 같은 인물은 악당으로 매도되어 당장 투옥될 것이다. 기품, 에스프리, 문화? 버지니아에는 고유한 예술, 문학, 철학, 정신, 열망조차 없다. 교육은 침례교 신학교 수준으로 전락했다. 버지니아의 대학들은 25년 동안 인간의 지식에 기여하는 학문적 성과를 전혀 내놓지 못했다. 버지니아 주가 공립학교에 투자하는 돈은 북부의 주들이 공교육에 지출하는 비용의 절반에도 미치지 못한다. 한마디로 지성의 고비 사막 내지 라플란드이다. 예절, 정중함, 기사도? 한번 찾아보라! 여성의 속옷에서 밀수 위스키를 찾아내는 장치를 고안한 곳이 버지니아였다. 상류층 사이에는 다소 그립고 무한히 매력적인 오래된 귀족제도의 망령이 남아 있다. 그러나 귀족들은 오래된 리더십을 하층민 출신의 황당한 괴물들에게 완전히 넘겨준 다음, 염치없고 비열한 산업적 금권정치의 늪에서 허우적거리고 있다. 다른 주의 미국인들에게 버지니아 주의 정신은 고지식하고 불합리해

1. 1693년에 설립된 윌리엄 앤 메리 대학을 말한다.

보인다. 이 주는 이제 중요한 문제에 활력과 융통성을 갖고 대처하지 않는다. 또한 야외집회와 셔토쿼 운동의 지나친 평범함에 매료되어 있다. 이런 문화운동의 주요 대변인(이따위 형편없는 운동에도 대변인이 있다면)은 공허한 말, 지키지도 않을 맹세, 엉터리 핑계를 일삼는 정치인이다. 오늘날의 버지니아에 로버트 리 또는 조지 워싱턴 같은 장군이 있을 것이라고 상상하는 것은 니카라과에 올더스 헉슬리 같은 소설가가 있을 것이라고 공상하는 것이나 마찬가지이다.

내가 '올드도미니언'[1]을 택한 것은 이 주를 경멸하기 때문이 아니라 존경하기 때문이다. 버지니아는 예나 지금이나 모든 면에서 남부에서 가장 개화된 주이다. 일군의 훌륭한 인재들을 배출하여 북부로 보냈고, 이런 현상은 오늘날까지 계속되고 있다. 버지니아인은 아무리 형편없는 인물이라 해도 대단한 전통의 힘을 보여준다. 그들은 자신이 다른 남부인보다 우월하다고 생각하는데, 이런 자부심에는 근거가 있다. 조지아로 눈을 돌리면 상황은 더욱 암담해진다. 그곳에서는 해방된 백인 하층민[2]이 천박한 양키의 상업주의를 빌려 와, 기본적으로 야만상태에서 거의 벗어나지 못한 문화에 덧씌워왔다. 조지아 주는 노동자를 착취하는 방적공장, 가장 시끄러우면서도 활력이라고는 찾아볼 수 없는 상공회의소, 제2의 사보나롤라[3]를 꿈꾸는 감리교 목사들, 린치를 자행하는 집단의 본고장이다. 자존심 강한 유럽인이 그곳에 살러 갔다가는 지적 자극이 전혀 없다는 사실을 발견할 뿐만 아니라,

1. Old Dominion. 버지니아 주의 별명. 이 별명은 1660년 영국에서 왕정복고가 이루어졌을 때 버지니아 의회가 국왕에 대한 충성을 유지하자, 찰스 2세가 버지니아에 '도미니언'(국왕령)의 지위를 하사한 데서 유래했다.
2. 식민지시대에 미국으로 이주해온 유럽인들은 대부분 한시적 계약하인(indentured servant) 신분의 부자유노동자였다. 이들은 뱃삯 대신 3년 내지 7년간 노력봉사를 하면 자유의 몸이 될 수 있었다.
3. 교회와 세속의 도덕적 부패를 비판하다가 화형에 처해진 15세기 이탈리아의 종교개혁가.

마치 발칸이나 중국 해안에 있는 것처럼 신변의 위협까지 느낄 것이다. 레오 프랭크 사건[1]도 이런 현실과 무관하지 않았다. 그것은 조지아인의 사고방식이 정확하게 반영된, 즉 진실과 정의에 대한 조지아인의 관념이 자연스럽게 표출된 사건이었다. 이 주는 면적이 이탈리아의 절반 이상이고 인구가 덴마크나 노르웨이보다도 많지만 지난 30년 동안 단 하나의 이념도 내놓지 못했다. 오래전에 한 조지아인이 세상의 이목을 집중시킨 몇 권의 책을 출간했는데, 얼마 지나지 않아 그가 조지아 흑인들의 필경사였다는 사실이 밝혀졌다. 그의 책들은 실은 조지아 백인이 아니라 조지아 흑인의 산물이었던 것이다. 그 후 백인으로서 글을 썼을 때는 즉시 저급한 수준의 작가로 전락했다. 그런데도 그는 조지아 문학의 영광일 뿐 아니라, 글자 그대로 조지아 문학의 전부, 아니 조지아 예술의 전부로 숭배되고 있다.[2]

버지니아는 오늘날 남부 최고의 주이고, 조지아는 아마도 최악의 주일 것이다. 전자는 단지 노쇠했을 뿐이지만, 후자는 우둔하고 천박하고 상스럽고 역겹다. 양자 사이에는 평범함, 어리석음, 무기력, 죽음 같은 침묵에 빠져 있는 광활한 평원이 있다. 물론 북부에도 우둔함과 천박함과 상스러움이 있고, 나름대로 어리석고 역겨운 구석이 있다. 그러나 북부에는 적어도 그토록 완벽하게 척박한 곳, 그토록 암울하게 문명의 모든 제스처와 열망이 결여된 곳은 없다. 오하이오 주와 태평양 사이에서는 오케스트라를 창단하거나 소극장을 세우거나 미

1. 1913년에 조지아 주 애틀랜타의 연필공장에서 관리자로 일하던 유대인 레오 프랭크가 직공인 13세 소녀 메리 페이건을 성폭행하고 살해한 혐의로 기소되었다. 그는 재판에서 사형선고를 받았으나, 주지사 존 슬레이턴이 그의 무죄를 확신하고 형량을 무기징역으로 감형했다. 그러자 조지아 주의 전(前) 지사와 상원의원의 아들이 포함된 일단의 사람들이 그를 감옥에서 납치하여 목 매달아 죽였다.
2. 멩켄이 언급하는 조지아인 작가는 조엘 챈들러 해리스이다. 그는 자신이 채집한 흑인들의 민간전승을 『레머스 아저씨: 그의 노래와 이야기』(1880)를 비롯한 여러 권의 연작동화로 엮어내면서 인기를 끌었다.

술관을 건립하기 위해 노력하고 있지 않는 이류도시를 찾아보기가 정말 어렵다. 이런 노력은 실패하는 경우도 많고, 불합리한 방식으로 성공하는 경우도 있다. 그러나 그런 노력 자체에는 적어도 존중받아 마땅한 충동, 즉 미(美)를 추구하고 다양한 아이디어를 실험하며 일상생활에 품위와 목적의식을 부여하려는 충동이 있다. 남부에는 그런 충동이 없다. 그곳에는 오케스트라 창단에 필요한 기금을 모집하는 위원회도 없다. 어쩌다가 그곳에서 현악사중주가 들려도, 여기에 대한 뉴스가 없다. 오페라단의 순회공연도 곧 망각되고 만다. 소극장운동이 전국을 휩쓸면서, 좋은 연극에 대한 대중의 관심이 커지고, 신인 극작가들에게 기회가 주어지고, 상업적 연극에 대한 개혁을 요구하는 목소리가 커지고 있다. 이 문화적 파도는 나머지 모든 지역에서는 기세가 등등하지만, 포토맥 강을 넘지 못하고 그 바위투성이 강변에서 부서지고 만다. 포토맥 강 이남에는 소극장이나 화랑이 없다. 당연히 전시회를 열거나 공연을 하는 예술가도 없다. 전시나 공연에 대해 이야기하는 사람도, 거기에 흥미를 보이는 사람도 없는 것 같다.

이 전면적인 무기력증과 멍청함, 세련된 문화를 만드는 데 필요한 모든 것으로부터 거의 병적으로 고립된 이 기묘한 현상의 원인에 대해, 이미 암시한 바를 다시 한번 말해보겠다. 간단히 말해서 남부는 최고의 인재를 죄다 잃어버렸다. 참혹한 남북전쟁은 옛 귀족층을 반쯤 절멸시키고 완전히 무력화시켰으며, 그 땅을 이제 그 주인이 된 쓰레기 같은 가난한 백인들의 가혹한 처분에 맡겼다. 물론 전쟁에서 모두가 학살된 것은 아니었다. 상당수의 뛰어난 남부인, 어쩌면 가장 우수한 일부는 살아남았다. 더욱이 다른 국가의 예를 들자면, 특히 프랑스와 독일의 경우 훨씬 엄청난 살육을 견뎌냈고, 심지어 그 후 눈부신 성장을 보여주고 있다. 그러나 전쟁은 수많은 소중한 생명을 앗아갔을 뿐 아니라 파산과 타락, 절망이라는 결과를 초래했다. 목숨을 부지한 우수한 남부인의 대다수는 의욕을 상실한 채 새로운 체제하에서 살기 어렵다고 판단하고 고향을 등졌다. 일부는 남아메리카로, 이집트로, 극동으로 떠났다. 대부분은 북부로 왔다. 이들이 많은 자식을 낳아 퍼뜨린 것은 북부로서는 대단한 수확이었다. 집안이 좋은 남부인은 북부에서 대체로 성공을 거두고 있다. 대도시의 환경은 그런 사람에게 적합하다. 그의 특별한 신분은 사회적 가치가 높아 존경의 대상이 되고 있다. 그는 북부의 졸부들로부터 확실한 상급자로 환대받고 있다. 그러나 남부에서 그는 모든 것을 포기하고 있다. 그가 보통 사람의 수준으로 자신을 끌어내리기란 불가능하다. 할아버지의 땅에서 소작하던 사람들의 손자들과 정치를 논할 수는 없는 노릇이다. 그는 또한 흑인들의 지독한 질투심(그들의 모든 일반적 사고의 기초가 되는)에 공감할 수 없다. 흑인들의 신학적·정치적 열정에도 둔감하다. 그들의 영적 축제도 도무지 이해할 수 없다. 그래서 그는 자신의 성채에 들어가 문을 걸어잠궜고, 그의 소식은 더 이상 들리지 않는다. 캐벌은 거의 완벽한 예이다. 그의 눈은 오랫동안 과거를 바라보고 있었다. 그는 쇠락해가는 귀족주의 정서의 그로테스크한 계보를 만드는 선생이 되었다. 그는 자신이 예술가라는 사실도 우연히 알게 되었다. 남부에서는 이 사실을 아직도 모르고 있다. 그래서 남부인에게는 우드로 윌슨과 존 템플 그레이브스[1]가 비할 바 없이 뛰어난 문장가이고, 프랭크 L. 스탠턴[2]이 월등하게 위대한 시인이다. 만일 캐벌이 컴스톡법[3] 지지자들에게 짓밟힘을 당했다는 소식이 남부에 전해진다면, 남

1. 백인우월주의를 강변하고 린치를 옹호하던 조지아의 언론인이자 연설가.
2. 조지아 출신의 시인.
3. Comstock Law. 1873년 미국에서 제정된 우편에 관한 연방법으로, 임신이나 낙태에 대한 자료, 외설적인 내용의 정보가 기재된 편지, 문장, 서적의 우편발송을 금하는 법이다. 이 법에 의해 우체국은 우편물의 내용을 검사할 수 있게 됨으로써 체신부가 사실상 검열기관이 되었다. 법명(法名)은 이 법 제정을 위해 운동을 벌인 앤서니 컴스톡의 이름에서 유래했다.

부인들은 만날 저질 공상소설이나 쓰고, 유일한 진리인 그리스도교의 숨은 적이나 마찬가지인 그런 자는 짓밟힘을 당해도 싸다고 생각할 것이다.[1]

이 지역의 골치 아픈 사회적 문제들을 지성적으로 따져보는 것보다 시급한 것은 유능한 민족학자와 인류학자들로 하여금 그 주민들을 조사하게 하는 것이다. 북부의 이주민들은 오랫동안 연구되어왔으므로, 그들에게 관심이 있는 사람이라면 누구나 그들의 인종적 특징, 그들의 체격 및 두개골 크기, 그들의 상대적인 학습능력, 그들이 미국문화 속에서 겪은 변화에 대한 상세한 자료를 미국민족학국(民族學局)에 요청할 수 있다. 그러나 더 오래된 남부의 민족들, 특히 계약에서 해방된 가난한 백인 쓰레기들은 학술적으로 연구된 적이 없으므로, 이들에 대한 오늘날의 일반론은 대부분 잘못된 것일 가능성이 크다. 예컨대 그들이 순수한 앵글로색슨 계통이라는 일반화를 생각해보자. 나는 이 설에 심각하게 의문을 제기하는 바이다. 나는 그곳의 주요 민족, 특히 산악지대의 주민은 색슨인이 아니라 켈트인이라고 믿는다. 프랑스계의 혈통도 여기저기서 나타나고, 스페인계와 독일계의 혈통도 감지된다. 독일계는 북쪽에서 앨러게니 산맥[2] 동쪽의 석회암지대를 경유하여 남부에 들어왔다. 그리고 남부의 일부 지역에서는 백인 평민의 상당수가 흑인의 피를 물려받았을 가능성이 매우 크다. 축첩에 의한 이민족 교배는 초창기에는 흑인 티가 거의 나지 않는 혼혈아를 탄생시켰을 테고, 이들 가운데 제법 많은 수가 단순히 거주지를 옮기는 간단한 과정을 통해 백인에게 섞여 들어갔을 것이다. 얼마 전에

1. 실제로 캐벌은 1919년에 발표한 소설 『저건: 정의의 코미디』가 외설적이라는 이유로 뉴욕 악덕탄압협회에 의해 고소당했지만, 2년의 재판 끝에 승소했다. 이 소송 덕분에 그의 책은 더 잘 팔렸다.
2. 펜실베이니아·메릴랜드·버지니아·웨스트버지니아 주에 걸쳐 800km 이상 뻗어 있는 애팔래치아 산맥의 북서 지맥.

나는 한 흑인 지식인이 쓴 흥미로운 논문을 읽었는데, 그는 피부색이 비교적 덜 검은 흑인이 남부에서 백인으로 통하기는 쉽다고 말하고 있다. 그도 그럴 것이 남부인은 그런 흑인을 보면 백인치고는 흑인의 특징을 유난히 많이 지니고 있는 것으로 받아들이기 때문이라는 것이다. 이 같은 상황은 직업상 의심하는 게 몸에 밴 열차 차장이나 호텔 지배인에게는 위험하고 까다로운 문제이다. 그러나 켈트인의 혈통은 다른 민족에 비해 훨씬 명확하다. 켈트인은 마르고 얼굴색이 거무스름하다는 신체적 특징뿐 아니라 정신적 특징에서도 확실히 그렇다. 예컨대 남부의 종교적 사고는 웨일스의 종교적 사고와 거의 정확하게 일치한다. 생활태도와 욕망에서는 복음주의적인 주교와 거의 다를 바가 없지만 순진하게 의인화된 조물주를 믿는다는 점, 무지하고 거만한 사제의 독재에 순순히 복종한다는 점, 교의로 받아들이는 정설과 사적으로 신봉하는 윤리가 확연하게 다르다는 점이 똑같다. 캐러독 에번스[1]의 책 『나의 이웃들』 서문에 나오는 웨일스의 웨슬리언에 대한 역설적인 묘사를 읽어보면, 당장 조지아와 캐롤라이나의 감리교인들이 떠오를 것이다. 남부에서 가장 인기를 끌고 있는 신앙은 린치가 자비로운 제도라는 이론과 양립 가능하다. 두 세대 전에 그것은 노예제에 대한 열렬한 믿음과도 양립할 수 있었다.

서유럽에서 가장 나쁜 피의 일부가 가난한(지금은 가난하지 않다) 남부 백인들의 혈관으로 유입되었을 가능성도 다분하다. 정직한 역사가들에 의하면, 원래 남부로 흘러들어온 유럽인의 혈통 자체가 굉장히 오염된 상태였다고 한다. 신사층(젠트리) 가문의 버지니아인 필립 알렉산더 브루스[2]는 『17세기 버지니아 공업사』에서 남부 태생의 첫 번째 세대는 대개 적통이 아니었다고 말한다. "17세기에 버지니아의

1. 웨일스의 소설가.
2. 버지니아 주 역사를 주로 연구한 역사가.

하층민들이 가장 흔하게 저지르던 비도덕적 행위 가운데 하나가 사생아를 낳는 것이었다." 이들 사생아의 어머니는 주로 한시적 계약하인이었고, "자기 고국에서도 가장 낮은 계급에 속해 있었다." 한 세기 뒤에 조지아의 가난한 백인들에 대한 글을 쓴 패니 켐블[1]은 그들을 "앵글로색슨계를 자처하는 사람들 중에서 가장 타락한 인종, 상스럽고 게으르고 잔혹하고 거만한 빈털터리 미개인"으로 묘사했다. 물론 주일학교와 셔토쿼운동은 이 '미개인'의 후손들을 눈에 띄게 성숙시키고, 그들의 경제적 진보와 정치적 지위향상은 아마도 그들을 더욱 세련되게 만들었겠지만, 그래도 그들의 출신에서 기인하는 특징은 여전히 불쾌할 정도로 많이 남아 있다. 때때로 그들은 진선미에 대한 자신들의 은밀한 관념을 쉬운 말로 표현하여 나머지 지역을 경악시키고 분개시키는 정치지도자를 배출한다. 그 놀라움은 자신이 내세운 정강 덕분에 고위직에 오른 그가 그 정강을 실천에 옮기려 한다는 소식을 들으면 노골적인 의심으로 바뀐다.

남부의 위대한 시대에 신사층과 가난한 백인들 사이에는 분명한 선이 그어져 있었다. 두 계층 사이의 혼인은 절대로 불가능했다. 내가 아는 한 남부의 역사에서 상류층 남성이 브루스 씨가 말한 그런 한시적 계약하인과 결혼한 예는 단 한 건도 없다. 유사한 종류의 계층구분이 있는 다른 사회에서는, 하층민이 계층을 뛰어넘는 초법적인 혼인을 통해 신분상승을 하는 경우가 흔하다. 다시 말해서 상류층 남성이 하층 여성을 정부로 삼고, 이런 결합으로 태어난 특별한 평민들의 신분이 급상승함으로써, 기회만 있다면 다른 모든 평민도 그렇게 될 수 있다는 망상—계층구분이란 선천적이고 객관적인 것이 아니라, 단지 경제

1. 1832년에 미국에 건너온 영국의 여배우. 1834년에 조지아의 플랜테이션 소유주와 결혼했으나 1846년에 이혼했고, 1868년에 자신이 플랜테이션에서 목격한 노예제의 실상을 고발하는 책을 출판하여 유명해졌다.

적이고 인습적인 것이라는 망상—을 퍼뜨리곤 한다. 그러나 남부의 상류층 남성은 정부(情婦)를 흑인들 사이에서 찾았고, 몇 세대가 지나자 흑인여성에게 백인의 피가 많이 섞였다. 그래서 흑인여성이 건강하지도 않고 정숙하지도 않은 가난한 백인여성보다는 훨씬 매력적이었다. 이런 선호도는 우리 시대까지 이어졌다. 유서 깊은 가문의 한 남부인이 내게 진지하게 털어놓기를, 자신은 성년이 될 때까지 백인여성이 자신의 어릴 적 이상형이었던 옥타룬[1]만큼 매력적인 정부가 될 수 있다고 생각해본 적이 없다고 했다. 최근에 일어난 변화는 남부의 백인이 아니라 남부의 물라토 여성 때문이다. 경제적 기회가 확대됨에 따라 자존심을 갖게 된 이 지역의 누르스름한 피부를 가진 아름다운 소녀들은 자신의 할머니들과는 달리 더 이상 정부가 되려고 하지 않는다.

이와 같이 남부의 신사층이 물라토 여성을 정부로 선호한 결과, 남부에서 가장 우수한 혈통을 지닌 일련의 혼혈인종이 생겨났다. 그리고 가난한 백인여성이 상류층 남성의 선택을 받지 못함에 따라, 가난한 백인은 다른 나라의 농민층에서 끊임없이 일어나는 인종개량의 기회를 얻지 못했다. 평균 이상의 지위에 오른 거의 모든 흑인이 백인의 피를 더 많이 보유한 혼혈인이라는 것은 상식으로 통한다. 나는 훌륭한 흑인을 많이 알고 있는데, 예외가 있을 것으로는 거의 생각하기 어렵다. 이 백인의 피가 가난한 백인의 피가 아니라 옛 신사층의 피라는 사실은 종종 망각되곤 한다. 예전에 물라토 소녀들은 가난한 백인을 흑인보다 훨씬 열등한 존재로 간주하여 경멸했으므로, 그들이 극빈계층의 남성과 관계를 가졌을 리는 없다. 이 반감은 건전한 본능에 바탕을 둔 것이었다. 오늘날의 남부 물라토가 그 증거이다. 그 밖의 모든 혼혈과 마찬가지로, 물라토는 안타깝게도 반사회적인 사고방식에 빠

1. 쿼드룬과 백인의 혼혈아인 8분의 1 흑인. 쿼드룬(4분의 1 흑인)은 흑인과 백인의 1대 혼혈인 물라토와 백인의 혼혈이다.

져 들기 쉬운 불행한 인간이다. 그러나 그는 가난한 백인의 피를 순수하게 물려받은 자들보다는 태생적으로 우월한 인간이고, 이 사실을 자주 입증한다. 남부의 흑인들이 경제적으로나 문화적으로나 백인 대중보다 빨리 진보하고 있는 것은 결코 우연이 아니다. 남부에서 눈에 띄는 심미적 활동이 전적으로 그들에 의해 이뤄지고 있는 것도 우연이 아니다. 남부에서 가장 훌륭한 음악을 만들어온 사람은 이름만 대면 알 만한 대여섯 명의 흑백혼혈 작곡가이다. 심지어 정치에서도 흑인은 기묘한 우월성을 발휘한다. 지난 60년 동안 남부의 백인들은 사실상 다른 모든 문제를 제쳐놓고 오로지 인종문제에 정치적 관심을 기울여왔지만, 그들은 남부의 흑인들이 쓴 서너 권의 책만큼 세인들에게 깊은 인상을 남긴 저서를 단 한 권도 내놓지 못했다.

물론 이런 주제를 다루려면, 엄청난 오해를 감수하고 욕먹을 각오를 해야만 한다. 남부는 이념을 생산하는 예전의 능력을 상실했을 뿐 아니라, 무지와 어리석음을 조금도 용인하지 않는 악습까지 갖게 되었다. 지난 수십 년 동안 남부의 지배적인 정신적 태도는 우물 안 개구리 식의 편협한 신학을 고수하는 것이었다. 정통교의에서 벗어나는 모든 사람은 악당이고, 남부인의 방식을 감히 현실적으로 논의하려는 자는 모두 저주의 대상이다. 나는 지금까지 이것을 여러 차례 경험했다. 내가 끝이 보이지 않는 인종문제의 일면에 대해서 글을 썼을 때, 남부의 유력 일간지는 당시 돌아가신 지 20년이나 된 나의 아버지를 헐뜯는 칼럼으로 응수했다. 아버지를 '볼티모어의 빈민촌'에 살며 웨버와 필즈[1]를 연상시키는 사투리를 쓰는 무식한 외국인으로 낙인찍으면서 맹비난했던 것이다. 이 비판은 완전히 잘못되고 요점에서도 벗어난 악의적인 헛소리에 불과했지만, 효과적인 논쟁에 대한 남부인의

1. 독일인과 유대인의 방언을 모방한 연기로 유명한 콤비 코미디언 조 웨버와 루 필즈를 말한다.

관념에 정확하게 부합하는 것이었다. 또 한 번은 린치에 관한 짧은 글에서, 남부에서 그 스포츠가 유행하는 이유는 이 지역의 후진적인 문화가 대중에게 좀 더 근사한 오락을 허용하지 않기 때문이라고 주장한 바 있다. 이때 내가 언급한 오락거리는 관악대, 교향악단, 권투시합, 아마추어 육상경기, 롤러코스터, 옥상정원, 경마 등이었다. 여기에 대해 또 다른 유력지는 나를 "술꾼 기질과 싸구려 취향, 호색 성향의" 인물로 매도하는 기사를 실었다. 다시 말해서 남부에서는 관악대가 싸구려 보석과 동격으로 분류되고, 둘 다 악마의 유혹으로 간주된다! 교향악단 창단을 주장하는 자는 호색한이다! 아, 성마른 남부인이 제법 세련된 척할 때, 그 결과는 더 형편없다. 꽤 오래전에 나의 동료 한 명이 조지아의 문화적 발달이 지체된 것을 개탄하는 글을 기고했다. 그는 여기에 답하는 애향심 강한 조지아인들의 항의편지를 여러 통 받았는데, 그것은 하나같이 조지아 주의 자랑거리를 엄숙하게 나열하고 있었다. 몇 가지 예를 들어보겠다.

조지아 주의 대표적 상품인 코카콜라와 동일시되는 에이서 그릭스 캔들러[1]의 이름을 들어보지 못한 사람이 있는가?

세상에서 주일학교가 처음 열린 곳은 서배너[2]였다.

조지아가 낳은 불세출의 시인 프랭크 L. 스탠턴의 작품을 애송하지 않는 사람이 있을까?

조지아의 뉴턴 카운티는 1904년에 남부에서 최초로 청소년 곡물 클럽[3]을 조직했다.

남부연합의 딸 연합회[4] 배지를 처음으로 제안한 사람은 조지아의

1. 코카콜라사의 창립자.
2. 조지자 주 남동부의 항구도시.
3. Boys' Corn club. 4H 클럽의 전신.
4. United Daughters of the Confederacy(UDC). 남부연합의 대의를 위해 싸우다 전사한 이

레인스 여사였다.

UDC의 역사를 기록으로 남기자고 처음 제안한 사람은 헬렌 플레인 여사[1]였다(1896년의 메이컨 대회).

레지널드 히버[2]가 쓴 가사 「저 북방 얼음산에서」(From Greenland's Icy Mountains)를 노래로 만들자고 처음 제안한 사람은 프랜시스 로버트 굴딩[3]의 첫 번째 부인인 서배너의 소프라노 메리 월리스 하워드였다.

기타 등등. 기억해둘 것은 이런 자기만족에 가까운 자랑이 이름 없는 개인들이 아니라 조지아 주 역사가를 비롯해서 '조지아의 유력인사들'의 입에서 나왔다는 점이다. 이것은 옛 남부연합 사람들의 사고방식을 흥미롭게 보여주지 않는가? 또 다른 예는 한 흑인신문의 기사에서 발견된다. 이 기사는 조지아 주 더글러스 시 의회에서 같은 다리미로 "백인과 유색인의 옷을 모두 다리는" 사람은 500달러의 벌금형에 처한다는 법률이 최근에 통과되었다고 전하고 있다. 거의 모든 백인 거주자가 "자기가 먹을 음식을 유색인에게 준비시키는" 도시, "자기의 아이를 유색인이 돌보게 하는" 도시, "자기가 입을 옷을 흑인이 사는 집(이 옷들이 "길게는 일주일 동안 머무는 곳")에서 빨게 하는" 도시에서 그런 법률이 통과되었다는 것이다. 그러나 이런 어리석음에 경악을 금치 못한다 하더라도, 당신은 감정을 가급적 숨겨야 한다! 말 한마디 잘못했다가는, 남부의 모든 언론이 당신을 추적하여 당신을 악질 양키, 과격한 유대인, 빌헬름 가(街)[4]의 스파이라고 격렬히 비난

들을 기리기 위해 1894년에 결성된 여성단체.

1. UDC의 창립멤버이자 UDC 조지아 지부의 회장.
2. 영국국교회의 찬송가 작사가.
3. 미국의 목사이자 작가.
4. 당시 독일 베를린의 관청가.

할 테니까.

당연히 이런 분위기에서는 지성이 꽃필 수 없다. 자유로운 탐구는 무식한 인간들의 맹신에 의해 차단된다. 저질 복음성가와 축음기, 셔토쿼 운동 집회의 열변을 제외한 모든 학예는 의혹의 대상이 된다. 여론의 동향은 근자에 공장노동자 신분에서 벗어나 장사에 뛰어든 졸부계층—'부정직한' 사업가, '돈을 펑펑 쓰는' 사람, 상공회의소 간부, '지돌적인' 경영자, 몽상가, 양식 있는 사람, 요컨대 양키 사기꾼의 나쁜 특징을 모두 흡수한 삼류 남부인의 집단—에 의해 결정된다. 우리는 오래된 야만성의 전통이 지금은 오지랖 넓고 파렴치한 주민들에게 미치는, 그리고 오래된 기사도의 전통이 지금은 상상력을 완전히 잃어버린 주민들에게 미치는 흥미로운 영향을 목도하고 있다. 예전의 침착함은 온데간데없다. 그 옛날의 낭만도 찾아볼 수 없다. 신흥도시에 몰려든 남부인들에게서 발견되는 새로운 유형의 속물근성은 오래된 남부의 이상에 냉담할 뿐 아니라 상당히 적대적이다. 이 속물근성은 인생을 유쾌한 모험으로 여기지 않고, 단지 정직과 능률을 시험받는 과정으로 간주한다. 그것은 전적으로 실리적이고 도덕적이다. 상상할 수 없을 정도로 천박하고 역겹다. 옛 전통 가운데 유일하게 남아 있는 것은 사적인 교제에서 지켜지는 아름다운 예절인데, 종종 서글프게도 청교도주의의 뜨거운 분노에 의해 지켜지지 않기도 하지만, 전반적으로 여전히 눈에 잘 띈다. [여성을 대할 때] 남부 남자는 최악의 경우에도 양키만큼 비열하지 않다. 그는 감수성이 너무 예민해서 이따금 나쁜 매너를 보이기도 하지만, 대체로 호감이 가는 편이다. 친절하고 정중하고 상냥하고 심지어 쾌활하다. ……그러나 약간 멍청하다. ……조금 안쓰럽다.

예술 잡감

1. 음악애호가에 대하여

정신 고양의 온갖 방식 중에서 가장 효과 없는 것이 아마도 프롤레타리아트를 교육시켜 음악적 소양을 갖게 해보려는 노력일 것이다. 이런 노력의 배후에는 음악에 대한 취미가 사람들을 고상하게 만들어주기 때문에 평범한 대중도 음악에 취미만 붙일 수 있다면 더 이상 영화관에 몰려들거나 사회주의자의 말에 솔깃해지거나 가정폭력을 휘두르지 않게 된다는 이론이 버티고 있다. 하지만 이 이론에는 결함이 있다. 음악취미가 설령 사람을 고상하게 만들어줄지언정, 그것은 결코 주입될 수 있는 것이 아니기 때문이다. 사람은 음악취미를 타고났거나 타고나지 않았거나 둘 중 하나이다. 그것을 타고난 사람은 어떤 대가를 치르고서라도 자기의 취미를 즐기려 할 것이다. 그래서 그는 언제까지나 음악을 들을 것이다. 그러나 그것을 타고나지 못한 사람은 아무리 교육을 많이 받아도 달라지지 않을 것이다. 그에게 음악은 죽는 순간까지 쇠귀에 경 읽기나 마찬가지다.

음악취미를 타고난 아이에게는 음악을 사랑하라고 강요하거나 유혹하거나 가르칠 필요가 없다. 그는 자기의 취미에 저항하지 못하고 필연적으로 음악에 끌리게 되어 있다. 이를 막을 수 있는 것은 아무것도 없다. 더욱이 그 취미를 타고난 사람은 언제나 음악을 만들려고 시도한다. 소리를 좋아하다 보면 소리를 만들어보려는 욕망에 사로잡히기 때문이다. 나는 이 법칙에 어긋나는 예외를 경험해본 적이 없다. 진정한 음악애호가는 하나같이 음악을 만들려고 한다. 그 작업을 서툴게, 심지어 엉망으로 할지언정 그 일을 하려고 한다. 음악에서 기쁨을 느끼는 척하지만 다장조 음계도 터득하지 못한 사람은 모두 사기꾼이다. 이 세상의 오페라하우스는 그런 거짓말쟁이로 가득하다. 연주회장에도 그런 사람이 수두룩하지만, 그곳에서는 그들이 허세를 유지하기 위해 겪어야만 하는 고통이 너무 클 것이다. 그들 가운데 다수는 실제로 스스로를 기만한다. 그들은 그렇게까지 하면서 자기의 취미를 자랑스러워할 만큼 단순하다. 그러나 아무튼 그들의 행동은 부질없는 짓이다.

물론 음악에는 자선이 개입할 여지가 있다. 오케스트라 연주회를 개최하는 데 드는 비용은 평범한 음악애호가들이 감당하기에는 너무 벅차다. 그래서 음치보다 나을 게 없는 음감을 가진 부유한 후원자들이 끼어들게 된다. 전세계에서 공연되는 거의 모든 오페라는 이런 식으로 후원된다. 소수의 졸부들이 돈을 대고, 그 부인들이 볼썽사납게 칸막이 있는 특석에 앉아 있고, 진정한 음악애호가들은 2층이나 아래층 일반석에서 조화로운 음악의 흐름을 감상한다. 그러나 이런 연주회가 음악애호가를 만들어내지는 않는다. 그것은 이미 존재하는 음악애호가들에게 기쁨을 줄 뿐이다. 확신하건대 지난 25년 동안 메트로폴리탄 오페라단[1]은 단 한 명의 음악애호가도 만들어내지 못했다. 오히려 음악에 대한 막연한 취미—뚱뚱한 테너들이 질러대는 고성을 한두 번 듣고 나면 음악에 학을 뗄 만큼 막연한 취미—를 가진 소심한 준(準)음악애호가 수천 명을 넌더리나게 하고 소외시켰을 것이다.

1. 뉴욕 시에 있는 미국 최대의 오페라단. 1880년에 창단되었고, 1883년에 초연을 했다.

모르긴 해도 미국에는 진정한 음악애호가는 아주 소수일 것이다. 앨라배마·아칸소·아이다호 주에는 채 100명도 안될 것이다. 뉴욕에는 인구 1,000명당 1명 정도가 있을 것으로 짐작된다. 나머지는 어느 모로 보나 음치이다. 그들은 재즈밴드가 만들어내는 굉장한 소음을 끝까지 들을 수 있을 뿐 아니라 실제로 좋아한다. 바로 이런 사람들이 토머스 하디의 작품보다 '공작부인'[1]의 작품을 좋아하고, 통속소설의 표지를 장식하는 화가들의 그림을 엘 그레코의 그림보다 좋아한다. 그런 사람들은 예술의 하수구에 살고 있다. 그 어떤 교육을 받아도 그들의 영혼에서 타고난 천박함을 제거할 수는 없다. 그들은 도저히 고칠 수 없는 불치병을 갖고 태어났다.

2. 오페라

청각의 아름다움을 진정으로 좋아하는 사람에게는 오페라가 틀림없이 천박하고 불쾌하게 느껴질 것이다. 오페라는 청각의 아름다움을 순수하게 시각적인 화려함과, 역겨운 성적인 도발의 배음(倍音)으로 포장하기 때문이다. 적어도 미국에서 가장 성공적인 오페라 여가수는 대다수의 청중이 가수로서 동경하는 여성이 아니라, 대다수의 남성 관객이 정부(情婦)로 삼고 싶어 하는 여성이다. 모든 나라에서 오페라를 주로 후원하는 사람은 희가극도 후원하는 부유한 호색가들이다. 연출자들의 방에는 예전에 무대의 출입구로 통하는 좁은 통로를 경비하던 갱단 같은 무리가 죽치고 있다. 물론 이런 해충들은 경건하고 거의 광적인 예술의 지지자인 척하며 신문지상을 장식한다. 그들은 모든 공연에 모습을 드러낸다. 우리는 그들의 대변인을 통해 그들의 위대한 행각을 거의 매일 듣는다. 그러나 그들이 훌륭하다고

1. The Duchess. 가벼운 연애소설로 19세기 말 미국에서 인기를 끈 아일랜드의 소설가 마거릿 울프 헝거포드의 필명.

생각하는 오페라를 살펴보면, 그들의 실질적인 예술적 안목이 어떤 수준인지 알 수 있다.

진정한 음악애호가라면 오페라의 육감적 겉치장을 감수하고 음악 속으로 다가가려고 노력할지도 모른다. 그러나 그렇다고 해서 그가 육감적 허식을 승인했다거나, 그것을 봐야 하는 고통까지 즐긴다고 생각해서는 안된다. 실제로 대부분의 음악가는 오페라하우스 이외의 곳에서 오페라 음악을 감상하는 것을 더 좋아한다. 이것이 「발퀴레의 기행(騎行)」[1]을 콘서트홀에서 자주 듣게 되는 이유이다. 「발퀴레의 기행」은 순수음악으로서의 내재적 가치를 지니고 있다. 훌륭한 오케스트라에 의해 연주될 경우, 문화적 즐거움을 주는 음악이다. 그러나 주로 오페라하우스에서 공연되기 때문에, 하제(下劑)의 효과밖에 내지 못한다. 음악보다 화려한 볼거리를 좋아하는 사람은 호화로운 가구를 좋아하는 사람이다. 그런 멍청이들이 라인 강 서쪽의 모든 오페라하우스의 관객 중에서 다수를 차지하고 있다. 그들이 오페라하우스에 가는 것은 음악, 심지어 수준 낮은 음악을 듣기 위해서가 아니라, 단지 음란한 서커스를 보기 위해서이다. 아마도 소수는 그 이상의 의도를 갖고 있을 것이다. 그들은 촌놈들의 눈을 휘둥그렇게 만드는 화려한 패션으로 서커스장의 분위기에 일조하고자 한다. 그러나 대다수는 훨씬 저급한 목적에 만족한다. 그들은 엄청난 입장료를 지불한 대가로 고급 화류계의 아름다운 여성들을 감상하고, 무대에서 각광받는 유명 가수들 앞에서 가뜩이나 비굴한 자신의 영혼을 더욱 깎아내릴 기회를 얻는다. 그들이 공연을 평가하는 기준은 진정한 음악을 얼마나 마음껏 들을 수 있는가가 아니라, 무대에 악역이 얼마나 많이 등장하는가, 그리고 관람석에서 얼마나 아낌없이 돈 자랑을 하는가이다.

1. 바그너의 악극 「니벨룽의 반지」 4부작 중 두 번째 작품인 「발퀴레」 3막 도입부에 나오는 음악.

그런 단순무식한 사람들에게는 목소리가 알토 음역에 가까운 올림 사(G sharp)음까지밖에 안 올라가는 소프라노는 요한 제바스티안 바흐 가문의 모든 음악가들보다 더 소중하다. 예술의 전 분야에서 그녀의 진짜 라이벌은 대공(大公)에게 연금을 받으며 몇몇 모리배에게 둘러싸여 있다는 콘트랄토뿐이다. 이 땅에는 오페라하우스를 빛내는 48명의 카루소가 있고, 이들을 요란하게 선전하는 48명의 대변인이 있다.[1] 솔직함이 결코 부끄러움이 아닌 이 대륙에서, 오페라 관객은 종종 음악에 대한 열정을 아주 고지식하게 표출한다. 즉 공연 도중에 벌떡 일어나 무대에 등을 돌리고 객석을 향해 천진난만하게 하품을 해댄다.

그런 천박한 인간들이 갈채를 보내는 음악은 대개 그들만큼이나 천박하다. 화성과 대위법에 대한 지식만 갖고는 성공적인 오페라를 쓸 수 없다. P. T. 바넘[2] 같은 인물이 되어야만 한다. 오페라하우스에서 성공을 거둔 일류음악가들은 하나같이 유능한 사기꾼이기도 했다. 리하르트 바그너와 리하르트 슈트라우스의 예만 봐도 알 수 있다. 오페라의 흥행은 음악과 거의 무관하다. 다수의 유명 오페라, 예컨대 마스네의 「타이스」에 나오는 음악은 궁글[3]의 왈츠보다 나을 게 없다. 관객을 끌어 모으는 요인은 그런 온화한 풍의 음악이 아니라, 음악과 함께 연출되는 싸구려 쇼이다. 근사한 음악이 가득 담겨 있는 오페라는 실패할 수도 있지만, 볼거리가 많은 오페라는 실패하는 법이 없다.

물론 바그너 같은 작곡가는 음악을 집어넣지 않고는 단 한 편의 오페라도 쓸 수 없었다. 「파르시팔」을 비롯한 그의 모든 작품에는 웅장한 악절들이 있고, 그 중 일부는 대단히 길다. 이런 음악을 작곡할 때,

1. 멩켄이 이 글을 쓸 때 미국은 48개 주로 이루어져 있었으므로, 각 주마다 그 주를 대표하는 유명한 오페라 가수가 있었다는 말인 것 같다.
2. 서커스의 왕이라 불리던 미국의 흥행사.
3. 대중적인 춤곡과 행진곡을 많이 만든 헝가리 작곡가.

그는 자기의 천부적 재능에 압도당해 자기가 무슨 작업을 하고 있는지조차 망각했다. 그러나 평균적인 오페라 관객들은 그런 웅장한 악절들을 제대로 감상하지 못하고 그냥 흘려버린다. 그들이 바그너의 악극에서 높이 평가하는 것은 사실 가장 시시하고 엉터리 같은 부분, 예컨대 「트리스탄과 이졸데」의 외설적인 부분이다. 그들은 음악은 지루하다며 깨끗이 잊어버린다. 그들이 존경하는 바그너는 음악가가 아니라 흥행사이다. 그가 놀라운 음악적 재능의 소유자였다는 사실보다는 그가 왕의 후원을 받았고 리스트의 딸이 그를 유혹했다는 사실이 그가 오페라하우스에서 명성을 유지하는 발판이었다.

바그너 같은 사기꾼 기질이 없었던 위대한 인물들, 즉 베토벤·슈베르트·슈만·브람스·바흐·하이든은 바그너가 성공한 분야에서 실패했다. 이들 가운데 단 한 명도 정말로 성공적인 오페라는 만들어내지 못했다. 대부분 시도조차 하지 않았다. 브람스가 다이아몬드 편자〔화려한 구경거리〕를 위해 작곡에 열중하는 모습을 상상해보라! 아니면 바흐가! 아니면 하이든이! 베토벤은 오페라 작곡을 시도했으나 실패했다. 베토벤의 유일한 오페라 「피델리오」는 오늘날 일련의 콘서트용 서곡으로만 주로 연주된다. 슈베르트는 매일 오전 10시부터 점심시간까지, 평균적인 오페라 작곡가가 250년에 걸쳐 쓸 법한 양 이상의 음악을 작곡했지만, 오페라하우스에서는 번번이 좌절을 맛보았다.

3. 가까운 미래의 음악

칼 반 벡턴[1]은 작금의 음악계를 보면 한없이 슬퍼진다고 한다. 심지어 드뷔시의 음악도 따분해서 프랑스 음악을 흥미롭게 들은 지 오래란다. 아르놀트 쇤베르크가 연주회장에서 홀대받는 독일

1. 미국의 소설가·사진가·음악평론가.

의 음악도 한물가긴 마찬가지라고 한다. 리하르트 슈트라우스? 쳇! 슈트라우스는 폭파된 어뢰, 지상에 떨어진 비행선이다. "그는 더 이상 들려줄 것이 없다."(심지어 「알프스 교향곡」의 도입부도 그저 막대사탕처럼 보인다.) 영국? 글쎄올시다. 이탈리아? 배럴오르간[1]의 시대로 돌아가자고? 그렇다면 미래의 음악은 어디에서 올 것인가? 반 벡턴에 의하면 러시아에서 온다. 그 음악은 스텝지대에서, 좀 더 구체적으로 말하자면 「나이팅게일」과 다양한 혁신적 발레의 작곡가인 이고르 스트라빈스키로부터 나올 것이다. 반 벡턴은 스트라빈스키의 악보에서 음악이 엄청나게 진보하고 있다고 말한다. 그리하여 마침내 우리는 선율과 화성에서 확실하게 벗어나 음악은 쉽사리 말로 표현하기 힘든 리듬의 복합체가 된다. "온갖 리듬이 귀를 두드린다."

새로운? 미래의? 나는 강력한 전율을 느끼게 한다는 스트라빈스키 씨의 음악을 들어본 적이 없지만, 그럼에도 나는 감히 그것을 의심한다. 반 벡턴은 "고대 그리스인도 선율이나 화성보다는 리듬을 더 중시했다"고 말한다. 그래서 어쨌다는 건가? 그 옛날의 고트족과 훈족도 그랬다. 오늘날의 줄루족과 뉴요커도 그렇다. 단순한 리듬의 강화는 음악의 진보가 아니라 야만으로의 회귀를 입증하는 증거가 아닐까? 리듬은 최초기 음악의 기본적인 요소이다. 아프리카의 미개인은 북을 두드리는 것에 만족한다. 폭스트롯[2]을 작곡하는 미국인도 그와 다를 바가 없다. 그러나 음악이 하나의 예술형식으로 존재하게 된 것은 리듬에 선율이 더해진 뒤였고, 그 열매도 화성이 선율을 보조하기 시작하고 나서야 단조로움을 면하게 되었다. 단지 음색의 지원을 받는 단순한 리듬이 선율과 화성을 대신할 수 있다고 주장하는 것은 터무니

1. 핀이 달린 목제 실린더를 회전시켜 핀이 건반을 누르도록 설계된 자동 오르간. 18세기 말과 19세기 초에 널리 사용되었다.
2. 1910년대에 미국에서 유행한 4분의 4박자의 춤 또는 그 춤곡.

없는 것을 진술하고는 이것이 충분한 답이라고 억지를 부리는 것이나 마찬가지이다.

화성의 부상(浮上)은 사실 위험한 장을 활짝 열었다. 화성의 탐구는 주도면밀한 사람들을 유혹했다. 화성은 빈틈없는 기하학적 형태로 엄격하게 도식화되었고, 급기야 상상력이 풍부한 사람들은 거의 접근하기도 힘든 것이 되고 말았다. 그러나 화성의 모든 것을 감상적으로 거부해야만 사태를 수습할 수 있는 것은 아니다. 실제로 개혁은 이미 근사하게 진행되고 있다. 가장 아둔한 음악학교 학생도 구식 교사들에게 모욕을 안기는 방법을 알고 있다. 그 누구도 불협화음을 조율하여 협화음으로 바꾸는 낡은 법칙에 대해 신경을 쓰지 않는다. (화성의 규칙이 워낙 느슨해져서 나도 조만간 교향시를 써보겠다는 유혹에 빠질지 모른다.) 그러나 이런 혼돈으로부터 새로운 법칙이 반드시 생겨날 테고, 그것은 예전의 법칙처럼 엄격하지는 않다 하더라도, 여전히 통일성 있고 논리적이고 이해 가능한 법칙일 것이다. 이미 학자적 성향을 가진 신사들은 그 법칙을 체계화하고 있다. 르네 르노르망[1]의 책만 훑어보면, 심지어 이 시대의 일대 혼란 속에도 보이지 않는 어떤 질서가 있다는 사실을 이해할 수 있다. 지금의 뜨거운 열기가 식고 나면, 진정으로 위대한 음악가들이란 가장 대담한 실험을 해온 사람들이 아니라, 능숙한 솜씨로 새로운 것의 좋은 면을 오래된 것의 건전한 면에 접목시켜 온, 가장 사려 깊고 지적인 사람들이라는 사실이 밝혀질 것이다. 이처럼 사려 깊은 인물이 바로 리하르트 슈트라우스이다. 그의 음악은 과도하지 않게 충분히 현대적이다. 우리는 그의 실험과 참신성에 전율을 느끼는 동시에 음악이라는 것을 즐길 수 있다.

하이든·모차르트·베토벤·바그너도 슈트라우스와 동류였다. 본인

1. 『현대 화성학 연구』를 쓴 프랑스의 작곡가.

들이 활약하던 시대의 가장 과격한 혁명가들은 아니었지만, 그럼에도 최고의 음악가들이었다. 그들은 음악을 구성하는 요소들 가운데 어떤 것을 제거하는 방식으로 음악을 향상시키려 하지는 않았다. 대신에 모든 요소에 새로운 힘과 새로운 의미를 부여하려 했고, 결국에는 성공을 거두었다. 감히 단언하건대 베를리오즈는 오케스트라에 대해 바그너보다 더 많은 것을 알고 있었다. 그는 새로운 관현악 효과를 모색했다는 점에서 분명히 바그너보다 한발 더 나아갔다. 그러나 그의 작품들은 「뉘른베르크의 명가수」의 안정감과 가치의 4분의 1에도 미치지 못한다. 그는 음색에 너무 정신이 팔려 음악을 잊어버렸다.

4. 템포 디 발스[1]

청교도는 요즘 유행하는 춤들에 대해 입에 거품을 물고 비판을 하는데, 탱고와 시미 춤[2]이 과도하게 성욕을 자극한다는 그들의 주장은 전적으로 옳다. 그러나 그들은 간과하고 있는 게 있다. 그런 도발적인 몸놀림을 금지시키면 더 나쁜 것, 즉 빈 왈츠가 부활할 수도 있다는 사실이다. 왈츠는 지금까지 한물 간 적이 없다. 언제나 한쪽 귀퉁이에 머물고 있다가, 수시로 기세등등하게 복귀한다. 그리고 올바른 생각을 하는 모든 사람의 이상인 화학적 순수성을 심하게 훼손하고 타락시킨다. 시미와 탱고는 너무 천박하기 때문에 교양 있는 사람에게는 그리 위험하지 않다. 그저 맥주 한잔 생각나게 하는 정도이다. 기본적으로 건전한 취미만 갖고 있다면, 그것들을 충분히 멀리할 수 있다. 그런데 왈츠, 아, 이놈의 왈츠가 문제다! 이 춤은 은밀하고 엉큼하고 경계심을 무너뜨리고 즐겁기까지 하다. 대학생들의 응원함성이나 군수공장의 폭발음 같은 효과가 아니라, 나뭇잎의 살랑거

1. Tempo di valse. 왈츠의 빠르기.
2. shimmy. 1920년대에 유행하던 어깨와 엉덩이를 흔드는 춤.

림, 망망대해의 고요함, 어여쁜 소녀의 달콤한 속삭임 같은 효과를 발휘한다. 재즈밴드는 속물·야만인·바보·멍청이의 마음을 사로잡는다. 그러나 요한 슈트라우스 2세의 「빈 사람들의 기질」이나 「예술가의 생애」에는 심지어 철학자들까지 유혹하는 신비로운 그 무엇이 있다.

왈츠는 사실 굉장히 불온하다. 음란하게 변질된 음악이다. 장담하건대 요한 슈트라우스 2세 혼자서 작곡한 곡들이 서로마 제국의 멸망 이후 모든 백인 노예 수색대가 사용한 피하주사기를 전부 합친 것보다 많은 수의 매력적인 젊은이들을 유감스럽게도 상냥함을 미끼로 유인해왔다. 왈츠에는 사람을 도저히 저항할 수 없게 만드는 그 무엇이 있다. 가장 뚱뚱하고 가장 느긋한, 심지어 가장 마르고 가장 괴팍한 여성과 왈츠를 춰보라. 그녀는 10분 안에 으슥한 곳에서 도둑키스를 할 마음의 준비를 할 것이다. 아니, 그녀는 당장 남편이 자신을 오해하고 있고, 술을 너무 많이 마시며, 마테를링크의 진가도 모르고, 내일이면 오하이오 주 클리블랜드로 출장을 갈 것이라는 이야기까지 함으로써 당신을 난감하게 만들 것이다.

나는 종종 컴스톡법 지지자들이 왈츠 퇴치운동을 벌이지 않는 이유가 궁금하다. 『천재』[1]와 『저건』을 탄압한 그들이 왜 「남국의 장미」[2]는 눈감아주는가? 『보바리 부인』과 『데카메론』을 열렬히 성토하는 자들이 왜 「술과 여자와 노래」[3]에는 면죄부를 주는가? 이 정도면 내 뜻은 전했으니 그만 넘어가자.

세상의 거의 모든 위대한 왈츠는 독일인 또는 오스트리아인에 의해 작곡되었다. 따라서 왈츠를 학살하려면 미국재향군인회와 미국독

1. 드라이저가 1915년에 발표한 반(半)자전적 소설. 성(性)을 노골적으로 묘사했다는 이유로 뉴욕 악덕탄압협회에 의해 1916년에 금서가 되었다.
2. 요한 슈트라우스 2세가 1880년에 작곡한 왈츠.
3. 요한 슈트라우스 2세가 1869년에 작곡한 왈츠.

립혁명의 딸들[1]을 동원해야 할 것이다. 여기에 이미 남성과 여성 모두에게 순결을 강요하는 캠페인을 벌이고 있는 공중보건국도 가세할 수 있을 것이다. 모든 악단이 자유롭게 「빈의 아가씨들」[2]을 연주하고 있는 와중에 그런 일이 벌어지는 장면을 상상해보라!

6. 사람의 얼굴

지금까지 내가 본 최고의 초상화는 브로르 노드펠트[3]가 그린 시어도어 드라이저의 초상화가 아닌가 싶다. 나는 노드펠트가 어떤 인물인지 도무지 감을 잡을 수 없다. 스칸디나비아인일 것이라고 짐작하는 정도이다. 어쩌면 그의 이름을 잘못 표기했을지도 모른다. 나는 『미국 인명록』에서 노드펠트라는 이름을 찾지 못했다. 그러나 그의 이름이 무엇이든, 그는 드라이저의 초상을 기가 막히게 그렸다. 초상화는 드라이저의 외모만 보여주는 것이 아니라, 그의 내면—존재의 신비에 대한 그의 소박한 경탄, 절망적 비관에서 벗어나 자신을 주장하려는 끊임없는 몸부림, 스펙터클한 인생 앞에서 그가 느끼는 진정한 당혹감—까지 전하고 있다. 이 초상화는 매끈한 속임수, 유치한 재주, 전반적인 부실과 시대착오로 특징지어지는 사전트[4]의 작품 100점에 버금가는 가치가 있다. 사전트는 사탕상자의 포장지나 디자인했어야 마땅하다. 그가 위대한 화가라는 생각은 앵글로색슨 세계의 놀라운 망상이다. 그의 명성이 유지되는 것은 그가 매우 솜씨 좋은 장인이라는 분명한 사실 덕분이다. 훌륭한 배관공이 배관하는 법을 알고 있듯이, 그는 그림 그리는 법을 철저하게 이해하고 있다. 그

1. Daughters of the American Revolution. 해리슨 대통령의 부인 캐롤라인 스콧 해리슨의 주도로 결성된 애국주의적인 전국여성조직.
2. 카를 미하엘 지레르가 작곡한 왈츠.
3. 스웨덴 태생의 미국 화가.
4. 영국에서 활동한 미국인 초상화가.

러나 진정한 심미안을 결여하고 있다는 점에서는 배관공이나 다를 바가 없다. 그가 그린 존스홉킨스 대학 교수 네 명의 초상은 돈만 아는 지식 장사꾼들의 무식한 이사회를 속여서 팔아먹은 최악의 졸작이다.[1] 그러나 노드펠트는 드라이저의 인물됨을 고려하여 제대로 효과를 거두고 있다. 그의 초상은 거칠긴 하지만 진짜배기 그림이다. 전면에는 둥근 단지와, 마치 면도거품을 만드는 솔로 그린 것처럼 보이는 꽃다발이 있다. 그러나 드라이저만큼은 진짜이다. 게다가 그는 보는 사람의 흥미를 불러일으키게끔 묘사되어 있다. 척 봐도 그가 예사 인물이 아님을 알 수 있다.

노드펠트 자신은 이 초상화를 그리 높이 평가하지 않은 것 같다. 초상을 완성한 다음, 그는 캔버스를 뒤집어 뒷면에 5번가의 진열창에나 어울릴 법한 맥 빠진 설경(雪景)을 그렸다. 그리고 두 그림을 모두 방치했다. 나는 설경 그림을 벽에서 떼다가 우연히 드라이저의 초상화를 발견했다. 이 그림은 표구된 적이 없다. 드라이저 자신도 그것을 잊어버린 것 같다. 나는 이 그림이 〔30년 쯤 뒤인〕 1950년에 피츠버그의 어떤 못 공장 주인에게 10만 달러에 팔릴 것으로 예언하지는 않겠다. 하지만 그것이 표구되지 않고 방치된 상태에서도 이삼 년만 더 버틴다면 행운을 잡을지도 모른다. 드라이저가 죽고 나면, 유품 사냥꾼들이 그 그림을 찾아다닐 수도 있기 때문이다. 그러나 그때쯤이면 이미 현관의 매트로 사용되면서 그림으로서의 가치를 완전히 잃어버렸을 것만 같다.

1. 사전트는 1905년에 존스홉킨스 대학 이사회의 의뢰를 받아 자신의 런던 스튜디오에서 동대학 의대의 가장 유명한 교수 4명의 단체 초상화를 그렸다. 이 그림은 현재 동대학 웰치 의학도서관에 걸려 있다.

7. 지적인 광대

배우들 중에서 최고의 지성인들을 가장 불쾌하게 하는 배우는 똑똑한 척하는 배우이다. 그가 내세우는 지성은 물론 언제나 순전히 가공의 것이다. 정말로 탁월한 지성을 갖고 있는 사람이 배우가 된 적은 없다. 철학자들이 가끔 사창가의 유혹에 빠지는 것처럼 상당한 지력을 가진 젊은이가 무대의 매력에 빠질 수 있다 하더라도, 그의 정신은 매일 밤 자신의 입에서 흘러나오는 번지르르한 난센스에 의해 필연적으로, 그리고 거의 즉시 피폐해지고 말 것이다. 그 난센스는 그의 섬유조직에 침투한다. 그는 그 자신이 연기해온 온갖 비상식적인 인물들의 기괴한 도가니가 된다. 그들의 성격은 그의 움직임에, 자극에 대한 그의 반응에, 그의 관점에 그대로 나타난다. 그는 걸어다니는 위선자, 점잔빼는 모형, 바보 멍청이의 테마 목록이 된다.

물론 완전히 터무니없지는 않은 연극들도 있고, 이따금 우리는 그런 작품에 출연하고 싶어서 안달이 난 배우를 만난다. 이 열망은 거의 언제나 이른바 배우 겸 극단대표(actor-manager), 즉 돈을 많이 벌고 나서 신사처럼 보이고 싶어 하는 배우의 그것을 상회한다. 그런 야심가들은 주로 셰익스피어, 셰익스피어가 아니라면 버나드 쇼나 하웁트만이나 에드몽 로스탕,[1] 또는 지적으로 보이는 다른 극작가의 작품에 도전한다. 그러나 이는 잠시 스쳐 지나가는 광기에 지나지 않는다. 배우 겸 극단대표는 어쩌다 한번쯤 그런 일을 할 수도 있지만, 대개는 자신의 하찮은 본업을 고수한다. 예컨대 헨리 어빙[2]을 생각해보라. 그는 지성인으로 행세했고, 자신이 연극계에 기여한 바에 대해 끊임없이 떠벌렸지만, 유치하기 그지없는 「종소리」 같은 작품에 계속해서 주인공으로 출연했다. 「종소리」가 연극이면, 그저 그런 신문의 사설

1. 프랑스의 극작가.
2. 런던의 연극무대를 지배했던 영국의 배우 겸 극단대표.

이나 대학생들의 응원소리도 문학이다. 리처드 맨스필드[1]의 경우도 마찬가지였다. 그가 탁월하고 세련된 지성의 소유자라는 주장은 홍보담당자들에 의해 교묘하게 유포되었다. 그럼에도 불구하고 그는 「파리식 로맨스」와 「지킬 박사와 하이드 씨」 같은 지긋지긋한 작품의 주연을 맡아 자기 인생의 3분의 2를 극장에서 보냈다.

그런 배우들을 옹호하기 위해 흔히 제기되는 주장은 그들이 대중의 요구 때문에 어쩔 수 없이 그런 작품에 출연하고 있으며, 그런 작품에서의 연기로 인해 그들은 내면의 존엄성이 훼손되는 고통을 겪는다는 것이다. 이런 옹호는 근거도 없고 부정직하다. 배우는 자기에게 환호와 돈을 안겨주는 일을 절대로 경멸하지 않는다. 그에게는 진정한 예술가의 주된 특징인 미적 양심이 거의 없다. 그가 오행희시(五行戲詩)[2]를 읊거나 코넷을 부는 것을 듣기 위해, 또는 그가 속옷까지 벗고 알몸으로 폴로네즈를 추는 것을 보기 위해 기꺼이 비싼 입장료를 지불하겠다는 대중만 있다면, 그는 일말의 주저도 없이 그렇게 할 것이다. 그리고 그런 광대노릇이 바그너와 단테의 예술에 비견되는 어렵고 고상한 예술이라고 스스로를 위로할 것이다. 요컨대 그가 가장 중요하게 생각하는 것은 각광받을 기회, 자신 있는 역할, 박수갈채이다. 자신의 지적인 고결성에 위배된다는 이유로 자신 있는 역할을 거부하는 배우를 지금까지 본 적이 있는가? 그런 일은 상상도 할 수 없다.

1. 영국의 배우 겸 극단대표.
2. limerick. 엄격한 압운구성 형식을 유지하는 짧고 익살스럽고 대중적인 시.

10

희망 숭배

내가 생각하기에 이 이상한 공화국에 널리 퍼져 있는 모든 감성적 오류 가운데 최악의 것은 심미적·정치적·사회적 비평의 기능을 개혁의 기능과 혼동하는 것이다. 이 오류는 거의 언제나 다음과 같은 형태의 항의로 나타난다. "그 사람은 개선책도 내놓지 못하면서 비난만 한다. 왜 쌓아올리지는 않고 부수려고만 하는가?" 이런 식으로 달콤한 말을 들려달라고 징징대고, 쉴 새 없이 떠들어댄다. 천지개벽에 대한 망상은 전국적인 고질병이 되었다. '건설적'인 이념, 다시 말해서 그럴싸해 보이고 정신을 앙양시키고 희망을 듬뿍 주는, 지성이라는 장벽을 뛰어넘어 감정에 직접 호소할 수 있는 이념을 제시할 수 없다면, 청중을 모을 수 없다.

물론 이런 항의와 요구는 공허한 말, 즉 자신의 단순한 감정을 사고(思考)로 착각하는 사람들의 아무 의미 없는 헛소리에 불과하다. 대안을 제시하는 것에 국한되는 순간, 비평은 힘이나 유용성을 완전히 상실하고 만다는 것이 진실이다. 지성에 의해 뒷받침되는 대안을 제시할 수 없는 경우가 대부분이라는 사실을 입증하는 것이 비평의 목적이기 때문이다. 어떤 시인이 비평의 희생자가 되었다면, 그 시인은 단지 재능이 없는 것이다. 우리가 상상할 수 있는 그 어떤 충고도 그로

하여금 시다운 시를 쓰게 해주지는 않는다. 암을 치료하기 위해 민간요법에 의존하는 것은 전적으로, 그리고 절대적으로 바보 같은 짓이다. 의학이 더 나은 치료법을 제시하지 못한다고 해서, 민간요법은 믿을 수 없는 엉터리라는 사실이 조금이라도 희석되는 것은 아니다. 그리고 정치개혁안은 합리성의 영역 너머에 있는 것이다. 그 방안을 바꾸거나 개선한다고 해서 '절대로 불가능한 일'이 성취되지는 않는다. 바로 이것이 이 나라에 만연해 있는 대부분의 관념들, 특히 정부의 개혁에 관한 관념들이 안고 있는 문제의 핵심이다. 골칫거리는 그런 관념들이 효과가 없을 것이라는 데서 그치지 않는다. 더욱 큰 골칫거리는 그런 관념을 바탕으로 반드시 성취하겠다고 제안하는 일이 본질적으로 성취 불가능한 일이 될 개연성이 굉장히 크다는 것이다. 다시 말해서, 그 관념들은 분명히 어떤 문제를 해결하기 위해 만들어졌지만, 그 문제 자체가 해결 불가능한 문제라는 것이다. 그 해결 불가능성의 증거, 또는 그 불가능성에 대한 그럴듯한 논거를 제시하면서 그런 관념들에 대처하는 것이 건전한 비평이다. 신통치도 않은 다른 해결책으로 그런 관념들에 대처하는 것은 자동차에 치인 사람의 호주머니를 터는 짓이나 마찬가지이다.

불운하게도 어떤 유형의 인간은 해결 불가능성의 개념을 파악하는 데 어려움을 겪는다. 지금도 수천 명의 불쌍한 멍청이들이 임의의 원과 같은 면적의 정사각형을 작도해보겠다고 끙끙대고 있다. 또 다른 수천 명은 영구기관을 만들어보겠다는 일념으로 연구에 매달리고 있다. 그런 일로 고민하고 있는 사람들의 수는 특허청의 기록에 보이는 것보다 훨씬 많다. 완전히 미친 짓을 하는 이런 집단의 바깥에는 좀 더 될 법한 일을 하는 사람들의 집단이 있고, 그 바깥에는 대부분의 인간이 속해 있는 집단이 있다. 이 집단의 성원은 세상의 낙천가들과 병적으로 희망을 기대하는 사람들, 인간과 이념과 사물을 믿는 사람들이다. 이들은 국제연맹, 민주주의를 수호하기 위한 전쟁, 정치적 사기꾼, '정화'운동, 법, 일제단속, 남성과 종교약진운동,[1] 우생학, 성(性)위생, 교육, 신문을 옹호하는 사람들이다. 이와 같은 경신성(輕信性) 있는 사람들은 위안이 되는 모든 말에 귀를 기울이는 습성이 있다. 바람직한 일은 무엇이든 실현될 것이라고 확신한다. 그러나 이 황홀한 확신은 불행하게도 인간의 경험에 의해 뒷받침되지 않는다. 경험적 사실에 비추어 보면 남성과 여성이 수천 년 동안 가장 열렬히 소망해왔던 일들 중에서 일부는 람세스의 시대에 그랬듯이 오늘날에도 실현되지 않고 있고, 그런 일들이 조만간 실현될 것이라고 믿을 만한 이유도 전혀 없다는 것이다. 그런 일들을 서둘러 실현하려는 계획은 태초부터 시도되어왔고, 지금도 당장 그것을 실현하기 위한 계획이 경쟁적으로 입안되고 있다. 그렇지만 그런 일들은 여전히 우리를 외면하고 회피하고 있다. 물론 앞으로도 천사들이 구경하다 지치고, 지구 전체가 거대한 폭탄처럼 폭발하거나 바다에 가라앉을 때까지 우리를 외면하고 회피할 가능성이 많다.

그러나 인류의 거창하고 고질적인 꿈에 대한 이야기는 그만하고, 그리스도교의 가르침 아래서 접하게 되는 몇 가지 구체적인 문제를 논의해보기로 하자. 우선 인간을 인간에 내재된 불치(不治)의 저속함으로부터 구원하는 문제의 작은 일부인 음주문제를 살펴보자. 이 나라에서 끊임없이 전개되고 있는 음주문제에 대한 논의의 뚜렷한 특징은 무엇인가? 그것은 정직하고 지적인 사람이 그 문제에 관여하는 경우가 거의 없다는 것이다. 다른 분야에서 건전한 양식을 발휘한 바 있는 최고의 미국인은 그 문제에 좀처럼 관심을 보이지 않는다. 그 문제

1. Men and Religion Forward Movement. 남성과 소년들을 교회로 인도하기 위해 1911-1912년에 미국에서 일어난 종교운동. 당시 교회에 나가는 여성과 남성의 비율은 3:1이었다.

는 한편에서는 당장이라도 해결할 수 있다고 확신하는 바보들에 의해 다루어지고 있다. 또 한편에서는 문제가 해결되지 않고 남아 있기를 은근히 바라는 이해집단들에게 고용된 편파적인 사람들에 의해 왜곡되고 있다. 한쪽에는 금주법의 전문논객들이 있고, 다른 쪽에는 양조회사와 증류회사의 대변인들이 있다. 그렇다면 중립적이고 명석한 사람들은 왜 하나같이 이 문제를 외면하는가? 개인적인 이해관계가 전혀 없어서 음주문제를 공평하고 정확하게 판단할 수 있는 사람들이 침묵하는 이유는 무엇인가? 무서워서일까? 그 문제에 흥미를 느끼지 못해서일까? 그 어느 쪽도 아니다. 그들이 입을 다물고 있는 진짜 이유는 좀 더 단순하고 훨씬 신뢰가 간다. 정말로 사려 깊고 신중한 사람은 자기 자신의 비판적 검증을 통과할 수 있는 해결책을 상상할 수 없기 때문에, 정말로 지적인 사람은 그 문제가 해결 가능하다고 믿지 않기 때문에 침묵하는 것이다.

물론 내가 조금 지나치게 일반화한 것은 사실이다. 소수의 정직하고 지적인 사람도 이따금 몇 가지 방안을 제시한다. 그런데 많은 토론이 진행되다 보면, 비판적인 정신의 소유자도 때로는 불가피하게 어느 한쪽으로 의견이 기울게 된다. 그러나 그런 사람이 완벽하고 포괄적인 계획을 내놓는 적은 단 한번도 없다는 사실에는 변함이 없다. 그리고 그런 사람이 그 문제를 간단하고도 효과적으로 해결할 수 있다고 말한 적도 없다. 그런 계획은 모두 대중의 신임을 얻으려는 바보멍청이들, 또는 바보를 가장한 사기꾼들로부터 나온다. 그들의 모든 논의는 조금만 생각해보면 헛소리라고 일축할 수밖에 없는 가정에 입각해 있다.

무력한 인류를 괴롭히고 당혹스럽게 만드는 더 큰 문제들도 음주문제와 별반 다르지 않다. 성(性) 문제를 살펴보자. 도시 주변에 함석판으로 지은 교회에서 고래고래 소리를 지르는 목사도 그 문제가 어떻게 다루어져야 하는지 정확히 알고 있다. 남성에게 복수하겠다고 맹세한 신경이 예민한 늙은 여성참정권론자도 그 문제에 대한 탁월한 처방을 갖고 있다. 출세를 바라는 지방검찰청의 악덕검사도 신문사 편집장들만 도와준다면 몇 주 안에 그 문제를 해결할 수 있다고 장담한다. 그렇지만 그 문제를 진지하고 깊이 있게 연구하여 확실한 정보를 제공한 사람들, 그 문제에 내재하는 난점을 이해한, 명석하고 분석적인 지성의 소유자들은 너나없이 그것이 본질적으로 영원히 해결될 수 없다고 믿고 있으며, 그 같은 소신을 공언하고 있다. 나는 단 한 명의 예외도 생각할 수 없다. 문헌을 다시 뒤져보아도 사정은 달라지지 않는다. 불편한 진실을 말해준 최근의 전문가는 범죄학자 모리스 파멀리[1] 박사이다. 그는『인성(人性)과 행동』이라는 책에서 악덕탄압운동가들과 고분고분한 의원들, 선정적인 신문들의 전폭적인 지지를 받고 있는 인기영합적인 해결책들이 모두 어리석고 유해하다는 점, 그런 해결책들의 유일한 실질적인 효과는 좋지 않은 상황을 더욱 악화시키는 것이라는 점을 증명하는 데 주력하고 있다. 그의 처방은 무엇인가? 대안이 있는가? 아니다. 그의 처방은 한마디로 문제를 해결하려는 모든 시도를 포기하고, 간섭하지 말고, 모든 개혁가를 자제시키고, 되도록 그 문제를 잊어버리라는 것이다.

그의 제안은 해블록 엘리스[2]의 의견을 되풀이한 것이다. 엘리스는 성 문제에 대한 가장 성실하고 과학적인 연구자로 자타가 공인하는 인물이며, 성 연구를 점잖고 지적인 분야로 만들어온 독보적인 존재이다. 엘리스의 처방은 간단하다. 모든 처방을 거부하는 것이다. 그는 질병이 나쁘다는 사실은 인정하지만, 그 처방은 더 나쁠 수 있다는 것을 보여준다. 그리고 우리가 비염과 결혼생활, 도시의 소음, 맛없는

1. 미국의 사회학자.
2.『성 심리학 연구』전7권을 저술한 영국의 의사이자 심리학자.

음식, 죽음의 확실성을 감수하며 살아가듯이, 침착하게 그 단순한 질병을 안고 살아가야 한다고 주장한다. 인간은 본질적으로 야비하다. 그러나 자신의 야비함을 숨기고 부정하려고 노력하는 것은 더욱 야비한 짓이다. 창녀보다는 먹이를 찾아 헤매는 역겨운 악덕탄압운동가, 또는 담배파이프를 입에 물고 설쳐대는 함량 미달의 의원이나 검사가 사회에 더 큰 피해를 주었다.

이 모든 면에서 엘리스는 감상주의자들의 파문대상이 된다. 그는 대안을 제시하지도 않고 기존의 계획을 파괴한다. 쌓아올리려는 노력은 전혀 기울이지 않고 부수기만 한다. 이것이 그가 대체로 인기 없는 이유이다. 페루나를 원하며 입을 쩍 벌리고 있는데, 그는 입안을 마비시키는 얼음물을 부어주는 격이다. 이것이 성이라는 주제에 관한 가장 훌륭하고 계몽적인 그의 책들이 컴스톡법 지지자들에 의해 발매금지된 이유이다. 반면에 영국과 미국에서는 무식한 성직자들과 음란한 노처녀들의 형편없는 책들이 버젓이 판매되고, 심지어 성스러운 설교단에서 추천까지 되고 있다. 엘리스의 문제는 모든 것 가운데 발설하면 가장 위험한 것, 즉 진실을 말한 것이다. 그에게 죄가 있다면 그가 망상보다는 사실을 우선시하고, 자신이 말하고 있는 내용을 알고 있다는 죄밖에 없다. 대중의 취향은 이와는 정반대되는 성격의 상품을 원한다. 그들을 기쁘게 하는 방법은 진실이 아니라 그저 위안거리를 자신만만하게 선언하는 것이다. 그들에게는 이것이 발전적인 일이요, 건설적인 비평이다.

11

미국인이 된다는 것

1

미국인 되기가 불쾌하다는 것, 아니 불가능하다는 것을 깨닫기 시작한 사람들이 분명히 있다. 그들의 고뇌는 진보적인 주간지들의 지면을 가득 채우고 있을 뿐만 아니라, 그들의 짐을 싣고 뉴욕을 떠나 파리·런던·뮌헨·로마, 또는 이 도시들 사이의 중간지점으로 향하는 모든 배에 가득 차 있다. 그들은 고향에서의 삶을 견디기 힘들게 만드는 지독한 저주의 말과 악행을 피하기 위해 어디로든 떠난다. 나는 그들의 기본적인 불만에 시비를 걸 생각은 조금도 없다. 오히려 어떤 면에서는 젊은 지식인들보다 내가 훨씬 비관적일지도 모른다. 예컨대 나의 확고하고 신성한 신념들 가운데 하나는 미국의 국가조직, 즉 입법부와 행정부가 무지하고 무능하고 부패하고 구역질난다는 것이다. 이 신념은 내가 20년 이상 탐구를 한 끝에 얻은 것이며, 끝없는 기도와 명상을 통해 재확인한 것이다. 나의 이 비판적 신념으로부터 자유로운 인물은 현존하는 입법자들 가운데 채 20명도 되지 않고, 입법부에서 제정된 법을 시행하는 행정관료들 중에서도 채 20명이 되지 않는다. 내가 경건한 마음으로 간직하고 있는 또 하나의 신념은 이 공화국의 사법부가 우매하고 부정직하고 모든 이성과 공평의 원칙에 반한다는 것이다. 나의 이 비판적 신념으로부터 자유로운 판사는 연방대법원의 판사석에 앉아 있는 2명을 비롯해 채 30명도 되지 않는다. 또 다른 신념은 미국의 외교정책—다른 나라들(우방이든 적국이든)과 교섭하는 상투적인 방식—이 위선적이고 신의 없고 악질적이고 후안무치하다는 것이다. 나는 이 판단으로부터 그 어떤 정책(최근의 것이든, 먼 과거의 것이든)도 제외시키고 싶지 않다. 나의 네 번째 확신(이 목록이 너무 마음을 무겁게 하는 것을 피하기 위해 더 이상의 신념은 소개하지 않겠다)은 미국인이 중세가 막을 내린 이래 그리스도교권에서 하나의 깃발 아래 모인 모든 굴종적인 농노의 집단 중에서도 가장 소심하고 유치하고 비겁하고 천박한 집단이고, 날이 갈수록 더욱 소심하고 유치하고 비겁하고 천박해지고 있다는 것이다.

이상이 내가 이 땅을 떠나는 젊은 지식인들과 공유하고 있는 생각이자, 내 정치적 신념의 주요 항목들이다. 이 신념들은 내가 시민권을 획득한 이래 열렬히 간직해왔던 것으로, 내 몸이 탄소·산소·수소·인·칼슘·나트륨·질소·철로 서서히 분해되면서 더욱 강해지고 있다. 그래서 나는 진실로 주님의 이름으로 이것을 믿고 설파한다. 하지만 젊은 지식인들이 출항할 때 나는 성조기로 몸을 감싸고 선착장에 남아 있다. 나는 동요하지도, 절망하지도 않은 채 충성스럽고 헌신적인 미국인, 심지어 국수주의자로 이곳에 서 있다. 불평 한마디 없이 세금을 내고, 생리적으로 복종할 수 있는 모든 법에 복종하며, 시민에게 부과되는 온갖 엄격한 의무와 책임을 군소리 없이 받아들이고, 보잘것없는 나의 노고를 아낌없이 바쳐 국민의 의무를 다하며, 정부를 전복하겠다고 맹세한 자들과의 교류를 피하고, 소액이나마 미국의 예술적·학문적 영광을 위해 기부하며, 국어(미국어)를 풍요롭고 아름답게 만들고, 더 나아가서는 차라리 미국을 떠나라는 지인들의 모든 권유와 심지어 모든 초대를 뿌리치고 있다. 나는 웬만큼 돈을 버는 42세의 독신자로, 빚이나 자식을 걱정할 필요가 없기 때문에 내가 가고 싶은 곳에 가서 내가 원하는 만큼 머물 수 있다. 나는 성조기 아래에서 훌륭한 시민으로 만족스럽게, 심지어 멋지게 살고 있다. 단언하건대 나는 워런 G. 하딩[1]을 프리드리히 바르바로사와 샤를마뉴에 견주고, 연방대법원이 성령에 의해 인도된다고 생각하며, 로터리클럽·KKK단·반(反)주점연맹[2]에 기꺼이 가입해 있고, 밴드가 〔미국 국가〕「성조기여 영원하라」를 연주할 때면 감격에 겨워 목이 메고, 미국의 청년들 가운데 무작위로 뽑은 한 명이 공정한 결투에서 영국인 10명, 독일인 20명, 프랑스인 30명, 이탈리아인 40명, 일본인 50명, 또는 볼셰비키 100명을 너끈히 해치울 수 있다고 유치하게 믿고 있는 수천 명보다 훨씬 불만도 적고 요구사항도 적기 때문에 꽤 괜찮은 시민이라고 말할 수 있다.

그러면 나는 왜 여전히 여기에 있는가? 나는 왜 (심지어 남들이 기분 나빠할 정도로) 의기양양한가? 왜 짜증도 내지 않고 안달하지도 않고 분개하지도 않고 이상하리만치 행복한가? 나는 왜 나 같은 얼치기 인텔리겐치아에게 그 난장판에서 벗어나 좀 더 아름다운 땅으로 와서 고국에 영원히 저주를 퍼부으라고 줄곧 요구하던 헨리 제임스와 에즈라 파운드, 해럴드 스턴스,[3] 그리니치빌리지의 이주자들에게 "알겠습니다"라는 형식적인 대답만 했을까? 해답은 물론 행복의 성격에서 찾아야 한다. 행복은 형이상학적 성찰을 요하는 주제이지만, 내가 여기서 논하고자 하는 것은 현실적인 의미의 행복이다. 적어도 나의 본능

1. 미국의 29대 대통령(1921-1923년 재임).
2. Anti-Saloon League. 주류 판매를 근절하기 위해 1893년 오하이오에서 설립된 정치적 압력단체.
3. 미국의 비평가이자 작가. 1920년대에 미국을 떠나 파리에 머물고 있던 지식인 집단의 일원이었다.

에 충실히 따르자면, 내가 생각하는 행복의 조건은 세 가지이다. 행복해지기 위해서, (가장 기본적인 것만 말한다면) 나는 이렇게 한다.

a. 잘 먹고, 쓸데없는 걱정 사서 하지 않고, 느긋하게 생활한다.
b. 내가 동포대중보다 우월하다는 좋은 기분을 만끽한다.
c. 내 취향대로 품위 있게 끊임없이 즐거운 시간을 갖는다.

이런 정의를 받아들일 경우, 이 지구상에 나와 비슷하게 생겨먹은 사람—나의 전반적인 약점·허영심·취미·편견·반감을 지닌 사람—이 행복을 누리면서, 아니 절반의 행복이라도 누리면서 살 수 있는 나라는 이 자유롭고 독립적인 미국밖에 없다는 것이 나의 지론이다. 나아가 나는 이 나라에 살고 있는 그런 사람이 행복하지 않기란 초등학생이 교사(校舍)가 불타는 모습을 보고 울지 않는 것만큼이나 현실적으로 불가능하다고 주장하는 바이다. 그가 이곳에서 행복하지 않다고 말한다면, 그는 거짓말을 하고 있거나 제정신이 아닌 거다. 이곳에서 먹고 사는 일은, 특히 전쟁으로 인해 유럽의 온갖 전리품이 우리 국고로 쏟아져 들어온 뒤에는, 그리스도교권의 어느 나라와 비교해보더라도 월등히 수월하다. 배울 만큼 배우고 검소한 사람이 생계를 유지하지 못한다면, 이는 그가 빈털터리가 되기로 작정한 결과라고 볼 수밖에 없다. 그 정도로 이 땅에서는 먹고 살기가 쉽다는 말이다. 지성·지식·능력·성실·자긍심·명예감의 전체적인 평균수준이 워낙 낮은 이곳에서는, 자신의 직업을 이해하고 유령을 무서워하지 않고 50권의 양서를 읽고 기본적인 예절만 실천하면, 누구나 군계일학처럼 돋보이고, 좋든 싫든 소수의 배타적인 귀족집단에 속하게 된다. 그리고 이곳에서는 내가 다른 곳에서는 듣도 보도 못한 인간생존의 일상적 파노라마, 다시 말해서 개인적·사회적 우행(愚行)의 일상적 파노라마—

정부의 왜곡과 변명, 상업적 약탈과 협박, 신학적인 저질 농담, 심미적 음담패설, 합법적인 사기와 매춘, 갖가지 부정·악행·비리·엽기행각·무절제가 끝없이 이어진다—가 너무나 상스럽고 터무니없으며, 상상 가능한 최고 수위에 완벽하게 도달해 있고, 거의 황당무계한 대담성과 독창성으로 꾸준하게 장식되기 때문에, 선천적으로 횡격막에 이상이 있는 사람이 아닌 이상, 누구나 밤마다 혼자서 웃다가 잠이 들고, 아침이 되면 파리의 스트립쇼를 구경하러 간 주일학교 교장처럼 한없이 설레는 기대감을 안고 잠에서 깨어나기 마련이다.

나의 글이 레토릭에 치우친 감이 있기는 하다. 어쩌면 지상낙원에서 온 메시지로 시골뜨기들을 감동시키려고 애쓰는 셔토쿼 운동 강사처럼, 나도 말장난을 하고 있는지 모른다. 그러나 기본적으로 나는 셔토쿼 운동 강사 못지않게 진실하다. 예컨대 안락한 삶을 누리고, 산더미처럼 쌓여 있는 국가 전리품에서 정당한 몫을 얻는 문제에 관해 생각해보자. 사견임을 전제로 해서 말하는데, 지금 미국에서 자기몫을 챙기지 못하는 사람은 분명 어수룩한 인간이다.(겉으로는 그렇게 보이지 않을지 몰라도, 잘 따져보면 분명히 어수룩하다.) 그는 가족을 부양할 능력을 갖추기도 전에 가정을 꾸리거나, 자신의 상품을 너무 싸게 팔거나, 다른 사람들의 사정을 지나치게 배려함으로써 제 무덤을 판 사람이다. 아니면 정상적인 미국인이 원하지 않는 물건을 팔려고 헛된 노력을 하는 사람이다. 집안 살림살이에 전혀 무관심한 철학교수가 자기 마누라가 그녀를 먹여주고 입혀줄 능력이 있는 영화배우나 밀주업자와 눈이 맞아 가출했다고 하소연하는 것을 볼 때마다, 철학교수에 대한 측은지심은 철학교수의 몰상식에 대한 경멸감에 의해 반감되어 버린다. 수단에 가서 만년필을 팔겠다는 인간이나, 그린란드에 가서 복식부기나 대위법을 가르치겠다는 인간을 멀쩡하고 장하다고 말할 수 있겠는가? 분별력 있는 사람이라면 아칸소 주 리틀록에 인큐내

뷸라[1]를 파는 서점을 열겠다는 사람, 또는 수메르어를 안다는 이유로 펜실베이니아 주 매키즈포트에서 살겠다고 우기는 사람을 동정하겠는가, 비웃겠는가? 이와 마찬가지로 내게는 극소수의 미국인만이 원하는 물건을 주로 팔면서 자기네 가게에는 단골손님이 없다고 가슴치며 한탄하는 사람도 어이없어 보인다. 어떤 나라에서 살아가기로 했으면, 그 나라의 수요와 취향을 마땅히 존중해야 한다. 미국에는 대공·추밀원의원·환관·사견관(司犬官)[2]을 위한 일자리가 없고, 양조장 지배인[3]을 위한 자리도 지금은 없다. 오보이스트·형이상학자·천문학자·아시리아학 연구자·수채화가·주두행자(柱頭行者)[4]· 서사시인에 대한 수요는 극히 적다. 한때는 양조장 지배인이 사회적 필요를 충족시키고 충분한 보수를 받았지만, 지금은 그런 시절이 아니다. 언젠가는 현악사중주 작곡가가 열차 차장과 비슷한 보수를 받게 될지도 모르지만, 아직은 아니다. 그렇다면 왜 그런 일을 직업으로 삼는가? 충분한 재산을 가진 사람이라면 신중하게 그런 일에 뛰어들 수도 있을 것이다. 그렇게 해도 고통당하는 일은 좀처럼 없을 테고, 심지어 그런 직업을 택함으로써 사회에 봉사한다고 주장할 수도 있을 것이다. 그러나 먹고 살기도 힘든 사람이 그런 일을 하려고 하는 것은 어리석은 짓이다. 그는 자기 등에 관을 짊어지고 고지에 오르는 병사와 같다. 그에게는 그런 유치한 허영심일랑 던져버리고, 제 앞가림부터 하게 하라. 공업시스템의 무수한 희생자가 이미 그렇게 하고 있다. 이 공화국에서는 인문학과 인문학자들이 무시당하지만, 채권판매자·돌팔이

1. 인쇄술이 발명된 1450년부터 1500년까지 50년간 유럽에서 인쇄된 서적.
2. Master of the Buckhounds. 사슴 사냥에 알맞게 개량된 견종인 벅하운드의 사육을 전담하던 영국 왕실의 관리. 1901년에 폐지되었다.
3. Todsaufer. 양조장 주인의 정치적 이익을 대변하고, 그 거래처인 술집주인들로부터 수금을 하고, 그들과의 원만한 관계를 위해 각종 경조사에 참석하던 사람.
4. 중세 때 높은 기둥 위에서 고행하던 그리스도교 수도사.

의사·교구장·골상학자·감리교 전도사·광대·마술사·군인·농부·유행가 작곡가·밀주업자·상표 위조범·광산 감시인·형사·첩자·염탐꾼·선동가의 공급은 수요의 절반에도 미치지 못하고 있다는 사실을 명심해야 한다. 규칙은 하느님이 정하신 것이고, 신중한 사람은 규칙을 지킨다. 규칙을 지키면 비가 오나 눈이 오나 성조기 밑에서 안전하다. '부부스 아메리카누스'[1]는 사냥금지기간을 알 리 없는 조류와도 같은 바보 멍청이이다. 텍사스 석유주식의 대박이나 하룻밤 사이의 암 치료나 강변의 택지를 꿈꾸다 좌절하면, 언제나 정치적·신학적·교육적·문학적·경제적 영감과 낙천주의에 안착한다.

교양 있는 사람이 그런 바보들의 장단에 춤추는 것은 체면 깎이는 일이라는 교의는 전혀 설득력이 없다. 나는 얼간이가 하는 일을 시도하다가 실패한 사람들이 그런 교의를 퍼뜨린다고 생각한다. 그들은 가난 자체에 명예로운 그 무엇이 있다는 유치한 관념, 이른바 그리니치빌리지 콤플렉스 뒤에 숨는다. 이것은 터무니없는 생각이다. 가난은 피할 수 없는 불행일지 모르지만, 그렇다고 명예로운 일도 아니다. 가난이 명예로운 일이라면 같은 논리로 어리석음도 명예로운 일이다. 그렇다면 나는 무분별하게 끝없이 돈만 밝히는 것을 옹호하느냐? 그건 아니다. 내가 옹호하는 것, 그리고 고결하다고 칭송하는 것은 안전하고 편안한 생활을 하기에 부족함이 없을 만큼 돈을 버는 것이다. 그 반대라고 믿는 모든 낭만적 미신에도 불구하고, 예술가는 생필품 부족으로 압박감을 느낄 때는 최선을 다해서 작업할 수 없다. 철학자와 과학자도 마찬가지이다. 이 세상에서 가장 탁월하고 명확한 사고를 제시하고 최고의 예술을 창작하는 일은 굶주리고 헐벗고 마음이 괴로운 사람들이 하는 게 아니라, 잘 먹고 잘 입고 마음이 편한 사람들이

1. Boobus Americanus. 무지하고 게으르고 남의 말을 잘 믿는 미국 중산층 시민을 가리키는 멩켄의 조어.

한다. 자신의 예술에 대한 예술가의 일차적 의무는 안락한 생활을 영위하는 것이다. 셰익스피어도 그렇게 하려고 노력했다. 베토벤·바그너·브람스·입센·발자크도 그랬다. 괴테·쇼펜하우어·슈만·멘델스존은 유복한 집안에서 태어났다. 우리 시대에는 조지프 콘래드·리하르트 슈트라우스·아나톨 프랑스[1]가 본인의 노력에 의해 안락한 삶을 누리고 있다. 유구한 역사를 가진 나라들의 경우에는 유능한 사람들이 곳곳에 있어서 경쟁이 매우 치열한 만큼, 안락한 삶을 누리기가 상당히 어렵고 때로는 거의 불가능하다. 그러나 미국에서는 운만 조금 따라주면 식은 죽 먹기이다. 어지간한 외모, 주식중개인의 지성, 휴대품보관소 여직원의 마음가짐만 있다면, 요컨대 자기 자신에 대한 믿음이 있고 직업의식이 투철한 숙련공이라면, 누구나 얼간이들의 이 영광스러운 국가에서 편안한 생활을 하기에 부족함이 없는 돈을 벌 수 있다.

얼마간의 분별력과 지략만으로도 쉽게 지갑을 채울 수 있다면, 웬만한 직위와 품위만으로도 어렵지 않게 자신을 만족시킬 수 있을 것이다. 이 공화국에서는 교양인으로 살아가기만 하면, 허파에 바람이 잔뜩 들지 않은 이상 남부럽지 않은 명예를 얻을 수 있다. 하지만 KKK단, 미국재향군인회, 반(反)주점연맹, 각종 자경단의 빈번한 도발이 보여주듯이, 이 땅에서는 교양인답게 살아가는 것조차 그리 만만한 일이 아니다. 이 나라에서는 모든 정치적 사고와 행동이 공직 쟁탈로 수렴된다. 대통령이건 마을도로 관리인이건, 보통 수준의 정치인은 자리를 보전하기 위해 소중한 원칙도 헌신짝처럼 내던지고, 불쾌하기 짝이 없는 광기를 기꺼이 수용한다. 관직을 노리지도 원하지도 않으면서 정치에 입문한 사람이 있다면, 빨강머리 흑인처럼 당장

1. 프랑스의 소설가이자 비평가.

눈에 띌 것이다. 아니, 그런 흑인보다 훨씬 쉽게 눈에 띌 것이다. 빨강머리 흑인이야 지금까지 봐왔다지만, 민주당원이든 공화당원이든, 사회주의자든 진보주의자든, 휘그든 토리든, 관직을 갈망하지 않는 미국 정치인은 본 적이 없기 때문이다. 그리고 이 나라에서는 사업가라면 필히 상공회의소 회원이 되어야 하고, 찰스 M. 슈워브[1]를 찬미해야 하고, 『새터데이이브닝포스트』지[2]를 읽어야 하고, 골프를 쳐야 하는 것이 철칙으로 통한다. 요컨대 식물인간처럼 단조로운 생활을 해야 한다. 당신이 잠시 사업을 잊고 레미 드 구르몽의 시를 읽거나 첼로를 연주한다면, 지방의 일요판 신문이 귀신같이 그 사실을 알아내 당신을 찬양하는 기사를 실을 것이다. 아니, 은행 간부가 당신의 어음문제를 논의하기 위해 당신을 소환하고, 당신의 라이벌들은 당신이 전쟁 중에 독일을 지지했다는 소문(어쩌면 사실)을 퍼뜨릴지도 모른다. 또한 이곳은 여성이 지배자이고 남성이 노예인 땅이다. 아내한테 실내화를 등대(等待)하게 하는 남편은 갈릴레오와 다윈에 필적하는 오명을 얻게 될 것이다. 그뿐 아니라 이곳은 친한 척하는 사람, 민주주의자, 사교가, 수완가의 천국이다. 조금만 점잔을 빼고 있으면, 당신은 즉각 주목을 받게 된다. 그리고 이어서 당시의 손에 쏟아지는 키스 세례는 민주시민을 자처하는 열등한 인간들이 절대로 억누를 수 없는 비굴한 존경심에서 나온 행동이다.

우월함을 이렇게 쉽게 성취하고 인정받는 곳은 이 나라를 빼고는 지구상 어디에도 없다. 일국의 국민으로서 미국인의 가장 주요한 일은 영웅들, 그것도 주로 가짜 영웅들을 만들어내는 것이다. 미국민은 고 우드로 윌슨의 문체를 존경했고, 지금은 브라이언의 신학적 열정

1. 미국의 철강기업인.
2. 1821년에 창간된 미국의 잡지. 1897년부터 1969년까지는 매주 발간되었고, 그 후 경영 악화로 폐간되었다가 복간된 1971년부터는 격월간으로 발행되고 있다.

을 흠모하고, J. P. 모건을 존경한다. 또한 의회를 중요하게 생각한다. 의원의 대다수가 무식한 사람들이고, 존경받는 일부 의원은 악당이라는 사실을 증거와 함께 제시하면, 그들은 엄청난 충격에 빠질 것이다. 갖가지 인위적인 경칭과 신들이 열광적으로, 끊임없이 만들어지고, 숭배 의지가 식을 줄 모른다. 무쇠 거푸집 제조업자 10명이 근처 맥줏집 내실에 모여 장미십자회(薔薇十字會)[1]라는 고상하고 신비로운 단체의 미국 지부를 결성하고, 수레바퀴가 달린 거대한 성령의 집을 세운다. 그리고 한 달 뒤에는 성령의 공식방문이라는 대단한 명예를 얻었고, 성령에게 보석이 박힌 시곗줄을 선물할 예정이라는 소식을 지역 신문사에 전한다. 링컨과 로버트 리 같은 국민적 영웅들은 순수한 인간으로 남아 있을 수 없다. 중세 농민의 신비주의가 그들에 대한 공동체 전체의 관점에 스며들고, 그들에게 후광과 날개가 생기기 시작한다. 그런 존엄한 지위를 얻는 데 실질적인 공적—적어도 대중의 평가에 상응하는—은 필요치 않다. 미국적인 모든 것, 심지어 국가의 신들도 다소 아마추어적이고 유치하다. 순전히 상업분야(금융은 포함되지 않는다)를 제외한 거의 모든 분야에서 단연 돋보이고 존경받는 미국인들은 다른 나라에서는 거의 관심을 끌지 못할 사람들이다. 미국의 유력한 문학평론가는 20년 동안이나 부지런히 비평활동을 해왔지만, 아직까지도 자기가 무엇을 좋아하고 그 이유가 무엇인지에 대한 의견을 명확하게 밝히지 않았다. 미국의 거의 모든 도시에서 상류사회를 지배하는 여주인공은 레딩 경[2]을 귀족이자 자기의 윗사람으로 대접하는 여성으로, 그녀의 할아버지는 속옷차림으로 잠을 자던 사람이다. 미국의 일류 뮤지컬 연출자는 라이프치히에 가면 트롬본을 반

1. 중세 후기에 독일에서 결성되었다고 전해지는 신비주의적 비밀결사.
2. 레딩(잉글랜드 버크셔 주의 도시)의 제1대 후작인 영국의 정치가 루퍼스 아이작스를 말한다.

질반질 윤이 나게 닦거나 드럼 파트의 악보를 베끼는 허드렛일이나 맡게 될 것이다. 프리드리히 2세·말버러[1]·웰링턴·워싱턴·사부아 공자 외젠[2]의 계보를 잇는 현존하는 미국의 대표적인 군인은 엘크스[3]의 회원이라는 사실을 자랑스럽게 생각한다. 미국의 한 탁월한 철학자(웬만한 학자라면 알 만한 후계자도 남기지 않고 죽었다)는 "나는 음악에 대해서는 아무것도 모른다. 그러나 내가 좋아하는 것이 무엇인지는 안다"는 미국민의 심미적 격률(格率)을 인식론적으로 변호하는 데 평생을 바쳤다. 링컨 이래 미국이 낳은 가장 저명한 정치인은 아서 제임스 밸푸어에게 농락당했고, 자신의 지지표를 500만 표 이상 잘못 계산했다. 그리고 소도시의 인쇄업자 출신인 이 나라의 현(現) 최고정무관〔대통령〕[4]은 무료함을 달래고 싶을 때면 동종요법의(同種療法醫),[5] 제칠일 안식일 예수 재림교회[6]의 성직자, 두세 명의 여배우를 백악관으로 초대한다.

2

이상의 모든 것은 다음과 같이 요약될 수 있다. 미국은 본질적으로 삼류인간들의 연방국가이다. 이곳에서는 문화·정보·취미·판단력·능력의 전반적인 수준이 매우 낮기 때문에, 남들보다 두각을 나타내기가 쉽다. 물이 새는 배수관을 수리하기 위해 미국인 배관

1. 루이 14세와의 전쟁에서 영국군을 승리로 이끈 말버러의 초대 공작 존 처칠.
2. 오스트리아의 유명한 군인 정치가.
3. 1868년에 결성된 미국의 대표적인 우애단체인 엘크스 자선보호회(Benevolent and Protective Order of Elks)의 약칭.
4. 당시의 미국 대통령은 워런 하딩.
5. homeopath. 인체에 질병 증상과 비슷한 증상을 유발시켜 치료하는 대체의학의 일종인 동종요법을 사용하는 의사. 하딩의 주치의 찰스 소여를 말한다.
6. 19세기 중엽 미국에서 성립된 프로테스탄트 교파.

공을 불렀을 때, 제정신인 사람이라면 그가 단번에 그 일을 해낼 것이라고는 아예 기대도 하지 않는다. 마찬가지 논리로, 미국의 국무장관이 영국인이나 일본인과 협상하는 과정을 지켜볼 때, 멀쩡한 사람이라면 그가 차선(次善)보다 나은 결과를 얻어낼 것이라고는 기대조차도 하지 않는다. 물론 삼류인간은 어느 나라에나 있다. 하지만 삼류인간이 국가를 완전히 장악하고 국가의 표준을 세우는 나라는 세상천지에 미국밖에 없다. 이 땅은 전설적인 용감한 모험가들이 아니라, 고국에서 살길이 막막했던 사람들로 우글거린다. 그들이 이곳에서 발견한 자연환경의 풍족함과 먹고살기의 용이함은 그들의 선천적인 무능을 상쇄하고도 남았다. 심지어 인디언과 전쟁을 벌이던 최악의 시대에도 미국의 개척자들은 백년전쟁 기간에 중유럽의 농민들을 괴롭혔던 것과 같은 생활고를 겪지 않았고, 영국의 하층민들이 1832년의 개정선거법[1]이 제정되기 이전 100년 동안 겪어야 했던 그런 사회적 고통도 겪지 않았다. 또한 대부분의 개척지에서 그들은 좀처럼 인디언의 모습을 보기도 힘들었다. 그들의 삶을 힘들게 했던 유일한 요인은 그들의 타고난 멍청함이었다. 미국의 전설이나 이야기에서 온갖 미사여구로 찬미되는 서부 정복은 타넨베르크 전투[2]보다 적은 전사자를 냈고, 승리는 한층 쉽고도 확실한 것이었다. 그런 초창기 이래 이 땅에 건너온 이민자들은 그들의 선조보다 수준이 낮은 사람들이었다. 미국에 살고 있는 사람들이 본국의 불의·편견·전근대성에 반기를 든 용감하고 이상주의적이고 자유를 사랑하는 소수의 후예라는 오래된 관념은 최근의 이민자들에 대한 연구결과에 의해 빠르게 허물어지고 있는 중이다. 진실은 독립혁명 이후에 이 땅에 건너온 대다수의 비(非)앵글

1. 부패선거구를 없애고, 유권자 수를 1.5배 늘리도록 했다.
2. 제1차 세계대전 기간인 1914년 8월 말에 독일 제국이 동프로이센 국경을 침범한 러시아 제국 군사를 물리친 전투.

로색슨 이민자는 독립혁명 이전에 이 땅에 건너온 대다수의 앵글로색슨 이민자와 마찬가지로 본국의 우수한 인재가 아니라 실패자와 부적응자—굶어죽기 직전의 아일랜드인, 나폴레옹 전쟁 후의 사회적 재편과정에서 질풍노도를 견디지 못한 독일인, 황폐해진 땅에서 잡초처럼 자란 이탈리아인, 머리는 텅 비고 몸뚱이만 남은 스칸디나비아인, 러시아·폴란드·루마니아의 야만적인 농민조차 속이지 못한 무능한 유대인—였다는 것이다. 물론 이민자들 중에는 간혹 기상천외한 악한이나 초인적인 능력을 발휘한 사람도 있었을 것이다. 앤드루 볼스테드[1]·찰스 폰지[2]·잭 뎀프시[3]·슈워브·해리 도허티[4]·유진 데브스[5]·존 퍼싱[6]이 그들의 후손이다. 그러나 평균적인 신참 이민자들은 언제나 보잘것없는 불쌍한 사람들에 지나지 않았다.

직업적인 이상주의자들과 선동가들이 애호하는 일반적인 가정, 즉 미국인이 "위대한 민족들 가운데 가장 젊다"는 가정도 근거가 없기는 매한가지이다. 이 경구는 지겨울 정도로 들려온다. 전쟁기간에 '저항권'을 금지시켰던 체신부가 느닷없이 그 경구를 금지시킨다면, 보통의 신문사 논설위원은 벙어리가 되고 말 것이다. 그 경구를 그럴듯하게 포장해주는 것은 미국정부가 기존의 다른 정부에 비해 비교적 젊다는 사실이다. 그러나 이 공화국과 미국인 사이에 반드시 등식이 성립하는 것은 아니다. 가까운 장래에 공화국을 전복시키고 왕정을 세운다 할지라도, 그들은 여전히 동일한 국민으로 남게 될 것이다. 진실

1. 1919년에 제정된 금주법(주류의 제조·판매·유통을 금지한 법. 일명 볼스테드법)을 발의한 미네소타의 하원의원.
2. 고수익을 미끼로 투자자를 유치한 뒤 후순위 투자자의 돈으로 초기 투자자들의 수익을 지급하는 다단계 금융사기기법의 창시자.
3. 1919년부터 1926년까지 헤비급 세계챔피언으로 군림한 권투선수.
4. 하딩 정부에서 법무장관을 지낸 공화당의 유력 정치가.
5. 사회당 후보로 대통령 선거에 다섯 번 출마한 노동운동가.
6. 제1차 세계대전 때 유럽에 파병된 미군을 지휘한 장군.

을 말하자면, 미국인의 역사는 족히 300년을 거슬러 올라가며, 심지어 정부는 프랑스·이탈리아·독일·러시아 같은 나라들의 정부보다 오래되었다. 더욱이 미국인의 사고방식에 젊음이라고 적절하게 기술될 수 있는 그 무엇이 있다고 말하는 것도 어리석다. 그들의 사고방식은 젊은이가 아니라 늙은이의 것이기 때문이다. 그 안에는 각종 이념에 대한 크나큰 불신, 습관화된 소심함, 소수의 고정관념에 대한 맹목적인 믿음, 일말의 신비주의 같은 노인의 모든 특징이 들어 있다. 평균적인 미국인은 도덕가와 감리교인의 본색을 숨기고 있는데, 이 사실은 그가 부인하려고 노력할수록 더욱 명백해진다. 그의 악덕은 건강한 청년의 그것이 아니라, 양로원에서 도망친 늙은 중풍환자의 그것이다. 그 원인을 통찰하고 싶다면, 엘리스 섬[1]으로 가서 배에서 내리는 이민자들을 살펴보라. 그들의 발걸음에서 젊음의 활기를 발견하지는 못할 것이다. 당신 눈에 들어오는 것은 녹초가 된 사람들이 발을 질질 끌며 걷는 모습일 것이다. 그런 기진맥진한 사람들로부터 미국인이라는 족속이 생겨난 것이다. 그들은 자신의 본국보다는 이곳에서 훨씬 쉽게 생존했다. 그러나 그 용이한 생존으로 인해 그들은 자기가 강해졌다고 느꼈을 뿐, 실제로 강해지지는 않았다. 그들은 이 땅을 처음 밟은 이후 조금도 변하지 않았다. 우리 속의 돼지처럼 편하고 안전한 것만 갈망하는 지친 농민으로 남아 있었다. 그런 갈망으로부터 미국문화의 특징을 가장 확실하게 보여주는 현상들—전쟁에 대한 국민적 증오심, 미국 이외의 모든 국가의 목표와 의도에 대한 뿌리 깊은 의심, 이교도와 평화의 훼방꾼들에 대한 퉁명스러운 태도, 악마의 존재에 대한 변함없는 믿음, 모든 새로운 이념과 관점에 대한 혐오감—이 나타났다.

1. 허드슨 강 어귀에 있는 섬. 1892년부터 1954년까지 미국으로 이민 온 사람들이 입국심사를 받던 곳으로 유명하다.

이 모든 사고방식은 농민한테서 볼 수 있는 특징이다. 이를테면 오랫동안 진흙탕에서 뒹굴었고 마침내 계속 그런 식으로 살기로 결심한 농민, 그래서 별을 바라보려는 추잡한 생각은 결코 품어본 적이 없다고(즉 점성술 같은 미신은 믿어본 적이 없다고) 강변하는 그런 농민 말이다. 이 고리타분하고 영구적인 농민의 기질이 조금 변형된 형태가 바로 미국인의 기질이다. 농민은 굉장히 교활하지만, 이웃 농장보다 더 멀리 있는 것은 볼 줄 모르는 근시안이다. 돈을 좋아하고 재산을 모으는 법도 알지만, 문화적 발육수준은 가축보다 딱히 높지도 않다. 그는 확실히 도덕적이지만, 그의 도덕심과 이기심은 거의 일치한다. 감정적이고 겁도 많지만, 상상력이 빈약해서 추상적인 것을 이해하지 못한다. 그는 과격한 내셔널리스트이자 애국자이지만, 불한당 같은 관리를 존경하고 언제나 세무공무원을 속인다. 모든 국정에 대해서 확고한 자기생각을 갖고 있지만, 십중팔구 그 수준은 정말로 한심하다. 자기의 권리로 간주되는 것은 악착같이 챙기지만, 타인의 권리는 아랑곳하지 않는다. 종교적이지만, 그의 종교에는 아름다움과 품위가 결여되어 있다. 시골에서 태어났건 도시에서 태어났건, 이런 인간이 전형적인 미국인, 순도 100% 미국인이다. 감리교인, 상호부조단체 회원, KKK단원, 노너싱이다. 이런 인간은 어느 나라에나 존재하지만, 이런 인간이 지배하는 나라는 여기뿐이다. 오직 이곳에서만 그의 유인원 같은 공포와 걱정의 산물들이 논리적인 생각으로 진지하게 수용되고, 그것에서 벗어나면 중대한 범죄로 처벌받는다. 그의 주된 망상들—민주주의는 신성하다, 사치금지법은 편의를 제공한다, 미국인 외의 다른 모든 사람은 근본적으로 사악하다, 모든 이념은 위험하다, 모든 예술은 필연적으로 타락한다—은 전부 터부의 장벽을 쌓고, 그것을 깨부수려는 아나키스트는 화를 당할진저.

터부가 늘어난다는 것은 분명 낮은 단계에서 높은 단계로 이동하고 있는 문화, 다시 말해서 여전히 젊음의 열기가 활활 타오르고 있는 문화의 특징은 아니다. 그것은 내리막길에 들어선 문화, 즉 가장 원시적인 기준과 사고방식으로 퇴행하고 있는 문화의 징후이다. 사실 터부는 미개인의 전매특허로, 터부가 존재하는 곳에서는 터부가 문명과 교양의 가장 강력한 적이다. 미개인은 굉장히 까다로운 도덕을 갖고 있다. 그의 일상적 행위 가운데 엄격한 금지와 의무에 의해 규제되지 않는 것은 거의 없고, 그런 터부와 의무의 대부분은 논리적으로 이해하기가 불가능하다. 문명세계의 미개인이라 할 수 있는 어리석은 대중은 똑같이 엄격한 규칙을 중시한다. 그들은 옳은 것과 그른 것은 고정불변이라고 굳게 믿는다. 옳고 그름은 실질적이고 변하지 않는 것이므로, 그것에 도전하는 언행은 반사회적 범죄라고 믿는다. 물론 그들은 잘못의 개념과 단순한 차이의 개념을 항상 혼동한다. 그 두 가지를 구별할 수 없기 때문이다. 조금이라도 생소한 것은 타도의 대상이고 악마의 것이다. 대중은 이념을 이념 자체로 이해하지 못한다. 그들을 위해 이념은 반드시 극화되고 의인화되어야 하고, 하얀 날개나 갈래진 꼬리를 단 모습으로 형상화되어야 한다. 그들의 관심을 끌기 위해서는 그것에 대한 모든 논의가 악마를 추적하고 탄압하는 형태를 취해야 한다. 그들은 체포되어 유죄를 선고받고 화형에 처해지는 이교도를 떠올리지 않고는 이교에 대해 생각도 할 수 없다.

나는 우리의 국부(國父)들이 그들을 낭만적으로 숭배하는 사람들이 떠드는 것보다 훨씬 심오한 혜안을 갖고 있었다고 확신한다. 국부들은 외부로부터의 공격뿐 아니라 내부로부터의 공격에도 끄떡없이 버틸 수 있는 안전한 정부기구를 만들어내려고 노력했다. 그들은 대중을 억제하고, 그들의 변덕스럽고 비논리적인 격정으로부터 국체(國體)를 보호하고, 중요한 국사의 결정을 눈에 띄지는 않지만 엄연히 존재하는 귀족층에게 맡기는 매우 정교한 장치를 고안했다. 이 국가의 공식 교의가 셔토쿼 운동에서, 전도사의 설교단에서, 그리고 선거유세장에서 들려오는 난센스와 일치해야 한다는 오늘날(1922년)의 주장처럼 워싱턴과 해밀턴, 심지어 제퍼슨의 의도에서 한참 벗어난 것도 없을 것이다. 그러나 잭슨과 그 일당이, 국부들이 신중하게 쳐놓은 철조망을 희희낙락 돌파한 결과, 1825년경부터는 인민의 소리가 국민의 참된 소리로 인정되어왔다. 현재 미국정치에서 진정한 의미의 정치력은 더 이상 중요하지 않다. 미국의 공직자가 성공하는 유일한 길은 대중에게 아부하고 빌붙는 것이다. 공직 후보자는 대중의 광기를 통째로 수용해야만 한다. 아니면 자신이 그렇게 해왔다고 대중을 납득시키는 한편 마음속으로는 몰래 딴 생각을 품는 위선을 떨어야만 한다. 그 결과 오직 두 종류의 인간이 사태를 실질적으로 장악할 수 있는 기회를 얻는다. 첫 번째 부류는 대중이 믿는 것을 정말로 믿는 명예로운 대중의 일원이고, 두 번째 부류는 자리를 얻기 위해서라면 확신과 자존심을 기꺼이 내던질 수 있는 영악한 인간이다. 첫 번째 부류의 완벽한 실례는 잭슨과 브라이언이다. 두 번째 부류의 갖가지 표본은 겉으로만 금주법을 지지하는 척하는 정치인들과, 호주머니에 술병을 넣은 채 금주법에 찬성하는 정치인들 사이에서 찾아볼 수 있다. 심지어 최고위 공직자들 사이에서도 우리의 정치는 구제 불능의 협잡으로 얼룩지고 있다. 국제연맹에 대해 그토록 요란하게 반대하던 상원의원들이 영국의 헤게모니에 대한 명백한 굴복이라 할 수 있는 군축조약에는 찬성표를 던졌다. 그런가 하면 국제연맹이 실패하면 세계가 절망에 빠질 것이라며 열변을 토하던 상원의원들이 군축조약에는 한사코 반대했다. 국제연맹 가입과 군축이라는 두 사안에 대해 모두 찬성하거나 모두 반대하는 일관된 입장을 취한 소수의 상원의원은 신문 지상에서 계획적인 훼방꾼으로 비난받았고, 선거구민들의 거센 반발에 직면했다. 인기에 편승하는 연설에 익숙해져 있던 대중은 그런 순수함과 정직함을 이해하기는커녕 멸시했다!

대중의 사고방식이 지배하는 이런 현상, 이 나라의 지적 생활이 어중이떠중이의 편견과 감정에 의해 오염되는 이런 현상이 아무런 도전도 받지 않고 지속되는 것은 식민지시대의 오래된 지주 귀족층이 공업시스템의 발흥에 의해 거의 절멸되었고, 그들의 역할을 대신 수행해야 할 새로운 귀족층이 생겨나지 않았기 때문이다. 물론 상류계급은 존재하고, 근자에 들어 그들의 힘은 점점 커지고 있다. 그러나 문화적인 면에서 이 계급은 대중과 거의 구별되지 않는다. 그들에게는 귀족적인 면모가 눈곱만큼도 없었다. 사람들은 밴더빌트 가(家)·애스터 가·모건 가·게리 가를 비롯한 금권정치의 백작과 공작들에게서 진정한 융커정신의 흔적을 찾으려 애를 쓰지만 결국 헛수고로 끝나고 만다. 이들 부유층의 문화는 그들의 열망과 마찬가지로 전당포 수준에 머물러 있다. 공인된 미국 대학의 지식인들한테서 거장의 초연한 분위기를 찾으려는 것 역시 부질없는 짓이다. 그들은 그저 정설을 존중하는 소심한 인물들로, 비스마르크의 어용언론[1]에 해당하는 천박한 신념선전집단을 이루고 있다. 지구상의 다른 곳에서는 민주주의의 발달에도 불구하고 조직화된 소수의 귀족집단이 살아남아 있다. 비록 그 구성원은 타락하고 그 법적 권리도 약화되고 있지만, 그들은 적어도 오래된 독립정신의 흔적을 유지해왔고, 처벌의 위험을 피할 수 있는 범위 내에서 자신들의 옛 권리를 알리고 지키기 위해 애써왔다. 심지어 귀족제도가 돈놀이를 하는 유대인과 감리교인 비누제조업자들을 위한 정치적 세례단의 수준으로 전락한 영국에서도, 유서 깊은 두 대학에는 이 오래된 계급을 위한 성역이 있고, 농민들 사이에는 그들

1. Reptilienpresse. 비스마르크한테 뒷돈을 받고 정부를 지지하는 기사를 실어준 언론. 비스마르크는 반대자들을 '파충류'라고 불렀는데, 이 파충류의 반대를 잠재우기 위해 이른바 '파충류 기금'을 조성하여 언론사에 보조금을 나눠주었다.

에 대한 오랜 존경심이 남아 있다. 그러나 미국의 귀족층은 잭슨에 의해 불구가 되고 그랜트로부터 치명타를 입은 이래 맥이 끊겼다.[1] 따라서 대중의 비합리적인 변덕에 대항할 조직적인 세력이 없다. 입법부와 행정부는 아무런 저항 없이 대중에게 굴복하고 있다. 사법부도 거의 무기력하게 굴복하기 시작했다. 특히 대중의 마녀사냥에 속수무책이다. 공식적인 영역 바깥에서는 심지어 미약한 저항도 없다. 최악의 폭거가 거의 아무런 제지도 받지 않고 행해지고 있는 것이다. 어쩌다 들리는 논의는 무력하고 피상적이며, 내가 이미 언급한 갖가지 터부의 압박을 받고 있다. 이삼 년 전에 KKK단에 대한 논의가 활발하게 이루어진 적이 있었다. 이 조직의 엄청난 계획이 신문 지상에서 몇 달 동안 계속해서 다루어졌고, 의회의 한 위원회도 진지하게 그것을 조사했다. 그렇지만 내가 알고 있는 한, 그 어떤 신문이나 의원도 가장 명백하고 중요한 사실—KKK단은 그들이 내세우는 모든 의도와 목적에도 불구하고 감리교회의 세속적 무기에 불과하다는 사실, 그리고 이 조직의 방법은 우리에게 익히 알려진 반(反)주점연맹의 기행(奇行)을 실질적으로 구체화한 것이라는 사실—에 대해서는 언급하지 않았다. 거의 일심동체나 다름없는 교회와 KKK단의 친밀한 관계는 미국의 모든 지식인의 눈에 훤히 보였을 것이다. 그렇지만 교회문제의 현실적인 탐구에 대한 터부로 인해, 공직에 있는 모든 예언자가 그런 관계를 완전히 외면할 수밖에 없었던 것이다.

나는 해외에서, 특히 최근에는 영국에서 각종 이념을 꾸준히 수입

1. 앤드루 잭슨은 공직사회의 부패를 방지하려면 공무원의 정기적인 인사이동이 필요하다고 주장했지만, 이 말은 사실상 자신의 정치적 지지자들을 주요 공직에 임명하는 일종의 엽관제에 불과했다. 그가 대통령에 취임한 이래 각지에서 요직에 앉아 있던 수많은 공직자가 대거 추방되었는데(공직자의 약 10%가 숙청되었다), 여기에는 귀족이 상당수 포함되어 있었다. 귀족계급의 정치적 입지를 크게 약화시킨 엽관제는 그랜트 대통령 시대에도 계속되었다.

하지 않는다면, 과연 미국에서 지적인 생활이 가능할 수 있을지 정말로 종종 궁금해진다. 영국의 학자들로부터 아이디어를 대량으로 차용하지 않는다면, 평균적인 미국인 학자는 어떻게 될까? 제임스 브라이스[1] 같은 분석가가 없다면, 호기심 많은 청년들이 무슨 수로 우리의 정치를 통찰할 수 있겠는가? 밸푸어와 데이비드 로이드조지[2] 같은 인물이 없다면, 미국의 정치인들이 조약문서에 제대로 서명이나 할 수 있겠는가? 윌리엄 로버트슨 니콜,[3] J. C. 스콰이어,[4] 아서 클러턴브록[5] 같은 유능한 영국인 스승이 없다면, 특히 문학 쪽의 젊은 교수들이 어떻게 심미적 판단력을 기를 수 있겠는가? 마지막으로 런던 사교계에서 날아오는 보고서가 없다면, 무슨 수로 품격 있는 명함을 만드는 법과 아티초크[6]를 제대로 먹는 법을 알 수 있을까? 이런 순진한 추종은 틀림없이 자존심 강한 모든 미국인을 흥분시키고 심지어 낙담시킬 것이다. 영국의 전쟁선전가들이 1914년과 1917년 사이에 이룩한 놀라운 쾌거[7]와 그 후에 나온 참전 방식에 대한 더욱 놀라운 고백을 상기하면, 그는 자신이 자유국가에 살고 있는 것인지 아니면 영국의 직할 식민지에 살고 있는 것인지 제법 심각하게 자문할 것이다. 그들의 선전은 경멸과 냉소를 받으며 공공연하고 뻔뻔스럽게 진행되었지만 결과적으로는 대성공을 거두었다. 브라이언의 괴상한 임기[8]가 만료된 뒤부터 윌슨의 통치가 끝날 때까지, 미국 국무부는 영국 외무부의 부

1. 영국의 정치학자이자 역사가.
2. 1916년과 1922년 사이에 영국의 연립내각을 이끈 총리.
3. 스코틀랜드의 문인이자 언론인.
4. 영국의 시인이자 비평가.
5. 영국의 수필가이자 비평가.
6. 샐러드나 오르되브르에 이용되는 국화과의 다년생 초본.
7. 미국의 참전을 유도한 것을 말한다.
8. 1912년 대선에서 윌슨을 지지한 공로로 브라이언은 국무장관에 임명되었다. 그러나 윌슨은 중요한 외교정책을 모두 혼자 결정했으므로, 브라이언은 허수아비나 다름없었다.

속기구에 불과했다. 윌슨 박사가 정책을 수행한 방식도 빌리 휴스[1]와 얀 스뫼츠[2] 같은 식민지 정치인들의 방식과 법적인 면에서만 달랐을 뿐이다. 미국이 참전한 뒤에도 미국의 젊은이들은 미군 군복보다 영국군 군복의 착용을 훨씬 자랑스럽게 생각했다. 어떤 미국인도 영국인 남성이나 여성이 미국에서 공직을 맡거나 선망의 대상이 되는 것에 대해 심각하게 이의를 제기하지 않았다. 버컨헤드 경[3]은 미국 전역에서 신사로 통했다. 아스퀴스 여사[4]의 믿기 힘들 정도로 어리석은 행동도 묵과되었다. 나중에 영국의 자작이 되는 독일계 미국인과 결혼한 미국인 이혼녀 애스터 부인[5]은 대대적인 축하를 받았다. 영국군 파견부대가 대거 뉴욕으로 몰려오던 1917년 후반에, 나는 『타운토픽스』지[6]에서 용감한 영국 군인들의 매우 이상한 습관에 대해 정중하게 항의하는 기사를 읽은 적이 있다. 영국 군인들이 박차 달린 군화를 신은 채 댄스파티에 가서 추파를 보내는 여성의 드레스와 구두를 엉망으로 만들어버렸다는 것이다. 항의는 이 이상한 장교들을 접대한 남녀 주최자들의 입에서 나온 것은 아니었을 것이다. 그들은 참호용 장화를 신고 손님들을 맞이했을 테니까. 이 항의기사는 그 수상한 주간지가 교묘하게 날조한 것 같다.

이런 광경을 보고 국가의 약점을 실감한 미국인은 화가 치밀 것이다. 제임스 러셀 로웰의 시대부터, 심지어 제임스 쿠퍼와 워싱턴 어빙의 시대부터, 그런 광경에 대한 고발이 존재해왔다. 그러나 그것이 아

1. 제1차 세계대전 때 오스트레일리아의 총리를 지낸 영국 출신의 정치인.
2. 영국의 정책에 협조한 남아프리카의 정치인이자 군인.
3. 법무장관과 대법관을 지낸 영국의 정치인.
4. 영국 총리 허버트 헨리 아스퀴스(1908-1916년 재임)의 두 번째 부인 마고 테넌트.
5. 본명은 낸시 래혼. 첫 결혼에 실패한 후 영국으로 건너갔는데, 그곳에서 어렸을 때 영국으로 이민온 독일계 미국인 월도프 애스터와 재혼했다. 낸시 애스터는 1919년에 영국 최초의 여성 하원의원이 되었다.
6. *Town Topics*. 1879-1937년에 뉴욕에서 발행된 선정적인 잡지.

무리 불쾌하다 해도, 그 뒤에는 일련의 논리적 원인이 있다는 점, 그리고 단순히 불만을 품는다고 해서 그 원인이 저절로 사라지지는 않는다는 것을 부정할 수는 없다. 이 땅의 다수자인 앵글로색슨계의 평균적인 미국인은 사실 이류영국인이다. 그러므로 그가 일류영국인 앞에서 자기도 모르게 열등감을 갖는 것은 당연하다. 그는 대충 영국의 비국교도에 해당하고(다만 먹고살기는 좀 더 편한 변종이다), 그 족속의 일반적인 특징을 모두 보여준다. 반항적이고 독단적이지만, 주교가 지나갈 때 모자를 벗어 예의를 표해야 한다는 것쯤은 알고 있다. 귀족제도를 무척 싫어하지만, 마음속으로는 진짜 귀족의 주목을 받아보기를 갈망한다. 이 열등한 앵글로색슨인은 본인이 미국에서 오랫동안 누려왔던 지배권, 즉 생물학적 지배권을 상실하고 있다. 그러나 그는 다른 민족들이 물밀듯이 몰려와도 문화적 지배권만은 오래도록 유지할 것이다. 그 이유는 오직 하나, 신참들이 그보다 확실하게 열등하기 때문이다. 예컨대 최근 몇 년 새 미국 해안에 도착한 이탈리아인 중 열에 아홉은 이탈리아 문화의 정수와는 거리가 먼 사람들이었다. 그들이 이 땅에 정착하면서 문명화되었다면, 그들이 습득한 것은 앵글로색슨의 문명, 다시 말해서 이류영국인의 문명이다. 독일인과 스칸디나비아인, 심지어 유대인과 아일랜드인도 마찬가지였다. 독일인은 대개 청과물상인의 문화수준을 갖고 있다. 나는 1914년 이래 굉장히 많은 수의 독일인을 만나보았는데, 일부는 상당한 재력가였고 스스로 상류층이라고 자부했다. 그런데 내 기억에는 그들 중에서 토마스 만, 오토 율리우스 비어바움, 루트비히 토마, 후고 폰 호프만슈탈의 대표작을 즉석에서 이야기할 수 있는 사람은 삼사십 명에 지나지 않았다. 그들은 괴테보다 머트와 제프[1]에 대해 더 많이 알고 있다. 스칸디나비

1. Mutt and Jeff. 미국의 만화가 버드 피셔가 신문에 연재한 만화의 주인공들.

아인은 독일인만도 못하다. 그들의 대다수는 완전 시골뜨기로, 이 땅에 상륙하자마자 우애기사단·셔토쿼 운동·감리교회에 흡수되고 있다. 1919년의 국가금주법(볼스테드법)에 구스타브 1세,[1] 갈퀴턱수염왕 스벤 1세,[2] 붉은 에이리크[3]의 혈통을 연상시키는 이름이 들어가 있는 것은 결코 우연이 아니다.[4] 미국의 아일랜드인은 아일랜드 정치에는 감상적인 관심을 보이면서도 그 문화의 부활에는 거의 무감각하다. 〔제1차 세계〕대전(大戰) 기간에는 앵글로색슨의 백색테러에 근면하고 믿음직한 하수인들을 제공했는데, 사실 그들은 언제나 정치적·사회적 뇌물에 매우 약하다. 유대인은 진정한 미국인의 자격을 얻기 위해 자기 이름을 버턴, 톰슨, 세실로 바꾸었고, 미국인으로 받아들여져 돈을 벌고 나자, 모세를 전면 부정하고 성 바르톨로메오 교회에서 세례를 받고 있다.

외국에서 미국으로 유입되는 모든 이념은 영국을 경유해서 들어온다. 우크라이나의 정치, 인도의 반란, 이탈리아의 내각교체, 노르웨이 국왕의 성격, 메소포타미아의 석유생산 현황에 대해 오늘자 『더타임스』지에 실린 기사가 일주일 뒤에 『뉴욕타임스』지에 게재되고, 한두 달 뒤 미국의 나머지 모든 신문에 소개된다. 미국의 여론이 영국의 언론사에 의해 지배되는 이런 현상은 미국 내에서는 심지어 직업 언론인들에 의해서도 거의 인식되지 않고 있다. 미국 신문에 전해지는 모든 외신의 5분의 4는 런던을 통해 들어오고, 나머지는 대부분 영국과 긴밀한 관계를 유지하고 있는 영국인이나 유대인(미국에서 태어난 사람도 종종 있다)에 의해 공급된다. 1914–1917년에는 상당수의 영국 첩보원이 미국 특파원을 가장하여 독일에 침투했기 때문에, 독일정부

1. 스웨덴 바사 왕조의 시조(1523–1560년 재위).
2. 바이킹의 지도자인 덴마크의 왕(986–1014년 재위).
3. 10세기 말에 그린란드에 식민지를 개척했다고 전해지는 노르웨이인.
4. 앤드루 볼스테드의 부모는 노르웨이계 미국인이었다.

는 미국이 참전하기 직전에 독일 내 미국인 특파원들을 모두 추방하는 방안까지 검토했다. 나는 1917년에 코펜하겐과 바젤에 있었는데, 전쟁뉴스의 중요한 공급원인 두 도시 모두 미국 언론사들을 대표하는 유대인들로 가득했다. 하지만 그들의 본업은 영국 공보국을 위한 미묘하고 은밀한 공작이었다. 심지어 오늘날에도 유럽 주재 미국인 특파원의 상당수가 영국의 영향을 강하게 받고 있는데, 극동 주재 특파원들의 경우 영국의 영향하에 있는 기자의 비율이 더 높을 것이다. 그러나 이 사람들은 정말로 중요한 뉴스를 직접 취급하는 경우가 거의 없다. 그런 뉴스는 모두 런던에서, 그리고 신뢰할 수 있는 영국인에 의해 다루어진다. 미국의 특파원들은 미국의 신문사와 통신사로 직접 전송할 수 없는 그런 뉴스를 나중에 영국의 신문에서 오려내서 마치 외전(外電)인 것처럼 위조하여 본사에 보낸다.

미국의 신문사들은 그런 미심쩍은 기사들을 받아들인다. 이는 신문사 사주들이 대책 없이 멍청하거나 영국을 숭배하기 때문이 아니라, 유능한 미국인 특파원을 고용하기가 불가능하기 때문이다. 우리의 내정을 논하는 언론인들이 소심하게 근본적인 문제를 외면하는 정도라고 한다면, 외교정책을 논하는 언론인들은 근본적인 문제를 아예 인식하지도 못하는 수준에 있다. 우리는 그런 문제를 다루는 전문가 집단을 양성하지 못했다. 미국에는 에밀 딜런,[1] 위컴 스티드,[2] 레벤틀로브,[3] 윌프리드 블런트[4]에 견줄 만한 인물이 없다. 1920년 여름 『볼티모어선』지[5]의 편집진이 다가오는 워싱턴 군축회의(일명 9개국회의)

1. 러시아 특파원으로 활약한 영국의 언론인이자 언어학자.
2. 『더타임스』지 외신부장과 주필로 활동한 영국의 언론인.
3. 독일의 해군장교이자 언론인.
4. 영국의 시인이자 외교관.
5. 메릴랜드 주에서 발행부수가 가장 많은 일간지. 1837년에 창간되었다. 멩켄은 1906년에 이 신문사에 입사했다.

를 종합적으로 취재할 계획을 세웠을 때, 그들은 어쩔 수 없이 영국인 기자들을 고용하기로 했다. 3천 마일 떨어진 런던에서 기사를 쓰던 헨리 브레일스퍼드와 헥터 바이워터는, 주로 사소한 잡담만 취재하는 데 그친 현장의 미국 기자들보다 회의내용을 훨씬 정확하게 해석하는 능력을 보여주었다. 회의가 열리고 있는 동안, 미국 정치언론의 꽃이라는 워싱턴 통신원들 가운데 진행상황에 관해 피상적인 수준 이상의 기사를 한 건이라도 쓴 사람은 단 한사람도 없었다. 이런 실정이다 보니 여론이 영국의 견해에 따라가는 형국이었고, 이로 인해 회의가 끝나기 전에 예기치 못한 중대한 사태가 발생했다. 영국과 일본의 굳건한 동맹에, 입지가 좁아진 프랑스가 미국 대표단에 도움을 요청했던 것이다. 프랑스가 제기한 문제(주력함의 톤수를 각국에 안배하는 문제)를 다루는 회의가 열리기 전까지는, 미국의 이해와 프랑스의 이해가 분명히 맞아떨어졌다. 그렇지만 뉴스의 유통구조를 확실하게 장악하고 있던 영국은 일주일이 지나기도 전에 미국의 여론이 프랑스에 등을 돌리게 만들고, 나아가 피부로 느낄 정도의 프랑스 공포증까지 조성하는 데 성공했다. 어떤 미국인도, 심지어 미국 대표단의 그 누구도 영국의 선전활동에 대처할 수 없었다. 영국은 회의 전체를 지배하고 영국에 일방적으로 유리한 조약의 체결을 관철시켰을 뿐 아니라, 이 조약의 내용에 반대하는 것은 모조리 비도덕적이라는 교훈까지 확립했다!

유럽 대륙의 이념들은, 그것이 정치적 이념이든 형이상학적 이념이든 아니면 예술적 이념이든 관계없이 거의 언제나 영국을 거쳐 미국에 침투한다. 에머슨은 괴테를 읽지 않고, 칼라일을 읽었다. 1914년 말에서 1918년 말까지 미국인은 독일의 대의를 전하는 성명들을 직접 읽은 것이 아니라, 그 성명들에 대한 영국인의 해석만 읽었다. 런던에는 정보의 집배센터와 변용기지가 있다. 그곳에서 대륙의 최신

이념들이 걸러지고 영국의 물로 세심하게 희석되어 양키에게 수출할 상품으로 깔끔하게 포장된다. 영국인은 대륙의 이념을 개량하거나 윤색하는 기회뿐 아니라, 어떤 이념을 미국인에게 들려줄 것인가를 결정하는 권한도 갖고 있다. 미국인의 흥미를 끌지 못하거나 그들의 기분을 상하게 할 만한 것들은 대서양을 건너지 못할 공산이 크다. 이것이 바로 나름 박식하다고 자부하는 미국인조차 자기의 고국에서는 오래 전부터 찬사를 받아왔던 유럽대륙의 문인들, 예컨대 위스망스,[1] 하르틀레벤,[2] 파이잉어,[3] 메레즈콥스키,[4] 카이절링,[5] 스노일쉬,[6] 마우트너,[7] 알텐베르크,[8] 헤이덴스탐,[9] 케어[10]에 대해 철저하게 무지한 이유이다. 또한 잘난 척하는 미국인들이 다양한 삼류작가들, 이를테면 정작 자기나라에서는 웃음거리에 불과한 외젠 브리외 같은 인물을 유난히 과대평가하는 이유이기도 한다. 그런 작가들은 단지 영국 지식층들의 관심을 끌었을 뿐인데, 이 때문에 양키나라의 멍청한 입식자들에게 소개되었던 것이다. 브리외의 경우, 그를 일류작가로 둔갑시키는 요술을 부린 사람은 아일랜드의 애국자이자 영국의 예언자로 위장한 스코틀랜드의 청교도 조지 버나드 쇼였다. 쇼는 기본적으로 장로교회 장로로서의 이념을 갖고 있으므로, 브리외의 도덕적 광기가 그의 마음을 사로잡았던 것이다. 그래서 그는 서재에 틀어박혀서 미국에 팔아먹을 만한 열렬한 브리외 찬가를 집필함으로써, 대서양 건너

1. 네덜란드 출신의 프랑스 소설가.
2. 독일의 시인인자 극작가.
3. 칸트 철학의 권위자로 꼽히는 독일의 철학자.
4. 러시아의 시인이자 소설가.
5. 제정 러시아 귀족 출신의 독일 철학자.
6. 스웨덴의 서정시인.
7. 독일의 소설가이자 철학자.
8. 오스트리아의 시인이자 작가.
9. 1916년에 노벨 문학상을 받은 스웨덴 시인이자 소설가.
10. 독일의 연극평론가.

편에서 실베이너스 스톨 박사[1]의 책이 근래에 유행하게 되는 발판을 마련해주었다.

물론 유럽인의 상상력을 대량으로 수입하는 이 거래는 대다수의 미국인에게 적지 않은 혜택을 주고 있다. 그런 직거래가 없다면, 아마도 미국인은 특출난 수많은 유럽인의 이름을 들어보지도 못할 것이다. 그런 지식의 사절들을 소개하는 이 나라의 토박이나 입식자들이 어니스트 보이드[2]와 네이선처럼 정말로 유능한 유럽인들에게까지 의심의 눈길을 보낼 만큼 너무나 무능하기 때문이다. 현재 미국에는 입센의 희곡을 번역한 책이 없다. 미국인은 스코틀랜드어와 영어가 뒤섞인 윌리엄 아처의 번역본을 이용하고 있는데, 비록 번역의 질이 허접하긴 하지만 그래도 없는 것보다는 낫다. 니체·아나톨 프랑스·게오르그 브라네스·투르게네프·도스토옙스키·톨스토이를 비롯한 현대작가들의 작품도 사정은 마찬가지이다. 내가 생각할 수 있는 단 하나의 중요한 예외는 러드위그 루이전[3]의 책임감수하에 영역된 게르하르트 하웁트만의 작품이다. 그러나 루이전조차 다수의 영역본을 이용했다. 불완전하기는 매일반이었지만, 영국인들이 여전히 그보다 앞서 있었던 것이다. 아무튼 그는 아주 비범한 미국인이고, 법무부는 전쟁기간에 그를 예의주시했다.[4] 보통의 미국인 교수는 너무 아둔해서 그토록 어려운 번역작업은 엄두도 내지 못한다. 독일에서 박사학위(Ph.D.)를 땄다고 자랑하는 사람도 실력을 조사해보면, 현대 독일문학에 대해 아는 것이라곤 뮌헨의 술집에서 맥주 한잔 가격이 1층에서 마시면 27페니히, 2층에서 마시면 32페니히라는 게 전부인 경우가 허다하다.

1. 미국의 루터교회 목사. 19세기 후반에 청소년을 위한 성교육 책을 써서 인기를 끌었다.
2. 아일랜드 출신의 비평가이자 수필가.
3. 독일 태생의 미국작가.
4. 루이전은 전쟁을 반대하는데다 독일 태생이라는 이유로 감시를 받았다.

독일의 대학들은 예전에 외국인 유학생에게 매우 관대했다. 하버드 대학 교수가 되기 위해 준비하고 있는 다수의 미국인은 이 대학 저 대학을 전전하며 몇 년을 보낸 뒤에도 『베를리너 타게블라트』지를 읽을 수 있는 독일어 실력조차 갖추지 못했다. 그런 사기꾼들이 미국의 이류대학으로 몰려들었고, 이들 중 몇 명은 전쟁기간에 니체의 죄와 트라이치케의 오류에 관한 권위자로 행세하며 유명세를 떨쳤다.

3

비 오는 날, 오래된 상처가 욱신거리고 나의 지라 속에서 네 가지 체액이 싸움을 벌일 때면, 나는 이 공화국의 미래에 대하여 침울하게 생각해보곤 한다. 물론 미국인들은 미국의 미래가 안전하고 명예로울 것으로 믿고 있다. 이 나라가 언제까지나 더 높이 더 멀리 진보할 것이라는 맹신은 사그라지지 않을 것이다. 이 미신은 유해성과 인기 면에서 돈이면 무엇이든 다 얻을 수 있다는 미신에 필적한다. 그러나 이런 견해는 사려 깊은 외국인들의 공감을 얻지 못하고 있다. 이 점은 페르디난트 퀴른베르거[1]의 『미국에 싫증난 사람』, 숄렘 아슈[2]의 『아메리카』, 에른스트 폰 볼초겐[3]의 『달러리카[4]의 시인』, W. L. 조지[5]의 『안녕, 컬럼비아!』, 아날리제 슈미트의 『미국 사람』, 헨리크 시엔키에비치[6]의 『빵을 찾아서: 미국으로 이주한 폴란드인의 생활』 같은 책을 읽어보거나, 미국에 체류하다가 자기 나라로 다시 돌아

1. 오스트리아의 소설가.
2. 폴란드 태생의 미국 소설가이자 극작가.
3. 독일의 풍자작가이자 문화비평가.
4. 당시의 유럽인이 부유한 미국을 지칭하던 말.
5. 영국의 소설가.
6. 1905년 노벨 문학상을 받은 폴란드의 소설가.

간 사람들, 예컨대 조르주 클레망소, 크누트 함순,[1] 조지 산타야나,[2] 클레멘스 폰 피르케,[3] 존 메이스필드,[4] 막심 고리키, (그리고 점괘를 통해) 안토닌 드보르자크, 프랑크 베데킨트,[5] 에트빈 클레브스[6]의 속마음을 들여다보면(그럴 수 있다면) 누구나 알 수 있을 것이다. 미국은 지금까지 안보를 심각하게 위협하는 내외의 적에 직면했던 적이 별로 없고, 가난과 처절하게 싸울 필요도 없이 안전하고 편하게 지내왔다. 이곳에서의 생활은 그리스도교권의 어느 나라와 비교해도 언제나 수월했다. 유럽에서는 극빈층으로 남아 있었을 모든 계층의 사람들이 이곳에서는 안정된 생활기반을 마련할 수 있었다. 미국인은 네덜란드와 폴란드, 그리고 그 밖의 대여섯 개의 약소국 국민이 겪어야 했던 대규모 공격에 직면한 적이 없다. 독일은 중세 이후 강력하고 비양심적인 적들에 둘러싸여 있었지만, 지금까지 미국인은 그렇게 된 적이 없다. 또한 프랑스인·스페인인·러시아인이 경험해온 계급투쟁에 시달린 적도 없다. 영국인처럼 방대하고 소모적인 식민지사업에 자기의 힘을 쏟아 부은 적도 없다. 미국이 외국과 벌인 모든 전쟁은 미국보다 국력이 훨씬 약하거나, 다른 나라와의 교전에 신경을 쓰느라 미국과의 싸움에 전념할 수 없는 적들을 상대로 한 것이었다. 멕시코나 스페인과의 전쟁은 전쟁이 아니라 단순한 린치였다. 심지어 남북전쟁조차 화약이 발명된 이래 유럽에서 발생한 대규모 무력충돌에 비하면 그리 대단한 것이 아니었고 그 여파도 일시적이었다. 남북전쟁 발발 무렵 미국의 인구는 약 3,150만으로, 1914년의 프랑스 인구보다 10%가량

1. 1920년 노벨 문학상을 받은 노르웨이의 작가.
2. 스페인 태생의 미국 철학자이자 시인.
3. 면역학 분야에 공헌한 오스트리아의 과학자이자 의사.
4. 영국의 계관시인.
5. 독일의 극작가.
6. 세균감염이론으로 유명한 독일의 의사이자 세균학자.

적었다. 그러나 4년간의 싸움이 끝났을 때, 전장에서 목숨을 잃거나 부상의 후유증으로 사망한 사람의 수는 남북 양군을 합쳐서 20만에 불과했다. 이는 1914년과 1918년 사이에 전사한 프랑스인의 6분의 1이 조금 넘는 수치이다. 재산이 엄청나게 파괴된 것도 아니었다. 북부의 경우 일부 지역을 제외하고는 전혀 피해가 없었고, 심지어 남부에서도 주요 도시 몇 곳이 파괴되었을 뿐이다. 보통의 북부인은 언론보도만 없었다면 전쟁이 벌어지고 있다는 사실도 모르고 4년을 지냈을 것이다. 남부에서는 군신(軍神)의 숨결이 더욱 뜨겁게 느껴졌지만, 역시 상당수의 주민은 군복무를 면했고, 전체적인 고난의 정도는 〔제1차〕 세계대전에서 벨기에인, 북프랑스 주민, 동프로이센의 독일인, 세르비아인, 루마니아인이 겪었던 고난에 비하면 새발의 피였다. 미국 남부인의 고통은 통속소설에서 많이 과장되어왔다. 그 고통은 실제 전쟁기간보다는 전후 재건기에 더 심했을 것이며, 그것도 주로 심리적인 데서 오는 고통이었다. 확실히 로버트 리 장군은 남부연합의 군사적 성취를 정확히 평가할 위치에 있었다. 그래서 그는 자신의 군대가 시민들의 지원을 거의 받지 못했으며, 결국 최종적인 패배는 그 무기력한 지원 때문이라고 생각했다.

〔제1차〕 세계대전이 발발하고 나서야, 대등한 힘으로 전력을 다해 싸우는 적과 맞닥뜨리게 된 미국인은 자기의 본색을 드러내기 시작했다. 사실 이 대전(大戰)에서 미국은 비겁하고 부정한 짓을 도맡아했다. 미국인이 한 일이 무엇인지 간략하게 살펴보자. 몇 달 동안 미국인은 촌놈이 강 건너 불구경하듯 전쟁을 관망했다. 그러다가 이익을 취할 기회를 포착하자, 신속하게 군수물자 납품이라는 악마의 사업에 뛰어들었다. 전황이 바뀌면서 한 참전국이 군수물자를 살 수 없는 상황에 이르자, 다른 참전국에 군수물자를 납품하기 위해 2년 동안 전력을 다했다. 그러는 동안 중립을 표방하면서 고객을 도와주기 위해

온갖 노력을 기울였다. 다시 말해서, 중립국의 모든 특권을 요구하는 한편 전쟁을 조장하기 위해 대대적인 노력을 기울였다. 사실을 말하자면, 이 중립은 나중에 조지프 터멀티[1]가 밝힌 것처럼 처음부터 사기였다. 고객의 채무가 누적됨에 따라 중립은 사기성이 점점 농후해졌고, 고객이 승리하지 못하면 빚을 받아내지 못할 것이라는 점—윌슨 일당이 부지런히 누설한 사실—도 갈수록 명백해졌다. 결국 은밀한 원조는 노골적인 지원으로 바뀌었다. 그것도 정당한 조건하에서! 요컨대 인구 6,500만인 나라가 변변한 동맹도 없이 인구 1억 3,500만인 적국(러시아 제국)과, 합쳐서 인구 1천만이 조금 넘는 두 약소국(벨기에와 세르비아 왕국)을 격파하면서 2년 반의 영웅적 투쟁을 끝내고, 적어도 1억 4천만의 연합국과 대치하고 있었다. 전상(戰傷)을 입고 기진맥진한 이 적에게, 1억의 자유인을 거느린 이 공화국이 전쟁을 선포하여 싸움을 4:1의 대결로 바꿔놓았다. 그리고 1년 반의 교전 끝에 승리를 거두었다. 이 얼마나 용감한 승전의 드라마인가!

이 명예로운 사건에 뒤이은 미증유의 호사스러운 축하연을 새삼스레 소개할 필요는 없을 것이다. 정부는 공금을 흥청망청 쓰고, 전쟁 반대자와 비판자들을 야만적으로 핍박하고, 공공연하게 노동자들에게 아부하고, 미치광이처럼 적을 비방하고, 엉터리 뉴스를 날조하고, 적국의 민간인을 부정하게 강탈하고, 첩자들을 계속해서 추적하고, 공갈을 쳐서 국채를 발행하고, 당파적 목적을 위해 적십자사를 악용하고, 체면·염치·자존심을 헌신짝처럼 내던졌다. 교양 있는 미국인이라면 누구나 이것을 부끄러운 일로 기억해야 한다. 그래서 현재 나는 미래의 세대가 이런 사실을 망각하지 않도록 협력자와 함께 역사적 사실을 2절판 20권 분량으로 완벽하게 기록하는 작업을 하고 있다.

1. 윌슨의 비서실장을 지낸 미국 정치인.

그런데 이보다 더 중요하지만 간과하기 쉬운 두 가지가 있다. 첫째는 미국인의 용기가 아니라 비겁함에 호소하는 방식으로 전쟁이 그들에게 '판매'되었다는 것이다. 다시 말해서 미국인은 전혀 호전적이지 않고, 대범하고 용감하기는커녕 소심하고 비겁하다는 가정이 수용되었던 것이다. 미국의 참전을 주장한 사람들의 첫 번째 판매전략은 유럽의 동서 전선에서 격전을 치르고 있는 독일이 미국을 침공하여 모든 도시를 불태우고 모든 남성을 살해하고 모든 여성을 납치할 준비를 하고 있고, 그들이 승리하면 미국은 중립의무를 위반했다는 이유로 엄청난 보복을 당할 수밖에 없다는 주장이었다. 두 번째는 미국이 참전하면 병력과 무기 양면에서 압도적인 열세에 처하게 될 독일이 효과적인 방어를 할 수 없을 뿐 아니라 새로운 적에게 심각한 피해를 입힐 수도 없으므로 전쟁이 금방 끝나게 될 것이라는 주장이었다. 명백한 사실은 두 주장 모두 미국의 군사력과 용기에 대한 일말의 믿음도 보여주지 않는다는 것이다. 둘 다 대중이 전쟁에 나서게 만드는 유일한 방법은 대중에게 겁을 잔뜩 준 다음 위험하지 않게 싸우는 법, 즉 무력한 적의 등을 찌르는 법을 제시하는 것이라는 단순한 이론에 근거하고 있었다. 두 주장은 그런 고상한 공격이 안전할 뿐더러 굉장히 수지맞는 사업이라는 암시에 의해 미화되고 강화되었다. 즉 회수 가능성이 희박한 불량채권을 우량채권으로 바꿔주고, 특히 라틴아메리카에서 미국과 경쟁하는 근면하고 위험한 무역강국을 영원히 제거해 줄 것으로 기대되었던 것이다. 윌슨 박사와 그 일당이 내뱉은 모든 이상주의적 난센스는 사탕발림에 불과했다. 대부분은 입에서 나오자마자 폐기되었고, 나머지는 그저 무의미한 말, 예언자 겸 선각자로 변신한 한 장로교 전도사의 실없는 수다였다.

결코 잊지 말아야 할 또 한 가지는 그 부정직하고 비겁한 일이 이미 쉬운 모험과 높은 승률 쪽으로 지나치게 기울어 있는 국민성에 미칠 항구적인 영향이다. 윌프리드 블런트는 자신의 일기 어딘가에 남아프리카의 공화국들(트란스발 공화국과 오렌지 자유국)에서 약탈과 살인을 자행한 이후 영국인의 정신이 뚜렷하게 타락하기 시작했다고 말하고 있다. 마페킹 포위[1] 이후 영국의 대중이 추종하게 된 영웅들은 전쟁이 일어나기 전에 그들이 추종했던 영웅들만 못했다. 영국의 신사들은 공직에서 사라지기 시작했고, 그 빈자리를 채운 것은 미국의 정치꾼들과 별반 다를 게 없는 비열한 대중선동가들, 예컨대 로이드조지, 조지프 체임벌린, F. E. 스미스,[2] 루퍼스 아이작스, 처칠, 호레이쇼 보텀리, 노스클리프였다. 설상가상으로 오래된 이상들이 옛 영웅들과 함께 사라졌다. 블런트에 의하면, 영국의 법전에서 개인의 자유와 엄격한 합법성이 자취를 감추고, 사회적·정치적 무게중심이 낮은 수준으로 옮겨갔다. 정확하게 똑같은 영향이 미국에서도 눈에 띄고 있다. 징집대상자의 압도적 다수는 마지못해 입대하고, 일단 입대하면 내가 지금까지 언급한 정부의 공식선전과 조잡하고 비지성적인 규율이라는 이중의 힘에 의해 타락한다. 전자는 그들로 하여금 군인다운 생각과 행동을 할 수 없게 만들고, 후자는 그들을 비굴한 예스맨으로 바꿔놓는다. 그 결과로 나타난 것이 재향군인회의 어처구니없는 활동과 KKK단 같은 유사단체의 발호이다. 군인정신에 대한 합리적인 개념을 재향군인회의 통상적인 행보와 연결시키기란 불가능하다. 그 구성원들은 감리교를 믿는 악덕탄압운동가들의 패거리 내지 남부의 린치집단처럼 거침없이 행동한다. 그들은 자기네 상식에 어긋나는 악당들을 끊임없이 찾아내서, 용감하고 정정당당한 방식이 아니라 압도적인

1. 제2차 보어전쟁 발발 직후인 1899년 10월 12일부터 1900년 5월 17일까지 7개월 이상 지속되었던 포위전. 마페킹은 당시 트란스발 공화국의 서부국경 가까이에 있었던 도시로 개전 초기에 보어인에게 포위되었으나, 베이든 파월이 지휘하는 수비대와 1,300명의 시민이 구원군이 도착할 때까지 7개월 동안 완강히 저항하며 도시를 지켜냈다.
2. 버컨헤드의 본명.

다수의 힘으로 비겁하게 공격한다. 내가 앞서 언급한 기록에 상세히 설명할 예정인 그들의 몇 가지 활동은 거의 믿기 힘들 정도로 야비하다. 아무런 해도 끼치지 않는 사회주의자들을 떼지어 습격하고, 적국 출신 음악가들의 연주회를 금지시키고, 기아선상에 있는 소년들을 먹이기 위해 외국으로 보낼 소들을 토막 내고, 여성을 난폭하게 다루고, 구사대로 근무하고, 국적 불문하고 아무 힘도 없는 외국인들을 박해한다.

전쟁 막바지의 몇 달 동안, 징집병들에 대한 가혹행위가 있었다는 소문이 미국에 흘러들어왔을 때, 그들이 귀국하면 관련자 문책을 요구할 것이며, 요구가 즉시 관철되지 않을 경우 그들이 직접 문제해결에 나설 것으로 예상되었다. 또한 그들은 알렉산더 미첼 파머[1]와 앨버트 벌리슨[2] 및 그 일당에 맞서, 자신들이 원칙적으로 민주주의와 자유를 위해 싸운 만큼 이제는 자유를 돌려달라고 주장할 것으로 예견되었다. 그러나 그들은 사실상 아무 일도 하지 않았다. 내가 아는 한 엄격한 교관으로 알려진 소위나 대위가 그들에게 보복을 당한 사례는 단 한 건도 없다. 그들이 한 가장 큰 일은 의회에 피해보상을 호소한 것이었다. 게다가 그들은 전쟁 중에 고국에서 강화되었던 중세적 폭정에 대항하기 위해 자신들의 영향력을 행사하기는커녕 오히려 폭정을 적극적으로 지지해왔다. 폭정은 1919년 이후 약화되고 있지만, 이 변화는 그들의 도움 없이, 그리고 그들의 반대에도 불구하고 이루어진 것이다. 요컨대 그들은 열등한 인간의 모든 결점을 드러낸다. 원래부터 열등한데다 억압에 의해 더 열등해진 것이다. 그들의 주요 단체는 정상배나 마녀사냥꾼과 같은 족속인 교활한 전직 장교들에 의해

1. 윌슨 행정부의 법무장관 재임시(1919-1921) 정치적 급진주의자와 반정부활동 혐의자들에 대한 일제단속을 실시하여, 수천 명을 체포하고 556명을 추방했다.
2. 윌슨 행정부의 체신장관으로 재임할 때, 우편검열을 실시했다.

지배되고 있다. 퇴역장교들이 자기의 이익을 위해 운영하는 그 단체에는 애국심·용기·양식이라고는 눈곱만큼도 없다. 전쟁 전에는 이 나라에, 심지어 남부에조차 그와 비슷한 단체는 없었다. 지구상 어디에도 그런 단체는 없다. 그것은 대중의 가장 천박한 본능을 자극하고 활용하기 위해 2년간 기울인 영웅적 노력의 전형적인 결과물로, 그 노력이 미국인의 전반적인 국민성에 미친 악영향을 극명하게 보여준다.

용기와 명예심은 바닥 수준이고, 군인으로서의 능력이라곤 전혀 없으며, 정신상태는 썩어빠진, 그런 한심하고 우스꽝스러운 병사들이 자신감·대담성·결의를 갖고 접근하는 국가의 적—미국 못지않은, 어쩌면 미국보다 더 풍부한 인적·물적 자원을 보유한 적, 이를테면 독일의 군수품을 공급받을 뿐 아니라 한몸처럼 움직이는 유럽 동맹국들의 지원을 받는 영국, 또는 아시아 여러 민족의 지지를 등에 업고 있는 일본—에 맞서 자신의 소임을 다할 수 있을까? 셔토쿼 운동가와 의회, 애국적 언론은 그럴 수 있다고 말할지 몰라도, 나는 그렇게 보지 않는다. 나는 미군이 미국인을 정확히 반영한다고 확신하기 때문에, 만일 우리와 군사력이 엇비슷한 적을 만난다면 미군은 패배를 피할 수 없을 뿐 아니라, 십중팔구 참패를 당할 것이라고 생각한다. 기진맥진한 상태에 있던 1918년의 독일군조차도 만약에 일대일로 맞붙었다면 미군을 충분히 물리칠 수 있었을 것이다. 이 견해에 대해서는 나보다 군사적 식견이 훨씬 뛰어난 사람들, 특히 다수의 프랑스 장교가 공감하고 있다. 원래부터 열등했던 초기 앵글로색슨의 혈통에 다른 종족들의 나쁜 요소들이 주입되면서 남북전쟁 이후 미국인의 성격이 변한 것은 군사적 능력의 고양에 하등 도움이 되지 않았다. 그 옛날의 냉정한 머리, 난국을 타개하려는 집요한 의지는 사라졌다. 오늘날의 전형적인 미국인은 자유를 사랑하고 감정을 불신하고 자립에 긍지를 느꼈던 국부들의 정신을 완전히 상실했다. 미국인은 더 이상

데이비 크로켓[1]에 의해 인도되지 않는다. 치어리더·홍보담당자·입담꾼·능력향상운동가에 의해 인도된다. 나는 그렇게 나약하고 선동적인 인간이 용기·재능·끈기를 모두 요하는 전장에서 최선을 다해 싸울 것이라고 생각하지 않는다. 미국인은 린치를 행하는 집단과 이교도 사냥에만 알맞을 뿐, 곤경과 난관에는 어울리지 않는다.

그럼에도 미국인의 유순함과 비겁함은 과장된 것인지도 모른다. 나는 이따금 그런 성격이 오늘날의 지배자들에 의해 과대평가되고 있다고 생각한다. 그들은 모욕과 학대를 견딜 수 있는 미국인의 능력에는 한계가 없다고 가정한다. 자유와 품위에 손상을 입어도, 그 일이 미사여구로 포장되는 한 미국인은 순종할 것이라는 말이다. 미국인은 지난 전쟁이 마치 시장에서 경매되는 물건처럼 자신에게 '판매'되는 것을 용인했다. 그리고 캐나다와 오스트레일리아의 동료 민주주의자들과 달리 저항하지 않고 징병에 응했다. 군대에서 비인간적인 대우를 받은 것에 대해서도 점잖게 항의하는 데 그쳤고, 귀국해서 금주법을 지켜야 한다는 사실을 알게 되었을 때도 잠시 정부를 비난하는 것으로 만족했다. 미국인은 자본주의의 순종적인 노예로, 감히 반란을 일으키려는 동료노예들을 진압하는 데 힘을 보탤 마음의 준비를 하고 있다. 그러나 바로 이 약점, 이 고지식하고 나약한 정신이 가까운 장래에 미국인을 아주 광적인 반역자로 탈바꿈시켜, 밖에서 위협을 가하는 적들에 뒤지지 않는 가공할 만한 힘으로 공화국 내부를 괴롭힐지도 모른다. 제임스 N. 우드[2]가 민주주의의 해적이라 부르는 사람, 즉 직업적인 군중선동가, 망상 장사꾼, 대중의 불안과 분노를 부추기는 사람이 아직은 기꺼이 자본주의를 위해 일하고 있고, 자본주의 또한 그를 만족시키는 보상방법을 알고 있다. 그는 달변의 정치인, 영웅

1. 미국의 전설적인 개척자.
2. 『민주주의와 권력에의 의지』(1921)의 저자.

적 편집인, 영감의 원천, 희망찬 낙관론의 화수분이다. 그는 대중의 지도자, 주지사, 상원의원, 대통령이 된다. 그는 빌리 선데이, 사이러스 K. 커티스,[1] 프랭크 크레인 박사, 찰스 에번스 휴스,[2] 윌리엄 태프트,[3] 우드로 윌슨, 캘빈 쿨리지,[4] 레너드 우드 장군,[5] 워런 하딩이다. 그의 직업은 아마도 민주사회에서 최고의 직업일 것이다. 그러나 그것에는 유혹이 따른다! 대중의 마음을 움직이는 데 도가 튼 해적이 별안간 궁재(宮宰)로 일하다가 프랑크 왕국의 왕이 된 단신왕(短身王)[6] 피핀을 따라하고 싶다는 생각에 사로잡히는 장면을 상상해보라. 루스벨트의 시대에는 마른하늘에 벼락만 쳤고, 브라이언이 네브래스카의 초원지대에서 등장할 때는 천둥이 요란하게 울렸다. 아직까지는 신들에 의해 계시되지 않았지만, 언젠가 위대한 운명의 날이 오면, 유력한 민주주의의 전문가가 고용주들을 밀어내고 스스로 개업할지도 모른다. 그날이 오면 모든 신문 1면에는 그에 대한 무수한 변명이 대문짝만하게 실릴 것이다.

나는 군사적 참패가 그에게 영감과 기회를 주게 될 것이라고 생각한다. 그는 서민들에게 사랑받는 말 탄 남자의 모습으로 나타날 것이다. 지금은 그런 인물이 등장할 가능성이 별로 없다. 대중이 비교적 편안하게 지내고 있으며, 자본주의가 지금까지는 순종의 대가로 그들에게 안락함과 풍부한 양식을 제공해왔기 때문이다. 미국에는 진정한 빈곤이 아주 드물고, 실질적인 곤궁도 거의 없다. 프롤레타리아트에게 축음기판, 실크셔츠, 극장표가 부족한 때는 있어도, 그들이 영양실

1. 미국의 수필가이자 편집자.
2. 국무장관, 연방대법원장을 지낸 정치가.
3. 미국의 27대 대통령(1909-1913년 재임).
4. 미국의 30대 대통령(1923-1929년 재임).
5. 육군참모총장을 지낸 미국의 군인.
6. 피핀 3세(752-768년 재위)의 별명.

조에 빠지는 일은 거의 없다. 심지어 수십만 명이 직장을 잃는 극심한 불황에도, 이 불쌍해 보이는 사람들의 대부분은 마음만 먹으면 다른 일거리를 찾아서 먹고살 수 있다. 도시는 놀고 있는 사람들로 북적거릴지 몰라도, 농촌은 거의 언제나 일손이 부족하다. 다른 수단이 모두 바닥나면, 공공기관이 굶주리는 사람들에게 음식을 준다. 자본주의는 빈민이 절망에 빠지지 않도록 세심한 주의를 기울인다. 미국인은 수백만의 유럽인이 전쟁기간에 어떻게 살았는지, 그리고 일부 유럽 사람들이 전후에 어떻게 살아갔는지 전혀 모른다. 그들은 고기는 구경도 못하고, 크기가 반으로 줄어든 빵 몇 조각으로 연명했다. 그러나 어쩌면 미국인에게도 머지않아 그런 시간이 닥칠 수 있다. 미국의 패배는 이미 충분히 비능률적이고 혼란스러운 미국의 모든 산업을 해체시키고, 미국인을 역사상 최초로 진정한 빈곤에 빠뜨릴 것이다. 자본도 그들을 구해주지 못할 것이다. 그런 재앙의 날에는 운명처럼 구원자가 나타날 것이다. 노예들은 그를 따르고, 그들의 눈은 경건하게 새로운 예루살렘〔낙원〕에 고정될 것이다. 낡은 전통에 자동적으로 반응을 보이던 사람들은 이 최악의 미친 생각에도 복종할 것이다. 페르디낭 포슈 장군[1]의 말처럼 볼셰비즘은 패전국들의 질병이다.

그러나 오해하지는 마시라. 나는 숭고한 혁명, 자본주의의 극적인 붕괴, 러시아에서 진행되고 있는 상황의 반복을 예견하는 것이 아니니까. 미국의 프롤레타리아트는 그런 일을 해낼 만큼 용감하지도, 낭만적이지도 않다. 좀 더 공정하게 평가하자면, 그런 일을 할 만큼 어리석지 않다. 자본주의는 결국 미국에서 승리를 거둘 것이다. 모든 미국인은 죽기 전에 자본가가 되는 것이 소원이기 때문이다. 자본주의는 우리의 땅에 아주 깊숙이 뿌리내리고 있다. 그것의 모든 특징, 특

1. 제1차 세계대전 막바지에 연합군 총사령관으로 최후의 반격을 지휘한 프랑스의 군인.

히 인간의 망상에 대한 혐오감은 철두철미하게 미국적이다. 현재 자본주의의 위상은 평화와 풍요가 계속되는 한 확고부동해 보인다. 단 하나의 신성한 목적에 헌신하고 있는 이 땅의 모든 선동가도 그것을 뒤흔들 수는 없을 것이다. 오직 대격변만이 자본주의를 교란할 수 있을 것이다. 그러나 대격변이 과연 가능할까? 미국은 역사상 가장 부유한 나라이고, 현대전은 돈에 좌우되는 것이 현실 아닐까? 그렇지 않다. 전쟁을 승리로 이끄는 것은 나폴레옹의 시대에나 오늘날에나 최대 규모의 군대이다. 그런데 최대 규모의 군대가 다음번 대전 때는 미국 편에 서지 않을 수도 있다. 지난 전쟁에서 억지로 짜낸 고수익은 빨랫줄에 널려 있는 유가증권이나 금주법 시행 이전 문 열린 저장고에 보관되어 있던 스카치위스키만큼이나 사람의 마음을 유혹한다. 하지만 우방과 적국을 모두 무례하게 대한 결과 미국에게는 적만 남았다. 그런 식으로 대책 없이 이 세상의 치열한 생존경쟁에 뛰어들면 파멸만이 있을 뿐이다. 그리고 최근의 군축회의는 미국을 거의 불구로 만들어놓았다. 회의가 열리기 전, 미국은 태평양을 지배하고 있었으므로, 태평양 제해권을 무기로 대서양의 절반을 장악하기 위한 협상을 벌일 수도 있는 입장이었다. 그러나 일본인과 영국인의 합동작전이 먼지떨이(찰스 에번스 휴스), 수다쟁이 로지,[1] 배후조종자 루트,[2] 진공청소기 언더우드,[3] 테디 루스벨트,[4] 그 밖의 의욕만 앞선 얼간이들을 농락한 결과, 상황은 참담하게 변했다. 미국은 현재 태평양과 대서양 전선 양쪽에서 위험에 처해 있는데, 이런 상태는 앞으로 더욱 악화될 것이다. 가장 큰 문제는 미국에 우방이 없다는 것이다.

1. 미국의 국제연맹 가입 반대운동을 주도한 공화당 상원의원.
2. 매킨리 및 루스벨트 행정부에서 육군장관과 국무장관을 역임했고, 여러 나라와의 협정 및 중재조약을 이끌어낸 공을 인정받아 1912년에 노벨 평화상을 수상한 정치인.
3. 윌슨 행정부의 외교정책을 지지한 앨라배마의 상원의원 오스카 언더우드.
4. 시어도어 루스벨트 대통령의 큰아들로 해군차관보.

하지만 자본주의의 미래가 걱정되지는 않는다. 자본주의는 폭풍우를 견뎌내고 더욱 강해질 것이다. 이론적으로 자유의 땅에서, 열등한 인간은 자본주의를 쳐부수고 심지어 재기불능상태로 만들어버리고 싶겠지만, 그의 증오심에는 질투심이 너무 많이 섞여 있다. 그는 지금 자본주의에 대항해 투쟁하고 있지만, 그것을 늘 선망하고 몰래 동경한다. 선과 악의 마지막 결전일에는 그가 훨씬 난폭한 공격을 가할지도 모른다. 그러나 결국 그는 패할 것이다. 해적들은 그를 배반하고, 그를 그의 적에게 내줄 것이다. 어쩌면 전투를 통해 그 적이 진정한 힘과 위엄을 갖추게 될지도 모르고, 이런 와중에 초인이 출현할지도 모를 일이다.

4

이제는, 한편에서는 바다 건너 멀리서 망명생활을 하고 있는 미국인들이 내게 미국을 떠나는 게 낫지 않겠느냐며 귀가 솔깃해지는 유혹의 말을 해주는데도, 다른 한편에서는 애국주의자들이 그만 굴복하라고 내게 까칠한 충고를 하는데도, 내가 꿋꿋하게 연방의 충직한 시민으로 남아 있는 세 번째 이유를 밝혀야 할 것 같다. 그 이유는 기괴하고 상스러운 것을 좋아하지만 결코 부끄럽지 않은 나의 구식 취향과, 각양각색의 천박한 코미디를 좋아하는 나의 선천적 약점에서 찾을 수 있을 것 같다. 내 눈에 비친 미국은 비할 바 없는 지상 최대의 쇼이다. 이 쇼는 나를 금방 싫증나게 하는 온갖 종류의 광대짓—왕실의 의전, 야바위 같은 지겨운 외교적·군사적 정책, 정치를 심각하게 받아들이는 자세—을 적극적으로 피하고, 나를 끝없이 즐겁게 하는 것들—대중선동가들의 야비한 싸움, 악당두목의 교묘한 술책, 마녀와 이교도 추적, 천국행 티켓을 확보하려는 열등한 인간들의 필사적인 투쟁—에 중점을 둔다. 끊임없이 연기하는 우리의 광대들은 다른 대국(大國)의 광대들보다 훨씬 수준이 높다. 그 격차는 잭 뎀프시와 중풍환자 사이의 차이만큼 크다. 그런 광대가 10~20명만 있는 것이 아니라 무수히 많다. 그 밖의 모든 그리스도교권의 국가에서는 절망적일 정도로 구제 불능의 따분함에 빠져 있는 인간사, 본질적으로 유쾌한 재미를 결여하고 있는 것으로 보이는 일들이 이곳에서는 높은 수준의 해학으로 승화되어 있으므로, 그것들에 대해 생각하다 보면 너무 웃겨서 옆구리가 결릴 지경이다. 하느님에 대한 예배를 예로 들어보자. 지구상의 다른 곳에서는 예배가 인간을 의기소침하게 만들 정도로 엄숙하게 진행된다. 물론 영국에서도 주교는 역겨운 존재이지만, 보통사람이 그들을 비웃거나 희롱할 기회는 좀처럼 없다. 미국의 경우는 어떠한가? 이 나라는 가장 역겨운 영국의 주교들보다 훨씬 역겨운 주교들뿐 아니라, 거룩한 사기의 얼치기 전문가들을 다수 보유하고 있다. 겉으로만 이냐시오 데 로욜라와 사보나롤라, 프란치스코 사비에르 같은 성직자를 흉내 내는 허풍쟁이들이 제각기 100가지의 광적인 의식을 지치지도 않고 행하는데, 하나같이 그로테스크할 뿐 아니라 기행(奇行)의 연속이다. 미국의 모든 도시는 규모에 상관없이 그런 성직자를 한 명씩은 보유하고 있다. 재즈라는 예술을 저주받은 자들의 구원에 도입하는 비범한 재주를 가진 거룩한 성직자가 집전하는 예배는 화려한 서커스를 방불케 하고, 몇 월 몇 일 저녁에 지옥을 습격할 것이라는 그의 대담한 선언에 도시의 모든 무허가 술집과 창녀촌은 텅텅 비고 그의 교회는 인산인해를 이룬다. 그리고 그를 돕고 그에게 영감을 주는 순회 전문가들이 있는데, 그는 이들에 비하면 마터호른과 혹 만큼이나 그 존재감에서 차이가 난다. 이 어리석은 신학의 대가들, 어처구니없는 교리의 개발자들은 조지프 스미스,[1]

1. 예수 그리스도 후기 성도 교회(모르몬교)의 지도자.

메리 에디,[1] 존 알렉산더 다위[2]의 전통을 계승하고 있다. 바로 브라이언과 선데이 같은 인물들이다. 이들이 가장 저명한 미국의 추기경단이다. 나는 그들에게서 즐거움을 얻는다. 그들의 행동은 나를 행복한 미국인으로 만들어준다.

이제 정치로 화제를 돌려, 대통령 선거전을 생각해보자. 트위들덤과 트위들디,[3] 할리퀸(아를레키노)[4]과 스가나렐, 고보[5]와 쿡 박사[6] 사이의 신경을 자극하는 요란한 사투보다 우스꽝스럽고 바보 같은 현상을 상상이나 할 수 있을까? 나는 말도 안되는 것이 상상도 할 수 없는 것을 씩씩대며 서서히 집어삼키는 미국의 대선에 견줄 만한 쇼는 이 세상 어디에도 없다고 확신한다. 다른 나라에는 최악의 경우에도 최소한 지적인 쟁점, 통일성 있는 이념, 두드러진 인물이 있다. 누군가 무슨 말을 하면, 다른 누군가가 응답을 한다. 그러나 1920년에 하딩은 무슨 말을 했고, 콕스[7]는 뭐라고 대답했던가? 완성된 민주주의의 나라인 이곳에서, 우리는 모든 싸움을 상징주의·초월주의·형이상학으로 승화시킨다. 두 라이벌은 한눈에 보기에도 부실해 보이는 대포에 활석가루가 든 탄약통을 장전하여 서로에게 발사한다. 이곳에서 우리는 절대 심각하지 않은 쇼, 아무도 다치지 않는 쇼를 마음 편하게 즐길 수 있다. 나는 정치가 희석되지 않은 코미디로 고양되는 이런 현상이 지극히 미국적인 것이라고 생각한다. 모의전투가 이토록 우아한

1. 크리스천 사이언스 교파의 창시자.
2. 미국에서 전도활동을 한 스코틀랜드의 신앙치유사.
3. 루이스 캐럴의 동화 『거울나라의 앨리스』에 나오는 땅딸막한 쌍둥이 형제.
4. 16~18세기에 이탈리아에서 유행한 즉흥극에 나오는 정형화된 어릿광대. 주로 가면을 쓰고 알록달록한 옷을 입고 나무칼을 든 하인으로 등장한다.
5. 셰익스피어의 희곡 『베니스의 상인』에 나오는 샤일록의 멍청한 하인.
6. 피어리보다 1년 앞선 1908년에 북극에 도달했다고 주장한 미국의 의사·탐험가. 그의 주장은 인정받지 못했다.
7. 1920년 민주당 대선후보.

예술의 경지로 발전된 곳은 지구상 어디에도 없다. 하딩과 콕스의 허풍 대결기간에 나는 그 신파극의 일부 국면을 다룬 기사를 썼는데, 이 기사가 독일어로 번역되어 베를린의 한 일간지에 게재되었다. 독일의 편집장은 최근에야 민주주의를 인도받은 독자들에게, 미국의 지성인들은 그런 경쟁을 진지하게 받아들이지 않는다고 설명하고, 정치에 너무 열을 올리지 말라는 세심한 충고의 말을 모두(冒頭)에 삽입했다. 이 무렵 나는 한 영국인과 저녁식사를 함께 했는데, 그는 식사시간 내내 갈수록 각 정파의 광대짓에 무관심해지는 영국인의 정치적 권태감을 개탄했다. 여기서 우리는 두 가지 전형적인 외국인의 태도를 알 수 있다. 독일인은 정치를 너무 가혹하고 무자비한 것으로 만들 위험에, 영국인은 정치를 완전히 망각할 위험에 처해 있었다. 두 태도는 모두 쇼를 재미없게 만들 것이다. 독일의 선거전에서는 한쪽이 안쓰러울 정도로 공격을 당해 흥분해 있다. 반면에 영국의 선거전에서는 (적어도 평화기에는) 한쪽이 잠자고 있다. 미국에서는 쇼가 한결 재미있게 진행된다. 미국 정치는 모든 위협, 모든 불길함, 모든 진정한 의미를 없애버리고 멋진 해학과 무절제한 익살로 가득 차 있기 때문에, 선거가 끝나면 그동안 옆구리가 결릴 정도로 심하게 웃다 지친 사람들이 『리어 왕』을 읽거나 스스로 목을 매거나 의학잡지의 처방을 찾아보게 된다.

그래도 웃는 것이 낫다. 마르티알리스[1]는 "현명하다면 웃어라"고 말했다. 웃음은 지혜와 위안, 그리고 무엇보다도 행복에 꼭 필요한 요소이다. 미국은 웃음의 땅이고, 독일은 형이상학의 땅이며, 프랑스는 간통의 땅이다. 미국에서는 광대짓이 멈추질 않는다. 그 무엇이, 소수의 기쁨을 불법적이고 실현 불가능한 것으로 만들려는 청교도의 끝없는 투쟁보다 유쾌할 수 있겠는가? 그런 노력 자체가 옆에서 지켜보는

1. 1세기 후반에 활동한 고대 로마의 풍자시인.

사람에게는 그것이 타도하려는 모든 세속적인 기쁨보다 더 큰 기쁨이다. 도덕향상운동가들이 허튼 짓을 하고 있는 것을 볼 때마다, 나는 예전 연극비평가 시절에 관람평을 쓰기 위해 본 적이 있는 저속한 벌레스크쇼의 한 장면이 떠오른다. 한 코러스걸이 무대 위에 넘어지고, 스위스 코미디언 루돌프 크라우제마이어가 그녀를 구하기 위해 달려든다. 그가 그녀를 도와주려고 고통스럽게 몸을 구부리고 있을 때, 무대를 가로질러 온 시온주의자 코미디언 어빙 라비노비츠가 그를 막대기로 냅다 친다. 이 장면은 공화국을 YMCA 간사들의 활동에 적합하게 만들기 위해 노력하고 있는 도덕향상운동가, 영혼의 구원자, 어메리커나이저[1]를 연상시킨다. 그는 언제나 최선의 의지에 따라 행동하는 영원한 미국인으로, 언제나 미덕을 추구하기 위하여 크라우제마이어처럼 달리고, 언제나 악마의 방해를 받는다. 나는 타고난 악인인지라, 그런 광경을 볼 때마다 위로가 된다. 만일 그가 막대기로 너무 세게 내리쳤다면, 쇼는 잔인해졌을 것이고, 나는 어쩌면 경찰에 신고했을지도 모른다. 하지만 그 도덕향상운동가는 진짜 다친 것도 아니고, 충격을 좀 받았을 뿐이다. 오히려 그 같은 가격(加擊)은 그에게 이로운 것이다. 그의 천국행에 도움을 줄 것이기 때문이다. 「마태복음」 5장 11절에는 "나로 말미암아 너희를 욕하고 박해하고 거짓으로 너희를 거슬러 모든 악한 말을 할 때에는 너희에게 복이 있나니"라는 구절이 있다. 그런 가격은 나를 쉽게 만족하는 사람, 선량한 시민으로 만들어준다. 어떤 사람은 불가리아보다 봉급을 많이 준다는 이유로 미국을 선호한다. 또 어떤 사람은 자신의 온건함과 딸의 정숙함을 지켜주는 법률이 있다는 이유로, 또 다른 사람은 울워스 빌딩[2]이 샤르트르

1. Americanizer. 새로운 이민자와 정착한 외국인을 미국화하는 데 열을 올리는 사람.
2. 뉴욕에서 가장 오래된 고층 건물(57층, 높이 241.4m)의 하나. 1913년에 완공되었고, 1930년 4월까지 세계에서 가장 높은 빌딩이었다.

대성당[1]보다 높다는 이유로 미국을 좋아한다. 이곳에 살아야 『뉴욕이브닝저널』지[2]를 읽을 수 있기 때문에, 또는 다른 나라에서 지명수배 중이기 때문에 미국이 좋다는 사람도 있다. 나의 경우에는 내 취향에 맞게 나를 즐겁게 해주기 때문에 이 나라가 좋다. 나는 미국의 쇼에 질리지가 않는다. 그것을 감상하는 데 드는 비용도 전혀 아깝지 않다.

그 비용은 아주 적당해 보인다. 미국의 세금은 실제로 그리 과하지 않다. 예컨대 올해 하딩 대통령의 백악관 경비(經費)를 위해 내가 개인적으로 분담한 세액은 80센트도 채 되지 않을 것이다. 뉴욕에서는 창녀의 팔짱을 끼는 데도 최소한 8달러, 평균적으로는 17.5달러가 든다고 한다. 미국의 상원을 위해 나는 해마다 11달러를 내지만, 이 비용은 내가 언론인이라서 공짜로 받아보는 『연방의회 의사록』의 구독료 15달러에 의해 상쇄되고도 남는다. 솔로몬 왕은 무희들의 화려한 춤을 보고도 기뻐하지 않았다지만, 나는 그 소소한 4달러의 차액만으로도 기쁘기 그지없다. 조지 브린턴 매클렐런 하비[3]에게는 1년에 25센트만 내면 되고, 니컬러스 머리 버틀러에게는 한 푼도 낼 필요가 없다. 마지막으로 해군 전문가인 테디 루스벨트가 있다. 테디에게는 1년에 약 11센트, 또는 한 달에 1센트 미만의 세금이 들어간다. 더욱이 그는 그 푼돈의 대가로 첫째 해군 전문가로서, 둘째 민주주의의 살아있는 파괴자이자 민주주의라는 미신에는 아무 알맹이가 없다는 것을 입증하는 강력한 증인으로서 나를 이중으로 즐겁게 해준다. 우리 미국인은 인간의 평등이라는 교의에 동의하고 있다. 그런데 루스벨트는 파이트 바흐[4]의 아들들에 못지않은 훌륭한 솜씨로 그 교의를 터무니

1. 파리에서 남서쪽으로 80km 떨어진 샤르트르 시에 있는 고딕 성당.
2. 1895년부터 1937년까지 발간된 석간신문.
3. 1921-1923년에 주영 미국대사를 지낸 외교관이자 언론인.
4. 음악가를 많이 배출한 것으로 유명한 바흐 가(家)의 시조.

없는 것으로 격하시킨다. 광대짓에 대한 두둑한 보상을 받을 길이 이론상 모든 가난한 청소년에게 열려 있는 이 광대들의 천국에서, 당신의 평등한 기회는 지금 어디에 있는가? 이 민주주의의 보루에서, 우리는 광대 왕조를 세워 떠받들고 있다!

12

하느님이 자기의 형상대로 사람을 창조하시다

1. 인간의 삶

인간이 우주 전체의 중심이라는, 다시 말해서 인간의 존재가 우주적 과정의 궁극적 표현이라는 오래된 신인동형설(神人同形說)의 관념은 논파된 망상이 되어 저승으로 향하고 있는 듯하다. 인간의 삶은 생물학적 관점에서 연구되면 될수록 점점 그 중요성을 잃어가고 있는 것 같다. 한때는 신들의 주요 관심사이자 걸작처럼 보였던 인류는 이제 그들의 웅대하고 불가사의하고 어쩌면 무의미한 활동의 우연한 부산물로 이해되고 있다. 편자를 만드는 대장장이도 신들에 뒤지지 않는 찬란하고 신비로운 불꽃의 향연을 만들어낸다. 그러나 그의 눈과 생각은 불꽃이 아니라 편자에 집중된다. 더욱이 그 불꽃은 편자에 문제가 생겨야 발생하는 것이다. 즉 그의 존재는 편자의 마모에 좌우된다. 마찬가지 논리로 인간은 우주의 국지적 질병, 일종의 감염성 습진 내지 요도염이다. 물론 습진에도 여러 단계가 있듯이, 인간에게도 여러 등급이 있다. 우주가 베토벤 같은 음악가의 창궐로 고통을 당하고 있다면, 굳이 의사를 찾을 필요가 없을 것이다. 그러나 금주법 지지자·사회주의자·스코틀랜드인·주식중개인이 득실대는 우주는 매우 고통스러울 것이다. 태양이 붉게 타오르고 달이 당뇨병 환자처럼 창백한 것은 결코 우연이 아니다.

2. 신인동형설이라는 망상

세상의 신인동형설은 현대 생물학에 의해 터무니없는 것으로 밝혀지고 있다. 하지만 그렇다고 해서 대부분의 사람이 그 이론을 영원히 포기하지는 않을 것이다. 오히려 신인동형설이 점점 미덥지 않게 될수록, 사람들은 그것에 더욱 집착할 것이다. 실제로 인간이 신과 닮았다는 이 교의는 적어도 여성은 부도덕하다는 교의에 의해 다소나마 수정되었던 신앙의 시대보다 오늘날에 더욱 사랑받고 있다. 자선·박애·평화주의·사회주의·도덕향상운동을 비롯한 오늘날의 모든 감상적인 언행 뒤에는 신인동형설이 버티고 있다. 그 모든 것은 영광스럽고 탁월한 동물인 인간이 세상에 계속 존재할 수 있어야만 한다는 관념에 바탕을 두고 있다. 그러나 이 관념은 명백히 어리석은 독선으로 가득 차 있다. 지구처럼 제한된 공간에서조차 인간은 일반 동물에 비해서 어설프고 어리석다. 인간만큼 어리석거나 비겁한 짐승은 별로 없다. 흔해 빠진 똥개도 인간보다 훨씬 정직하고 믿음직한 것은 물론이거니와 인간과 비교할 수도 없는 예민한 감각과 용기를 지니고 있다. 개미와 벌도 여러 가지 면에서 훨씬 지적이고 창의적이다. 이 녀석들은 자기의 조직을 훨씬 평화적이고 효율적이고 지혜롭게 관리한다. 사자는 인간보다 훨씬 멋지고 위엄 있고 당당하다. 영양은 인간보다 훨씬 빠르고 우아하다. 집고양이는 웬만한 사람보다 깨끗하다. 말은 인간보다 후각이 뛰어나다. 고릴라는 인간 이상으로 자식한테 다정하고 아내한테도 충실하다. 소와 당나귀는 인간보다 부지런하고 침착하다. 그러나 무엇보다도 인간은 이런 자질들 가운데 가장 고귀한 자질이라고 할 수 있는 용기가 부족하다. 인간은 체중이 자기와 비슷하거나 자기의 반쯤 되는 모든 동물을 매우 무서워하고, 심지어 다른 인간도 아주 두려워한다. 그들의 주먹과 발길질뿐 아니라 웃음소리도 무서워한다.

인간만큼 환경에 제대로 적응하지 못한 동물은 없다. 갓 태어난 아기는 너무 연약해서 이틀만 돌보지 않으면 틀림없이 죽고 말 것이다. 이 선천적인 나약함은 성장하면서 다소 감춰지긴 하지만 죽을 때까지 지속된다. 인간은 미개상태에 있을 때나 문명을 누릴 때나 다른 동물에 비해 훨씬 병약하며, 훨씬 다양한 질병에 훨씬 자주 걸린다. 다른 동물보다 쉽게 지치거나 부상을 당한다. 더욱 끔찍한 것은 대개 빨리 죽는다는 것이다.[1] 사실상 그 밖의 모든 고등 척추동물은 적어도 야생에서는 인간보다 더 오래 살고 자신의 능력을 인간보다 더 늙을 때까지 간직한다.

조물주의 온갖 실수와 무능은 인간의 창조에서 절정에 달한다. 하나의 메커니즘으로서, 인간은 모든 피조물 가운데 최악의 존재이다. 심지어 연어나 포도상구균도 인간보다는 견고하고 능률적인 기관을 갖고 있다. 비교동물학의 관점으로 판단할 때, 인간은 최악의 콩팥, 최악의 허파, 최악의 심장을 갖고 있다. 그의 눈은 지렁이의 눈보다 비효율적으로 작동한다. 만일 광학기구제작자가 그렇게 어설픈 광학기구를 만들었다면, 고객들한테 몰매를 맞을 것이다. 땅과 하늘과 바다에 사는 모든 동물 가운데, 태어난 상태 그대로 자신의 서식지를 활보하지 못하는 동물은 인간뿐이다. 인간은 반드시 옷이나 갑옷으로 자신을 보호하고 감싸고 무장해야 한다. 그는 언제나 등딱지 없이 태어난 거북, 털 없는 개, 비늘 없는 물고기 신세이다. 무겁고 거추장스러운 옷을 입지 않으면, 심지어 파리나 모기한테도 당할 수 없다. 하느님이 그 녀석들을 쫓아낼 꼬리조차 만들어주지 않았기 때문이다.

이제는 의문의 여지가 없는 인간의 천부적 우월성 한 가지를 언급할 차례이다. 인간에게는 영혼이 있다. 영혼은 인간을 다른 모든 동물

1. 20세기 초 인류의 평균수명은 31세였다.

과 구별시켜주고, 인간을 다른 동물의 지배자로 만들어준다. 영혼의 정확한 본질은 수천 년 동안 논란의 대상이 되어왔지만, 그 기능에 대해서는 어느 정도 자신 있게 이야기할 수 있다. 그것은 인간을 하느님과 직접 접촉하게 해주고, 하느님의 존재를 깨닫게 해주고, 무엇보다도 하느님과 닮게 해준다. 그런데 그 장치가 엄청난 실패작이라고 생각해보라! 인간이 정말로 하느님을 닮았다고 가정한다면, 우리는 하느님이 겁쟁이, 비보, 비열한(卑劣漢)이라는 말도 안 되는 이론에 빠진다. 그리고 이제 와서 새삼스레 인간이 하느님을 닮지 않았다고 가정한다면, 인간의 영혼은 인간의 간이나 편도선처럼 비효율적인 기관이고, 영혼 없이도 잘 살고 있는 침팬지처럼 인간은 차라리 영혼 없이 지내는 편이 나을 것이라는 결론에 도달하게 된다.

그렇다. 영혼을 가지고 있다는 것의 유일한 실용적 효과는 인간에게 자신이 하느님과 유사한 만물의 영장이라는 허영심을 불어넣는 것이다. 요컨대 거만하고 어리석은 미신을 주입하는 것이다. 그는 자신이 영혼을 가지고 있다고 의기양양하게 뽐내지만, 그것이 작동하지 않는다는 사실은 간과한다. 따라서 그는 피조물 가운데 최고의 광대이다. 하느님을 닮았다고 가정하면 터무니없는 결론이 도출될 수밖에 없다는 것을 보여주는 자연계의 살아 있는 증거이다. 그는 자신이 달까지 뛰어오를 수 있다고 믿고, 이 이론에 일생을 거는 소나 다름없다. 사자와 싸울 수 있고 마터호른까지 날아갈 수 있고 다르다넬스 해협을 헤엄쳐 건널 수 있다고 끊임없이 허풍떠는 황소개구리나 다름없다. 그렇지만 이 한심한 짐승은 자신을 우주에서 으뜸 가는 보물로 존경해달라고 요청한다! 벌레 같은 가련한 존재인 인간은 훨씬 용감하고 고상하고 예의바른 네발짐승들—위풍당당한 사자, 유연하고 씩씩한 표범, 위엄 있는 코끼리, 정직한 개, 용감한 쥐—이 수두룩한 지구상에서 자신을 하느님의 총아로 인정해달라고 요구한다! 벌레만큼

하찮은 존재인 우리 인간은 무한한 수고·노력·비용을 감수하고 자신을 재생산해달라고 간청한다!

3. 사유에 관한 사유

대부분의 포유동물이 결여하고 있는 것으로 보이는 인간의 추상적 사고능력이 인간에게 지구상의 육지를 지배하는 현재의 위치를 부여해왔다는 데는 의문의 여지가 없다. 그의 지배권에 이의를 제기하는 것은 수백 종의 미생물뿐이다. 그것이 그가 느끼는 우월감의 원천이고, 이 우월감은 물론 현실에 의해 어느 정도 뒷받침되고 있다. 그러나 두뇌활동을 하는 능력이 반드시 유익하게 쓰이는 것만은 아니라는 사실은 종종 간과된다. 인간의 사고는 대부분 어리석고 무의미하며 자기에게 해를 입힌다. 사실상 인간은 모든 동물 가운데 자기의 복리(福利)에 절대적인 영향을 미치는 문제에 대해 정확한 판단을 내리는 능력이 가장 모자란 것 같다. 쥐가 사고(思考)를 통해 스베덴보리주의·동종요법·유아저주·정신감응의 관념처럼 타당성이라곤 눈곱만큼도 없는 관념을 가지게 되는 것을 상상해보라. 교육받은 쥐들의 무리가 모여서 우드로 윌슨 박사의 공식 교서에서 발견되는 혐오스러운 지적 쓰레기에 진지하게 귀 기울이는 모습을 상상해보라. 인간은 본능적으로 건전한 진실보다는 오히려 허울뿐인 거짓에 잘 끌린다. 현대의 중요한 관념을 두 가지 모순되는 명제로 표현했다 치자. 하나는 최고의 개연성과 합리성에 기초한 것이고, 다른 하나는 명백한 오류에 기초한 것이라면, 인간은 본능적으로 거의 어김없이 후자를 택할 것이다. 이런 일은 정치판에서 흔히 목격되는데, 그도 그럴 것이 정치판에서는 어처구니없는 함성과 구호로만 존재할 뿐, 논리적 진술로 절대 환원될 수 없는 비지성적인 광기가 수시로 나타나기 때문이다. 종교계에서도 똑같은 현상이 벌어진다. 종교계 전체가 한목

소리로 가장 명백한 사실을 부정하고 있기 때문이다. 사유의 거의 모든 분야에서도 사정은 다르지 않다. 인간을 가장 신속하게 굴복시키는 이념, 가장 야만적인 열정을 부추기는 이념, 가장 악착같이 고수되는 이념은 바로 가장 비상식적인 이념이다. 이런 일은 최초의 '선진적인' 고릴라가 속옷을 걸치고 표정관리를 하면서 최초의 셔토쿼 운동에서 최초의 순회강연을 시작한 이래 계속되어왔고, 마침내 광대극에 지친 최고의 신들이 기대한 최후의 화염·유독가스·연쇄구균으로 인류를 멸망시킬 때까지 계속될 것이다.

이런 기묘한 약점은 물론 인간의 상상력에서 기인한다. 장담하건대 상상력은 인간을 같은 계통의 영장류들보다 한 단계 높게 도약시켰다. 아울러 자신이 경험하고 있던 것보다 향상된 생존조건을 그려보게 해주었고, 점차 그 그림을 어설프게나마 현실화시킬 수 있었다. 심지어 오늘날에도 그는 동일한 방식으로 앞서나가고 있다. 즉 현재의 자신보다 분명히 나은 어떤 존재, 또는 현재 자신이 갖고 있는 것보다 확실히 좋은 그 무엇에 대해 생각하고, 고생스럽고 비용이 많이 드는 시행착오를 거쳐 서서히 자신이 꿈꾸는 바를 향해 나아간다. 이 과정에서 하느님의 섭리에 불만을 표하다가 종종 호된 벌을 받기도 한다. 손가락이 잘리고 정강이뼈가 부러진다. 비틀거리다가 쓰러진다. 그뿐인가. 갈망하던 목표물이 자신의 손 안에서 부서져버린다. 그래도 그는 조금씩 전진한다. 그가 죽으면 그의 후계자와 수탁자가 계속 전진한다. 그는 멀쩡한 한쪽 다리가 걸어갈 평평한 길을 닦고, 멀쩡한 한쪽 손이 갖고 놀 예쁜 장난감도 만들며, 온전한 눈과 귀에 기쁨을 안겨줄 것들을 모은다.

아아, 그는 이 더디고 피비린내 나는 진보에 만족하지 못한다! 언제나 더 먼 곳을 바라본다. 언제나 지평선 너머에 있는 것을 상상한다. 이런 상상이 모여 그의 밑천인 달콤한 신념과 고결한 확신, 요컨대 그를 짓누르는 오류를 이룬다. 눈물을 흘리는 능력, 거짓말하는 재주, 지나친 위선과 비겁함 이상으로 인간을 나머지 포유류와 구별시켜주는 것은 그 감당하기 힘든 오류이다. 인간은 뛰어난 무지렁이, 필적하기 어려운 바보, 우주 최고의 얼간이이다. 그는 어쩔 도리 없이 고질적으로 다른 동물들과 자연의 외관에 현혹될 뿐 아니라, 특히 그릇된 것을 찾아내 받아들이고 옳은 것을 모른 체하며 부정하는 비할 데 없는 자신의 재능에도 속아 넘어간다.

근본적인 진실을 간파하는 능력은 까마귀·황소개구리·고등어 사이에서는 쉽게 찾아볼 수 있지만, 인간들 사이에서는 좀처럼 찾아보기 어렵다. 그런 능력을 보여주는 인간은 정말로 비범한 인물이다. 어쩌면 난치병자일지도 모른다. 개연성 높은 새로운 진실을 대중 앞에 선보이면, 그런 진실의 실체를 어렴풋이 인지하는 사람은 1만 명에 1명도 안 되고, 격렬한 저항 없이 그것을 수용하는 사람은 10만 명에 1명도 안 될 것이다. 유사 이래 이 세상에 나타난 모든 항구적 진실은 격렬한 반대에 부딪혔고, 그것을 환영하고 지지한 모든 개인은 단 한 번의 예외도 없이 인류의 적으로 매도되고 응징되었다. "단 한 번의 예외도 없이"라는 표현은 다소 지나친 감이 있다. "대여섯 번의 예외를 제외하고"로 대체하기로 하자. 그러나 그 대여섯 명의 예외적인 인물은 누구인가? 독자들 스스로 생각해보기 바란다. 나는 어떤 이름도 떠올릴 수 없다. 아, 불현듯 찰스 다윈과 그 동료들, 그리고 그들이 당대에 받았던 비난이 생각난다. 물론 이 비난은 그들이 나중에 받게 될 비난에 비하면 그리 심하지 않았지만, 예나 지금이나 그들의 이론에 대한 기본적인 적대감은 그대로이다. 지난 2년간 영국을 대표하는 대사상가 조지 버나드 쇼는 자연선택 가설을 비판하여 박수갈채를 받았고, 세 차례나 대권에 도전했던 윌리엄 제닝스 브라이언은 다윈의 이론을 가르치는 것을 법으로 금지할 것을 공공연하게 주장했다. 두 영어권 국가의 그리스도교 성직자들과 예비신자들의 압도적 다수는 여전히 다윈과 허버트 스펜서, 토머스 헉슬리는 악한이고, 니체와 이 세 악한의 관계는 베엘제붑[1]과 세 타락천사의 관계와 같다는 교설을 신봉하고 있다. 이것이 강력하고 이상주의적인 두 그리스도교 국가의 유력인사들이 역사에 길이 남을 19세기 지성의 선구자들에게 보이는 반응이다. 이것이 대중과 그들의 선택을 받은 예언자들이 정직하고 중요한 것, 진실일 가능성이 큰 것에 대해 취하는 낡은 태도이다.

그러나 진실이 그런 곤경에 처한 반면, 오류는 다정하게 환대받는다. 새로운 바보짓을 개발한 사람은 크게 칭송받고, 어디에서나 환영받는다. 그는 대중의 눈에 인류의 전형적인 이상으로 비친다. 역사를 수천 년 거슬러 올라가보면, 대중적 우상(소규모 분파의 영웅이 아닌 인류 전체의 영웅)의 열에 아홉은 명백한 난센스의 장사꾼들임을 알 수 있을 것이다. 이런 일은 정치와 종교뿐 아니라 인간 사유의 모든 영역에서 벌어져 왔다. 그릇된 생각을 소리쳐 파는 장사꾼은 예외 없이 당대에 그를 비난하고 논박하는 비평가들의 반대에 부딪혔고, 그런 장사꾼의 주장은 발화(發話)되는 즉시 처리되었다. 그러나 이들 장사꾼의 편에는 경신성을 가진 거대한 세력이 늘 있었고, 이 세력의 힘은 그 장사꾼들의 적을 격파하고 그들의 불멸성을 확립하는 데 조금도 부족함이 없었다.

4. 인간과 그 영혼

그런 식으로 위대한 영웅들에 의해 설파되고 수억 명의 열성적인 얼간이들에 의해 수용된 근거 없는 사고방식들 가운데, 가장 확실하게 근거 없는 것은 가장 폭넓게 품고 있는 것이기도 한데,

1. 「열왕기 하」에 나오는 마귀들의 우두머리.

이것은 인간이 불멸의 영혼을 가지고 있으며 그에게는 그냥 사라지기에는 너무나 영적이고 너무나 고상한 구석이 있다는 사고방식이다. 이 놀라운 관념을 뒷받침하는 유일무이한 증거는 그것이 진실일 것이라는 희망이다. 이것이 바로 〔제1차 세계〕대전이 전쟁에 종지부를 찍고, 민주주의·자유·평화의 시대를 열어줄 것이라는 최신이론의 기반이 되는 증거이다. 그러나 대주교들조차 그토록 의심스럽기 짝이 없는 증거에 영원히 만족하기에는 너무 지적이다. 그래서 시대를 막론하고 증거에 입각해서 이런 관념으로 논리적인 보강을 하려는 노력이 경주되어왔다. 내가 독자 제현께 당부하고 싶은 말은 그 증거들을 세심하게 조사해보라는 것뿐이다. 예컨대 시간적으로 멀리 떨어져 있는 다섯 시대를 대표하는 다섯 명의 증인—성 요한·성 아우구스티누스·마르틴 루터·에마누엘 스베덴보리·올리버 로지—에 의해 축적된 증거들을 검토해보라. 그 증거들에 경건하게 다가가서 잘 연구해보라. 개연성과 평상시의 지적 품위에 입각하여 그것들을 평가해보라. 그리고 그것들을 진지하게 받아들일 진흙거북을 상상할 수 있는지 자문해보라.

5. 코다

요약하자면,

① 우주는 1분에 1만 번 회전하는 거대한 관성바퀴(플라이휠)이다.

② 거기에 올라타고 있는 인간은 어지럼증을 느끼는 병약한 파리이다.

③ 종교는 그 거대한 관성바퀴가 그를 태우기 위해 만들어지고 회전하게 되었다는 이론이다.

13

내멋대로 쓴 5인의 인물평

1. 에이브러햄 링컨

미국에 아직까지 링컨이나 휘트먼에 대한 훌륭한 전기가 없다는 사실은 미국이 전기문학의 후진국임을 여실히 증명한다. 물론 링컨에 관한 문헌은 수없이 많고, 그것을 호의적으로 수집하는 사람도 엄청나게 많다. 얼마 전에 나는 한 출판인으로부터 미국에는 어떤 상황하에서도 절대로 손해를 보지 않을 네 종류의 책이 있다는 이야기를 들었다. 첫째가 추리소설, 둘째가 남자주인공의 집요한 유혹을 받는 여주인공이 등장하는 소설, 셋째가 강신론(降神論)과 오컬티즘 같은 실없는 소리에 관한 책, 넷째가 링컨에 관한 책이라는 것이다. 그러나 링컨에 대한 그 방대한 문헌과 정치인 링컨에 대한 끊임없는 갖가지 논의에도 불구하고, 그의 종교적 신앙—수준급 전기에 결코 빠져서는 안될 중요한 문제—과 같은 가장 기본적인 문제는 여태껏 절반도 해명되지 않은 상태이다. 예를 들어 윌리엄 바턴 목사는 무려 400쪽이 넘는 『에이브러햄 링컨의 영혼』에서 그 문제와 씨름하고 있다. 이 책은 두껍지만 전혀 지루하지 않다. 저자는 누가 목사 아니랄까봐 구라가 보통이 아니다. 아니, 신기하고 재미있어서, 나는 흥미를 잃지 않고 부록까지 완독했다. 그러나 불행하게도 저자는 다른 링컨 전기의 작가들과 마찬가지로 자신의 과업을 완수하지 못했다. 링컨은 그리스도 교도였을까? 그는 그리스도의 신성을 믿었을까? 나는 잘 모르겠다. 링컨은 그리스도 교도들의 표를 의식하는 정치인답게 그런 문제에 대해 매우 정중하고 신중했다. 그러나 그 정중함 속에 얼마나 진정한 확신이 깔려 있었을까? 그가 그리스도를 자주 언급하지 않은 것이 문제가 된다면, 그가 하느님과 영혼의 불멸성에 대한 믿음을 다소 모호하게 인정한 것은 어떻게 생각해야 할까? 헌던을 비롯해서 링컨의 절친한 벗 몇 명은 언제나 그가 무신론자라고 주장했지만, 바턴 박사는 그의 무신론이 당대의 감리교인과 침례교인이 신봉하던 멍청한 교리에 대한 불신에 불과했고, 만약 그가 지금도 살아 있다면 교회 열 곳 중 아홉 곳은 몇 번의 경고성 헛기침만 하고는 그에게 최고의 특권과 특전을 부여할 것이라고 주장한다. 나는 여전히 뭐가 뭔지 감이 잡히지 않는다.

링컨 전설의 진화는 정말로 놀랍다. 그는 미국의 태양신화, 미국인의 경신성과 눈물샘을 자극하는 주된 대상이 되었다. 조지 워싱턴은 근년에 눈에 띄게 인간화되어, 이제는 초등학생도 그가 하느님의 이름을 걸고 〔지키지도 못할〕 숱한 맹세를 했고, 약삭빠른 상인이었으며, 어여쁜 발목을 보면 눈을 떼지 못했다는 사실쯤은 알고 있다. 그러나 그 사이에 미장과 도장(塗裝)의 달인들이 부지런히 링컨을 석고상 성인으로 변화시켜, 셔토쿼 운동과 YMCA에서 숭배되기에 적합한 인물로 만들어놓았다. 모든 초상화에서 그는 예복을 입고 있고, 금방이라도 교수형당할 사람의 표정을 짓고 있다. 내가 잘못 알고 있는 것이 아니라면, 미소 짓는 링컨의 모습을 보여주는 초상은 단 한 점도 없다. 그렇지만 그가 껄껄대며 웃는 경우도 틀림없이 많았을 것이다. 잘 웃지 않는 이야기꾼을 들어본 적이나 있는가? 분명한 것은 그의 모든 인간적 약점을 제거함으로써 그를 단순한 도덕적 환영, 존 웨슬리와 성령의 합성물쯤으로 남겨두려는 노력이 있었다는 것이다. 이보다 어리석은 일이 어디 있겠는가? 사실을 말하자면, 링컨은 오랜 경험과 탁월한 재능을 겸비한 현실적인 정치인으로, 거추장스러운 이상을 실현하려다 낭패를 본 적은 한번도 없었다. 일리노이 주의회에서 펼친 그의 의정활동은 당론에 복종하는 거수기나 다름없었고, 이 때문에 개혁파의 비난을 받은 적도 한두 번이 아니었다. 심지어 그가 노예문제를 다룬 방식도 광신자가 아닌 정치인의 방식이었다. 자신이 노예제 폐지론자라는 의혹보다 그를 불안하게 만든 것은 없었다. 바턴은 그가 이 문제에 정면으로 부딪히는 것을 피하기 위해 도시를 빠져나간 일화를 소개하고 있다. 링컨이 진정한 노예제 폐지론자라면 제1차 불런 전투[1]에서 패한 다음날에 노예해방령을 공포했을 것이다. 그러나 링컨은 유리한 시기가 올 때까지 기다렸다. 리 장군이 버지니아로 철군할 때까지, 그리고 정국이 자신에게 유리하게 전개될 때까지 기다렸다.[2] 그는 법령을 다룰 때나 사람들을 다룰 때나 언제나 용의주도한 인물이었다. 그는 침묵하는 법을 알고 있었다.

그럼에도 불구하고 링컨을 현재의 위대한 지위로 끌어올린 것은 아마도 그의 탁월한 언변 덕분이었을 것이다. 윌리엄 제닝스 브라이언처럼, 그도 시의적절한 레토릭으로 주목을 받으면서 급부상한 다크호스였다. 더글러스와의 논쟁을 통해 이름을 알렸고, 「쿠퍼 인스티튜트 연설」[3]이 그를 대통령으로 만들어주었다. 감동적인 연설을 할 수 있는 재능, 즉 보통사람들을 매료시키는 경구를 만들어내는 재주는 그가 뒤늦게 성취한 것이었다. 그의 초기 연설들은 공허한 감정의 격

1. 1861년 7월 21일 버지니아 북부의 불런 강 일대에서 벌어진 격전. 북군이 15,000명의 사상자를 내며 남군에게 패했다.
2. 링컨은 1862년 9월 17일에 북군이 앤티텀 전투에서 리 장군의 북진을 결정적으로 좌절시키고 난 뒤인 9월 22일에 노예해방 예비선언을, 이듬해 1월 1일에 노예해방 최종선언을 공포했다.
3. 1860년 2월 27일 뉴욕의 쿠퍼 인스티튜트 대강강에서 행한 연설. 연설의 배경과 연설문 전문은 『링컨의 연설과 편지』(이산, 2012), pp. 90~120 참조.

발, 당대에 유행하던 유치한 호언장담의 나열에 지나지 않았다. 그러나 그는 중년에 접어들자 미사여구를 제거하고 과감하다 싶을 정도로 단순한 표현법을 쓰기 시작했다. 그가 오늘날에도 기억되는 것은 그 단순함 때문이다. 「게티즈버그 연설」[1]은 미국 역사상 가장 짧고 가장 유명한 연설이다. 여기에 비하면 대니얼 웹스터, 찰스 섬너, 에드워드 에버렛 같은 인물들의 외침은 화려하긴 하지만 공허하기 짝이 없다. 링컨의 「게티즈버그 연설」은 알기 쉽고 솔직한 연설의 극치인 동시에, 저항할 수 없는 우아한 몸짓으로 단순화된 최고의 감정이었다. 그와 같은 연설은 웅변의 역사에서도 유례를 찾기 힘들다. 링컨 본인도 「게티즈버그 연설」과 조금이라도 유사한 연설을 이전에는 한 적이 없다. 그것은 정말로 굉장한 연설이었다.

그러나 「게티즈버그 연설」은 논리가 아니라 말 그대로 연설이라는 점, 아름답지만 상식에 어긋난다는 점을 잊어서는 안된다. 그 안에 담긴 주장을 생각해보라! 그것을 일상생활의 담담한 말들로 표현해보라! 그 주의(主義)는 지극히 단순하다. 게티즈버그에서 죽어간 북군 병사들은 자결(自決)의 대의를 위해 목숨을 바쳤으며, 인민의, 인민에 의한, 인민을 위한 정부는 이 지상에서 결코 소멸되지 않을 것이라는 것이다. 그런데 이보다 진실과 거리가 먼 것은 상상하기도 어렵다. 그 전투를 치른 북군 병사들은 사실상 자결에 대항해서 싸웠다. 인민이 스스로를 다스릴 권리를 지키기 위해 싸운 쪽은 남부연합이었다. 게티즈버그 전투의 실질적인 효과는 무엇이었던가? 각 주(州)의 오래된 주권(主權), 그 인민들의 오래된 주권을 파괴한 것 아니었던가? 남부연합은 절대적으로 자유로운 인민의 자격으로 전투에 참여했고, 결국에는 이 나라에서 남부연합을 제외한 나머지 지역의 감독과 투표에

1. 1863년 11월 19일 펜실베이니아 주 게티즈버그 국립묘지 헌정식에서 행한 연설. 연설문 전문은 『링컨의 연설과 편지』(이산, 2012), p. 239 참조.

자신들의 자유를 맡겨야 했다. 그리고 그 투표의 여파가 20년 가까이 지속되었기 때문에, 그들은 거의 자유를 누리지 못했다. 내가 「게티즈버그 연설」의 어불성설을 간파한 최초의 미국인일까? 만일 그렇다면 나는 신성모독이라는 말의 의미를 좋은 쪽으로 향상시키는 데서 심미적 기쁨을 누린다고 주장하는 바이다.

2. 폴 엘머 모어

최근에 나온 폴 엘머 모어의 『셀번 수필집』에서 특별히 새로운 것은 찾을 수 있다. 이 박식한 저자는 프린스턴의 자택(自宅) 스토브 굴뚝을 날려버린 무정부주의의 광풍에 굴하지 않고 변함없이 자기의 신앙을 완강히 고수하고 있다. 그는 여전히 규율과 예절의 힘으로 낭만주의 운동에 맞서고 있는 씩씩한 투사이며, 아직까지 청교도의 윤리와 미의식을 열정적으로 대변하고 있다. 그토록 단단한 확신과 그토록 굳은 결의에는 거의 숭고하다고 말할 수밖에 없는 그 무엇이 있다. 지금은 그런 구식의 단정함을 지지하는 자들에게는 다소 슬픈 시대이다. 성문 앞에 몰려든 고트족과 훈족이 난폭하게 성벽을 두드리면서 야유를 퍼붓고, 향기로운 여성용 속옷과 예정설을 반박하는 소책자, 『네이션』·『프리맨』[1]·『뉴리퍼블릭』[2]의 합본철을 집어던지고 있다. 그러나 이런 소음은 모어 박사를 당황시키지 못한다. 유혈이 낭자한 낮은 성벽 위로 높은 탑이 우뚝 솟아 있는데, 그 내부는 상아로 되어 있고 외부는 철근콘크리트로 되어 있다. 그는 이 탑 꼭대기에 있는 검소한 방에 꿈쩍도 하지 않고 앉아서, 엄숙하게 "이 땅이 낳은 가장 위대한 신학자이자 철학자" 조너선 에드워즈를 애도하는 노래를 짓고 있다.

1. 1946년에 창간된 미국의 월간지. 리버태리어니즘을 주창하는 대표적인 잡지이다.
2. 1914년부터 발간되고 있는 진보주의 계열의 시사잡지.

정말로 대단하다. 약간 매력적이기도 하다. 달리 고상한 일거리가 없을 때면, 나는 이따금 야만인들과 한패가 되어 전투태세를 갖추고 있는 청교도를 향해 혐오스러운 포탄을 퍼붓곤 한다. 그것은 대개 너무 쉽고 너무 앵글로색슨적이어서 싸움치고는 재미가 별로 없다. 페이비언 프랭클린 박사[1]가 『리뷰』지[2]의 필진으로 끌어 모은 늙다리 교수들을 생각해보라. 그들을 때려눕힐 때 진정한 스릴을 느낄 사람이 누가 있겠는가? 지팡이를 짚고 나온 그들은 자기의 전면에 있는 것 못지않게 자기의 배후에 있는 것을 두려워한다. 니네베와 티레의 무서운 발사용 무기에 맞서, 그들은 교편(教鞭)으로 무장하고 있다. 앵글로색슨의 아르콘 격인 아돌프 옥스[3]의 앞잡이들은 상대하기가 더 쉽다. 그저 뿔피리만 불면 그들은 모두 쓰러진다. 스튜어트 P. 셔먼 교수도 비정한 이교도를 즐겁게 해줄 만한 적수는 아니다. 물론 셔먼은 적어도 진정한 미국인이지만, 그의 문제는 너무 미국적이라는 것이다. 그의 모자에는 아이오와의 건초 부스러기가 남아 있다. 그는 셔토쿼 운동의 악취를 지우지 못한다. 우리가 불가피하게 그에게서 발견하는 것은 그의 이상한 기본이론, 즉 예술가의 자질은 해당 인물이 1917년에 카이저를 증오했는지〔즉, 독일인을 증오했는지〕 여부, 그리스도 교도의 노력에 도움을 주었는지 여부, 1911년 샤를라흐베르거[4]보다 코카콜라를 더 좋아했는지 여부, 성위생의 위대한 교훈을 진정으로 받아들였는지 여부에 따라 판단할 수 있다는 이론이다. 셔먼은 사냥감이지만, 정정당당하게 게임에 임하지 않는다. 더욱이 그는 근자에 자포자기의 슬픈 징후를 보이고 있다. 그는 상대의 비위를 맞추

1. 헝가리 태생의 미국 언론인.
2. 프랭클린이 1919년에 창간한 잡지.
3. 1896년에 적자에 허덕이던 『뉴욕타임스』지를 인수하여 세계적인 유력 일간지로 성장시킨 독일계 미국인.
4. 독일산 고급 브랜디.

려 노력하고 있고, 클린치 상태에서 상대를 껴안기 시작하고 있다.

정말로 매력적인 사냥감은 모어이다. 그를 견고한 탑에서 끌어내 양군이 지켜보는 가운데 결투를 벌일 수 있는 성벽 전면의 경사면까지 유도한 다음 마침내 그가 싸움에 응하도록 만드는 것, 이 일은 가장 담대한 자들조차 곤혹스러워하고, 가장 유능한 사람조차 망설이게 하는 과업일 것이다. 모어는 견고한 지식을 축적하고 있는 사람이다. 그의 뒤를 따라가는 맹목적인 낙천가들보다 훨씬 훌륭한 무기와 갑옷을 갖추고 있다. 어쩌면 그는 미국에서 진정한 학자에 가장 근접해 있는 인물일지도 모른다. 하느님, 우리 모두를 구원하소서! 그러나 그에게는 호전성도, 논쟁의 재능도, 자기의 적들을 제압하려는 욕망도 없다. 그의 방법은 완전히 일방적이다. 해가 바뀌어도 그는 단지 자신의 모호한 항변을 거의 토씨 하나 바꾸지 않고 되풀이한다. 『셸번 수필집』 첫 권과 마지막 권 사이의 차이는 곡(Gog)과 마곡(Magog) 사이의 차이보다 작다. 꾸준하게, 단조롭게, 애매하게, 그는 갑갑하고 억압적이고 암울한 복음을 계속해서 설파한다. 그는 처음부터 "자유로운 감정의 짜릿한 전율"에 반대했고, 아마 최후의 순간까지 그것에 반대할 것이다. 나는 저승사자가 조용한 발걸음으로 그에게 다가오고, 사람들이 프린스턴에서 조기를 게양하고, 『뉴욕이브닝저널』지의 독자들이 폴 E. 모어라는 이름의 무명인사가 사망했다는 부음(訃音)을 접하는 그 순간이 내가 죽고 나서 한참 뒤에 찾아오기를 바랄 뿐이다.

3. 매디슨 커윈

커윈을 추모하는 루이빌의 벗들에 의해 정식으로 발간된 두툼한 책 한 권이 이 시인을 기념하고 있다. 이 책의 편자 오토 A. 로더트는 커윈을 1~2년 알고 지냈을 뿐이고, 그가 사망하고 나서야 그의 시를 읽었다고 고백하고 있다. 기고자들의 면면을 보면 루번 포스트 헬럭, 레이 고든 길트너, 안나 블랑쉬 맥길, 엘바이러 S. 밀러 슬로터 같은 그 지방의 문인들이다. 대부분의 여성은 플라톤·몽테뉴·단테를 찬양하는 고등학교 교사들처럼 고인에 대한 과장된 감정을 분출하고 있다. 그나마 열일곱 살 된 그의 아들이 쓴 글이 그를 가장 생생하고 지적으로 묘사하고 있다. 그의 오랜 친구인 찰스 해밀턴 머스그로브의 글도 읽을 만하다. 이미 암시했듯이 여성들은 마냥 감상에 빠져 있다. 그래도 이 책은 매혹적이고, 책꽂이에 꽂아둘 만한 가치는 있다. 로더트 씨는 그가 커윈의 '사진지'(picturography)라 명명한 것으로 책을 시작한다. 1865년의 의상을 입고 있는 커윈의 부모, 외고조부의 문장(紋章), 커윈의 생가터 위에 현재 서 있는 집, 커윈이 어릴 때 물을 마시던 샘터, 커윈이 세 형제와 찍은 사진, 형과 사촌 프레드와 함께 찍은 사진, 찬장 옆에서 찍은 사진, 커윈이 살던 집들, 커윈이 일하던 장소, 커윈이 좋아하던 루이빌의 산책로, 커윈의 아내와 아기, 루이빌 공공도서관에 있는 커윈의 흉상, 커윈의 장례식이 거행된 교회, 케이브힐 공동묘지에 있는 커윈의 소박한 무덤—요컨대 한 인간의 인생역정을 돌아보게 해주는, 그리고 그가 떠난 뒤에 그의 천진난만한 손자들을 즐겁게 해줄 모든 사진이 수록되어 있다. 사진 다음에는 시인의 가계와 젊은 시절에 대한 에세이, 시인에 대한 신문기사 모음, 시인의 임종에 대한 상세한 설명, 미완의 자서전 유고, 지루한 내용의 편지 선집, 몇 편의 산문, 이미 언급한 바 있는 지인들의 기고문이 이어지고, 끝으로 시인의 작품목록과 색인이 있다.

이 책은 굉장히 두껍긴 해도 흥미롭고 재미있는 것들로 가득하다. 물론 커윈은 일류시인이 아니었고, 이류시인으로 대접받을 수 있을지도 불확실하지만, 진부하고 무기력한 작품이 다수를 이루는 가운데 빼어난 수준의 자연서정시 몇 편이 포함되어 있는 것도 엄연한 사실이다. 숲과 들판은 그의 기쁨이었다. 그는 자연 속을 거닐면서 꽃과 새, 아름드리나무와 반짝이는 하늘, 봄의 신록, 가을의 단풍, 겨울의 순백을 관찰했다. 그가 그런 황홀경을 글로 옮겼을 때, 그 글은 알차고 아름다운 시가 되었다. 이런 시들은 망각되지 않을 것이다. 앞으로 100년 동안 쓰일 모든 미국문학사에는 매디슨 커윈의 이름이 나올 것이다. 그러나 문학사가들은 커윈을 시인으로서 어떻게 평가할까? 비록 간헐적으로 분출하긴 했지만, 워즈워스와 셸리의 재능을 연상시킬 정도로 비범했던 그의 재능을 어떻게 설명할까? 사실 커윈만큼 시단(詩壇)에 어울리지 않는 인물도 드물 것이다. 그의 아버지는 돌팔이의사였고, 어머니는 직업적인 심령술사였다. 커윈 자신은 수년 간 도박장에서 출납계로 일했다! 이보다 기괴한 일이 있을 수 있을까? 시인에게 이보다 부적절한 환경을 상상이나 할 수 있을까? 그렇지만 사실은 사실이고, 로더트 씨도 굳이 사실을 숨기려 하지 않는다. 마지막으로 기이한 장면을 하나 더 추가하자. 커윈은 어느 날 아침 욕실에서 면도를 하다가 쓰러지면서 욕조에 머리를 부딪쳤고, 그의 사후에는 그의 생명보험을 두고 소동이 벌어졌다. 로더트 씨는 그 모든 자료를 제시하고 있다. 부검이 묘사되고, 사망진단서가 인용되고 있다. …… 참으로, 참으로 이상한 이야기이다!

4. 프랭크 해리스

내가 아는 한 이 사람 해리스는 정말로 평판이 좋은 인물이긴 하지만, 하느님을 두려워하고 하느님의 법에 복종하는 심정으로 지적하지 않을 수 없는 것은, 그에게는 왠지 불길한 면이 있다는 사실이다. 내가 처음 그를 본 순간, 나의 머릿속에는 젊은 시절 입센이 이 땅에 알려지기 이전에 공연되던 연극의 한 장면이, 즉 무대 옆에서 음향효과를 내는 조수 2명이 엠파이어스테이트 익스프레스의 굉음을 모방하는 가운데 핸섬한 건달들이 비명을 지르는 처녀들을 선로에 꽁꽁 묶는 장면이 떠올랐다(나는 이 비열하고 어울리지 않는 기억을 즉시 지워버렸다). 해리스에게는 그 녀석들을 연상시키는 우아한 자세, 검은 수염, 의기양양하고 오만한 태도, 마노처럼 반짝이는 눈, 초연하고 도도한 미소가 있었다. 누가 보아도 멋진 이 인물은 비웃는 법도 확실하게 알고 있었다. 사실 그날 오후 우리는 비웃기 시합을 했는데, 시합이 끝나기 전에 1914년경의 유명한 학자와 정치인의 이름은 거의 다 우리의 조롱거리가 되었다. 그런데 조롱을 업으로 삼는 사람에게는 좋은 시절도 있고 나쁜 시절도 있다. 자신의 재능 덕분에 하느님의 은총을 받은 사람 못지않게 안락을 누릴 때도 있지만, 그 재능으로 인해 화살세례를 받고 고통을 느낄 때도 있다. 해리스는 화살부터 맞았다. 그가 20여 년의 망명생활을 끝내고 고국으로 돌아간 시점이 하필이면 이 나라에서 영국열풍이 국교의 위엄을 얻게 된 해였던 것이다.[1] 1880년대 초부터 영국인들 사이에서 살기 시작한 그가 영국에 대해 했던 말은 대부분 사람들을 당황시키는 무례한 내용이었다. 더구나 그는 수염을 배배 꼬면서 반항적으로 그런 내용을 발설했을 뿐 아니라 그것을 글로 써서 책으로 출판하기까지 했다. 이 책은 열렬한 영국 숭배자들, 특히 윌슨과 옥스, 조지 퍼트넘과 루스벨트, 오언 위스터와 사이러스 커티스의 경건한 지도를 따르던 지식인들에게 충격을 안겨주었다. 이들은 전미예술문학회 임시회의를 소집하여 「신이시여 왕을 구하소서」(영국 국가)를 부르고 유니언잭(영국 국기)에 입을 맞추었으며 해리스를 파문했다. 이후 해리스는 오륙 년 동안 따돌림을 당했다. 문학비평지는 그의 이름을 전혀 언급하지 않았고, 그의 책들은 철저하게 잊혀졌다. 그에 대한 이야기는 오직 풍문으로만 떠돌았고, 그런 풍문은 주로 그가 카이저의 돈을 받고 있다거나 윌리엄

1. 해리스는 1869년에 미국으로 이주했다가, 1882년에 영국으로 돌아갔다. 그리고 제1차 세계대전 기간에 미국으로 다시 돌아왔고, 1921년에 미국 시민이 되었다.

T. 매닝[1]을 모함할 음모를 꾸미고 있다는 내용이었다.

이런 상태가 1921년까지 계속되었다. 그러다가 섬세함과는 거리가 먼 영국인이 공손하고 선량한 모든 이민자에게 끔찍한 장난을 쳤다. 영국의 전쟁노력을 진지하게 받아들이기를 거부한 해리스의 죄를 별안간 용서하고, 오랫동안 숨어 지내던 그를 유대계 미국인 사이에서 찾아내, 다정하고 거창하게 그를 박식한 일류신사, 심지어 미국문학의 정화라고 칭찬하기 시작했던 것이다! 그의 『현대인의 초상: 두 번째 시리즈』에 대한 영국인의 평가는 정말로 믿기 어려운 것이었다. 『더타임스』지는 그를 두 편의 칼럼에서 상세히 다루었고, 영국인의 문학적 의견을 대변하는 나머지 주요 기관지들도 그 뒤를 따랐다. 그 책 자체는 탁월한 저서, 치밀하고 독창적인 비평서로 소개되었고, 저자한테는 정중한 태도를 보였다. 반면에 우리는 『뉴욕타임스』지 사무실에 감도는 난감한 분위기, 프린스턴 대학과 일리노이 대학의 임시회의, 재향군인회, 전미예술문학회와 KKK단의 비밀회동을 상상한다. 그러나 흥분한 지도급 인사들의 말들이 쏟아졌음에도 불구하고 이루어진 것은 아무것도 없었다. 공손한 바보들은 영국인이 "워!"(Wo)라고 말하면 오른쪽으로 돌고, "지!"(Gee)라고 말하면 왼쪽으로 돈다.[2] 물론 그들에게 환영까지 하라는 것은 무리한 요구겠지만, 어쨌든 그들은 반응을 보인다. 나는 1921년 이후 교수나 자경단원이 그에 대해 험담하는 것을 들어본 적이 없다. 아니, 두세 번 그가 화제에 올랐을 때 이 조롱의 대가를 어쭙잖게 조롱하는 소리를 들었는데, 그때마다 나는 등골이 오싹했다.

그에게는 도대체 무엇이 있는가? 자주 말했다시피 나는 그에게 많은 것이 있다고 믿는다. 그의 『오스카 와일드』는 어느 모로 보나 미국

1. 미국성공회 주교.
2. Wo나 Gee는 말이나 가축을 부릴 때 쓰는 말이다.

인이 쓴 최고의 문학적인 전기이다. 놀라우리만치 솔직하고 신랄하고 생생하게 인물을 재구성한 이 작품은 모든 평범한 비평을 시시해 보이게 만들 정도다. 말할 필요도 없이 컴스톡법 지지자들은 이 책을 금서로 지정하려 했다. 그럼에도 그들이 굴욕적으로 실패했다는 사실은 해리스에게 찬란한 빛을 더해준다. 상황은 컴스톡법 지지자들에게 절대적으로 유리했다. 그들은 애국심을 등에 업고 있었고, 당시 활개를 치던 야비한 인간들의 도움을 받고 있었다. 그럼에도 해리스는 그들을 흠씬 두들겨 패서 거의 초주검으로 만들어놓았다. 요컨대 그는 호전적이고 진취적이고 용감한 인물, 즉 나약한 감정(진짜이든 가짜이든)을 철저하게 배제하고 자기의 생각을 표현하는 인물이다. 『인간 셰익스피어』와 『셰익스피어의 여자들』에서, 그는 영국 학계의 비평가 전체를 상대로 싸움을 벌여 그들을 모조리 물리친다. 이 두 권은 의욕과잉이라는 흠이 있긴 하지만, 지금까지 나온 셰익스피어 비평 가운데 가장 탄탄하고 꼼꼼하고 설득력 있는 책이다. 해리스는 진부한 허튼소리를 전부 배제하고, 자료들을 완전히 새롭게 검토하여, 연극에 대한 굉장히 유용하고 방대한 지식을 제공하는데, 이 지식은 문단에서 박식하기로 소문난 거물조차 겨우 간파하기 시작한 것이다. 사실과 증거를 파악하는 대단한 능력은 『현대인의 초상』 세 권에서도 빛을 발하고 있다. 이 책들을 읽고 나면, 저자가 책에서 다루고 있는 사람들에 대해 잘 알고 있다는 느낌, 그가 묘사한 것뿐 아니라 그 이상의 많은 것을 알고 있다는 느낌을 받게 된다. 그의 책에는 통상적인 문학적 '평가'의 무미건조함 따위가 없다. 육체의 결함이든 영혼의 결함이든, 결함도 있는 그대로 그려진다. 그의 연구대상은 서서히 인생의 온갖 색채를 띠고, 자연스럽고도 자유롭게 움직이기 시작한다. 나는 문학작품에서 개인의 특성을 이토록 잘 끄집어낸 예를 알지 못한다. 게다가 그가 다룬 사람들은 대부분 개성이 아주 강하다. 해리스는 자신의 시대에 알 만한 가치가 있는 사람은 거의 알고 지낸 듯이 보인다. 그리고 그가 아는 사람들은 예외 없이 그의 실험실로 보내져 해부된다.

이 사람은 당대의 일류비평가이며, 그가 동시대인들에 대해 쓴 글은 그들에 대한 미래세대의 견해에 분명히 영향을 미칠 것이다. 이 어려운 분야에서 그의 가치를 높여주는 것은 뭐니뭐니해도 그의 냉소적 초연함, 즉 인간과 이념을 객관적으로 볼 수 있는 능력이다. 물론 그에게도 친구들이 있었고, 이들 가운데 일부는 그와 오랫동안 돈독한 우정을 나누었다. 그러나 글을 쓸 때, 그는 수술을 하는 외과의사의 심정으로 임한다. 자신의 글쓰기가 글의 대상이 된 사람보다 훨씬 중요하다고 생각하면서, 대상과 일정한 거리를 유지한다. 근자에 그는 예나 지금이나 자신에게는 악의가 없다고 강변했다. 인정한다. 외과의사도 그렇듯이 조지 무어[1]에 대한 글을 쓸 때, 해리스는 악의 없이 글을 썼을지도 모른다. 그러나 그럼에도 불구하고 그 여파는 어떤 악의적인 적이 한밤중에 무어를 침실에서 끌어내 벌거벗은 상태로 그를 런던 중심부의 섀프츠버리 거리까지 끌고 갔을 경우에 초래되었을 결과와 똑같다. 해리스의 서술은 섬뜩할 정도로 노골적인데, 나는 그것이 진실이라고 믿는다. 그가 묘사한 무어가 진짜 무어와 완전히 똑같다고 말할 수는 없겠지만, 그 무어가, 무어의 저작에서 엿볼 수 있는 무어보다 진짜 무어에 훨씬 가까운 것도 사실이다. 이런 방법에는 물론 결점이 있다. 해리스는 기본적으로 이념보다는 사람에 더 많은 관심을 보인다. 『현대인의 초상』이 그 증거이다. 결과적으로 그가 비평한 책에 대한 그의 판단은 종종 해당 저자에 대한 그의 견해에 의해 왜곡된다. 그는 마크 트웨인을 자신과 정반대의 인물형인 기회주의자

1. 아일랜드 소설가.

이자 겁쟁이라는 이유로 싫어한다. 고로 『아서 왕궁의 코네티컷 양키』는 우리를 어리석음으로 인도하는 헛소리에 불과하다. 그는 한때 드라이저와 대판 싸웠다. 고로 『거인』은 난센스이다. 물론 이런 논리 자체가 난센스이다. 그러나 이런 인간적인 약점에서 완전히 자유로운 비평가는 없다. 상아탑의 먹물들은 그 약점에서 절대 헤어나지 못한다. 그들은 작가가 국제연맹에 대해 건전한 생각을 갖고 있는 한 그의 작품을 기꺼이 받아들인다. 내가 볼 때 해리스는 대부분의 비평가에 비해 정상궤도에서 일탈하는 경우가 드물다. 그가 심한 편견을 갖고 있을지도 모르지만, 그것이 정직한 인물에게 영향을 미치는 일은 좀처럼 없다.

해리스가 자기 자신에 대해 자주 언급한 바로 미루어볼 때(그는 다행스럽게도 겸손이라는 허영으로부터 자유롭다), 그가 마음속으로 가장 소중하게 생각하는 것은 자신의 소설, 특히 『폭탄』과 『투우사 몬테스』인 것 같다. 후자는 아널드 베넷의 극찬을 받았으며, 베넷에 대해서는 레너드 메릭도 상찬한 바 있다. 나는 그 소설을 네다섯 번 읽었는데, 읽을 때마다 재미있었다. 그것은 잘 다듬어지고 탄탄하게 구성되고 아름답게 쓰인 빼어나게 감동적인 이야기이다. 그것은 토머스 하디의 우수한 단편 몇 편을 상기시킨다. 그 밖의 소설 대여섯 편도 하나같이 솜씨 좋은 장인의 작품이다. 그러나 해리스의 바람에도 불구하고, 소설가가 해리스의 참모습은 아니다. 물론 그는 이야기꾼의 재능을 갖고 있다. 하지만 『투우사 몬테스』가 〔조지프 콘래드의〕 『어둠의 심연』에 견줄 만한 작품은 절대로 아니다. 『젊은이의 사랑』은 누가 봐도 무기력한 실패작이다. 해리스는 오스카 와일드의 전기, 셰익스피어에 대한 두 권의 책, 『현대인의 초상』 세 권의 작가일 때 그 진면목을 드러낸다. 이런 작품들에는 평균수준을 훌쩍 뛰어넘는 그 무엇, 즉 선명하고 개연성 높은 비평과 교수 나부랭이는 백번 죽었다 깨어나도 불어넣을 수 없는 예술적 풍격이 있다. 해리스는 자기의 견해를 흥미로울 뿐 아니라 중요한 것으로 만드는 재주가 있다. 그가 하는 말은 언제나 참신하고 창의적이고 진실해 보인다. 모든 가치를 종합적으로 따져볼 때 이런 전기들이야말로 견실한 예술가, 대단히 지적이고 용감하고 독창적인 인간으로 판명될 한 미국인이 남긴, 그리고 한때 그를 제거하려고 유치한 짓거리를 마다하지 않던 꼴통들과는 격이 다른 한 작가가 남긴 필생의 역작이다.

5. 해블록 엘리스

한 사람의 교양을 측정하는 기준을, 대다수 인간을 지배하는 진부한 생각과 유치한 감정으로부터 얼마나 자유로운가에 둔다면, 해블록 엘리스야말로 자기 세대에서 가장 교양 있는 영국인이라고 해도 과언이 아니다. 그는 매우 견실하고 폭넓은 지식을 지니고 있지만, 그를 단연 돋보이게 하는 것은 그가 지닌 실질적인 지식이 아니다. 그것은 그의 심원하고 철두철미한 회의론, 무상하고 작위적이고 조잡한 것에 대한 통찰력이다. 당연한 말이지만, 그런 무조건적인 회의론은 영국인의 습관이 아니다. 평균적인 영국인 학자는 자신의 전공분야 안에서는 대륙의 유럽인에게 도전장을 내밀지 몰라도, 그 밖의 분야에서는 정치인과 청과물상, 근교 성직자의 수준으로 떨어지게 마련이다. 앨프레드 월리스[1]·윌리엄 크룩스[2]·올리버 로지의 사례는 서로 무관하지 않다. 영국인 자연과학자를 한 꺼풀만 벗기면 심령술사의 모습이 드러난다. 군악대의 공연장에 영국인 형이상학자를 데리고 갔을 때, 그가 애국심에 도취되어 콧노래를 흥얼거리기 시작해

1. 다윈과 같은 시기에 자연선택에 의한 진화의 개념을 독자적으로 전개했던 영국의 박물학자.
2. 영국의 화학자이자 물리학자.

도 놀랄 필요는 없다. 지난 전쟁은 이런 약점을 적나라하게 보여주었다. 영국의 학자집단은 조국을 지지했을 뿐 아니라, 데이비드 로이드 조지와 『데일리메일』지,[1] 심지어 트라팔가 광장의 어중이떠중이까지 지지했다. 불행하게도 미국인은 영국인의 국수적인 의견, 이를테면 독일인은 문헌학에 전혀 기여한 바가 없다는 옥스퍼드 대학의 유명 문헌학자의 증언을 흉내도 내지 못한다. 영국인보다 못났기 때문이다. 영국은 적어도 엘리스와 버트런드 러셀, 윌프리드 스코언 블런트, 그 밖의 몇몇 학자를 거느리고 있다. 그러나 미국에는 그런 수준의 학자가 한 명도 없다.

엘리스가 단연 돋보이는 것은 자국에 만연한 어리석음에 대한 그의 반대에 사적인 감정이나 값싼 도덕적 목적이 전혀 개입되지 않았기 때문이다. 당대에 이단아로 불리던 사람들 가운데 다수는 사실은 갑자기 엉뚱한 길로 빠진 정통파 마녀사냥꾼이었다. 그들의 무질서한 노호는 그저 그런 교수들을 연상시켰다. 그들은 누구를 상대로 분노의 함성을 질러대는가에 따라 구별될 수 있을 뿐이었다. 그러나 엘리스는 시종일관 냉정을 유지했다. 영국의 풍경과 영국의 방식을 당당하게 사랑하고, 국민의 본질적인 건전성과 숭고한 역사적 사명을 굳게 확신하는 순수 영국인으로서, 그는 당대의 광대극에서 멀찌감치 떨어져 양식과 품위가 회복되기를 끈기 있게 기다렸다. 그의 전시(戰時) 성찰의 기록인 『인상과 촌평』에는 감상적인 구석이 없지 않다. 그래서 읽다 보면 침울해질 수밖에 없다. 그러나 진정한 교양인에게는 적어도 몇 가지 수단이 남아 있었고, 그 책의 주된 가치는 교양인이 그런 수단을 어떻게 이용하는지 보여주는 데 있다. 어중이떠중이의 광분에 직면한 엘리스는 그들이 이해할 수 없는 관심사와 이념 및 모

1. 1896년에 노스클리프 경에 의해 창간된 영국의 보수적인 일간지.

든 저급한 갈등을 초월한 휴머니즘으로 선회했다. 그의 성찰에는 르네상스인의 위엄 같은 게 있다. 이로부터 나타나는 인간의 모습은 연구실에 틀어박혀 있는 단순한 학자가 아니라, 자신의 민족과 시대를 뛰어넘은 탁월한 인물이다. 자기보다 열등한 사람들의 유치한 열정을 경멸의 시선으로 바라보면서도 그것을 이해하지 못할 정도로 비현실적이지는 않고 심지어 그것을 멋지게 활용할 줄 아는 철학자이다. 이 책에는 고상한 분위기가 흐른다. 독자들은 광대한 도서관 같은 지성과 신사의 세련된 매너를 갖춘 인물을 만날 수 있다. 그는 철저한 키플링 반대자이며, 헉슬리의 전통을 꽃피우고 있다.

그의 논의는 베토벤에서 예술 검열까지, 스페인 건축에서 영국마을의 매력까지 광범위하다. 이 사람의 지식은 가히 무불통지라고 할 만하다. 그는 주로 심리학자로 활동해왔고, 특히 성(性)심리라는 골치 아픈 문제에 대해 굉장히 해박한 지식과 건전한 판단을 제공해왔다. 그러나 오랜 기간에 걸친 그런 직업적 관심이 10여 개의 다른 분야에 대한 그의 사색을 방해하지도 않았거니와, 그의 미적 감수성과 그것을 환기시키는 그의 능력을 둔화시키지도 않았다. 그는 이 책에서 최고의 필력을 보여준다. 그의 문체는 특히 책 후반부로 갈수록 다채로우면서도 명료해진다. 그것은 수정처럼 투명한 영어인 동시에 섬세한 어감과 운율이 살아 꿈틀대는 영어이다. 그토록 독창적이고, 호기심 많고, 박식하고, 무엇보다도 건전하고 성실한 인간의 문제제기와 결론에 이 이상 근사한 옷을 입힐 수는 없을 것이다.

14

자유의 본질

미국의 법률이 정한 대로 자기에게 부여된 정당하고 무시무시한 공권력을 행사하는 경찰이 구류 중인 어떤 시민의 후두부를 가격해 출혈·쇼크·혼수상태·사망을 유발할 때마다, 인간의 자유를 옹호하는 전문가들로부터 미약한 가성(假聲)의 항의가 제기된다. 이런 항의가 피해자의 상속인과 채권자를 제외한 미국의 자유시민 대다수의 지지를 받지 못한다는 것은 별로중요하지 않은 사실일까? 나는 그렇지 않다고 생각한다. 언제나 그렇듯이 이 경우에도 여론은 대단히 현실적이다. 여론은 해당 경찰관의 행위에 반발하여 들고일어나지 않는다. 이유는 간단하다. 여론은 그런 일을 한 경찰의 권리를 문제삼지 않기 때문이다. 경찰은 경찰봉을 장식용으로 갖고 다니는 것이 아니다. 경찰봉은 민주당원이든 공화당원이든 반항하는 사람의 두개골을 박살내라고 경찰에게 지급되는 것이다. 경찰이 그 중요한 의무를 이행할 때, 경찰은 명백히 자기의 권리를 행사하는 것이다.

앞서 말한 전문가들은 미국의 체신장관이 자기 마음에 들지 않는 이념을 표방하는 정기간행물의 배달을 금지시키고, 불쌍한 러시아인이 카를 마르크스의 책을 읽었다는 이유로 추방당하고, 금주법위반 단속요원이 단속에 저항하는 밀주업자를 죽이고, 법무부 수사관이 이탈리아인을 창문 밖으로 집어던지고, KKK단이나 재향군인회가 사회주의의 전도사들의 온몸에 타르를 바르고 그 위에 새털을 뒤집어씌울 때마다 흐느껴 울던 바로 그 광신자들이다. 요컨대 그들은 급진파이다. 그리고 급진파 색출은 볼셰비키 색출이나 마찬가지이다. 그들은 미국의 제도를 경멸하고 미국의 이상주의를 적대시하는 세력이다. 그들의 불쾌한 원칙은 바른 생각을 갖고 있는 용감한 미국인—미국의 상원의원이나 부유한 신문사의 편집국장이건, 로터리클럽 집회에 야유를 퍼붓고 시한폭탄을 던지는 타락한 세계산업노동자조합(IWW)[1]의 조합원이건—을 화나게 한다.

미국인을 주로 괴롭히는 것은 언제 어디서나 온갖 종류의 정신병자를 괴롭히는 무지하고 무비판적인 편집증이다. 자신의 알량한 능력으로 권리장전[2]에 개진된 이론적 원칙들을 습득한 그들은 그 원칙들이 법과 정의의 원칙들과 동일하므로 정상을 조금도 참작하지 말고 곧이곧대로 집행되어야 마땅하다고 열정적으로 확신한다. 이는 우연히 「역대기상」 2장을 들여다보던 고교회파[3]의 성직자가 별안간 자신의 설교단에서 교구민들에게 "이새는 맏아들 엘리압과 둘째로 아비나답과 셋째로 시므아와 넷째로 느다넬과 다섯째로 랏대와 여섯째로 오셈과 일곱째로 다윗을 낳았다"는 본보기를 그대로 따르라고 명령하면서 이를 어길 시에는 파문과 지옥불로 처벌하겠다고 엄포를 놓는 것과 조금도 다를 바가 없다. 그것은 매우 건전한 이론적 신학일지는 몰라도 현대적인 사고방식과는 전혀 어울리지 않는다. 만일 주교로부터 열흘간의 참회를 선고받지 않는다면, 그는 엄청난 행운아일 것이다.

1. Industrial Workers in the World. 미국노동총동맹(AFL)의 급진적인 조합원들이 중심이 되어 1905년 시카고에서 결성된 사회주의적인 노동조합.
2. 처음에는 1791년에 미국헌법에 추가된 수정헌법 제1조부터 제10조까지를 가리켰지만, 나중에는 여성참정권을 규정한 제19조처럼 인간의 권리와 자유에 영향을 미친 수정헌법 조항도 포함하게 되었다.
3. High Church. 영국 국교회 내의 보수파. 가톨릭으로부터 계승된 전통을 중시한다.

권리장전의 경우도 마찬가지이다. 이 공화국의 국부들에 의해 채택된 권리장전은 엉성하고 낯설고 융통성 없고 다소 공상적이고 모호한 것이었다. 그것은 시민의 권리를 구체화했지만, 시민의 의무에 대해서는 전혀 언급하지 않았다. 이후 입법의 과학이라는 질서정연한 과정과 재판의 예술이라는 미묘하고 아름다운 장치에 의해, 그것은 훨씬 유연하고 합리적인 방향으로 다듬어지고 순화되어왔다. 미국 시민은 한편으로는 지상에서 가장 자유로운 나라의 구성원이라는 대단한 특권을 간직하고 있다. 다른 한편으로는 무수히 많은 빈틈없는 법규와 현명한 판결 덕분에, 기특하게도 자연스러운 욕망을 적당히 억제하면서 질서와 예절을 지키고 있다. 시민의 소망을 가로막는 인위적인 장벽은 아무것도 없다. 그는 무엇이든 될 수 있다. 경찰도 될 수 있다. 일단 경찰이 되면, 그는 입법부와 사법부에 의해 경찰 고유의 권리와 특권을 보호받는데, 그의 중대한 직분에 수반되는 권리에는 특히 임의로 평범한 시민을 수감하고, 괴롭히고, 가혹하게 심문하고, 머리를 때려서라도 시민의 반항을 진압할 수 있는 권리가 포함된다. 이를 깨닫지 못한 사람들은 지방법원에 의해 무수히 표명되고, 연방대법원에 의해 고리타분한 용어로 승인된 미국 법체계의 기본원리도 모르는 사람이다. 그런 막강한 단속권의 한 가지 목적은 공공의 질서와 안전을 보장하고, 이해가 상충하는 개인들의 미숙하고 위험한 접촉을 법적 절차로 대체하는 것이다.

한 가지 예를 상상해보자. 평화를 사랑하는 시민인 당신이 퇴근 후 집으로 향하고 있다. 군중 속에서 당신을 알아본 경사(警査)가 당신한테 다가와 1917년 펜실베이니아의 앨투너에서 전차안내원을 살해한 죄로 당신을 체포한다고 말한다. 황당한 죄명에 깜짝 놀란 당신은 순간적으로 이 경찰이 제정신이 아닌 것으로 생각하고 도망치기 시작한다. 그는 추격하고 당신은 계속 도망친다. 그는 권총을 뽑아 당신을 향해 방아쇠를 당긴다. 그러나 불발이다. 그는 다시 발포하여 당신의 다리를 맞힌다. 당신은 쓰러지고, 그는 당신을 덮친다. 당신은 그의 광적인 공격에 저항하려 한다. 그는 경찰봉으로 당신이 정신을 잃을 때까지 마구 때린 다음, 관할 지구대로 끌고 간다.

지구대에 도착한 당신은 다섯 명의 형사가 있는 방에 갇히고, 그들은 여섯 시간 동안 교묘한 기술로 당신을 심문한다. 당신은 울화가 치민다. 머리와 다리의 통증으로 평상시의 신중함을 잃고 건성으로 대답한다. 그들은 당신을 때려눕힌다. 자백을 받아내는 데 실패한 그들은 당신을 독방에 밤새 가둬둔다. 다음날 그들은 당신을 경찰청으로 데리고 가서 범법자 명부에 추가될 사진을 찍는다. 당신의 사진은 '살인자' 항목에 정식으로 부착된다. 그 후 당신은 감옥으로 이송되어 다시 수감된다. 살인피해자의 아내가 앨투너에서 당신의 인상착의를 확인하러 올 때까지 당신은 그곳에 갇혀 있다. 그녀는 당신이 범인이 아니라는 말로 경찰을 당혹시킨다. 실제 범인은 이탈리아인이었던 것으로 보인다. 그래도 경찰은 당신을 하루나 이틀 더 붙잡아둔다. 당신의 집을 수색하고, 당신의 소득세 신고 내역을 감사하고, 당신 아내의 혼전순결을 조사한 뒤에야 당신을 풀어준다.

당신은 이 황당한 일에 대해 당연히 격분할 테고, 당신의 아내는 아마도 피해배상을 청구하라고 난리를 칠 것이다. 그런데 당신의 구제책은 무엇인가? 만약 당신이 선동가라면 어리석게도 터무니없는 방책을 택할 것이다. 즉 해당 경사의 즉각적인 구속과 경찰국장의 파면, 토머스 무니[1]의 석방, 사코와 반제티[2]에 대한 공정한 재판, 러시아와

1. 미국의 노동운동가. 1916년 샌프란시스코에서 발생한 폭탄테러 사건의 용의자로 체포되어 사형선고를 받았으나, 1918년에 무기징역으로 감형되어 22년을 복역하고 1939년에 사면되었다.
2. 1920년 매사추세츠의 한 제화공장에서 발생한 강도 및 살인 사건의 용의자로 체포되어 불공정한 재판에서 사형을 선고받고 1927년에 처형당한 아나키스트. 이 재판은 전세계

의 자유무역, 하나의 대(大)노동조합[1]을 소리 높여 외칠 것이다. 그러나 당신이 조국의 법과 제도를 존중하는 철두철미 미국인이라면, 당신은 변호사를 찾을 것이다. 변호사는 즉시 당신에게 당신의 권리가 무엇이고 그 한계가 어디까지인지 설명해줄 것이다. 당신은 문제의 경사를 구속시킬 수 없다. 그가 당신을 체포하려 할 때 당신이 저항했고, 당신이 저항하는 순간 그는 당신을 무력으로 긴급체포할 권리를 확보했기 때문이다. 또한 당신은 그가 당신을 범인으로 오인한 죄를 물어 그를 상대로 소송을 제기할 수도 없다. 그는 중범죄자를 즉석에서 체포할 권리를 갖고 있고, 경찰은 부정행위나 범의(犯意)가 인정되지 않는 이상 공무집행 과정에서 저지른 판단상의 실수에 대해서는 책임질 필요가 없다는 것이 법원의 거듭된 결정이기 때문이다. 형사들의 문책을 요구할 수도 없다. 그들이 당신을 심문할 때 당신은 살인 혐의로 수감된 상태였고, 그들이 당신을 심문하는 것은 그들의 의무이자 권리이기 때문이다. 당신을 감금했다는 이유로 지구대의 간수나 감옥의 교도관을 고소할 수도 없다. 그들은 적법하고 통상적인 절차를 거쳐 당신의 신병을 인수했기 때문이다. 만약 그들이 당신을 임의로 풀어주었다면 오히려 처벌을 받았을 것이다.

그러나 당신에게 아무런 구제책이 없다고 해서 아무런 권리도 없는 것일까? 그렇지는 않다. 분명히 당신은 권리를 가지고 있고, 법원은 그것을 열심히 보호해왔다. 당신은 헌법에 의해 당신에게 보장된 명백한 권리를 가지고 있다. 그것은 형평법 재판소에 가서 범죄자 명부의 살인자 항목에 올라 있는 당신의 사진을 당장 삭제할 것을 경찰

적인 이슈가 되었고, 버트런드 러셀·H.G. 웰스·마리 퀴리·아인슈타인·존 듀이·버나드 쇼·로맹 롤랑 등의 유명인사가 두 사람의 구명운동에 동참했지만, 이들의 죽음을 막지는 못했다.

1. One Big Union. 세계산업노동자조합(IWW)의 슬로건.

측에 요구하는 직무집행 영장을 신청할 권리이다. 이것은 절대로 양도할 수 없는 당신의 권리로, 지구상의 그 누구도 당신으로부터 빼앗을 수 없다. 당신은 그들이 당신의 사진을 극비문서에 보관하는 것까지 막을 수는 없지만, 그들이 그것을 한가한 방문객들의 눈에 띄도록 방치하는 것을 금하게 하는 명령서는 얻을 수 있다. 만일 당신이 그들의 사무실에 몰래 숨어 들어가 그들이 법원의 명령을 무시하고 있다는 사실을 입증할 수만 있다면, 당신은 그들을 명예훼손죄로 고소하여 교양 있는 판사가 그들에게 벌금형을 내리게 할 수 있다.

이런 식으로 법률·규칙·관습·판례가 불의로부터 자유로운 미국인을 보호한다. 경찰이 단순히 직무수행 중에 시민의 머리를 가격하는 사건이 터질 때마다 반미(反美) 성향의 급진주의자들이 들고일어나는 것은 자유 자체에 각별한 애정이 있어서가 아니라, 그런 미묘하고 완벽한 절차에 대해 무지하기 때문이다. 경찰은 시민의 머리를 가격할 수 있는 고유의 절대적인 권리를 갖는다. 이것은 선서를 한 경찰관으로서 그리고 국가권력의 대리인으로서 그가 누리는 일반적 특권의 본질적인 부분이다. 물론 그가 그 특권을 행사하는 방식이 무분별하고 건전한 판단을 결여하고 있다는 비판을 받을 수도 있다. 이런 문제에 관해서는 합리적인 사람들조차 의견이 분분해질 수 있다. 그러나 의견의 차이를 해소하는 온건하고 적절한 방식은 공개적으로 항의하고 요란하게 감정에 호소하는 것이나 계급의식과 반사회적 편견을 노골적으로 부채질하는 것이 아니라, 형평법 재판소의 냉정한 숙의와 엄격한 논리에 의해 권리장전에 추가된 견제책과 구제책에 점잖게 호소하는 것이다.

법은 시민을 보호한다. 그러나 그 보호를 얻으려면, 현명하고 정교하게 마련된 법절차를 충분히 존중해야 한다.

15

인간의 유형

1. 공상가

세상에는 과장해서 보는 눈, 밴드가 연주한 것보다 더 많은 것을 듣는 귀, 자신의 오감에 전달된 뉴스를 두세 배 부풀리는 상상력을 가진 별난 사람이 있기 마련이다. 그는 열광자, 신자, 공상가이다. 만약에 그런 사람이 세균학자라면, 그는 화농연쇄구균이 세인트버나드종(種)만큼 크고, 소크라테스만큼 지적이고, 보베 생피에르 성당[1]만큼 아름답고, 예일대 교수만큼 존경스럽다고 보고하고도 남을 인간이다.

2. 의심 많은 사람

다른 사람을 전적으로 믿는 사람은 없다. 우리는 어떤 이념을 절대적으로 믿을지언정, 사람을 믿지는 않는다. 철썩 같은 확신 속에서도 언제나 일말의 의심—이를테면 악당은 항상 뭔가를 뒤에서 꾸미고 있을 것 같다는, 반쯤은 본능적이고 반쯤은 논리적인 느낌—을 갖는다. 이런 의심은 지극히 당연하다. 어떤 사람도 무한신뢰를 받을 만한 가치는 없기 때문이다. 열 번 찍어 안 넘어가는 나무

1. 프랑스 북부 피카르디 지방 우아즈 주의 도시 보베에 있는 고딕 양식의 대성당.

없듯이 끈질긴 유혹을 받으면, 누구나 배신하게 마련이다. 그럼에도 불구하고 문제는, 사람들이 너무 의심이 많다는 것이 아니라 너무 의심이 적다는 데 있다. 그들은 쓰라린 경험을 한 뒤에도, 여전히 타인을 쉽게 믿는다. 여성은 다른 경우에도 그렇지만 이 경우에도 남성보다 훨씬 덜 감정적이다. 어떤 아내도 남편을 절대적으로 신뢰하지는 않는다. 자신이 그를 믿는 것처럼 행동하는 법도 없다. 그녀의 남편에 대한 신뢰는 신중하기 그지없다. 예컨대 소매치기가 자기한테 뇌물을 받은 경찰이 순찰 중에 자신을 배신하지는 않을 것이라는 믿음과 엇비슷한 수준의 신뢰이다.

3. 신자

신앙이란 있을 법하지 않은 일이 일어날 가능성에 대한 비논리적 믿음이라고 간략히 정의할 수 있겠다. 또는 정신분석학적으로 소망 노이로제라고 정의할 수도 있겠다. 따라서 신앙에는 병리적인 면이 있다. 그것은 정상적인 지적인 과정을 뛰어넘어 초월적 형이상학의 모호한 영역으로 들어간다. 신앙심으로 충만한 사람이란 명료하고 현실적인 사고를 상실한 (또는 가져본 적이 없는) 사람이다. 그는 단순히 바보가 아니다. 그는 사실상 환자이다. 그것도 치유 불가능한 환자이다. 실망은 본질적으로 객관적인 현상이지만, 그의 주관적인 허약성에 영원히 영향을 미치지는 못한다. 그의 신앙은 만성 감염증 못지 않은 독성을 지니고 있다. 그가 입버릇처럼 말하는 것은 기본적으로 이것이다. "**지금까지 언제나 우리를 우롱해왔던** 하느님을 믿읍시다."

4. 노동자

모든 민주주의 이론은 사회주의적인 것이든 부르주아적인 것이든 필연적으로 노동의 숭고함이라는 개념을 수용한다. 가난한 사람이 착취적인 공장에서 자신이 겪는 고통은 하느님이 기뻐하실 만한 갸륵한 것이라는 망상에서 헤어날 수 있다면, 그의 자아 속에는 거의 불만밖에 남지 않을 것이다. 그럼에도 불구하고 망상은 망상이고, 그 망상은 최악의 것에 속한다. 그것은 솜씨 좋은 예술가의 자부심과 먹고 살기 위해 일하는 노동자의 고통스러운 순종을 혼동하는 데서 비롯된다. 그 차이는 중요하고 엄청나다. 예술가는 설령 아무런 보상을 받지 못한다 할지라도 자신의 작업을 계속할 것이다. 그가 받는 실질적인 보상은 실제로 보잘것없는 경우가 많기 때문에 그는 거의 굶주린다. 그러나 의류공장 노동자가 자신의 노동에 대해 아무런 대가도 받지 못한다고 생각해보라. 그래도 그가 일을 계속하겠는가? 그가 자신의 영혼을 200벌의 바지에 담기 위해 육체적 수고와 극심한 가난을 자발적으로 감내하는 장면을 상상이나 할 수 있겠는가?

5) 의사

위생은 도덕에 의한 의학의 타락이다. 보건에 대한 이론을 덕성에 대한 이론으로 그 질을 떨어뜨리지 않는 위생학자를 발견하기란 불가능하다. 실제로 모든 위생은 윤리적 훈계로 환원되고, 성(性)위생이라는 하위분과는 유치하고 시대착오적인 금욕주의의 옹호로 귀결된다. 그 결과 위생학은 순수의학에 정면으로 배치된다. 의학의 목적은 결코 인간을 유덕하게 만드는 것이 아니라, 악덕의 결과로부터 인간을 보호하고 구해내는 것이다. 참된 의사는 회개를 권하지 않고 사죄(赦罪)를 베푼다.

6. 과학자

이 세상이 갖가지 동기에 부여하는 가치는 엄청나게 부당하고 잘못된 경우가 많다. 예컨대 만족을 모르는 왕성한 호기심과 선행을 하려는 욕구에 대해 생각해보자. 후자가 전자보다 높이 평가되지만, 지금껏 인류가 낳은 가장 위대한 인물들 가운데 몇몇을 움직인 것은 전자이다. 무엇이 위대한 병리학자를 분발시키는가? 질병을 치료하고 생명을 구하려는 욕구인가? 절대 아니다. 결과론적으로는 그렇게 말할 수 있을지 몰라도. 그의 영혼은 그런 욕구에서 갸륵한 그 무엇을 찾아보기에는 너무 지적이다. 그는 오랜 관찰을 통해 자신의 발견이 이로운 만큼 해로울 수도 있다는 점, 그것으로 인해 모든 정직한 인간이 수천 명의 악당에게 이용당할 수도 있다는 점, 가장 먼저 구제받아야 마땅한 사람이 맨 나중에 구제받을 수도 있다는 점을 알고 있다. 자존심이 강한 인간이라면 그런 욕구에 자극받아 병리학에 헌신할 리 없다. 그를 실제로 고무하는 것은 도저히 억제할 수 없는 호기심, 미지의 세계로 뚫고 들어가 비밀을 밝히고 여태껏 발견되지 않았던 것을 찾아내고픈 무한하고 거의 병적인 갈망이다. 그의 본보기는 노예를 해방시킨 사람이나 쓰러진 사람을 일으켜 세워준 선한 사마리아인이 아니라, 무수히 많은 쥐구멍 앞에서 킁킁대며 열심히 냄새를 맡는 개이다. 그렇지만 그는 가장 위대하고 숭고한 인간들 가운데 한 명이다. 그는 인류의 맨 앞줄에 서 있다.

7. 사업가

사업을 전문직보다 하위에 놓고, 사업가에게 사회적 열등성이라는, 심지어 미국에서도 쉽사리 벗어던지기 어려운 멍에를 씌우는 것은 현명한 직감이다. 사업가는 자신의 열등성에 대한 이런 가정에 거부감을 가지면서도 실제로는 암묵적으로 받아들인다. 그래서 그는 자기 직업에 대해 영원히 변명하는 유일한 부류이다. 또한 그는 노동의 목적을 달성했을 때, 즉 큰 돈을 번 후에는, 자기의 목적이 돈에 있지 않았음을 끊임없이 역설하는 유일한 부류이기도 하다.

8. 왕

이 세상에서 인간이 가질 수 있는 가장 값진 자산은 아마도 자연스럽게 우러나오는 우월한 풍모와, 속내를 감추고 도도하게 행동할 줄 아는 재능일 것이다. 대부분의 사람은 언제나 그런 자질에 깊은 인상을 받고, 그것을 진정한 장점의 증거로 거부감 없이 받아들인다. 다수대중의 존경을 얻으려면 그들을 깔보기만 하면 된다. 그들은 타고난 어리석음과 소심함으로 인해 눈앞에 나타난 아무 지도자에게나 의지하려 하는데, 그들이 가장 흔쾌히 인정하는 리더십의 표징은 지도자의 외적인 행동을 통해 드러난다. 이것이 왕정이 끊임없는 고사(枯死)의 위기를 넘기고 용케 살아남은 진짜 이유이다. 적어도 미국에서는 왕정이 위로부터 인민에게 내린 저주라는 이론이 유행하고 있다. 즉 군주가 그들의 동의도 얻지 않고 그들의 의지에 반하여 그들에게 왕정의 부담을 지웠다는 것이다. 이 이론은 사실무근이다. 왕은 왕에 의해 창조되는 것이 아니라 인민에 의해 만들어지는 것이다. 왕은 인구의 10분의 9에 해당하는 모든 삼류인간의 절실한 요구들 가운데 하나, 즉 존경하고 절하고 따르고 복종할 대상이 필요하다는 요구를 구현하는 존재이다.

왕이라는 직분은 왕이 더 큰 권력을 탐할 때가 아니라, 자신의 권력을 양도하고 포기하기 시작할 때 위태로워지기 시작한다. 러시아의 역대 차르는 나라를 마치 감화원처럼 다스리는 동안에는 권좌를 확실하게 유지할 수 있었다. 그러나 그들이 농노를 해방시키고 헌정을 수립함으로써 자유주의 사상에 굴복하기 시작한 순간, 그들의 파멸이 감지되었다. 인민은 그런 양보를 나약함의 징조로 보았고, 차르도 결국 다른 인간보다 실제로 우월하지 않다는 사실을 눈치 채기 시작했다. 그래서 그들은 차르에 적대적인, 하지만 과거의 차르만큼이나 자신만만한 다른 지도자들한테 눈을 돌렸고, 시간이 지나면서 반란의 충동을 느꼈다. 왕과 대립했던 지도자들, 또는 그들 가운데 가장 단호하고 과감한 두세 명이 왕정의 전성기에 나라가 다스려지던 것과 똑같은 방식으로 나라를 다스리는 일을 떠맡았다. 다시 말해서 그들은 무소불위의 권력을 장악하여 행사했고, 무류(無謬)의 지혜를 주장했다. 역사는 그들이 그런 억지 주장을 철회하는 순간을 그들의 멸망일로 정할 것이다. 그들이 자기들도 단지 인간일 뿐이라고 넌지시 고백하는 순간, 인민은 그들에게 등을 돌리기 시작할 것이다.

9. 보통사람

유물론적 역사관을 내세우는 이른바 과학적 사회주의자들에 대해, 임금체계나 신진대사와 무관한 정신적 속성을 간과한다는 비판이 제기되곤 한다. 정신적 속성이 물질적 조건 못지않게 문명화된 인간의 열망과 활동에 영향을 미치므로, 그를 단순히 경제적 기계로 간주할 수는 없다는 것이다. 이를테면 마르크스주의에 반대하는 사람들은 애국심·동정·심미안, 그리고 하느님을 알고자 하는 소망을 예로 든다. 불행하게도 잘못 고른 예들이다. 애국심·동정·심미안과 담을 쌓고 있고, 하느님을 알고 싶은 간절한 소망이 없는 사람도 무수히 많다. 왜 마르크스주의에 반대하는 사람들은 정말로 보편적인 정신적 속성을 언급하지 않을까? 내가 말하고자 하는 것은 비겁함이다. 그것은 이런저런 형태로 모든 인간에게 나타나고, 인간을 그 밖의 모든 고등동물과 구별짓는 데 일조한다. 나는 비겁함이 가장 민주적인 사회를 비롯해서 모든 조직화된 사회의 기반인 계급제도의 밑바탕에 있다고 생각한다. 전쟁에 나가는 것을 피하기 위해, 농민은 기꺼이 전사에게 일정한 특권을 부여했다. 그리고 이 특권으로부터 문명의 모든 구조가 생겨났다. 더 옛날로 거슬러 올라가보자. 사유재산의 원인은 소수의 비교적 용감한 자들이 비겁한 자들보다 더 많은 소유물을 모을 수 있었고, 또한 그 후에도 계속 보유할 수 있었다는 사실에서 찾을 수 있다.

10. 구도자

자신은 평소에도 진리를 말한다고 떠벌이는 사람은 진리를 존중하지 않는 사람에 불과하다. 진리는 푼돈처럼 허투루 낭비되어야 하는 게 아니라, 소중하게 간직하고 있다가 절대적으로 필요할 경우에만 사용되어야 하는 것이다. 진리의 작은 파편도 인간의 쓰라린 노고와 고뇌의 산물이다. 한 번쯤 깊이 생각해볼 만한 가치가 있는 진리의 모든 편린에는 외딴 묘지에 묻혀 있는 구도자의 용기와 지옥에서 불타고 있는 영혼이 깃들어 있다.

11. 평화주의자

니체는 쇼펜하우어의 삶에의 의지를 권력에의 의지로 바꾸면서 어쩌면 중대한 실수를 저질렀다. 사실 보통사람이 인생에서 일차적으로 추구하는 것은 권력이 아니라 평화이다. 그의 모든 투쟁은 평온과 평정을 이루기 위한 것이다. 그는 언제나 더 이상 싸울 필요가 없는 상태를 꿈꾼다. 이 꿈은 천국에 대한 그의 관념에 그대로 반영된다. 그는 자신이 사후에 안전한 목장의 소처럼 여유롭게 천상의 풀밭을 바라보는 모습을 그려본다. 항상 싸우기를 좋아하는 소수의 특별한 사람도 있고, 술에 취하면 모든 사람이 호전적으로 변하기도 한다. 그러나 인류는 전반적으로 평화를 갈망하고, 인간은 사슴이나 말이나 양처럼 겁이 많고 유순하고 상상력이 부족한 동물에 속한다. 평화에 대한 갈망은 오랜 세월 이어져 온 남녀의 부조화에서 뚜렷하게 드러난다. 보통의 여성은 결혼이 안전을 제공한다는 단순한 이유로 결혼을 원한다. 반면에 보통의 남성은 결혼이 자신의 안전을 침해하고 위협한다는 단순한 이유로 가급적 결혼을 피하려 한다.

12. 친척

흔히 사람들이 갖고 있는 자기 친척에 대한 반감은 심리학자들에 의해 갖가지 억지스럽고 개연성 없는 방식으로 설명된다. 진정한 설명은 굉장히 단순하다. 모든 사람은 자신의 친척, 특히 사촌한테서 기이하게 희화화된 자신의 모습을 발견하기 때문에 그들을 싫어한다. 그들은 자신의 특징을 당혹스러울 정도로 확대하거나 축소해 보여준다. 친척은 그에게 자신이 세상에 그런 식으로 보일지도 모른다는 당혹감을 안겨준다. 그래서 그의 자존심에 상처를 입히고, 그를 몹시 불쾌하게 만든다. 자기의 친척을 진심으로 존경하려면, 인간에게는 제대로 된 자존심이 없어야만 한다.

13. 친구

인간의 망상 가운데 가장 감상적인 것 하나는 우정은 영원하거나 적어도 평생 지속되며, 거기에 조건 따위를 붙이는 짓은 불명예스러운 일이라는 관념이다. 사실은 어떠한가? 적극적이고 융통성 있는 인간은 자신의 연애와 정치관과 인식론을 내팽개치듯이 자신의 우정도 헌신짝처럼 내버린다. 우정은 너덜너덜하고 초라하고 공허하고 귀찮고 부담스러운 것이 된다. 살아 있는 실체에서 빈사상태의 인공물로 바뀐 우정은 자유·자존심·진실에 볼썽사납게 저항한다. 우정의 허울만 남은 뒤에 그것을 보존하려는 것은 열정이 식은 뒤에 껍데기만을 유지하려는 것만큼이나 무의미한 일이다. 우정에서 기인하는 모든 행동과 태도는 위선적 행동, 부정직한 태도가 된다. 인생이 짧다는 것을 알고 있는 신중한 사람은 수시로 한두 시간 짬을 내어 자신의 우정을 비판적으로 검토해본다. 친구들을 이리저리 재보고, 그들의 품성을 시험한다. 그는 몇 명의 친구는 남겨두는데, 아마 그들과의 관계도 예전 같지는 않을 것이다. 그러나 대다수의 친구는 우정의 명단에서 지워버리고, 잊어버리려고 노력한다. 재작년의 썰렁하고 불쾌했던 연애를 잊어버리려고 노력하듯이.

16

우울한 학문*

「시편」의 작가가 말하듯이, 모든 인간에게는 저마다 자신이 좋아하는 게 있다. 내가 좋아하는 것 가운데 하나는 정치경제학이다. 뭐라고? 정치경제학, 그 우울한 학문? 그렇다. 무슨 문제라도 있는가? 경제학의 우울함은 적어도 우리 시대에는 그 학문에 빛을 더해주는 사람들이 주로 대학교수들이라는 사실에서 비롯된 망상이다. 교수는 사실의 해명을 고의로 방해하는 자이다. 현상을 답답하게 설명하는 데는 도저히 따라갈 수 없는 특별한 재주를 가지고 있다. 그의 주된 목적은 진실을 명료하게 밝히는 게 아니라, 자신의 심오하고 신비로운 지식을 과시하는 데 있다. 요컨대 학부생들과 다른 교수들을 깜짝 놀라게 하는 것이다. 독일어가 모호하고 이해하기 어려운 언어라는 관념도 그것이 교수들에 의해 많이 사용되는 상황에서 생겨났다. 독일어가 명확하고 융통성 있고 정말로 아름다운 언어임을 입증하는 데는 반골 기질을 타고난 한 독일인의 초현실적인 반역이 필요했다. 그러나 니체 같은 반역자는 몇 명 안되기 때문에, 독일어는 여전히 침체의 늪에 빠져 있다. 같은 이유로 정치경제학도 여전히 답보상태에 머물러 있다. 하지만 그런 상태는 겉모습에 불과하다. 영어로

* dismal science. 토머스 칼라일이 즐거운 학문(gay science)이라는 말을 흉내 내서, 경제학을 풍자적으로 표현한 말.

쓰인 책 중에서 애덤 스미스의 『국부론』만큼 사람들의 마음을 사로잡는 책은 없다. 18세기의 서적 가운데 오늘날에도 그렇게 쉽게 읽힐 수 있는 책은 없다. 또한 경제학의 가장 기술적인 분야들조차 세월이 흐르는 동안 거미줄만 쳐왔을 것이라고 믿을 만한 내재적인 이유는 없다. 예컨대 조세제도는 언제나 활발한 연구의 대상이다. 사람들은 십중팔구 천연두나 골프보다 세금에 더 관심이 많고, 세금에 얽힌 많은 사연을 갖고 있다. 그런 만큼 조세제도는 번지르르하고 터무니없는 다수의 이론에 의해 감미롭고 즐거운 것으로 포장되어왔다. 한편 외환(外換)은 젊은이의 사랑만큼이나 낭만적이고, 사랑만큼이나 공식화하기 어려운 분야이다. 교수들은 그것을 해부하고 있을까? 외환에 대해 알고 싶다면 교수가 아닌 그 분야의 전문가, 즉 개럿 개렛[1]이나 존 무디[2]가 이따금 발표하는 논문을 읽어보라.

불운하게도 개렛과 무디 같은 경제전문가는 니체 같은 철학자 못지않게 드물기 때문에, 경제학의 문외한은 교수들의 책과 씨름할 수밖에 없다. 궁금증을 풀기 위해서는 그들이 내뱉은 불친절한 언어의 홍수 속에서 허우적거려야만 한다. 비전문가에게는 참으로 어려운 일인데, 이 어려움에 불안 섞인 의심이 추가된다. 이 의심은 교수들이 주장하는 학설과 직접 관련된 것은 아니다. 학설 자체에는 본질적으로 미심쩍은 면이 없을지도 모른다. 오히려 그것은 이항정리(二項定理)만큼 견실해 보이고, 유아저주의 교리만큼 근거가 확실해 보인다. 그러나 골치 아픈 문제가 줄곧 허공을 배회하는데, 그것을 간단히 말하면 이렇다. 박식한 교수들이 지금과 반대입장을 취하면 그들에게 무슨 일이 벌어질 것인가? 다시 말해서 수학과 생리학이 자유로운 학문이라는 점에 비추어볼 때, 교수들이 해설하고 신봉하는 정치경제학

1. 뉴딜 정책에 반대했던 미국의 언론인.
2. 미국의 재무분석가.

은 어느 정도까지 자유로운 학문인가? 어느 지점(이런 지점이 있다면)에서 사변적 이론이 반역·무질서·재앙의 너머에 있는 규칙에 의해 제지되는가? 이런 질문들은 내 심중의 이단에 의해 생겨난 것이 아니다. 나는 여러 분야에서 정설로 인정받는 사실들을 비아냥거리는 비도덕적인 사람이지만, 경제학은 그런 분야에 속해 있지 않다. 이 분야에서 나는 나보다 더 정설을 신봉하는 사람을 알지 못한다. 나는 사회의 현행 조직이 비록 나쁘긴 해도 지금까지 제안된 그 어떤 조직보다 훌륭하다고 생각한다. 또한 현재 여론몰이를 하고 있는, 국유제에서 단세제도(單稅制度)[1]까지 모든 확실한 치료법들을 거부한다. 나는 인간의 모든 활동에서 최대한의 자유경쟁이 보장되는 것을 선호한다. 성공한 악당은 흠모해도, 사회주의자와 감리교인은 싫다. 그러나 이와 동시에 박식한 경제학 교수들의 진지한 반론과 해설을 힘들게 읽을 때면 앞서 말한 의심이 나를 괴롭히는데, 이 의심은 쉽게 풀리지 않을 것이다. 나의 의심은 논리적이거나 증거에 입각한 것이 아니라, 순전히 심리적인 것이다. 그리고 내 의심의 근저에는, 마음이 내키면 자기와는 정반대되는 의견도 기꺼이 지지할 만큼 절대적인 자유의 정신을 갖지 못한 사람의 의견은 그것이 아무리 많은 지지를 받았다 해도 그다지 가치를 부여할 수 없다는 나만의 확고한 믿음이 깔려 있다. 요컨대 인간의 이성은 완벽하게 자유로운 이성이 아닌 이상 나약하고 하찮은 것이다. 이 사실은 이성의 본질에서 연유하는 것으로, 이성의 역사에 의해 드러나고 있다. 인간은 완벽하게 정직한 주장을 할 수 있고, 빈틈없고 설득력 있게 그것을 옹호할 수 있지만, 그것을 옹호해야 한다는 약간의 강요, 그것의 지지에 대한 약간의 보상 내지 그것의 포

1. 모든 세원을 한 가지의 세금으로 묶어 필요한 세수입 전부를 조달하는 조세제도. 대표적인 것으로는 보댕의 단일소득세론, 홉스를 비롯한 중상주의자의 단일소비세론, 조지 헨리의 토지단일세론 따위가 있다.

기에 대한 약간의 불이익이 그에게 부과되는 순간, 그의 논리적 추론에는 결함이 생기고 마는데, 이 결함은 그 어떤 사실관계의 오류보다 뿌리 깊고 그 어떤 의식적이고 고의적인 편견보다 파괴적이다. 그는 오직 진리만을 추구할지도 모르고, 경제학을 위해 정말로 근면하게 자신의 재능을 모두 발휘할지도 모른다. 그러나 언제나 그의 등 뒤에는 망령이 있고, 그의 귀에는 경고가 들린다. 당연히 늘 하던 대로 생각하는 것이 다른 식으로 생각하는 것보다 훨씬 안전하고 정신위생에도 이롭다. 이 엄연한 사실 때문에 그가 구사하는 일련의 삼단논법을 의심할 수밖에 없다는 것이 나의 지론이다. 그는 진지하고 정직한 인물일지는 모르지만, 자유롭지는 않다. 그리고 자유롭지 않다면, 그는 아무것도 아니다.

과연 존경받는 경제학 교수들은 자유로울까? 대단히 미안한 말이지만, 내가 보기에는 그렇지 않은 것 같다. 고고학, 세균학, 라틴어 문법, 천문학을 비롯해서 그 밖의 다른 학문을 전공하는 그들의 동료 교수들은 자유롭다고 말해도 무방할지 모르나, 경제학 교수들은 신학과 교수들만큼이나 자유를 (공공연하게는 아니라 할지라도) 명백하게 제약받고 있다. 이유는 분명하다. 경제학은 말하자면 교수들의 고용주에게 영향을 미치기 때문이다. 다시 말해서 경제학은 고용주에게 오직 간헐적으로, 간접적으로, 또는 관념적으로만 영향을 미치는 이념이 아니라, 그들의 개인적 행복과 안전에 직접적으로 계속해서 영향을 미치는, 그리고 그들의 실존적 기반인 사회경제적 구조의 근간 자체에 지대한 영향을 미치는 이념을 다룬다. 요컨대 경제학은 고용주가 어떤 수단과 방법을 사용해서 교수를 채용하고 부릴 수 있는 현재의 지위에 올랐는지, 또 어떻게 그 지위를 계속 유지하는지를 연구하는 학문이다. 그것은 그들이 위험한 강을 건널 때 타고 가는 배이다. 이 배가 흔들리면 그들은 비명을 지를 수밖에 없다. 비명은 학문의 숲에서 심심치 않게 울려 퍼진다. 우리는 예컨대 교수진으로 보나 경영진으로 보나 지극히 전형적인 미국의 학원인 펜실베이니아 대학에서 벌어진 스콧 니어링 박사[1]에 대한 재판과 유죄판결과 처벌을 기억하고 있다.[2] 나는 솔직히 니어링의 관념이 잘못된 것이라고 믿어 의심치 않는다. 당시에 그가 밝힌 관념들은 내 귀에는 공허하고 근거 없는 것처럼 들렸다. 이후 그는 셔토쿼 운동 강습회에서 자신의 관념을 방출해왔으며, 내가 깡통으로 간주하는 사람들이 주로 그의 관념을 수용하고 찬양했다. 그러나 니어링이 펜실베이니아 대학에서 굴욕적으로 쫓겨났던 것은 그가 정말로 올바르지 않았다거나 그의 오류로 인해 학부생들에게 시험공부를 시킬 자격이 없어졌기 때문이 아니라, 진리에 도달하려는 그의 노력이 대학을 통제하고 있던 돈 많은 꼴통들의 안전과 평정을 방해했기 때문이며, 아울러 이들 장사꾼 밑에서 일하는 학문적 노예와 시종들이 학생들의 관심을 끌기 위해 그와 경쟁하는 과정에서 학교 분위기가 어수선해졌기 때문이다. 세 단어로 표현하자면, 그는 신중하지도, 온건하지도, 정통파에 속하지도 않았기 때문에 추방되었다. 만약 그가 반대쪽으로 일탈했다면, 즉 미성년노동을 신랄하게 비난하지 않고 적극적으로 옹호했다면, 또 최저임금을 열렬하게 옹호하지 않고 앞장서서 반대했다면, 신문지상에 자주 이름이 오르내린 것과 무관하게, 그는 시러큐스 대학 총장 제임스 데이처럼 자리를 보전할 수 있었을 것이다.

자, 그러면 지금까지 쫓겨나지 않은 경제학 교수들의 경우를 생각

1. 미국의 급진적인 좌파 경제학자.
2. 와튼 스쿨에서 경제학을 가르치던 니어링은 과격한 개혁운동을 지지하고 학생들에게 불온한 사상을 심어준다는 이유로 보수적인 이사회(펜실베이니아 대학 이사회는 주로 은행가·변호사·기업인으로 구성되어 있었다)의 눈 밖에 나서 1915년에 해고되었다. 이 사건은 미국에서 학문적 표현의 자유와 교수의 합당한 역할과 권리에 대한 논쟁을 불러일으켰다.

해보자. 니어링 해고의 교훈을 그들이 망각했다고 그 누가 말할 수 있겠는가? 우리의 대학들(또는 대부분의 대학)을 지배하는 부유한 사람들의 위력이 그들의 머릿속에 각인되지 않았다고 그 누가 말할 수 있겠는가? 그런 상황에서 이른바 니어링의 사상에 반대하는 그들의 주장이 신뢰와 존경을 받아 마땅하다고 그 누가 말할 수 있겠는가?(만일 그들이 니어링 편에 가담해도 아무런 피해를 입지 않을 정도로 자유롭다면, 그들의 주장이 신뢰와 존경을 받을 수도 있을 것이다.) 그들이 오금도 못 펴고 코가 꿰인 채 상아탑에 갇혀 있는 한, 누가 그들을, 심지어 그들이 옳은 경우에도, 전폭적으로 신뢰할 수 있겠는가? 나는 이런 생각들이 적어도 대학의 경제학자들에 의해 주도되는 미국 경제학계 전체에 의혹의 눈길을 던지기에 충분한 근거가 된다고 생각한다. 소수의 탁월한 언론인을 제외하면, 조금이라도 명망이 있는 경제학자는 하나같이 교수들이다. 그들 중 다수는 유능할 뿐 아니라 의심의 여지없이 정직하지만, 사실상 그들 모두의 머리 꼭대기 위에는 주식시장에 발을 담그고 기존질서에 눈을 맞추고 있는 이사회가 있다. 이사회는 언제나 자신의 존립근거가 되는 학문에서 이단아를 색출하려고 예의주시하고 있고, 이단아를 처벌할 편리한 수단과 강렬한 욕구를 갖고 있다. 모든 교수가 니어링처럼 단두대로 직행하는 것은 아니겠지만, 그 이전 단계에 해당하는 족쇄와 유치장도 얼마든지 있다. 그리고 교수들은 한 사람도 빠짐없이 이 사실을 너무도 잘 알고 있다.

경제학 역시 학문인 이상, 그런 학원의 예속자와 가석방자들에 의해 발전되거나 빛을 발하게 되지는 않았다. 경제학은 캠퍼스의 보수적인 분위기에 흠뻑 빠질 위험도 없고, 교직에 있으면 당연히 몸에 배게 되는 정신적 소심증과 순응주의로부터도 자유로운 탐구자들, 요컨대 자유로운 분위기에 익숙하고 독창성과 명료한 설명을 중시하는 탁월한 인간들에 의해 확립되었다. 물론 애덤 스미스도 한때는 교수였다. 하지만 그는 그 자리를 버리고 파리로 가서 교수들이 아니라 교수들의 모든 적, 지금으로 치면 니어링과 헨리 조지와 카를 마르크스 같은 이단아들을 만났다. 그리고 그가 집필했던 책은 정통파가 아닌 혁명가의 것이었다. 비슷한 부류에 속하는 다른 인물들, 즉 벤담·리카도·밀 등을 생각해보라. 벤담은 은행가와 싸구려 장사꾼의 눈치를 살펴야 하는 직업을 갖지 않았다. 그는 독립적인 자산가이자, 법학자 겸 정치가이고, 이단적인 변호사였다. 이런 인물이 하버드나 프린스턴에서 교수직을 맡는 것은 상상하기도 어렵다. 그는 관심사가 너무 많았고, 너무 반항적이고 도도했으며, 학문적·세속적 권위도 존중하지 않았다. 더욱이 그의 마음은 교수가 되기에는 너무 넓었다. 그는 틀에 박힌 생활에 안주할 수 없었다. 사회조직의 모든 분야가 그의 탐구욕과 실험정신을 자극했다. 풍족하게 살았고 세상경험이 풍부했던 또 한 명의 인물인 리카도는 학력 기준으로 본다면 무학이나 마찬가지였다. 오늘날 그런 학벌로는 아이오와에 있는 허접한 대학의 시간강사 자리도 얻지 못할 것이다. 밀에 대해 말하자면, 그는 아버지로부터 워낙 양질의 교육을 받았기 때문에, 18세에 이미 대학의 그 누구도 그를 가르칠 수 없을 정도로 많은 것을 알고 있었고, 그 후 그는 상아탑에 갇힌 교수의 삶과 정반대되는 삶을 살았다. 더욱이 그는 종교적으로 이단이었고,[1] 당대의 도덕률을 어겼다. 이는 대학의 경제학 교수에게는 크로폿킨을 위해 만세삼창을 하는 것만큼이나 가증스러운 일이었다.

더 많은 예를 들 수도 있지만, 이쯤에서 그만두기로 하자. 요점은 이상의 초창기 영국 경제학자들이 하나같이 자유인이었다는 것이다. 그들은 자신이 본 진실을 정통파의 구미에 맞는지 안 맞는지를 저울질하지 않고 그대로 말할 수 있는 완벽한 자유를 누렸다. 내가 하고

1. 밀은 영국국교회를 거부했다.

싶은 말은 오늘날의 대표적인 미국 경제학자가 그들만큼 정직하고 근면하고 유능하지 않다는 것이 아니라, 그들만큼 자유롭지 않다는 것이다. 스미스나 리카도나 벤담이나 밀이 자기 의지에 따라 아무런 피해를 입지 않고 자유롭게 말했을 이념을 미국의 대학교수가 말하면 불이익을 당한다는 것이다. 그리고 그 위협에는 그가 말한 이념에 대한 혹독한 비판이 포함되어 있고, 이 비판은 그의 그럴듯한 이념이 수용된 뒤에도 꼬리표처럼 그를 따라다닌다. 국가가 대학을 통제하는 프랑스와 독일에서는 그런 압력의 실질적인 효과가 수시로 입증되었다. 프랑스에서는 제1차 세계대전 발발 이전의 25년 동안 벌어진 사회적·경제적 문제들에 대한 격렬한 논쟁으로 인해, 장 조레스와 귀스타브 에르베를 비롯한 수많은 교수가 이단아라는 이유로 교직에서 추방되었다. 독일에서는 국가 통제에 의해 생겨난 방음장치를 지적하는 니체 같은 사람이 필요 없었다. 사실상 독일은 국가의 통제를 통해 신종 경제학자, 즉 한쪽 눈은 급진주의에 팔려 있고, 다른 한쪽 눈은 안락의자와 봉급과 연금에 눈독을 들이고 있는 국가사회주의자를 얻었다.

니어링 사건과 세계 각지에서 일어나는 다양한 지식인의 반란은 미국에서 우리가 유사한 위험에 노출되어 있음을 말해준다. 다른 학문과 마찬가지로 경제학에서도 미국은 어쩌면 다른 나라의 경제학자들만큼 우수한 인재를 배출하고 있는지도 모른다. 그들이 학식과 독창성에서 뒤지는 것도 아니고, 정직성과 용기를 결여하고 있다고 믿을 만한 이유도 없다. 그러나 정직성과 용기는 단지 상대적인 가치일 뿐이다. 가장 정직한 사람도 결과를 생각해야 하고, 가장 용기 있는 사람도 도약하기 전에 앞뒤를 살펴야 하는 지점이 있다. 문제는 그 지점의 위치를 확인하기가 어렵다는 것이다. 그 위치가 불확실한 이상, 이미 언급한 나의 의문은 그대로 남는다. 거듭 말하거니와 나는 급진주의자가 아니라 가장 보수적인 정통파의 한사람으로서 이런 이야기를 하고 있다. 나는 아마추어 경제학자들, 주로 사회주의자들이 지난 10여 년 동안 이 나라에 유포시킨 일부 교의보다 사실관계가 의심스럽고 논리가 엉성한 교의를 상상조차 할 수 없다. 심지어 나는 고생스럽게 그것을 비판하는 책까지 썼다. 나의 확신과 본능은 반대편에 있다. 그러나 유식한 교수들이 정말로 완벽하고 절대적인 학문의 자유를 갖고 있음을 내가 확신할 수 있다면, 그래서 그들이 이따금 자기의 직업, 강의일정, 책판매, 은신처를 걱정하지 않고 소신껏 다른 방침을 취하는 모습을 내가 상상할 수 있다면, 나는 그런 확신과 직감 속에서 훨씬 큰 안락감을 느낄 것이다.

17

젊은이에게 주는 충고

1. 가진 자에 대하여

인간의 모든 귀중한 자산 가운데 으뜸가는 것이 우월하고 도도한 풍모라면, 그것에 버금가는 것이 부유하다는 명성이다. 특히 민주국가에서 부(富)만큼 삶을 편안하게 해주는 것은 없다. 모든 민주주의자의 99%는 부 앞에 무릎을 꿇고, 부에 수반되는 권력에 얌전히 경의를 표하며, 부를 거머쥐었거나 부를 축적한 것으로 알려진 사람에게서 온갖 장점을 발견하려는 충동을 이기지 못한다. 물론 그들의 공손한 태도에는 질투가 수반되지만, 이것은 모든 위협적 요소가 제거된 질투이다. 열등한 사람은 8개 은행에 예금계좌를 갖고 있는 부자한테 해코지하기를 두려워한다. 심지어 명백하게 무례한 방식으로 해코지할 생각을 하는 것조차 두려워한다. 그는 추상적인 자본가에 대해 끊임없이 성토하고, 그가 좋아하는 모든 법률도 자본가를 죄인 취급한다. 그러나 현실 속의 자본가 앞에 서면, 그는 이상하게도 아첨을 한다. 무엇이 그를 그렇게 만드는지는 어렵지 않게 알아낼 수 있다. 그는 자본가의 지갑을 털고 싶어 하지만, 무기의 힘을 빌려 그렇게 하는 것은 너무나 비겁하고 어리석은 일임을 마음속으로 잘 알고 있다. 그래서 정중한 자세로 자본가를 구워삶으려 하는 것이다. 그는 아무개가 주식시장에서 대박을 터뜨렸다는 소문을 퍼뜨리고, 자신을 믿는 미망인의 상속분을 가로채고, 애국적인 사업을 하는 척하면서 정부를 상대로 사기를 친다. 그러면서 비열함이란 매력적인 기벽(奇癖)이고, 포도주 감정은 배울 만한 가치가 있고, 정치는 관심과 존경을 받아 마땅하다는 것을 깨닫는다. 가난하다고 간주되는 사람은 공정한 기회를 얻지 못한다. 아무도 그의 이야기에 귀를 기울이지 않는다. 아무도 그의 생각이나 지식이나 감정에는 관심이 없다. 아무도 그의 괜찮은 의견에 관심을 보이지 않는다.

나는 이 원칙을 일찍 깨달았고, 그 후 잘 이용하고 있다. 남녀를 불문하고 사람들은 내가 그들에게 점잖게 굴거나 나의 명민함이나 근면 성실함이나 말로 표현하기 어려운 근사한 외모로 그들을 감탄시킬 때보다는 부유한 친구의 이름을 들먹일 때 내게 더 많은 것을 주었다.

2. 나이와 지혜에 관하여

나이를 먹으면 지혜로워진다는 친숙한 교훈은 나이가 들수록 점점 믿기 어려워진다. 솔직히 말해서 나는 지금 5년이나 10년 전보다 더 현명하지는 않다. 사실 나는 내가 눈에 띄게 덜 현명해진 것이 아닌지 종종 의심하곤 한다. 여성들은 내가 서른다섯이었을 때 내 작업실에서 그녀들을 해고하기 위해 써먹었을 법한 수단들을 이용하여 현재의 나를 압도할 수 있다. 나는 또한 예전에 비해 남성 사기꾼들의 한결 손쉬운 먹잇감이다. 아마 쉰 살쯤 되면 이런저런 클럽에 가입하고, 멕시코 광산 주식을 사게 될 것 같다. 모든 사람은 일정한 시기까지는 계속 현명해지지만, 그 뒤부터는 점점 어리석어진다는 것이 진실이다. 내가 아는 거의 모든 늙은이는 다소 멍청하다. 이론적으로야 그들은 경험이 풍부하다는 이유만으로도 젊은이들보다 훨씬 현명해야 하지만, 실제로는 지혜보다 어리석음을 더 빨리 흡수하는 것 같다. 서른다섯이나 서른여덟의 사내는 여성에게 좀처럼 넘어가지 않는다. 여성이 그와 결혼하는 것은 대단한 위업이다. 그러나 쉰이 되면 그는 예일 대학 학부생만큼이나 만만한 공략대상이 된다. 다른 면에서도 지성의 쇠퇴는 역력히 드러난다. 서른 내지 서른다섯 정도의 비교적 젊은 남자들로 구성된 위원회가 미국 연방대법원처럼 잇따라 유치하고 무지하고 유머감각 없는 모습을 보여준다는 것은 정말이지 상상하기도 어려운 일이다. 박식한 판사들의 평균연령은 틀림없이 예순이 훌쩍 넘을 테니, 그들은 원숙한 지혜로 빛나야 마땅할 것 같다. 그렇지만 가장 일반적인 재판의 원칙에 대한 그들의 지식은 종종 굉장히 빈약하고, 중대한 소송에 관한 고견을 개진하는 그들의 추론능력은 대체로 존경할 만한 특별열차 차장의 추론능력과 똑같은 수준이다.

3. 의무

윤리학 연구자들 중에서도 사고력이 가장 빈약한 사람이 의무를 연구주제로 삼는다. 이 주제에 관해 사실상 모든 연구자가 개인은 인류에 대해 몇 가지 피할 수 없는 의무를 진다는 데 동의한다. 예를 들면 생산적 노동에 종사해야 할 의무나, 결혼을 해서 자식을 낳아야 할 의무 같은 것이다. 이 입장을 옹호하는 측에서 거의 언제나 제기되는 주장은 모든 사람이 그런 의무를 소홀히 하면 인류가 멸망할지도 모른다는 것이다. 이 논리는 의무에 태만한 대학교수들한테나 어울릴 정도로 빈약하다. 그것은 단지 대다수 인간의 통념과 비겁함, 상상력 부족을 모든 인간의 의무와 혼동한 것이다. 단순한 논법상의 문제라 하더라도, 모든 인간이 그런 의무를 소홀히 할 것으로 가정할 만한 근거는 전혀 없다. 이 세상에는 규정된 바를 기꺼이 이행하려는, 즉 자기가 태어난 곳의 정부를 순순히 받아들이고 그 법을 준수하고 그 계획을 지지하는 소심한 다수가 언제나 남아 있게 마련이다.

그러나 이 다수는 인류에게 가장 수준 높고 지적인 서비스를 제공하는 사람들이 아니라, 복종말고는 달리 바칠 게 없는 사람들이다.

그런 수동적이고 잘 통제된 대중과 조금이라도 다른 사람들에게는 의무라는 것 자체가 없다. 그가 자발적으로 하려는 일은 대다수가 기꺼이 하려는 일보다 우리 모두에게 훨씬 소중하다. 본질적인 의무 같은 것은 없다. 그것은 윤리 이론가들이 만들어낸 허상일 뿐이다. 인간의 진보는 순응이 아니라 일탈에 의해 촉진된다. 의무라는 개념 자체는 열등성의 함수이다. 그것은 당연히 비겁하고 무능한 사람들의 몫이다. 심지어 그 수준에서도 의무는 대개 자기기만, 비현실적 진정제, 필요성의 완곡한 표현에 지나지 않는다. 한 사람이 의무에 복종한다는 것은 단지 다른 사람들의 습관과 성향에 따른다는 것이다. 그들의 집단적 이익은 언제나 그의 개인적 이익에 반하여 작용한다. 우리들 중에서 어떤 사람들은 그 강력한 견인력, 어쩌면 수천 명의 견인력에 저항할 수 있다. 그러나 오직 불가사의한 힘을 가진 인간만이 전 국민의 견인력에 견딜 수 있다.

4. 순교자

헨리 포드는 "역사는 헛소리"라고 말한다. 나는 이 말에 반대하는 측에 속한다. 그럼에도 불구하고, 종종 역사책을 읽으면서 내가 허구 속에 있다는 느낌에 사로잡히곤 한다. 특히 그 느낌은 과거의 종교전쟁들—남녀노소 수천 명이 성변화(聖變化)[1]와 속죄, 그 밖의 형이상학적 망령에 관한 졸렬하고 불명확한 논쟁으로 인해 학살당하는 전쟁—에 대한 책을 읽을 때 나를 엄습한다. 나는 다수가 소수를 살해했다는 사실 때문에 놀라는 것이 아니다. 다수는 심지어 오늘

1. transubstantiation. 성체성사에서 빵과 포도주가 그리스도의 살과 피로 변하는 일.

날에도 기회 있을 때마다 그렇게 하고 있다. 내가 이해할 수 없는 것은 소수가 자발적으로 학살을 당한다는 점이다. 심지어 역사상 최악의 박해, 예컨대 스페인 내 유대인에 대한 박해에서도, 소수의 일부는 다수의 종교적 관념을 공개적으로 인정하면 언제나 목숨을 구할 수 있었다. 페르난도와 이사벨[1]의 치세에 자발적으로 세례를 받은 유대인은 사실상 안전했다. 그의 후손은 오늘날 100% 스페인인이다. 그렇다면 왜 그 많은 유대인은 그렇게 하지 않았을까? 왜 그 많은 사람이 약탈당하고 추방당하고 때로는 살해되었을까?

철학사 연구자들이 제시하는 답은 유대인이 이교보다는 죽음을 택한 고귀한 민족이었기 때문이라는 것이다. 그러나 이 답은 논점을 교묘하게 회피한 것에 불과하다. 유대인이 종교적 이념을 그토록 완강하게 고수할 만큼 정말로 고귀한 민족인가? 나는 절대 그렇게 생각하지 않는다. 요컨대 모든 종교가 다루는 숭고한 문제들을 확실히 알고 있는 인간은 없다. 그가 할 수 있는 일은 기껏해야 자신의 개인적 추측과 타인의 추측을 비교해보는 것 정도이다. 그런 영역에서 이것이나 저것이 전적으로 옳고 이것이나 저것이 완전히 그르다고 단호하게 말하는 사람은 그저 난센스를 지껄이는 것이다. 개인적으로 나는 코페르니쿠스의 천문학처럼 즉각적으로 한 치의 의혹도 없이 납득이 가는 종교적 이념을 접해본 적이 없다. 하느님의 존재에 대한 이념도 예외가 아니다. 그러나 의심의 여지없이 명백하게 그릇된 것이라고 즉석에서 일축해버릴 수 있는 종교적 이념을 접한 적도 없다. 심지어 빌리 선데이 목사, 브리검 영, 메리 에디 여사 같은 신학적 돌팔이들의 입에서 나오는 최악의 난센스에도, 우리의 판단을 잠시 유보하게 만드는 그럴듯하거나 개연성 있는 구석이 있게 마련이다. 인간이 죽은

1. 1492년에 그라나다 왕국을 정복한 아라곤 왕 페르난도 2세(1479-1516년 재위)와 그 아내인 카스티야 여왕 이사벨 1세(1474-1504년 재위).

뒤에 기체화된 척추동물로 변한다는 주장, 그리고 이 척추동물은 만약에 지상에서 인간으로 사는 동안 횡령·밀주·신성모독·간통을 저질렀다면 백만 년 동안 피치[1]가 가득 담긴 거대한 솥에서 튀겨질 것이라는 주장은 개연성이 낮긴 하지만 사실일지도 모른다. 배운 것이 부족한 탓에 나는 개인적으로 그런 주장을 의심하고, 그것을 믿는 사람을 멍청이라고 매도한다. 그러나 명백한 사실은 내가 그 주장이 틀렸다는 것을 증명할 수 없다는 것이다.

이런 불확실성을 감안할 때, 자신의 종교관을 지나치게 고수하거나 그것 때문에 온갖 불편을 감수하는 것은 단순한 허영심으로 보인다. 자신의 종교관이 다수를 화나게 한다면, 그것을 조심스럽게 숨기거나, 다수의 망상에 맞추어 기꺼이 바꾸는 편이 훨씬 낫다. 이 문제에 대한 나의 시각이, 다시 말해서 전적으로 회의적이고 관용적인 나의 시각이 나와 다른 시각을 가진 사람들에게는 불쾌할 수도 있다. 심지어 무신론자도 이따금 나를 비난한다. 미국 정치사의 유산 덕분에, 현재 나의 종교관에 반대하는 사람들도 자기들의 종교관에 동의하지 않는다는 이유로 나를 처벌할 수는 없다. 그러나 언젠가 어떤 집단 또는 그 집단의 구성원들이 절대적 권력을 쥐면 나를 상대로 옛날식 마녀사냥을 자행할지도 모를 일이다. 지금 여기서 분명히 밝히건대 만약 그런 일이 벌어진다면, 나는 즉시 그들의 난센스대로 개종하고, 속으로는 그들을 비웃으며 안전한 곳으로 물러날 것이다. 그렇게 해서 실리를 얻을 수 있다면, 지금 당장이라도 그렇게 할 것이다. 누가 1903년산 라우엔탈 포도주[2] 1병을 준다고 하면, 나는 듣도 보도 못한 종파의 세례도 기꺼이 받을 용의가 있다. 단 나의 볼품없는 알몸을 드러내지 않는다는 조건은 붙여야겠지만 말이다. 만약 10병을 준다면,

1. 아스팔트의 재료가 되는 콜타르 찌꺼기.
2. 독일 라인가우 지방의 라우엔탈에서 생산되는 최고급 포도주.

나는 세례뿐 아니라 견진성사까지 받을 것이다. 이런 문제에 관한 한, 나는 배짱이 두둑하다. 거짓말 몇 번이 뭐 그리 대수겠는가?

5. 상이군인

정신병리학은 아직까지 초보적인 단계를 벗어나지 못한 상태이다. 나는 세 가지 언어로 된 정신병 문헌을 모두 뒤져보았지만, 연애 같은 심각한 감정적 질병의 항구적인 악영향에 대한 글은 단 한 줄도 찾지 못했다. 세인들의 공통된 가정은 연애가 끝나면 그것으로 그만이고 아무것도 남지 않는다는 것이다. 이것은 대단히 잘못된 생각이다. 나는 그런 경험이 영혼에 상처를 남기고, 영혼의 상처는 내 목덜미에 난 종기 못지않게 분명 위험한 것이라고 믿고 있다. 연애를 경험한 남성은 결국에는 그 여인의 이름조차 잊어버린다 하더라도, 연애 이전의 그와는 완전히 다른 사람이 된다. 그의 상처는 아무리 작아도 평생을 간다. 연애에 끊임없이 노출된 감상주의자들은 결국 정신적 불구가 된다. 그는 전쟁신경증[1]에 걸려 귀향한 사람만큼이나 비정상적이다. 그 상처의 정확한 성격은 아직 규명되지 않았다. 나는 그 모양새가 자존심 위에 덧댄 크고 누런 헝겊조각이라고 생각한다. 남성은 옛사랑 가운데 하나를 상기할 때마다, 특히 자신이 사랑했던 여인의 모습을 떠올릴 때마다, 비겁하고 수치스러운 일을 하다가 발각된 사람처럼 부들부들 떤다. 자주 반복되는 그 같은 전율은 틀림없이 그의 내면의 진실성을 무너뜨릴 것이다. 연애를 하고 나서도 완벽하게 자존심을 지킬 수 있는 남자는 없다. 그것은 무장해제를 당하는 굴욕적인 경험이다.

1. shell shock. 전쟁에 참여했던 일부 군인들한테서 나타나는 여러 정신적인 증상에 대한 총칭.

6. 애국심

애국심이란 문명인에게는 자기나라가 풍전등화의 위기에 처했을 때나 상상할 수 있는 말이다. 그도 그럴 것이 이때 나라가 그에게 도움을 호소하기 때문이다. 불운한 피해자, 예컨대 경찰에게 쫓기는 매춘부가 그에게 도움을 청하듯이 말이다. 그러나 안전하고 행복하고 번영하는 시기에는, 애국심은 혐오감만 자극할 뿐이다. 나라의 안전과 행복과 번영을 가져다주는 것들, 다시 말해서 안정적인 평화, 활발한 교역, 국내정치의 안정은 모두 본질적으로 부패하고 역겨운 것이다. 문명인이 호시절에 조국을 사랑하기란 정치인을 존경하는 것만큼이나 불가능한 일이다.

18

미국의 문학 전통

1

전미예술문학회 회원인 윌리엄 크래리 브라우넬 박사가 1917년에 『기준』이라는 얇은 책을 내자, 특히 미국 남부와 중서부의 광대한 공간에서 활동하는, 그리고 이른바 미국의 문학 전통이라는 것을 선호하는 공화국의 토박이 백인 프로테스탄트 학자들 사이에서는 한바탕 소동이 벌어졌다. 브라우넬이 이 소동을 일으켰다고 암시함으로써, 어쩌면 나는 감상적이긴 하지만 훌륭한 인물인 브라우넬을 빈정거리고 있는지도 모른다. 오히려 대소동의 실질적인 진원지는 지성과 애국의 시대를 주도하던 조지 크릴, 누웰 드와이트 힐리스 목사, 제임스 M. 벡 명예박사, A. 미첼 파머 같은 사람들일지도 모른다. 그 진원지가 어디이든, 미국의 문학 전통은 올바른 생각을 가진 모든 사람의 찬사를 받으며 이 땅의 적자로 태어났다. 단언하건대 내가 감히 그것을 검토하려 한다고 해서, 내가 문학적 전통의 정통성에 이의를 제기할 것이라고 의심할 사람은 아무도 없을 것이다. 그것은 사실 표면적인 모습과 태도뿐 아니라 그 내적 본질마저도 머리부터 발끝까지 의문의 여지없이 철저하게 미국적이다. 따라서 그것을 비웃는 사람은 미국주의(Americanism)에서 가장 신성한 모든 것을 비웃는 것이나 다름없다. 나는 이참에 간략하게나마 그 일을 하고자 한다.

그렇다면 미국주의란 무엇인가? 나는 편의상 그것을 엄밀한 지식의 영역에서든, 화려한 예술의 분야에서든, 고상한 형이상학의 차원에서든, 그 무엇인가에 대한 진실을 확인할 때는 그것에 관해 투표를 하고, 일단 합법적인 권위에 의해 확인되고 천명된 그 진실을 보급할 때는 폭력을 사용하는 주의로 정의하고자 한다. 내가 볼 때 이 주의는 의심의 여지없이 미국적인 거의 모든 것을 설명해준다. 특히 미국의 정치에서 미국의 학문까지, 그리고 유례없이 멋진 미국식 도덕률에서 놀랍고 거의 터무니없는 미국식 신사도에 이르기까지, 더 오래되고 덜 종교적인 문화권의 사람들을 난감하게 만드는 이런 미국적인 모든 것을 설명해준다. 즉 한편으로는 KKK단·재향군인회·반(反)주점연맹·법무부를 비롯해서 문화적 선전에 앞장서 온 온갖 거대기구의 전형적인 광대짓을 설명해주고, 다른 한편으로는 국민의 심미적 모험의 한계는 멋대가리없는 박사학위(Ph.D) 소지자들이 자기들 멋대로 조직한 어정쩡한 비밀결사에 의해 결정되어야 하고, 감히 그 한계를 벗어나는 예술가는 내국인과 외국인을 불문하고 아름다움을 훼손하는 죄인일 뿐 아니라 국기에 대한 반역자이며, 세속 권력의 주도하에 반드시, 당연히, 기필코 그런 자의 숨통을 끊어야 한다는 흥미로운 이론을 설명해준다. 이미 윤리학에 젖을 물린 바 있는 애국심은 이런 식으로 미학에도 젖을 먹인다. 자유의 혜택을 누릴 자격이 있는 예술가도 있고, 범죄자에 불과한 예술가도 있는데, 후자는 아나키스트와 일부다처제 옹호자처럼 반드시 억압되어야 한다. 벨벳코트를 입은 시인의 공상, 축축한 독방에 갇힌 형이상학자의 거대한 비상(飛翔)과 고뇌, 바위에 묶인 논리학자의 저술은 옳은 것과 그른 것으로 양분되고, 옳은 것은 무엇이든 미국적인 것, 그른 것은 모조리 비(非)미국적인 것으로 간주된다.

바로 이런 관념이 우리의 헌법하에서 어디까지 나아가는지를 가장 잘 보여주는 것은 밸리포지[1]와 산후안힐[2]을 기억하려는 영웅적인 투쟁에도 불구하고 유감스럽게 외래 사상에 오염된 브라우넬 같은 유순하고 신중한 거물들의 미약한 선언이 아니라, 털북숭이 가슴과 백인의 푸른 눈을 가진 용감하고 활동적이고 진취적인 사나이들이 득실대는 목축주(牧畜州)들의 대학에 포진한 그 추종자들의 훨씬 솔직하고 열정적인 의견표명이다. 나는 그 완벽한 표본으로, 인재가 넘쳐나는 동부에는 거의 알려지지 않았지만 텍사스 오스틴 대학에서는 오랫동안 비교도덕학의 전문가로 통했던 월터 프랜시스 다우티를 소개하고자 한다. 그는 안타깝게도 박사학위가 없어서 교수가 되지 못하고, 대신에 다른 교수들의 법률자문역을 수행하면서 제법 중요한 논문을 많이 썼다. 다우티는 흔치 않게 열정과 성실을 겸비한 인물이다. 자신이 비난한 책들을 한 권도 읽지 않았다고 떠벌리던 깡마르고 촐랑대는 예일 대학의 영문학자 헨리 오거스틴 비어스와 달리, 다우티는 성실한 도서검열관으로서 심지어 에디 여사의 『과학과 보건』이나 마리 스토프스 박사[3]의 저작들까지 읽는 수고를 마다하지 않는다. 얼마 전에 그는 최악의 책을 확인하고 폭로하기 위해 도서관을 이 잡듯이 뒤졌다. 칼 샌드버그[4]에서 『스푼 강 선집』[5]에 이르는 모든 새로운 시, 드라이저에서 왈도 프랭크에 이르는 모든 새로운 소설, 그리고 각 작품에

1. Valley Forge. 펜실베이니아 주 스쿨킬 강 서안에 있는 사적지(史蹟地). 미국 독립전쟁이 한창이던 1777년 12월부터 1778년 6월까지 워싱턴 장군 휘하의 11,000명의 대륙군이 이곳에서 겨울을 났는데, 이례적인 한파와 원활하지 못했던 보급, 전염병의 만연 등으로 약 2,500명이 사망했다.
2. San Juan Hill. 1898년 미국-스페인 전쟁 때 미군에 점령된 쿠바 동남부 산티아고데쿠바에 있는 언덕.
3. 스코틀랜드의 여권운동가.
4. 미국의 시인이자 소설가.
5. 미국의 시인이자 극작가인 에드거 리 매스터스가 1915년에 발표한 시집. 스푼 강은 시인의 고향인 루이스타운 근처를 흐르는 일리노이 강의 지류이다.

대한 엄청난 분량의 비도덕적인 비평을 샅샅이 훑었다. 그런 비평은 주로 『다이얼』, 『네이션』, 『리틀리뷰』, 『S_4N』, 『시카고리터러리타임스』 같은 잡지들에 실린 것이었다. 이윽고 그 작업을 끝낸 후, 그는 다음과 같이 보고했다. "지금까지 몇 달 동안 소름끼치는 행렬이 내 눈앞을 지나갔다. ……나는 수많은 책, 즉 소설과 시, 희곡과 기사와 논문, 소품과 비평을 비롯하여 이 매장되지 않은, 수습되지도 않을 시신들이 내뱉은 횡설수설을 읽어왔다. ……선천적 결함, 변대적 난봉, 저질 마취제의 이 혐오스러운 부산물이 내가 '현대〔미국〕문학'이라 일컫는 것이다."

이 현대미국문학에 대한 이 텍사스 비평가의 판결은 무엇인가? 요컨대 바른 생각을 하는 동서남북의 모든 진취적 사나이가 내리는 판결, 성조기를 진정으로 사랑하고 옳고 그름을 태어날 때부터 알고 있는 모든 미국인이 내리는 판결과 동일한 것이다. 그는 현대문학이 "악취 나는 쓰레기더미, 뉴욕과 시카고의 더러운 정신적 슬럼가에서 흘러나오는 하수"에 불과하다는 사실뿐 아니라, 그것을 창작한 신사숙녀는 "성병에 걸린 쥐떼"이자 "이상한 약물에 중독된 악마의 무리"에 지나지 않고, 이들이 합심하여 "백인 북방인종의 수많은 세대를 위해 비옥한 토양에 뿌려진 씨처럼 발달·강화되어온 고래(古來)의 예절에 대한 수준 낮은 공격"을 일삼고 있으며, 끝으로 "이 불쌍한 집단의 '작가들' 가운데 그 누구도 〔제1차 세계〕대전 기간에 미국을 위해 군복무를 하지 않았다"는 사실도 알아낸다. 한마디로 그들의 문학운동은 성조기를 찢어버리고 공화국을 전복하고 북방인종을 멸종시키려는 천박한 음모에 불과하므로, 정신을 바짝 차리고 그들에게 퍼부을 타르통을 들고[1] 경보음에 맞춰 전력으로 질주하는 것이 "튜턴인을 제외한

1. 누군가에게 타르를 퍼붓는 것은 일종의 린치였다.

백인 북방인종"의 일원인 모든 미국인의 의무라는 것이다. 풍부한 텍사스 어투를 사용해서 결론 내린 다우티는 나아가 "미국인과 영국인의 유산"에 도전하는 그런 원수 같은 이민자들[1] 가운데 한 명이 쓴 전형적인 책을 특별히 찢어발긴다. 그런데 그가 택한 책은 버지니아 출신의 제임스 브랜치 캐벌이 쓴 『저건』이다!

2

텍사스의 이 문학 경찰관이 유난히 열정적이라는 점은 인정하지 않을 수 없다. 오스틴의 캠퍼스에는 마음을 진정시켜주는 느릅나무가 한 그루도 없다. 대신에 타다 남은 KKK단의 투우장이 있을 뿐이다. 그곳에서는 다른 곳에 비해 애국심이 훨씬 강하게 불타오른다. 사람들은 손도 크고 목소리도 크다. 그들은 성조기만 보면 맥박이 빨라지고 피가 끓어오른다. 그럼에도 불구하고 무시무시한 다우티가 모진 언사로 진술한 이론은 본질적으로 전미예술문학회회원 윌리엄 브라우넬·제임스 브랜더 매슈스·스튜어트 셔먼·존 어스킨, 그리고 보인턴과 비어스 옹(翁)을 비롯한 좀 더 세련된 그의 동료들이 설파한 것이다. 그것은 이미 말한 것처럼 철저하게 미국적인 이론이다. 금주법·통신교육·우애기사단·씹는 껌만큼이나 미국적이다. 그러나 쿨리지의 정치나 빌리 선데이의 신학 이상의 분별력이나 위엄을 갖추지 못한 이론이다. 단도직입적으로 말하면 그것은 단순한 헛소리, 그릇된 가정과 잘못된 결론의 끝없는 나열, 근거 없는 사실 위에 무모하게 쌓아올린 부당한 논리이다. 이것을 만들어낸 사람들은 다양한 아이디어를 받아들일 수 있도록 훈련을 받았으나 그들의 능력이 거기에

1. 예를 들면 칼 샌드버그는 스웨덴계이고, 드라이저는 독일계이며, 왈도 프랭크는 유대계이다.

미치지 못했고, 어려서부터 엄격하고 완고한 의무의 개념에 시달렸으며, 근교의 목사와 시골 여교사의 애국적 철학을 차용해왔고, 이제는 그것을 (정치인이 명예를 이해하지 못하듯) 자기 자신도 도저히 이해할 수 없는 현상을 설명하는 데 적용하려 애쓰고 있다. 이것이 바로 학자의 검은 가운과 적개심을 누그러뜨리는 구레나룻으로 포장된 시골풍의 근본주의이다. 어니스트 보이드는 그것의 필연적인 산물을 KKK단식(式) 비평이라고 아주 적절하게 명명하고 있다.

물론 명백한 진실은, 금주법 위반 단속요원과 별반 다를 게 없는 이런 학자들이 아주 감명 깊게 주장하는 고상한 기준과 전통은 미국인의 일류문학에 실제로 존재한 적이 없었다는 것이다. 그들이 요구하는 것은 진정한 이상에 대한 숭고한 충성이 아니라, 교양 있는 소수의 미국인에 의해 한결같이 경멸당했던 관념들에 대한 작위적이고 어리석은 복종에 지나지 않는다. 다시 말해서 그들이 주장하는 것은 포, 호손, 에머슨, 휘트먼, 마크 트웨인을 수용하려는 전통이 아니라, 그들을 모조리 제쳐두고 제임스 쿠퍼, 윌리엄 브라이언트, 도널드 미첼, N. P. 윌리스, J.G. 홀랜드, 찰스 더들리 워너, 리디아 시고니, 미시건의 귀여운 가수[1]를 받아들이려는 전통이다. 감히 말하건대 롱펠로도 그 명단에 끼지 못할 것이다. 그는 젊은 시절 파리에서 끔찍한 물맛을 보지 않았던가? 포는 그가 스페인과 독일의 문학을 도용했다고 비난하지 않았던가? 분명 롱펠로는 다우티의 표현에 의하면 "중유럽이라는 악마의 솥에 빠졌다가 이탈리아와 프랑스에서 분출되어 나왔다." 브라이언트는 자격을 갖추었을까? 그는 외국어로 장난을 치고, 적국의 국민을 흠모하지 않았던가?[2] 제임스 로웰은 어떤가? 그의 단테 연구

1. 시인 줄리아 A. 무어(1847-1920)의 별명.
2. 브라이언트의 대표작으로 꼽히는 「죽음에 관한 명상」(Thanatopsis)은 스페인 문학의 표절이라는 혹평을 듣기도 한다. 그리고 그는 루트비히 울란트를 비롯한 독일 시인들의 시를 여러 편 번역했다.

에는 사악한 기미가 있었다. 텍사스의 KKK단 단원이 그의 연구를 인정해준다는 것은 상상도 할 수 없다. 베이어드 테일러에 대해서는 내가 언급을 가급적 자제하는 편이다. 그가 영역한 『파우스트』는 순수 미국인의 후손이 후원하는 모든 미국 대학의 도서관에서 추방됨으로써 마침내 정당한 평가를 받았다. 그 번역서가 서로 멀리 떨어져 있는 100개의 대학에서 불태워진 것은 브라우넬의 『기준』이 출간되고 KKK단이 문학비평을 개시한 그 경이로운 해에 벌어진 두 번째 위대한 애국적 사건이었다.

애국자 선생들이 미국문학사의 가장 기본적인 요소조차 잘 모르고 있다는 사실이 얼마 전 그들 가운데 한 명에 의해 아주 재미있게 밝혀졌다. 에머슨 전통의 전문가로 알려진 이 사람은, 아름다움은 도덕과 무관하고 그 자체만으로도 충분히 정당화될 수 있다는 주장을 편 브라네스 같은 그리니치빌리지의 어떤 비평가를 비난했다가, 에머슨도 그 비평가와 똑같은 주장을 했다는 당혹스러운 사실에 직면한 것이다. 교수라는 작자들이 에머슨이 명성을 얻은 것은 그들같이 에머슨의 이름을 들먹이며 어리석고 보잘것없는 전통을 지지하려는 자들에게 거기에서 벗어나야 한다고 주장했기 때문이었음을 몰랐다는 게 말이 되는가? 그리고 에머슨의 사상체계는 온갖 종류의 억압적인 전통에 대한 무조건적인 저항에 바탕을 두고 있으며, 만약 그가 지금 살아 있다면 그들을 편드는 것이 아니라 틀림없이 그들에게 맞설 것이라는 사실을 어떻게 모를 수 있단 말인가? 에머슨 혼자만 그랬던 것도 아니다. 진정한 일류문인의 명단을 살펴보라. 포·호손·휘트먼·마크 트웨인은 예외 없이 이른바 당대의 전통에서 비켜나 있었다. 그들은 모두 학자연하는 자들이 오늘날의 문학에 쓸데없이 부과하려는 전통의 바깥에 머물렀다. 에드거 앨런 포의 시와 소설은 당대의 존경받던 꼴통들에게는 낯설었을 뿐만 아니라 그야말로 끔찍했다. 그에 대해 좀 더 많은 것을 알게 해주는 그의 비평은 한술 더 떴다. 그것은 루퍼스 그리즈월드 같은 한심한 인간들에게 『제니 게르하르트』[1]가 초원지대 대학의 강사들을 아연실색케 한 것과 똑같은 충격을 주었다. 호손의 경우는 어떠한가? 청교도 윤리에 대한 호손의 비판은 에머슨의 비판을 제외하곤 가장 강력하고 효과적인 것이었다. 휘트먼? 휘트먼은 교수들을 워낙 깜짝 놀라게 만들었기에 근자에 와서야 비로소 교수들은 휘트먼을 가르치기 시작했다. 1870년대에 전성기를 누렸던 교수들은 여간해서는 휘트먼의 이름을 언급하지 않으려 했다. 오늘날 그 후배들이 드라이저나 캐벌의 이름을 애써 외면하는 것처럼 말이다. 마크 트웨인? 나는 교수 한 명, 즉 예일 대학의 윌리엄 라이언 펠프스를 증언대에 세우고자 한다. 펠프스의 『현대소설가론』에는 마크 트웨인의 이름을 미국 문학계에서 아예 지워버리려 했던 비지성적인 현학자들의 노력에 대한 흥미로운 설명이 길게 나온다. 그리고 밴 위크 브룩스가 쓴 『마크 트웨인의 시련』을 보면, 그런 어리석음이 당사자에게 얼마나 큰 타격을 주었는지 알 수 있을 것이다. 1910년에 출판된 펠프스의 책은 마크 트웨인이 예술가의 범주에 속한다는 것을 문학박사가 인정한 첫 사례이다! 그 밖의 모든 교수는 심지어 1910년에도 워싱턴 어빙이 훨씬 위대한 해학가이고, 마크 트웨인은 그저 광대에 불과하다고 가르쳤다. 이는 오늘날의 교수들이 하우얼과 로웰의 비평이 허니커의 비평보다 훨씬 우수하고, 헨리 밴 다이크는 위대한 예술가이고 캐벌은 형편없는 예술가라고 가르치는 것과 동일한 현상이다.

역사적으로 볼 때, 유서 깊은 미국적 전통의 회복에 대한 오늘날의 모든 헛소리는 어리석음과 무지의 소산이다. 유서 깊은 미국적 전통이 중요하고 생산적이고 문명화된 것이었다면, 그것은 분명 개인주의

1. 드라이저가 1911년에 발표한 소설.

와 저항의 전통이지, 집단적 도덕과 순응의 전통은 아니었다. 그렇지 않다고 우기다 보면, 황금기의 위대한 문학가는 에머슨·호손·포·휘트먼이 아니라, 쿠퍼·어빙·롱펠로·존 위티어라고 주장하게 될 수밖에 없다. 이런 난센스는 물론 초원지대의 신학교들에서 실제로 주장되고 있다. 심지어 동부의 낙후된 지역에서도 그런 주장을 하는 선지자가 있다. 현재 사용되고 있는 교과서에는 이런 문제에 대한 논의조차 없다. 그러나 난센스는 난센스일 뿐이다. 그것이 오랫동안 수용되어왔다는 사실은 미국문학에서 휘트먼·멜빌·마크 트웨인이 오랫동안 무시당한 이유를 설명해준다. 그리고 그것이 현재 치열한 도전에 직면하고 있다는 사실, 실제로 약간의 지성을 갖춘 젊은 미국인은 모두 그것에 반기를 들고 있다는 사실, 우리 시대의 가장 중요한 징후는 구세대의 가르침에 대한 신세대의 노골적인 반항이라는 사실은 미국문학에 넘쳐흐르는 새로운 활력과 그 결과로서 일어난 〔반동적인〕 길길이 날뛰기를 설명해준다. 이 길길이 날뛰기는 확실히 지나친 감이 있다. 그러나 휘트먼에 대한 길길이 날뛰기도 도를 넘었고, 마크 트웨인에 대한 소심한 날뛰기도 도가 지나쳤다. 『풀잎』을 온전하게 감상하려면 「한 여인이 나를 기다린다」[1] 같은 시도 수용해야 한다. 『허클베리 핀의 모험』을 읽기 위해서는 『시골뜨기의 해외유람』의 익살도 소화해야 한다. 요컨대 우리는 자유에 대한 대가를 기꺼이 지불해야만 한다. 자유를 누리기 위해 치러야 하는 대가는 자유 없이 지내는 데 드는 비용의 절반도 되지 않기 때문이다.

1. 뉴잉글랜드 악덕탄압협회로부터 삭제를 요청받았던 시. 이 협회는 『풀잎』의 출판사를 통해 휘트먼에게 압력을 가했지만, 휘트먼은 꿈쩍도 하지 않았다.

3

공교롭게도 우리 시대에 이 자유를 행사하려는 많은 남녀는 이른바 앵글로색슨계가 아닌 다른 민족(전적으로 또는 부분적으로)이다. 그들은 비단 예술 분야뿐 아니라 경제를 비롯한 인간활동의 거의 모든 분야에서 앵글로색슨계의 옛 헤게모니를 위협하는 새로운 민족을 대표한다. 이 사실은 민족의식이 갈수록 고조되고 있는 이 시대의 모든 논쟁에 지대한 영향을 미치고 있고, 그 논쟁을 매우 격렬하게 만들고 있다. 1914년과 1917년 사이에 서서히 정립되어 1917년에 완전한 법적 효력을 지니게 된 학설에 의하면 독일계 시민, 또는 독일계로 의심되는 시민은 영국계 시민보다 지위가 낮고, 따라서 헌법과 법률의 동등한 보호를 요구할 자격이 없다는 것이었다. 이 학설은 전후의 공포시대에 앵글로색슨계가 아닌 모든 미국인에게로 확대되었다. 그것이 공화국의 낙후된 지역에서 얼마나 심각한 양상을 띠게 되었는지는 내가 인용한 선량한 다우티의 문구에 유감없이 드러나고 있다. 다우티는 거리낌 없이 매디슨 그랜트[1]와 거트루드 애서턴[2]의 인류학을 받아들이고, 자신의 고향인 초원지대 목동들의 매너를 자기 것으로 삼은 신사이다. 심지어 KKK단의 기준을 문학에 확립하려는 더 웃기는 시도가 좀 더 세련된, 이론상 좀 더 지적이고 문명화된 비평가, 이를테면 브랜더 매슈스의 글에서 발견된다. 드라이저 같은 인물의 혈통을 추적하는 악의적인 적대감은 전혀 심미적이지도 않거니와 도덕적이지도 않다. 그것은 극히 인종주의적인 것이다. 드라이저는 분명 앵글로색슨계가 아니다. 그래서 그에게는 사악한 면이 있고,

1. 그랜트는 미국 정부의 이민정책에 조언을 하면서 백인종 중에서도 가장 우월한 인종인 북방인종의 이민을 무제한 받아들이고, 흑인종과 황인종의 이민을 전면 금지해야 한다고 주장했다.
2. 소설가.

반드시 억압되어야 한다는 논리이다. 문단에서 그의 입지가 확고해질수록, 그는 앵글로색슨계의 눈에 더욱 거슬리는 존재가 된다. 그에게 죄가 있다면 그가 앞서간다는 것, 현학자들이 강변하는 낡은 전통과는 현격히 다른 새로운 미국적 전통이 그를 중심으로 형성되고 있다는 것, 유럽인의 눈, 심지어 영국인의 눈에도 그가 자신을 반대하는 문학적 우애기사단의 모든 성원을 제치고 미국의 대표로 비치고 있다는 것이다. 따라서 그를 제거하는 것은 앵글로색슨계한테는 자기보존의 문제가 된다. 그런데 논리적 수단으로 그를 제거하기는 어렵다는 사실이 밝혀지자, 앵글로색슨계는 종교적 수단에 호소하는 빠르고 간편한 방법을 택하고 있는 것이다.

슬프게도, 이 성전(聖戰)의 효과는 의도한 바와는 전혀 다르게 나타났다. 비(非)앵글로색슨계에 경보를 울려 달아나게 만들기는커녕 사실상 그들이 내부적 차이를 극복하고 함께 보조를 맞추게 했다. 그 결과 그들은 성전이 시작되기 전보다 훨씬 막강한 존재가 되었다. 또한 앵글로색슨계는 이런저런 자기 주장에도 불구하고 자기가 기본적으로 매우 열등한 존재라는 의혹만 키웠다. 그도 그럴 것이 만일 우월하다면 순수한 문학논쟁에 어중이떠중이를 적극적으로 끌어들일 리가 없기 때문이다. 다년간 전장에서 온갖 종류의 포탄 냄새를 맡아본 사람으로서, 나는 그 같은 열등성을 철저히 믿게 되었고, 그것은 이른바 미국적 전통을 가장 요란하게 지지하는 사람들한테서 가장 뚜렷하게 나타난다고 생각하게 되었다. 그들은 대개 매우 어리석은 사람들로, 그들의 공격이 막강한 화력에 의해 뒷받침되는 경우는 좀처럼 없다. 그들이 우리에게 요구하는 것은 자발적·비합리적으로 자신들의 문화적 수준, 즉 변경 개척이 전부이던 시절에 이 나라를 쉽게 지배했으나 문명이 침투함에 따라 점차 지도력을 상실해온 계급의 수준으로 내려오라는 것이다. 우리가 당연히 거부하자, 그들은 순종을 애국심의 문제로 만드는 한편, 완강한 우리를 갖가지 기상천외한 처벌로 위협하려고 애쓴다. 그러나 분명한 것은 그들이 성공할 때보다는 실패할 때가 훨씬 많다는 것이다. 그리고 그들의 실패는 그들에게 열등성이 내재해 있다는 슬픈 증거이다. 미국의 사조(思潮)는 적어도 비교적 교양 있는 마이너리티 사이에서는 그들이 옹호하는 비굴한 식민주의로 향하는 것이 아니라 그 반대쪽으로 향하고 있다. 우리는 이제 지난날처럼 고분고분한 존재도 아니고, 기진맥진한 상태에 빠진 모국의 문화적 노예도 아니다. 압도적인 수적 우위와 각종 형태의 대외적 권위를 확보하고 효과적인 정치적 구호를 독점한 상태에서도, 앵글로색슨계의 지배를 합리화하는 대변인들은 마이너리티, 심지어 마이너리티 내의 마이너리티를 공격할 때마다 좌절을 맛본다. 그들이 가장 극적으로 좌절할 때는 일단 상대방의 손부터 묶어두는 전통적인 앵글로색슨 방식에 따라 전투를 준비할 때이다.

내가 앵글로색슨계라고 말할 때, 물론 나는 부정확하게 관용적인 의미로 쓰고 있다. 이 말을 그대로 써도 된다면, 현재 미국에 가장 널리 퍼져 있는 민족은 오직 부분적으로만 앵글로색슨이다. 그의 핏줄에는 켈트인과 게르만인의 피가 섞여 있고, 그의 규범은 타인 강[1] 이남이나 세번 강[2] 이서가 아니라, 황량한 스코틀랜드의 구릉지대에서 발견된다. 최초의 잉글랜드인 입식자들 중에는 잉글랜드 동부와 남부에서 온 순수한 튜턴인이 상당히 많았고, 이들의 영향(그 중 몇 가지만 애국심의 탈을 쓰고 남아 있는 형국이다)은 다수의 특징적인 미국적 풍속, 전통적인 미국적 이념들, 그리고 무엇보다도 미국식 영어의 기본적 특성에 뚜렷이 남아 있다. 그러나 그들의 튜턴계 혈통은 스코틀랜드와 북아일랜드, 잉글랜드 서부에서 온 켈트계 혈통에 의해 일찌감

1. 잉글랜드 북동부의 강.
2. 웨일스 중부에서 발원하여 잉글랜드 서부를 거쳐 대서양으로 흘러드는 강.

치 희석되었고, 오늘날 가장 완벽한 앵글로색슨으로 간주되는 미국인들, 예컨대 버몬트에서 조지아에 이르는 애팔래치아 산맥 구릉지대에 살고 있는 주민들은 확실히 육체적으로나 정신적으로나 튜턴인보다는 켈트인에 훨씬 가깝다. 그들은 진짜 잉글랜드인보다 마르고 키가 크며, 도덕적 집착과 종교적 광신에 쉽게 빠진다. 감리교의 부흥은 잉글랜드적인 현상이 아니다. 그것은 스코틀랜드적인 현상이다. 기본적으로 금주법도 마찬가지이다. 그리고 우리의 역사를 연구한 외국인 학자들에 의해 지적된, 모든 정치적 투쟁을 도덕적 성전(聖戰)으로 전환시키는 미국인의 성향도 다분히 스코틀랜드적이다. 물론 잉글랜드인의 혈통은 지난 3세기 동안 스코틀랜드인·아일랜드인·웨일스인에 의해 오염되어왔고, 근자에 그들의 정부는 주로 켈트인이 좌지우지해왔다. 이런 사실은 잉글랜드인을 미국인처럼 보이게 함으로써 내가 강조하려는 차이점을 숨기는 측면도 있지만, 그 차이를 완전히 지워버릴 정도는 아니다. 예컨대 데이비드 로이드조지 같은 인물은 사고방식 면에서 거의 미국인이나 다름없다. 그래도 잉글랜드인은 유머감각, 개인의 자유에 대한 견해, 기본적인 이념의 차원에서 미국인과는 확연히 다르다.

그러나 미국의 앵글로색슨이 잘못된 꼬리표를 달고 있고, 그가 자신의 선조라고 주장하는 두 위대한 민족을 심히 모독하고 있다고 확신하면서도, 그 호칭을 어떻게 바꿔야 할지는 나도 잘 모르겠다. 그가 무엇이라 자칭하든 그냥 내버려두기로 하자. 그가 스스로를 어떻게 부르든, 그가 사용하는 용어가 정말로 독특한 별개의 민족을 가리킨다는 점, 그가 성격과 사고의 습성 면에서, 그 밖의 모든 민족과 뚜렷하게 구별된다는 사실, 그리고 그가 지구상의 민족들 가운데 거의 특별한 종, 그것도 순종을 대표한다는 사실에는 의문의 여지가 없다. 게다가 그의 경우에는 거의 변화가 없다. 그가 오늘날 보여주는 특질들은 식민지시대에 민족간의 혼혈이 시작되었을 때 그가 발달시켰던 특질들이다. 그를 둘러싼 물질적 환경은 엄청나게 변했지만, 그는 생각하고 행동하는 방식 면에서 선조들과 거의 똑같다. 다른 민족들은 지난 2세기 동안 눈에 띄게 변했다. 예컨대 스페인인은 모험정신을 완전히 상실했고, 독일인이 그 정신을 물려받았다. 그러나 미국의 앵글로색슨은 상속받은 유전자를 고수하고 있다. 더욱이 그는 다른 민족들에 비해 개체간 변이가 훨씬 작다. 5명의 러시아인이나 독일인이 만나면 4개의 집단이 형성되어 서로 다툰다는 말이 있지만, 미국인 100명이 모이면 이 가운데 적어도 95명은 자신들이 이해할 수 있는 모든 주제에 관해 똑같은 의견을 가지고 있고, 모든 통상적 자극에 동일한 방식으로 반응할 것이라는 말도 있다. 중국인을 제외하면, 미국인만큼 철저하게 한결같은, 또는 외부의 이념에 전혀 무관심한 족속은 없다.

4

이른바 앵글로색슨에게도 장점은 많이 있다. 나는 이를 부인할 생각이 추호도 없다. 하지만 여기서는 특별한 양해의 말 없이 그 장점에 대한 언급을 생략하려고 한다. 앵글로색슨은 사실상 거의 모든 책을, 그리고 대화의 절반을 자화자찬하는 데 할애하기 때문에, 그 자신의 장점이 간과될 위험이 전혀 없다. 그의 잉글랜드인 친척을 제외하면, 허풍쟁이도 그런 허풍쟁이가 없다. 심지어 프랑스계 미국인도 앵글로색슨에 비하면 점잖고 과묵한 편이다. 이것이 앵글로색슨이 다른 민족의 눈에 엉뚱한 족속으로 비치는 첫 번째 이유이다. 그는 마치 자신이 소크라테스와 엘시드와 12사도의 미덕을 전부 갖추고 있기라도 하는 듯 끊임없이 자랑하고 허세를 부리는 광적인 허풍쟁이다. 이런 습관은 본질적으로 잉글랜드적인 것이지만, 앵글로색슨에 켈트인의 피가 많이 섞임으로써 더욱 과장되었다. 근래 미국에서의 허풍은 거의 병적인 성격을 띠고 있는데, 그것은 아마도 프로이트의 마법에 의해서나 설명될 수 있을 것이다. "우리가 전쟁에서 승리했다"거나 "세계를 선도하는 것이 우리의 의무"라거나 "자유로운 자들의 땅과 용감한 자들의 보금자리"나 '미국화' 운동 같은 순수 미국인의 허풍은 아마도 어쩔 수 없는 열등감을 감추기 위한 방어기제에 불과할 것이다.

이 열등감이 실제로 존재한다는 사실은 편견 없는 모든 관찰자의 눈에 분명하게 보일 것이다. 잉글랜드계 변종이든 미국계 변종이든, 앵글로색슨은 다른 민족집단과 심각한 갈등을 빚게 될 경우, 자신을 도와줄 외부의 부적절한 수단을 찾는 나쁜 습성을 가지고 있다. 미국에서 자신의 패배가 확실해지자, 그는 잔뜩 겁을 집어먹고 자구책이랍시고 기이하고 엉뚱한 수단을 동원하고 있다. 예술과 학문, 심지어 각종 첨단산업부문에서 후기 이민자들이 초기 정착민들의 후손을 압도하고 있다. 단순히 돈을 긁어모으는 따분한 일을 제외한 인간활동의 거의 모든 분야에서 눈부시게 활약하고 있는 저명한 미국인의 명단에는 낯선 이국풍 이름이 가득하다. 심지어 의회도 예외가 아니다. 지난 반세기 동안 시인·소설가·비평가·화가·조각가로 명성을 떨친 미국인 가운데 앵글로색슨 풍의 이름을 가진 사람은 절반도 되지 않고, 이 소수 중에 순수한 앵글로색슨 혈통을 가진 자는 극소수이다. 학문, 수준 높은 공학과 기술, 철학의 여러 분야, 심지어 공업과 농업의 경우에도 사정은 마찬가지이다. 신구 혈통 사이의 경쟁이 가장 치열하고 선명하게 드러나는 지역, 예컨대 뉴욕, 뉴잉글랜드 연안, 중서부 농경지대에서 앵글로색슨의 패배는 의심의 여지가 없는 결정적인 것이다. 한때는 앵글로색슨의 지배가 모든 지역에서 실제로 인정되었지만, 이제는 그가 아직 수적으로 우세한 곳에서도 그 지배는 실제가 아닌 감상(感想)과 착각에 불과하다.

후기 이민자의 후손은 전반적으로 지위가 상승하고 있다. 하지만 초기 정착민의 후손은 정신적으로나 종교적으로나 신체적으로 쇠락하고 있다. 미국에서 가장 낮은 수준의 문명에 머물러 있는 곳은 앵글로색슨이 여전히 지배하고 있는 지역이다. 앵글로색슨은 남부 전역을 지배하고 있다. 일류인간의 수는 남부를 통틀어도 잡종들이 거주하는 북부의 도시 한 곳에도 미치지 못한다. 앵글로색슨이 여전히 지배권을 장악하고 있는 곳에는 KKK단과 근본주의, 린치, 금주법, 기타 열등한 인간의 어리석은 반사회적 광기가 기승을 부린다. 사망률이 가장 높고 정치가 가장 부패하고 종교가 부두교에 가장 근접한 곳은 잡다한 사람들이 모여 사는 대도시가 아니라, 최근의 이민자들이 아직 침투하지 않은 곳, "세상에서 가장 순수한 앵글로색슨 혈통"이 명맥을 유지하고 있는 곳이다. 나는 여러 가지 증거를 댈 수 있지만, 굳이 그럴 필요는 없을 것 같다. 그것은 도저히 부정하기 어려운 사실이기 때문이다. 따라서 한 가지 증언이면 충분할 것이다. "주민이 〔오하이오 주의〕 다른 곳보다 훨씬 순수한 미국인으로 구성되어 있는" 오하이오 동남부의 한 지역을 철저히 조사한 두 연구자는 다음과 같은 증언을 남겼다.

> 여기서는 저속한 미신이 상당수 주민의 사고와 행동에 강력한 영향을 미치고 있다. 곳곳에서 매독이나 그 밖의 성병이 흔하고 증가 추세에 있다. 일부 커뮤니티의 경우 거의 모든 가구가 유전적 질병이나 감염증을 앓고 있다. 근친상간 사례도 다수 보고되고 있다. 저능아, 정신박약, 범법자가 수두룩하고, 부정부패와 금품선거가 다반사이고, 경범죄가 많으며, 학교는 부실하게 운영되고 진학률도 낮

다. 카운티 중심부에서 도보로 5분 거리에 있는 지역에서 강간·폭행·강도 사건이 거의 매주 일어난다. 어떤 카운티에서는 범죄 자백자가 정치를 지배하고 있다. 음주는 도를 넘은 수준이다. 부도덕의 만연과 그 악영향은 구릉지대뿐 아니라 소도시에서도 극심하다.

구가(舊家)의 미국인은 최근에 벌어지고 있는 이 지속적이고 상당히 급속한 퇴보, 즉 선조들이 인디언과 살쾡이로부터 빼앗은 땅에서 오랫동안 누려왔던 지배권이 점차 약화하고 있는 현상을 모르고 있지는 않다. 실제로 그는 그것을 통감하고 있고, 사실상 그것을 막는 일은 포기한 채 부정과 은폐로 사태를 수습하려는 필사의 노력을 기울이고 있다. 이런 노력은 기이하고 엉뚱한 형태를 취하기도 한다. 신착 이민자에 속하는 시민을 속박하는 법이 수백 가지 기발한 방법으로 통과된다. 그래서 그가 자식에게 조상의 말씀을 가르치고 자신이 조상으로부터 물려받은 문화적 태도를 유지하기가 어려워지고, 그런 행동이 사회적으로 위험한 일이 된다. 저급한 앵글로색슨의 규범에서 벗어나는 것은 연방에 대한 음모로 간주되어 가혹한 응징을 당한다. 농촌 KKK단의 수준에서 응징은 노골적인 공격으로 나타난다. 아칸소나 미시시피 주에서 겁 없이 외국어를 사용하거나, 농촌의 감리교인이 이해할 수 없는 예술에 공개적으로 관심을 보이거나, 자신이 가톨릭 신자라고 말하는 사람은 이웃사람들에게 린치를 당하거나 집이 불태워지는 위험을 감수해야 한다. 설상가상으로 이른바 지성이라는 높은 차원에서 행사되는 압력도 결코 물리적 응징에 뒤지지 않는다. 문학에서 이른바 미국적 전통을 회복하자는 요구는 기본적으로 무기력하고 불합리한 순응을 요구하는 것이나 다름없다. 모든 미국인에게 자신의 민족적 특징이나 자연스러운 사고방식을 무시하고 모든 생각을 저급한 앵글로색슨의 틀에 끼워 맞추라는 요구이다. 물론 절대 효과를 볼 수 없는 그런 요구 자체는 그 요구를 주장하는 사람들의 지적 빈곤을 적나라하게 폭로해주는 최고의 증거이다. 요구는 상대를 설득하려는 노력의 일환으로 제시되는 것이 아니라, 귀에 거슬리는 어리석은 명령으로 내려진다. 그리고 자신의 요구가 비웃음을 살 때마다 앵글로색슨은 내리막길에서 조금씩 미끄러진다. 그는 공정한 경쟁에서도 승리할 수 없음은 물론이고, 그 호전성에도 불구하고 힘이나 협박으로도 승리할 수 없다. 그에게는 순교자의 역할이 남아 있는데, 그는 이미 애처롭게 그 연기를 시작한 상태이다. 우리가 미국인의 음악이 연주회장과 오페라하우스에서 금지된다는 근엄한 명령을 듣게 된 것은 음악감독과 지휘자들이 모두 넌더리나는 외국인이기 때문이란다. 미국의 화가와 조각가들은 수많은 이민자에 맞서 싸워야만 한단다. 미국의 비평은 반(反)미국적인 것이 됨으로써, 구가(舊家)의 시인과 소설가들은 일종의 블랙리스트에 올라 제대로 된 평가를 받지 못하고 있다. 오직 대학교에서만 앵글로색슨 지식인이 제몫을 하고 있는데, 심지어 그곳에서도 밀려드는 유대인에게 자리를 위협받고 있으며, 자신의 예술적 동지들과 함께 유대인을 제압하거나 없애버릴 수단을 고안해야 할 지경이란다.

5

공교롭게도 나는 앵글로색슨이다. 미국과 잉글랜드에서 앵글로색슨이라는 이름으로 통하는, 피가 반쯤 희석된 켈트인보다 훨씬 순수한 혈통의 앵글로색슨이다. 나는 앵글족이자 색슨족이므로, 이 이상한 공화국의 이른바 앵글로색슨과 좀 덜 미심쩍은 모국의 그 사촌에 대해 솔직하게 한마디 한다고 해서 악취미라고 비난받지는 않을 것이다. 이 두 민족은 25년 동안 그들의 미움만 산 나의 눈에 어떻게 비치는가? 내가 이른바 앵글로색슨형 인간에게서 찾아낸 가장 분명한 특징은 무엇인가? 나는 바로 두 가지를 댈 수 있다. 하나는 신기하고도 명백한 구제불능성 무능이다. 세균을 분리하는 일이건 소나타를 작곡하는 일이건, 어려운 일을 쉽게 잘 해내지 못하는 선천적인 무능력이다. 또 하나는 공포와 불안에 굉장히 취약한 유전적 비겁함이다.

그토록 진취적이고 성공적인 겁쟁이 민족을 비난하려면 물론 즉각적인 조롱을 각오해야 한다. 그렇지만 그 역사를 공정하게 검토하면 나의 입장이 정당화될 것이다. 그들이 대담한 행동으로 이룩했다고 어린 학생들에게 가르치는 업적—비범한 개인들(이들의 대부분은 적어도 부분적으로는 다른 민족이었다)의 독자적인 업적이 아니라 앵글로색슨이 하나의 민족으로서 이룩한 업적—의 90%는 가장 기본적인 용기조차 결여된 것이다. 예컨대 영국과 미국이라는 양대 제국의 확장에 수반된 사건들을 생각해보라. 그 역사적 사건들이 진정한 용기와 결의를 상기시키는가? 분명히 아니다. 두 제국은 처음에는 비무장 야만인들을 속이거나 학살함으로써, 나중에는 멕시코와 스페인, 트란스발 공화국과 오렌지 자유국처럼 우방이 없는 약소국을 강탈함으로써 건설되었다. 어느 제국도 영화에 등장하는 평균적인 영웅들 이상의 영웅을 배출하지 못했다. 또한 본국의 국민을 보복의 위험에 전혀 노출시키지 않았다. 옴두르만 전투[1]와 마닐라 만 전투[2]는 전형적인 앵글로색슨 대군의 전투였다. 전자는 인정사정없는 학살이었고, 후자는 일방적인 승리였다. 두 전투는 매우 전형적인 앵글로색슨 영웅—키치너(아일랜드인)와 듀이(프랑스계 미국인)—을 만들어냈다. 게다

1. 1898년 9월 2일 허버트 키치너 장군이 지휘하는 영국-이집트 연합군이 나일 강 서안의 도시 옴두르만에서 무슬림군을 제압함으로써 영국의 수단 정복에 결정적인 역할을 한 전투.
2. 미국-스페인 전쟁 초기인 1898년 5월 1일 조지 듀이 준장이 미국 아시아 함대를 이끌고 마닐라 만에 정박 중이던 스페인 전함 8척을 격파한 전투.

가 거의 언제나 용병들이 앵글로색슨의 전투를 대신해왔다. 이 사실은 앵글로색슨의 상식에 대한 결정적인 증거일 뿐, 그가 자랑하는 용맹성에 대한 찬사는 아니다. 대영제국은 주로 아일랜드인과 스코틀랜드인, 현지의 협력자들에 의해, 그리고 아메리카 제국은 크게 보면 프랑스인과 스페인인에 의해 쟁취되었다. 더욱이 두 국가의 대업에서 눈에 띄는 희생,[1] 중대하고 끔찍한 모험, 정복자가 피정복자가 될 위험은 전혀 없었다. 영국인은 문명화된 막강한 적과는 단 한 차례의 전투도 치르지 않고 광대한 영토의 대부분을 획득했고, 미국인은 야만인과 수십 차례의 전투 같지 않은 전투를 치른 대가로 거대한 땅덩이를 얻었다. 존 스미스[2]의 시대부터 조지 커스터[3]의 시대에 이르기까지, 미국사의 모든 인디언 전쟁에서 희생된 미국인 전사자의 수는 단일전투인 타넨베르크 전투의 전사자 수에 못 미쳤다. 플리머스 바위[4]에서 금문해협까지, 그리고 조지 호(湖)에서 〔플로리다 주 남부의〕 에버글레이즈 습지까지 미국 전역을 정복하는 과정에서 희생된 사람의 수는 프랑스인·네덜란드인·영국인·스페인인을 추방하다가 희생된 사람들까지 포함하더라도 베르됭 전투[5]의 전사자보다 적었다.

내가 아는 한 앵글로색슨인의 역사에서 이들이 동맹군 없이 대규모 전쟁에 돌입하거나, 패배할 위험 혹은 심각한 피해를 입을 위험이 조금이라도 있을 때 전쟁에 뛰어든 사례는 없다. 프랑스인은 단독으로 위험한 전쟁을 치렀고, 네덜란드인도, 독일인도, 일본인도 그렇게

1. 예컨대 마닐라 만 전투에서 미군은 단 한 명이 전사했다.
2. 버지니아 주 제임스타운에 북아메리카 최초의 영국인 정착지를 세운 탐험가.
3. 미국기병대 장교. 몬태나 주 리틀빅혼에서 벌어진 인디언과의 전투에서 전사했다.
4. 잉글랜드인 순례자들이 1620년 플리머스 해안에 상륙할 때 첫 걸음을 내딛었던 곳으로 전해지고 있는 바위.
5. 제1차 세계대전 최대의 격전지. 프랑스군 16만 2,000명과 독일군 14만 3,000명이 전사했다.

했으며, 심지어 덴마크인·스페인인·보어인·그리스인 같은 약소민족들도 그렇게 했지만, 영국인과 미국인은 그런 적이 없다. 영국인이 1914년의 독일인이나 1922년의 터키인[1]처럼 모험을 감행한다거나 프랑스인처럼 그런 모험을 준비하는 것을 상상할 수 있을까? 미국이 1898년의 스페인처럼 이길 확률이 극히 낮은 전쟁에 결연하게 임하는 것을 상상할 수 있을까? 역사적 사실들은 그런 공상을 여지없이 깨버리기에 부족함이 없다. 앵글로색슨은 전쟁에 나설 때는 항상 패거리를 데려 가려고 노력하는데, 패거리가 있어도 그는 매우 불안해하고, 본격적인 위험에 처음 직면하면 거의 공황상태에 빠진다. 여기에서 완벽한 앵글로색슨인 찰스 엘리엇 박사[2]를 증언대에 세우기로 하자. 나는 그가 『연방의회 의사록』에 호의적으로 인용된 한 논문에서, 독립전쟁 기간에 오늘날의 교과서에서 찬양받는 식민지인들이 "의기소침한 상태에 빠져, 워싱턴의 확고한 신념과 대륙군과 프랑스의 원조가 없었다면 구원받지 못했을 것"이고 "1812년 전쟁〔영미전쟁〕이 상당한 손실을 초래하자 주민의 상당수는 신경쇠약을 경험했는데, 이들을 구원한 것은 철저하게 애국적인 몇몇 정치인의 노력과 서너 척의 미군 프리깃함이 해상에서 거둔 승전이었다"고 쓴 것을 본 적이 있다. 그런 애국자의 명단에는 당연히 진취적인 코르시카의 신사 찰스 보너파트가 포함된다. 이 두 전쟁에서 미국인은 지형·동맹군·병력 면에서 명백하고도 커다란 이점을 안고 있었다. 그럼에도 그들은 대체로 고전했고, 시종일관 대다수는 어떤 조건으로든 강화조약을 맺고자 했다. 미국-멕시코 전쟁과 미국-스페인 전쟁은 용맹과는 거리가 멀기에 논의하기조차 부끄럽다. 멕시코와의 전쟁에 참전했던 율리시스 그랜트 장군은 그 전쟁에 대해 "약소국을 상대로 강대국이 벌인

1. 터키인은 독립전쟁 때인 1922년에 아나톨리아에서 그리스군을 결정적으로 물리쳤다.
2. 40년 간 하버드 대학 총장을 지낸 학자이자 교육자.

전쟁 중에서 가장 불공정한 전쟁"이라고 말했다. 스페인과의 전쟁 때는 대서양 연안에서 스페인의 무기력한 함대를 두려워하여 뉴잉글랜드 전역이 석탄을 선적한 수상한 화물선만 보이면 병적으로 흥분했으며, 보스턴의 대여금고에 보관 중이던 귀중품들이 우스터로 옮겨졌고, 해군이 해안지대의 도시들이 공동화되는 것을 막기 위해 초계(哨戒)선단을 편성했던 사실을 기억하는가? 이런 일을 기억하는 빨갱이·무신론자·친(親)독일인사라면 〔제1차〕 세계대전 기간에 미국을 공격할 여력이 전혀 없는 적이 무서워서 미국 전역이 광분했던 사실, 그리고 마침내 21개 동맹국의 원조를 받아 승산이 높아지고 나서야 미국인이 위대한 정신적 승리를 거둔 사실도 기억할 것이다.

그러나 남북전쟁이 있지 않은가? 과연 그럴까? 1861년에 북부의 병사들은 거의 모두 몇 차례의 소규모 전투만 치르면 간단히 전쟁이 끝날 것으로 예상했다. 최초의 병사들은 실제로 단 3개월만 복무할 예정이었다. 그 후 예기치 않게 전쟁이 치열해지자, 북부는 강제로 신병을 모집하여 전선으로 보내야만 했다. 북부 제주(諸州) 사람들 중에서 계속되는 전쟁에 찬성하는 사람은 에이브러햄 링컨, 소수의 야심만만한 장군, 전쟁으로 폭리를 취하는 사람들뿐이었다. 다시 엘리엇 박사의 말을 들어보자. "전쟁 마지막 해에 북부의 민주당원과 공화당원의 대다수는 남부연합에 항복하자고 주장할 정도로 사기가 저하되어 있었다." 그들이 기가 죽어 있었던 것은 확실하다! 남부가 분명히 더 용감했기 때문이다. 하지만 남부의 용맹성도 허구에 불과했다. 남부의 지도자들은 전쟁이 시작되자마자 동맹을 물색하는 전통적인 앵글로색슨 방식을 채택했다. 그들은 영국의 원조를 얻으려 애썼고, 실제로 거의 성공할 뻔했다. 그러나 그 희망이 사라지자(영국은 북부를 자극하는 것이 위험하다는 결론을 내렸다), 정의의 사도인 양 행동하는 KKK단의 선배 격인 남부연합 인민은 자포자기했다. 따라서 결국 그들에게 닥친 파국은 기본적으로 내부에서 비롯된 것이었다. 남부는 떨고 있는 북부를 협상 테이블로 끌어들이는 데 실패했다. 실패의 이유는 엘리엇 박사의 표현을 빌리면, 남부에 만연한 "미증유의 심각한 만성 신경쇠약"에 있었다. 고향의 주민들이 전쟁터의 병사들을 지원하지 않자, 병사들이 도망치기 시작했다. 일찍이 실로 전투[1]부터 남부연합의 많은 연대가 이미 싸우기를 거부했다.

가능성이 아예 없거나 낮으면 행동을 주저하는 이런 성향은 영어권 국가들의 군사기록에 분명히 드러나 있을 뿐 아니라 평화시에도 뚜렷이 나타난다. 이른바 앵글로색슨인 사이에서 살고 있는 다른 우월한 민족의 성원이 거의 언제나 발견하는 것은 ①그들이 무역에서든 예술에서든 학문에서든 공정한 경쟁에서 승리할 능력이 없다는 것, 요컨대 그들의 전반적인 무능, 그리고 ②그들이 이 무능함을 만회하기 위해 주로 무력으로 경쟁자에게 불공평한 부담을 지우려고 끊임없이 노력한다는 것이다. 프랑스인은 최악의 국수주의자이지만, 일단 외국인을 자기 나라에 받아들이고 나면 최소한 공정하게 대하고, 그가 단지 외국인이라는 이유로 터무니없는 벌칙을 부과하지는 않는다. 앵글로색슨계 미국인은 언제나 외국인에게 불이익을 주기 위해 노력한다. 그의 역사는 자신을 제압하기 시작한 민족들에게 끊임없이 맹목적인 분노를 터뜨린 역사이다. 노너싱·KKK단·재향군인회 따위가 그 실례이다. 그런 움직임은 프랑스인이나 독일인처럼 자신의 우월성을 확신하는, 유효하고 진정한 자신감을 가진 민족, 또는 불공평한 이점과 압도적인 승산을 경멸하는 정말로 대담하고 용감한 민족에게서는 찾아볼 수 없다. 이론상으로는 비(非)앵글로색슨의 허구적 열등성을 겨냥한 것이지만, 실제로 그런 운동은 비(非)앵글로색슨의 전반적

1. 남북전쟁 초기인 1862년 4월 6일과 7일에 서부전선에서 벌어진 중요한 전투.

우월성, 이 나라의 환경에서 버틸 수 있는 그의 뛰어난 생존능력을 겨냥한 것이다. 그래서 언제나 비(非)앵글로색슨이 공정한 대결에서 승리하지 못하도록 벌칙을 부과하고, 그가 앵글로색슨인의 일반적인 수준으로, 그리고 가능하다면 그 이하로 떨어지도록 핸디캡을 주려고 온갖 궁리를 한다. 그런 장치는 물론 진정으로 우월하고 자신만만하고 관대한 소수 앵글로색슨의 지지를 받지는 못한다. 나는 지금 그 소수에 대해 말하고 있는 게 아니다. 그들은 평화시에는 치분하고 전시에는 용감하다. 그러나 미국에서 그들은 서글플 정도로 그 수가 적고, 그마저 갈수록 줄어들고 무력해지는 추세이다. 공동체의 법과 공동체의 관습은 대중에 의해 만들어지는데, 이 법과 관습은 대중의 전반적 열등성과 이 열등성에 대한 대중의 불안한 자각을 입증하는 데 필요한 갖가지 증거를 제공한다. "순수 혈통의" 평범한 다수의 미국인은 매일 밤 침대 밑에 도둑이 있을지도 모른다고 걱정하며 잠자리에 들고, 매일 아침 자기의 속옷을 도둑맞았을지 모른다는 찜찜한 기분으로 일어난다.

6

내가 생략한 훌륭한 자질들을 감안하더라도, 그런 민족을 무턱대고 칭송하는 건 곤란한 일이다. 그들에게는 여유와 관용, 확신감 또는 진정한 우월의식에서 나온, 위험을 무릅쓰는 대담성이 없다. 앵글로색슨이라는 대집단은 여러 중요한 측면에서 가장 덜 문명화된 인간이고, 진정한 문명을 이룩할 능력이 가장 부족한 인간이다. 그의 정치적 이념은 조잡하고 천박하다. 미감(美感)도 거의 없어서, 하다못해 민속이나 숲속의 산책로조차 만들 줄 모른다. 눈에 보이는 우주에 대한 가장 기본적인 사실들에도 겁을 집어먹고, 그것들을 없앨 궁리를 한다. 그는 교육을 받고, 전문가가 되고, 영혼을 표현하는 법을 배워도, 여전히 명백한 삼류인간을 탈피하지 못한다. 그는 다른 사람을 두려워하는 것 이상으로 각종 이념을 두려워한다. 나는 그의 피가 묽다고 생각하는데, 이것은 자랑할 만한 일은 아닐 것이다. 그가 장사꾼, 현학자, 또는 대중선동가 이상의 역할을 수행하려면 좀 더 활기 넘치는 다른 혈통의 자극이 필요하다. 포·휘트먼·마크 트웨인은 그런 혼혈의 산물이다. 혼혈인구가 증가하고 있다는 사실은 미국 지성계의 입장에서는 가장 좋은 희망이다. 혼혈인은 정신적 무기력증에 빠진 앵글로색슨을 각성시키고, 불온하고 실험적인 정신을 경험케 한다. 그들은 각종 이념의 자유로운 작용을 부추긴다. 앵글로색슨의 순수성과 전통을 강조하는 예언자들은 정치에서든, 문학에서든, 또는 진리를 향한 장구한 투쟁에서든 이념의 자유로운 작용에 반대하다가 톡톡히 망신만 당하고 있다. 그들이 옹호하는 그런 편협한 문화가 득세했다면, 알렉산더 아가시[1]는 추방당했을 테고, 휘트먼은 교수형을 당했을 것이며, 에드거 게스트[2]와 프랭크 크레인 박사가 오늘날 이 공화국에서 가장 저명한 지식인으로 행세하고 있을 것이다.

이른바 앵글로색슨의 이런 세속적 성공은 그들의 장점보다는 단점—특히 쉽게 겁을 먹는 탁월한 능력과 낭만적인 것에 대한 반감, 다시 말해서 지독히 실용적인 정신, 지적 모험에 대한 혐오, 둔한 판단력—에 기인한 것이라고 나는 확신한다. 그들은 훌륭한 모험가들이 위험을 무릅쓰고 있는 동안에 인력과 재력을 비축해왔다. 그러나 양지가 있으면 음지가 있는 법이다. 그런 자질들은 인간이 아니라 지렁이의 것이다. 나름대로의 가치가 있을지는 몰라도 결코 아름답지는 않다. 이 세상에서 그의 승리가 절정에 달해 있는 지금, 앵글로색슨은

1. 스위스 태생의 미국 해양학자이자 엔지니어.
2. 영국 태생의 미국 시인.

왠지 초라해 보인다. 영국은 재정적으로 파산하여 스러지기 일보 직전인 프랑스 앞에서 벌벌 떨고 있고, 미국은 이탈리아계 이민자, 흑인, 유대인, 가톨릭 신자, 일본인 등에 대한 기괴한 학살에 전념하고 있다. 게다가 사람뿐 아니라 이념까지 말살하려는 더욱 괴상한 노력을 전개하고 있다. 법령으로 지식을 폐기하고, 린치법으로 예술을 통제하며, 고독한 농부와 길모퉁이 식료품장수의 유치한 윤리적·신학적 관념에 헌법적 원치의 힘과 권위를 부여하고 있다. 옆에서 이런 쇼를 지켜보고 있는 내가 그것을 칭찬하기는 매우 어렵다. 그러나 묽은 수용액에 함유된 에틸알코올 성분이 나의 타고난 동정심을 마비시킬 때를 제외하면, 소리 내어 웃기는 더더욱 어렵다.

19

농부

『연방의회 의사록』을 오랫동안 읽어온 나는 그 지면의 빽빽하게 조판된 각 단(段)에서 정치적 병리학자가 상상할 수 있는 인간의 거의 모든 행동이나 사고—간통에서 시온주의까지—에 대한 탄핵, 그리고 입법자의 정신이 포착할 수 있는 온갖 부류의 사람—무신론자에서 조로아스터 교도까지—이 저지르는 죄에 대한 탄핵을 접해왔다. 그러나 나의 기억이 정확하다면 그 대단한 의사록이 그저그런 농사꾼, 소의 고독한 친구, 땀 흘리며 힘들게 일하는 농부에 대해 직접적이든 간접적이든 조금이라도 무례를 범하는 것은 단 한번도 본 적이 없다. 농부는 상하 양원에서 목소리를 높이는 비현실적인 스가나렐과 스카라무슈의 으뜸가는 총아이고, 매력덩이이자 기쁨이며, 성자이자 대천사이다. 또한 농부는 언제나 의원들에게 정직한 노동자, 씩씩한 선원, 영웅적 광부의 집단을 모두 합친 것보다 훨씬 중요한 존재이다. 심지어 일군의 무명용사들 이상의 존재이다. 물론 정치가의 이런 토템들이 그라쿠스 형제가 부러워할 정도로 과분한 찬사를 받을 때도 있다. 그러나 농부가 자기 몫의 찬사를 받지 않는 날은 단 하루도 없고, 제몫의 10배를 받는 날도 수두룩하다. 실제로 그가 미사여구로 장식되었을 때는 어디가 머리이고 어디가 발인지조차 분간하기 어렵다. 상하 양원의 회기는 농부의 숙적들에 대한 공격,

즉 월스트리트와 주간(州間)통상위원회에 제동을 거는 것으로 시작되고, 숙적들로부터 농부를 구해줄 수많은 새로운 법률—유사 이래 지구상에서 한 지붕 아래 모인 가장 과감하고 독창적인 입법자들의 대단히 교묘한 정치적 수완을 발휘한 법들—의 제정으로 끝이 난다. 미국에서 입법의 주된, 아니 유일한 목적은 농민을 구제하고 보호하는 것이라고 해도 과언이 아니다. 만약 거위기름을 바른 폭탄과 포마드를 바른 로켓이 양원에서 사라진다면, 악당들이 모의하여 농민을 투우사용 창으로 찌를 것이다. 그들이 새로운 관세법안에 사기조항을 집어넣거나, 화물수송규칙을 슬쩍 바꾸거나, 연방준비은행의 대출을 조작한다면, 이런 범죄는 단지 농민에게만 피해를 주는 게 아니라 미국인 전체, 그리스도교권 공동의 품위와 성령을 해치는 짓이다. 농부에 대한 해코지는 모든 정당의 정강, 모든 정치가의 경건한 신념, 하느님에 대한 불복이다. "수고하는 농부가 곡식을 먼저 받는 것이 마땅하니라."

이것은 사도 바울이 서기 65년에 에페소스의 주교[디모데]에게 보낸 편지에 나오는 말이다.[1] 따라서 내가 우리 정계의 메스머[2]와 그리말디[3] 같은 사람들, 즉 사기꾼과 광대들 탓으로 돌린 농부보호의 교의는 그들이 새롭게 창안한 것이 아니며, 그들의 전유물도 아니다. 생각할 능력이 있고, 정치적 탁상공론과 선행에 헌신하는 미국인이라면 누구나 그 교의에 공감하고 있는 듯하다. 농부는 대주교에서 동물학자에 이르기까지, 그의 이름을 언급하는 모든 사람에 의해 해가 뜨나 달이 뜨나 칭찬받는다. 그는 근면하고 검소하고 애국적이고 이타적이라고 칭찬받는다. 농장을 지킨다고, 억센 토양에서 우리의 빵과 고기

1. 「디모데후서」 2장 6절.
2. 근대 최면술의 선구자로 꼽히는 독일의 의사.
3. 영국의 배우.

를 힘들게 얻어낸다고, 언덕 위의 소떼를 돌보기 위해 화려한 도시생활을 사양한다고 칭찬받는다. 가장 오래된 직업, 가장 명예로운 직업, 우리 모두에게 반드시 필요한 직업에 인내와 성실을 다해 종사한다고 칭찬받는다. 그는 더 이상 포도상구균이 우글거리고 땀과 거름 냄새가 잔뜩 밴 푼돈을 벌기 위해 일하는 세속적인 노동자가 아니다. 그는 자기 심장의 피를 농경의 여신 케레스의 제단에 바치는 농촌사원의 고위사제이다. 농부는 이런 식으로 영웅적·서정적·감상적·감동적으로 묘사된다. 그에 대해 험담하는 것은 헌법과 인간의 자유, 민주주의의 대의를 욕하는 것과 같은 일종의 신성모독이다. 이 모든 위험을 무릅쓰고, 이미 저주받은 몸인 나는 이 자리에서 감히 신성모독을 범하려 한다. 더욱이 나의 독설은 베를리오즈의 방식으로 작곡되어, 포르티시모로 연주되는 만 대의 트롬본이 저음부 금관악기와 심한 불협화음을 만들어낼 것이다. 나는 개인적으로 농부에게 영원한 저주를 내리는 바이다! 그가 지옥에 떨어지고, 불행해지기를! 내가 잘못 알고 있는 것이 아니라면, 그는 영웅도 아니고 사제도 아니며 이타주의자도 아니다. 그는 그저 지겨운 사기꾼이자 무식쟁이, 비천한 악당이자 위선자, 인류의 영원한 짐이다. 그는 우리의 경제체제하에서 고통을 받는다 해도 전혀 이상하지 않다. 멀쩡한 도시인이 그를 위해 눈물을 흘린다면, 그것은 악어의 눈물이다.

농부보다 더 탐욕스럽고 이기적이고 부정직한 포유류가 있는지는 유인원 전공자들도 모른다. 농부는 상황이 유리할 때는 우리의 인내가 한계에 달할 때까지 우리를 강탈하지만 상황이 불리해지면 나랏돈으로 도와달라고 아우성친다. 농부가 공익을 위해 자신의 이권을 조금이라도 희생했다는 이야기를 들어본 사람이 있을까? 농부가 절대로 이기적이지 않은, 다시 말해서 자신의 이익을 위해, 우리를 등쳐먹기 위해 교묘하게 고안된 이념말고 다른 정치적 이념을 실천하거나 주장한다는 이야기를 들어본 적이 있는가? 그린백운동[1]과 자유로운 은화주조, 그리고 농산물가격 보장이 미덕의 화신으로 추앙받는 농부가 미국 정치사에 기여한 전부이다. 수확이 좋든 나쁘든, 농부는 언제나 더 많은 것을 얻고 싶어 안달을 한다. 그는 항상 자신을 위해 더 많은 것을 얻어주겠다는 이상한 사기꾼을 지지할 마음의 준비를 하고 있다. 왜 정치인들은 농부에게 그토록 굽실거리는가? 왜 선거 직전에 그토록 낭만적으로 구애를 하는가? 명백한 이유는 단 하나의 이슈, 농부의 이익에 관련된 이슈만이 농부의 관심을 불러일으키거나 농부의 마음을 사로잡을 수 있기 때문이다. 그는 자신에게만 주어질 확실하고 귀중한 것을 원한다. 그것이 주어지지 않으면 다른 사기꾼을 찾아 떠난다. 그는 남에게 의무를 부여하는 만큼 자신도 의무를 져야 하는 연방의 시민이라는 점을 전혀 인식하지 못한다. 자신은 모든 것을 받기만 하고 아무것도 주지 않아도 되는 존재라고 생각한다.

그런데도 우리는 이 탐욕스러운 멍청이를 원조시민, 모범시민, 국가의 초석으로 존경할 것을 요구받는다! 도대체 왜 그럴까? 그가 우리 모두에게 꼭 필요한 것, 죽지 않으려면 반드시 구해야 하는 것을 생산하기 때문이다. 그렇다면 우리는 어떻게 그것을 그로부터 얻는가? 그의 터무니없는 공갈에 무기력하게 굴복함으로써 그것을 얻는다. 우리가 그에게 지불하는 대가는 합리적인 규칙에 의거하는 게 아니라, 그의 장난질과 무능, 그리고 우리의 절박한 필요성에 비례한다. 단언하건대 인류는 만일 농부 이외의 다른 직업집단이 해마다 그런 종류의 강탈을 시도한다면 절대 굴복하지 않을 것이다. 1916년에 임

1. 그린백의 증발(增發)을 요구한 농민운동. 그린백이란 미국연방정부가 1862년에 남북전쟁 전비를 조달하기 위해 발행한 불환지폐를 말하는데, 그 뒷면이 녹색이어서 그린백이라고 불렸다. 애초에는 이자율과 세금을 낮추려는 동부 노동자들의 운동으로 시작되었으나, 1873년의 공황을 겪은 서부의 농부들이 농산물가격의 인상효과를 기대하고 통화팽창정책을 요구하며 그린백운동을 전개하면서 농부 주도의 정치운동으로 바뀌었다.

금인상을 시도했던 미국의 철도노동자들은 대중의 즉각적인 분노에 직면했다. 몇 년 뒤 일부 경찰이 임금인상을 시도하자 전국이 공포에 휩싸였고, 그 결과 경찰을 맹비난한 정치인이 훗날 미국대통령에 당선되었다.[1] 그러나 농부들은 도전이나 비난에 직면하지 않고 그런 행동을 반복하고 있는데, 그들이 주기적으로 우리를 실질적인 기아상태로 몰아넣지 않는 것은 순전히 그들 자신의 어리석은 자충수 때문이다. 그들은 하나같이 우리를 굶김으로써 우리를 약탈하고 싶어 하지만, 그들이 그렇게 할 수 없는 것은 서로가 서로를 속이려는 유혹을 이기지 못하기 때문이다. 예를 들어 남부의 목화 재배자들을 생각해 보라. 그들은 목화가격을 올리기 위해 생산량을 줄이기로 합의했다. 그래놓고는 서로 약속이나 한 듯이 이웃의 재배축소를 틈타 약삭빠르게 이익을 얻기 위해 당장 더 많은 목화를 재배하기 시작했다. 재배축소는 순전히 빈말이었고, 결국 목화가격은 오르지 않고 오히려 하락했다. 그러자 이 날강도 같은 무리는 이구동성으로 국고보조금을 요구하기 시작했다. 요컨대 우리를 등쳐먹으려는 자신들의 음모가 실패로 돌아가자 우리더러 배상하라고 생떼를 쓰기 시작했다!

동일한 요구가 중서부의 밀 농사꾼들에 의해 거의 해마다 되풀이된다. 밀 농사꾼이 박애정신과 애국심으로 그 지루한 일에 헌신하고 있다는 것, 그가 도시인에게 빵을 공급해야 한다는 일념으로 밀을 재배하고 수확하고 있다는 것은 워싱턴 관가(官街)의 책상머리에 앉아 있는 꼴통들의 이론이다. 농부가 밀농사를 짓는 이유는 밀이 다른 작물에 비해 재배가 수월하기 때문이라는 것, 1년에 60일만 일하고 나

1. 1919년 9월 보스턴 경찰이 노조설립 인정과 봉급인상 및 근로환경 개선을 요구하며 파업을 벌였을 때, 매사추세츠 주 지사였던 캘빈 쿨리지는 주 방위군을 동원하여 파업경찰을 강제해산시킴으로써 전국적인 명성을 얻었고, 이에 힘입어 1920년 대선에서 하딩의 러닝메이트로 출마하여 승리를 거두었다. 그후 1923년에 하딩이 임기중에 사망하자 대통령직을 승계했고, 이듬해 대선에서 승리했다.

면 나머지 열 달은 빈둥거리며 지내도 괜찮기 때문이라는 것은 삼척동자도 다 아는 사실이다. 밀농사를 이런 게을러 빠진 농부들의 손에서 빼앗아 철이나 시멘트의 생산처럼 체계화할 수만 있다면, 가격은 절반쯤 떨어질 테고, 기업가들은 그 가격만으로도 막대한 이익을 남길 것이다. 오늘날 밀가격은 위험할 정도로 등락 폭이 큰데, 이는 투기꾼들이 가격을 조작하기 때문이 아니라 생산량이 일정치 않기 때문이다. 다시 말해서 밀생산자가 무능하기 때문이다. 최악의 투기꾼이 농민 자신이라는 것은 주지의 사실이다. 그들은 수확한 밀을 최대한 오랫동안 저장해 놓고, 농촌은행에서 우리의 돈을 빌려 쓰면서, 기도하는 심정으로 가격이 오르기를 기다린다. 그러다가 값이 오르면 우리 같은 사람들한테 폭리를 취하고, 가격이 떨어지면 차후의 가격하락을 방지해줄 입법을 요구한다. 그들은 1년에 60일 일하고, 나머지 기간은 우리의 위장(胃腸)을 걸고 도박을 한다. 도박도 이렇게 안전한 도박은 없을 것이다. 이따금 도박을 너무 크게 벌인 촌사람은 낭패를 보고, 고리대금업자에게 희생된다. 때로는 카운티 전체, 한 주(州), 또는 광대한 지역이 파산하고, 재정파탄의 여파는 그 진원지에서 뉴욕주까지 연쇄적으로 이어진다. 그러나 이런 파국은 드물고, 아무런 상처도 남기지 않는다. 어떤 투기꾼이 월스트리트에서 빈털터리가 되는 것은 수치스러운 사건일 뿐더러, 만에 하나 어떤 유력인사를 속였다면 그는 감옥으로 직행해야 한다. 그러나 한 투기꾼이 광대한 공간에서 파산하면 정치적 헌혈이 현장으로 대거 쇄도하고, 이내 잘못을 범한 것은 투기꾼이 아니라 그가 제물로 삼고자 했던 피해자들이며, 후자의 일차적 의무는 미국 재무부 출납국장에게 떨어진 합법적인 명령에 따라 그가 새로운 시도를 할 수 있도록 그의 손실을 변상하는 것이라고 선언된다.

밀이 그토록 유치한 게으름뱅이와 도박꾼들의 잡다한 무리가 아니라 지적이고 유능한 사람들에 의해 재배된다면 그 가격이 훨씬 저렴해지고 공급도 훨씬 안정적이 될 것이라는 의견은 내가 생각해낸 것이 아니다. 실패한 선각자 헨리 포드한테서 빌려온 것이다. 한때 포드의 현명함에 매료되었던 가난한 진보주의자들은 그가 '대선에 출마하라는' 자신들의 염원을 무시하고 쿨리지 박사를 지지했다는 이유로 그를 꼴통이자 악당이라고 매도한다. 그렇지만 십중팔구 자신이 쓰지 않았을 그의 자서전에 나오는, 미국의 밀농사 체계가 비경제적이라는 그의 주장이 굉장히 설득력 있다는 사실에는 변함이 없다. 포드는 농장, 그것도 매우 효율적으로 운영되던 농장에서 나고 자랐다. 그러나 그는 심지어 대단히 유능한 농부도 바이올린을 켜는 침팬지보다 딱히 나은 솜씨를 지닌 것도 아니라는 사실을 잘 알고 있다. 진보주의자들은 실제로 그의 판단을 논박할 수 없다. 그래서 궁여지책으로 그의 정치적 도덕성을 비방하는 것이다. 그들은 포드의 제안이 현재 명예롭게 자유를 누리고 있는 농부를 노예화하자는 것에 불과하다고 주장한다. 자본주의가 서서히 농업 부문을 잠식하고 있는 상황에서는 농부가 임금 노예로 전락하고 만다는 것이다. 그러면 안되는 이유라도 있을까? 나는 결코 반대하지 않는다. 우리가 현재 사용하고 있는 모든 고무는 노예노동의 결과이다. 노예노동에 의해 재배되는 밀이나 1년에 1만 달러를 버는 사람들에 의해 재배되는 훨씬 저렴한 밀이나 영양가는 똑같을 것이다. 자본주의적 밀농사가 많은 수익을 내면, 현재 농부들의 손실을 보전해주고 있는 워싱턴의 정치 광대들은 그 수익의 일부를 몰수하는 방안을 내놓을 것이다. 아무튼, 왜 농부의 운명을 걱정해주는가? 만일 내일 밀 가격이 1부셸(약 35리터)에 10달러로 인상된다면, 도시의 모든 노동자는 명실상부한 노예가 되겠지만, 이 위대한 자유의 땅에 살고 있는 농부들 가운데 부셸당 8분의 1센트라도 가격을 인하하는 데 자발적으로 동의할 사람은 단 한 명도 없을 것이다.

농장에서 나고 자란 또 한 명의 유명인사인 E. W. 하우는 “가장 거대한 늑대는 도시에 농작물을 내다파는 농부들이다”고 말한 바 있다. 늑대? 카니스 루푸스(늑대의 학명)를 모욕하지 말자. 나는 늑대를 하이에나로 대체할 것을 제안하는 바이다.

한편 농부가 우리의 경제체제에 의해 고통과 약탈을 당하고 있고, 도시인이 그를 제물로 삼고 있으며, 특히 관세·철도규제·은행제도 같은 장치의 만성적 희생자라는 일반적인 이론에는 과연 진실이 담겨 있는 걸까? 내가 이해하는 한 전혀 그렇지 않다. 이미 말했듯이 도시인에 의해 축적된 돈이 농부를 재정적으로 지원하는 데 사용되고, 농부는 그 돈으로 도시인을 등쳐먹는 것이 현행 은행제도의 실상이다. 관세가 농부에게 피해를 주는가, 이득을 주는가? 어느 쪽이 사실인가? 역사상 최악의 관세법인 1922년의 관세법에서 해답을 찾아보자. 그 법은 밀 1부셸당 30센트의 관세를 부과하여 캐나다산 밀의 수입을 막음으로써 미국 농부들에게 막대한 불공정 이득을 안겨주었다. 덴마크산 버터는 파운드당 8센트의 관세에 의해 수입이 가로막혔고, 그 8센트는 미국 농부들이 챙겼다. 토마토에는 100파운드당 50센트의 관세가 부과되었다. 메인 주의 토마토 재배농가는 신이 나서 생산량을 엄청나게 늘렸고, 그 결과 공급과잉으로 가격이 폭락하여 파산하자 정부에 구제를 요청하기 시작했다. 육류·치즈·양모에도, 한마디로 농부가 생산하는 거의 모든 품목에 높은 관세가 책정되었다. 그러나 농부의 수익은 공산품에 부과된 더 높은 관세와 높은 환율 때문에 상쇄되었다? 과연 그랬을까? 실제로 농부가 소비하는 대부분의 물품에는 관세가 붙지 않았다. 예를 들어 신발에는 관세가 전혀 부과되지 않았다. 모직물에 부과된 관세가 제조업자에게 준 이익은 양모에 부과된 관세가 농민에게 준 이익보다 조금 많았을 뿐이다. 면직물에 대한 관세도 마찬가지였다. 자동차는 전세계에서 미국이 가장 쌌다. 각종 농기구도 마찬가지였다. 잡화류와 비료도 마찬가지였다.

그러나 통계의 심연에 빠지기 직전이라, 이쯤에서 멈추는 것이 좋겠다. 교양 있는 독자는 직접 통계를 조사해보기 바란다. 그가 만일 『연방의회 의사록』을 꾸준히 읽어왔고 그것을 진지하게 받아들였다면, 아마도 통계수치를 보고 놀랄 것이다. 물론 신성화된 농부의 이미지에 어긋나는 것은 통계만이 아니다. 나는 이미 농부가 이해할 수 있는 유일한 정치적 이념은 그에게 직접적인 이익을 주는 것이라고 말했다. 아뿔싸, 이 말은 사실이 아니다. 그는 자신의 적인 도시인을 괴롭히고 파괴하는 효과를 발휘하는 이념도 이해할 수 있다. 농부의 이익을 확대하고 그 손실을 보전해주겠다고 약속함으로써 워싱턴에 진출한 바로 그 사기꾼들은 자기의 공약을 이행하기 위해 틈만 나면 하나같이 농장에서 부화된 억압적이고 어리석은 법률을 우리에게 부과한다. 조용한 밤에 소들이 음매 울고, 난로 옆에 페루나 병이 뒹굴고, 비아리츠[1]에서처럼 춘분에 목욕이 시작되는 농장에는 현재 강대국들 사이에서 미국을 어릿광대로 만들고 있는 온갖 터무니없는 법률이 비축되어 있다. 금주법은 거의 부두교 수준의 저질 신학을 실천하는 시골 감리교인들—그들 중 열에 아홉은 농업에 종사하고 있다—사이에서 만들어졌고, 우리의 은행잔고를 축내고[2] 우리의 존엄성을 해치며 우리의 안락함을 방해하기 위해 우리에게 강요되었다. 금주법, 그리고 유사한 부류의 모든 광기어린 법률의 저변에 깔려 있는 것은 무지렁이 촌놈의 선천적 불치병인 도시인에 대한 증오이다. 다시 말해서 자기보다 편하게 살고 있는 것처럼 보이는 모든 사람에 대한 원숭이 같은 적개심이다.

1. 프랑스 남서부 대서양 연안의 휴양도시.
2. 금주법을 위반하다 적발되면 1,000달러(당시 연평균 가구소득의 약 3분의 2에 해당하는 거액) 이하의 벌금형이나 6개월 이하의 징역형에 처해졌다.

금주법의 밑바닥에는 음주의 해악을 없애보려는 이타적 열망이 아니라 적개심이 흐르고 있다는 사실은 대부분의 주법(州法), 심지어 볼스테드법[금주법]조차 과거와 마찬가지로 농부의 자가소비용 사과주 제조를 허용하고 있다는 사실, 또 농부한테서 그 놀라운 면책특권을 박탈하려는 모든 시도가 농부의 대변인들에 의해 저지되었다는 사실에 의해 명백하게 입증된다. 다시 말해서 농부는 음주 자체에 반대하는 것이 아니라, 좀 더 근사하고 낭만적으로 술을 마시는 것에 반대하는 것이다. 금주법이 도시의 술 소비량을 현저하게 감소시키지 못한 것은 주지의 사실이지만, 도시인들이 예전 같으면 거들떠보지도 않았을 맛없는 술, 즉 농부들이 늘상 마셔왔던 끔찍한 밀주를 울며 겨자먹기로 마시게 된 것도 분명한 사실이다. 농부는 자신의 적을 자신의 수준으로 끌어내린 그 법에 만족한다. 동일한 적의가 농부들의 열렬한 지지를 받는 적지 않은 도덕적 법령에서도 발견된다. 맨법이 그 좋은 예이다. 이 어처구니없는 법의 목적은 물론 간통을 억제하는 게 아니다. 단지 충분히 용납할 수 있는 종류의 간통을 억제하는 것이다. 그것이 법제화된 것은 농촌의 신문들이 도시의 율법파괴자들—금요일부터 월요일까지 애틀랜틱시티를 찾는 돈 많은 주식중개인들, 또는 아름다운 정부와 함께 전국을 여행하는 보드빌 배우들—의 방탕에 대해 끊임없이 투덜댔기 때문이다. 어리석고 지저분한 악처와 함께 단조롭고 비참하게 살아가는 시골뜨기들이 난로 옆에서 성욕을 자극하는 그런 기사를 읽자 당연히 탈선을 일삼는 도시인에 대한 혐오감이 생겼고, 이런 혐오감이 계속 누적되어 결국 워싱턴에서 법을 만드는 사기꾼들의 주목을 끌게 되었다. 그 결과가 맨법이었다. 그 후 목축업이 발달한 몇 개 주에서는 자동차를 "비도덕적인 목적을 위해서는" 사용하지 못하게 하는 자체적인 맨법이 제정되었다. 그러나 농촌에서 유사한 죄가 저질러지는 친숙한 장소인 헛간·외양간·건초더미의 사용을 금지하는 법은 어디에도 없다. 다시 말해서 시골사람들이 옛날부터 농장에서 사용해온 수법으로 처녀들을 오명에 빠뜨리는 짓을 금지하는 법은 없다. 도시청년들이 대도시에서 사용하는 수법에 따라 그렇게 하는 것을 금지하는 법이 있을 뿐이다.

이쯤에서 우리는 시골뜨기들이 시도하는 도덕운동의 한계를 알 수 있다. 저들의 도덕운동은 농장에서 흔히 일어나는 행위는 절대 금지하지 않는다. 오직 도시에서 자주 일어나는 행위만 금지한다. 중서부 여러 주에는 흡연을 금지하는 법이 있는데, 이는 쓰레기 같은 시골뜨기들의 눈에 흡연이 도시적이고 상업적인 것으로 비치기 때문이다. 그들이 담배를 피우려 했다가는 매일 목욕을 하거나, 정장을 차려입고 저녁을 먹으러 가거나, 피아노를 치려고 할 때와 마찬가지로 동료들에게 놀림을 당하고 어쩌면 아내한테 이혼을 당할지도 모른다. 그러나 공공장소나 사적인 장소에서 담배를 씹는 행위는 어느 주에서도 법으로 금지되어 있지 않다. 농부의 90%가 맛없는 밀주를 마시듯이 씹는담배를 애용하기 때문이다. 흡연에 관한 법들은 순전히 농부의 취향·방식·관행에 따른 것이다. 그 결과 변경에 있는 소도시의 주민들은 심지어 예배를 드릴 때도 자기 마음대로 담배를 씹을 수는 있지만, 담배에 불을 붙이는 순간 곧바로 감옥행이다. 금주법과 마찬가지로 주로 농부들에 의해 지지되고 주로 도시인을 겨냥한 법인 컴스톡법에도 동일한 배려가 깔려 있다. 컴스톡법이 신문에 적용되는 적은 거의 없다. 신문에 실린 기사는 농부들이 이해할 수 있는, 그래서 그들이 즐길 수 있는 것이기 때문이다. 또한 대놓고 외설적인 『시카고의 밤놀이』, 『침대차 승객의 모험』, 『전직 간호사의 고백』 같은 천박한 책들에 적용되는 경우도 드물다. 시골뜨기들이 어쩌다 책을 읽을 때, 주로 선택하는 책이 그런 쓰레기들이기 때문이다. 그러나 그들은 고전처럼 훨씬 덜 외설적이고 딱딱한 내용의 책들은 무조건 싫어한다. 그것을 전혀 이해할 수 없기 때문이다. 결과적으로 컴스톡법의 힘은 주로 덜 외설적이고 딱딱한 내용의 책들을 겨냥한다. 이 법이 정말로 나쁜 책을 검열을 통해 걸러내는 것은 일면 사실이지만, 문제는 나쁜 책 한 권을 억압하는 동안 적어도 양서 열 권을 금서로 만들려고 애쓴다는 것이다.

그런데 경건한 농부는 더 많은 일을 하고 싶어 안달이 난 모양이다. 자신의 저속하고 혐오스러운 윤리로 우리를 공격하는 것에 만족하지 못하고, 더욱 형편없는 자신의 신학을 우리에게 강요하기 시작한다. 초원지대에서 감리교는 주교(州敎)의 지위와 위엄을 얻었기 때문에, 그것에 어긋나는 교리를 설교하는 것은 범죄가 된다. 물론 그 죄로 인해 실제로 감옥에 간 교양인은 한 명도 없다. 교양인들은 의회나 프란츠요제프 제도(諸島)[1]를 멀리하듯이, 어리석은 인간들이 우글대는 그런 황량한 공간에는 얼씬도 하지 않는다. 그러나 웨슬리 교파는 현재 니네베를 향해 긴 팔을 뻗기 시작하고 있다. 도시를 약탈하는 방법을 보여주겠다는 공약으로 오랫동안 농촌 사람들을 선동했던 사기꾼 브라이언은 이제 작전을 바꿔 그들을 이끌고 이미 사면초가 상태에 빠진 극소수 도시에만 남아 있는 미국의 지성에 반대하여 성전을 벌이겠다고 떠벌인다. 우리는 속옷만 입고 자는 천박한 농부들의 명령에 따라 문명사회의 관습을 포기해야 할 뿐만 아니라, 문명의 기본적인 이념마저 포기하고 이 어리석은 대중의 상스러운 미신을 수용해야 할 판이다. 이것은 망상일까? 이런 위협은 무시해도 좋을 만큼 미약한 것일까? 유감스럽지만 아마도 당신은 불과 오륙 년 전만 해도 금주법에 대해 그런 식으로 생각한 대중 가운데 한 명일 것이다. 브라이언은 광대처럼 변신의 귀재이며, 의외로 하느님의 은총을 듬뿍 받고 있다.

1. 오스트리아 국왕 프란츠 요제프 1세(1848-1916년 재위)의 이름을 딴, 북극해의 도서(島嶼). 지금은 러시아령이며 러시아어 지명은 제믈랴프란차이오시파이다.

그는 자유로운 은화주조를 지지함으로써 패배했지만, 금주법으로 승리했다. 나의 계산이 틀리지 않는다면, 그리고 그가 건강만 유지한다면, 그는 십중팔구 근본주의로 승리할 것이다.[1] 그 자신의 표현대로 하느님이 우리의 헌법에 임하실 것이다. 그가 이기면, 에오안트로푸스[2]가 호모사피엔스에게 최종적으로 승리하는 셈이다. 그렇게 되면 양돈업자가 우리 모두를 그의 우리 속으로 몰아넣을 것이다.

이어지는 문화적 현상의 개요를 상상하는 데는 대단한 통찰력이 필요치 않다. 도시인은 변함없이 세금의 90%를 부담할 테고, 농촌의 모든 침례교인은 모든 법을 제정할 것이다. 「창세기」가 국부들의 성서에서 떨어져 나가지 않는 한, 그들은 지금보다 10배 강해지고 100배 부지런해질 것이다. 그들의 도덕적 공상을 가로막는 헌법적 장애는 모두 사라질 것이다. 캔자스·미시시피·버몬트·미네소타의 웨슬리파 법전이 미국 육해군의 무력에 의해 우리 모두에게 강요될 것이다. 이미 아칸소에서 죄악시되고 있는 도시문명은 점차 공화국 전역에서 죄악시될 것이다. 나는 지금 일종의 유토피아에 대해 말하고 있다. 그러나 그것은 외설적인 시인과 형이상학자의 유토피아도, 이런저런 책에 나오는 친숙한 유토피아도 아니다. 그것은 좀 더 단순하고 좀 더 유덕한 사람들이 꿈꾸는 유토피아이다. 48개 주 전역에 퍼져 있는 시골뜨기 그리스도 교도 700만이 꿈꾸는 유토피아이다. 그들은 한낮에

1. 브라이언이 마지막으로 화제를 불러일으킨 것은 원숭이 재판이라고도 불리는 스코프스 재판 때이다. 1925년 테네시 주에서는 근본주의의 압력에 의해 공립학교에서 진화론을 가르치는 것을 금지하는 버틀러법이 통과되었는데, 존 스코프스라는 교사가 이 법을 어기고 수업시간에 진화론을 가르쳤다는 이유로 그해 7월 재판에 회부되었다. 이 재판의 기소인이 바로 브라이언이었다. 그는 재판이 끝나고 5일 뒤 사망했다.
2. 필트다운인의 학명. 1912년 영국 서식스 주 필트다운에서 발견된 유골에 붙여진 이름. 발견 당시부터 날조라는 주장이 제기되었으나, 오랫동안 현생인류의 조상으로 널리 인정받았다. 그러다가 1953년에 현대인의 두개골과 오랑우탄의 턱뼈, 침팬지의 송곳니를 교묘하게 조작한 가짜로 최종 판명되었다.

700만 농장의 1,200만 밭고랑을 따라 언덕을 오르고 골짜기를 내려가면서 그것을 꿈꾼다. 겨울밤 에그스토브 뒤에서 손에 성서를 든 채 신발을 벗고 양말을 말리면서 그것을 꿈꾼다. 소, 멧돼지, 스컹크, 감리교 목사, 포드 자동차 외판원과 영적으로 교류하면서 그것을 꿈꾼다. 유토피아는 말(馬) 도포제, 붙이는 다공(多孔) 파스, 포도원용 살균제 따위를 구입하기 위해 시어스로벅 사[1]의 카탈로그를 넘기는 그들의 눈앞에 떠오른다. 하느님의 말씀과 교황의 계획, 무신론자와 유대인의 죄악에 대한 설교를 듣기 위해 작은 예배당에 모여 있는 그들 앞에 떠오른다. 그것은 위대한 메시지를 들고 그들 앞에 나타난 셔토쿼 운동 강사를 미화한다. 이 유토피아는 그들을 따라다니면서 괴롭힌다. 그들은 유토피아가 실현되기를 간절히 기도해 왔지만 기도는 이루어지지 않았다. 이제 그들은 세속적 무기로 눈을 돌리고 있다. 이 대군이 행진을 준비하자, 쇠스랑이 햇빛에 반사되어 번쩍거린다.

이상이 꽃향기를 풍기는 이타적인 농업경영자의 모습이다. 그들의 슬픔은 우리 정치의 주제이고, 그들의 투표는 우리에게 브라이언과 블리스[2] 같은 인물들을 계속 안겨주고, 그들의 복지는 민주정치의 주된 목적으로 강조되고, 그들의 애국심은 이른바 이 공화국의 방패이다!

1. 1896년에 시카고에서 설립된 유통회사로, 카탈로그를 통한 통신판매로 사세를 크게 확장했다.
2. 극단적인 포퓰리즘과 백인우월주의를 선동하여 유명해진 정치인.

20

민주주의하의 정의

1

이 공화국에서 금주법의 최대 희생자는 결국에는 연방법원 판사(이하 연방판사)로 결판날 것 같다. 물론 나는 그들이 밀주를 마시다가 몸을 버릴 것이라고 주장하는 게 아니다. 다만 부당하고 비상식적인 볼스테드법의 조항들을 강제집행함으로써 그들이 오랫동안 누려왔던 권위를 잃을지도 모른다는 점을 지적하고 싶을 뿐이다. 10여 년 전만 해도 연방판사는 우리의 민주주의하에서 아마도 가장 근엄하고 가장 존경받는 관료였을 것이다. 대중은 연방·주·시의 입법자들에 대한 존경심을 완전히 상실한 지 오래이고, 대통령을 제외한 행정부의 신사들(고위직이든 하위직이든)에 대한 존경심도 거의 거두어들인 상태였다. 나아가 그들은 미국의 사법부를 매우 부정적인 눈으로 바라보기 시작했고, 어떤 판사가 간통죄로 체포되었을 때도 전혀 놀라지 않았다. 그러나 연방판사에 대해서는 여전히 존경심을 갖고 있었다. 이유는 간단했다. 첫째, 연방판사는 종신직이므로 자리에서 물러날 필요가 없고, 구차하게 표를 구걸할 일도 없었다. 둘째, 그들이 집행하는 법, 특히 형법은 그 가짓수도 적고, 성격도 단순하며, 옳고 그름에 대한 거의 보편적인 이념과 완벽하게 일치하는 것이었다.

생각이 올바른 모든 시민은 매일 아침 연방법원의 집행관들에 의해 애틀랜타로 호송되는 중죄인들—주로 화폐위조범, 부정한 수단으로 파산한 자, 불량식품과 불량의약품 제조자, 일확천금을 노린 사기꾼, 상습적으로 도둑질을 한 우편집배원, 부정직한 장교—에게 동정심을 느끼지 않았다. 대중의 정서는 거의 만장일치로 그런 악인들에 대한 처벌을 지지했고, 그런 처벌이 두려움도 사심도 없이 엄격하고 고상한 방식으로 직무를 수행하는 사람들의 손으로 이루어진다는 것을 기뻐했다. 그런 시대에는 연방법원의 소배심(小陪審)이 죄가 명백한 피고인을 방면하는 경우가 거의 없었다. 일부 관할에서는 유죄판결의 비율이 90%를 넘기도 했다. 그래서 그런지 여기서 다루어지던 범죄에 대해서는 전문적인 범죄자가 아니라면 누구나 그 죄를 비난했다. 그리고 연방법원의 소배심과 대배심에 참여하는 배심원들은 연방판사들과 마찬가지로 신중하게 선정되었다.

나는 이미 통탄스럽게 막을 내린 황금시대를 묘사했다. 하지만 근사한 모양새를 갖춘 각종 향상운동이 연방판사가 수행하는 직무의 성격을 완전히 바꿔놓았다. 그는 한때 오직 악인만이 이의를 제기하는 각종 법률의 집행자였지만, 지금은 오직 바보만이 승복하는 각종 법률의 우스꽝스러운 집행자이다. 그에게 이 불쾌한 새로운 직무를 떠맡긴 것은 방첩법이었다. 그러나 그가 이전과 달리 정상적인 사고를 하는 사람들 사이에서 기품 있는 사람으로 받아들여지지 않게 된 것은, 음주와 마약복용은 물론이고 다른 주에서 부도덕한 주말을 보내는 것까지 금지한 각종 법률이다. 오늘날 특히 대도시에 거주하는 대부분의 대중이 알고 있는 연방판사의 전형적인 직무는 금주법 위반 단속요원들이 요구하는 뇌물을 주지 않거나 줄 능력이 없는 사람들을 처벌하는 일이다. 다시 말해서 그는 현재 대중의 눈에 악인의 처벌자가 아니라 악인의 대리인이자 선량한 시민의 처벌자로 비치고 있다.

그는 전성기 때보다 언론의 관심을 훨씬 많이 받고 있으나, 이 관심은 그의 품위를 급속히 떨어뜨리고 있다. 대중이 법과 정의의 차이를 분간하지 못하게 된 것은 그에게는 불행한 일이지만, 우리 사이에 남아 있는 문명화된 정부의 지지자들에게는 매우 다행스러운 일이다. 대중에게 그 둘은 하나이다. 아니 하나여야만 한다. 따라서 판사가 법에 따라 볼스테드법의 납득되지 않는 조항—단속반 배지를 부착한 사람들은 밀주 거래 수익의 일정액을 수취해도 무방하다는 암묵적인 조항까지 포함해서—도 집행할 수밖에 없는 입장임을 감안하더라도, 결과적으로 발생하는 불의에 대한 그의 책임이 면제되는 것은 아니다. 서민은 정의가 그의 법정을 떠났다는 사실에만 주목할 뿐이다. 한때는 대주교와 동격이었던 그가 이제는 경찰서장과 동격이다. 한때는 존경의 대상이었지만, 지금은 불신과 증오의 대상이다.

물론 이것이 전부라면 대중은 원래 멍청하다고 생각하며 모든 문제를 잊을 수도 있다. 최고의 가치를 지닌 인간이 심지어 법복을 입고 있을 때도 항상 존경받는 것은 아니라는 사실은 상식에 속한다. 그러나 현재 우리가 다루는 문제에는 그런 것 이상의 무엇이 있다. 적지 않은 수의 연방판사가 자기에게 맡겨진 구린 일이 그 필연적인 주관적 효과를 달성하기 시작했다는 징후를 보여주고 있다. 다시 말해서 자신들의 일에 품위와 신망이 결여되어 있다는 은밀한 자각을 애써 외면하기 위해 그 일을 도덕적 분노로 화려하게 포장하기 시작한 것이다. 반(反)주점연맹의 법률고문은 이 연맹 자체의 금욕적 수도사나 마법사와 다름없는 네오그리스도 교도의 성격을 띠고 있다. 그는 불쌍한 시골사람을 작위적 범죄—반쯤 문명화된 모든 미국인의 적어도 80%가 전혀 범죄라고 생각하지 않는 범죄—를 저질렀다는 이유로 감옥에 보내는 것에 만족하지 않고, 판사석에서 죄인을 방화죄나 상해죄로 기소된 사람에게나 어울릴 법한 말로 비난해야 직성이 풀린다. 이 대목에서는 아마 프로이트주의자들이 할 말이 있을 것이다. 프로이트에 대해 알 턱이 없는 대다수의 무고한 죄인은 많이 배웠다는 판사가 불공정할 뿐더러 어리석다는 사실만 관찰할 것이다. 이런 관찰로부터 그의 직무와 인격에 대한 대체로 부정적인 견해가 생겨난다. 그는 위험한 비탈에서 조금씩 미끄러지고 있다. 신경이 예민한 소수의 판사는 조용히 자리에서 물러나고 있다. 그러나 법조인의 마음은 대개 그것보다 강하다. 그것은 명예를 중시하는 사람이 개인적으로는 도저히 생각할 수 없는 일을 법의 집행자로서 수행하는 것을 거의 언제나 정당화시킬 수 있다.

2

사실 현재 연방판사들을 괴롭히고 있는 품위의 추락은 전적으로 금주법이라는 외적인 요소에서 기인하는 것은 아니다. 직업적 자존심을 헌신짝처럼 내던지고 점점 온순해진 본인들 탓이기도 하다. 금주법이 그들에게 미친 영향이라곤 그들이 고결한 의도, 정의에 대한 열렬한 관심, 인권에 대한 빈틈없는 감시—동서고금을 막론하고 순박한 사람들이 판사한테서 발견하고 싶어 하는, 그리고 순박한 미국인들이 얼마 전까지만 해도 유식한 연방판사들한테서 발견했거나 발견했다고 생각했던 부분들—로부터 통탄스러울 정도로 멀어졌다는 사실을 가장 무식한 사람들까지 명확하게 인식하도록 해준 것뿐이다. 앤드루 볼스테드가 그리스도교의 영향력이 강한 동남부에서 터무니없는 법안을 가지고 나타나기 전부터, 연방판사에 대한 신뢰는 이미 허물어지기 시작했다. 대중은 사기꾼과 다를 바 없는 연방판사를 보았다. 어디 그뿐인가. 육안으로는 악인과 도저히 구별할 수 없는 판사도 보았다. 이 땅의 최고법정에서 물러난 후 도떼기시장 같은 선거판에서 어중이떠중이의 표를 구걸하는 전직 연방판사도 있었다. 잭 뎀프시나 베이브 루스와 경쟁이라도 하듯 황색언론의 머리기사를 부지런히 장식하는 판사도 보았다. 형평법의 권한을 남용하여 노골적으로 자본의 이익을 두둔하고, 어려운 상황에 처한 빈민에게는 가장 기본적인 정의마저 부정하는 판사도 보았다. 전쟁기간에는 연방법원이 자유국채 판매자들의 연단(演壇)과 경쟁을 벌이는 장소로 전용되는 현상 또한 심심치 않게 목격했다. 공정한 심리와 판결은 뒷전으로 미루고, 단지 자신의 의견을 기탄없이 표현했다는 이유로 기소된 시민들에게 판사들이 위선적인 질책을 가하는 장면도 목격했다.

근자에는 관록 있는 훌륭한 판사들이 속속 은퇴함에 따라 그런 한심한 판사들이 급속히 증가하고 있다. 이들은 정의를 공개적으로 부정할 뿐만 아니라, 심지어 헌법과 법률마저 거부하기 시작했다. 이들의 재판과정은 투우와 분간이 되지 않는다. 물론 평판이 나쁜 피고에게 소의 역할이 주어진다. 이들의 지론에 의하면 판사의 유일한 책무는 감옥을 가득 채우는 일이다. 피고에게 죄가 있거나 죄가 있다고 상당히 의심되면 제일 좋다. 그러나 시카고 사회주의자 재판[1]에서처럼 피고의 무죄가 명백한 경우에도, 어떤 식으로든 처벌한다. 물론 대부분의 연방판사는 그런 광대극과는 거리가 멀다. 전쟁의 히스테리가 극심한 와중에 파머와 벌리슨 일당의 광적인 장단에 춤추기를 거부한 인물도 많았다. 핸드 판사와 로즈 판사는 로켓탄의 붉은 섬광 속에서도 위엄을 잃지 않은 모범적인 판사이다. 그러나 신문은 그런 판사들을 머리기사로 다루지 않는다. 대서특필되는 것은 다른 부류의 판사들이다. 이 다른 부류가 연방법원에 대한 여론을 서서히 구축했고, 금

1. 1918년 2월 방첩법 위반 혐의로 기소된 위스콘신의 하원의원 빅터 버거와 사회당원 4명에 대한 재판. 이들은 1919년 2월 20일에 징역 20년형을 선고받았지만, 이 판결은 1921년 1월 31일 연방대법원에 의해 번복되었다.

주법 강행의 광대극이 진행됨에 따라 그 여론은 점점 확고하게 굳어지고 있다. 그것은 요컨대 연방법원이 더 이상 시민의 자유를 지켜주는 가장 고결하고 성실한 보호자가 아니라, 그 자유를 침해하는 가장 무자비하고 몰지각한 적이라는 여론이다. 연방법원의 주된 목적은 정의 구현이 아니라, 수단의 공정성 여부와 관계없이 사람들을 죄가 있든 없든 일단 감옥에 처넣어 버리는 데 있다는 여론이다. 연방법원은 그 목적을 위해서라면 아무리 터무니없는 법이라도 기꺼이 집행하고, 그 집행을 상식과 품위에 대한 모든 일반적인 관념에 배치되는 온갖 궤변으로 합리화하는 기관이라는 여론이다. 권리장전을 실체로, 자유를 귀중한 것으로 간주하도록 교육받은 대중은 숨 돌릴 틈도 없이 이어진 방첩법·노동쟁의금지령·추방령·우편법·맨법·금주법 관련 소송들의 영향을 받아 연방법원, 특히 연방대법원에 대한 의혹, 나아가 명백하고 뿌리 깊은 불신을 갖게 되었다. 나는 요리조리 잘도 숨어 다니는 광적인 급진주의자들이 상당수의 미국인을 자신들의 미친 교리로 개종시키는 데 성공했다고 보지는 않는다. 현재 작년과 재작년에 예견되었던 혁명의 징후는 나타나지 않고 있다. 그러나 그들이 연방법원을 비난하고, 이 비난을 뒷받침하기 위해 결정적인 증거를 제시할 때만큼은 그들의 칼끝이 정곡을 찌르고 있다.

때때로 판사는 대중이 표출하는 불만에 맞서 스스로를 방어하기 위해 자신도 어쩔 도리가 없다고, 자신은 정의의 대리인이 아니라 법의 대리인이라고 항변한다. 방첩법의 서슬이 시퍼렇던 시절에도, 내 기억이 정확하다면 데브스에게 유죄판결을 내린 판사[1]를 비롯한 소수의 판사가 법정에서 그런 변명을 했다. 그런 식의 구분은 법조인에게

1. 1918년 6월 16일 오하이오 주 캔턴에서 〔제1차〕 세계대전에 반대하는 연설을 했다는 이유로 노동운동가 유진 데브스에게 방첩법을 적용하여 10년형을 선고한 데이비드 C. 웨스턴헤이버 판사를 말한다.

는 명백해 보일지 몰라도, 이미 말했듯이 보통사람한테는 환영받기 어려운 것이다. 만일 후자가 정의 없는 법은 악에 불과하다고 굳게 믿는다면, 판사의 최고 의무는 그것을 현학적으로 집행하는 것이 아니라, 그것을 회피하고 무효화하고 가능하다면 폐기하는 것이다. 실제로 보통사람은 상당수의 법이 법정에서 폐기되는 것을 목격하고 있다. 그는 그런 과정이 법언(法諺)뿐 아니라 가장 평범한 상식에도 위배되는 법령에는 좀처럼 적용되지 않는 이유를 도무지 이해할 수 없다. 연방판사가 중독성이 없는 것으로 공인된 음료를 판 사람에게 중독성 음료의 판매를 금하는 수정헌법조항을 적용하여 벌금을 부과하거나, 술을 밀조했기 때문이 아니라 금주법 위반 단속요원이 요구하는 뇌물을 주지 않았다는 이유로 법정에 끌려온 사람을 수감하거나, 시민들로 구성된 배심원단의 심리를 받을 헌법적 권리를 요구하는 사람에게 그 권리를 박탈하는 금지명령[1]을 내리는 합법적인 기만행위를 보통사람이 목격했다 치자. 그런 어처구니없는 일이 법의 이름으로 자행되는 것을 본 보통사람이 법은 쓰레기이고 그 대리인도 쓰레기라는 절망적인 결론을 내리는 것은 지극히 당연한 일이 아닐까? 일상생활에서 시민에게 미치광이처럼 횡포를 부리는 사람은 그에 상응하는 벌을 받게 마련이다. 심지어 경찰도 최소한의 양식과 분별력은 갖추고 있다. 판사가 〔임용시 했던 자신의〕 선서에 얽매여 합법적인 기만행위를 한다면, 그것은 판사에게도 불행한 일이다. 교수형 집행인이 존경받기를 기대할 수 없는 것처럼, 그도 존경받기를 기대할 수 없다.

사실을 말하자면, 판사는 흔히 주장되듯이 저항 불가능한 압력 아래 있는 것은 결코 아니다. 볼스테드법의 금지명령 조항은 실제로 헌법에 준한 게 아니다. 이 금지명령과 관련하여 내가 찾아낸 유일한 헌

1. injunction. 법정 피고인이 특정행위를 하지 못하도록 금지하거나 특정행위를 하도록 강제하는 법원의 명령. 이를 어기면 벌금이나 구속 등의 처벌을 받는다.

법조항은 오히려 그것에 배치된다. 수정헌법 제5조와 6조를 보라. 제5조는 "어느 누구도 대배심의 고발이나 기소에 의하지 않고는 사형에 해당하는 죄나 파렴치한 죄의 책임을 추궁받지 않는다"고 규정하고 있다. 제6조는 "모든 형사상의 소추에서 피고인은 범행이 있었던 주와 〔사법〕지구의 공정한 배심원단에 의한 신속하고 공개적인 재판을 받을 권리를 갖는다"고 명시하고 있다. 누가 봐도 금지명령 조항의 유일하고 단순한 목적은 피고인으로부터 이런 안전장치를 박탈하는 것이며, 시민들로 구성된 배심원단에게 재판을 받을 명백한 권리를 빼앗는 것이다. 금지명령 조항의 역사는 그런 사실을 확실하게 보여준다. 금지명령 조항은 20세기 초 아이오와 주에서 처음 알려졌고, 그것을 만들어낸 세력은 금주법지지자들이 아니라, 성노예 상인과 마약거래상을 비롯한 악질분자들에 대한 날조된 이야기로 경건한 사람들을 선동하며 후배지에서 활개치고 다니던 광적인 악덕탄압운동가들이었다. 아이오와의 악덕탄압운동가들은 값싼 하숙집을 운영하는 가난한 여성들을 괴롭히는 데 혈안이 되어 있었다. 이를테면 이런 여성이 무지나 부주의로 매춘부한테 세를 주면, 그들은 그녀의 집을 급습하여 매춘부의 집주인이라는 이유로 그녀를 감옥으로 끌고 갔다. 일요일이 되면 목사들은 이런 운동을 건전한 사회운동이라고 역설하며 교인들을 더욱 부추겼다. 그러나 최초의 소동이 가라앉자 이 운동은 결함을 드러내기 시작했다. 가장 큰 결함은 배심원들이 유죄평결을 꺼린다는 것이었다. 나름대로 양식과 자부심을 지닌 사람이 배심원단의 일원이 되는 경우 이따금 쇼를 엉망으로 만들어 버렸다. 아마도 그는 악덕탄압운동가들의 증언을 도저히 믿을 수 없었을 것이다. 피고인이 설령 유죄라 하더라도, 악덕탄압운동가들의 기습 때 이미 죄에 상응하는 충분한 벌을 받았다고 판단했던 것 같다. 그의 동기가 무엇이든, 결과적으로 그는 평결을 불가능하게 만들고 마녀사냥식 재판에 제동을 걸었다.

그러자 낭패를 본 경건한 사람들을 구하는 일에 발 벗고 나선 사람들이 있었다. 바로 그리스도 교도 법률가들이다. 그들이 사용한 방법은 단순했다. 모든 책임을 판사한테 떠넘기는 것이었다. 배심원은 협박하기 어려운 상대였다. 언제나 적어도 한 명의 배심원은 목사들이 신성한 설교단에서 자신에게 퍼붓는 저주 따위에 꿈적도 하지 않는 강심장의 소유자였다. 그는 오히려 자신을 저주하는 성직자의 분노를 즐겼다. 그러나 판사들은 좀 더 나약했다. 그들 중 일부는 재임용 대상이었다. 그들은 위신과 체면을 중시했으므로, 성직자의 저주와 야유, 외설적인 윙크의 대상이 되는 걸 싫어했다. 그래서 아이오와의 법률가들은 금지명령 조항을 만들어 삽입하는 방식으로 법을 고쳤다. 이 조항은 배심을 받을 권리를 아예 없애버린 것이다. 적당한 여성 제물을 발견했을 때, 악덕탄압운동가들은 악덕탄압운동에 우호적인 판사를 부추겨 그녀에게 금지명령을 내리게 함으로써 그녀가 비도덕적인 목적을 위해 자신의 권리를 행사하지 못하게 했다. 그리고 그녀를 철저히 감시했다. 수상한 여성이 그녀의 집에 들어서는 순간, 그들은 다시 기습하여 그녀를 같은 판사 앞에 끌고 갔다. 판사는 그녀를 법정모독죄(배심 없이 약식으로 처벌할 수 있는 죄)로 수감했다. 배심원단이라면 십중팔구 그녀를 방면했겠지만, 판사는 이미 그녀의 편이 아니었다.

이 술책은 악덕탄압운동가들에게 새 생명을 불어넣었고, 주일학교에서 그들의 수입을 증대시켰다. 거의 모든 면에서 악덕탄압운동가들과 다를 바 없는 금주법지지자들은 당연히 그 술책을 즉시 차용했다. 이렇게 해서 금지명령은 술을 금지하는 모든 주의 금주법에 삽입되었다. 미네소타 초원지대의 변호사였던 볼스테드는 그것을 이용하여 엄청난 효과를 거두었다. 그는 당연히 금지명령을 볼스테드법에 집어넣었다. 그것은 오늘날 부정직하고 불명예스러운 미국법의 오점으로 남아 있다. 금지명령의 유일한 목적은 피고인 신분이 된 시민으로부터 배심원단에게 심리를 받을 헌법적 권리를 박탈하는 것이다. 그것을 옹호하는 그 어떤 주장도 이 명백한 사실을 부정할 수는 없다. 볼스테드법 아래에서 이 법을 한 번 위반한 사람에게 적용될 때, 금지명령은 그 위반에 대해 그를 이중으로 처벌하는 셈이 된다. 또한 그가 저지르지도 않은 두 번째 범죄를 미리 처벌하고, 그가 차후에 기소될 경우 그의 헌법적 방어수단을 박탈한다. 요컨대 그는 전적으로 판사의 처분에 좌우된다. 판사는 이미 그를 분명히 의심하고 있다. 게다가 어쩌면 노회한 사디스트이거나 선동적인 금주법지지자일지도 모른다. 피고인의 입장에서는 자신과 같은 평범한 사람들로 구성된, 실제로 눈앞에 제시된 증거만 고려하겠다고 맹세한 배심원단의 심리를 받을 수 있다는 헌법조항, 즉 12명의 배심원 가운데 단 한 명에게라도 자신의 무죄를 입증하거나 자신의 범죄사실이 확실하게 입증되지 않는다는 점을 납득시킬 수 있다면 석방되어야 한다는 헌법조항이 있으나 마나 한 게 된다. 다시 말해서 앵글로색슨 법체계하에서 보장되는 기본적인 시민의 권리이자 가장 신성한 인권이 소수 광신도의 광란을 만족시키기 위해 어처구니없이 유린된다.

법정모독은 수정헌법 제5조와 6조의 범위 밖에 있는 죄이다. 판사는 판사의 권위를 고의적으로 비웃는 모든 행위를 약식으로 처벌할 수 있는 권한을 가지고 있다. 여기까지는 완전히 수긍하지는 못해도 이해는 된다고 치자. 그러나 판사의 권위와 무관한 죄를 법적 의제(擬制)에 의해 법정모독으로 몰아붙임으로써 수정헌법 제5조와 6조를 회피하는 것까지 합법적이라고 우기는 것은 양식 있는 인간이 제정신으로 주장할 수 있는 차원을 확실히 벗어난 짓이다. 그런 주장을 하는 인간은 평균적인 배심원이라면 틀림없이 반대할 게 뻔한 절차에 의해 누군가를 감옥에 처넣으려고 기를 쓰는 자이다. 성가신 노동운동가들을 제거하려는 공장주, 광부들을 노예화하려는 광산경영자, 적들을 처벌하려는 금주법지지자들이 여기에 속한다. 파업 사건에서 금지명령은 오랫동안 악취를 풍겨왔다. 그것은 워낙 악명이 높아서 상당수의 연방판사가 금지명령의 채택을 한사코 거부하고 있다. 금주법 위반 사건에서 금지명령은 그 악취가 더 심하다. 금지명령은 파업을 진압하려는 자산가, 또는 위반자들로부터 돈을 뜯어내려는 악질적인 금주법위반 단속요원들에게 인기 있는 강력한 무기가 되고 있다. 한 마디로 금지명령은 매우 부정한 사람들을 위한 부정한 억압수단이 되고 있다. 그런 수단이 입법적·사법적 재가를 받은 판국에, 그 따위 법들에 대한 존경을 논하는 것은 분명 시간낭비일 것이다. 그런 부당한 법들의 본질과 목적을 모르는 사람이 아닌 다음에야, 합리적인 인간이 그런 법들을 존경하는 것은 상상할 수도 없는 일이다. 법에 포함된 것은 무엇이든 전적으로 신뢰받아야 한다는 이유로 그것에 저항해서는 안된다고 주장하는 것은 권리장전이 공허한 문구의 나열에 불과하고, 그것을 회피하고 무효화하는 법을 고안하는 사기꾼은 존 마셜[1]에 견줄 만큼 권위 있는 판사라고 주장하는 것과 같다.

3

판사는 시민의 공통된 권리에 대한 이와 같은 저속하고 부정한 공격에 가담할 수밖에 없는 것일까? 나는 법률가가 아니지만, 감히 그렇지는 않다고 생각한다. 1918년에도 방첩법을 위해 권리장전을 희생할 의무는 없다고 생각한 판사들이 있었고, 그들은 결연하

1. 미국의 제4대 연방대법원장.

게 자기 생각을 고수했다. 그렇지만 내가 아는 한 그들에게는 아무 일도 일어나지 않았다. 그리고 적어도 그들 중 한 명은 그 후 연방순회법원으로 영전한 것으로 알고 있다. 그렇다면 판사가 볼스테드법의 금지명령 조항을 강행하는 이유는 무엇일까? 금지명령의 강행은 분명히 반사적인 행위는 아니다. 판사의 심사숙고와 결단을 필요로 하는 행위이다. 그는 다른 사람에게 일절 해명하지 않고도 금지명령을 그만둘 수 있다. 어느 날 그가 판사석에서 벌떡 일어나 이제부터 그런 부정한 법령들은 자신의 법정에서 제거될 것이라고 선언한다면, 그리고 판사로서 공무원 배지를 단 공갈범들의 수작에 협조하는 행위, 자유로운 시민들의 기본적인 헌법적 권리와 인간으로서의 존엄성을 침해하는 행위, 선량한 시민이자 명예로운 인간으로서 하지 말아야 할 행위를 거부하기로 결심했다고 선언한다면, 과연 무슨 일이 벌어질까? 그 결과는 그에 대한 탄핵일까? 나는 그런 판사에 대해 탄핵안을 발의할 정도로 제정신이 아닌 의원이 있다면, 그를 만나보고 싶다. 그 결과는 빗발치는 여론의 분노일까? 아니면 요란한 기쁨의 함성일까?

최초로 그런 저항을 시도한 판사는 이 공화국에서 대중적 영웅이 되는 첫 번째 판사일 것이라는 게 내 생각이다. 그는 박수갈채를 받으며 연방대법관이 될 것이다. 물론 그러려면 현직 대법관 한 명이 물러나야 할 것이다. 그러나 그가 전격 승진한다 하더라도, 남아 있는 8명의 대법관은 여전히 본인들의 직분을 다할 테고, 우리는 그들이 권리장전을 어떻게 생각하는지 알고 있다. 결국에는 반항적인 판사도 나머지 세력에 굴복하지 않을까? 나머지 8명이 그의 영웅적 도전을 무력화시키고 조롱할 수 있지 않을까? 그들이 그렇게 한다면, 그때는 어쩔 것인가? 판사가 정말로 시민을 법으로부터 구제하려 한다면, 연방대법원은 그것에 대해 정확하게 무엇을 할 수 있을까? 나는 형사사건에서 피고인이 유죄판결을 받으면 지방검찰청 검사는 항소하지 않는 것으로 알고 있다. 하지만 자신이 지키기로 한 엄숙한 광대극의 선을 넘어선 판사는 탄핵을 당하는 것으로 알고 있다. 그래도 볼스테드법에 일격을 가하고 상식선의 정의와 품위를 용납했다는 혐의로 기소된 판사에 대한 탄핵을 상상이라도 해보자!

여태껏 그렇게 제멋대로 구는 신기한 판사 이야기는 들어보지 못했다. 그 누구도 금지명령 조항에 완전히, 정면으로 반대하지는 않았다. 그런 판사가 출현하리라고 자신 있게 예측할 수도 없다. 그런 인물은 나타날 수도 있고, 나타나지 않을 수도 있다. 법은 우리 모두에게 저주이지만, 법률가들에게는 특히나 더 해로운 저주이다. 그것은 그들에게 수치스러운 악덕, 은밀하고 비열한 미신이 되고 있다. 그들로부터 모든 균형감각, 모든 명석한 사고능력, 모든 상상력을 빼앗고 있다. 판사들은 이와 같은 능력의 쇠퇴를 적나라하게 보여주고 있다. 그들은 자의적인 규칙과 선례, 오랫동안 축적된 저급한 논법에 얽매인 자동장치가 되고 있다. 법률가로서의 양식을 결여하고 있을 뿐 아니라, 관료들의 후안무치한 태도까지 보이고 있다. 따라서 독창성이나 용기를 보여줄 판사를 기대하는 것은 과욕이다. 하딩과 쿨리지의 시대에 한 명의 홈스[1]라도 있는 것이 얼마나 다행인지 모른다. 지방법원(District Courts)의 판사들이 일군의 멍청이들과 함께 권리장전을 돌파하고, 연방대법원의 늙은 판사들이 종종 홈스 판사와 브랜다이스 판사[2]의 반대를 무릅쓰고 그것을 엄숙하게 승인하고 있는 동안, 학교에서는 여전히 헌법을 가르치고 심지어 감리교인들조차 패트릭 헨리[3]를 존경할 것을 배우는 내륙지역으로부터 먹구름이 드리우고 있다.

1. 위대한 반대자라는 별명을 갖고 있는 연방대법관 "법의 생명은 논리가 아니라 경험이다"라는 말로 유명하다.
2. 미국 역사상 최초의 유대계 연방대법관.
3. "자유가 아니면 죽음을 달라"는 명언을 남긴 미국의 독립운동가.

의회의 기록들, 즉 대법원을 무력화시키려는 헌법수정안, 동일한 목적을 위한 단순한 결의안, 연방판사의 선출을 위한 다른 결의안, 더욱 혁명적인 또 다른 결의안은 먹구름이 흘러가는 방향을 보여주고 있다. 나는 그런 안들에 어떤 가치가 있는지 모르겠다. 적어도 법원을 절름발이로 만들어버릴 그런 안은 사법부보다 10배는 더 나쁜 의회의 권력만 키워줄 것이다. 그러나 판사들이 모든 시민을 예속민으로 바꿔놓으려는 악마의 일을 어리석게 추진하는 한, 수상한 처방전을 손에 쥔 선동가들이 준동할 테고, 만약 법원이 이들을 막지 않는다면, 조만간 이들 중 일부가 목소리를 높일 것이다.

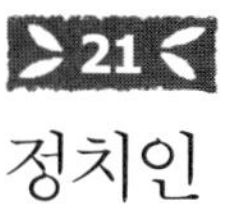

정치인

나는 이 세상에 존재하는 슬픔의 절반이 잘못된 가정(假定)에서 비롯된다고 생각한다. 진실을 확인하기가 쉽다면 그것을 인정하고 수용하기만 하면 자연히 잘못된 가정도 바로잡힐 것이다. 그러나 애석하게도 이 일은 대개 불가능한데, 그렇다고 늘 불가능하지만은 않다. 간혹 반쯤은 합리적이고 반쯤은 직감적인 오묘한 과정에 의해 진실이 발견되고 해묵은 잘못된 가정은 설자리를 잃는다. 사회적 관계의 장에서 인류를 수천 년 동안 괴롭혔던 가정 하나만 지적해보겠다. 그것은 성직자가 신비한 지혜와 막강한 힘을 갖고 있다는 믿음으로, 우월한 인간들에게는 전혀 문제가 되지 않는다. 이런 믿음은 인간이 소와 함께 잠자리에 드는 외딴 시골에는 아직 남아 있을지 몰라도 도시에서는 확실하게 사라졌다. 아스팔트와 사도들의 후계자들은 화해할 수 없는 적인 것처럼 보인다. 오늘날 미국의 대도시에서 활동하는 그 어떤 성직자도 사회적 위신과 영향력 면에서 평범한 시민 배빗[1]보다 특별히 우위에 있지 않다. 이 오래된 직업집단에서 가장 부지런하고 열정적인 인물도 성직자의 복장에 먹칠을 하는 광대극을 연출하지 않는 이상, 신문의 1면을 장식하는 경우는 거의 없다. 주교

1. 루이스 싱클레어의 소설 『배빗』에 나오는 주인공. 체제에 순응하는 허영심 많은 중산층 시민이다.

들이 이단자를 향해 사자후를 토하기 시작해도 도시인은 전혀 떨지 않는다. 그저 웃는다. 장로들이 어떤 죄를 비난하면, 그 죄는 더 만연할 뿐이다. 교구장으로부터 파문선고를 받은 도시인을 상상해보라. 파문선고가 그에게 주는 고통의 강도는 과음으로 인한 숙취보다 훨씬 약할 것이다.

이 모든 것의 이유는 어렵지 않게 알아낼 수 있다. 모든 우월한 인간—이 중에서 가장 열등한 도시노동자도 적어도 농부보다는 우월하다—은 악마에 대한 오래된 믿음을 버렸다. 지옥은 더 이상 그들을 떨게 하거나 마비시키지 못한다. 따라서 그들을 지옥에서 구해주겠다고 공언하는 자들의 마술도 더 이상 통하지 않는다. 그런 공언 자체가 가짜였으므로, 그것을 수용한 것은 어디까지나 잘못된 가정 때문이었다. 잘못된 가정이 인간을 불행에 빠뜨렸으므로, 잘못된 가정이 제거되면서 인간은 구원되었다. 그들은 더 이상 종교적 경고와 훈계에 민감하게 반응하지 않는다. 그러므로 그들은 더 잘 먹고 더 잘 잔다. 코튼 매더[1]와 조너선 에드워즈 같은 저주의 왕자들이 군림하던 시대, 심지어 바텐더와 형이상학자도 그들을 철석같이 믿었던 시대의 삶이 어떠했을 것인가를 생각해보라. 그리고 그 삶을 윌리엄 매닝 주교와 존 로치 스트래턴 박사[2]가 지배하는 시대, 소수의 얼간이만 그들을 믿는 시대의 삶과 비교해보라. 아니면 악마와 직업 퇴마사를 여전히 두려워하는 공화국의 미개척지로 눈을 돌려보라. 농촌에서 성직자들은 아직도 매더의 시대에 뒤지지 않는 영향력을 행사하고 있다. 그리고 누구나 알고 있듯이 그곳에서는 그들이 민폐를 끼치고 있어서 문명화된 삶이 거의 불가능하다. 아직도 신석기시대에 살고 있는 이런 지방에서는 파문과 지옥불로 위협을 가하는 그들의 동의 없이는

1. 회중교회파 목사. 뉴잉글랜드 청교도의 지도자.
2. 근본주의와 반(反)진화론을 옹호한 침례교 목사.

아무 것도 진행될 수 없고, 그 결과 기록에 남길 만한 어떤 일도 벌어지지 않는다. 나는 십이지장충, 말라리아 또는 1865년 4월 9일 사건[1]이 아니라, 그런 성직자 권위의 잔존이 구(舊)남부연합의 주들이 겪고 있는 문화적 정체(停滯)의 주범이라고 믿고 있다. 대도시가 없는 남부는 지방 소도시들을 중심으로 굴러가는데, 모든 소도시에는 농부를 협박하며 지배하는 침례교 신학자가 있다. 그의 주장은 항상 옳고, 그는 실제로 농부들을 속박할 수도 있고 풀어줄 수도 있으며, 그에 대한 불복종은 하느님을 저주하는 행위와 같다는 잘못된 가정은 시골사람들을 불편하고 불안하고 불행하게 만든다. 그 잘못된 가정만 벗어던질 수 있다면, 그들은 더 적은 수의 아프리카계 미국인을 불태우고 더 많은 노래를 부를 수 있을 것이다. 그 가정에서 자유로워지면, KKK단으로부터도 자유로워질 것이다.

도시는 반세기 전에 잘못된 가정을 털어버리고 문화적 발전을 거듭해 왔다. 그로부터 얼마 뒤에는 종교와 형제 격인 정부, 특히 경찰에 대한 존경심을 버렸다. 전통적인, 따라서 비합리적인 그 존경심은 다년간 수많은 명백한 사실과 심한 마찰을 빚었다. 엄격하고 거의 신성불가침적인 존재로 가정되던 경찰은 실제로는 그들이 잡아들이는 살인자나 소매치기와 별반 다를 바 없는(하지만 훨씬 뻔뻔하고 모험적인) 악인의 무리인 것으로 점차 밝혀졌다. 수십 년 전에 대도시의 미국인은 그들의 실체를 있는 그대로 받아들이기 시작했다. 오랫동안 믿어온 그들의 청렴성과 공익성에 대한 잘못된 가정을 조용히 버리고, 그 대신 그들의 흉악성에 대한 좀 더 정확한 가정을 채택했던 것이다. 이런 변화가 일어나자, 사회적 행복지수가 눈에 띄게 높아졌다. 경찰이 악랄한 짓을 하다가 체포되어도, 아무도 놀라지 않았다. 분노

1. 남군의 로버트 리 장군이 버지니아 주 애퍼매틱스 재판소에서 북군의 그랜트 장군과 만나 항복문서에 조인한 일.

도 줄어들었고, 이와 함께 고통도 경감되었다. 그런 시대가 오기 전에는 금주법 위반 단속요원의 무리, 즉 배지를 단 노골적인 악인들의 무리가 서민을 등쳐먹으면, 거대한 분노의 함성이 메아리쳤고 많은 사람이 치를 떨며 괴로워했다. 대중은 자신이 공격을 당하고 피해를 보고 모욕을 당한 것처럼 느꼈다. 그러나 경찰에 대한 잘못된 가정이 마음속에서 사라지자, 그들은 새로운 단속에 침착하게, 심지어 미소를 띠고 응했다. 오늘날에는 그 누구도 이 새로운 경찰의 금품강요가 술값을 올려놓는다는 사실에 대해 분개하지 않는다. 경찰이 자애로운 정부의 이타적인 법집행자라는 잘못된 가정은 그들이 우리와 다름없이 가족을 위해 고기와 옷을 챙기고, 전쟁을 끝내기 위해 내년에 자유국채를 살 돈을 저축하는 근면한 신사들이라는 올바른 가정으로 대체되었다. 이것이 바로 인간의 혁신이다. 이를 통해 인간의 행복이 증진되기 때문이다.

이상의 증거로부터 내가 추론하고자 하는 바는 간단히 말해서 미국인이 자신에게 남아 있는 또 하나의 잘못된 가정을 떨쳐버릴 수만 있다면 행복의 증대가 뒤따른다는 것이다. 그런데 이 잘못된 가정을 버리지 못함으로써 미국인은 정치라는 중대한 일에 대해서 건전한 사고를 하지 못하고, 오히려 불만과 불행을 키우고 있다. 그렇다면 이 잘못된 가정이란 무엇인가? 그것은 정치인은 두 부류로 나뉘는데, 이 중 한 부류는 좋은 사람들로 구성된다는 가정이다. 이 가정을 미국인이 거의 보편적으로 지니고 있다는 점은 두말할 나위가 없다. 미국의 정치는 실제로 이 가정에 기초하고 있고, 초기부터 그것에 기초해왔다. 모든 선거운동은 형편없는 인물로 밝혀진 일군의 정치인을 몰아내고, 그들보다 낫다고 생각되는 일군의 정치인에게 정치를 맡기려는 단합된 노력이 아닐까? 사실 정치인은 두 부류로 나뉜다는 가정은 언제나 옳다. 하지만 그 중 한 부류가 좋은 사람들로 이루어진다는 가정은 분명 잘못된 것이다. 경험이 우리에게 가르쳐준 게 있다면, 그것은 민주주의하에서 좋은 정치인은 정직한 강도만큼이나 상상하기 힘든 존재라는 사실이다. 정치인의 존재 자체가 모든 합리적인 의미에서 공익의 지속적인 파괴이다. 그는 공공복리를 위해 봉사하는 자가 아니다. 단지 공공의 부를 축낼 뿐이다. 그의 권력을 축소하려야 축소할 수 없을 만큼 최소화하는 것이 우리 모두의 이익에 부합한다. 곤란을 무릅쓰고 그의 권력을 확대하고 상황이 허락하는 한도까지 그의 보수를 최대한 많이 지급하는 것은 그의 이익에 부합한다. 우리 모두의 이익과 정치인의 이익이 일치한다고 주장하는 것은 명백한 난센스이다. 정치인은 기껏해야 필요악이고(이상적인 최고의 정치가는 고사하고, 그 근사치도 현실에서는 존재한 적이 없다), 최악의 경우에는 거의 견디기 힘든 성가신 존재이다.

내 논지는 만일 우리가 정치인에 대한 오래된 잘못된 가정을 떨쳐버리고 정치인을 사실에 입각하여 냉철하게 판단하면 그가 훨씬 덜 성가신 존재가 될 수 있다는 것이다. 지금 당장이라도 그의 밉살스러움이 3분의 2는 사라질 것이다. 물론 앞으로도 계속 골칫거리로 남긴 하겠지만, 더 이상 사기꾼으로 보이지는 않을 것이다. 그의 비용을 지불해야 한다는 피해의식이 사기당하고 있다는 모욕감으로 증폭되는 일도 없을 것이다. 더 깊은 상처를 남기고 미국인의 정신에 훨씬 항구적인 손상을 입히는 원인은 피해의식이 아니라 모욕감이다. 우리 모두는 어릴 적부터 명백하게 악으로 인식되는 것들을 필요악이라고 생각하며 참고 견뎌야 한다고 배워왔다. 예컨대 우리 모두는 어린아이들이 대개 고약한 냄새를 풍긴다는 사실을 알고 있다. 청소부·구두닦이·사환은 대개 훨씬 더 고약한 냄새를 풍긴다는 사실도 알고 있다. 이런 사실들은 보편적으로 받아들여지고 있기 때문에 유쾌하지는 않아도 참을 만하다. 그런 사실들을 끊임없이 재확인하더라도 속았다거나 기만당했다는 느낌은 들지 않는다. 그러나 만일 모든 예비아빠가 갓난아기는 장미 냄새를 풍긴다고 교육받았다면, 아빠노릇을 하기가 얼마나 끔찍할지 상상해보라. 진실은 언제나 충격으로 다가올 것이다! 이런 기만에 처음으로 희생되어 자기 아이에게 뭔가 문제가 있다고 의심해본 사람이라면, 누구나 자신이 비열한 속임수에 넘어갔다고 느낄 것이다. 우리는 그런 속임수에서 겨우 벗어나고 나면 또 다른 속임수에 빠져든다. 그리고 다시 충격을 받는다. 이런 과정은 분명히 어리석기 그지없지만, 우리가 정치영역에서 겪고 있는 것이 바로 그런 것이다. 선거 때마다 우리는 새로운 일군의 정치인들을 뽑으면서 그들이 낙선한 일군의 정치인들보다는 나을 것이라고 터무니없이 가정한다. 그리고 선거 때마다 속아 넘어간다.

근자에 정치적 사기극이 더욱 기승을 부리자 보통사람은 안절부절 못하고 있다. 우리에 갇힌 동물처럼 출구를 찾아 끊임없이 이리저리 헤매고 있다. 민주당 후보들이 올해 선거에서 승리했다면, 이는 그들이 이듬해 선거에서 패배할 것이라는 거의 확실한 징조이다. 각 주의 표심은 변덕스럽기 그지없다. 심지어 한결같던 남부에서도 변화의 조짐이 보인다. 도시의 유권자는 이보다 더 변덕이 심하다. 우리는 악순환에 빠진 것 같다. 불쌍한 납세자들은 한 거대 정당의 정치인들에게 약탈당하고, 다른 거대 정당의 정치인들에게 속은 다음, 프리랜서 불량배 집단, 즉 무소속 후보나 진보주의자나 개혁가 등에게 표를 던진다. 사실 명칭은 중요하지 않은데도 말이다. 그 후 이 신사들에게 예전과는 다른 방식으로 약탈당한 납세자들은 절망하여 노회한 정치꾼에게 돌아가고, 또 다시 뜯긴다. 바호로 돌아가라! 태머니홀[1]로 돌아

1. Tammany Hall. 원래는 1789년에 설립된 애국적 자선단체였으나, 1850년대 이후 민주당 뉴욕시 지부로서 이민자 표를 모으는 역할을 하고, 보스에 의한 시정(市政) 지배기관이 되었다. 보스의 한 사람인 윌리엄 트위드는 부패정치인으로 악명을 떨쳤다. 태머니라는 이름은 델라웨어족 인디안의 전설에 나오는 족장의 이름에서 따왔다.

가라! 태머니홀이 뉴욕에서 영향력을 행사한 것은 미첼[1] 일파가 용납할 수 없을 정도로 무능한 것으로 밝혀졌기 때문이다. 다시 말해서, 겪어보니 개혁가가 정치꾼만 못했던 것이다. 이 사실이 놀라운가? 놀랄 필요가 있을까? 개혁가든 정치꾼이든 일자리를 찾는 정치인이라는 점에서는 다를 바가 없다. 둘 다 납세자를 등쳐먹으려 하는 자들이다. 이들은 그밖의 다른 동기를 가져본 적이 없다. 정말로 정직하고 이타적인 정치인이 우리 시대의 미국에 존재한다면, 내가 모를 리 없다. 나는 신문사에서 근무하는데, 진짜 비범한 인물이 나타났다면 신문사에 한바탕 소동이 일어났을 것이다. 하지만 내 기억에 그런 소동이 일어났던 적은 단 한번도 없었다. 〔제1차〕 세계대전이 모든 전쟁에 종지부를 찍을 것으로 믿었던 다소 얼빠진 몇몇 진보주의자들을 제외하면, 내가 아는 모든 언론인의 일치된 의견은 독립전쟁의 영웅들이 활약하던 시대 이후 개인의 영달이 아닌 다른 목적을 위해 정치판에 뛰어든 인물은 미국 땅에서 숨을 쉬어본 적이 없다는 것이다.

우리 사이에서 진보주의가 점점 와해되고 있는 현실은 내 테제의 진실성을 뒷받침하는 결정적인 증거이다. 진보주의자는 고객을 한두 번도 아니고 시도 때도 없이 우롱한 결과 재앙을 맞고 있다. 그들은 계속해서 새로운 영웅을 선보이는데, 주로 광대한 녹지대 출신인 새 영웅은 열흘도 지나지 않아 전대미문의 직무상 과실을 범했다. 그들의 묘지에는 실제로 부서지거나 쓰러진 묘비가 가득하고, 대부분의 묘비에는 상스러운 낙서가 빼곡하다. 대형 스캔들이 터질 때마다 진보주의자들은 민주당원이나 공화당원 못지않게 많은 지도자를 잃는다. 근자에 그들의 안방에 불어닥친 재앙이 감내할 수준을 넘어서자, 이제는 영웅을 외국에서 찾고 있다. 희망도 유머도 잃어버린 그들은

1. 34세의 젊은 나이에 개혁을 주장해서, 뉴욕 시장에 당선되었다.

우리에게 벨라 쿤[1] 같은 엉뚱한 영웅을 존경하라고 요구하고 있다. 쿤은 미국의 어느 주에서나 감옥, 그것도 사형수 감옥에 수감될 인물이다. 그러나 이런 우행은 뿌리 깊은 어리석음의 파생물일 뿐이다. 그들의 근본적인 잘못은 일부 정치인이 다른 정치인들보다 나을 것이라는 잘못된 가정을 하는 데 있다. 그들은 이 잘못을 모든 미국인과 공유하고 있다.

나는 그런 잘못된 가정의 폐기를 제안하며, 그것을 버리면 우리의 정치가 훨씬 합리적인 방향으로 개선될 것이라고 주장하는 바이다. 물론 그렇게 하면 정치인의 자질이 점점 향상될 것이라고 주장하는 것은 아니다. 그들은 앞으로도 지금과 똑같은 상태로 남아 있거나, 어쩌면 더 저급해질 것이다. 내가 주장하는 요점은 그들의 실체를 똑똑히 인식하면 그들에 대한 혐오감에서 비롯되는 분노가 즉시 자동적으로 사라질 테고, 그러면 대중의 만족도와 행복지수가 높아질 가능성이 많다. 나의 제안에 따르면 더 이상의 잘못된 가정, 더 이상의 잘못된 희망, 더 이상의 고통스러운 충격, 사기극에 대한 더 이상의 원통함, 더 이상의 좌절은 없을 것이다. 정치인은 자신이 필요한 존재로 남아 있는 한 계속 정치를 할 것이다. 그러나 그들을 대천사 가브리엘처럼 생각하는 비정상적인 관념은 사라질 것이다. 현재 경찰의 악당근성이 가정되고 고려되고 있듯이, 정치인의 악당근성도 가정되고 고려될 것이다. 그들의 악행을 제어하고 무력화시킬 장치가 서서히 발달할 것이다. 결국에는 악당근성이 사회적으로 유용한 방식으로 활용될 수도 있을 것이다. 더러움을 싫다 하지 않는 청소부의 정신이나, 자본주의에 대한 목사의 존경심이 현재 활용되고 있는 것처럼 말이다. 그 결과는 지금보다 나은 세상은 아니라 할지라도 적어도 지금보

1. 헝가리 공산당을 창당한 혁명적 정치인. 잠시 헝가리 소비에트 사회주의 공화국을 이끌다가 국민의 지지를 잃고 러시아로 망명했고, 훗날 스탈린에 의해 숙청되었다.

다는 훨씬 이해하기 쉬운 세상일 것이다.

이쯤에서 오해의 소지를 없애기 위해, 나 자신은 내가 지금까지 언급해온 분노에 사로잡혀 있지 않다는 점을 강조하고 싶다. 나는 정치인을 선하게 만들 수 있다고 믿거나, 그들을 그렇게 만들 만한 계획을 구상하고 있는 사람이 아니다. 나는 그런 건 믿지 않는다. 오히려 그들이 구사하는 기교와 비법이 본질적으로, 어쩔 도리 없이 반사회적이고, 그들은 언제까지나 공공의 행복과 절대로 양립할 수 없는 적으로 남아 있을 것이라고 확신한다. 그러나 이런 사실 자체가 그들의 활동을 가로막지는 않는다는 점도 지적하고자 한다. 그리스도교 문명하에서는 반사회적 자질을 가진 사람을 필요로 하는 직업이 많다. 현실적으로 말하자면 직업군인은 직업정치인보다 훨씬 나쁜 존재이다. 정치인은 전문적인 사기꾼이자 좀도둑에 불과하지만, 군인은 전문적인 살인자이자 납치범이기 때문이다. 성직자도 따져보면 하찮은 존재로 전락하기 시작한다. 그가 세상에서 하는 일은 기본적으로 점성가·주술사·점쟁이가 하는 일과 조금도 다를 바가 없다. 그는 죄인을 지옥에서 구할 수 있다고 터무니없는 주장을 하고, 묵시적이든 명시적이든 그런 약속을 함으로써 죄인들로부터 돈을 뜯어낸다. 그가 배심원 앞에서 그런 주장을 한다면, 그는 아마도 엄벌에 처해질 것이다. 그러나 우리는 그를 배심원 앞에 보내지 않는다. 우리는 주문(呪文)이 그의 직무에 필요하고, 그의 직무가 이른바 문명에 필요하다는 이유로 그에게 그것을 허용한다. 나는 언론인에 대해서는 그냥 넘어가고자 한다. 언론인인 내가 다른 언론인에게 불리한 증언을 하기가 곤란하기 때문이다. 다만 언론인도 샅샅이 조사하면 꼬리를 내릴 것이라는 정도만 언급해두기로 하자. 그는 군인 같은 살인자는 아니지만, 적어도 정치인 못지않은 사기꾼이자 좀도둑이다.

내가 변호하려는 것은 악명 높은 용어로 표현하자면 현실정치

(Realpolitik), 즉 정치적 현실주의이다. 나는 현재의 잘못된 가정과 잘못된 주장이 철저히 배제된 선거를 상상해본다. 선거당일에 유권자들이 자신의 선택은 천사와 악마, 선인과 악인, 이타주의자와 야심가 사이의 선택이 아니라, 두 명의 솔직한 수완가, 즉 그럴듯한 헛소리를 남발하는 달변가와 조용한 행동가, 셔토쿼 운동 강사와 좀도둑 사이의 선택이라는 사실을 분명하게 인식하고 투표장에 가는 선거를 말이다. 그런 투표에는 공정하고 자유롭고 유쾌한 그 무엇이 있을 것이다. 인기몰이용 연설은 중단될 것이다. 유권자는 모든 사실을 완벽하게 알고 있는 상태에서 두 포기의 양배추, 두 종류의 석간신문, 또는 두 가지 상표의 씹는담배 중에서 선택할 것이다. 오늘날 유권자는 마치 밀주를 사듯 지도자를 선택하고 있다. 자기 손에 들어오는 게 정확히 무엇인지도 모르면서, 단지 그 내용물이 선전문구와 다르다는 점만 확신할 뿐이다. 그가 산 스카치위스키는 메탄올일 수도 있고, 가솔린일 수도 있다. 어느 경우이든 스카치는 아니다. 정직한 상표가 붙어 있다면 얼마나 좋겠는가. 메탄올과 가솔린은 각각의 용도가 있다. 게다가 스카치보다 훨씬 용도가 많다. 위험한 것은 속임수에 넘어가 중독된 소비자가 절망감에 빠져 그것이 필요치 않은 경우에만 회피하는 것이 아니라 그것이 필요한 경우에도 그것의 사용을 금하고, 나아가 자신만의 금주법을 시행할 수도 있다는 것이다. 마찬가지로 위험한 것은 정치인에 대한 잘못된 가정에 거듭 희생되어 희망을 잃은 유권자가 결국에는 지독한 분노를 참지 못하고 그들을 발작적으로 한방에 날려버림으로써 인민에 의한, 인민을 위한, 인민과 함께하는 정부를 지상에서 소멸시킬 수도 있다는 것이다.

인간의 본성에 대하여

1. 생각하는 동물

대부분의 인간은 완성된 그리스도교 문명하에서도 여전히 아메리카산 식용거북만큼이나 합리적 사고능력이 없다. 이 사실은 근자에 저명한 심리학자들의 실없는 수다에 의해 우리에게 알려졌다. 인정한다. 그러나 이런 약점이 하층민에 국한된 것이며, 사고가 일단 기본적인 단계만 넘어서면 점차 계속해서 발달하여 굉장히 명료하고 총명한 수준에 도달할 것이라고 섣불리 가정하지는 말자. 절대로 그렇게 되지는 않는다. 그 곡선은 한동안 상승하지만 그 후 수평을 이루기 시작하다가 결국에는 급격히 하락한다. 사고는 계통발생적으로 최근에야 이루어진 성취이기 때문에, 인간의 사고력에는 한계가 있다. 이는 우리의 시각과 청각에 한계가 있는 것과 마찬가지이다. 한편에는 신앙의 허락이 있어야만 이성적이 되는 단순한 인간들의 본능적인 향성(向性)과 지적인 연동(蠕動)이 있다. 다른 한편에는 더 복잡하고 훨씬 무의미한 형이상학자들의 추론이 있다. 둘 사이의 차이는 흔히 추측되는 것보다 훨씬 작다. 우리 모두는 형이상학자의 모호하고 엄숙한 태도에 의해 오도되고 있다. 사실 구세군 개종자나 남부의 의원, 또는 로터리 클럽 회원의 연설과 미국의 네오리얼리스트가 쓴 철학논문 사이의 차이란 젖먹이의 가냘픈 울음과 남북전쟁 참전용사의 훌쩍거림 사이의 차이만큼이나 대동소이하다. 양자는 뇌의 용량이 초과되어 더 이상의 사고가 불가능했을 때의 인간을 보여준다. 양자는 엄밀히 말하면 백치이다.

2. 진리는 구속을 낳는다

주로 신학자들에 의해 조장된, 오래된 망상 중 하나는 진리가 신비로운 치유력을 갖고 있다는 것이다. 진리의 전파가 세상을 살기 좋게 만들고 인간을 행복하게 해준다는 것이다. "진리를 알지니 진리가 너희를 자유롭게 하리라."(「요한복음」 8장 32절) 그러나 이른바 '진리는 진실하다'는 이 말은 진리인가? 아니다. 진리는 십중팔구 굉장히 심란하고 거북한 경우가 많다. 누군가에게 상당한 수치심을 안겨주거나, 모든 사람에게 고통과 충격을 안겨주기 십상이다. 그래서 또 하나의 망상인 자유를 의심할 정도로 현명한 대중은 현명하게 진리도 의심한다. 예를 들어보자. 오늘날 적어도 그리스도 교도들 사이에서 신봉되고 있는 가장 합리적인 종교적 이념은 아마도 유니테리언의 이념일 테고, 가장 터무니없는 이념은 크리스천사이언스의 이념일 것이다. 그렇지만 모든 관찰자가 명백하게 확인할 수 있는 것은 평균적인 유니테리언 신자는 심지어 자기가 굉장히 건강할 때도(그렇지 않은 경우가 많다) 시무룩하게 양심의 가책을 느끼는 불행한 인간이지만, 평균적인 크리스천사이언스 신자는 심지어 담석으로 고통당할 때도 남들이 부러워할 정도로 유치한 평온함으로 충만해 있다는 사실이다. 전자는 하느님과 우주에 대한 두려운 사실들을 우려하며 불안에 떤다. 후자는 자신의 당당한 어리석음 덕분에 여유만만이다. 나는 영광스럽게도 저명한 철학자 여러 명을 알고 지냈는데, 그 가운데 몇 사람은 상당히 지적이다. 그 중에서도 가장 행복한 사람은 가장 기쁜 순간에 사후에 시신을 의대에 기증하겠다는 유언을 작성했다.

3. 영원한 불구

인간은 기껏해야 간균(桿菌)보다도 완벽하지 못한 반쪽짜리 동물이다. 한 가지 귀한 자질을 가진 인간이 또 하나의 귀한 자질을 보여주는 경우는 거의 없다. 그에게 두뇌를 주면, 그에게는 심장이 없다. 그에게 1갤런 용량의 심장을 주면, 그의 두뇌는 1파인트[1]도 수용하지 못한다. 예술가는 십중팔구 게으르고, 처녀들을 꼬시는 데 재주가 있다. 애국자는 고집불통에 악당이자 겁쟁이인 경우가 많다. 신체적으로는 그 누구에게도 뒤지지 않는 사람이 지적으로는 침례교 목사와 같은 수준인 경우가 많다. 뛰어난 지성의 소유자는 콩팥이 좋지 않고 육체적으로 힘든 일을 못한다. 나는 서쪽으로는 금문해협에서 동쪽으로는 비수아 강[2]까지, 북쪽으로는 오크니 제도[3]에서 남쪽으로는 스패니시메인[4]까지 돌아다녀봤지만, 존경할 만한 완벽한 도덕가는 만나본 적이 없다.

4. 테스트

그가 하느님에 대해 어떤 망상을 품고 있는지, 또는 정치판의 어떤 사기꾼을 지지하는지, 또는 어느 고장 출신인지, 또는 아내에게 무엇을 양보하고 있는지 묻지 말라. 그저 그가 어떻게 먹고사는지만 물어보라. 이 질문이 가장 안전하고 확실한 테스트이다. 지구상에서 수치스러운 방식으로 의식주를 해결하는 자는 필시 수치스러운 인간이다.

1. 1갤런의 8분의 1.
2. 발트 해로 유입되는 폴란드 최대의 강.
3. 약 70개의 섬으로 이루어진 스코틀랜드 북동부의 제도.
4. 16세기에서 18세기 사이에 스페인에 의해 지배되던 아메리카 대륙의 해안지대. 남아메리카의 북안, 카리브 해 연안의 중앙아메리카, 북아메리카의 남안(오늘날의 플로리다)을 포함하는 지역이다.

5. 국민성

한 국민의 성격과 정신은 언제나 다수의 구성원이 아니라 단호하고 영향력 있는 소수에 의해 결정된다. 예컨대 하나의 국민으로서 프랑스인은 씩씩하고 용감하고 위험을 마다하지 않는다는 통념보다 어처구니없는 것도 없다. 진실은 무엇인가? 그들은 주로 소심한 상인들과 평화를 사랑하는 농부들로, 굉장히 의지가 강하고 야심 많은 통치자들에 의해 온갖 정복전쟁에 동원되었을 뿐이다. 평범한 프랑스인은 나폴레옹의 군사적 모험을 격렬히 비난했고, 가능한 모든 방법을 동원하여 그의 징병에 저항했다. 〔제1차〕세계대전에서는 불과 몇 달 만에 자포자기했고, 중압감을 견디지 못하여 도망치기 바빴다. 그들이 싸움을 계속한 것은 오직 지도자들의 영웅적 의지 덕분이었다. 프랑스의 표면적인 결의는 대체로 외부에서 주어졌다. 구체적으로 말하면은 영국에 의해 제공되었다. 내부적으로는 소수의 지도자만이 그런 결의를 갖고 있었다. 그들은 대부분 능숙한 책사(策士)였고, 육군원수 마르샬 포슈를 비롯한 여러 명에게는 적의 피가 흐르고 있었다.[1] 프랑스 국민대중은 자신들에게 엄청난 군사적 이점이 있었음에도, 패할 때마다 전쟁을 포기하려 했으며, 실제로 베르됭 전투를 비롯한 몇 차례의 힘든 전투 후에는 전쟁을 포기하다시피 했다.

전쟁기간에 드러난 독일국민의 성격도 대다수의 독일인과는 무관하다. 독일인은 천성적으로 호전적이지도 않거니와 조직력도 부족하다. 오히려 그들은 치유 불능의 배타주의자로, 만나기만 하면 서로 으르렁거린다. 그들의 정치사는 적의 면전에서 일어난 끊임없는 내분의 역사이다. 그들의 절반은 나폴레옹 1세가 자신들의 조국을 황폐화시키고 있을 때 그를 신뢰했다. 지난 전쟁에서는 수백 만 명의 독일인이

1. 포슈의 선조는 독일인인 것으로 알려져 있다.

우드로 윌슨의 위선적인 14개조, 즉 독일인을 분열시켜 정복하기 위한 교묘하고 효과적인 장치에 속아 넘어갔다. 전쟁기간에 독일군이 보여준 엄청난 기술과 결의, 그리고 그 배후에 있는 냉혹하고 현실적인 이론들을 제공한 것은 1% 미만의 독일인이었다. 평균적인 독일인은 예나 지금이나 그런 이론들을 만들어낼 능력이 없다. 평균적인 독일인이나 모홍크 호수 회의 참석자나 그런 이론 앞에서 벌벌 떨기는 매한가지일 것이다. 이 지배적인 1%의 독일인이 전쟁에서 크나큰 손실을 입고 무대에서 사라지자, 나머지 독일국민은 결국에는 얼빠진 감상주의자의 무리가 되어 온갖 민주주의의 궤변을 열렬히 옹호하고 진정한 용기와 모험심을 가진 모든 생존자를 억누르려 했다. 이런 어리석은 군중은 새로운 지배자 집단이 출현하기 전까지 그 환상을 계속 따라갈 것이다. 그리고 세상은 다시 그 지배자들의 이념을 보통 독일인의 이념으로 착각할 것이다.

영국인도 똑같은 식으로 잘못 평가된다. 예컨대 모든 영국인은 훌륭한 스포츠맨이고, 전투에서 의연하고, 승리하면 관대하고, 패배해도 침착하다는 통념이 있다. 이것보다 엉뚱한 관념은 상상하기도 어렵다. 영국의 국민대중은 아마도 미국의 국민대중을 제외하곤 이 세상에서 가장 형편없는 스포츠맨일 것이다. 전쟁기간에 그들의 히스테리성 외침은 세계인의 귀청을 터지게 했고, 전후의 이른바 카키선거는 영국적 관대함의 정체를 유감없이 보여주었다.[1] 지금까지도 그들은 이 공화국의 형제들과 마찬가지로 독일인의 지갑을 털고 독일인의 시신을 모독하는 것이 자랑스러운 일이라고 믿고 있다. 그러나 영국

1. 1918년 총선에서 데이비드 로이드조지가 이끌던 전시연립내각이 압승을 거둔 것을 말한다. 카키선거란 전시 또는 전후의 국민정서가 선거결과에 큰 영향을 미치는 현상을 가리키는 말로, 영국군이 본격적으로 카키색 군복을 착용하기 시작한 제2차 보어전쟁에서 전황이 영국에 유리하게 전개되면서 솔즈베리 경의 보수당이 1900년 총선에서 승리한 데서 유래했다.

에서도 주로 켈트계 소수집단은 종교의 대용물로 훌륭한 스포츠맨십을 실천하고 있다. 그리고 이들이 아직도 영향력을 발휘하고 있기 때문에, 그들의 성격이 일반적인 영국인의 성격인 양 이야기된다 . 이들이 민주주의에 굴복하고 나면, 미국의 영국 숭배자들도 영국인의 스포츠맨십을 더이상 언급하지 않을 것이다.

6. 목적

당연한 이야기 같지만, 문명의 주된 목적은 하느님의 명백한 의도, 이를테면 그리스도교권의 인구 5%는 해마다 천연두로 사망해야 하고, 모든 연애는 출산으로 이어져야 하며, 암소는 송아지를 보살피는 데 헌신해야 하고, 악한 자는 불행해지고 선한 자는 행복해진다는 메시지를 뉴욕에서 시카고로 전하는 데 걸리는 시간이, 그것을 뉴욕에서 뉴어크로 전하는 데 걸리는 시간보다 길어야 한다. 따위에 순응하지 않고 고쳐나가는 것이다. 문명에 모토가 있다면, 그것은 필시 "오, 주여, 당신의 뜻이 아니라 우리의 뜻대로 되게 하소서!" 일 것이다.

7. 새벽 5시의 심리학

인간은 맑은 정신으로 지난 일을 다시 생각해볼 때, 혹은 영적인 숙취상태에 있을 때 자신의 진실한 영혼을 드러낸다. 청교도는 언제나 그 일을 다시는 하지 않겠다고 목숨을 걸고 맹세한다. 교양인은 단지 다음번에는 좀 더 신중을 기하겠다고 결심한다.

8. 보상

마지막의 카덴차는 언제나 투명하고 냉소적인 다장조로 되어 있다. 중세를 풍미한 그리스도교권의 경이(驚異) 템플 기사단의 영웅적인 노고와 투쟁이 문체는 유려하지만 정확성은 의심스러운 역사가 제임스 앤서니 프루드[1]의 논문 한 편에 의해 기억되고 있다. 이 논문이 없다면, 영어권 독자가 템플 기사단의 말로가 어떠했는지, 그들이 왜 지상에서 사라졌는지를 알아내기가 불가능하다고까지 말할 수는 없겠으나 상당히 어려울 것임에는 틀림없다. 런던에 있던 템플 기사단의 성채는 현재 변호사들의 사무용 건물, 즉 기사들의 눈에 띄자마자 한칼에 쓰러질 악한들의 보금자리로 사용되고 있다. 그리고 수천 명의 기사가 목숨을 바쳐 탈환하고자 했던 팔레스타인은 현재 뉴욕과 런던 출신의 걸인들과 자선기금 모금원들에게 양도된 상태이다.

9. 이타주의자

이타주의의 상당 부분은 심지어 완벽하게 진심에서 우러난 경우에도 불행한 사람을 곁에 두는 것이 불편하다는 사실에 근거하고 있다. 이는 가정생활에서 특히 그렇다. 남편이 아내의 소원을 들어주는 것은 본인이 원하는 것을 기꺼이 포기할 수 있기 때문이 아니라, 그렇게 하는 것이 그녀가 식탁 맞은편에서 얼굴을 찌푸리고 있는 모습을 보는 것보다는 낫기 때문이다.

10. 명예를 중시하는 사람

도덕을 중시하는 사람과 명예를 중시하는 사람이 서로 다른 점이 있다면, 후자는 수치스러운 행위를 통해 소기의 목적을 달성한 경우에 비록 본인의 저의를 들키지 않았다 하더라도 나중에 그 행위를 후회한다는 것이다.

1. 영국의 역사가·소설가·전기작가.

23

정부에 대하여

1

셸리에게 두 번째 부인을 안겨주고 6천 파운드의 부담을 지운 윌리엄 고드윈[1]은 『정치적 정의에 관한 탐구』에서 "정부는 공동체 내의 개인에 대한 불의를 억압하고, 외적의 침입을 막아내는 두 가지 합법적인 목적을 갖는다"고 말했다. 이 견해는 131년이 지난 지금〔1924년〕도 여전히 개선되지 않은 채, 어쩌면 개선 불가능한 상태로 남아 있다. 물론 오늘날 우리는 다윈의 이론에 힘입어 용어를 약간 바꾸었다. 고드윈이 말하고자 했던 바는 정부의 주된 목적이 생존투쟁 조건의 개선에, 즉 네안데르탈인이나 다름없이 힘든 투쟁을 하고 있는 인간의 존엄성을 존중하고 보호하는 데 있다는 것이다. 그러나 이런 변화는 18세기의 상투적인 문구를 19세기의 것으로 바꾼 것에 불과하다. 그 사이에 진행된 이 주제에 관한 격렬한 토론은 기본적인 이념을 조금도 바꿔놓지 못했다. 오늘날에도 보통사람에게든, 가장

1. 근대 아나키즘 이론을 처음 주장한 영국의 정치철학자이자 소설가. 『프랑켄슈타인』의 작가 메리 고드윈이 그의 딸로 셸리의 두 번째 부인이다. 1814년에 고드윈의 정치적 추종자였던 22세의 셸리는 16세의 메리 고드윈과 눈이 맞아 조강지처를 버리고 스위스로 사랑의 도피행각을 벌였다. 두 사람은 1816년에 결혼했고, 셸리는 장인 윌리엄 고드윈의 빚 6천 파운드를 갚아주었다.

광적인 진보주의자나 사회주의자에게든, 정부는 일차적으로 그들의 약점을 보완해주는 장치, 그들의 힘만으로는 안전하게 확보할 수 없는 권리들을 그들에게 보장해주는 기구로 인식되고 있다. 심지어 토리당원도 같은 견해를 갖고 있다. 그에게도 정부의 근본적인 기능은 자신의 재산을 노릴지도 모르는 음흉한 자들을 감시하고 자신의 생명과 재산을 보호해주는 것이다. 조지 워싱턴은 "정부는 이성도, 웅변도 아니다. 정부는 힘이다"라고 말했다. 나쁜 정부는 약하고 우유부단하고 치안력이 부족하다. 이런 정의는 나쁜 주교, 나쁜 기병대장, 나쁜 경찰관에게 똑같이 적용될 수 있다. 좋은 정부는 생명이나 재산을 자의적·폭력적으로 강탈당할 위험에 처한 시민을 구해준다. 자신의 생명과 재산을 지켜야 하는 원시적인 일에서 그를 자유롭게 함으로써, 그가 좀 더 점잖고 좀 더 품위 있고 좀 더 보람찬 일, 자신의 의도와 이익에 부합하고, 기왕이면 국익에도 도움이 되는 그런 일을 할 수 있게 해준다.

불행하게도 이 기능은 현재 그리스도교권에서 작동 중인 모든 형태의 정부에 의해 불완전하게만 수행되고 있다. 새뮤얼 존슨 박사는 일찍이 그 모든 형태가 동일한 사기의 여러 가지 상(相)에 불과하다고 말한 바 있거니와, 그의 말에는 일리가 있는 것 같다. 오늘날의 시민은 심지어 가장 문명화된 국가에서조차 자신을 착취하고 해롭게 하려는 다른 시민들—노상강도·은행가·돌팔이의사·성직자, 석유주식과 오염된 독한 술의 판매자, 온갖 종류의 이른바 개혁가—로부터, 그리고 외국의 군사적·상업적·철학적 적들로부터 제대로 보호받지 못하고 있다. 또한 정부 자체, 즉 자신을 보호해주겠다고 공언한 바로 그 기구에 과도한 착취를 당하고 해를 입고 있다. 실제로 정부기구는 시민의 일상적 환경에 상존하는 적대적인 힘들 중에서 가장 위험하고 탐욕적이다. 시민은 다른 적의 눈앞에서 생존하는 것보다 정부에 맞서 생존하는 것이 더욱 어렵고 희생도 크다. 그가 빈틈없는 인물이라면, 그는 세상에 알려진 온갖 종류의 사적인 범죄자들—주식중개인에서 소매치기까지, 변호사에서 유괴범까지—로부터 자신을 효과적으로 보호할 것이다. 또한 여러 차례 피해를 당한 경험이 있다면, 자신의 감정과 미신을 이용하는 교묘한 장치로 자신을 등쳐먹으려는 악한들—자선을 빙자한 장사꾼, 이상주의자, 영혼의 구원자 같은 부류—로부터 자신을 보호하는 법도 알고 있을 것이다. 그러나 그는 궁극적으로 장의사를 피할 수 없듯이, 갖가지 탈을 쓴 수많은 세무공무원과 경찰은 피할 수 없다. 그들은 그를 시도 때도 없이 괴롭히는데, 그 수는 점점 늘어나고 그 수법은 더욱 교묘해진다. 그들은 그의 자유를 침해하고, 그의 체면을 짓밟으며, 그의 행복추구를 방해하고, 해가 갈수록 그의 재산을 더 많이 요구하고 뜯어간다. 오늘날의 평균적인 미국인은 정부를 부양하기 위해 일주일 내내 밤낮없이 일한다. 정부는 이미 그의 즐거움뿐만 아니라 그의 악덕까지 빼앗고 있으며, 50년 뒤에는 틀림없이 그의 생필품마저 빼앗기 시작할 것이다.

물론 이런 총체적인 강탈과 폭정은 그것이 불가피한 일인 동시에 칭찬받을 일이라는 이론에 의해 합리화되고 있다. 정부가 피해자들을 억압하는 것은 고드윈이 말했듯이 그들에게 큰 은혜를 베풀기 위해서라는 것이다. 그러나 그 이론은 환자의 암을 치료한다고 환자의 척추를 내려치는 척추지압요법사의 주장만큼이나 부정직하다. 그런 관념들이 파괴적인 분석을 면하고 전폭적인 신뢰를 받는 주된 이유는 암울한 절대주의 시대에 부화된 개념—정부는 인간이 만든 어떤 제도보다 우위에 있으며 다른 제도와는 확연히 구별되는 그 무엇이라는 개념, 즉 그것은 본질적으로 KKK단이나 유에스스틸, 컬럼비아 대학 같은 평범한 사람들의 단순한 조직이 아니라, 사욕이라곤 전혀 없는 초연하고 비인격적인 권한들로 이루어졌기에 인간의 척도로는 절대평가될 수 없는 초월적인 유기체라는 개념—이 지금의 개화된 시대까지 살아남았기 때문이다. 정부는 마치 중력의 법칙처럼 불변의 진리이거나 하느님의 은총과 같은 신의 선물로 이야기된다. 따라서 인간적 오류에 빠질 리가 없다는 것이다. 이 개념은 말할 필요도 없이 오류로 가득 차 있다. 워싱턴 정부는 예컨대 양복제조업보다 특별히 비인격적이지 않다. 그것은 거의 동일한 목적을 위해 똑같은 사람들에 의해 운용된다. 정부가 어떤 일을 하기로 결정하고 어떤 일을 제안하거나 원할 때(주로 인구의 90%에게 크나큰 희생과 불편을 강요하면서), 우리는 특정한 사람이나 집단이 어떤 일을 하기로 결정하고 어떤 일을 제안하거나 원한다는 사실을 알고 있다. 그리고 그 집단을 실제로 조사해보면, 상식과 품위 면에서 보통사람보다 우월하지 않은 것은 물론이고 서글플 정도로 명백하게 열등한 사람들로 구성되어 있음을 알 수 있다. 우리의 승인과 복종을 요구하는 정부의 행위는 본질적으로 신비로운 권위의 후광이 없다면 생존투쟁에서 살아남기조차 힘든 사람들의 이기적인 행위에 불과하다.

2

사실 정부에서 일하는 사람들이 이성적으로 말해서 공공심(公共心)으로 묘사될 수 있는 어떤 것에 의해 움직이는 경우는 거의 없다. 그들 사이에서 볼 수 있는 정도의 공공심은 수많은 강도나 매춘부한테서도 발견된다. 그들의 목적은 시종일관 자기의 이익을 늘리는 것이며, 오직 그 목적을 위해 자기가 쥐고 있는 폭넓은 권한을 두루 행사한다. 그들은 때로는 복지부동하고, 때로는 좀 더 근사하고 수지맞는 자리를 원하며, 때로는 자신의 일과 수입에 만족하면서도 더 큰 권한을 갈망한다. 그들이 추구하는 것이 보신이든 안락이든 돈이든 권력이든, 그것은 공동의 자원으로 지원되어야 하므로 나머지 모든 사람의 몫을 감소시킨다, 공무원 한 명을 새로 채용하면 모든 근로자의 봉급이 줄어든다. 이런 감소는 눈에 띌 정도는 아니지만 흔적을 남기기에는 충분하다. 공무원에게 더 큰 권한을 주면, 나머지 사람들의 자유에서 무엇인가가 상실된다. 그의 권위가 커지는 만큼, 우리의 자유는 예전보다 줄어든다. 이론적으로 보면 우리는 우리가 포기한 것에 대한 대가로 무엇인가를 얻어야 하지만, 실제로 우리는 아무것도 얻지 못하는 경우가 허다하다. 연방 하원의원의 3분의 2가 내일 워싱턴의 쓰레기 소각장에 버려진다면, 우리는 그들의 봉급과 그들에게 기생하던 식충이들의 봉급을 얻을 수 있다. 과연 우리에게 이 이득을 상쇄할 만한 손실이 있을까? 물론 하원이 우리의 행복과 구제에 필요하다고 그럴듯하게 주장할 수도 있다. 우리에게 열차 차장, 손발 치료사, 애견 미용사가 필요하듯이 하원의원도 필요하다는 것이다. 그러나 그렇다고 인정하더라도(나는 절대 그렇게 인정하고 싶은 마음이 없다), 하원의 온갖 유용한 직무는 50명만으로도 충분히 처리될 수 있고, 나머지는 줄타기 곡예사나 마작꾼처럼 공화국에 아무 도움도 되지 않는다는 명백한 사실에는 변함이 없다.

이 공화국을 건설한 국부들은 정부의 성격에 대해 환상을 품고 있지 않았다. 정부의 본질에 대한 워싱턴의 견해는 이미 인용한 바 있다. 제퍼슨은 "가장 적게 다스리는 정부가 가장 좋은 정부"라고 현명하게 말했다. 최초의 헌법은 주로 혁명기의 민주 열풍에 고무된 하층 계급의 점증하는 요구를 억제하기 위해 고안되었다고 볼 수 있다. 그러나 그것에 권리장전이 추가되었을 때, 그 화살은 특히 정부 자체, 즉 시민이 인내심의 한계를 느낄 정도로 그들을 억압하고 있던 공무원 집단을 겨냥하기 시작했다. 권리장전이 모든 형태의 정부가 저지르기 쉬운 두 가지 범죄를 영원히 방지하기 위해 믿음직하게 고안되었다는 것은 쓴웃음을 짓게 하는 사실이다. 그 두 가지는 적절한 보상 없이 사유재산을 수용(收用)하는 것과, 정당한 사유와 적법한 절차 없이 시민의 자유를 침해하는 것이다. 이런 금지조항의 집행이 법원에, 다시 말해서 부정직하고 불명예스러운 반사회적 행위를 법적으로 변호하는 전문교육을 받은 법률가들의 손에 맡겨졌다는 것은 더욱 쓴웃음을 짓게 한다. 우리 헌법의 역사는 모두가 알고 있다시피 정부의 폭정을 가로막는 모든 장애를 서서히 제거해온 역사이다. 오늘날 우리는 솔직히 법치가 아니라 인치(人治) 아래 살고 있다. 루스벨트·윌슨·파머·도허티·번스[1]에게 권리장전은 무엇인가? 그런 허풍쟁이 카이사르들 밑에서 정부와 시민 사이의 근본적인 적대감은 적나라하게 드러나고 있고, 우리는 후자를 전자로부터 보호하기란 영원히 불가능하다는 사실을 입증하는 데 필요한 모든 증거를 갖고 있다. 정부는 그 희생자들에게 공포심뿐 아니라 일종의 미신적인 존경심까지 불러일으키고 있다. 양손에 군대와 교회라는 강력한 무기를 쥔 정부는 사실상 저항할 수 없는 대상이다. 정부의 구성원과 정부가 구사하는 사기술의 겉모양은 변할지 몰라도, 그 본질은 결코 변하지 않는다.

희망에 부푼 사람들이 이 세상에서 실천하는 정치는 주로 형식의 변화가 곧 내용의 변화라는 망상으로 이루어져 있다. 미국의 식민지 개척자들은 영국인을 몰아냈을 때, 이제는 무거운 세금에서 영원히 해방되고 완전한 자유를 획득했다고 믿으며 기뻐했다. 그러나 곧 세금부담이 더 커진 것을 알게 되었고, 얼마 뒤에는 외국인 및 치안에 관한 법[2] 아래에서 신음해야 했다. 프랑스인은 마침내 왕정을 타도했

1. 1921년부터 1924년까지 법무부 검찰국장 재직.
2. Alien and Sedition Acts. 프랑스혁명 사상의 전파를 두려워한 미국의 연방주의당 정권이 1789년에 제정을 추진한 4개 법률의 총칭. 외국인 이민자의 귀화 요건과 자격을 정하고, 치안유지를 위한 단속규정을 정한 최초의 입법이다.

을 때, 평화·풍요·자유의 황금시대를 기대했다. 하지만 그들은 현재 전쟁으로 지리멸렬하고, 회생불능 상태로 파산하고, 유례없이 부패하고 냉소적인 정치인들의 깨뜨리기 힘든 공모에 짓눌리고 있다. 러시아인과 독일인의 경험은 내가 말하고자 하는 바를 더욱 생생하게 보여준다. 전자는 자신들의 구원자들에 의해 유린당해왔고, 반성할 여력이 남아 있는 사람들은 자신들이 한때 악마의 산물로 간주했던 전제정치의 부활을 갈망하고 있다. 호엔촐레른 왕가로부터 해방된 후자는 현재 무수한 슈미트와 크라우스[1]의 치하에서 열 배나 심한 재정적 부담과 억압에 시달리고 있다. 공화국이 수립된 지 6개월이 지났을 때, 각료 한 명은 재산을 챙겨서 국경 너머로 도주했다. 독일 역사상 처음 있는 일이었다. 이에 충격을 받은 대중은 자신의 분노를 정치인에 대한 암살로 표출했다.[2] 그러나 머지않아 그들은 절망에 빠져 그것마저 포기했다. 슈미트는 쓰러졌지만 크라우스는 건재했으므로, 정부는 그 생명력과 성격을 유지했다. 자포자기한 다수의 독일인은 이제 정치적 정부의 완전한 폐지를 주장하고 있다. 만약 후고 스티네스[3]가 살아 있었다면, 그들은 그를 독일의 독재자로 만들려 했을 것이다. 그러나 정치적 정부, 즉 직업공무원들에 의한 정부는 이론상 폐지되었다 하더라도 사실상 건재했을 테고, 그것의 성격도 변하지 않았을 것이다.

철저한 혁명으로도 문제를 해결할 수 없는 상황이라면, 사람들이 신뢰하는 통상적인 개혁은 노골적인 협잡의 수준으로 전락할 수밖에 없다. 일례로 미국 공무원제도 개혁의 역사를 생각해보자. 그것은 정

1. 특정인물이 아니라, 독일 정치인 일반을 가리킨다.
2. 1921년에는 재무장관 마티아스 에르츠베르거가, 1922년에는 외무장관 발터 라테나우가 극우파에게 암살되었다.
3. 제1차 세계대전 이후 독일 재계의 황제로 부상한 기업가이자 정치인.

부의 사기행각에 대한 대중의 분노가 극에 달했을 때 시작되었으며, 이상적인 공무원제도를 확립함으로써 관리들이 대중을 착취하는 현실을 타개해보려는 처절하고 낭만적인 노력의 일환이었다. 미국인은 50년 동안 잭슨 시대의 '개혁'이 남긴 아름다운 유산인 엽관제도하에서 숱한 고통을 당했다. 1880년대 초가 되자, 그들은 수단과 방법을 가리지 않는 한이 있더라도 그 유산을 타파하기로 작정했다. 한때 이론상 반드시 필요한 고상한 의무를 수행하는 공직자로 여겨지던 공무원은 이제는 공동체의 곡식을 갉아먹는 쥐 같은 존재로 간주되었다. 그의 사회적 지위는 어린이를 유괴하거나, 우물에 독을 풀거나, 주일학교를 관리하는 사람과 다를 바가 없어 보였으며, 공무원과 호형호제하며 정부를 상대로 사업을 하는 하청업자나 납품업자는 더욱 저급한 패거리로 간주되었다. 이 두 부류에 속하는 많은 사람들(일부 거물급 인사를 포함해서)이 감옥에 갔고, 적지 않은 사람이 사기행각을 벌인 성직자들이나 공금을 횡령한 은행원과 함께 캐나다로 야반도주했다. 그러자 혼란에 빠진 인민을 인도할 선지자와 예언자들이 재야에서 등장했다. 소수의 과격분자는 정부의 완전한 폐지를 제안했지만, 이런 제안은 민주적 정서에 맞지 않았다. 그 결과 대부분의 과격분자는 공무원의 뒤를 따라 수감되었고, 일부는 어느 정도 적법한 절차에 따라 사형에 처해졌다. 대다수의 예언자는 훨씬 온건했다. 그들은 단지 공무원사회를 강제로 개혁하고, 정부를 정화하고 일신하자고 제안했다.

그런 일은 이른바 공무원제도개혁(Civil Service Reform, 직역하면 공공서비스 개혁)에 의해 추진되었다. 이 개혁의 골자는 공무원은 특권과 면책을 누리는 대가로 정직하게 일할 의무를 져야 한다는 것, 즉 이발사가 머리카락을 자르는 일의 적임자인 것처럼 공무원도 자신의 자리에 걸맞은 적임자가 되기 위해 가일층 노력해야 한다는 관념이었다. 에드윈 로런스 고드킨[1]과 찰스 보너파트, 시어도어 루스벨트(물론 군대에서 명성을 떨친 다음 전형적인 공직자가 되기 전의 루스벨트)[2]처럼 비전을 제시하는 인물들의 주도하에서, 개혁가들은 공무원을 도매상 경리직원 같은 단순한 노예로 만들려는 끔찍한 목표를 향해 냉혹하게 전진했다. 그의 봉급과 수당은 삭감되었고, 업무는 늘어났다. 한때 공화국에서 제일 잘 나가던 오만방자한 시민, 나머지 모든 시민이 인내심의 한계를 느낄 때까지 그들을 마음껏 억압하던 그가 졸지에 우리에 갇혀 신음하는 노예, 까딱 잘못하면 목이 달아나는 신세가 되었다. 만일 그를 둘러싸고 있는 우리와 그를 겨누고 있는 칼날에도 불구하고 그가 근검절약하여 조금이라도 부를 축적한 티가 나면, 그는 그 사실에 근거하여 제대로 재판도 받지 못하고 철창에 갇혔다. 그는 불과 몇 년 만에 가장 편하고 높은 자리에서 가장 비참하고 깊은 심연으로 추락했다.

물론 그런 상태가 지속될 수는 없었다. 만약 그랬다면 정치가 혼돈에 빠지고, 정부는 그 기본적인 성격, 아니 그 생명 자체를 잃었을 것이다. 실제로 그런 상태가 지속되지는 않았다. 어려운 시기임에도 인간의 재능은 여전히 제구실을 하고 있었고, 오래지 않아 질병에 대한 치료법을 찾아냈다. 그 치료는 너무나 완벽해서 환자는 자신이 치료를 받고 있다는 사실조차 몰랐다. 그것은 공공서비스개혁이라는 이상(理想) 자체를 살짝 수정하는 단순한 과정에 의해 이루어졌다. 먼저 개혁이라는 말을 삭제하고, 그 다음에 공공이라는 말마저 지워버리자, 오직 서비스만 남았다. 이 서비스라는 말이 공무원을 수렁에서 건져주었다. 그의 직업에 새 생명을 불어넣었고, 그에 대한 의혹을 씻어

1. 시사주간지 『네이션』을 창간한 미국의 언론인.
2. 루스벨트는 1883년에 제정된 공무원법(일명 펜들턴법)에 근거하여 설치된 합중국 인사위원회에서 1888년부터 1895년까지 일했다.

주었으며, 그를 범죄자에서 박애주의자로 변신시켰다. 이 서비스에 종사하는 공복(公僕)은 술집주인의 후계자이자 양수인인 밀주제조업자처럼 오래된 엽관제도의 후계자이자 양수인으로 오늘날 우리 곁에 남아 있다.

3

서비스의 주된 성취는 개혁을 정부의 활동에 흡수시킴으로써 서비스를 공식적이고 흠 없고 매우 수지맞는 일로 바꿔놓았다는 것이다. 구식 개혁가는 자신의 소소한 영적인 치유에 대해 아무런 대가를 얻지 못했다. 그는 모든 신청자에게 공짜로 약을 나누어주었고, 자신은 오직 정의만 추구했으며, 실제로 이 과정에서 손해를 보기도 했다. 공직에 앉은 신식 개혁가는 강력하고 복잡한 법을 등에 업고, 인간에 대한 열정적이지만 주로 멍청한 서비스에 대한 대가로 법정통화를 꼬박꼬박 지급받는다. 그는 새로운 계몽의 예언자이자 휘황찬란한 대사원의 사제이다. 그는 볼스테드법과 맨법을 비롯하여 죄를 응징하는 수많은 법을 집행하는 사람이다. 전국을 순회하며 어머니들에게 임신하는 법을 가르치고, 육아·도로건설·수출·양돈·채소포장 분야의 최신기술을 보급하고, 문맹·십이지장충·백인매춘부·민간요법·구제역·소아 콜레라·간통·밀주를 상대로 영원한 전쟁을 벌이는 훌륭한 전도사이다. 신식 개혁가는 간혹 여성이다. 독단적이고 호전적이고 많은 보수를 받는 여성 박사이다. 남성이든 여성이든, 이 개혁가는 정부의 새로운 폭정을 대표한다. 사라진 엽관제도를 대신할 비전(Vision)을 갖고 있다. 공무원제도의 우리에 갇혀 있는 구식 관리는 현재 소처럼 일하는 머슴이나 다름없다. 그는 마치 게리 판사나 헨리 포드에게 고용된 것처럼 쥐꼬리만한 봉급을 받으면서 등골 빠지게 일해야 한다. 정부의 특권과 용익권은 그의 손에서 빠져나갔다. 그 권리들은 이제 서비스의 사도들에 의해 행사되고 향유되고 있는데, 이 무리의 수·몰염치·권력·봉급은 날이 갈수록 걷잡을 수 없는 기세로 엄청나게 증대하고 있다.

이 나라의 불쌍한 납세자들은 이와 같은 헛소리의 공식 상품화가 낡은 엽관제도를 어느 정도까지 대체했는지, 그리고 그런 헛소리가 자신들에게 매년 얼마나 많은 손해를 끼치고 있는지 거의 인식하지 못하고 있다. 남북전쟁 중에 전리품을 얻기 위해 워싱턴에 간 육군의 하청업자는 자신이 원하는 것을 솔직하게 공표했다. 그 결과 그는 언제나 의혹의 눈초리를 피할 수 없었고, 운이 좋아야 10만 달러를 벌 수 있었다. 밴더빌트나 모건 같은 소수의 인물만이 사실상 더 큰 돈을 손에 넣었다. 〔제1차〕 세계대전 기간에 그는 정부를 위해 무보수로 일하겠다고 선언했고, 소령 군복을 입고 민주주의의 대의를 위해 죽음도 불사하겠다고 맹세했다. 그리고 적어도 100만 달러를 들고 귀향했다. 공직자도 유사한 변신을 거치고 있다. 어쩌면 신격화라는 말이 더 적절할지도 모르겠다. 엽관제도의 시대에 그는 기껏해야 서투른 아마추어였다. 그가 공직을 요구하면서 내세운 유일한 이유는 자신이 그 자리에 앉을 만한 일을 했다는 것이었다. 즉 자신이 선거 승리에 한몫했다는 것이었다. 그런 그에게 할 수 있는 손쉬운 대답은 그가 틀림없는 게으름뱅이이자 악한이므로 어떤 자리도 줄 수 없다는 말이었다. 그러나 그의 후계자 겸 양수인, 서비스의 전도사, 비전의 예언자에게는 어떤 대답을 해야 하는가? 그는 뻔뻔스럽게 일자리를 요구하는 것으로부터 시작하지 않고, 메시지를 전하는 것으로부터 시작한다. 그는 사람들이 오랫동안 찾아다녔던, 세상의 모든 슬픔을 틀림없이 치유할 수 있는 방법을 발견했기 때문에, 불의·불행·무지·고통·죄를 억제할 수 있는 확실한 계획을 갖고 있다. 그는 사악하고 불명예스러운 게임의 법칙에 호소하는 것이 아니라, 진심어린 인도주의, 가장 고귀하고 숭고한 인간의 감정에 호소한다. 그의 일은 가시적인 것이 아니라 그의 비전에 감추어져 있다. 그의 일이 무엇인지 알아내려면, 그 비전을 제거해야 한다. 자, 누가 그 일을 할 것인가? 어느 순수한 미국인이 자진해서 그 냉소적인 임무를 수행할 것인가? 절반은 너무 멍청하고, 나머지는 너무 겁이 많다. 비전을 까발리고 조롱하려면 용기가 필요하다. 용기는 어디에 있는가?

선천적으로 무릎 꿇고 기도하기와 퍼레이드 참가를 좋아하는 사람들의 나라인 이 제국에는 분명히 없다. 프랑스를 제외하면 그리스도교권에서 미국보다 정부가 낭비적이고 비상식적이고 비지성적이고 부패했으며, 난공불락인 나라는 없다. 정부의 악행에 저항하는 것조차 일종의 범죄가 되고 있다. 워싱턴의 낭비와 부패에 대한 최근의 모든 조사는 시민의 본분에 어긋나는 무례하고 비애국적인 짓이라는 비난만 받고 실패로 끝났다. 주권국가의 대리인이 국가의 이름으로 저지른 중죄에 항의하는 시민은 아나키스트로 찍힌다! 물론 모든 미친 짓에 논리가 있듯이, 이런 우행에도 논리가 있다. 질병에 대한 과잉진료가 환자에게 심각한 손상을 줄 수 있듯이, 부정하고 불필요한 것을 근절하려는 시도가 유용하고 필요한 것까지 위태롭게 할 수 있다는 것이다. 그렇다면 정부는 유용하고 필요한가? 의사는 유용하고 필요한 존재이다. 그러나 이 친애하는 인물이 복통이나 환청을 치료해달라는 요청을 받고 왕진을 갈 때마다 그 집의 은붙이를 약탈하고 가족들의 칫솔을 사용하고 가정부에게 봉건영주의 초야권 같은 권리를 주장한다고 상상해보라. 꼭 필요한 관리들 중에서 실제로 이와 비슷한 도둑질을 하는 유일한 존재가 법률가들, 즉 민주주의하에서 정부의 형태·정책·법령을 주로 결정하는 바로 그 사람들이라는 사실은 단지 우연의 일치일까?

나는 이 심각한 문명병이 안타깝지만 치유불가능하다고 생각하기 때문에, 새로운 엉터리 처방을 내놓지는 않겠다. 나는 정부에 약을 투여하는 것에도, 정부를 없애는 것에도 반대한다. 내가 주장하고 싶은 것은 정부를 좀 더 현실적으로 바라본다면, 다시 말해서 정부의 기능이 필요하고 어쩌면 유용할지도 모른다는 점은 인정하더라도 점증하는 정부의 범죄, 즉 자유로운 시민의 일상적인 권리와 인간에 대한 예의에 반하는 범죄를 묵과하는 것만은 거부한다면, 무엇인가가 성취될 수 있다는 점이다. 악당과 무뢰배는 정부가 일반적으로 존경받고 있고, 그 존경심을 전파하고 유지하는 효과적인 장치를 갖추고 있는 점을 이용하여 근면하고 경신성(輕信性)이 있는 수많은 사람을 착취하고 있다. 누군가가 법을 좀 더 존중하자고 외치는 소리를 들었다면, 그가 대통령 자리에 앉아 있는 쿨리지든 판사석에 앉아 있는 무명의 지방법원 판사든 그 누가 됐든 관계없이, 그는 법을 이용하여 사리사욕을 채우려는 사람이라고 보면 틀림없다. 반대와 저항을 진압하기 위한 새로운 입법에 대한 소식을 들었다면, 그것은 악당들에 의해 추진되는 것이라고 확신해도 무방하다. 그런 노골적인 협잡이 희생자들을 기만하고 무장해제시키는 한, 그리고 그들이 대주교의 비서의 조카의 정부(情婦)의 사생아의 절도에 항의하는 것은 성령을 거역하는 죄악이라는 곰팡내나는 공식이론을 기꺼이 받아들이는 한, 정부의 착취와 억압은 계속될 것이다. 정부의 악행은 그 희생자들이 세상의 질서를 유지하는 데 필요한 장치로서의 정부와 약탈적인 악한과 사기꾼의 권세와 영화를 뒷받침하기 위한 장치로서의 정부를 명확히 구별하기 시작할 때 비로소 사라질 것이다. 다시 말하면, 부활의 날 아침이 오기 전 11월 첫 번째 월요일 다음의 화요일(미국의 선거일)에 최후를 맞을 것이다.

24

네 가지 도덕적 대의

1. 산아제한

이 공화국에서 산아제한운동을 억압하려는 선전이 기이하게 실패하고 있는 현상은 금주법이 결국에는 이런저런 신비로운 방식에 의해, 어쩌면 신의 도움을 받아 준수될 것이라고 믿는 낭만적인 낙관주의자들에게 교훈을 준다. 물론 그들은 이 교훈에 귀를 기울이지 않겠지만, 그런 현상에 교훈이 담겨 있다는 것은 틀림없는 사실이다. 교회와 국가가 합심하여 산아제한운동단체들을 좌절시키고 깨부수려 하고 있다. 산아제한운동단체들은 형법의 위협을 받고 있고, 그 고객들은 지옥불의 협박을 당하고 있다. 그렇지만 이 땅에서 산아제한운동단체들의 계획이 진전을 보이고 있다는 것은 틀림없는 사실이다. 전국의 출생률이 꾸준히 그리고 빠르게 하락하고 있기 때문이다.

그런데 출생률이 교양 있고 존경을 받는 계급들, 이를테면 외견상 법을 잘 지키는 것 같은 사람들 사이에서 빠른 속도로 감소하고 있다는 사실은 재미도 있고 교훈적이기도 하다. 금주법과 관련해서도 동일한 현상이 관찰된다. 직업적인 범죄자들 중 다수는 예나 지금이나 금주를 철저히 실천하는 사람들이지만, 이들을 경멸하고 경찰에게 그들을 처벌해줄 것을 끊임없이 요구하는 선량한 시민들은 대부분 금주법을 상습적으로 위반한다. 나는 부유한 미국인을 많이 알고 있는데,

그들 중 일부는 널리 존경받는 저명인사이다. 이들 가운데 볼스테드법을 지키는 시늉이라도 하는 사람은 채 2%도 되지 않는다. 그리고 그들의 부인들 중에서 산아제한에 대해 결백한 사람 역시 2%도 되지 않는다. 이유는 간단하다. 볼스테드법과 산아제한금지를 겨냥한 법들은 가정생활의 성역을 침해하고 있다. 그런 법들은 한 가정의 지붕을 뜯어내고, 세상 사람들에게 그 집 안을 들여다보라고 권한다. 물론 그 집의 가장이 품위 있는 인물일수록, 그런 들여다보기는 더욱 불쾌하게 여겨질 것이다. 만일 그가 수준 낮은 사람이라면 그러거나 말거나 신경도 쓰지 않을 것이다. 그와 수준이 비슷한 이웃들의 기웃거리기에 이골이 났기 때문이다. 그러나 그가 자타가 공인하는 훌륭한 인물이라면, 그는 당연히 격분할 것이다. 그리고 그가 호전적인 성격을 타고났고, 저항을 해도 무사할 것이라는 판단이 서면, 그는 강력하고 끈질기게 저항할 것이다.

이제 금주법을 비롯해서 강제적으로 인간을 선하게 만들려는 모든 장치가 도시보다 시골에서 훨씬 잘 작동하는 이유를 설명할 차례이다. 시골사람은 어릴 적부터 정탐의 대상이 되는 훈련을 받는다. 그에게는 사생활이 거의 없다. 그의 이웃은 그에 대해 알려진 모든 것을 알고 있다. 그가 무엇을 먹는지, 가축에게 무엇을 먹이는지 속속들이 알고 있다. 그의 종교적 이념은 공개적인 토론의 주제이다. 그가 교회의 권위에 불복하면, 마을의 목사가 그를 위해 기도한다. 그의 아내가 출산이라는 숭고한 생물학적 과정을 겪기 시작하면, 이 소식은 삽시간에 온 동네에 퍼진다. 그가 아이다호 주의 삼촌으로부터 200달러를 상속받으면, 마을사람 모두가 즉시 이 사실을 알게 된다. 그의 정강이에 상처가 나거나, 그가 새 쟁기를 사거나, 유령을 보거나, 목욕을 하는 것은 공적인 사건이다. 이처럼 어항 속의 금붕어처럼 살다 보니, 그는 불쾌한 간섭을 아주 너그럽게 받아들이는 습성을 갖게 되었다.

그가 그것에 저항하면 이웃들은 그를 마을의 행복을 방해하는 적으로 규정하고, 어쩌면 그의 헛간을 불태워버릴지도 모른다. 공식 스파이 한두 명이 이 자발적 탐정들의 무리에 추가되어도, 그는 좀처럼 눈치채지 못한다. 모든 사람이 자신의 집안일에 관심을 가지는 것, 그리고 이 관심에 무엇이 좋고 무엇이 나쁜지에 대한 명확한 관념이 뒤따르는 것은 그에게는 당연하고 불가피한 일이다. 그래서 그는 마을 차원의 심문에 복종하듯이, 정부의 폭정에 복종한다. 도시인이 저항한다는 소식은, 도시인은 악당이라는 그의 생각을 더욱 굳혀준다. 그들이 악당인 이유, 영원히 악당으로 남을 수밖에 없는 이유는 그들이 자신보다 편하게 산다는 데 있다. 도시인은 다른 식으로 훈련받는다. 그는 혼자 지내는 데 익숙하다. 빈민가에서 살지 않는 이상 그의 이웃은 그에게 관심을 보이지 않는다. 그는 이웃이 자기 집 담장 안에서 일어나는 일에 대해 이러쿵저러쿵하는 걸 모욕으로 간주한다. 그들이 그에게 충고를 하면, 그는 그들을 저주할 것이다. 그들이 물리력을 행사하려고 하면, 그는 경찰에 신고할 것이다. 하지만 경찰이 그를 뒷조사하는 것은 그를 이중으로 모욕하는 것이다. 따라서 그는 모든 수단을 동원해서 그들에게 맞선다. 그렇게 하는 것이 자신의 숭고한 의무이고, 그래야 지상에서 자유가 소멸되지 않는다고 믿는다.

광적인 산아제한 운동가들은 이런 기본적인 사실의 덕을 보고 있다. 그들의 적이 그들의 이념을 논박하는 방식이 아니라 그들을 어떻게든 감옥에 처넣으려 애쓰는 것은 그들에게는 큰 행운이다. 그들의 주장은 기본적으로 매우 의심스러운 수준에 머물러 있고, 정직하고 지적인 다수의 사람은 그것에 반대하고 있다. 그들은 높은 출생률이 위험하다는 것을 결코 입증하지 못했을 뿐 아니라, 자신들이 그것을 감소시킬 확실하고 안전한 방법(모든 동네의 약사들이 이미 알고 있는 방법을 제외한)을 알고 있다는 사실도 보여주지 못했다. 그러나 그들을 제압하려는 시도가 이루어질 때, 그들이 현명한지 아닌지의 문제는 뒷전으로 밀려나고, 그들의 권리가 침해되는지 아닌지의 문제가 전면에 부각된다. 당장 그들의 세력이 엄청나게 강화된다. 그 세력은 산아제한의 필요성을 믿는 사람들뿐 아니라 사상과 언론의 자유를 믿는 사람들까지 포함하는데, 이 두 번째 집단은 첫 번째 집단보다 수도 훨씬 많고 막강하다. 산아제한운동단체들은 졸지에 중무장한 대군의 지원을 받게 되었고, 이 지원은 그들을 거의 무적으로 만들어주고 있다. 개인적으로 나는 산아제한에 반대한다. 나는 무지한 사람들이 힘닿는 대로 자식을 많이 낳도록 내버려두어야 한다고 생각한다. 그래야 노예들에 대한 꾸준한 수요를 충족시킬 수 있고, 훨씬 현명하고 위생적인 사람들이 불쾌한 일을 면할 수 있다. 토론이 공개리에 공정하게 진행된다면, 나는 엉터리 통계와 욕지거리를 포함한 온갖 교묘한 레토릭을 총동원해서 산아제한운동단체들에 맞설 것이다. 그러나 그들의 명백한 권리가 거부되는 한, 특히 그 권리가 신학자들과 정치인들의 사악한 연합세력에 의해 거부되는 한, 나는 그 마지막 꼴통이 사라질 때까지 산아제한운동단체들 편에 설 것이다. 그들은 바로 이런 이유로 많은 동지를 얻었다. 나는 그들이 승리하고 있다고 생각한다.

산아제한운동단체들이 우편으로 야한 소책자를 보내는 것을 금지한 법은 두말할 나위없이 악랄하고 억압적이다. 그것은 컴스톡 본인에 의해 법제화되고, 꼴통 관료들에 의해 집행되고, 다양한 마녀사냥꾼에 의해 지지되는 악명 높은 우편법의 일부이다. 나는 그런 이상한 입법의 원칙에 동의하는 지적인 남녀를 만나본 적이 없다. 심지어 산아제한에 격렬히 반대하는 사람들도 그 법이 보편적으로 적용되어야 한다고 주장하지는 않을 것이다. 그런 법을 없애는 방법은 그것을 까발리고 야유하는 것이다. 우편법을 시행하면 산아제한운동단체들을 소탕할 수 있다는 이론은 난센스이다. 우편법의 시행은 새로운 학대의 대상을 찾기 위해 그것을 옹호하는 사디스트들을 부추길 뿐이다. 더욱이 그것은 대중을 억압에 익숙하게 하여, 그들이 불평 없이 억압을 참고 견디게 만드는 경향이 있다. 미국에서 금주법을 시행하려는 진지한 노력이 이루어지는 곳에서는 어김없이 진화론 반대자들이 일전을 불사하고 있고, 주일동맹[1]이 새로운 회원들을 모집하고 있다. 그런 법들을 다루는 방법은 그것들을 무시하고 경멸하는 것이다. 이 일은 볼스테드법의 경우 수백 만의 애국적인 성직자와 평신도에 의해, 컴스톡법의 경우 비록 소수에 불과하지만 결의만큼은 칭찬해주고 싶은 집단에 의해 실천되고 있다.

그러므로 산아제한운동단체들에 대한 옹호는 이 정도로 하고, 좀 더 유쾌한 관심사로 넘어가야겠다. 그들의 구체적인 대의는 내가 볼 때 허점투성이이다. 그들은 매우 불분명한 사실들로부터 심히 의심스러운 결론을 도출하고 있다. 그러나 그들은 기본적으로 옳다. 힘으로 자신들을 침묵시키려는 자는 우리 모두의 공적(公敵)이라는 그들의 주장은 전적으로 옳다. 그리고 그런 반대를 물리치는 최선의 방법은 그것을 경멸하는 것이라는 그들의 주장도 옳다.

2. 컴스톡법 지지자

1873년에 고(故) 앤서니 컴스톡이 그리스도 교도의 위대한 임무를 시작했을 때, 세칭 '말괄량이'(flapper)라 불리던 미국의 젊은 미혼여성은 『고디스 레이디스 북』[2]을 읽었다. 오늘날의 젊은 미혼여성이 어떤 책을 읽는지 궁금하다면, 모든 신문 가판대에 산더미처럼 쌓여 있는 시시껄렁한 잡지들을 훑어보라. 그런 잡지들은 도덕

1. Lord's Day Alliance. 일요일을 기도와 안식의 날로 준수하는 운동을 추진하기 위해 1888년에 결성된 프로테스탄트 단체.
2. *Godey's Lady's Book*. 1830년부터 48년간 필라델피아에서 발간된 여성월간지.

적 입법의 효과에 대한 흥미롭고도 교훈적인 논평으로 가득 차 있다. 컴스톡법이 50년 동안 시행된 최종적인 결과는 완벽하고 굴욕적인 실패이다. 그 법의 그럴듯한 경보(警報)와 공격은 모조리 쓸데없는 것으로 밝혀졌다.

물론 컴스톡은 꼴통이었다. 한심한 그의 언행은 대중의 비웃음을 사기에 딱 좋았고, 결국 그가 내세웠던 대의마저 훼손해버렸다. 그러나 모든 실패의 책임을 그의 어리석음 탓으로 돌리는 것은 옳지 않다. 뉴욕에서 그의 뒤를 이은 존 S. 섬너[1]는 결코 아무 생각도 없는 코미디언이 아니다. 그는 분별력에다 품위까지 갖춘 인물이다. 그럼에도 불구하고 그도 비참하게 실패를 거듭해왔다. 그가 컴스톡의 자리를 계승했을 때, 『3주간』[2]은 여전히 매우 외설적인 책으로 간주되고 있었다. 중산층 주부들은 블라인드를 치고 부엌에서 그 책을 읽었고, 모든 예비신부학교[3] 기숙사의 베개 밑에는 이 책이 감추어져 있었다. 하지만 지금은 열세 살짜리 소녀들조차 너무 진부해서 그 책을 읽지 않는다. 이제 신간(新刊)이 진정한 센세이션을 일으키려면 외설적인 내용만으로는 부족하다. 대놓고 병적이어야만 한다.

나는 1908년 이래 당대 미국소설에 대한 서평을 꾸준히 써왔는데, 그 사이에 엄청난 변화가 있었다. 내가 서평을 쓰기 시작했을 무렵, 성(性)의 생리와 병리를 노골적으로 다루는 신간 소설은 참신한 느낌을 주었다. 그래서 거의 언제나 나의 관심을 끌었다. 그러나 이제 그런 소설은 평범한 작품이 되어버렸다. 지금은 신간 소설이 화학적으로 순수한 것으로 판명되어야 충격을 준다. 우리 시대에 미국의 출판

1. 변호사. 컴스톡 사후, 1915년에 뉴욕 악덕탄압협회 회장이 되었다.
2. 영국의 여성작가 엘리너 글린이 1907년에 발표한 로맨스 소설. 뉴욕 악덕탄압협회와 비슷한 성격의 단체인 보스턴 감시협회에 의해 판매금지를 당했다.
3. finishing school. 부유층 처녀들이 결혼 전 상류사회의 에티켓·교양·사교술을 익히는 사립학교.

인이 드라이저의 『시스터 캐리』에 대한 경계경보에 놀라 출판을 포기하는 광경을 상상할 수 있을까? 가장 오래되고 가장 점잖은 출판사들조차 아무런 문제를 제기하지 않고 그 책을 인쇄할 것이다. 그들은 『시스터 캐리』보다 훨씬 형편없는 책들을 매일 찍어낸다. 그렇지만 1900년에 『시스터 캐리』는 대단히 추잡하고 외설적인 작품으로 보였기 때문에, 그 책을 펴낸 출판사는 공황상태에 빠졌고, 인쇄된 책을 모조리 지하실에 감추었다. 현재 그 출판사는 월트 휘트먼의 「한 여인이 나를 기다린다」가 온전하게 실려 있는 『풀잎』 신판을 홍보하고 있다!

컴스톡법 지지자들의 대의를 짓밟은 것은 그들의 형제 격인 성위생 운동가들의 캠페인이었다. 컴스톡법 지지자의 입장은 선량한 앤서니 컴스톡 자신이 솔직하게 설명했듯이, 덕과 무지(無知)는 같다는 교의에 기초해 있었다. 예컨대 죄에 대한 최소한의 지식도 덕에 치명적인 해가 된다는 것이었다. 컴스톡은 소녀의 순결을 지키는 유일한 방법은 소녀가 성에 대해 생각조차 하지 못하게 만드는 것이라고 믿었고 또 그렇게 주장했다. 그는 종종 자신의 교의를 장황하게 설명했으며, 어떤 여성도 신뢰해서는 안된다고 확신했다. 소녀가 담장 밖을 훔쳐보는 걸 허용하는 순간, 그녀는 암흑세계에 발을 내딛은 거나 마찬가지라는 것이다. 그는 이 관념을 성서, 주로 구약의 텍스트들을 이용해서 뒷받침했다. 그는 구식 청교도로서, 여성의 미덕 자체에 대한 믿음이 전혀 없었다. 그가 생각하는 선량한 여성은 단지 효율적으로 감시되는 여성이었다. 그에게는 불행하게도 그의 종파 내에서 사회향상 운동가들의 일파가 생겨나 정반대의 이념을 팔아먹기 시작했다. 이들은 죄가 종종 무지에서 기인한다고 믿었다. 다수의 정숙한 소녀가 신세를 망치는 것은 자기가 무엇을 하고 있는지 모르기 때문이라는 것이었다. 이 사회향상운동가들은 부정(不貞)이란 여성의 선천적 음란성에서 기인하는 게 아니라, 사회생활에 대해서 여성보다 월등한 지식을 가진 남성의 사악한 모험심에서 생겨난다고 강조했다. 그래서 그들은 계몽운동에 착수했다. 그들은 모든 16세 소녀가 죄의 끔찍한 결과에 대해 경찰간부나 산파만큼 알고 있다면, 유혹에 넘어가지 않을 것이라고 솔깃한 주장을 폈다. 그리고 이 이론에 입각하여 출산의 고통과 매독의 치명적 증상을 기술한 책들을 펴내기 시작했다. 그들은 이런 책자들을 대대적으로 배포했다. 컴스톡은 당연히 그들의 계획에 강력히 반대했다. 그는 그들의 엄숙한 교훈을 믿지 않았다. 그의 눈에는 그들의 주장이 새롭고 놀라운 도발로 보였고, 그것의 유일한 효과는 "정숙한 여성의 마음에……성적 욕망을 불러일으키는 것"이라고 믿어 의심치 않았다. 그러나 그는 성위생 운동가들이 나무랄 데 없는 명사들이라는 사실에 의해 상처받고 무력화되었다. 그들은 대부분 그와 마찬가지로 청교도였고, 일부는 그리스도 교도의 올바름을 보여주는 거물이었다. 가장 적극적인 성위생 운동가 중 한 명인 실베이너스 스톨 박사는 뛰어난 〔루터교〕 목사였고, 수천에 달하는 불멸의 영혼을 구원한 유명한 마법사였다. 그런 인물들을 공격하고, 투옥하고, 악당이라고 비난하기란 도저히 불가능했다. 컴스톡은 안절부절못하고 노발대발했지만, 그가 할 수 있는 일은 아무것도 없었다. 스톨 목사의 책들만 해도 수백 만 부가 팔려나갔고, 다른 성위생 운동가들도 비슷한 성공을 거두었다. 그 결과 이 나라는 그들의 책으로 홍수를 이루었다.

나는 컴스톡이 옳았는지 틀렸는지, 즉 성위생 서적들이 이 공화국에 무절제한 행실을 증가시켰는지 감소시켰는지 알지 못한다. 이에 대해서 사람들의 의견은 엇갈린다. 그러나 성위생 서적들이 미국소설의 내용에 즉각적이고 엄청난 영향을 미쳤다는 사실은 알고 있다. 구식 소설에서는 이른바 '생식의 실태' (Facts of Life)를 대충 얼버무리고 넘어갔지만, 아무도 불만을 이야기하지 않았다. 소설의 독자들, 특히 다수의 젊은 여성 독자들은 자기가 무엇을 놓치고 있는지조차 몰랐기 때문이다. 그러나 성위생 서적들을 읽은 뒤에, 그들은 소설에 나오는 이야기들이 매우 모호하고, 대부분은 거짓이라는 점을 깨닫기 시작했다. 그래서 투덜대고 낄낄거리고 야유하기 시작했다. 구식 소설가들의 책은 차례로 책장에 처박혔다. 나는 그런 소설가들의 슬프고도 기나긴 목록을 작성할 수 있다. 그들의 책은 판매도 줄어들었고, 조롱의 대상이 되기 시작했다. 그들의 자리는 컴스톡 신파(新派)가 차지했다. 그 후 컴스톡과 그의 후계자들은 이 신파와 싸워왔고, 날이 갈수록 궁지에 몰렸다. 그들은 매년 공격을 가하고, 신문지상에서 시끄럽게 떠들어대고, 세상의 종말을 예언하지만, 해마다 그들의 평균 점수는 전년의 최하성적을 밑돈다. 서평을 쓰는 나는 추잡하고 외설적인 책들에 질려서, 이제 그런 책들에 특별히 관심이 가지도 않는다. 음란서적은 사방에서 쏟아지고 있다. 가장 정숙한 여성소설가들이 20년 전이라면 바텐더조차 민망해서 읽지 못했을 책을 쓰고 있다. 신간소설을 펼쳤는데 그 안에 프로이트주의의 성적 억압에 대한 내용이 전혀 없다면, 나는 당장 그 책은 이미 망각된 1885년의 소설이 제목을 바꿔달고 나온 것이라고 생각한다. 처음 서평을 쓰기 시작했던 시절에는, 서평용으로 받은 책들을 모아서 YMCA에 기증하곤 했다. 그런데 지금은 의대에 기증한다.

컴스톡법 지지자들은 이런 물결에 용감하지만 매우 서툴게 맞서고 있다. 물론 그들이 출판되는 모든 음란서적을 고발할 수는 없다. 너무 많은 책이 쏟아져 나오기 때문이다. 그러나 적어도 그들의 표적을 지금보다 훨씬 지혜롭게 선택할 수는 있다. 그들은 노골적인 음란함말고는 아무 내용도 없는 책들이 아니라, 명백한 문학적 가치를 지니고 있는, 그래서 오히려 언론의 비호를 받기 쉬운 책들을 주된 공격목표로 삼는다. 그 결과 그들은 대부분의 소송에서 패한다. 캐벌의 『저건』,

드라이저의 『천재』, 『모팽 양』[1]이 대표적인 실패사례이고, 이 밖에도 수많은 소송에서 패했다. 그리고 패할 때마다 점점 무기력해지고 어리석어진다. 그렇다면 왜 그런 책들을 선택하는 것일까? 별 볼 일 없는 책이 아니라 가치 있는 책을 걸고 넘어져야 유명해지기 때문이다. 컴스톡 협회는 유사한 성격의 다른 경건한 단체들과 마찬가지로 언제나 자금난에 시달리고 있는데, 그들이 기금을 조성하는 방법은 신문지상을 떠들썩하게 장식하는 것이다. 『시카고의 밤생활』이나 『전직 간호사의 고백』에 대한 공격은 신문에 달랑 몇 줄밖에 실리지 않는다. 하지만 『저건』에 대한 공격은 며칠 동안 계속해서 1면에 실린다. 리비도의 충동을 느낀 훌륭한 그리스도 교도들은 성금을 보내고, 협회는 어려움을 면한다. 그러나 재판에서 패해 성금이 다시 줄어들면, 그들은 또 다른 유명한 제물을 찾아내야 한다.

그렇다면 이런 난제에 대한 컴스톡법 지지자들의 해결책은 무엇인가? 그것은 그들이 청정도서법안[2]이라고 부르는 것에서 찾을 수 있다. 이 법안의 목적은 부도덕한 책을 출판했다는 이유로 기소된 출판인에게 변명의 기회조차 주지 않는 것이다. 그것이 법제화된다면, 컴스톡법 지지자들은 1만 페이지에 달하는 드라이저의 소설에서 단 한 문장을 골라서 소송의 근거로 삼을 것이다. 그러나 저자와 출판사는 책의 나머지 부분을, 외설적인 의도로 쓰이지 않았다는 증거로 제출할 수 없다. 그런 법 밑에서는 성서를 인쇄하거나 판매하는 사람도 엄청난 위험을 감수해야 할 것이다. 자극적인 문자 하나만 잘못 인쇄해도 출판인이 구속될 수 있기 때문이다. 그러나 이 법이 소기의 목적을

1. 프랑스 소설가 테오필 고티에가 1835년에 발표한 탐미주의적 장편소설.
2. Clean Books Bill. 1923년에 존 포드라는 판사가 미성년자인 자기 딸이 D. H. 로런스의 소설 『사랑에 빠진 여자들』을 읽고 있는 것에 충격을 받아 뉴욕 주의회에 제출한 법안. 법안은 하원을 통과했으나 상원에서 부결되었다.

달성할 수 있을까? 내 생각은 부정적이다. 그런 터무니없고 부당한 법률은 아무것도 성취하지 못한다. 배심원단이 반대할 것이고, 심지어 판사들도 이의를 제기할 것이다. 볼스테드법이 좋은 예이다. 그 법이 이 공화국을 술 없는 나라로 만들었는가?

3. 사형

20년 넘게 사형 반대를 외쳐왔던 내가 이제 와서 마음이 바뀌어 다른 편에 서고 싶은 강력한 유혹을 느끼기 시작했다고 선언하는 것이 내 권한 밖의 일이 아니기를 간절히 바란다. 사실 나의 진지한 회의(懷疑)는 오늘날의 사형폐지론자들이 내세우는 주장에서 기인한다. 그들이 사형폐지의 논거를 진지하게 설명할수록, 나는 그것이 어리석음으로 가득 차 있다는 의혹에 사로잡히게 된다. 물론 그 주장에는 인도적이고 그리스도교적인 정신이 깃들어 있다. 그러나 그것이 상식에 부합하는가? 나는 그렇지 않다고 생각한다. 우리가 가장 자주 듣는 두 가지 이야기를 생각해보자.

① 인간을 목매달아 죽이는 것(또는 다른 냉혹한 방식으로 살해하는 것)은 끔찍한 일로, 형을 집행해야 하는 사람들에게 모욕감을 안겨주고 그 현장을 지켜봐야 하는 사람들을 불쾌하게 만든다.

② 그것은 아무 쓸모가 없다. 다른 사람이 같은 범죄를 저지르는 것을 예방하지 못하기 때문이다.

첫 번째 주장은 논리가 너무 빈약해서 진지한 논박이 불필요할 정도이다. 요컨대 교수형 집행인의 일이 불쾌하다는 것인데, 거기까지는 좋다. 그래서 어쨌다는 건가? 교수형 집행이 불쾌한 일임에는 틀림없지만 사회에 필요한 일 아닌가? 그것말고도 불쾌한 일은 숱하게 많다. 하지만 어느 누구도 그런 일들을 없애버릴 생각은 하지 않는다. 나는 수술·분만·배관·군사·언론·성직은 생략하고 법 집행과 관련된 일만 언급하기로 하겠다. 금주법이 시행되는 상황에서 연방판사가 담당하는 일이 좋은 예이다. 볼스테드법을 집행하는 판사가 거의 매일 해야 하는 일을 생각해보라. 그는 자신이 존경하고 사랑하는 사람들, 동료 법조인들, 심지어 동료 판사들, 요컨대 술을 마시는 교양 있는 그리스도 교도들이 모두 범죄자라고 추정해야만 한다. 그리고 첩자들과 공갈범들의 무리(사생활에서는 이들의 존재 자체가 그에게 구역질을 유발할 것이다), 즉 반(反)주점연맹의 밀고자들과 금주법 위반 단속요원들의 무리가 구도자이고 이타주의자라고 추정해야만 한다. 이런 추정은 분명 하기 힘든 것이다. 적지 않은 수의 판사가 그런 추정을 할 수 없어서 자리에서 물러나고 있고, 적어도 한 명은 스스로 목숨을 끊었다. 그러나 나머지 판사들은 판사석에 앉아 있는 한 본인들의 감정이 모욕을 당하든 말든 의무적으로 그렇게 추정해야만 한다. 대부분은 갈수록 무감각해져 더 이상 고통을 느끼지도 않는다. 교수형 집행인과 그가 하는 불쾌한 일도 마찬가지이다. 감수성이 예민한 사람이라면 그런 일을 소름끼치게 싫어하겠지만, 실제로 교수형을 집행하는 사람들이 본인의 직무를 불쾌하게 생각한다는 증거는 없다. 나는 자신의 기술에 자부심을 느끼고 당당하게 그 기술을 구사하는 교수형 집행인들을 알고 있는데, 그들 가운데 누군가가 자신의 직업을 버렸다는 이야기는 들어본 적이 없다.

사형폐지론자들의 두 번째 주장에는 좀 더 무게감이 실리지만, 이 주장의 논거 역시 매우 불확실하다. 그들의 근본적인 오류는 범죄자를 처벌하는 유일한 목적이 다른 (잠재적) 범죄자의 범행을 예방하는 것이라고 가정하는 데 있다. 다시 말해서 우리가 A를 교수형이나 전기의자로 처형하는 것은 B가 C를 죽이는 것을 예방하기 위해서라는 것이다. 이는 연방판사가 어쩔 수 없이 해야 하는 가정만큼이나 잘못된 가정이다. 부분을 전체와 혼동한 것이다. 예방은 처벌의 목적 가운데 하나일 뿐, 유일한 목적은 아니다. 처벌에는 적어도 대여섯 가지의 목적이 있고, 그 가운데 일부는 예방 못지않게 중요하다. 그리고 적어도 그 중 한 가지 목적은 현실적인 면에서 특히 더욱 중요하다. 그것은 흔히 복수라고 불리지만, 복수는 사실 적절한 말이 아니다. 나는 아리스토텔레스로부터 카타르시스라는 더 좋은 용어를 빌리고자 한다. 카타르시스는 감정의 상쾌한 분출이요, 분노의 건강한 발산이다. 선생님을 미워하는 초등학생이 선생님의 의자에 압정을 올려두면, 선생님이 의자에 앉다가 아파서 벌떡 일어나고 그 학생은 웃는다. 이것이 카타르시스이다. 밀주를 팔다가 적발된 사람이 금주법 위반 단속요원에게 10달러짜리 위조지폐를 뇌물로 주고, 이 요원은 일요일에 그 돈을 현금하다가 체포되어 수감된다. 이것도 카타르시스이다. 집회에 대한 기사에 자신의 이름이 잘못 적힌 것을 발견한 신문 구독자가 그 신문의 편집국장이 자유국채를 사지 않았다는 소문을 퍼뜨린다. 이것도 카타르시스이다.

내가 주장하는 바는 이 고마운 카타르시스를 ① 처벌의 대상인 범죄자에게 희생된 피해 당사자와, ② 도덕적이고 소심한 다른 사람들한테 제공하는 게 사법적 처벌의 주된 목적 가운데 하나라는 것이다. 이런 사람들, 특히 도덕적인 사람들은 다른 범죄의 예방에는 직접적인 관심이 없다. 그들이 일차적으로 바라는 것은 자신을 고통스럽게 만들었던 그 범죄자가 고통당하는 모습을 보았을 때 얻는 만족감이다. 그들은 셈이 제대로 치러졌다는 느낌과 함께 찾아오는 마음의 평화를 원한다. 그런 만족감을 얻기 전까지 그들은 감정적 긴장상태에 놓여 있으므로 행복하지 못하다. 그것을 얻어야 비로소 마음이 편안해진다. 나는 그런 갈망이 고상하다고 주장할 생각은 없다. 다만 그것이 인간의 보편적인 감정이라는 것이다. 사소하고 견딜 만한 손해를 입은 경우에는, 그런 갈망이 훨씬 고상한 충동, 즉 그리스도 교도의 박애정신에 굴복할지도 모른다. 그러나 그 피해가 가해자에게 실질적이고 항구적인 만족감을 줄 만큼 심각할 때, 그런 갈망은 어떤 것에도 굴복하지 않는다. 그리스도교의 정신은 작동이 중단되고, 심지어 성자도 무기를 찾는다. 사실 훌륭한 그리스도 교도라면 일단 지복(至福)을 포기하고 나서 카타르시스를 더욱 강력하게 요구할 것이다. 시카고에서 열린 레오폴드-러브 재판[1]에서 도시의 복음주의 목사들은 이구동성으로 사형을 요구했고, 심지어 가톨릭 사제 한 명도 그들에게 가세했다. 이들보다 수준이 낮은 사람들이 자연스러운 충동을 억제하기를 기대하는 것은 인간 본성에 대한 무리한 요구이다. A는 점원 B를 데리고 가게를 운영하고 있다. B가 700달러를 훔쳐서 텍사스 석유 주식에 투자해 돈을 몽땅 날린다. A는 어떻게 해야 할까? B를 그냥 내버려두어야 할까? 그렇게 하면 그는 밤잠을 이루지 못할 것이다. 황당하게 손해를 본 사실 때문에 뜬눈으로 밤을 새울 것이다. 그래서 그는 B를 경찰에 넘기고, 경찰은 그를 감옥에 보낸다. 그 후 A는 잠을 잘 수 있다. 기분 좋은 꿈도 꾼다. 꿈속에서 B가 지하감옥에 묶여 있는 상태에서 쥐들에게 뜯어 먹히고 있다. 그는 기분이 풀려서 700달러 따위는 잊어버린다. 동시에 카타르시스를 느낀다.

더 큰 일이 벌어져도 사정은 마찬가지이다. 공동체 전체의 평온을 깨뜨리는 범죄가 발생했다 치자. 법을 준수하는 모든 시민은 범인들이 일망타진될 때까지, 그들을 철저하게 응징할 수 있는 공동체의 힘이 극적으로 입증될 때까지 위협을 느끼며 안절부절못할 것이다. 여

1. 1924년에 대학생 네이선 레오폴드와 리처드 러브가 이웃에 살고 있던 14세 소년을 살해한 사건에 대한 재판. 그들이 소년을 살해한 이유는 완전범죄를 실현해보고 싶다는 욕구였다. 두 사람은 무기징역을 선고받았다.

기에서 유사 범죄의 예방은 부차적인 것에 불과하다. 중요한 것은 모든 사람을 놀라게 하고 불행하게 만드는 짓거리를 한 악당들을 무찌르는 것이다. 악인들이 엄벌에 처해질 때까지 그 불행은 계속된다. 그들에게 법이 집행되어야 비로소 사람들은 안도의 한숨을 내쉰다. 다시 말해서 카타르시스를 느낀다.

여론은 평범한 범죄, 심지어 평범한 살인(예컨대 정당방위에 해당하는 살인)에 대해 사형을 요구하지는 않는다. 남녀가 서로 애무하거나 포커를 치거나 밀주를 제조했다는 이유로 사형이 선고된다면, 정상적인 감정을 가진 모든 사람, 복음주의 성직자와 그를 추종하는 평신도들을 제외한 거의 모든 사람은 충격에 빠질 것이다. 그러나 문명의 모든 질서를 노골적으로 거부하고 고의적으로 인명을 해치는 용서할 수 없는 범죄를 저지르는 자에게는, 시민 대다수는 사형이 정당하고 적절한 처벌이라고 생각한다. 그 이하의 처벌이 이루어지면, 사람들은 범죄자가 사회를 우롱한다고 느끼는 동시에 자기 자신이 피해를 입고 모욕을 당했다고 느낀다. 이런 느낌은 당연히 굉장히 불쾌하다! 그것은 아리스토텔레스가 만든 용어인 카타르시스에 의지해야만 해소될 수 있다. 오늘날의 인간성을 감안할 때, 가장 효율적이고도 경제적으로 그 같은 카타르시스를 얻을 수 있는 방법은 극악무도한 범죄를 저지른 살인자를 천국으로 보내는 것이다.

4. 전쟁

나의 우편함은 전쟁을 저주하고 전쟁을 일으키는 자들을 악인으로 단죄하는 반전단체들의 전단지와 포스터로 넘쳐난다. 나는 평화시에는 불가피하게 얼마간 우스운 존재로 보이는 군(軍)에 대한 적나라한 풍자로 가득 차 있는 그런 유인물을 항상 주의 깊게 읽는다. 그런데 내가 반전 유인물을 읽는다고 해서, 반전론자의 주장대로 하느님의 대의나 마찬가지인 평화주의의 대의로 개종할 용의가 있을까? 유감스럽게도 나는 그렇지 않다고 말할 수밖에 없다. 나는 반전 유인물을 읽고, 즐기고, 나의 정신적 동지에게 넘겨준다. 하지만 여전히 전쟁이 필요하다고 믿는다. 내가 아는 한 전쟁은 정말로 재미있는 유일한 스포츠이다. 지적인 용도를 가진 유일한 스포츠이다.

반전론자의 주장은, 전쟁 자체에 대한 반대가 아니라 주로 덧없고 쓸모없는 그 부산물 내지 결과에 대한 반대이다. 그런 주장은 최근의 도덕적인 대전쟁을 벌이는 동안 역겨움의 극치에 달해 자존심 있는 모든 사람에게 불쾌감을 안겨주었다. 도덕적인 전쟁은 적어도 이 땅에서는 병적이고 멍청하고 비겁하고 치사한 방식으로 치러졌다. 그 결과 감리교의 부흥으로 시작된 일이 신사의 포도주 저장실에 대한 공격으로 마무리되었다. 금주법 위반 단속요원들은 가장 좋은 술병을 찾기 위해 저희들끼리 싸움을 벌였다. 그 중에서 가장 부유한 자는 평화가 찾아오자 공동으로 사용된 브라스너클·성서·쇠지레에 대한 터무니없는 청구서를 보내기 시작했고, 이 고리대금업자를 위해 봉사하는 영웅들은 현금으로 팁을 요구하기 시작했다. 그러나 이 모든 탐욕은 전쟁과는 필연적인 연관성이 없었다. 전쟁을, 비전투원을 강탈하는 단순한 구실로 이용하지 않고 용감하고 명예로운 방식으로 수행하는 것은 분명히 가능한 일이다. 더욱이 그런 일은 세계사에서 여러 차례 있었다. 그런데 민주국가들에서는 그런 경우가 거의 없다면, 전쟁이 아니라 민주주의를 탓해야 한다. 민주국가에서는 고상하고 가치 있는 모든 것이 부패하여 악취를 풍기는 경향이 있다.

순수한 형태의 전쟁 자체는 전혀 다른 것이다. 그것은 변화무쌍하고 위험천만한 짧고 모험적인 인생이 안전하고 지루한 인생보다 낫다고, 한마디로 멋들어지게 사는 인생이 오래 사는 인생보다 낫다고 생각하는 사람들의 싸움이다. 나는 이 신조에서 오류라고 부를 만한 것을 찾아낼 수 없다. 만일 모든 사람이 그 신조를 받아들인다면 인류는 멸망하고 말 것이라고 당신이 주장한다면, 나는 즉각 당신이 전적으로 불가능한 일을 가정하고 있다고 응수하겠다. 그리고 전사의 삶이 실제로는 멋지지 않다고 주장한다면, 그 판단은 전사 본인의 몫이라고 응수하겠다. 그런 모든 주장은 세상의 위대한 민족들은 언제나 호전적이었고, 그런 민족들이 낳은 가장 훌륭한 인물들은 전쟁을 통해 재능을 발휘하고 야망을 충족시켜왔다는 명백한 사실에 의해 부정된다. 나는 고대사에 대해서만 말하고 있는 게 아니다. 당대에 대해서도 말하고 있다. 영국인·독일인·프랑스인은 예나 지금이나 호전적이고, 이들이 없다면 호모사피엔스는 위·간·내분비선이 없는 존재나 마찬가지일 것이다. 전쟁이 비도덕적이라면, 이런 민족들은 모두 비도덕적이고, 이들 민족에 속하는 가장 위대한 인물들도 비도덕적이다. 물론 반전론자들은 어리석게도 그런 주장을 포기하지 않는다. 그러나 그렇게 주장하면 할수록, 그들이 논리적인 면에서 금주법 지지자들과 한통속이라는 사실이 더욱 분명해질 뿐이다.

전사들에 의해 수행되는 전쟁은 굉장히 유용하고 멋진 일이다. 그것은 결의·지구력·모험심·용기를 조장한다. 저급한 인간의 천박한 갈망을 억제한다. 그런데 부수적으로 피를 요구하지 않는가? 생명을 앗아가지 않는가? 이런 점을 논의하는 반전론자들은 언제나 전쟁만 없다면 그들이 영원히 살 것이라는 이론에 빠져든다. 나는 그렇지 않다고 생각한다. 전쟁은 최악의 경우 그들의 수명을 조금 단축시킬 뿐이다. 그러나 동시에 그들의 활동을 촉진한다. 그 최종적인 결과는 계산하기 나름이다. 6개월 동안 전쟁을 하다가 30세에 전사한 사람이 45년 동안 사무실에 앉아 있다가 60세에 복통으로 사망한 사람보다 질적으로 오래 살았다고 볼 수도 있다.

그러나 나는 지금 전쟁의 매력과 영광을 찬양하려는 게 아니다. 나의 목적은 영광스럽든 아니든 전쟁이 이 슬픈 지상에 불가피하게 남아 있을 것이라는 논지를 바탕으로, 현실적인 정치적 책략으로서의 반전론은 근거가 빈약할 뿐 아니라 매우 위험하다는 결론을 이끌어내는 것이다. 반전론이 성취할 수 있는 것이라고는 그것을 수용한 국가를 적의 공격에 매우 취약하게 만드는 것밖에 없다. 술에 취한 이상주의자 또는 무장하지 않은 부자가 무방비상태로 세상을 배회하면 위험한 것처럼, 평화주의를 채택한 국가는 덜 도덕적이고 더 현실적인 국가의 도발을 유혹하게 마련이다.

현재 문명세계라고는 하나 아무도 의심하지 않는 상황하에서 전쟁은 약탈의 수단으로 전락해왔다.(나는 이것이 일시적인 현상이기를 바라며, 또 그럴 것으로 믿고 있다.) 금을 가지고 있는 사람은 누구나 그것을 지켜줄 군대를 보유해야 한다. 그렇지 않으면 금을 빼앗기고 만다. 특히 내 것과 네 것의 차이를 제대로 이해하지 못한다는 평을 듣는 인물이라면, 반드시 경호원을 두어야 한다. 너무나 당연한 이야기지만, 오늘날의 미국인이 바로 그런 평을 듣고 있다. 나머지 세계는 미국인이 도둑놈이라고 확신하기 때문에, 미국인을 약탈하는 것은 대단히 용맹하고 숭고한 군사행동이라고 여긴다. 미국인이 약탈당하지 않는 것은 강하기 때문이다. 약해지기 전에는 약탈당하지 않을 것이다.

그러나 반전론자들은 군사력이 전쟁을 방지하는 게 아니라 오히려 촉발한다고 주장한다. 역사책을 읽은 사람이라면 누가 그런 뻔한 난센스를 믿겠는가? 최근의 적에 대해 생각해보자. 막강한 독일군이 없었다면, 유럽이 무슨 수로 45년 동안 평화를 유지했겠는가? 만일 독일의 군사력이 약했다면, 프랑스는 1875년, 1882년, 1887년에 독일을 공격했을 테고, 그 후로도 2년에 한 번씩 공격했을 것이다. 프랑스가 군사대국〔독일〕과 맞대결을 벌일 만한 군대를 양성하는 데는 근 반세기가 걸렸고, 그 후로도 〔연합국의 힘을 빌려〕 군사대국을 쓰러뜨리는 데는 4년이 더 걸렸다. 미국 역사에도 비슷한 사례가 많다. 1867년에 나폴레옹 3세는 미국이 오랜 〔남북〕전쟁으로 피폐해지고 군대가 해산되었다고 믿고는, 유럽 열강이 아메리카 대륙의 주권국가에 개입하는 것을 거부한다고 선언하는 먼로주의를 무시하고 멕시코로 군사를 이동시킬 준비를 했다. 그는 구 남부연합의 영토에서 헛간을 불태우고 닭장을 털고 포도주 저장실을 습격하고 있던 대군을 간과했다. 필립 셰리든 장군[1]이 이 영웅들의 군대를 이끌고 리오그란데로 진군하자, 나폴레옹은 마음을 바꾸었다. 그는 3년 뒤 독일에 의해 폐위되었고,[2] 유럽 대륙은 45년 간 평화를 누렸다.

베네수엘라 위기[3]에 대해서도 생각해보자. 그로버 클리블랜드 대통령[4]이 1895년 12월 17일에 의회에 교서를 보냈을 때만 해도, 당장 영국과 전쟁을 벌일 것 같았다. 이 전쟁이 일어나지 않은 이유가 무엇이었던가? 미국이 명성에 걸맞은 육군을 보유하지 못했기 때문인가? 아니면 면모를 일신한 후 함포의 위력을 시험하지 못해 안달이 난 매우 효율적이고 호전적인 해군을 보유하고 있었기 때문인가? 이제 1898년의 사태(마닐라 만 전투)를 생각해보자. 유럽의 모든 국가 중에서 스페인에 대항하여 미국 편을 든 나라는 영국뿐이었다. 마닐라에 있던 독일군은 미국에 극도의 적대감을 드러냈다. 그들이 조지 듀이 장군의 해군을 공격하지 못한 것은 그의 함대가 독일 함대보다 규모

1. 남북전쟁에서 활약한 기병대장.
2. 나폴레옹 3세는 프로이센-프랑스 전쟁 때 스당 전투(1870년 9월 2일)에서 프로이센군에 패해 포로가 되었고, 이틀 뒤에 폐위되었다.
3. 남아메리카 북부에 있는 영국령 기아나를 둘러싼 베네수엘라와 영국 사이의 오래된 영토분쟁이 1895년에 국제외교분쟁으로 비화된 사건. 베네수엘라는 영국의 주장이 먼로주의에 위배된다고 주장하면서 미국에 중재를 요청했고, 영국의 솔즈베리 총리는 미국의 개입을 거부했다. 이에 클리블랜드 대통령은 의회에 보낸 교서에서 미국이 제안하는 새로운 경계를 영국이 받아들이지 않을 경우, 이를 미국에 대한 도발로 간주하겠다고 경고했다. 결국 영국은 미국의 중재를 받아들였다.
4. 미국의 제22대(1885-1889년 재임)와 제24대(1893-1897년 재임) 대통령.

도 작고 약하기 때문이었을까, 아니면 규모도 크고 강하기 때문이었을까?

나는 더 많은 사례를 들 수 있지만, 계시원(計時員)의 정지명령에 따르기로 하겠다. 내가 아는 한, 어떤 국가의 역사에도 자신을 방위하지 못해 이득을 얻었다는 기록은 없다. 물론 그런 국가도 때로는 일정 기간 존속할 수 있다. 그러나 엄청난 대가를 치러야 한다! 덴마크의 경우를 살펴보자. 현재 덴마크는 군대해산을 검토하고 있다. 어떤 가상의 적도 자국의 군대를 닷새 안에 물리칠 수 있다는 이유 때문이다. 그러나 이는 무엇을 의미하는가? 덴마크인은 자신의 존속을 강력한 이웃나라들의 순수한 자비에 맡길 수밖에 없다는 것이다. 때가 되면 그들은 변변한 저항도 해보지 못하고 조국이 이웃나라들의 전쟁터로 변하는 것을 지켜봐야만 한다. 나는 지금 헛소리를 하고 있는 게 아니다. 덴마크 각료의 말을 거의 그대로 인용하고 있다.

나는 정말로 위대한 국가의 국민이 그런 굴욕적인 운명에 굴복하는 것은 상상도 할 수 없다. 덴마크인은 약하기 때문에 순종할 수밖에 없는 처지가 되었다. 그러나 미국이 왜 스스로 힘을 포기하고 덴마크와 같은 운명을 맞아야 한단 말인가?

베토벤

돌이켜 생각해보면 베토벤은 행운아였다. 시간이 지날수록 그의 위상이 점점 높아졌기 때문이다. 사실 그를 폐기처분하려던 움직임도 수차례 있었다. 그의 사후 100년 동안 적어도 10번은 된다. 불과 몇 년 전 뉴욕에서도 깡통 비평가들에 의해 개시되고 전쟁의 열기에 의해 뒷받침된 운동이 있었다. 잠시나마 그의 자리를 스트라빈스키 같은 새로운 계몽의 선지자들이 계승하는 것처럼 보였다! 그 운동의 최종 결과는 미국에서 제일 잘 나가던 오케스트라의 몰락이었다. 그리고 베토벤은 머리카락 한 올 다치지 않고 살아남았다. 현실적으로 베토벤을 대체할 작곡가는 상상하기도 어렵다. 특히 연주회장에서는 바흐조차도 그에게 도전할 수 없다. 물론 19세기에는 거장들이 많았다. 슈베르트·슈만·쇼팽·바그너·브람스를 비롯해서 드보르자크·차이콥스키·드뷔시·라프[1]·베르디·푸치니 같은 많은 음악가가 19세기를 수놓았다. 하지만 「에로이카」〔영웅교향곡〕 1악장보다 훌륭한 음악을 선사하지는 못했다. 그 악장은 새로운 음악의 첫 번째 도전이자 결정판으로 길이 남았다. 소나타 형식으로 작곡된 절대음악의 가장 고귀한 곡인 동시에 표제음악의 가장 고귀한 곡이다. 베토벤에게

1. 스위스의 작곡가 겸 피아니스트.

는 그 두 가지의 구분이 사실상 무의미했다. 교향곡 1번과 2번을 비롯하여 그가 작곡한 모든 음악은 어떤 의미에서는 표제음악이었고, 「웰링턴의 승리」[1]를 비롯한 모든 곡은 절대음악이었다.(「웰링턴의 승리」는 그 옛날의 평가대로 정말로 졸작인가? 왜 지휘자들은 우리에게 그 곡을 들려주지 않는가?)

베토벤이 빈에 간 직후에 파파 하이든과 대결을 벌이게 된 것은 신들의 얄궂은 장난이었다. 하이든은 자타가 공인하는 최고의 천재였고, 모차르트 사후에는 라이벌을 두려워할 이유가 전혀 없었다. 그는 교향곡의 창시자는 아니었다 하더라도, 이 장르의 진정한 명작들을 처음으로, 그것도 한두 곡도 아니고 수십 곡을 작곡함으로써 그 형식에 풍요로움을 안겨주었다. 한없이 사랑스러운 선율들이 유정(油井)에서 분출하는 석유처럼 그에게서 힘차게 솟아나왔다. 게다가 그는 선율을 자유자재로 다룰 줄 알았으며, 음악적 구성에도 대가의 솜씨를 발휘했다. 오늘날 그의 음악을 비웃는 것은 깡통들뿐이다. 적어도 그의 교향곡 여섯 편은 그 하나하나가 쇤베르크나 에리크 사티 같은 음악가들에 의해 탄생되고 코른골트 같은 인물 몇 명에 의해 손질된 모든 불협화음에 맞먹는 가치를 지니고 있다. 그러나 베토벤이 등장하자, 가엾은 노년의 파파는 퇴장해야 했다. 영양과 들소의 대결에서 들소가 고함치자 싸움은 싱겁게 끝이 났다. 음악가들은 이것을 전문가들의 단순한 대결로 보는 경향이 있다. 그들은 베토벤의 훨씬 훌륭한 솜씨와 재능을 지적한다. 그가 소재를 훨씬 잘 다루고, 훨씬 대담하고 독창적이며, 강약과 리듬과 화성을 훨씬 잘 이해했다는 것이다. 한마디로 베토벤의 음악적 재능이 훨씬 뛰어났다는 것이다. 그러나

1. 1813년 웰링턴이 이끄는 영국·스페인·포르투갈 연합군이 비토리아 전투에서 나폴레옹의 프랑스군에 승리를 거둔 사건을 기념하여 작곡한 관현악곡. 「전쟁교향곡」이라고도 불린다.

그를 하이든보다 위대한 음악가로 만들어준 것은 그런 요인 때문이 아니었다. 하이든에게도 나름대로 탁월한 면이 있었다. 예컨대 그에게는 곡을 훨씬 쉽게 쓰는 재주와, 더욱 아름다운 선율을 만들어내는 능력이 있었다. 베토벤을 노대가보다, 그리고 바흐와 브람스를 제외한 나머지 모든 음악가보다 높은 위치로 끌어올린 것은 그가 훨씬 존엄한 인간이었다는 점이다. 하이든이 음악에 불어넣은 정서는 시골 신부(神父), 다소 교양 있는 주식중개인, 맥주에 기분 좋게 취한 비올라 연주자의 정서였다. 그가 흐느낄 때, 그것은 또 하나의 주름살을 발견한 여인의 눈물이었다. 그가 기뻐할 때, 그것은 크리스마스 아침을 맞은 어린아이의 환희였다. 그러나 베토벤이 자신의 음악에 불어넣은 정서는 신의 정서였다. 그의 포효와 격정에는 천상의 거룩함이 있었고, 그의 웃음소리에는 지옥불의 느낌이 있었다.

베토벤의 모든 음악에 싸구려티가 전혀 나지 않는다는 것은 거의 틀림없는 사실이다. 그는 절대로 달콤하거나 낭만적이지 않다. 그는 상투적인 눈물을 흘리지도, 형식적인 점잔을 빼지도 않는다. 그의 가장 가벼운 선법(旋法)에도 고대 히브리 예언자들의 거역할 수 없는 위엄이 있다. 그는 사랑의 유치한 고뇌가 아니라, 인간의 영원한 비극에 관심을 갖는다. 그는 위대한 비극시인으로서, 모든 위대한 비극시인과 마찬가지로 인생의 불가사의한 무의미성에 사로잡혀 있다. 「에로이카」 이후 그는 좀처럼 그 주제에서 벗어나지 않는다. 그것은 다단조 교향곡〔운명〕 1악장에서 포효하고, 9번 교향곡〔합창〕에서 엄청난 최후진술로 마무리된다. 이 모든 것이 그의 시대에는 새로운 음악이었고, 그 결과 충격과 분노, 불평을 불러일으켰다. 모차르트의 「주피터」〔교향곡 41번〕에서 「에로이카」 1악장으로 나아가는 과정은 순탄치 않았다. 빈 시민들은 객석에서 아우성치기 시작했다. 그러나 그 중에서 아우성치지 않은 사람이 한 명 있었으니, 그가 바로 프란츠 슈베르트였다. 그의 「미완성」 1악장이나 「비극적」〔교향곡 4번〕의 느린 악장을 들어보면, 그가 베토벤의 모범을 천재적 재능으로 재빨리 습득했음을 알 수 있을 것이다. 그러나 그 후 베토벤의 유산이 계승되기까지는 오랜 세월이 경과했고, 그동안 멘델스존·베버·쇼팽 등이 각자의 아름다운 음악을 공연하고 있었다. 마침내 1876년 11월 6일 카를스루에[1]에서 브람스의 다단조 교향곡〔교향곡 1번〕이 초연되었다. 다시 한번 신들이 연주회장을 방문했다. 신들은 제2의 브람스가 탄생하면 다시 발걸음을 하겠지만, 그 전에는 나타나지 않을 것이다. 브람스 급이 아닌 예술가한테서는 특별히 나올 것이 없기 때문이다. 차이콥스키나 스트라빈스키, 리하르트 슈트라우스 같은 작곡가들의 음악이 안고 있는 문제는 무엇인가? 천박한 사람들의 음악이라는 것이다. 그런 것도 때로는 그 나름대로 사랑스럽다. 매력적인 음악적 아이디어들로 가득하다. 대단히 정교하고 능란하다. 그러나 기본적으로 매닝 주교의 교서처럼 공허하다. 이류인간들의 음악이다.

베토벤은 경박한 사람들의 얄팍한 기교를 경멸했다. 즉 그에게는 그런 것들이 필요 없었다. 베토벤처럼 본질적인 가치가 별로 없는 제재로 작업을 한 작곡가는 아마 사류작곡가들 사이에서도 찾기 어려울 것이다. 그는 도처에서 선율을 따왔다. 때로는 촌스러운 춤곡의 조각들로부터 선율을 만들어냈다. 제재를 도저히 구할 수 없을 때는, 단순한 소절(小節), 몇 가지 평범한 음표로 만족했다. 그 모든 것을 그는 그저 원재료로 생각했다. 그의 관심은 그것의 용도에 집중되었다. 그것을 이용하기 위해 그는 비범한 천재의 무시무시한 힘을 발휘했다. 그의 창작은 다른 사람들이 떠난 곳에서 시작되었다. 가장 복잡한 그의 음악적인 구조는 파르테논 신전의 압도적인 명쾌함을 간직하고 있

1. 독일 남서부 바덴뷔르템베르크 주의 도시.

었다. 또한 그는 거기에 그리스인도 상상할 수 없었던 감정을 불어넣었다. 그는 야만인의 모든 흔적을 지워버린, 확연히 근대적인 인간이었다. 그의 찬란한 음악에는 18세기의 정수인 극단적 회의론의 모든 요소뿐 아니라 19세기의 벽두를 밝힌 새로운 열정과, 신들에게 도전장을 내밀고 일전을 벌이려는 새로운 결의도 담겨 있었다.

나는 나이를 먹어갈수록 음악사에서 가장 놀라운 사건은 1805년 4월 7일 「에로이카」의 공개초연이었다는 확신이 든다. 프로그램 해설자들이 이 대작을 유치한 전설과 추측으로 겹겹이 포장한 탓에, 그 본질적 가치는 거의 망각되어왔다. 「에로이카」는 나폴레옹 1세에게 헌정되었는가? 그렇다면 헌정은 진심이었는가, 아니면 비꼬는 것이었는가? 도대체 이런 게 왜 문제가 되는가? 음악 자체를 듣고 싶은 사람이라면 누가 그런 데 신경을 쓰겠는가? 루이 14세나 파라셀수스,[1] 폰티우스 필라투스(본디오 빌라도)에게 헌정되었다 한들 무슨 문제가 되겠는가? 현재, 그리고 영원히 「에로이카」를 토론할 만한 가치가 있는 작품으로 만들어준 이유는 그 악보의 첫 페이지에서부터 과감하게 베토벤이 세상을 향해 출사표를 던지고 불멸에 대한 권리를 주장했다는 데 있다. 충격! 그의 새 출발! 타협의 거부! 과거와의 단절! 교향곡 2번은 이미 한참 전의 것이다. 음악의 새로운 질서가 탄생한다. 그 방식은 대단히 도전적이다. 달콤하고 차분한 도입부로 살금살금 접근하는 얄팍한 상술 따위는 없다. 청중을 구워삶고 지휘자에게 악보를 확인할 여유를 주기 위한 예비단계의 뜸들이기도 없다. 그렇다! 정적을 깨고 으뜸화음의 노호(怒號)가 터져나온 데 이어 휴지(休止) 없이 올림다 음과 전격적으로 충돌하는, 냉혹하고 위압적이고 거칠고 귀에 거슬리지만 신기하게도 사랑스러운 제1주제의 첫 번째 제시부가 흐

1. 고전의학의 개혁을 부르짖은 스위스의 의학자이자 화학자.

른다. 대학살은 일찍 시작되었으며, 우리는 이제 겨우 제7마디를 지나고 있다. 제13·14마디에서는 내림마장조의 단순한 음계가 파격적으로 하강한다. 그 뒤에 나오는 것은 지금까지 인구에 회자되어왔고, 아마 앞으로도 영원히 회자될 위대한 양식의 음악이다. 그 후에 성취된 것은 심지어 베토벤에 의한 것도 이 완벽한 본보기에 따른 것이었다. 진정한 음악이라 할 수 있는 모든 현대음악은 새로운 시대를 연 이 1악장과 관련을 맺고 있다.

나머지 악장도 베토벤답기는 하지만, 그의 정수는 아니다. 장송행진곡(2악장)은 당시가 대량살육의 시대였고, 또 장송행진곡이 유행하고 있었기 때문에 포함되었을 것이라는 이야기가 있다. 아무튼 초연을 들은 빈의 청중들은 1악장의 거듭된 도전에 충격과 혼란을 느꼈던 만큼 〔2악장의〕 애조 띤 긴장감을 고마워했다. 그러나 스케르초 악장(3악장)은 불쌍한 파파 하이든에 대한 또 한 번의 난폭한 공격이다! 두 거장이 난쟁이들의 오케스트라가 연주하는 열광적인 관현악에 맞춰 어설픈 싸움을 벌이고 있다. 객석의 일부 점잖은 빈 시민이 "돈을 더 낼 테니 제발 싸움을 멈추시오!"라고 외쳤을 법도 하다. 자, 마침내 싸움이 중단되고, 청중을 안심시키는 변주(4악장)가 등장한다. 빈의 모든 시민은 베토벤의 변주곡을 잘 알고 높이 평가하고 있었다. 그는 사실 한창 주가를 올리고 있던 변주곡의 대가였다. 그러나 의외의 복병이 남아 있었다. 변주는 갈수록 복잡해지고 놀라워졌다. 처음 듣는 신기한 요소가 숨어 있었다. 정중한 연주가 광포하고 음울하고 귀에 거슬리고 비극적인 것으로 변해갔다. 마지막에는 거칠고 강렬하고 절박한 화음이 이어졌다. 다단조 교향곡〔「운명」〕이 불길한 그림자를 미리 드리우고 있었던 것이다!

그날〔「에로이카」의 공개초연날〕은 틀림없이 빈의 위대한 날이었을 것이다. 그러나 빈 시민들에게는 그런 날이 아니었을지도 모른다. 그들은 "새로운 대교향곡 올림라장조"(원문대로 인용!)[1]를 들으러 갔다. 그들이 안 데어 빈 극장에서 발견한 것은 하나의 혁명이었다!

1. "새로운 대교향곡 올림라장조"는 「에로이카」 초연 당시의 신문기사에서 인용한 구절인데, 여기서 '올림라장조'가 '내림마장조'의 오류라는 의미로 멩켄은 "원문대로 인용!"이라는 약간은 빈정 섞인 듯한 토를 달았다. 그런데 19세기 초 독일식 표보(標譜, 오선지 악보가 아니라 문자나 부호로 표시한 악보. 오늘날에는 주로 기타 악보에만 쓰인다)에서는 내림음을 올림음으로 표시하는 습관이 있었다고 한다. 그렇다고 하면 내림마($E^{\flat}$)는 올림라($D^{\#}$)와 같으므로 기사가 잘못된 게 아닐 수도 있다.

26

공화국의 프로테스탄티즘

이 거대한 그리스도교 국가의 프로테스탄티즘이 소모성 질환으로 영락하고 있다는 사실은 영적 병리학에 일가견이 있는 모든 아마추어에게 명백해 보일 것이다. 각 종파의 문건들은 걱정스러운 임상보고서와 환자의 진료를 위한 온갖 종류의 프로젝트로 가득 차 있다. 한 권위자는 더 많은 돈이 유일한 치료법이라고 주장한다. 착취와 고리대금을 일삼는 이 땅의 그리스도 교도들이 더러운 돈을 충분히 기부한다면, 교회의 빈자리와 세례대를 채울 수 있다는 것이다. 다른 권위자는 교회를 구하는 유일한 방법은 안식일에 식당과 술집, 영화관과 재즈카페 같은 모든 유흥업소의 영업을 금지하는 것이라고 주장한다. 또 한 명의 권위자는 기적을 바라는 마음으로 기도로 대중을 공략하자고 제안한다. 네 번째 전문가는 제도적 노력의 광범위한 확대를 주창한다. 교회의 지하층은 볼링장과 여관으로 개조하고, 성스러운 건축물의 나머지는 단세제도(單稅制度)에 관한 토론회, 권투경기, 유아 박람회, 정신위생 클리닉, 개종한 배우들의 신앙간증, 영화상영, 복권판매, 건전한 사교댄스를 위한 공간, 그리고 판매기술·자동차수리·산아제한·실내장식·부동산중개의 기술과 비법 등을 가르치는 야학(夜學)으로 활용하자는 것이다. 다섯 번째 전문가는 대기업을 그대로 모방해서 통합과 재편이 필요하다고 역설한다. 미국의 마을마다 대여섯 개의 라이벌 교회가 공존하는 현상은 하느님보다는 악마에게 더 큰 이득을 안겨준다는 것이다. 이 마지막 안은 경건한 자들 사이에서 큰 지지를 얻고 있는 것 같다. 적어도 20개의 위원회가 구체적인 통폐합 방안을 마련하기 위해 노력하고 있고, 심지어 서로 앙숙인 남부와 북부의 감리교인들도 부질없지만 평화로운 협상을 벌이고 있다.

나는 이런 상충하는 치료법의 장단점에 관해 논할 생각은 없다. 대신에 그 질환의 징후와 성격에 대해서는 약간 주의 깊게 살펴보고 있었다. 나는 현재 미국의 프로테스탄티즘이 둘로 쪼개져 우주공간에서 반대방향으로 빠르게 날아가는 행성과 유사한 문제를 겪고 있다고 생각한다. 반쪽은 서서히 가속도를 내면서 가톨릭의 형식을 지향하고 있고, 나머지 반쪽은 부두교로 전락하고 있다. 전자는 프로테스탄트 자금의 대부분을 보유하고 있고, 후자는 프로테스탄트 열정의 대부분, 한마디로 활력을 지니고 있다. 그 중간에 남은 것은 생각할 두뇌가 없거나 춤출 다리가 없는 몸통, 즉 간신히 숨만 쉬면서 장의사의 눈길을 끌기 시작하는 존재에 비유할 수 있다. 전자에 속하는 경제력 있는 감리교인들은 서서히 미국 성공회 신자로 바뀌고 있고, 미국 성공회 신자들은 성전의 유서 깊은 보루를 기어오르고 있다. 한편 후자에 속하는 농촌의 침례교인들은 근본주의와 반(反)주점연맹, KKK단을 경유하여 콩고 정글의 교리와 의례로 급속히 전락하고 있다. 그러나 그 중간지대에는 무기력과 쇠퇴만이 있다. 여기는 한때 프로테스탄티즘이 가장 강했던 곳이다. 여기는 평범하고 경건하며 헌신적이고 타락하기 싫어하는 미국인의 영역이다. 일요일마다 빠짐없이 영적 고통을 겪고, 헌금을 바치고, 임종시에 목사로부터 친절한 몇 마디 말을 듣고 싶어 하는 정직한 자의 영역이다. 그는 지금 불타는 갑판 위에 서 있다. 그가 일요일에 교회에 가기를 망설이는 데는 그럴 만한 이유가 있다. 어떤 주일(主日)에 제의(祭衣)를 입은 목사의 모습에 깜짝 놀라지 않으면, 다음 주일에는 교회의 측랑(側廊)을 따라 행진하는 KKK단의 모습에 놀라게 된다. 그래서 그는 경건한 예배에 불참하게 되고, 그러자 교회에 문제가 있다는 소문이 퍼지고, 각 교파의 문건들은 그것을 바로잡을 계획들로 가득 차고, 설교와 교구의 일에 싫증이 난 전도유망한 목사들은 그 계획들의 집행관이라는 훌륭한 직분을 맡아 농촌을 찾아다니며 교인들에게 계획을 설파한다.

상류층의 프로테스탄티즘이 가톨릭에 어느 정도 굴복해왔는지에 대해서는 대다수의 전문가도 거의 파악하지 못하고 있는 듯하다. 나도 지난 크리스마스 이전까지는 그 실상을 모르고 있었다. 나는 당시에 그것과는 무관한 별개의 조사를 위해 대리인들을 고용하여 유명한 미국 도시의 주요 프로테스탄트 예배당에서 열리는 모든 예배에 참석하게 했다. 그리고 좀 더 작은 교회들에서 어떤 일이 벌어지고 있는지에 대해서도 가급적 많은 자료를 수집하여 보고하게 했다. 부유한 사람들의 후원을 받는 교회들에 관한 보고서의 내용은 단순했다. 그런 교회들은 급격한 우경화(右傾化)의 경향을 보였다. 이른바 미국 성공회 교회 여섯 곳은 크리스마스이브에 가톨릭 심야미사를 모방한 심야 예배를 보았고, 그 중 한 곳은 그것을 장엄미사라고 불렀다. 두 곳은 저명인사들을 기도행렬에 초대했고, 또 다른 곳은 기도행렬을 단순한 행렬로 위장했다. 한 곳은 크리스마스 아침에 샤를 구노의 「성 체칠리아를 위한 미사」에 맞춰, 또 한 곳은 같은 작곡가의 「장엄미사」에 맞춰 미사를 거행했다. 좀 더 소심한 교회 세 곳은 미사의 일부를 진행하는 데 만족했다. 한 곳은 모든 가식과 위선을 벗어던지고 교인들을 세 차례의 크리스마스 미사(두 번의 평미사와 한 번의 대미사)에 참석하도록 했다. 이상의 여섯 교회는 모두 여러 개의 촛불을 켜고 2개의 향로에 분향했다.

그러나 그러한 일만 해도 최악은 아니었다. 장로교회 두 곳과 침례교회 한 곳, 루터교회 다섯 곳은 크리스마스 새벽에 합창예배를 드렸다. 그날 마침 일찍 일어난 나의 대리인 한 명이 장로교회의 합창예배에 참석할 수 있었는데, 그 예배당 안은 촛불연기로 자욱했고 확실하게 가톨릭 분위기를 풍겼다. 그렇지만 더 훨씬 심한 일도 있었다. 잘나가는 감리교인 도매상인과 대금업자들의 후원을 받고 있는 것으로 유명한 돈 많은 감리교회 한 곳은 대담하게 중세식 캐럴예배를 드렸다. 중세라니? 무슨 뜻인가? 중세는 1453년 7월 16일 정오에 막을 내렸고,[1] 루터의 종교개혁은 1517년 10월 31일 오전 10시 15분[2]에 비로소 시작되었다. 지금 여기에서 중세가 가톨릭이 아니라 다른 뜻으로 사용된 것이라면, 나는 분명히 학교에서 헛공부를 한 셈이다. 감리교 배냇교인이었던 나의 대리인은 모든 예배의식이 자신에게 엄청난 충격을 주었다고 보고했다. 의식은 교회 첨탑에서 트럼펫이 울리는 것으로 시작해서 예복을 입은 성가대의 성모송(聖母誦)으로 마무리되었다! 강단 난간 뒤편에는 화려한 촛대가 줄지어 솟아 있었고, 그 위로는 전기로 작동되는 별이 반짝이고 있었다. 하느님, 제발 저희를 도와주소서! 목사는 가까운 장래에 장백의(長白衣)와 달마티카[3]를 입고 나타나 여호와의 번개에 도전할 것인가? 그는 교인들에게 등을 돌릴 것인가? 그는 공중전화박스같이 생긴 곳에서 고해를 들을 것인가? 나는 존 웨슬리가 예복을 입은 성가대와 반짝이는 별에 대해 무슨 말을 할지 생각만 해도 소름이 돋는다. 프랜시스 애즈베리,[4] 제이

1. 일반적으로는 오스만 제국이 콘스탄티노플을 함락한 1453년 5월 29일에 중세가 막을 내린 것으로 간주하는데, 멩켄은 백년전쟁의 마지막 전투인 카스티용 전투에서 프랑스가 영국을 물리친 날, 즉 봉건제도의 몰락과 근대적 중앙집권국가의 탄생을 상징하는 날(사실은 7월 17일)을 중세의 종말로 보는 것 같다.
2. 루터가 비텐베르크의 제성(諸聖) 교회 정문에 95개조를 붙인 시각.
3. 가톨릭 부제(副祭)의 예복.
4. 미국 감리회 감독.

버즈 번팅,[1] 거룩한 로버트 스트로브리지[2]가 무슨 말을 할지 상상만 해도 끔찍하다.

물론 나는 지금 불손한 비판을 하려는 게 아니다. 단지 놀라고 있을 뿐이다. 평생 종교적인 학문을 연구해온 나는 각 교파의 교리와 의식을 잘 알고 있고, 그들이 무엇을 좋아하고 무엇을 싫어하는지도 알고 있다. 공개 예배에서 촛불 장식이 초기 웨슬리파의 승인을 받았을 것이라고, 또는 그들이 관악기소리와 예복을 입은 성가대를 허용했을 것이라고 주장할 사람이 있을까? 만약 있다면, 그 사이비학자더러 나와 보라고 하라. 사실 50년 전만 해도 감리교인은 크리스마스 예배를 가톨릭 이단의 전례라는 이유로 전면 금지했다. 그러나 현재 우리는 오페라에 가까운 의식을 목도하고 있고, 구노의 아름다운 미사곡을 듣고 있다! 이미 말한 것처럼 성공회 신자들은 대부분의 미국 도시에서는 주로 감리교인이나 장로교인 출신이고, 뉴욕의 경우에는 유대교에서 개종한 사람인데, 이들은 한술 더 뜬다. 나의 대리인들이 참관했던 교회 세 곳에서는 성찬식이 미사와 거의 구별되지 않았다. 나의 대리인이 준 정보에 따르면, 그 중 두 곳은 유행에 매우 민감하다. 그런 교회에 다니기란 풀[3]에서 정장 한 벌을 주문하는 것만큼이나 어렵다. 그러나 부유한 미국 성공회의 성직자는 자신이 한때 물속에 몸이 완전히 잠기는 방식으로 세례를 받았다는 사실을 망각하는 경향이 있다. 성공회의 저교회파 사제들은 대개 신앙심은 타고났지만 구매력이 없는 가난한 회중과 씨름하고 있다. 은행잔고가 늘어날수록 악마에 대한 두려움은 줄어들고, 미적 감각이 생겨난다. 이 미적 감각은 실제로 성 바울로 선교회[4]의 작업에서 엿보이는 감각과 동일하다. 오늘날

1. 영국 웨슬리파 목사.
2. 미국 감리교의 개척자로 불리는 아일랜드 출신의 전도사.
3. Poole. 잉글랜드 남서부 도싯카운티의 항구도시.
4. Paulist Fathers. 1858년 북미 선교를 목적으로 창설된 가톨릭의 선교기구.

에는 심지어 감리교를 고수하고 있는 교인들도 동요하기 시작한다. 정통 웨슬리파의 악마학에 수반되는 끔찍한 소음에 질린 그들은 갈수록 장중하고 관능적인 성격을 더해가는 의식에 익숙해지고 있다. 설교는 기병대의 힘찬 진격나팔 같은 명령조에서 벗어나 부드럽고 경쾌한 어조로 변했다. 성가대는 「물 건너 생명줄 던지어라」나 「심판의 날을 맞을 준비가 되었는가?」 같은 찬송가를 버리고 헨델을 기웃거린다. 목사는 은행원의 유니폼을 벗어던지고 예복을 걸치고 있다. 이런 현상은 높은 곳에서 내려다보면 일정한 장점을 지닌 진화이다. 이 세상의 난센스가 눈에 띄게 줄어들고 아름다움이 늘어나는 것이기 때문이다. 그러나 개척시대의 감리교 순회목사들이 저승에서 기적적으로 살아 돌아온다면, 그것에 대해 무엇이라고 말하겠는가?

횡격막 위쪽에서 진행되고 있는 휘발현상에 대해서는 충분히 다루었다고 생각한다. 그렇다면 횡격막 아래쪽에서는 무슨 일이 일어나고 있는가? 내가 간파할 수 있는 것은 실로 야만적인 마녀사냥으로의 급속한 퇴보이다. 베엘제붑이 베이브 루스나 쿨리지 박사 같은 실존인물로 간주되고, 사람들이 막 증류된 뜨거운 퓨젤유를 그냥 마시는 이 공화국의 모든 지역에서, 이를테면 중서부의 농촌지역, 그리고 소수의 성벽에 둘러싸인 마을을 제외한 남부의 모든 지역에서, 복음주의 교파들은 악의적인 우행의 심연에 뛰어들어 문명인이 사랑하는 모든 예의범절에 대한 성전(聖戰)을 선포하고 있다. 처음에는 반(反)주점연맹에 의해, 지금은 KKK단과 다양한 근본주의 단체에 의해 복음주의 교파들은 불신자를 추적하고 학살하는 거대한 조직으로 개조되어 왔다. 그들은 신약을 집어던지고 구약으로, 특히 구약의 가장 잔인한 부분으로 돌아가고 있다. 그들에게는 오로지 파괴를 선동하고 공포를 퍼뜨리며 증오를 선전하는 게 목적인 것 같다. 그들은 도처에 몇 세대가 지나도 사라지지 않을 적대감을 불어넣고 있다. 이웃을 불신의 눈으로 바라보는 이 땅에는 첩자들이 우글거리고, 조금이라도 똑똑한 사람은 의심받는다. 그리스도교는 일종의 정신적 카니발리즘이 되고 있다. 불행하게도 이런 활동에 활력을 불어넣고 있는 시골사람들의 행위는 제대로 연구되지 못했고, 그 결과 이 하느님의 종들에 대해서는 알려진 바가 거의 없다. 내가 아는 한, 심지어 그들의 힘이 어디에서 나오는지에 대해서도 연구된 바가 없다. 나는 농촌도시에서 오랫동안 영향력을 행사해왔던 신문들의 힘이 약해지면서, 시골사람들의 힘이 강해진 것이라고 생각하고 있다. 이런 신문들은 한때는 이 땅의 여러 지역에서 실제로 여론을 주도했다. 주로 술고래에다가 교활하고 거만한 일군의 시골 철학자들이 그런 신문사에서 일했다. 그들은 자신의 견해를 신문에 고스란히 반영했고, 농촌대중의 광기는 무시했다. 25년 전에 브라이언이 돌풍을 일으키는 가운데, 남부와 중서부의 크고 작은 주간지 수십 개는 넉넉한 돈과 해나 이상주의[1]를 위해 용감하게 투쟁했다. 펜실베이니아와 오하이오에는 민주당을 열렬하게 지지하는 신문들이 있었고, 메릴랜드의 농촌과 버지니아에는 공화당을 지지하는 신문들이 있었다. 대도시 일간지의 성장은 농촌신문의 영향력 감소를 가져왔다. 커뮤니케이션이 발달하면서 모든 시골사람이 아서 브리즈번,[2] 프랭크 크레인 박사, 머트와 제프[3]를 따르기 시작했다. 농촌의 집배원들은 모든 우편함에 24면짜리 황색신문을 집어넣기 시작했다. 시골사람들은 이런 거대 신문사의 정치기사를 불신하고 혐오했지만, 그 헛소리를 즐겼다. 농촌의 주간지들은 황색신문의 적수가

1. Hanna idealism. 미국의 기업가이자 정치인인 마크 해나는 1896년 대통령선거에서 공화당 선대위원장을 맡아 매킨리 홍보에 막대한 선거자금을 투입했다. 덕분에 매킨리는 브라이언 돌풍을 잠재우고 대통령에 당선되었는데, 이 일로 인해 해나는 금권정치를 상징하는 인물이 되었다.
2. 『뉴욕저널』지 편집장을 지낸 언론인.
3. 1907년 만화가 버드 피셔가 그린 동명의 신문연재만화의 주인공.

될 수 없었고, 당연히 사양길을 걷기 시작했다. 농촌주간지는 현재 미국 전역에서 형편없는 수준에 머물고 있다. 기사의 절반은 진부한 내용이고, 나머지 절반은 잡담이다. 편집인은 더 이상 마을의 여론을 주도하는 인물이 아니다. 대개 절망에 빠진 가난한 사람으로, 광고를 구걸하고 정치적 일자리를 원하고 있다. 과거에는 주의회의 상원의원을 꿈꾸었지만, 지금은 마을의 집달관이나 도로 감독관 자리에 만족하고 있다.

지방신문 편집인의 임무는 마을 목사에게 넘어갔다. 그는 금주법이라는 경로를 통해 공적인 일에 개입하게 되었다. 반(反)주점 연맹을 주도하던 교활한 사기꾼들이 그를 정치가로 만들었고, 한번 권력의 맛을 본 그는 더 큰 권력을 탐하게 되었다. 이런 현상은 빠르게 진행되었다. 공업이 농촌지역에 침투함에 따라 천박한 신생 기업가들은 기존질서를 유지하는 데 필요한 목사의 능력을 간파하기 시작했고, 목사는 기꺼이 그 역할을 맡았다. 그는 지방의 빌리 선데이가 되었다. 이와 동시에 반(反)주점연맹의 활동에서 교훈을 얻은 보수적인 정치인들도 마을 목사에게 경의를 표하기 시작했다. 목사는 선거에 출마하는 후보자들의 자격에 대한 자문을 해주었고, 점차 정치적 발언권을 얻었다. 지방 교육위원회도 곧 목사의 수중에 들어갔다. 시시껄렁한 우애회의 방향감각 없는 멍청이들도 목사가 유용한 인물임을 깨달았다. 이제 목사는 금주에서 애국에 이르는 모든 형태의 공적인 바른 생활을 지도하는 전문가가 되었다. 지금까지는 카운티의 은퇴한 판사가 국경일 기념식을 주관했으나, 이제는 그 일을 목사가 대신하게 되었다. KKK단이 농민을 덮쳤을 때, 목사의 모든 새로운 의무가 종합되었다. 그는 지방의 숭고한 신학적·사회적·문화적·애국적 원칙을 한 몸에 구현하는 존재였다. KKK단이 여전히 시골사람들을 괴롭히는 미국의 모든 농촌도시에서, 그 주된 장치는 성직자이다. 침례교인이 득세하고 있는 곳이라면, 침례교 목사가 그 장치이다. 침례교가 쇠퇴하고 있는 곳에서는, 그 영웅적 역할이 감리교나 장로교나 캠벨파[1]의 목사에 의해 수행된다. 이런 든든한 성직자들이 없었다면, 하느님의 제국은 오래전에 시들해졌을 것이다.

이 그리스도의 사자(使者)들에 대한 전체적인 느낌은 그들이 건전한 지식과 정신을 철저하게 결여하고 있다는 것이다. 그들은 교양 있는 사람들을 지도한 역사상 가장 무식했던 스승들일 것 같다. 심지어 카운티의 교육감들보다 무식하다. 사실 학식은 복음주의 교파들 사이에서 그리 중요한 게 아니다. 문맹만 아니라면 성령의 감화를 받아 설교를 할 수 있는 것으로 생각된다. 목사도 예비단계에서는 대학에 진학하여 수련을 받지 않느냐고? 그러나 그 대학이란 곳이 어떤 곳인가? 이 땅의 모든 산골짜기에는 그런 대학이 하나씩은 있다. 살풍경한 목초지에 세워진 건물 한 채에, 멍청한 교사들과 폐인이나 다름없는 전도사들로 구성된 교수진이 있다. 그런 대학에서는 보통 한 명이 웅변·고대사·산법(算法)·구약을 모두 가르친다. 농촌에서 온 목사 지망생은 한두 해 뒤에 마을로 돌아간다. 그의 학식은 전차 운전사나 보드빌 배우와 비슷한 수준이다. 그러나 그는 종교적 상투어를 익혔고 예복을 마련했기에, 선조들의 중노동에서 벗어나 진실과 지식의 샘이 된다.

미국 프로테스탄트 세력의 절반을 차지하는 시골사람들은 그런 무식쟁이들한테 우주관을 배운다. 근본주의는 그 근원을 살펴보면 이해하지 못할 것도 없다. 머리가 텅 빈 교사가 무엇을 가르칠 수 있겠는가? 인간지식의 총체에 대해 그는 에스키모만큼 무식하다. 예술에 대

1. Campbellite. 제2차 대각성운동(1790-1870) 기간에 개척지대를 중심으로 시작된 신앙부흥운동에서 가장 탁월한 리더십을 발휘했던 목사인 토머스 캠벨과 알렉산더 캠벨 부자(父子)를 추종했던 그리스도 교도 집단에 대한 경멸적인 호칭.

해서는 아무것도 모른다. 과학에 대해 주워들은 것도 없다. 좋은 책이 그런 산골짜기 '대학들'에 침투할 리도 없고, 그런 대학의 학생이 좋은 책을 읽을 마음이 있을 리도 없다. 실상 오히려 그는 그런 책의 유혹에 넘어가지 말라는 경고를 받는다. 영혼을 구원하는 최고의 임무에 초점을 맞추지 않는 것은 전부 사악한 것이다. 어쩌다 천상에 대한 논쟁을 접하게 되면, 그는 자연스럽게 그것을 베엘제붑 탓으로 돌린다. 그는 그런 논쟁을 이해하지 못한다. 그것을 의심하고 두려워하며, 자신의 공포를 재빨리 시골의 얼간이들에게 전달한다. 보통사람을 각성시키기는 어렵다. 그에게 가장 기본적인 이념을 주입하는 것조차 힘든 일이다. 그러나 그를 겁주기는 언제나 쉽다.

그것이 바로 이 공화국의 복음주의 목사들이 일상적으로 하는 일이다. 그들은 경보를 울리고 두려움을 심어주는 데 전문가들이다. 술꾼·무신론자·볼셰비키·교황·밀주업자·유대인이 차례로 그들의 밥이 되어왔고, 손쉽게 KKK단의 마귀목록에 기재되었다. 옛날의 악마군단은 퇴물이 되어갔고, 아울러 사적인 죄의 오래된 목록도 점점 유명무실해졌다. 현재 미국의 농민은 과거에 비해 천국에 들어가기가 훨씬 쉽다는 사실을 깨닫고 있다. 교황을 증오하고, 유대인을 증오하고, 과학자를 증오하고, 모든 외국인을 증오하고, 도시를 굴복시킨 모든 것을 증오하는 것으로 충분하다. 이런 증오심이 주로 침례교와 감리교 목사들에 의해 이 땅에 전파되어왔다. 그런 증오와 그것에 수반되는 공포가 오늘날 미국 농민의 기본적인 종교이다. 증오와 공포는 신(新)프로테스탄티즘과 이진(二陣) 그룹과 미국 스타일의 본질이다.

증오와 공포의 사회적 영향은 만시지탄에 이를 때까지 끊임없이 과소평가된다. 나는 금주법의 사례를 들며 그래서는 안된다고 애원할 생각은 없다. 근본주의는 어쩌면 똑같이 의심을 누그러뜨리는 방식으로 전국에 파고들고 있는지도 모른다. 도시인들은 시골사람들을 비웃지만, 그 사이에 정치인들은 신중을 기하고 있다. 테네시 주지사 페이 또는 사우스캐롤라이나 주지사 블리스 같은 사기꾼들은 이미 자신들의 예비선언을 발표했다. 이런 분위기가 지속되면, 목사들은 더 큰 영향력을 얻게 될 것이다. 실제로 그들의 권력과 권리는 이미 크게 증대되었다. 초창기의 KKK단은 자신의 존재가 겉으로 드러나지 않도록 조심했다. 목사들은 용감하게 임무를 수행했지만, 평신도 활동가들만이 눈에 띄었다. 그러나 지금은 당당하게 공공장소에 나타나 유인원 무리를 이끌고 있다. 흥미로운 점은 그들의 활동이 권위 있는 정치평론가의 주목을 받는 경우가 거의 없다는 것이다. 공산주의자 한 명이 미시건의 벌목꾼들로 바글대는 술집에 나타나 소동을 일으킨다면, 즉시 경계경보가 울리고 이 나라의 육해군이 총출동하여 만행을 제압할 것이다. 그러나 공산주의자에게 길거리에서 자신의 사상을 선전할 수 있는 자유를 허용한다 하더라도, 그들이 얼마나 많은 미국인을 개심시킬 수 있겠는가? 아마 1개 의용연대의 병력만 있으면 하루 안에 그 전향자들을 모두 찾아낼 수 있을 것이다. 미국 멍청이의 마음은 그 방향으로는 움직이지 않는다. 그는 권리장전을 잃는 대가를 치르고서라도 포드 자동차를 갖고 싶어 한다. 그러나 침례교와 감리교의 성직자들이 부어주는 것은 그의 입맛에 딱 맞는다. 그는 그것을 꿀꺽 삼키고 배를 두드린다. 나는 그것의 실체에 대한 과학적 탐구를 제안한다. 기성 사회학자들은 다른 일을 하느라 바쁜 것 같다. 일부 대도시에 대해서는 공들인 조사들이 있다. 그 조사들은 아이에게 미국주의의 원칙을 가르치는 데 얼마나 많은 비용이 들어가는지, 보통 시민이 얼마나 자주 경찰에 체포되는지, 시립도서관에서 하루에 대출되는 탐정소설이 몇 권인지, 폴란드계 여성이 해마다 몇 명의 자식을 낳는지에 대해 알려준다. 그러나 하느님이 여전히 지배하고 있는 농촌지역에 대한 조사는 왜 없을까? 침례교 성직자들이 테네시인·아칸소인·네브래스카인의 머리에 주입하는 것이 무엇인지를 정확하게 파악하려는 시도는 왜 없을까? 그런 연구야말로 흥미롭고 교훈적이고 유용할 것이다. 또한 앞으로의 상황을 정확하게 예측하는 데도 도움을 줄 것이다. 미국은 갈수록 도시화되고 있지만, 각종 이념은 여전히 농촌에서 부화되고 있다. 양돈농가가 지금 믿고 있는 것이 조만간 의회에서 그들을 대변하는 정치인과 법률가들에 의해 주장되고, 그 후 법의 힘을 빌려 갑자기 도시를 엄습할 수도 있다. 양돈농가는 그것을 어디에서 얻는가? 자신들이 알고 있는 유일한 정치평론이자 형이상학자이며, 성스러운 직분을 수행하는 신사들로부터 주로 얻는다. 스코프스 재판을 야기하고 전국을 우롱했던 것은 사기꾼 브라이언의 아우성이 아니라 자크 베니뉴 보쉬에[1] 같은 성직자들의 설교였다. 나는 그런 무식쟁이들이 지껄여대는 관념들을 좀 더 주의 깊게 살펴볼 것을 제안한다.

한편 이 모든 것이 어느 정도 제정신을 차리고 있는 프로테스탄트, 즉 윌리엄 그레이엄 섬너가 망각된 인간[2]이라고 부르는 온건하고 평화적인 사람에게 미치는 파급효과는 무엇인가? 그는 폭탄이 터지고 악취탄이 발사되는 동안 침묵을 지키고 있다. 그런데 그는 무슨 생각을 하고 있을까? 나는 그가 기이하고 끔찍한 생각, 10여 년 전이라면 그의 등골을 오싹하게 만들었을 법한 생각을 하고 있다고 본다. 첫째, 그는 이런 변화에는 분명 이단적인 그 무엇이 있고, 그렇지 않다면 이단을 적대시하는 사람들과 감리교 성직자들이 그것에 그토록 광적으로 반대하지는 않을 것이라고 생각하고 있다. 둘째, 설령 셔먼의 진군[3]이

1. 프랑스의 가톨릭 신학자이자 웅변가.
2. A와 B(예컨대 의회와 정부)가 D를 구제하기 위한 방안을 마련하는 경우, 그 방안을 실행에 옮기는 데 필요한 세금을 성실하게 납부하는 선량한 시민 C를 말한다. C는 이 모든 과정에서 발언권이 전혀 없을 뿐만 아니라, 본인의 입장과 이익은 철저하게 무시당하고 오직 의무만 진다.
3. 남북전쟁 말기에 애틀랜타를 함락한 북군의 윌리엄 셔먼 장군이 바다(조지아의 항구도

교황의 근위대에 의해 재현된다고 하더라도 문명인이 지금보다 더 못 살게 되지는 않을 것이라고 생각하고 있다. 미국의 프로테스탄티즘은 이 두 가지 생각 사이에 낀 채 말라죽어가고 있다.

시 서배너)까지 진군하면서 남부의 주요 도시들을 초토화시킨 사건.

27

『네이션』

미국의 정론 주간지들이 그 원조 격인 영국의 주간지들만 못하다는 한숨 섞인 이야기를 심심찮게 듣는다. 예컨대 『애서니엄』[1]이나 『새터데이리뷰』[2]에 필적할 만한 주간지가 발행된 적이 없다는 말이다. 나는 이런 관념이 미국의 불행 가운데 하나인 침울한 식민지시대의 잔재라고 생각한다. 사실 미국의 주간지는 영국의 주간지에 결코 뒤지지 않으며, 적어도 두 주간지 『네이션』과 『뉴리퍼블릭』은 영국 유수의 주간지보다 윗길이다. 그도 그럴 것이 두 주간지는 새로운 이념에 좀 더 호의적이고, 한결 폭넓고 다양한 필자들의 글을 게재하며, 간간이 유머감각까지 보여주기 때문이다. 심지어 『뉴리퍼블릭』조차 익살맞게 구는 법을 안다. 특별히 종교를 다룰 때는 지독하게 지루한 기사를 싣기도 하지만 말이다. 이 주간지의 워싱턴발 기사는 그 어떤 영국 주간지의 의회 관련 기사보다 나은데, 동서고금을 막론하고 정치 기사에서 발견되는 전통적인 문제점인 설익은 정치적 수완이 완전히 결여되어 있다는 점에서 그렇다. 영국 주간지의 편집장들은 너나없이 정치적으로 잘난 체를 하고, 대다수는 정치에 적극적으로 개입하고 있다. 그들의 미국인 동료들도 그런 쪽으로 유혹을 받은 적이

1. *Atheneum*. 1828년부터 1921년까지 런던에서 발행된 주간 문예비평지.
2. *Saturday Review*. 1858년부터 1938년까지 런던에서 발행된 주간 종합교양지.

한두 번이 아니었지만, 다행히 그 유혹을 뿌리쳐왔다. 혹은 운명이 그들의 바람을 방해해왔는지도 모른다.

나는 매주 가톨릭 계열의 신문 『코먼윌』(*Commonweal*)과 흑인들의 저널을 비롯해서 미국과 영국의 주간지를 적어도 20종은 훑어보는데, 그 중에서 『네이션』을 가장 좋아한다. 매력적으로 구성된 이 주간지는 일간지가 포착하지 못한 흥미로운 뉴스거리를 제공한다. 게다가 언제나 분노의 분출이 있고, 어딘가에는(때로는 독자의 편지에 숨어 있다) 번득이는 재치가 있어서 읽는 즐거움이 있다. 『뉴리퍼블릭』은 어떤 분야에서, 이를테면 경제분야에서 좀 더 권위가 있긴 하지만, 동시에 좀 더 독단적이다. 『네이션』은 기만과 우행에 반대하는 격렬한 십자군 대열에서 장난기를 잃지 않는다. 그래서 독자는 『네이션』지의 논설위원들이 천년왕국의 신속한 도래를 정말로 기대하는 것은 아니라는 인상을 받게 된다. 근자에 그들은 진보주의를 버리고 리버태리어니즘[1]을 택하고 있다는 갖가지 징후를 보여주고 있는데, 이는 훨씬 건전하고 좀 더 설득력이 있는 정략이다. 진보주의는 확실한 해결책을 내세우지만 그 해결책은 늘 사기로 판명된다. 반면에 리버태리어니즘은 약병을 창문 밖으로 집어던져버리고 환자를 그냥 내버려두라고 요구한다.

『네이션』의 판매부수가 얼마나 되는지는 자세히는 모르겠다. 1925년에 발행된 60주년 기념호에는, 매주 판매되는 부수가 1865년 E. L. 고드킨에 의해 창간될 당시의 발행부수인 1만 1,000부를 훨씬 웃돈다는 힌트가 있었다. 나는 뉴욕의 출판인들이 자주 들르는 술집에서 현재의 판매부수가 3만 부 이상이라는 소문을 들은 바 있다. 그러나 내

1. Libertarianism. 자유존중주의, 완전자유주의, 자유지상주의 등으로 번역되기도 한다. 사회적 평등보다도 개인적 자유의 확보와 국가권력의 제한을 중시하여 '최소국가'를 요구하는 입장을 나타내는 용어이다.

가 알고 있는 한 그것이 삼류 일간지의 판매부수와 엇비슷하다고 말하는 사람은 없었다. 『뉴욕텔리그램』, 『워싱턴스타』, 『퍼블릭레저』(필라델피아), 『애틀랜타콘스티튜션』처럼 따분하고 저급한 신문도 두세 배는 더 팔린다. 『트루스토리』나 『핫도그』 같은 대중잡지는 50배나 많이 팔린다. 그럼에도 불구하고 만약 내가 공공정신의 소유자인 동시에 이 공화국을 나의 명민함으로 오염시키길 간절히 원한다면, 나는 방금 언급한 모든 신문과 잡지의 편집장이 되느니 『네이션』의 편집장이 되겠다. 아니 4~5종을 제외한 미국의 모든 신문과 잡지의 편집장이 되느니 『네이션』의 편집장이 되겠다. 『네이션』은 『네이션』의 적들까지 읽는다고 할 정도로 미국 언론계에서 특이한 존재이기 때문이다. 『네이션』의 적들은 『네이션』을 저주할 수도 있고, 도서관에서 추방할 수도 있으며, 심지어 전쟁기간에 그랬듯이 체신부가 『네이션』의 우송(郵送)을 거부하게 만들 수도 있지만, 그러는 동안에도 그들은 줄곧 『네이션』을 읽는다. 즉 그들 중 더 지적인 사람들, 다시 말해서 늘 희망을 간직하고 사는 마이너리티가 『네이션』을 열심히 읽는다. 『네이션』은 그런 마이너리티에게 말을 건다. 오직 그들만이 중요하다는 결정적 사실을 파고든다. 오늘 그들에게 스며든 이념들이 언젠가는 대중으로부터 분출되기 시작할 것으로 기대한다.

지난 전쟁에 대한 크릴 공보국[1]의 이론은 폐기되었는가? 윌슨의 사기에 속아 넘어간 것을 부끄러워하지 않는 지식인을 찾아내기가 불가능한가? 그렇다고 생각하면 『네이션』에 감사하라. 이 주간지는 윌슨을 공격할 때, 오직 윌슨만 공격했다. 쿨리지의 황금시대가 완연한 병색을 드러내며 쇠퇴하기 시작했는가? 그렇다면 다시 『네이션』에 감사하라. 미국의 거의 모든 일간지가 선량한 캘빈을 찬양하는 명예

1. 조지 크릴이 이끌던 공보위원회의 산하기관.

를 다투고 있을 때, 『네이션』이 그에 대한 가혹하고 냉엄한 진실을 말하기 시작했기 때문이다. 나는 오스왈드 빌라드[1] 밑에서 대성공을 거둔 『네이션』이 미국의 기자들에게 미미한 영향밖에 미치지 못하는 이유, 바꿔 말하면 미국의 기자들이 자신의 귀에 쩌렁쩌렁 울리는 교훈에 둔감한 이유가 정말로 궁금해질 때가 종종 있다. 그들은 모두 『네이션』을 읽는다. 『네이션』은 매주 그들이 자기네 신문에서 발견할 수 없는 뉴스, 때로는 매우 중요한 뉴스를 다루고, 그런 뉴스에 대한 신랄하고 지적인 논평을 게재한다. 또한 세계 각지에서 유행하고 있는 새로운 이념을 언제나 신속하게, 때로는 자극적으로 소개한다. 특히 논설위원에게 『네이션』은 필수불가결한 존재이다. 『네이션』을 읽지 않으면 바보가 되고 만다. 그렇지만 『네이션』의 선례를 있는 그대로 정직하게 본받는 경우는 거의 없다. 전국의 논설위원들은 날마다 『네이션』에서 아이디어를 도용한다. 실제로 『네이션』은 대부분의 논설위원이 갖고 있는 모든 아이디어를 제공한다. 『네이션』은 그들을 밑바닥 계층의 로터리 클럽 회원, 은행가, 얼음마차 몰이꾼보다 몇 단계 높은 수준으로 끌어올린다. 그들은 『네이션』이 저항하기 힘든 견인력을 갖춘 주간지라는 사실을 굳이 부정하지 않는다. 하지만 『네이션』이 온몸으로 보여주는 언론이, 타성에 젖어 있는 언론보다 훨씬 우수하고 효과적이며, 따라서 『네이션』을 본받으면 자신도 이 세상에 가치 있는 무엇인가를 남길 수 있다는 필연적인 결론에 도달하는 논설위원을 찾아보기는 힘들다.

통탄스럽게도 그런 문제에서는 변화가 매우 느리다. 내가 볼 때 미국의 모든 언론사는 『네이션』이 지향하는 방향으로, 즉 독립성과 정직성을 향해 움직이고 있다. 심지어 『뉴욕헤럴드트리뷴』 같은 신문만

1. 1900년부터 1935년까지 『네이션』지 발행인.

해도 사설(社說)은 몰라도 기사는 과거에 비해 눈에 띄게 덜 어리석고 덜 완고해졌다. 그러나 높은 자리에 있는 대부분의 현직 언론인은 정당의 하수인으로 잔뼈가 굵었기 때문에, 자기의 습성을 고치기가 매우 어렵다. 그들은 아직도 자유로운 인간이 아니라 정당의 하수인 입장에서 생각한다. 그들은 진실과 정책을 별개로 생각한다. 그래서 수천 명의 언론인이 밤새 책상 앞에 앉아 쿨리지를 칭찬한다. 하지만 나의 지식과 믿음이 정확하다면, 미국에는 개인적으로 쿨리지에 대해 언급할 때 그를 경멸하는 마음을 품지 않을 언론인은 단 한 명도 없다. 변화에 대한 이런 저항은 저항을 포기한 신문에 이따금 무슨 일이 일어났는지를 알게 되면 더욱 이상해 보인다. 나는 『볼티모어선』지를 예로 들고자 한다. 『네이션』이 『볼티모어선』지에 미친 영향은 『볼티모어선』지가 최근에 어떤 변화를 겪었는지를 익히 아는 사람에게는 자명할 터이므로, 아주 적절한 예가 될 것이다. 『볼티모어선』지는 10여 년 전만 해도 번듯하긴 하지만 굉장히 따분한 신문이었다. 그날의 뉴스를 형식적이고 미련한 방식으로 전달했다. 작은 문제에서는 정확했고, 선정주의로부터도 자유로웠지만, 사건의 배후에 있는 원인과 동기를 규명하는 경우는 거의 없었다. 사설은 무기력했고 영향력도 없었다. 요즘에는 이 신문에 확실히 달라진 점이 보인다. 물론 구태를 완전히 벗어나려면 아직도 갈 길이 멀지만, 멍청한 독자가 아니라면 이 신문이 질적으로 얼마나 향상되었는지 금방 알 수 있다. 『볼티모어선』지는 더 이상 뉴스를 형식적으로 전달하지 않는다. 뉴스의 이면에 있는 것을 찾아내고 폭로하기 위해 전력을 기울이고 있다. 사설은 파벌과 정당의 모든 연결고리를 벗어던지고, 철저하게, 때로는 영리하게 독립을 유지하고 있다. 새로운 사회문제에 대해서는 정당의 하수인이 아니라 자유인의 입장에서 대응한다. 그런 대응이 때로는 크게 잘못될 수도 있겠지만, 정상적인 사람이라면 그것이 고의적인 불찰이라고 생각하지 않는다.

요점은 이 새로운 방안이 굉장히 성공적일 뿐 아니라, 정신의 고양과 현금수입의 증대까지 가져다준다는 것이다. 『볼티모어선』지의 독자들(팔아먹을 것이 있는 소수의 사기꾼은 제외)이 그 새로운 활력·모험·독립성을 싫어한다는 징후는 전혀 없다. 오히려 그들이 그것을 좋아한다는 증거만 수두룩하다. 구독자 수는 크게 증가해왔고, 신문 자체의 권위와 영향력은 상승하고 있다. 뉴욕의 『월드』지에서 조지아주 콜럼버스의 『인콰이어러선』지에 이르기까지, 동일한 쇄신을 시도한 미국의 다른 신문도 판매부수가 증가하고 있다. 『네이션』이 이와 같은 미국 언론의 개혁을 선도해왔고, 비록 지금은 소수의 신문만이 추종하고 있지만, 앞으로는 다수의 신문이 추종하게 될 것이라는 게 나의 주장이다. 『네이션』의 정치적 주장은 이따금 언어도단이다. 아주 실망스럽게도 종종 혼란에 빠져서, 오른손으로는 자유를 위해 투쟁하면서 왼손으로는 더 많은 법의 제정을 위해 싸운다. 그럴 때 보면 『네이션』은 독단적이고 일관성 없고 호전적이다. 하루는 사람들에게 갈채를 보내다가, 다음날에는 사기꾼이라고 저주한다. 예의라고는 눈곱만큼도 찾을 수 없고, 때로는 다소 야비하다. 하지만 그 누가 『네이션』이 정직하다는 사실을 부인하겠는가? 그 누가 『네이션』이 전반적으로 옳다는 사실, 그 열정 때문에 때로는 몽상가에게 미소를 보내기도 하지만, 적어도 악당을 응원하는 일은 절대로 없다는 사실, 잘못을 범할 때도 그 잘못이 단순한 어리석음에서 비롯된 멍청한 잘못은 결코 아니라는 사실을 부인할 수 있겠는가? 『네이션』을 엄청나게 싫어하는 사람도 있지만, 정직한 사람이라면 심지어 적이라 할지라도 무턱대고 『네이션』을 싫어하지는 않는다. 『네이션』을 싫어하는 사람은 대중선동가들과 착취자들이다. 그들은 모두 『네이션』의 비수를 맛보았으니, 『네이션』을 싫어할 만한 충분한 이유가 있는 셈이다.

개인적으로 나는 『네이션』이 대놓고 노골적으로 자유를 옹호할 때를 제외하곤 그 정치적 주장에 동의하지 않는다. 나는 정치인을 믿지 않는다. 좋은 정치인이든 나쁜 정치인이든 내 눈에는 하나같이 도둑놈으로 보인다. 따라서 나는 약간은 인색하게 『네이션』을 칭찬하고 싶다. 비록 내 이름이 판권란의 스태프 명단에 끼어 있긴 하지만 말이다. 사실 내 이름이 왜 거기에 들어가 있는지는 나도 잘 모르겠다. 나는 『네이션』지로부터 땡전 한푼 받지 않으며, 다만 가물에 콩 나듯 어쩌다 한번씩 기고를 하는데, 이마저도 오직 『네이션』의 견해에 반론을 제기하기 위해서이다. 심지어 나는 연간 구독료도 낸다. 언론인에게 신문이나 잡지의 구독료는 참으로 견디기 힘든 부담이다. 그러나 『네이션』 구독료 이상으로 내게 만족감 내지 보상을 안겨주는 (비종교적인 성격의) 지출도 없다. 내가 의무적으로 읽는 대부분의 신문은 옳은 말을 할 때조차 어딘가 모자라 보인다. 그런데 『네이션』은 틀린 말을 할 때조차 지적이고 교훈적이다.

몇 가지 단상

1. 순교자

어떤 이념을 위해 죽는다는 것, 그것은 의심할 여지없이 숭고한 행위이다. 그러나 인간이 진실한 이념을 위해 죽는다면, 얼마나 더 숭고하겠는가! 역사를 아무리 뒤져보아도 나는 그런 사례를 찾기가 어렵다. 성서에 나오는 모든 위대한 순교자는 완전한 난센스를 위해 죽었다. 종종 교의나 의식에 관련된 사소한 문제, 즉 너무나 어처구니가 없어서 도저히 말로는 설명할 수 없는 문제를 위해 목숨을 바쳤다. 그렇다면 조국을 위해 용감히 싸우다가 전장에서 산화한 수많은 사람은 어떤가? 글쎄, 자신이 무엇을 위한 전쟁에서 죽는지 정확히 알고 있었던 사람, 그리고 그것을 단순하고 그럴듯한 명제로 표현할 수 있었던 사람의 예를 내게 제시해보라.

2. 고대인

고대 그리스인과 로마인이 이루 형언할 수 없을 정도로 우수한 인간이었다는 이론은 그들이 웅변 예찬론자였다는 사실에 의해 깨져버린다. 그들은 어떤 다른 학예보다 웅변술을 열심히 연마했다. 오늘날 우리는 그리스의 웅변가들보다는 건축물들을 훨씬 높이 평가한다. 그러나 그리스인은 웅변가를 으뜸으로 쳤고, 따라서 그들에 대한 상세한 기록이 지금까지 잘 보존되고 있다. 그러나 사실 웅변은 모든 학예 중에서 가장 원시적이고 가장 저급하다. 현재 그것은 어디에서 가장 존경받는가? 문명과 야만 사이를 오락가락하는 미개인들 사이에서 가장 존경받는다. 광활한 공간의 시골사람들은 어리석은 외침과 탄식을 듣기 위해 우르르 몰려간다. 도시의 프롤레타리아트는 매일 밤 라디오에 귀를 기울인다. 그러나 진정한 교양인은 심지어 미국 최고의 웅변가가 등장한다 해도 눈길 한번 주지 않을 것이다. 10여 명의 저명한 웅변가가 매일 미국상원에서 자신의 재주를 뽐낸다. 그렇지만 어떤 상원의원이 곤드레만드레 취해서 웃음거리가 되었다는 뉴스가 새어 나오지 않은 이상, 상원의 방청석을 차지하고 있는 것은 흑인들뿐이다. 이들은 노스캐롤라이나와 웨스트버지니아의 농촌에서 의사당에 견학 온, 다정하게 손을 맞잡은 신혼부부들이다.

3. 우생학자로서의 교수형 집행인

18세기 100년 동안 영국에서 일었던 교수형 열풍이 영국인의 성격에 미친 유익한 효과에 주목한 역사가가 있을까? 물론 내가 '유익한'이라고 말한 것은 순전히 사회적 의미의 유익함이다. 17세기 말까지만 해도 영국인은 문명인들 중에서 가장 난폭한 무법자에 속했다. 하지만 19세기 초에는 법을 가장 잘 지키는, 다시 말해서 가장 유순한 인간이었다. 무엇이 영국인을 바꿔놓았는가? 나는 그것이 교수형 집행인의 밧줄이었다고 생각한다. 18세기에 무법자의 혈통을 가진 자들은 질식사했다. 아마도 무법자의 피가 흐르는 영국인의 3분의 1은 실제로 교수형을 당했을 것이다. 나머지는 영국 제도(諸島)에서 영원히 추방되었다. 일부는 아일랜드로 달아나 쇠락해가던 아일랜드인을 소생시켰다. 지난 세기에 등장했던 거의 모든 아일랜드인 반란자들의 몸속에는 분명 영국인의 피가 흐르고 있었다. 다른 사람들은 영국의 자치령으로 도망갔다. 그렇지만 또 다른 일부는 미국으로 건너가 서부의 황야를 정복하는 데 일조한 다음 오늘날의 좀도둑, 금주법 위반 단속요원, 노상강도, 각종 납치범을 낳았다.

영국의 살인율은 매우 낮다. 아마 세계에서 제일 낮을 것이다. 그럴 만도 한 것이 살인자를 낳을 가능성이 있는 거의 모든 선조가 18세기에 교수형을 당하거나 추방당했기 때문이다. 그러면 미국의 살인율은 왜 높을까? 살인자를 낳을 가능성이 있는 대부분의 선조가 18세기 말과 19세기 초에 교수형을 당하지 않았기 때문이다. 그들은 무슨 수로 교수형을 모면했는가? 두 가지 명백한 이유가 있다. 첫째, 당시의 정부는 너무 허약해서 특히 서부에서 살인자들을 추적하여 처형할 만한 여력이 없었다. 둘째, 그들의 잔혹행위와 동시에 진행된 대담무쌍한 모험은 너무나 소중한 경험이었기에, 그들의 살인을 눈감아주는 것이 사회적으로 유리했다. 다시 말해서 신생 공화국의 광대한 영토를 점유하고 조직하는 일은 때때로 자신의 동료를 학살하는 사람들의 도움을 필요로 했던 것이다. 그들의 도움을 얻으려면 학살을 묵인할 수밖에 없었다. 따라서 변경의 살인율은 전대미문의 수준으로 치솟았고, 사형집행률은 극히 낮았다. 1776년과 1865년 사이에 오하이오 강 이서 지역에서 약 10만 명이 모살(謀殺)되었는데, 이 가운데 정식으로 법에 따라 처형된 자는 100명도 채 안될 것이다. 대부분은 다른 살인자들에 의해 응징되었다. 그래서 살인자의 혈통은 줄어들지 않고 그대로 남게 되었다.

4. 영웅

인간의 명성에는 두 종류가 있다. 하나는 탁월한 인간의 내면세계에서 발현되는 것이고, 또 하나는 부분적으로 혹은 전적으로 외부에서 주어진 것이다. 이 양 극단(極端)에 있는 사람들을 찾아내는 일은 그리 어렵지 않다. 미치지 않은 다음에야 누가 리하르트 바그너 같은 인물의 명성이 운 좋게 노력 없이 얻은 것이라고 진지하게 주장할 수 있겠는가. 바그너는 고유한 내면세계로부터 「트리스탄과 이졸데」를 창작했다. 그것이 그의 교육과 환경의 산물일 가능성을 충분히 감안한다 하더라도, 똑같은 교육을 받고 똑같은 환경에 처한 사람들 가운데 그 누구도 바그너의 작품에 근접할 만한 것조차 창작한 적이 없다는 결정적인 사실에는 변함이 없다. 인간이 종종 하느님께 돌리는 명예를 하느님이 누릴 자격이 있는 것과 마찬가지로, 바그너는 자신에게 부여된 명성을 누릴 자격이 있다. 그는 훨씬 훌륭한 음악을 만들기 위해 자신을 다른 사람들과 확실하게 차별화함으로써, 그리고 그 차이를 가시화하기 위해 부단히 엄청난 노력을 기울임으로써 명성을 얻었다. 정반대쪽의 극단에는 록펠러 2세 같은 인물이 있다. 그는 모든 세속적인 기준으로 볼 때 저명인사이다. 그가 한마디 하면 신문들은 토씨 하나 빠뜨리지 않고 그대로 보도한다. 만일 그가 내일 담석으로 건강이 악화된다든가, 한 여자 박사와 눈이 맞아 도피 행각을 벌인다든가, 자기 집 지붕에서 떨어진다든가, 금주법 위반 단속에 적발된다든가 하면, 이런 소식은 전세계로 타전되어 적어도 100만 명 정도는 관심을 보일 것이다. 만일 그가 워싱턴에 가서 백악관의 초인종을 누른다면 백악관에서는 틀림없이 문을 열어주고, 링컨의 후계자는 그를 만나보기 위해 색소폰 수업을 중단할 것이다. 그러나 록펠러 2세의 명성이 거의 전적으로 운 좋게 노력 없이 얻은 것이라는 점은 너무나 명백하다. 그는 단지 록펠러의 아들로 태어나 막대한 유산의 상속자가 되었기 때문에 그런 명성을 얻었다. 기록이 보여주는 바에 의하면, 그는 평생 로터리 클럽의 웅변가나 신문사 논설위원의 재능을 뛰어넘는 수준의 언변을 발휘한 적이 없고, 똑똑한 경리직원을 긴장시킬 법한 일을 해본 적도 없다. 그는 사실상 아무것도 아니지만, 바그너보다 더 많은 사람에게, 특히 더 많은 부자에게 알려져 있고, 모든 계층의 사람들에게 바그너를 능가하는 존경과 선망의 대상이 되고 있다.

바그너와 록펠러 2세 사이에는 무수한 등급이 존재하는데, 때로는 그것들을 구분하기란 쉽지 않다. 대부분의 미국인에게는 하딩이나 쿨리지가 아인슈타인보다 훨씬 화려하고도 굳건한 명성을 누리는 것처럼 보일 것이다. 몇 년 전 미국을 방문했을 때 아인슈타인은 하딩을 접견할 정도로 환대를 받았는데, 다수의 저명한 애국자는 아인슈타인이 적국의 국민이자 유대인이라는 점을 고려하면 대통령 접견은 과분한 대접이라고 생각했다. 만일 토머스 하디가 내일 미국에 온다면, 하디의 출판인은 분명히 하디의 백악관 방문을 성사시키기 위해 동분서주할 것이다. 그의 작품을 홍보하고 그의 체면을 살려주기 위해서이다. 그렇지만 쿨리지의 명성은 세련되고 자기중심적인 신사들에 의해 아무리 요란하게 찬미된다 하더라도 실제로는 아인슈타인이나 하디의 명성에 훨씬 못 미친다. 아인슈타인과 하디가 누리는 명성은 그들의 실질적인 업적에서 기인한다. 그들이 어떤 굉장한 명성을 누리든, 그것은 전적으로 그들의 몫이다. 그들은 다른 사람한테 빚진 게 전혀 없고, 일련의 눈에 띄는 우연이 지금의 그들을 만든 것도 아니다. 인간들 사이에 만약 우열이 존재한다면, 그들은 의문의 여지없이 우월한 존재들이다. 그러면 쿨리지에게 우월성의 징후가 조금이라도 있을까? 나는 아무것도 찾을 수 없다. 그의 명성은 순전히 두 가지 요인에서 비롯된다. 첫째는 일련의 우연이고, 둘째는 우월한 인간이 아니라 열등한 인간의 특징적인 자질을 보유하고 있다는 것이다. 그는 고약하고 야비하고 탐욕스러운 정치인이자, 자신이 원하는 자리를 얻기 위해서라면 상상 가능한 모든 일을 할 수 있는 평생 구직자이다. 그는 들어볼 만한 가치가 있는 말을 해본 적도 없고, 재능은커녕 단순한 기술을 필요로 하는 일조차 해본 적이 없다. 그와 똑같은 출발점에서 시작하여 장기간에 걸쳐 그의 눈앞에 펼쳐진 것과 똑같은 기회를 차례로 부여받는다면, 아무리 형편없는 변호사라도 그가 오른 위치까지 도달할 수 있을 것이다.

이제 나의 요점을 말하겠다. 그것은 요컨대 대중이 판단하는 명성과 진정한 명성은 거의 정확하게 반비례한다는 것이다. 다시 말해서, 어리석은 대중이 가장 높이 평가하는 종류의 명성은 참된 가치와 정직한 성취와는 거리가 먼 명성이다. 그리고 그 이유는 쉽게 찾을 수 있다. 대중이 동경하는 명성은 자신이 이해할 수 있는, 그리고 자신이 염원할 수 있는 종류의 명성이다. 쿨리지의 유치함이 사실상 그가 존경받는 주된 원인이다. 그가 이 세상에서 성취한 일은 행운만 따라준다면 보통사람도 다 할 수 있는 일이다. 그의 장점들은 거의 보편적인 것이므로 완벽하게 이해될 수 있다. 그러나 바그너나 아인슈타인 같은 인물이 하는 일은 일반인이 백번 죽었다 깨어나도 이해할 수 없는 것이므로, 일반인이 그것을 동경하기란 불가능하다. 더욱이 그들의 업적은 일반인의 의구심을 자극하고 나아가 적대감을 불러일으킨다. 일반인은 단순히 바그너의 장점에 무관심한 것이 아니다. 만일 일반인에게 그런 장점에 주의를 기울이라고 강압적으로 요구하면, 그는 강력히 반발할 것이다. 다시 말해서 일반인이 근본적으로 존경하는 것은 자기 자신이다. 그는 쿨리지·하딩·야구선수·영화배우·대주교·은행장의 모습에서 자기 자신을 볼 수 있다. 또한 좀 더 흐릿하긴 하지만 조지 듀이·존 퍼싱·록펠러·잭 뎀프시 같은 인물들의 모습에서 자기 자신을 볼 수 있다. 그러나 그는 로마노프 왕조의 차르 자리에 앉아 있는 자신을 상상할 수 없듯이, 바그너나 아인슈타인 같은 인물에게서 자신의 모습을 발견할 수는 없다. 그래서 그는 로마노프 왕조를 의심하고 싫어하는 것처럼, 바그너와 아인슈타인을 의심하고 싫어한다.

불행하게도 일반인의 어리석음을 비난하는 것과, 그 어리석음으로 인한 결과를 모면하는 것은 전혀 별개의 일이다. 인류의 역사는 정말로 위대한 인간들보다는 어리석은 대중의 환심을 사기에 바쁜 외화내빈형 인간들로 가득 차 있다. 모든 미국인은 시어도어 루스벨트가 파나마 운하 건설에 기여한 바를 생생하게 기억하고 있다. 하지만 운 좋게 그 대신 그 자리에 있은 미국인이라면, 단 그가 전형적인 다른 미국인들처럼 명예심이라고는 전혀 없는 인물이라면, 누구나 그 정도의 일은 해낼 수 있었을 것이다. 그러나 실제로 그 운하를 설계한 사람의 이름을 기억하는 사람이 있을까? 『뉴인터내셔널 백과사전』을 찾아보니, 파나마 운하에 대한 설명에 갖가지 도면을 포함해서 아홉 페이지가 할애되어 있다. 설계자의 계획을 실행에 옮겼을 뿐인 고설스 대령[1]에 대한 감동적인 기술도 있고, 다른 사람들의 아이디어를 차용하여 방역에 힘썼을 뿐인 고거스 대령[2]에 대한 언급도 있다. 루스벨트에 대해서도, 그리고 그가 콜롬비아를 어떻게 협박했는지에 대해서도 충분한 설명이 나온다. 그러나 내가 아는 한 설계자의 이름은 거기에 없다. 대중이 그를 존경하지 않았고, 따라서 역사는 그를 무시해버렸다.

5. 역사적 대실수

남부의 상류층은 남북전쟁이 끝난 뒤에 흑인의 참정권을 박탈하는 터무니없는 실수를 저질렀다. 만약 흑인에게 참정권을 허용했다면, 그들은 남부 제주(諸州)에 대한 정치적 지배력을 유지할 수 있었을 것이다. 흑인은 다른 모든 곳의 농민과 마찬가지로 자신의 원래 주인을 추종하는 성향이 있기 때문이다. 이 터무니없는 실수로

1. 파나마 운하의 건설을 지휘·감독한 미육군 장교.
2. 황열병 퇴치에 일조함으로써 파나마 운하 완공에 기여한 미육군 군의관.

인해, 지배권은 빠르게 가난한 백인 쓰레기들에게 넘어갔다. 비록 이들 중 적지 않은 수가 이제는 가난에서 벗어났지만, 여전히 지배권을 유지하고 있다. 남부의 상류층은 권력을 되찾기 위해 헛되이 분투하고 있다. 그들이 소기의 목적을 달성하려면 표가 필요한데, 표를 얻을 방도가 없다. 1870년에 기꺼이 그들을 따르려 했던 흑인은 이제 그들을 몹시 의심하고 있다. 그래서 남부의 정치는 이해할 수 없을 정도로 천박한 수준에 머물고 있다. 교양 있는 남부인은 모두 이런 상황을 파악하고 있고 또 부끄러워하고 있지만, 사태를 수습하기에는 이미 너무 많은 시간이 흘러버렸다. 콜먼 블리스·얼 메이필드[1]·캠벨 슬렘프[2]·오스틴 페이[3]· 제임스 바더만[4] 같은 정치인들을 제거하려면, 남부는 백인 쓰레기들이 스스로 교화될 때까지 기다려야만 한다. 이는 제7일 안식일 재림교회 교인들의 기나긴 철야기도만큼 고도의 인내심을 요하는 일이다.

6. 냉소주의에 대하여

가장 이해하기 힘든 인간의 망상 가운데 하나는 냉소주의자가 불행한 인간이고 냉소주의가 일반적인 분노와 불안을 조장한다는 이론이다. 이 이론은 냉소주의자가 타인을 불행하게 만든다는 명백한 사실에서 기인하는 잘못된 연역이다. 사실 냉소주의자는 가장 느긋하고 침착한 포유류에 속한다. 아마 그들보다 행복한 존재는 주교와 애완견과 배우뿐일 것이다. 냉소주의자가 믿는 것은, 너무 불쾌해서 그것을 딱딱한 말로 바꿀 수는 없을지 모르지만, 최소한 대개의

1. 텍사스 출신의 연방상원의원.
2. 버지니아 출신의 연방하원의원.
3. 테네시 주 지사.
4. 미시시피 주 지사, 연방 상원의원.

경우 진실하다는 장점을 지니고 있다. 진실은 단단하고 거칠지만 믿을 수 있는 바위와 같다. 냉소주의자는 9년 동안 신부를 알고 지내면서 그녀의 신뢰를 받아온 결혼식 하객의 입장에 서 있다. 그는 이론상 신랑보다 훨씬 덜 행복하다. 머리를 멋지게 손질하고 성장(盛裝)한 신랑은 막 신혼여행을 떠나려는 참이다. 그러나 냉소주의자는 2주, 2개월, 2년 앞을 내다본다. 고(故) 찰스 엘리엇 박사의 표현을 빌리자면, 그런 것이 인생의 항구적인 만족감이다.

7. 음악과 죄

그리스도교를 믿는 노동자와 지적인 무능력자 중에는 재즈가 성적 욕구를 강하게 자극한다는 망상을 갖고 있는 사람이 적지 않은 것 같다. 나는, 과년한 딸자식을 둔 부모에게 딸을 재즈 공연장에 드나들지 못하게 하라고 강력히 경고하는 설교를 하지 않는 목사를 본 적이 없다. 그런 곳에 갔다가는 이 도발적인 음악이 처녀들의 열정에 불을 붙여서 그들을 채권세일즈맨이나 뮤지션이나 여타 날라리들의 손쉬운 먹잇감으로 만들어버린다는 것이다. 나한테는 이 모든 것이 난센스로 들린다. 재즈는 사실 도발적이지 않다. 그 단조로운 리듬과 유치한 선율로 인해 재즈는 자극제라기보다는 안정제에 가깝다. 그것이 최음제라면, 매혹적인 사운드도 최음제이다. 말괄량이들이 재즈 공연장에서 불행한 일을 당하게 만드는 것은 음악이 아니라 술이다. 그들은 화장실에서 휴대용 술병에 담은 술을 몰래 마시다가 자기도 모르는 새 주량을 초과하여, 결국 안타까운 일을 당한다. 금주법 도입과 함께 유행하기 시작한 재즈는 사실 자신의 파트너가 받아야 할 비난을 대신 뒤집어쓰고 있는 셈이다. 품위 있는 여성이 술에 취해 춤을 추는 일이 드물었던 과거였다면, 재즈는 정말로 무해했을 것이다. 오늘날에는 심지어 쇼팽의 「장송행진곡」(피아노 소나타 2번 3악장)도 위험할 수 있다.

사실 재즈는 그리스도교권에서 흔히 들을 수 있는 음악 가운데 가장 도발성이 약한 음악이다. 감리교 찬송가 중에는 재즈보다 10배는 더 도발적인 게 수두룩한데, 이는 야외 종교집회에 뒤따르는 각종 스캔들에 의해 입증되고 있다. 실제로 미국의 대부분 지역에서 감리교인들은 풍기문란을 이유로 야외집회를 금지하기 시작했다. 야외집회가 아직도 성행하는 곳에서는 목사들이 복잡하고 이해하기 어려운 관행을 받아들이는 일이 드물지 않다. 그러나 이른바 좋은 음악이 감리교 찬송가보다 나쁠 수도 있다. 어떤 여성이라도 「트리스탄과 이졸데」 2막을 마칠 때쯤 되면 자기도 모르는 새 하느님을 망각하게 되므로, 자기 딸에게 이졸데 역을 허락하지 않은 사려 깊은 엄마에 대한 제임스 허니커의 이야기를 벌써 잊어버리지는 않았을 것이다. 그렇다 하더라도, 그 2막의 도발성은 과대평가되었다. 그것보다 100배는 더 나쁜 쇼팽의 피아노곡들도 있다. 컴스톡법 지지자들에게 조금이라도 양식이 있다면, 그들은 그 곡들의 연주를 금지시킬 것이다. 푸치니의 음악은 또 어떤가? 「라보엠」이 최음제가 아니라면, 도대체 무엇이란 말인가? 그렇지만 「라보엠」은 전세계에서 공연된다. 오직 조지아 주 애틀랜타에만 「라보엠」 공연을 금지하는 법이 있는데, 아마 그 법이 제정된 근거도 「라보엠」의 작곡가가 가톨릭 신자라는 사실에 있지, 무수한 여성 그리스도 교도를 벼랑 끝으로 내몬다는 사실에 있지는 않을 것이다.

만년의 베토벤 자신도 죄가 없지 않았다. 그의 「에그몬트 서곡」은 노골적으로 숨뇌에 호소한다. 그의 교향곡과 현악사중주는 또 어떤가? 「에로이카」의 마지막 악장은 굉장히 도발적일 뿐 아니라 과격하기까지 하다. 쿨리지 박사의 초상을 뚫어지게 보면서 그 곡을 이해해 보라. 로스트비프에 아이스크림을 얹어 먹는 것만큼이나 불가능한 일임을 알게 될 것이다. 「에로이카」는 빈에서 초연되었을 때 사회의 도덕감각에 큰 상처를 입혔고, 그래서 베토벤은 한동안 도시를 떠나 있어야만 했다. 바그너의 「트리스탄과 이졸데」는 허니커의 이야기에도 불구하고 그의 작품 중에서 가장 점잖은 편에 속하므로(「파르지팔」을 생각해보라!), 바그너는 건너뛰기로 하자. 리하르트 슈트라우스의 작품은 길게 설명할 필요도 없다. 그의 「살로메」와 「엘렉트라」는 한때 세계의 거의 모든 나라에서 공연이 금지되었다. 그런데 경찰의 단속 목록에 빠져 있어서 그렇지, 내 생각에는 「살로메」나 「엘렉트라」보다 「장미의 기사」가 훨씬 더 도발적이다. 「장미의 기사」 1막과 브로드웨이에서 가장 선정적인 재즈를 비교해보라. 이는 보드카와 탄산음료를 비교하는 격이다. 일단 「장미의 기사」를 들은 여성은 듣기 전의 상태로 절대 돌아가지 못한다. 그녀가 법의 테두리를 벗어나지 않을지는 몰라도, 그녀의 생각은 흔들릴 것이다. 바다의 요정 세이렌이 그녀의 귀에 대고 혐오스러운 노래를 부른다. 그녀는 마녀들에게 둘러싸여 있다. 그녀의 눈은 불길하게 반짝인다.

8. 챔피언

이 제국연방의 48개 주(州) 가운데 최악의 주는 어디인가? 문명화에 익숙한 사람이 살기에 가장 불편한 곳은 어디인가? 이 질문을 표결에 부친다면, 과반수의 표는 아마도 캘리포니아와 테네시가 나눠 가질 것이다. 두 주는 언급하기도 싫을 정도로 형편없다. 물론 테네시는 일부 지역을 제외하곤 문명화를 경험한 적이 없다. 심지어 공화국 초기에도 이웃 주들에 의해 야만적인 주로 간주되었다. 그러나 캘리포니아는 한때 매력적이고 개화된 문명을 발달시킬 것처럼 보였다. 그 대기에서는 열대의 향기가 풍겼고, 그 갖가지 이념에서는 라틴과 오리엔트의 색채가 감돌았다. 루이지애나와 함께 캘리포니아는 오랫동안 미국화에 저항하는 듯했다. 그러나 신(新)캘리포니아도, 구(舊)캘리포니아도 이제 없다. 남은 것은 은퇴한 포드 자동차 중개인들과 얼빠진 뚱보 아낙네들의 도피처이다. 아울러 100% 미국주의[1]와 신사고[2]의 천국이기도 하다. 캘리포니아 주법(州法)은 그리스도교권에서 가장 생뚱맞고 한심하다. 공직자, 특히 판사들은 아둔하기로 전 세계에서 유명하다. 그곳에서 들려오는 소식이라곤, 어떤 시민이 미국헌법을 낭독했다는 이유로 수감되었다거나, 누런 거적 위에 앉아 있는 어떤 요가 수행자가 로스앤젤레스 부동산 중개인들의 마누라들을 서로 싸우게 만들었다는 따위의 이야기이다. 좀 더 귀를 기울여보면, 할리우드의 무명 여배우가 연인을 살해했다는 이야기도 들린다. 캘리포니아 주는 상공회의소에 의해, 다시 말해 가장 질 나쁜 사기꾼들에 의해 굴러간다. 교양 있는 사람은 공직에 나서지 않는다. 키와니스 클럽[3]의 회장이나 크리스천 사이언스 교파의 마술사, 재향군인회의 행동대원이 이해하기 힘든 높은 수준의 이념은 캘리포니아에서 나오지 않는다. 근래에 캘리포니아는 대통령 후보 경선에 두 명을 내보냈다. 한 명은 하이럼 존슨[4]이었고, 다른 한 명은 윌리엄 깁스 매카두[5]였다. 오직 버몬트 주만이 그 기록을 깰 수 있다.

소수의 교양 있는 캘리포니아인은 최근에 늑대떼에 둘러싸인 신세라도 된 양 로스앤젤레스에서 구조요청을 했는데, 그들은 한때 의기

1. Americanism. 20세기 초 반(反)공산주의 또는 반(反)파시즘에 입각하여 미국에 충성하자는 정치 이데올로기.
2. New Thought. 19세기 미국에서 금욕을 강조하는 칼뱅주의에 반발해서 생겨난 종교운동. 인간의 신성과 잠재력, 긍정적인 사고를 강조하고, 늘 밝게 살면 운명이 열린다는 사고방식. 이후에 유행하는 성공철학, 자기계발, 웰빙 따위의 원조라고 할 수 있다.
3. 1915년에 창설된 미국과 캐나다 기업인들의 봉사단체.
4. 캘리포니아 주 지사와 상원의원 역임. 1920년 공화당 대통령 후보 경선에서 하딩에게 패했다.
5. 우드로 윌슨의 사위이며, 1920년과 1924년 두 번에 걸쳐 민주당 대통령 후보 경선에 나섰으나 모두 패했다.

양양했던 캘리포니아가 질적으로 하락하게 된 것은 초원지대의 혹독한 기후에서 벗어나고자 아이오와와 네브래스카 같은 목축주(州)에서 몰려든 얼간이들 탓이라고 한다. 캘리포니아의 부동산 중개인들은 지난 30년 동안 이 시골사람들을 유혹해왔고, 현재 그들은 남쪽의 모든 도시, 특히 로스앤젤레스로 물밀듯이 몰려오고 있다. 그들은 가진 돈을 모두 들고 왔다가 사기를 당하고 귀향하기 일쑤인데, 그 덕에 다음 이주민들을 위한 공간이 생긴다. 캘리포니아에 머물고 있는 동안 돈이 조금이라도 남아 있으면, 그들은 요가 수행자를 후원하고, 석유 주식을 사고, 하품을 하며 영화를 보러 다니고, 감리교회를 가득 메운다. 이런 멍청이들의 영향이 캘리포니아 생활의 질을 전반적으로 떨어뜨려온 것은 틀림없는 사실이다. 한때 스페인의 축제였던 것이 지금은 상(上)미시시피 유역의 단순한 거리축제로 변했다. 그러나 캘리포니아 토박이들도 새로 온 사람들과 함께 질적으로 하락해왔다는 사실을 잊어서는 안된다. 먼저 온 집단이 나중에 온 집단보다 지적인 수준이 높다는 증거도 없다. 소수의 비타협적인 사람들이 100% 미국주의의 조류에 맞서고 있지만, 그들은 그야말로 소수에 불과하다. 나머지는 아이오와의 사료공급기만큼이나 큰소리로 빨갱이들에게 호통을 친다.

진실을 말하자면, 캘리포니아의 쇠락을 아이오와 탓으로 돌리는 것은 부당하다. 아이오와는 현재 추락하고 있는 것이 아니라 상승하고 있기 때문이다. 네브래스카도 마찬가지이다. 얼마 전까지만 해도 두 주는 스페인만큼이나 지성의 불모지였지만, 오늘날에는 혁신의 징조를 보여주고 있다. 한두 세대 지나면서 금주법의 광기가 사그라지고 감리교의 장막이 걷히기 시작하면, 두 주는 번영을 구가할 것이다. 그 주민들에게는 뛰어난 혈통이 있다. 그들은 이른바 앵글로색슨의 피에 거의 오염되지 않았다. 아이오와는 지금도 캘리포니아보다 훨씬 문명화된 상태이다. 캘리포니아보다 더 많은 이념, 그것도 더 중요한 이념을 내놓고 있고, 특정 이념에 반대하는 투쟁도 훨씬 온건하다. 업턴 싱클레어가 캘리포니아에서 헌법을 읽었다는 이유로 투옥된 것과는 달리, 대번포트나 디모인에서는 같은 이유로 감옥에 가는 사람은 없을 것이다.[1] 물론 그런 일이 벌어지면 재향군인회는 경찰에 왜 그런 자를 안 잡아가냐고 항의를 하겠지만, 경찰은 필시 아무 조치도 취하지 않을 것이다. 아이오와 주의 교양 있는 판사들이 맞장구를 쳐줄 리 없다는 것을 잘 알고 있기 때문이다.

따라서 캘리포니아는 신비로운 곳으로 남아 있다. 물론 미국 전역이 20세기 초부터 내리막길을 걸어왔지만, 왜 유독 한 주가 다른 주들보다 훨씬 빠르게 퇴보하는 것일까? 기후 탓인가? 그럴 리는 없다. 샌프란시스코의 기후는 캘리포니아의 다른 지방과는 딴판이지만, 샌프란시스코 역시 로스앤젤레스처럼 거의 침체된 상태이다. 캘리포니아의 특산품인 토머스 무니 사건의 발생지도 샌프란시스코였다. 경찰이 뚱뚱이 아버클[2]에게 일급살인 혐의를 씌우려고 세 번이나 시도한 곳도 샌프란시스코였다. 고 앨버트 에이브럼스 박사[3]가 에디 여사를 능가하는 엉터리치료를 시작한 곳도 샌프란시스코였다. 한때 마크 트웨인과 브렛 하트의 활동무대였던 샌프란시스코는 이제 금주법 위반 단속요원들에 의해 황폐화되고 있다. 그런데 기후 탓이 아니라면 무엇 때문일까? 자연경관이 아름답고 낭만적인 역사를 간직한 거대한 주가 무슨 이유로 모든 양식과 품위를 그토록 격렬하게 거부하는가? 도대체 왜 그런 걸까? 하느님만이 아시리라!

1. 싱클레어는 1923년에 샌피드로 부두노동자 파업을 지지하면서 시위대 앞에서 표현의 자유를 보장한 수정헌법 제1조를 낭독했다는 이유로 경찰에 체포·투옥되었다.
2. 미국 무성영화시대의 배우 겸 감독. 본명은 로스코 아버클. 1921년에 한 여배우를 강간·살해한 혐의로 기소되었으나, 세 차례의 재판 끝에 무죄로 풀려났다.
3. 의사. 거의 모든 질병을 진단하고 치료할 수 있는 기계를 발명했다고 주장했다.

9. 미국에서 명예란

얼마 전에 나는 미국의 한 대학교수를 우리 집에서 대접하는 특별한 명예를 누렸다. 그는 탄력 좋은 위장을 갖고 있었기 때문에, 그날 저녁에 우리는 스카치 1쿼트(약 1리터)를 마셨다. 술기운에 기분이 좋아졌는지 그는 허심탄회하게 다음과 같은 이야기를 해주었다.

제법 오래전에 같은 대학에 근무하는 교수 한 명이 총장까지 초대한 가운데 동료 교수들을 위해 파티를 열었다. 날씨가 더웠기 때문에 그들은 베란다에 앉아 밀주와 탄산음료를 양껏 마셨다. 그런데 수다를 떠느라 학생 한 명이 언덕길을 올라오는 소리를 듣지 못했다. 갑자기 학생이 그들 앞에 나타나자, 그들은 거의 혼비백산할 지경이었다.

이 대목에서 나는 그들이 왜 그렇게 놀랐는지 물었다.

나의 손님이 말했다. "음, 그 학생이 그리스도 교도로 밝혀진다고 생각해보시오. 그가 입을 열면, 우리를 초대한 사람은 교수직을 잃게 되겠지요. 총장은 그를 해고할 수밖에 없을 겁니다."

내가 따지듯 물었다. "그러나 총장 역시 그 사람의 초대를 받아 그 집에 함께 있었잖습니까? 그런 사람이 파티의 주인을 해고한다니요?"

"달리 총장이 할 수 있는 일이 뭐가 있겠소?" 교수가 반문했다.

내가 대답했다. "즉시 사표를 쓰는 것이지요. 총장은 손님의 의무를 다해야 하지 않겠습니까? 그는 공범이었잖습니까? 그가 집주인과 다를 바가 뭐가 있습니까? 아무리 형식적인 절차라 하더라도, 어떻게 그가 자신을 초대한 사람을 심판할 수 있단 말입니까?"

그러나 교수는 핵심을 파악하지 못했다. 나는 그가 술에 취한 게 아닌가 걱정하기 시작했지만, 곧 말짱한 것으로 밝혀졌다. 우리는 30분 동안 입씨름을 벌였다. 그래도 그는 여전히 요점을 파악하지 못했다.

그의 거듭되는 주장은 말도 안되는 법에 대한 본의 아닌 부정직한 복종을 강요해야 할 총장의 의무가 손님으로서의 의무, 다시 말해서 명예를 존중하는 인간으로서의 의무에 앞선다는 것이었다. 우리는 다른 논점으로 넘어갔다.

내가 물었다. "학생은요? 나는 그가 신사였을 걸로 믿습니다만. 그가 그리스도 교도로서 입을 나불거렸다면, 다른 학생들이 그를 가만두었겠습니까?"

교수는 멍하게 나를 바라보았다.

마침내 그가 입을 열었다. "학생이 아니었소. 결국 우리가 술을 너무 많이 마셨던 거요."

나는 이 교수가 오래된 미국인의 혈통을 물려받은 인물, 즉 식민지 시대의 조상을 매우 자랑스럽게 생각하는 시민이었다는 사실을 부언하지 않을 수 없다. 그는 대학으로 돌아가자, 금주법이 대단히 잘 지켜지고 있다는 내용의 성명서에 서명했다.

다른 예를 들어보자. 클리블랜드에서 공화당 전당대회가 열린 1924년 여름의 어느 날, 나는 대회장이 있는 호텔의 로비에서 저명한 정치평론가를 만났다. 그는 나를 만나자마자 심한 복통으로 고생하고 있다고 말했다. 나는 내 호텔방에 술 한 병이 있었지만, 그 호텔은 제법 멀리 떨어져 있었다. 그래서 이 건물에 묵고 있는 한 기자에게 도움을 청해보기로 했다. 나는 기자의 방으로 가서 정치평론가를 소개했고, 기자는 즉시 술병을 꺼내 그에게 한 모금 따라주었다. 정치평론가는 3분 만에 회복되었다. 집으로 돌아간 그는 위에서 말했던 교수와 마찬가지로 금주법을 찬양하는 성명서에 서명했다.

10. 심리학 논고에 대한 난외주(欄外註)

내가 신발 끈을 묶느라고 몸을 웅크리고 있을 때, 당신이 나무지팡이로 나의 꼬리뼈를 내려친다면, 나는 즉시 당신이 얼간이라고 결론내릴 것이다. 이것이 인간의 사고과정이라 불리는 것의 축소판이다. 자유의지이기도 하다.

11. 정의(定義)

〔미국에서〕 민주주의란 인민이 순수 토박이 백인 성인 3,571만 7,342명 가운데 훌륭하고 현명한 많은 사람을 제쳐두고 쿨리지 같은 인물을 국가의 우두머리로 뽑는 정치 시스템이다. 이것은 마치 배고픈 사람이 자기 앞에 상다리가 부러질 정도로 잘 차려져 있는 진수성찬을 냅다 걷어차 버리고 한낱 파리를 잡아먹으며 주린 배를 채우는 것과 같다.

29

미국의 언론

1

우리가 살고 있는 이 위대한 시대의 유쾌한 정신적 현상 가운데 하나는 미국의 언론인들 사이에서 자기반성이 이루어지고 있다는 것이다. 15년 전, 아니 10년 전만 해도 그런 조짐이 거의 없었다. 공화국의 현직 신문기자들(나도 지난 세기부터 이 집단에 속하는 명예를 누려왔다)은 그 당시 연방판사나 영화계의 거물, 또는 육군소장만큼이나 자기만족에 빠져 있었다. 자기의 직업이 얼마나 대단한지를 이야기할 때, 기자들은 자신이 사회문제에 막강한 힘을 행사할 수 있다는 사실, 그리 성에 차지 않는 뇌물은 단호히 거절한다는 사실, 계몽된 이기심[1]의 소유자인 정치인이 중대하면서도 부정확한 소식을 확신에 차서 제공한다는 사실을 자랑하며 목에 힘을 준다. 솔직히 털어놓자면, 나는 다소 감상적인 기분으로 황금시대에 대해 기술하고 있다. 20세기 초부터 봉급이 계속 인상되자, 겸손했던 기자도 잘난 척하기 시작했다. 역사상 처음으로 그의 금고에 돈이 차곡차곡 쌓였다. 그는 두 개의 모자, 두 벌의 정장, 두 켤레의 구두, 두 자루의 지팡이, 심지어 두

1. enlightened self-interest. 타인(혹은 타인이 속한 집단)의 더 많은 이익을 위해 행동하여 궁극적으로는 본인의 사리사욕을 채우려는 마음.

개의 혁대를 소유하기 시작했다. 그는 더 이상 허름한 간이식당에서 밥을 먹지 않았다. 향수냄새를 풍기는 여종업원(그 가운데 일부는 예쁘고 상냥했다)과 붉은 갓을 씌운 식탁 램프가 있는 근사한 곳에서 식사를 하기 시작했다. 그는 행복했다. 그러나 슬프게도 그 행복의 심장부를 갉아먹는 해충이 있었다. 그의 세계에는 밟아버릴 수도 없고 밟힐 것 같지도 않은 적(敵), 꼭 집어 말해서 영업국장이 남아 있었다. 영업국장은 자기 마음대로 경영진에 품의서를 올려 기자를 해고할 수 있었다. 이런 위협 앞에서 편집국장을 비롯한 기자의 상사들은 아무런 도움이 되지 않았다. 그들은 모두 영업국장의 지배 아래 있었기 때문이다. 모든 신문사의 영업국장이 자나 깨나 생각하는 것은 광고였다. 광고주가 불만을 제기하면, 그의 명예는 바닥에 떨어지고, 그의 목이 날아갔다.

신문사를 그 혐오스러운 마지막 위험요소로부터 해방시킨 것은 인간의 자유를 위한 대전쟁〔제1차 세계대전〕이 아니었나 생각된다. 아니, 나는 그렇게 단언하고 싶다. 언론인은 아마도 그 모든 대량학살의 몇 안되는 진정한 수혜자였을 것이다. 플랑드르 전장의 전투가 갈수록 치열해지고 본국의 신문업이 점점 번창하자, 웬만한 능력을 갖춘 기자들은 희소가치가 높아 함부로 해고할 수 없게 되었다. 더욱이 영업국장은 부탁하지도 않은 광고 문의가 쇄도하자, 광고주들에 대한 오랜 공포심은 물론이고 그들에 대한 존경심마저 없어지기 시작했다. 바지를 파는 일과 마찬가지로 신문을 파는 일에서도 이제 판매자가 주도권을 잡게 되었다. 고객은 더 이상 아부의 대상이 아니었다. 군소 광고주들은 실제로 신문사 앞에 줄을 서기 시작했다. 신기하고 유쾌한 새로운 기운이 유익한 역병처럼 번져나갔고, 심지어 편집국에까지 파고들기 시작했다. 미국의 크고 작은 거의 모든 도시에서, 당황한 광고주가 귀신이라도 본 것처럼 진땀을 흘리면서 돈을 싸들고 신문사를 찾았다가 불쌍하게 문전박대 당하는 장면이 연출되었다. 졸지에 부유해진 모든 거대 신문사는 점점 독립적이고 공정하고 까다롭고 도도하게 변했다. 그 누구도 그들에게 절대로 이래라 저래라 할 수 없다. 빌어먹을! 파리의 봉마르셰 백화점과 팔레루아얄 극장을 공짜로 소개하는 그 옛날의 기사는 사라졌고, 해방된 언론인은 감격에 겨워 심호흡을 하면서 자신을 전문가라고 생각하기 시작했다.

그는 여전히 그런 생각에 빠져 있고, 언론조합의 소식을 전하는 모든 주보(週報)는 광고로 가득하다. 그는 대표들을 선출하고, 이들은 밀실에 모여 윤리강령을 작성한다. 그는 다른 종류의 직업적 문제를 다룬 책들, 심지어 직업적 문제와 관련이 없는 책들까지 읽기 시작한다. 신문대학원에 대한 오래된 냉소적 시각을 바꾸고, 때로는 거기서 직접 강의하고 싶다는 유혹에 빠지기도 한다. 그는 자기의 직업을 더 이상 신사용품이나 수지(獸脂)양초를 파는 것 같은 사업으로 생각하지 않으며, 주식을 중개하거나 카드를 나눠주는 것 같은 게임이라고도 생각하지 않는다. 법률가나 산부인과 의사와 다름없는 전문직이라고 생각한다. 그의 목적은 기자의 업무에 적합한 이론들을 도입하고, 시대착오적인 매너리즘과 기회주의를 몰아냄으로써, 자기의 직업을 반석 위에 올려놓는 것이다. 그는 이제 기자의 업무를 나흘 만에 숙달할 수 있다거나, 더 괜찮은 직장이 있으면 언제든지 때려치울 수 있는 일로 보지 않는다. 기자의 테크닉을 마스터하는 데는 오랜 수습기간이 필요하고, 기자로서 두각을 나타내기 위해서는 폭넓은 정보와 지혜가 필요하며, 그 직업이 제공하는 높은 보수는 정말로 유능하고 헌신적인 사람의 당연한 몫이라고 그는 진지하게 이야기하기 시작한다. 한때 그는 자신을 베토벤이 말하는 자유로운 예술가—어떤 장애에도 굴하지 않고 즐거운 마음으로 자신이 하고 싶은 일을 하는 유쾌한 모험가—라고 생각했다. 이제 그는 자신을 현 세대와 미래 세대를 위해 봉사할 것을 맹세한 중요하고 책임감 있는 존재, 공화국과 자신의 직업에 대한 막중한 의무를 짊어진 초보 정치평론가 겸 공인이라고 생각한다.

인간의 사고에는 늘 망상이 끼어들 듯이, 이 모든 것에도 약간의 망상이 섞여 있다고 나는 생각한다. 언론인은 주교와 마찬가지로 자신을 객관적으로 바라볼 수 없다. 그는 유혹을 이기지 못하고 무심코 자신의 모습을 미화한다. 가장 중요한 한 가지 오류는 그의 직업적 위상에 대한 것이다. 그는 자기의 모든 바람에도 불구하고 고용인의 신세로 남아 있다. 사주(社主), 심지어 영업국장은 예전에 비해 빈도가 현저히 줄어들긴 했지만 여전히 임의로 그의 목을 자를 수 있다. 그리고 고용인은 전문직 종사자가 아니다. 전문직의 본질은 자신의 직업적 행위에 대해 오직 자신의 직업적 동료들에게만 책임을 진다는 것이다. 의사는 다른 사람에 의해 해고되지 않는다. 본인의 의지에 따라 공무원으로 변신하고 싶을 때, 의사 일을 그만둘 뿐이다. 그는 본인의 건강을 유지하고 환자에게 의료서비스를 제공할 수 있는 한, 안정된 생활을 보장받는다. 변호사도 마찬가지이다. 치과의사, 심지어 수의사도 마찬가지이다. 그러나 기자는 간호사·시신방부처리사·목사, 그리고 대다수의 기술자와 함께 중간지대에 머물러 있다. 그는 자신의 서비스를 소비자에게 직접 판매할 수 없고, 오직 신문사 사주에게만 팔 수 있다. 따라서 신문사 사주는 그의 온갖 거창한 공상을 거부할 수 있는 권한을 갖게 된다. 기자의 윤리강령은 신문사의 수익에 누가 되지 않는 범위 내에서만 허용된다. 그 범위를 벗어나면 지금은 얌전해진 영업국장이 다시 으르렁거리기 시작할 것이다. 자신의 보수를 정하는 문제에서도, 그는 변호사나 의사와 같은 자유를 누리지 못한다. 그가 상대하는 것은 의뢰인이 아니라 보스이다. 더욱이 그에게는 자기 직업에 유입되는 인력을 통제할 방도가 없다. 언론계의 밑바닥에서는 직업훈련을 거의, 또는 전혀 받지 않은 사람들이 끊임없이 새로 고용되는데, 그 가운데 일부는 언론의 주요 비결을 순식간에 익힌다. 따라서 가장 유능한 기자도 언제나 극심한 경쟁에 직면하므로 여유를 부릴 틈이 없다. 편집국장이 해고될 경우, 그 자리를 대신할 사람은 항시 대기하고 있다. 그러나 해고된 편집국장을 기다리고 있는 자리는 어디에도 없다.

이 모든 것은 명백하게 기자의 자율성을 위축시키고, 기자라는 직업의 지위와 품위를 전문직 수준으로 높이려는 노력에 찬물을 끼얹는다. 윤리강령에 대해 이야기할 때, 기자는 종종 허풍을 떠는 신세로 전락하고 만다. 상부에서 동의하지 않으면, 자신이 엄숙하게 작성한 규칙을 실행할 수 없기 때문이다. 그럼에도 불구하고 윤리강령에 관한 그의 논의가 터무니없는 것만은 아니다. 그가 실행할 수 있는 규칙이 다수 남아 있기 때문이다. 오늘날 미국 언론계에 만연해 있는 폐단의 대부분은 사실 사주(社主)의 악덕이나 영업국장의 사탕발림 같은 말에서 기인하는 게 아니라, 현직 신문기자들의 어리석음·비겁함·속물근성에서 기인한다. 거의 모든 미국의 도시에서, 신문기자들 대부분은 여전히 무식쟁이이며, 자신의 무식을 자랑으로 여긴다. 그들의 머릿속에 들어 있는 지식은 합리적이고 문화적인 의미에서 보자면 모두 쓸모없는 것이다. 그것은 전문직 종사자에게 필요한 지식이 아니라, 경찰서장이나 철도우편물 분류직원, 증권회사의 주가 표시판 기록원에게나 필요한 지식이다. 잡다하고 유치한 지식의 종합편이다. 그것을 열거하면 수다쟁이 이발사도 제발 그만하라고 손사래를 칠 것이다. 요컨대 그들의 지식에는 알 만한 가치가 있는 모든 것, 교육받은 인간의 상식에 속하는 모든 것이 빠져 있다. 미국의 편집국장들 중에서 수십 명은 칸트나 요하네스 뮐러[1]에 대해 들어본 적이 없고, 미

1. 독일의 생리학자이자 해부학자.

국 헌법을 읽어본 적도 없다. 교향곡이나 연쇄구균, 사기방지법이 무엇인지 모르는 사회부장들도 많다. 하버드나 터스키기,[1] 또는 예일 대학 입학시험을 통과하지 못할 기자가 수천 명은 될 것이다. 이 대단하고 용감한 무지, 이 광범위하고 이해 불가능한 반(反)지성이 미국의 언론을 병적으로 무기력하고 천박하게 만들고 있을 뿐 아니라, 전반적으로 악명 높게 만들고 있다. 지적인 모험심이 완전히 결여된 채 날마다 뉴스를 다루는 그런 사람은 알 만한 가치가 있는 뉴스는 눈여겨보지 않고 일생을 살아간다. 단언컨대 그런 인간은 직업적 품위는 고사하고 직업적 호기심조차 갖고 있지 않다. 명예라 불리는 미묘한 것은 어리석음의 함수가 될 수는 없다. 명예가 진정한 전문직 종사자의 전유물이 되다시피 한 것은 그들이 자유와 학식 면에서 스스로를 진정한 상류계급으로 상승시켰기 때문이다. 신중하게 자신을 대중—대중에게는 학식이 모욕이고 자유가 고통이다—과 차별화하는 데 성공했기 때문이다. 언론인이 아무런 노력도 하지 않고 그런 지위를 추구하는 것은 본말이 전도된 행위이다.

2

내가 지금 기술하고 있는 사실들은 얼음마차 몰이꾼보다 높은 수준에 도달한 미국의 모든 신문기자에게 잘 알려진 것으로, 신문기자들의 모든 회의에서 빠지지 않고 토론되는 주제이다. 심지어 미국신문편집인협회(ASNE), 즉 골프클럽에 가입한 중산층 언론인들의 단체도 연례회의에서 불편한 기색으로 매우 조심스럽게 그것들을 다룬다. 그러나 전반적으로 언론은 경계심과 적절한 언론비평의 부재

1. 미국 앨라배마 주 동부의 도시 터스키기에 있는 대학. 1881년에 흑인 교육을 위해 설립되었다.

로 병들고 있다. 자연발생적 열등감 콤플렉스를 갖고 있는 언론계의 노예들은 언론의 자유를 일종의 반역으로 간주하여 반대한다. 나 자신은 극히 일부를 제외한 모든 워싱턴 통신원들의 참을 수 없는 무능과 사기꾼 기질을 이따금 지적했다는 이유로 언론계의 공공의 적으로 저주받아왔다. 빛을 두려워하는 이런 편협성은 진정한 전문직 종사자한테서는 발견되지 않는다. 의사들은 의학 학술지에서 서로를 솔직하고 예리하게 비판하며, 변호사들도 그렇게 한다. 후자는 자신들의 합법적인 대부이자 품위의 본보기인 판사들에게 대들기도 한다. 모든 성직자는 자신의 직업적 열정의 대부분을 동료를 비판하고 저주하는 일에 바치고 있다는 사실을 알고 있고, 적지 않은 수의 성직자는 평신도가 참석한 공개연설에서도 그 일을 한다. 예술계 역시 사정은 마찬가지이다. 건축가가 인간성을 모욕하는 작품을 만들면 당연히 다른 건축가들의 비판을 받게 마련이며, 시인이 시를 발표하면 다른 시인들의 질정이 뒤따르는 법이다. 극작가·영화배우·척추지압요법사·정치가 등도 서로를 비판하면서 긴장감을 늦추지 않고 있다. 그러나 언론인들만은 예외이다. 헤이우드 브라운[1]이 격노하여 스나이더 재판[2]의 어설픈 보도에 대한 진실을 밝히고, 월터 리프먼이 『뉴욕타임스』지에 실린 러시아 관련 기사의 어리석음을 폭로하고, 오스왈드 빌라드가 『보스턴헤럴드』지나 『워싱턴스타』지의 문제점을 파헤치는 것은 매우 희귀하고 무례한 일로 간주된다. 언론인조합의 기관지들(의사를 위한 신문이 있듯이 언론인을 위한 신문도 있다)은 로터리 클럽과 키와니스 클럽에서 빌려 온 듯한 자화자찬으로 가득 차 있다. 언론인조합 기관지들을 읽다 보면 미국의 모든 신문사 사주는 훌륭한 공인이고,

1. 미국의 언론인이자 칼럼니스트.
2. 정부(情夫)와 짜고 남편 앨버트 스나이더를 살해한 혐의로 기소된 루스 브라운 스나이더에 대한 재판(1927년). 그녀는 공범과 함께 사형에 처해졌다.

모든 영업국장은 마법사이며, 편집국장은 아무나 되는 게 아니고 천재나 영웅에 가깝다는 인상을 받는다. 나는 얼마 전까지 기관지들을 열심히 읽다가 결국 구독을 중단했다. 차라리 감리교 절주·금주·공중도덕 위원회의 한 면짜리 신문이 더 재미있다는 것을 깨달았다.

비록 공화국의 언론을 골병들게 하는 폐단에 대한 진솔하고 공개적인 토론은 거의 없어도, 사적인 불평과 자기반성은 꽤 많은데, 그것은 기대한 지식의 경연장에서 고전을 면치 못하고 있는 언론학 교수들과 여러 목축주(州)의 편집인협회들이 내놓는 환상적인 윤리강령의 형태로 나타난다. 다시 한번 말하거니와 나는 그런 강령들을 중시하지 않는다. 그 대부분은 업계에서의 비중도 미미하고 양식도 없는 언론인들의 작품으로, 로터리 클럽에나 어울릴 법한 형이상학적 원칙, 또는 YMCA 지부와 주립(州立)교도소 운영에나 필요한 규칙들이다. 요컨대 언론계에만 해당하는 것이 아니라 미국인의 생활 전반에 파고들어 있는 악습을 물고 늘어질 뿐, 언론계에서만 발견되는, 그래서 쉽고 빠르게 치유될 수 있는 악습에 대해서는 이상하게도 침묵을 지킨다. 윤리강령의 목적은 대체로 미사여구를 동원하여 사람들에게 그럴 듯한 인상을 심어주는 것이라고 나는 믿는다. 통증에 시달리는 환자를 치료해주기보다는 안심시키고 위로하는 것이다. 그럼에도 불구하고 이런저런 윤리강령이 하나 둘 늘어나는 것은 환영할 만한 일이다. 지금은 윤리강령의 대부분이 공허하기 짝이 없지만, 언젠가 그 안에 실질적인 내용이 담길 가능성은 늘 열려 있기 때문이다. 현재 윤리강령은 아무런 성취도 이루지 못한 상태이지만, 적어도 언론인에게 자신의 직업이 철저한 정비를 요하고 있다는 문제의식만은 인식하도록 하고 있다. 그가 한때 품고 있던 낭만적 낙관론은 점차 사라지고 있다. 그는 더 이상 행복하지 않다. 그의 불편함이 커지면, 그도 결국에는 자신을 둘러싼 문제들에 대해 좀 더 현실적인 태도를 취하게 될 테고, 미래의 화창한 어느 날 그 문제들을 해결하는 어려운 작업에 합리적으로 착수하게 될 것이다. 대부분의 문제는 분명히 해결될 수 있는 성질의 것이다. 게다가 윤리 전문가들의 도움을 받지 않고 현직 기자들에 의해 얼마든지 해결될 수 있다. 그들에게 필요한 것은 불타는 정의감이 아니라 통상적인 직업적 능력과 상식이다.

예를 들어 오보에 대해 생각해보자. 미국의 신문들, 심지어 꽤 괜찮은 신문들에도 오보가 많은 이유는 무엇일까? 기자라는 부류는 상습적인 거짓말쟁이라서 진실한 것보다는 진실하지 않은 것을 좋아하는 걸까? 그렇지는 않다. 오히려 기자는 굉장히 멍청하고 감정적이고 경신성이 있어서 세상 누구보다도 남의 말에 잘 속아 넘어갈 뿐만 아니라, 기자의 대다수가 자신의 의무를 적절히 수행하는 데 꼭 필요한 날카로운 지성을 결여하고 있기 때문이다. 『뉴욕타임스』지가 러시아에 대해 그 유명한 온갖 헛소리를 실은 이유는 사주(社主) 옥스 씨가 독자들을 속이고 싶어 했거나 그의 노예들이 러시아 반혁명세력의 뒷돈을 받았기 때문이 아니라, 참 뉴스와 거짓 뉴스를 구별하는 기본적인 직업적 능력이 없었기 때문이다. 러시아 국경 근처에는 외국기자들을 농락하기 위해 고용된 선전원들이 진을 치고 있었다. 많은 기자들은 그 계략을 간파하고 선전의 함정에 빠지지 않았다. 물론 우리는 기자들이 기사화한 정보만 알 수 있을 뿐, 그들이 쓰레기통에 버린 정보가 무엇인지는 알 수 없다. 그러나 그들이 너무 쉽게, 심지어 한심하게 선전책동에 놀아날 때도 적지 않았다. 그 결과가 나중에 리프먼 씨에 의해 폭로된, 방대한 양의 유치한 잡동사니였다. 다시 말해서, 취재에 관한 한 타의 추종을 불허한다는 그 미국 신문의 편집진이, 취재된 내용을 취사선택하여 제시하는, 특별히 까다롭긴 하지만 불가능하지는 않은 작업을 감당할 능력이 없는 것으로 밝혀졌던 것이다. 이는 윤리적 실패가 아니라 순전히 기술적인 실패였다. 같은 신문이 1927년 초의 중국발 뉴스[1]를 멍청하게 오보한 것도, 1926년의 마이애미 허리케인[2]이 발생했을 때 미국의 모든 언론이 마비된 기이한 현상도 기술적 실패였다.

앞으로 이런 실패를 줄이는 방법은 부동산 중개인, 장의사, 위생적인 배관공, 키와니스 클럽 회원으로부터 요란하지만 진부한 의견을 빌려올 것이 아니라, 잘못된 기술을 철저히 점검하여 바로잡고 실패에 책임이 있는 무능한 인물을 제거하는 것이다. 물론 이런 정비작업을 완수하기 위해서는 지성을 갖춘 사람의 충원이 어느 정도 필요한데, 이 일이 불가능해 보이지는 않는다. 유사한 요구에 직면한 밀주밀매업계·법조계·식품가공업계를 보면, 그 같은 요구를 충족시킬 인재를 발 빠르게 확보해가는 것 같다. 나는 언론계가 그들보다 못할 이유가 없다고 생각한다. 유일한 걸림돌은 평균적인 미국 기자의 감상적인 언동, 즉 서면으로 자신에게 들어오는 모든 정보에 대한 순진하고 거의 습관적인 믿음이다. 사람들은 기자는 날마다 글을 접하므로 모든 글에 대해서 일단은 의심하고 본다고 생각할지도 모른다. 사실 기자는 자신이 글에 현혹되지 않는다고 믿고 있다. 그러나 진실을 말하자면, 기자는 자기한테 들어온 서면정보를 찢어버릴 때보다 받아들일 때가 훨씬 많다. 더욱이 그는 그 정보가 허위라는 명백한 증거가 있어도 그것을 기꺼이 삼킨다. 만약 그것이 전신(電信)의 형식으로 들어오면 그의 입은 쩍 벌어진다. 그것이 통신사로부터 타전된 것이라면, 그는 즉시 삼켜버린다. 물론 나는 신문기자들이 모든 통신사의 뉴스를 그런 식으로 꿀꺽 삼킨다는 말을 하려는 것이 아니다. 사실을 확인할 수 있는 수단이 있을 경우, 그도 뉴스를 검토하고 적잖이 퇴짜를

1. 1927년 3월 24일, 북벌을 진행하던 장제스(蔣介石)의 국민혁명군이 난징(南京)에 입성했을 때, 일부 군인과 난징 주민이 반제국주의 구호를 외치며 미국 영사관과 외국인을 습격하자, 영국과 미국의 군함이 난징을 포격한 사건.
2. 1926년 9월 17일과 18일에 마이애미를 강타해 373명의 인명을 앗아간 허리케인.

놓기도 한다. 그러나 확인이 어려운 경우, 다시 말해서 특별히 속기 쉬워서 부단한 주의가 필요한 경우, 그는 대개 확인하려는 노력을 해 보지도 않고 속아 넘어간다. 바로 이런 과정에 의해서, 직업적 경계심이 철저한 『뉴욕타임스』지의 기자들이 러시아 관련 '뉴스'에 희생되었고, 결과적으로 그 신문은 웃음거리가 되었다. 극히 낮은 개연성에 직면하여, 그들은 그 뉴스를 폐기처분할 수 없는 자신들의 무능을, 그것을 진실로 받아들이는 면허로 해석했다. 기자의 의무를 그와는 정반대로 해석하는 풍토가 조성된다면, 기자는 좀 더 견실하고 품위 있는 전문직이 될 것이다. 그렇게 되면 신문에는 뉴스가 줄어들긴 하겠지만, 적어도 그 뉴스가 진실하다는 장점이 확보될 것이다.

전형적인 미국 기자의 경신성은 해외로부터의 와전이나 선전에 국한되지 않는다. 그는 언론홍보담당자들의 술수 따위에 놀아나지 않는다는 자신의 거만한 믿음에도 불구하고 자기 안방에서도 그들한테 어이없이 당하곤 한다. 명백한 사실은 현재 그가 찍어내는 기사의 자료가 대부분 언론홍보담당자들로부터 흘러나온 것이고, 그가 그것을 검토하는 장치는 통탄스러울 정도로 부실하다는 것이다. 무대감독이나 오페라 가수에 의해 고용된 대담하고 뻔뻔한 거짓말쟁이들은 예전과는 달리 더 이상 기자를 갖고 놀지 못한다. 기자가 그들을 충분히 의심하게 되었으므로, 그들이 진짜 뉴스를 갖고 왔을 때도 그들을 쫓아내곤 한다. 그러나 직업적 애국자들의 다양한 단체, 즉 적십자사나 금주법 지지단체, 근동(近東)구조단, 미국상공회의소, 법무부, YMCA 등의 언론홍보담당자들에 대해서는 어떻게 대처하고 있는가? 나는 그런 단체들의 언론홍보담당자들이 언제나 또는 부득이하게 거짓말을 하는 존재라고 말하려는 게 아니다. 내가 하고 싶은 말은 그들의 성명이 열에 아홉 번은 진위를 정확하게 가려보려는 아무런 시도도 없이 신문사들에 의해 진실로 받아들여진다는 것이다. 그들의 성명은 명백한 사실에 대한 단순한 진술일 수도 있지만, 조직이나 개인의 매우 미심쩍은 의도를 감추기 위한 연막일 수도 있다. 어느 경우이든 그것은 동일한 방식으로, 즉 별다른 논평 없이 엄숙하게 공표된다. 도대체 누가 금주법 홍보요원이나 다름없는 자의 말을 믿겠는가? 충분한 증거를 확보하고 있는 법복 차림의 연방판사를 제외하고는 아무도 믿지 않을 것이다. 그렇지만 미국의 신문들은 날마다 그런 사기꾼의 터무니없는 허풍과 협박으로 지면을 채운다. 그것이 독자들 앞에 거짓말이 아니라 뉴스로 제시된다. 그런 쓰레기 기사의 목적은 무엇인가? 그 기사를 쓴 사람들이 금주법을 실제로 지키고 있는 것처럼 보이게 함으로써 그들이 일자리를 잃지 않도록 해주는 게 목적이다. 미국의 모든 신문기자는 금주법이 지켜지지 않고 있다는 사실을 알고 있다. 그러나 오늘날 미국의 신문들이 제1면에 새롭고 더욱 굵은 헤드라인 아래 엄청난 거짓말을 반복하는 선정적인 이야기를 싣지 않는 경우는 거의 없다.

나는 물론 증명 가능한 사실들만이 뉴스거리가 된다고 주장하는 건 아니다. 때로는 소문이 진실만큼이나 중요한 경우도 있다. 실제로 발생한 일뿐 아니라 보고된 것, 위험에 처해 있는 것, 단순히 이야기된 것을 보도하는 일도 독자들에 대한 신문의 의무이다. 내가 주장하고 싶은 것은 그런 유사뉴스, 어설프고 미심쩍은 뉴스는 진실일 가능성이 매우 높은 뉴스와는 명확히 구분되어야 한다는 것이다. 이런 구분은 유럽의 유명 신문들에서는 당연시되고 있다. 러시아 국경에서 날아온 급보를 전할 때, 유럽의 신문들은 정보원을 밝힌 다음 냉소적인 논평을 덧붙일 때가 많다. 만약 금주법 홍보요원으로부터 정보를 얻었다면, 유럽의 신문들은 그 신사의 포효를 동일한 방식으로, 즉 횡단보도를 건널 때처럼 주의를 기울여 읽으라는 솔직한 경고를 덧붙여 보도할 것이다. 요컨대 유럽의 신문들은 취재기자의 기술적 한계를 보완하기 위해 합리적인 모든 노력을 아끼지 않는다. 능력이 닿는 데까지 최선을 다하고, 그 결과가 신통치 않을 때는 솔직하게 그렇다고 말한다. 나는 미국의 신문들이 그런 태도를 본받으면 아주 이로울 것으로 생각한다. 그렇게만 된다면, 모든 신문에 대한 대중의 이유 있는 불신이 상당 부분 해소될 것이다. 비록 모든 것을 다 아는 척하는 현재의 자세는 버릴 수밖에 없겠지만, 그 대가로 정직하고 공정하다는 새로운 명성을 얻게 될 것이다. 그런 식으로만 한다면, 설령 실패한다 해도 지금 성공해서 받고 있는 것보다 더 큰 신뢰를 받을 것이다. 내가 제시하는 방안은 비용이 들기는커녕 오히려 비용을 줄여줄 것이다. 그 방안은 언론인의 마음에 견딜 만한 부담을 안겨주는 동시에 조심성과 경계심도 불어넣을 것이다. 무엇보다도 그것은 터무니없고 준수할 수도 없는 윤리강령의 도움 없이도 언론의 위상을 높여줄 것이다.

3

자신이 불행하다고 느끼는 양심적인 기자들은 사석에서 언론계 종사자의 고달픈 생활이 시작된 것은 주로 사이러스 H. K. 커티스나 작고한 프랭크 A. 먼시 같은 멍청한 부자들이 신문사를 소유하면서부터였다고 말한다. 이 호인풍의 야만인들이 연쇄점 방식을 언론에 도입한 결과, 신문의 수도 과거에 비해 줄어들고 언론인 개인의 비중도 축소된 상태이다. 윌리엄 허스트가 소유한 모든 신문의 내용은 대동소이하다.[1] 스크립스-하워드[2]의 모든 신문과 커티스의 모든 신문도 마찬가지이다. 병적인 인간인 먼시의 전성시대에 그의 신문들

1. 윌리엄 허스트는 1922년 말에 20개의 일간지와 11개의 일요판 신문을 소유하고 있었다.
2. 에드워드 윌리스 스크립스가 1878년에 설립한 E. W. 스크립스 사를 모태로 다수의 일간지를 경영한 그룹.

도 마찬가지였다. 그런 계열망 신문들에는 청운의 꿈을 가진 젊은이가 활약할 여지가 거의 없다. 기사의 3분의 2는 거대 공장에서 생산된 것이고, 나머지는 고도로 표준화된 헛소리이다. 허스트가 여러 도시에 흩어져 있던 소수의 신문만 소유하고 있던 초기에, 그의 직원들은 직업적 모험심과 솜씨가 예사롭지 않았고, 그 중 일부는 업계 안팎에서 명성을 날렸다. 그러나 현재 허스트의 신문은 아무리 선동적이라 한들 길게 늘어선 똑같은 주유소 가운데 하나나 마찬가지이며, 멍청하고 어수룩한 사람들을 현혹시킬 뿐이다. 오늘날 허스트의 편집국장들 중에서 전문성을 갖추고 있거나, 외부에 이름이 알려진 사람은 거의 없다. 아서 브리즈베인과 프랭크 크레인 박사의 진부한 말들이 그들 모두의 정신적 양식으로 이용된다. 그들의 생각이 곧 제1공장에서 기계처럼 일하는 사람들의 생각이며, 이 일꾼들이 하는 일은 그들이 본 적도 없는 사람들에 의해 결정된다. 스크립스-하워드의 노예들, 콕스와 커티스를 비롯한 나머지 모든 신문사 사주의 노예들도 똑같은 처지에 놓여 있다. 한 세대 전에 그들의 선배들은 빛나는 모험가·실험가·예술가였지만, 현재 그들은 골프나 치며 허송세월을 하고 있다. 그들은 많은 봉급을 받고 있고, 효과적으로 통제되고 있다. 그들의 직업적 보상은 과거에는 자유와 기회, 비할 데 없는 자기표현의 기쁨이었지만, 지금은 오로지 돈이다.

그러나 음지가 있으면 양지도 있는 법. 오늘날의 신문은 유니다 비스킷[1]처럼 엄격하게 규격화되긴 했지만 적어도 자금력을 갖추고 있다. 이제 과거와는 달리 하찮은 약탈자가 아니다. 먼시 같은 인물은 멍청하긴 하지만 나름 정직하다. 그래서 그가 신문을 돈벌이로만 여긴다고 생각하는 사람은 별로 없다. 심지어 진보세력이 신문경영인의

1. 1898년 미국의 너비스코 사가 출시한 비스킷. 획기적인 박스형 종이포장과 대대적인 광고 덕분에 선풍적인 인기를 누렸다.

뒷배로 간주하는 사악한 월스트리트의 큰손들도 자신들이 원하는 것을 얻으려면 그에게 단순히 명령을 내리는 것이 아니라 공손히 부탁해야만 한다. 먼시의 늪에 빠진 뉴욕 『선』지의 끔찍한 모습과 빌라드의 손에서 커티스의 손으로 넘어간 『뉴욕이브닝포스트』지를 걱정스런 눈빛으로 바라보는 구세대의 언론인들은 개구리 올챙이 적 생각 못한다고 자신들이 한때 얼마나 형편없는 신문들을 위해 일했는지를 망각하고 있다. 내가 일을 시작한 도시에는 총 다섯 종의 신문이 있었는데, 그 중 네 종은 저급하고 쓸모없고 시시하고 부도덕했다. 이 신문들은 모두 지역의 이권을 얻기 위해 정치적 술수를 부렸고, 광고주가 코를 풀 때마다 볼썽사납게 경기(驚氣)를 일으켰다. 그 시대의 미국 도시 두 곳 중 한 곳은 돈에 좌우되는 부실하고 천박하고 혐오스러운 신문들로 넘쳐났다. 그런 신문들 중에서 적지 않은 수가 대단히 잘난 척을 했고, 순진한 대중에 의해 계몽의 대변자로 받아들여졌다. 오늘날에는 그런 매춘부 같은 언론이 극히 드물다. 구세대가 통탄하는 언론통폐합은 적어도 한 가지 바람직한 결과를 낳았다. 신문들을 가난한 자들의 손으로부터 구해냈던 것이다. 오늘날 커티스나 먼시 같은 인물로부터 명령을 받은 사람은 그 명령이 경솔하고 멍청하다고 생각할지언정 그 진정성까지 의심하지는 않는다. 그는 자신이 본의 아니게 굴욕적인 일에 말려들었다는 느낌 없이 그 명령을 실행에 옮길 것이다. 그는 차마 입에 담지도 못할 목적을 이루기 위한 행위를 날마다 강요받는 처지는 아니다. 그렇지만 그의 선배는 종종 그런 절망적인 운명에 직면했다. 그는 보스의 진정성에 대한 환상 따위는 품지 않았다. 특유의 감상벽에 기대어 자신이 만드는 신문을 믿어보려고 애썼는데, 심지어 그 감상벽마저도 술의 도움 없이는 별 힘을 쓰지 못했다.

새로운 속물적인 신문사주들에 대해서 자존심 강한 기자들은 이러쿵저러쿵 말이 많은데, 사주들에게 주로 쏟아지는 험담 중에는 명백하게 과장된 것과 부당한 것도 적지 않다. 사주들은 신문사의 어리석은 편집정책, 쿨리지나 멜론[1] 같은 사기꾼들에 대한 기묘한 찬사, 미국 언론에 만연한 전반적인 위선과 지적 모험심의 결여에 책임이 있을까? 아마도. 그러나 그들이 신문은 조잡하고 서투른 영어로 발행되어야 한다고, 품위 있는 모든 것에 반대하고 저속하고 비열한 모든 것을 지지해야 한다고, 사소한 것에 탐닉하고 주요 뉴스는 대충 다루어야 한다고 지적했을까? 하딩의 장례식은 테네시 신앙부흥집회의 언어로 묘사되어야 한다고, 또는 주변 사람들의 손가락질을 받는 힘없는 사람한테는 공정함이나 품위나 양식 따위는 고려하지 않고 무차별 공격을 가해야 한다고 지시했을까? 그렇지는 않을 것이다. 나는 심지어 그릴리[2]와 같은 유능한 편집국장으로 변신한 신문사 사주도 자신의 신문을 가득 메우고 있는 정치적 쓰레기—쿨리지에 대한 터무니없는 신성화, KKK단이나 반(反)주점연맹 같은 사악한 세력에 대한 비겁한 굴복, 온갖 종류의 악당과 협잡꾼에 대한 낯 뜨겁고 어이없는 찬양—에 대해서 최종적인 책임을 져야 한다고는 생각하지 않는다. 평균적인 신문사 사주는 정치적 견해의 90%를 자신의 직원들로부터 얻는다. 다시 말해서 그는 멍청하기 때문에 정치부 기자들, 특히 자신이 부리는 정치부 기자들을 믿는다. 그는 그들이 폭넓고 신뢰할 수 있는 정보원을 갖고 있다고 상상한다. 그들의 지혜는 그의 대리인이라는 특권의 함수이다. 결국 그가 믿는 것은 그들이 그에게 들려준 말과, 그를 위해 일하는 전문가들이 그 말에 약간 수정을 가한 것 그 이상도 이하도 아니다. 그들이 그를 날마다 은밀하게 만날 수 있다면, 그들은 자신의 관념을 사주의 머리에 주입할 수 있다. 그는 그들의 일자리를

1. 미국의 실업가·자선가·정치가.
2. 공화당의 기관지 역할을 한 19세기 중반의 유력 일간지 『뉴욕트리뷴』지의 편집국장.

손에 쥐고 있을지 몰라도, 그들은 그의 눈과 귀를 독점하고 있다.

심지어 워싱턴에서 흘러나오는, 특히 그곳에 주재하는 저명하고 유력한 통신원들의 타자기를 통해 전해지는 정치적 쓰레기도 본사의 커티스나 먼시의 지시에 고무된 것이 아니라고 나는 확신한다. 그런 쓰레기의 발생원인은 믿기 힘들 정도로 경신성(輕信性)이 강한 통신원들의 전문성 부족에서 찾아야 한다. 다시 말해서 원인은 언론의 부패와 노예화가 아니라, 언론인의 무능함에서 찾아야 한다. 평균적인 워싱턴 통신원은 미국인의 기준으로는 정직한 편에 속한다. 그렇지만 그가 선거기간에는 각종 전국위원회를 위해, 다른 때는 의도가 매우 의심스러운 기관들을 위해 기꺼이 기자활동을 한다는 점을 잊어서는 안된다. 그를 주로 괴롭히는 것은 워싱턴에 첫발을 내딛는 순간부터 그를 에워싸기 시작하는 유혹을 견뎌내기에는 그의 그릇이 너무 작다는 점이다. 물론 소수의 통신원은 유혹을 뿌리친다. 그러면 그의 신문사는 독립적이고 지적이라는 명성을 얻게 된다. 그러나 대다수는 즉시 굴복한다. 몇 달 동안 워싱턴의 거물들과 어울리면서 그들의 저속한 가치에 익숙해지면, 양식과 품위를 지닌 사람과 사기꾼을 분간하지 못하게 된다. 백악관과 몇 차례 접촉하고 나면 완전히 망가진다. 그들은 뉴스를 취재하는 훈련을 받고 취재의욕에 가득 찬 신문기자로서 워싱턴에 오지만, 결국에는 음험한 비밀만 잔뜩 간직한 채 설령 보도를 하려고 노력해도 진실한 보도는 할 수 없는 보잘것없는 정치꾼으로 전락한다. 지금 나는 그들의 신뢰도에 먹칠을 하는 스캔들을 퍼뜨리고 있는 게 아니다. 내가 언급한 사실은 미국의 신문기자라면 누구나 알고 있다. 워싱턴발 독소의 악영향을 차단하기가 거의 불가능하다고 생각하는 소수의 지적인 편집국장은 통신원들을 자주 교체함으로써 그 영향을 최소화하려 한다. 그러나 평균적인 편집국장은 그런 어려운 일을 하기에는 너무 아둔하다. 그는 더 좋은 뉴스를 얻는 방법을 모르기 때문에 허튼소리를 찍어낸다. 대부분의 경우 그는 더 좋은 뉴스가 존재한다는 사실조차 모를 것이다. 본사에서 유언비어에 흠뻑 젖어 있는 그는 워싱턴에서 날아드는 더 많은 유언비어를 기꺼이 받아들인다. 그가 부정직하기 때문이 아니라, 어리석은 겁쟁이이기 때문이다. 그에게는 편집국장 직을 수행하는 데 필요한 풍부한 자원과 모험심, 호전성이 아예 없다. 그는 구태여 뉴스를 얻으려고 아등바등하지 않는다. 한가로이 골프선수의 신분과 품위를 즐긴다. 미국의 언론은 너무 많은 골프선수로 인해 신음하고 있다. 그들이 워싱턴 의사당 내의 신문기자석으로 벌떼처럼 몰려들기 때문이다. 지금 그들의 직업을 병들게 하는 거의 모든 우행(愚行)의 책임은 그들의 보스가 아니라 그들 자신에게 있다.

4

미국의 기자들은 부자〔신문사 사주〕를 탓하거나, 연례총회에서 연설을 하거나, 동료들의 비웃음을 살 게 뻔한 윤리강령을 제정하는 정도로는 결코 고질적인 병폐에서 벗어날 수 없다. 그들이 해야 할 일, 정확히 말하자면 그들 가운데 교양 있는 소수가 해야 할 일은 자신의 직업을 미화하기에 앞서 그것을 정화하는 것이다. 지붕에 페인트칠을 하고 깃발을 세우기 전에 깨끗이 청소부터 하라는 말이다. 이런 일이 이루어질 수 있을까? 이루어질 수 있을 뿐 아니라 이미 이루어져왔다. 미국의 신문들 중에서 적어도 10여 개는 낡은 악습을 제거하려는 단호한 노력을 보여주고 있다. 이 땅의 모든 편집국장은 마음만 먹는다면 자기네 신문을 정화할 수 있다. 그는 대부분의 경우 직원을 재량껏 채용할 수 있다. 사주나 영업국장은 임금총액에만 신경을 쓸 뿐 직원 채용에는 좀처럼 관심을 갖지 않는다. 신문이 저급하고 정보도 빈약하고 시시하고 불공평한가? 누가 보아도 황당한 뉴스로 가득 차 있는가? 논설위원들이 무지하고 몰상식한가? 기사가 진부하고 비속한 영어, 권투시합 매니저나 카운티의 교육감도 창피하게 생각할 만한 수준의 영어로 쓰여 있는가? 그렇다면 그 잘못은 분명히 먼 곳에 있는 사람이 아니라 현장에 있는 사람, 즉 그런 허튼소리를 간과하고 있는 사람의 몫이다. 편집국장이 작심하면 더 좋은 신문을 만들 수 있다. 언론역사에서 자기의 신문이 잘 편집되었다는 이유로 불만을 터뜨린 사주에 대한 기록은 없다. 그리고 오보나 사생활 침해 등을 이유로 자신에게 쏟아지던 불평들이 줄어들기 시작했다고 화를 내는 영업국장 이야기 역시 들어보지 못했다.

언론의 정도를 걷는 편집국장도 적지 않다. 지난 10여 년 동안 미국 신문의 전반적인 수준은 눈에 띄게 향상되었다. 터무니없는 헛소리는 여전히 많지만, 과거에 비해서는 훨씬 정확해지고, 일부 신문의 기사는 좀 더 세련된 영어로 작성되고 있다. 특히 소도시에서는 다수의 신문이 어리석은 당파성에서 어느 정도 벗어난 상태이다. 남부와 뉴잉글랜드 벽지의 철옹성을 제외한 나머지 지역에서는, 구시대의 정당기관지 같은 신문은 설 땅을 잃었다. 대도시에서도 『뉴욕트리뷴』 같은 신문의 열렬한 지지자들은 사라지기 시작했다. 이와 함께 술냄새 풀풀 풍기는 구태의연한 기자도 사라지고, 그 자리는 양질의 교육을 받고 전반적으로 인품도 훌륭한 젊은이로 채워지고 있다. 신문업의 발전을 꾀하는 사람들은 그런 젊은이의 수를 늘리려고 노력하며, 이를 위해 언론대학을 지원하고 있다. 그러나 언론대학에는 두 가지 눈에 띄는 결함이 있다. 하나는 교수진 가운데 진정한 직업적 명성이나 언론이 무엇인지에 대한 확실한 자기생각을 가진 사람이 별로 없다는 게 문제이고, 다른 하나는 입학이 너무 쉽다는 게 문제이다. 전국 언론대학의 절반 가량은 다른 전공을 시도할 능력이 없는 아둔한 학생들의 도피처이다. 학교측은 간단한 강의를 제공하고 손쉬운 취직을 약속한다. 그 결과 언론대학 졸업생은 주로 이류이다. 오히려 일반 학부과정을 졸업한 남녀가 기자로서의 소양을 더 많이 갖추고 있다.

언론대학을 괴롭히는 문제는 언론대학이 말이 대학이지 실은 직업학교에 불과하다는 사실이다. 그들의 동류는 의대나 법대가 아니라, 이용(理容)기술이나 부기나 시나리오 작법을 가르치는 교육기관들이다. 언론대학의 전반적인 실패를 극복하는 방법은 의대의 방식을 본떠 무능력자들을 공부를 마친 뒤가 아니라 공부를 시작하기 전에 솎아내는 것이다. 25년 전에는 읽기·쓰기·셈법만 배운 시골사람도 미국에서 의학을 공부할 수 있었다. 그는 3년 또는 2년 만에 다른 시골사람들을 상대로 진료를 시작했는데, 일단 그가 자격증을 따고 나면 그에게 제재를 가하기란 사실상 불가능했다. 그러나 지금은 거의 모든 의대가 학사학위나 이에 준하는 자격을 입학조건으로 내세웠고, 입학생은 4년의 학업을 마친 뒤에 최소한 1년은 병원에서 실습을 해야 한다. 이 개혁은 구식 야외학교들을 금지하는 법률을 제정함으로써 이루어진 것이 아니라, 그런 학교와 우수한 학교의 경쟁을 유도함으로써 실현되었다. 후자가 서서히 전자를 밀어냈던 것이다. 그러면서 의대 졸업생들은 엄청난 이점을 누렸다. 그들은 진료를 시작하는 순간부터 직업적 신망을 얻었다. 대중은 그들과 기존의 야외학교 출신들 사이의 차이를 금방 알아차렸다. 야외학교들은 곧 문을 닫기 시작했고, 지금은 거의 사라진 상태이다. 의사들은 의사가 되는 길을 더욱 어렵게 만들어버림으로써 자신의 전문성을 향상시켰다. 지금은 정말로 똑똑한 젊은이가 아니라면 의사 되기가 거의 불가능하다.

그러나 이른바 언론대학의 적어도 3분의 2는 여전히 읽고 쓰는 법만 익힌 지원자들을 받고 있다. 그렇다고 언론대학을 운영하는 교육자들이 학교 발전을 위해 머리를 싸매거나 돈을 투자할 것이라고 기대해서는 안된다. 그들은 야외의학교를 운영하던 돌팔이들과 다를 바가 없다. 언론대학을 발전시킬 원동력은 언론계 내부에서 나와야 한다. 지금 우후죽순처럼 생겨나고 있는 편집인위원회와 언론인협회에 기대를 해보자. 이런 단체들이 윤리강령 제정 같은 쓸데없는 노력을 그만두고 언론대학 육성에 전념하기를 빌어보자. 언론인들이 미국의사협회의 의학교육위원회처럼 현명하고 과감한 성격의 언론대학 대책위원회를 구성할 수만 있다면, 그들은 비실용적인 윤리강령으로 반세기 동안 이룰 수 있는 것보다 더 많은 것을 불과 몇 년 만에 이룰 수 있을 것이다.

그렇게만 된다면, 나머지 효과가 차례로 나타날 것이다. 많은 신문사 사무실에 아직까지 남아 있는 낡은 지론, 즉 교양 있는 티를 내는 행위는 기자로서의 신용을 떨어뜨리는 짓이고, 가장 유능하고 훌륭한 기자는 밀주업자의 지적 용량에 가장 근접한 지식의 소유자라는 이론은 충분한 교육을 받고 머릿속에 학교에서 배운 것 이상의 지성을 갖추고 있는 신입기자들의 경쟁 앞에서 빛을 잃을 것이다. 오늘날에도 언론은 학식 있는 사람들이 종사하는 다른 직업에 비해 결코 매력이 떨어지지 않는다. 언론은 군대나 성직보다 재미있고, 기자의 초봉은 의사나 변호사보다 높다. 독창적인 정신과 강인한 성격의 젊은이에게는 전도유망한 직업이다. 권력을 맛볼 수도 있고 부를 축적할 수도 있는 직업이다. 사실을 말하자면 언론은 언제나 그런 젊은이들을 흡수해왔다. 그렇지 않았다면 지금보다 훨씬 형편없는 상황에 처해 있을 것이다. 만일 언론계 내부의 사정이 그들에게 좀 더 호의적이라면, 즉 그들이 품위 없는 직장 상사의 명령이나 양식 없는 동료들의 질투에 덜 시달릴 수 있다면, 언론은 창조적이고 강인한 젊은이들을 더욱 많이 끌어들일 것이다. 그런 젊은이를 두 명만 끌어들이면, 그들이 다른 젊은이들을 끌어온다. 문제는 그들을 계속 붙잡아두는 것이다. 이것이 미국 언론이 직면한 최대 과제이다.

글이 건설적 비평으로 흐르는 감이 있지만, 내친 김에 소중한 지혜를 하나만 더 추가해야겠다. 나는 그것을 질문의 형식으로 표현하려고 한다. 모든 도시의 악덕변호사들이 삼류클럽을 조직하여 변호사협회라고 명명하고 회비를 낼 수 있는 모든 금주법 위반 단속요원이나 관내의 정치인들을 받아들인 다음 이 클럽의 회원이 되는 것은 미래에 대한 든든한 보험이라고, 즉 회비를 낸 모든 회원은 장차 곤경에 처할 경우 관할 판사나 검사로부터 우정어린 배려를 받게 될 것이라고 선언했다 치자. 그리고 그 도시의 점잖은 변호사들이 그런 터무니없는 주장을 문제 삼지 않고 내버려두었고, 그들 중 일부는 그 클럽에 가입함으로써 사실상 악덕 변호사들의 주장을 승인했다 치자. 과연 그 도시의 법조인들이 직업적 명예와 위엄을 얼마나 오랫동안 유지할 수 있겠는가? 이삼 년이 지나고 나면 얼마나 많은 비전문가의 머릿속에 변호사, 심지어 판사에 대한 존경심이 남아 있겠는가?

그렇지만 미국의 언론인은 바로 그런 일이 코앞에서 벌어지는 것을 허용하고 있다. 이 땅의 거의 모든 도시에는 이른바 기자클럽이란 것이 있는데, 그 4분의 3이 위에서 가정한 변호사협회와 똑같다. 기자클럽은 최악의 기자들, 즉 너무 무능하고 평판이 나빠서 신문사에서는 일자리를 구할 수 없는 사람들에 의해 운영된다. 그리고 도시의 모든 사기꾼과 악당으로부터 돈을 받으면서, 그 영수증만 있으면 신문사가 호의를 베풀 것이라고 주장한다. 이런 기자클럽이야말로 게으름뱅이와 공갈범의 리조트나 한가지이다. 참으로 성가시고 수치스러운 존재이다. 그렇지만 그런 클럽들에 대해 제재를 가하는 도시가 도대체 몇 군데나 되는가? 점잖은 기자들이 그런 클럽들에 반대하며 가시적인 조치를 취한 도시가 몇 군데나 되는가? 나의 제안은 간단하다. 신문윤리에 대해 이러니저러니 말하기에 앞서서 동서남북 사방에 널려 있는 저질 단체들부터 폐쇄할 것을 제안하는 바이다.

30

인간의 마음

1. 형이상학자들

해마다 여름철이 되면 메릴랜드 정글에 있는 우리 집이 너무 덥기 때문에 도저히 진지한 정신활동을 할 수가 없다. 그럴 때면 나는 언제나 몇 주에 걸쳐 이른바 철학의 고전들을 재독(再讀)하는 한편, 현존 철학자들의 최신작을 한두 번 대강 훑어본다. 이것은 결코 즐거운 독서가 아니다. 환자의 까다롭고 치명적인 출혈이 있고 난 후에 해부학책을 다시 들여다보는 외과의사처럼, 나 역시 슬픔에 젖어서 그 일을 한다. 내 마음속 어딘가에는 내가 어떤 독자들에게 빚을 지고 있다는 막연한 확신이 있는 것 같다. 내가 가끔씩이라도 아리스토텔레스와 스피노자와 정언적 명령 따위에 대해 모호하게나마 언급함으로써 읽는 사람에게 지적인 기쁨을 주길 바라는 그런 독자들 말이다. 아무튼 극도의 엄격성을 요하는 그 일을 하고 나면, 나는 언제나 끔찍한 시간을 보냈다는 생각이 들곤 한다. 다시 말해서 직업적인 철학자들에 의해 이 세상에서 실천되는 철학이라는 신비로운 학문은 대체로 헛소리와 공론(空論), 또는 헨리 포드의 신랄한 표현을 빌리자면 허풍이라는 생각에 사로잡힌다.

이런 것이 아나키즘이고 무신론일까? 내가 마침내 러시아인의 금과옥조를 신봉하게 된 것일까? 나는 법무부의 도살장에 끌려갈 준비를 하고 있는 것일까? 집행유예를 받으려면, 나는 애꿎은 철학책들을 탓할 수밖에 없다. 지난 3,000년 동안 철학자들은 진실을 찾기 위해 세상을 샅샅이 연구해왔다. 그런데 그들은 아직까지 연구의 규칙에 관해서조차 합의를 보지 못했다. 유사 이래 그들은 호모사피엔스의 사고에 질서와 체계를 부여하기 위해 노력해왔지만, 생각하는 사람이라는 호모사피엔스는 여전히 에쿠스 아프리카누스(아프리카 야생당나귀)의 형제이다. 나는 여기에 모든 철학자를 특별히 포함시키려고 한다. 물론 이따금 매력적이고 심지어 그럴듯한 이야기를 하는 인간이 나타난다. 예컨대 플라톤·니체·쇼펜하우어 등이다. 그러나 이들의 매력은 시인이나 정치가로서의 매력이지, 철학자로서의 매력은 아니다. 자신의 음울한 사색에 충실한 진정한 직업적 철학자는 로그표만큼이나 따분한 존재이다. 인류역사에서 칸트보다 잘못된 글을 쓴 인간이 있을까? 헤겔 정도? 내가 생각하는 후보는 이른바 비판적 리얼리즘의 신봉자들 사이에 있다. 그들은 나머지 면에서는 자신과 유사한 신사고(New Thought) 운동가들보다 잘못된 글을 쓰는, 아니 작고한 워런 하딩보다도 못한 글을 쓰는 대단한 위업을 달성했다.

모든 철학자가 모순적이고 어리석은 생각에 빠져드는 경우는 절대자(絶對者)의 매력에 끌릴 때이다. 법집행의 꿈이 금주법 지지자들을 괴롭히듯이, 절대자의 매력이 철학자들을 괴롭힌다. 이따금 그것을 잠시나마 잊어버릴 때, 그들은 비교적 합리적이고 매력적인 존재로 변신하지만, 결국에는 언제나 절대자를 추구하는 본연의 임무를 재개하고, 이로 인해 필연적으로 지적인 불모상태에 도달한다. 절대자란 단순한 허깨비일 뿐, 내용이나 실체가 없는 개념이다. 그런 것은 존재하지 않는다. 논리적 장치에 의해 그것이 의기양양하게 정립될 때, 이 업적은 2×2는 2+2와 같다는 사실을 증명한 수학자의 업적과 조금도 다를 바가 없는 것이다. 오늘날 누가 칸트의 정언적 명령을 믿겠는가? 칸트 입문서를 한 페이지 정도 넘겨본 심리학도도 믿지 않을 것이다. 사실 모든 인간에게서 확실하게 발견될 수 있는 이념 같은 것은 없다. 오직 철학자들만 그런 것이 있다는 교의에 집착한다. 예컨대 그들은 신학자의 임무를 수행하면서, 여전히 영혼의 불멸성을 주장한다. 그 근거는 모든 인간이 불멸의 삶을 염원한다는 것이다. 그러나 이는 난센스에 불과하다. 나는 그런 염원을 겉으로 내비치지도, 마음속에 품고 있지도 않은 사람을 수십 명 알고 있다. 나는 그런 사람들이 죽어가는 모습을 목격해왔는데, 그들은 망각의 세계로 빠져들면서 불멸의 삶에 대한 소망을 눈곱만큼도 보여주지 않았다. 그 밖의 모든 신학·윤리학·철학 상의 절대자 역시 망상에 불과하다. 엄밀하게 검토해보면, 그런 것들은 모든 사람에게 동일한 의미로 다가가는 것이 아니라는 사실이 밝혀진다. A라는 여성이나 B라는 칵테일이 모든 남성에게 동일한 의미를 갖는 것이 아닌 것과 같은 이치이다. 절대자는 심지어 같은 사람에게도 시기에 따라 다르게 받아들여진다. 나는 스물한 살 때 지금 생각하면 유치하기 짝이 없는 윤리적 원칙을 신봉했다. 그리고 지금은 당시라면 내게 충격을 안겨주었을 법한 원칙을 신봉하고 있다. 진리란 무엇인가?·지금, 나에게 진실인 것처럼 보이는 그 무엇이다. 그것은 달콤하고도 끔찍한 사랑의 열정만큼이나 객관적이지 않다. 쓸갯돌만큼이나 지극히 개인적이고 사적인 것이다.

장뇌(樟腦) 향을 풍기는 무기력한 철학자들의 지혜보다 훨씬 우월한 인류의 상식은 이미 오래전에 절대자의 추구에 반기를 들었다. 일찍이 〔구석기시대〕 무스테리안기의 인류도 절대자가 아무짝에도 쓸모없을 뿐 아니라 자신들을 지적으로 어정쩡한 상태에 머물러 있게 한다는 사실을 깨달았다. 그래서 그들은 평화를 얻기 위해 자의적 가치들을 정립하기 시작했다. 종교는 그런 자의적 가치들의 조합이다. 자의적 가치의 대부분은 의심스럽고, 상당수는 명백하게 잘못된 것이지만, 인류는 경험을 통해 일정한 상황에서 특별한 유형의 인간에게는 자의적 가치가 잘 작동한다는 것을 알게 되었다. 그래서 자의적 가치는 완전히 옳지는 않아도 충분히 옳은 것으로 받아들여지고, 필요할 경우 그것을 시정하는 암담한 작업은 신학자들에게 위임된다. 인류의 적으로 통하는 신학자들은 그 일을 맡는 바람에 고통을 당해도 동정을 얻지 못하는 신세가 된다. 같은 종류의 자의적인 가치들이 인간의 사고와 활동의 모든 분야에서 매일 활용되고 있는데, 특히 정치와 통치 분야에서 찬란한 빛을 발한다. 정치적 가치들은 학교에서 어린아이들에게 반복적으로 주입되는데, 성인이 된 뒤에 그것에 이의를 제기하는 사람은 성령을 거스르는 죄인이 된다. 그렇다면 자의적 가치가 진실로 받아들여지는 것일까? 그렇지 않다. 자의적 가치의 상당수는 너무나 의심스럽기 때문에 애국자들조차 그것을 말할 때는 눈을 감고 크게 심호흡을 하며 마음의 준비를 해야 한다. 그러나 자의적 가치는 그럭저럭 정상적으로 작동한다. 사회에서 더불어 살아가는 까다롭고 위험한 일에 최소한의 질서 비슷한 것을 부여해준다. 적어도 사람들의 마음을 위로해준다. 그래서 소중히 여기게 된다.

그런데 공교롭게도 인간이란 존재는 정적이지 않고 역동적이어서, 오늘 잘 작동하던 공리(公理)도 내일은 잘 작동하지 않는 경향이 있다. 때로는 사회조직의 변화에 발맞추어 오랫동안 존중해왔던 공리를 폐기해야 할 때도 있다. 이것은 언제나 위험천만한 일로, 대개 피를 보아야 달성된다. 이 사실은 참으로 의미심장하다. 나는 언젠가는 (정치운동가들이 심지어 지금 주장하고 있는 것처럼) 인간의 갖가지 이념이 영혼보다는 간에서 더 자주 나오고, 그것을 바꾸는 일은 형이상학자가 아니라 외과의사의 일이 될 것이라고 생각한다. 이런 생각은 곧 고상한 교육분야에서의 건설적인 제안으로 이어진다. 현재 교육학 교수들이 주장하는 교육의 목적은 무엇인가? 선량한 시민을 만드는 것이다. 선량한 시민이란 누구인가? 비정상적인 것을 말하거나 행하거나 생각하지 않는 사람이다. 학교는 이런 획일성을 최고수준으로 끌어올리기 위해 유지되는 것이다. 학교는 아직 어리고 여린 아이들을 받아서, 그들을 확고하게 짜인 표준적인 틀에 밀어 넣고 머리끝에서 발끝까지 공식 고무인으로 확인도장을 찍어주는 곳이다. 불행히도 그것은 매우 비효율적인 기구이다. 다수의 아이는 애써 틀에 집어넣어도 표준형 인간이 되지 않는다. 어떤 아이는 피부에 기름기가 너무 많아서, 웬만해서는 지워지지 않는 그 고무인 자국이 비바람이 부는 날 흔적없이 씻겨 나가기도 한다.

상상의 절대자, 진리라는 유령을 추구하는 것은 시인들이 주장하는 것처럼 즐거운 일이 아니라 굉장히 고통스러운 일이다. 인간의 역사에 행복한 철학자에 대한 기록은 없다. 그런 인물은 낭만적인 전설속에나 존재한다. 다수의 철학자는 자살했고, 사실상 거의 모든 철학자는 자식을 집에서 내쫓고 아내를 폭행했다. 놀랄 일이 아니다! 자신의 직업에 몰두하고 있을 때 철학자가 무엇을 느끼는지 알고 싶다면, 가까운 동물원에 가서 지치고 희망 없는 모습으로 벼룩을 잡고 있는 침팬지를 한번 보라. 둘 다 엄청난 고통을 겪고 있고, 그 어느 쪽도 소기의 목적을 달성하지 못한다.

2. 자살에 대하여

지적인 장의사한테 들은 바에 의하면 자살률은 지구상 어디에서나 증가하고 있다고 한다. 이는 최근에 들어서 의학의 발달과 상조업계 내부의 과도한 경쟁으로 예전만 못해진 그의 직업에는 희소식이다. 인간이 합리적인 행위를 할 수 있다고 믿고 싶어 하는 낭만적 낙관주의자들에게도 희소식이다. 그 어떤 행위가 자살보다 논리적일 수 있겠는가? 그 어떤 행위가 목숨을 부지하는 것보다 어리석을 수 있겠는가? 그렇지만 거의 모든 인간은 남아 있는 기간이 얼마 안 되는 게 뻔하고 고통으로 가득 찬 것일 때에도 어떻게든 살아보려고 발버둥 친다. 모든 의사는 근무시간의 절반을 더 이상 살아야 할 이유가 전혀 없는 환자들의 목숨을 연장해주는 데 허비한다.

물론 이런 불합리한 광기는 부분적으로 인간의 상상력, 또는 좀 더 시적으로 인간의 이성이라고 불리는 것에서 비롯된다. 죽음을 상상할 수 있는 고도의 능력을 획득한 인간은 그것을 고통스럽고 끔찍한 것으로 상상한다. 하지만 죽음은 그런 게 아니다. 죽음에 이르기까지의 과정은 때로는(항상 그런 것은 절대로 아니다) 고통스럽지만, 죽음 자체는 심리적·물리적 감각과는 거의 무관한 것으로 보인다. 마침내 죽음에 직면한 사람은 자신의 능력을 완전히 상실한다. 그의 죽음은 구균(球菌)의 죽음이나 마찬가지이다. 죽음에 끔찍함이나 고통 따위는 없다. 나는 물론 자연사에 대해 말하고 있다. 자살은 명백히 더욱 불쾌하다. 불확실성이 따르기 때문이다. 자살을 기도하는 사람은 죽지 않고 부상만 입게 되면 어쩌나 하는 두려운 생각 때문에 방아쇠를 당길까 말까 망설인다. 더욱이 자신을 향해 방아쇠를 당기는 것은 인위적인 죽음을 도와주는 대부분의 수단과 마찬가지로 자신의 품위를 해칠 우려가 있다. 그의 시신이 심하게 훼손될 수도 있다는 말이다. 그러나 이런 우려는 과학의 발달 덕분에 사라질 것이다. 안전하고 확실하고 용이하고 위생적으로 목숨을 끊는 방법이 고안될 것이다. 사실 몇 가지 방법은 이미 알려져 있고, 어쩌면 이 때문에 자살이 꾸준히 증가하여 친애하는 장의사를 만족시키고 있는지도 모른다.

자기파괴(self-destruction)에 대한 신학적 반대는 너무나 명백한 궤변이라서 진지한 논박을 할 하등의 이유가 없다. 초기부터 그리스도교는 지상의 삶을 지옥의 삶과 거의 구별할 수 없을 정도로 슬프고 공허한 것으로 묘사해왔다. 그렇다면 왜 살아야 하는가? 인생의 공허함과 살풍경이 조물주의 뜻이기 때문이다. 피조물에 대한 조물주의 사랑이 고문의 형태를 취하기 때문이다. 그들이 이 세상에서 조물주의 뜻을 거역하면, 내세에 100만 배나 심한 고통을 당하게 된다. 이런 주장은 신학적 사고의 전형적인 표본이다. 이제 좀 더 흥미로운 주제, 특히 내가 원래 생각했던 논제로 넘어가기로 하자. 나의 논제는 우리가 목숨을 유지해야 하는 이유, 좀 더 구체적으로 말하면, 충분한 증거로 뒷받침되는 동시에 쉽게 오류로 판명되지 않을 만큼 상당히 논리적인 이유를 찾아내는 일이 불가능하지는 않아도 매우 어렵다는 것이다. 그럼에도 불구하고 우리가 계속 살아간다는 사실은, 사는 이유가 일종의 덧붙임(afterthought)에 불과하다는 증거일 뿐이다. 나는 울적할 때면 음주를 즐긴다. 고로 모든 금주법 지지자는 바보멍청이이고, 그들의 대다수는 악당이다. 술은 나를 병들게 하고, 나의 사촌 에밀을 죽음으로 내몰았다. 고로 술은 법으로 금지되어야 마땅하다. 음주는 성서에서도 금하고 있다.(이런 내용이 어디쯤에 나오는지는 기억나지 않는다.) 나는 특히 어리석은 짓을 하는 미국인을 동경하고 좋아한다. 고로 그들에 대해 혹평을 늘어놓는 외국인은 지옥에서 온 악마이다. 미국인은 나를 피곤하게 한다. 고로 바로 그 외국인은 매력적인 친구이다.

그러나 때로는 이런 덧붙임—모든 사상은 덧붙임이다—이 만인의 합의에 의해 보편적인 지혜가 되기도 한다. 이 세상의 보편적 사고는 이미 오래전에 인생은 고해(苦海)라고 결론지었다. 어느 민족의 철학적 격언을 살펴보든, 당신은 그것이 현세적 투쟁의 허망함에 대한 탄식으로 가득 차 있음을 깨닫게 될 것이다. 기대가 현실보다 낫다. 실망은 인간의 운명이다. 우리는 고통 속에서 태어나고 슬픔 속에서 죽는다. 그 행운아는 어느 수요일에 죽었다. 여호와께서 그의 사랑하시는 자에게는 잠을 주시는도다.〔「시편」 127편 2절〕 나는 이런 구절을 얼마든지 나열할 수 있다. 당신이 세속적이거나 성스러운 민간의 지혜를 경멸한다면, 윌리엄 셰익스피어가 쓴 불후의 명작들을 읽어보라. 하나같이 비관론에 젖어 있다. 셰익스피어의 비극들을 관통하는 하나의 이념이 있다면, 그것은 인간의 삶이 고통스럽고 부질없다는 것이다. 꺼져라, 꺼져라, 가냘픈 촛불이여![『맥베스』 5막 5장]

그렇지만 우리는 혼란스러운 생리학적 방식으로, 아니 좀 더 정확하게 말하자면 병리학적 방식으로 삶에 집착하고, 심지어 그것을 번지르르한 허식으로 채우려고 노력한다. 정말로 지각이 있는 사람이라면 누구나 명성과 권력을 얻기 위해, 동료들의 존경과 질투를 얻기 위해, 빠른 속도로 분해되는, 불쌍하고 어리석은 아미노산 덩어리들의 찌무룩한 찬사를 얻기 위해 힘차게 투쟁한다. 왜? 그 이유를 안다면, 나는 이 지옥 같은 미국의 풍토에서 책을 쓰고 있지는 않을 것이다. 수정과 황금으로 장식된 전당에 위엄을 갖춰 앉아 있을 테고, 사람들은 작은 구멍으로 나를 보기 위해 1인당 10달러씩을 낼 것이다. 그러나 핵심적인 미스터리가 남아 있다 해도, 표면적인 징후들을 탐구하면 약간의 성과를 얻을 수 있을 것이다. 나는 나 자신을 실험실의 동물로 제공하고자 한다. 나는 왜 아직까지 내게 불가입성으로 남아 있는 그 무엇을 성취하기 위해 30년 동안 그토록 열심히 일을 했을까? 내가 돈을 원해서였을까? 천만의 말씀! 나는 잠시라도 돈을 갈망한 적이 없다. 내게 필요한 만큼의 돈은 언제나 어렵지 않게 벌었다. 그렇다면 내가 이름을 날리고 싶어 했을까? 당연히 아니다. 나는 낯선 사람들의 관심이 불편하고, 따라서 가급적 그것을 피한다. 그렇다면 나를 움직인 것은 선행을 베풀려는 마음일까? 낯간지러운 소리는 하지도 마라! 나는 선행이 결코 고상한 취미가 아니라고 확신하는 사람이다.

일단 인간은 자기를 표현하려는 모호한 내적 충동에 부응하여 일한다는 추론을 시도해보았다. 그러나 이것은 근거가 미약한 이론이다. 죽기 살기로 일하는 사람들 가운데 아무것도 표현할 것이 없는 사람도 있기 때문이다. 좀 더 개연성 높은 가설은 사람들이 명상적인 삶의 무거운 고뇌에서 벗어나기 위해 일을 한다는 것이다. 그들의 일은 그들의 놀이와 마찬가지로 그들을 현실에서 벗어나게 해줌으로써 그들에게 봉사하는 주술이라는 것이다. 일과 놀이는 환상이다. 어느 쪽도 확실하고 영구적인 목적에 봉사하지 않는다. 일에 가치라는 것이 있다면, 그것은 더 많은 인간을 일할 운명에 처하게 만드는 것뿐이다. 그러나 그런 환상이 없다면 인생은 금세 견딜 수 없는 것이 되어버린다. 조용히 앉아서 세상의 운명을 관조하는 인간은 광기에 빠질 수밖에 없다. 그래서 그는 자신의 마음을 그런 공포에서 벗어나게 해줄 방법을 고안한다. 그는 일을 한다. 놀이를 한다. 재산이라고 하는 부질없는 것을 잔뜩 쌓아 놓는다. 명성이라는 수줍은 윙크를 얻으려고 애쓴다. 가정을 이루고 불행의 씨앗을 뿌린다. 이 모든 일을 하는 동안 그를 움직이는 것은 자기를 잃고 자기를 잊고 자기라는 트래지코미디를 모면하려는 염원이다. 인생은 기본적으로 살 만한 것이 아니다. 그래서 그는 인생을 살 만한 것으로 만들기 위해 인공적인 것들을 발명한다. 인생이 살 만한 것이 **아니라는** 사실을 숨기기 위해 번지르르한 구조물을 세운다.

고뇌와 트래지코미디에 대한 나의 이야기에 오해의 소지가 있을 수도 있겠다. 인간의 삶에 대한 기본적인 사실은 생(生)이 비극이라는 게 아니라 지루하다는 것이다. 다시 말해서 전쟁보다는 끝없이 긴 줄을 서 있는 것에 가깝다. 삶에 반감을 갖는 것은 삶이 지나치게 고통스러워서가 아니라 무의미하기 때문이다. 무엇이 인류를 기다리고 있는가? 악마를 쉽게 알아보는 신학자들도 종국에는 무분별한 불길의 분출로 장식될 어두컴컴한 공허밖에 볼 수 없다. 그러나 인류의 진보 같은 일도 있다. 그렇다. 그것은 구치소에서 감옥으로, 감옥에서 사형장으로 가는 악당이 만들어내는 진보이다. 모든 세대는 견딜 수 없는 동일한 권태에 직면한다.

나는 통계상으로 볼 때 행복하다고 간주될 만한 인생을 살아온 사람으로서 이야기하고 있다. 나는 많은 일을 하고 있는데, 나는 일하는 것보다 더 즐거운 것은 상상도 할 수 없다. 나는 거창하고 위압적이고 성취하기 어려운 것은 바라지 않는다. 내가 얻을 수 없는 것은 아예 원하지도 않는다. 그러나 노년기의 문턱에 다가서 있는 나의 결론은 모든 것이 재미없을 뿐 아니라 굉장히 부질없다는 것이다. 모든 것의 끝은 언제나 덧없고 대개 무가치하며, 비감(悲感) 따위는 없다. 생활수단은 그대로 남아 있다. 여기에 만족이라 불리는 것, 즉 자살을 적어도 다른 날로 연기할 수 있는 여력의 비밀이 숨어 있다. 생활수단은 그 자체로는 아무런 의미가 없지만, 어쨌든 인간을 무력화시키는 현실에서 도피할 수 있는 방법을 제공한다. 삶의 가장 중요한 목적은 사멸을 모의(模擬)해보는 것이다. 우리는 번지수를 잘못 짚어 엉뚱한 주장만 외쳐왔던 셈이다.

3. 논쟁에 대하여

지난 20년 동안 논쟁을 벌여온 나처럼 습관적으로 논쟁에 가담하는 사람은 누구나 논쟁의 공허함과 덧없음을 애처롭게 느끼면서 만년에 접어들게 마련이다. 특히 모든 이념이 의심을 받는 이 거대한 공화국에서, 논쟁은 거의 불가피하게 난센스의 교환으로 전락하는 경향이 있다. 대통령 선거유세에서 후보자들이 하는 연설을 주의 깊게 검토해본 적이 있는가? 그렇다면 당신은 그것이 모두 헛소리와 구두선의 집약체임을 알고 있을 것이다. 물론 이따금 워싱턴 입성을 노리는 존경할 만한 야심가들 가운데 한 명이 신랄하고 시의적절한 연설을 할 때도 있지만, 간혹 있는 이런 일은 주변의 부추김이나 그릇된 인도(引導)에서 비롯된 것일 뿐 결코 본인이 의도해서 하는 게 아니다. 그의 일상적인 몫은 어디까지나 헛소리를 해대는 것이다.

실제로 자기 주장을 명확히 밝히는, 또는 논적의 주장을 이해하고 있는 티라도 내는 논객을 만나기란 쉽지 않다. 현재진행형인 근본주의자들과 모더니스트들 사이의 대결로 눈을 돌려보라. 그것은 우리의 거대한 소돔과 니네베에서는 유치한 학문적 대결이지만, 지옥문이 열려 있는 성서 십이지장충 벨트[1]에서는 활활 타오르는 기름불 같은 격렬한 전투이다. 양측은 난센스의 수렁에서 뒹군다. 신앙의 독점을 주장하는 근본주의자들은 자신들이 성서를 본문 그대로 믿는다고 우기지만, 이는 사실이 아니다. 그들 가운데 적어도 99%는 「디모데전서」 5장 23절[2]은 물론이고 「출애굽기」 22장 18절[3]도 배격할 것이다. 그리고 모더니스트들은 과학과 성서가 상충되지 않는다고 주장하는데, 이는 더더욱 사실이 아니다. 이 논쟁은 사실상 그 성격이 거의 고전적이다. 어느 쪽도 쟁점이 된 문제에 집중하지 않는다. 양측은 벨트 아래〔급소〕를 가격하여 상대를 쓰러뜨리려고 애쓴다. 근본주의자는 모더니스트를 범죄자로 만들어버리는 법을 통과시킴으로써(미국의 법체계에서 현재 범죄로 규정되는 바에 따라) 상대를 제압하려 하고 있으며, 반면에 모더니스트는 근본주의자를 횡설수설하는 개코원숭이 집단으로 묘사함으로써 상대가 문명의 근절을 맹세했을 뿐 아니라 카니발리즘도 마다하지 않는다고 맞받아친다.

나는 이 정신 사나운 대논전에 건전한 정신으로 참가하여, 아리스토텔레스의 「오르가논」의 숭고한 원리를 소개하기 위해 나름대로 진

1. Bible and Hookworm Belt. 미국 남부에 대한 멩켄의 경멸적 표현.
2. "이제부터는 물만 마시지 말고, 네 위장과 자주 나는 병을 위하여 포도주를 조금씩 쓰라."
3. "너는 무당을 살려두지 말라."

지하게 노력했다. 그럼에도 나는 양측으로부터 불난 집에 부채질하지 말라는 비난을 들어야 했다. 극단적 모더니스트, 즉 직업적인 무신론자들은 내가 근본주의자의 숨통을 끊으려 하지 않는다는 이유로 불만을 표하면서, 나를 숨어 있는 칼뱅주의자로 매도하고, 자신들의 신문에 나에 대한 악평을 실었다. 내가 다윈을 편애한다고 의심하는 근본주의자들은 내가 십계명을 어기려 한다고 비난하는데, 그 중에서 가장 저명한 인물 한 명은 최근에 내가 개인적으로 간음하지 말라는 일곱 번째 계명에 도전했다고 암시하면서, 고 실베이너스 스톨 박사가 유명한 병리학 책 『14세 소년이 꼭 알아야 할 것』에서 기술한 것과 같은 방식으로 유감을 표명했다. 이 마지막 비난은 참신하면서도, 그들로서는 매우 온건한 편이었다. 요즘에는 상대방을 공격할 때 상투적으로 그가 적성국의 돈을 받는 볼셰비키라고 주장한다. 나는 그런 공격을 워낙 자주 받았기 때문에, 내 이름을 들어본 사람들은 대부분 그렇게 믿고 있을 것이다. 심지어 20년 동안이나 사회주의를 공개적으로 비판해왔고, 정치적으로 골수 보수파인 나 자신도 반쯤은 그렇게 믿던 암울한 시기가 있었다. 얼마 전에 내가 보수파라는 사실을 기적적으로 알게 된 보스턴의 한 비평가는 즉시 나의 급진주의가 가짜였다(그는 자신이 이 점을 알아냈다고 생각하는 모양이다)는 이유로 나를 비난했다.

1910년부터 1920년까지 10년간 나는 주로 문학논쟁에 관여했으므로, 나의 정치적 입장은 쟁점이 아니었다. 그러나 1917년에 이상주의의 파도가 미국을 덮치자, 나는 졸지에 독일 스파이로 낙인 찍혔고, 나의 순수한 미학적 이설(異說)은 경찰의 단속대상이 되어야 한다는 요구가 공공연히 제기되었다. 당시 나의 논적 한 명(스튜어트 셔먼)은 저명한 대학교수였는데, 지금은 안타깝게도 이 세상 사람이 아니다. 그는 나의 문학적 판단이 카이저의 영감을 받은 것이라고 주장하면서 그것을 폐기처분하려고 노력했을 뿐 아니라, 내가 당시에 옹호하고 있던 작가들의 작품에 대해서도 같은 혐의를 씌웠다. 그의 박식한 동료 여러 명도 마찬가지였다. 이런 맹공에 논리적 장치로 맞서기란 쉽지 않았다. 그 시기에 논리는 권리장전과 함께 완전히 개점휴업 상태였다. 더욱이 그들의 전반적인 비난에는 일리가 없지도 않았다. 그래서 나는 방어를 하지 않았다. 사실 수세를 취하는 것은 내 성격에 맞지 않는다. 대신에 나는 모든 대학교수는 그들의 정치적 입장과 관계없이 완전 무식한 깡통이라는 사실을 입증하기 위해 세심한 노력을 기울였고, 고대부터 내려온, 상대를 불쾌하게 만드는 모든 레토릭을 동원했다.

이 논쟁의 이슈는 특별한 것이었다. 전쟁을 끝내기 위한 전쟁이 끝나자마자, 그 쓸데없는 소란에 대한 극도의 혐오감이 조성되었고, 호엔촐레른 왕가의 돈을 받는다는 비난은 내게 더 이상 타격을 주지 못했다. 예의 교수는 자신의 주요 공격수단이 사라진 것을 알고, 다른 공격대상을 찾아내기 위해 내가 옹호하던 책들을 읽기 시작했다. 그리고 그 중 다수가 수작(秀作)임을 깨닫고는 깜짝 놀라서 그 책들을 칭찬했다. 심지어 나의 가장 요란한 찬사를 무색케 할 정도의 찬사를 바쳤다. 마지막에는 튜턴인의 영향을 보여주는 증거를 찾기 위해 그 책들을 뒤졌고, 그것을 발견했을 때는 열광적으로 환호했다. 한편 불쌍한 그의 동료교수들은 제물이 되었다. 나는 논쟁이 끝나자마자 그들에 대한 비난을 중단하고 정치적·도덕적 관심사에 몰두했지만, 다양한 논객이 내가 떠난 자리에서 성전에 나섰고, 이 성전은 이내 전국으로 확대되었다. 그것은 내가 생각했던 수준을 훨씬 넘어섰다. 생소한 이름의 정치평론가들이 분개하여 모든 교수를 척추지압요법사·의원(議員)·심령술사와 같은 부류로 취급하기 시작했다. 전국의 크고 작은 10여 개 대학에서는 학생들이 집회를 열고 교수들을 모욕하기 시작했다. 수십 개 대학신문은 주제넘게 교수를 조롱했다는 이유로 발행이 금지되었다. 몇몇 유명 대학에서는 사태가 폭력의 양상을 띠었다. 장막이 걷히자 한때 모든 사람에게 존경받던 교수라는 전문가 집단이 문제집단으로 낙인찍혔고, 아직까지 그런 상태로 남아 있다. 그러나 많은 교수가 실제로 문제교수인 것은 맞지만, 모든 교수가 문제교수인 것은 분명히 아니다. 고고한 교수도 문제교수와 함께 고통을 받아왔다. 정직하고 하느님을 두려워하는 많은 교수, 다시 말해서 자신의 음침한 난센스를 중산층의 후손에게 주입하려고 애를 쓰고 있는 많은 교수가, 처음에는 그들이 이해할 수 있는 범위 밖에서 시작된 논쟁이 어느 순간 최초 논객들의 이슈와는 완전히 동떨어진 논쟁으로 변질되면서 그들까지 쌍욕을 듣게 되었기 때문이다.

이상이 정신 분야에서 벌어지는 전쟁의 방식이다. 왜 그런 식으로 진행되어야만 하는지는 나도 모르지만, 아무튼 그런 식으로 진행된다. 내가 아는 한 어떤 논쟁도 그것이 시작된 지점에서 끝난 적이 없다. 심지어 당대 영국의 저명한 지식인이었던 토머스 헨리 헉슬리와 새뮤얼 윌버포스[1] 사이의 역사적 논쟁도 끝도 없이 곁가지를 치면서 양자의 밑천이 다 드러날 때까지 계속되었다. 그것은 다윈의 『종의 기원』이 건전한 책이라는 점을 입증하려는 헉슬리의 노력에서 비롯되었고, 헉슬리의 할아버지가 고릴라였다는 사실을 증명하려는 윌버포스 주교의 노력으로 마무리되었다. 쟁점이 무엇이었을까? 헉슬리는 윌버포스를 개종시켰을까? 윌버포스는 헉슬리의 갑옷에 작은 흠집이라도 냈을까? 어리석은 레토릭적인 질문으로 여러분의 시간을 빼앗아서 미안하다. 루터는 교황 레오 10세를 개종시켰던가? 율리시스 그랜트는 로버트 리를 전향시켰던가?

1. 성공회 주교.

4. 신앙에 대하여

얼마 전에 나는 한때 사회주의 운동에 헌신했으나 지금은 은퇴한 지 오래된 한 박식한 사회주의자로부터 편지 한 통을 받았다. 편지는 복통에서 암에 이르는 인간의 온갖 질병에 대한 새롭고 확실한 처방을 선전하는 광고들로 가득 차 있었다. 그리고 이 발명품이 가짜가 아니라고 장담했다. 다 죽어가던 남녀가 자기의 처방으로 살아나는 모습을 두 눈으로 확인했다는 것이다. 그는 미국의사협회의 가증스러운 음모만 없다면, 이것을 다방면으로 활용하여 해마다 수십만 명의 목숨을 구할 수 있다고 주장했다.

이 모든 것은 왠지 낯설지 않았다. 나아가 무척 자연스러워 보였다. 이게 아니더라도 여하튼 엉터리치료를 믿지 않는 사회주의자 이야기를 들어본 적이 있는가? 나는 우리 시대에 적어도 미국에서 활약한 사회주의 운동의 주요 투사들을 모두 알고 있다. 그런데 그들은 하나같이 미시시피의 흑인, 아니 미시시피의 백인 못지않게 속임수에 잘 넘어간다. 카를 마르크스 자신도 치유석[1]을 들고 다니고 점성술을 믿지 않았던가? 아니라면 정말로 불가사의한 일이다. 유진 데브스는 키니네가 감기를 치료할 수 있다고 믿지 않았던가? 아니라면 그는 진정한 사회주의자가 아니다.

이 거대한 공화국에 현존하는 대표적인 사회주의자는 업턴 싱클레어이다. 아마도 그는 사회주의 운동이 남긴 유일한 현존 지도자일 것이다. 데브스는 사망했고, 나머지 사회주의자들은 대부분 지난 전쟁 기간에 하수구로 뛰어내렸기 때문이다. 싱클레어는 다종다양한 난센스를 믿었기에, 그것들을 두꺼운 2권의 책으로 기록했다.[2] 그는 일찍

1. madstone. 서양의 민간요법에서 동물에게 물린 상처를 치료하는 데 효과가 있다고 믿어졌던 결석(結石) 또는 모구(毛球).
2. *Good Health and How We Won It* (1909)와 *Fasting Cure* (1911).

이 단식요법으로 감기를 치료할 수 있다고 철석같이 믿었으며, 샌프란시스코의 사기꾼인 고 앨버트 에이브럼스 박사의 마수에 걸려든 최초의 깡통들 가운데 하나였다. 나는 싱클레어를 비난하려고 옛날 일을 들춰내는 것은 아니다. 다른 모든 면에서 그는 대단히 매력적인 인물이다. 나는 단지 그런 경신성이 사회주의자한테서 흔히 발견된다는 말을 하고 싶은 것이다. 영국에서는 총리[1]의 아들 올리버 볼드윈이 사회주의 운동의 영웅으로 활약하고 있다. 얼마 전에 런던발 연합통신은 올리버가 심령술에 빠져 "적어도 5개 언어로 자신의 방 곳곳에서 울려 퍼지는 영혼의 목소리"를 듣고 있다고 전했다.

이미 말했다시피 미국의 저명한 사회주의자들은 1917년에 사실상 모두 하수구에 처박혔다. 법무장관 A. 미첼 파머의 총잡이들이 조무래기 사회주의자들에 대한 일제단속을 시작하고, 유연한 연방판사들이 그들을 각각 5년·10년·20년 간 애틀랜타 연방교도소로 보내버리려 하자, 고결한 운동가들은 한 줄기 거대한 빛을 보았는지 성조기 앞에 무릎을 꿇고 울기 시작했다. 이제 위험은 사라졌지만, 그들은 돌아올 수 없다. 살아남은 동지들이 그들과는 어떤 일도 도모하지 않을 테고, 심지어 그들을 배신자라고 맹비난할 것이기 때문이다. 그러나 마르크스의 숲이 그들의 출입을 불허한다 해도, 그들이 또 다른 빛줄기를 찾아 앞 다투어 몰려들 여지는 얼마든지 남아 있다. 실제로 그들 가운데 상당수는 1920년에 난폭한 금주법 지지자로 돌변하여 미국이 2년 안에 금주국가가 될 것이라고 예언하기 시작했다. 일부는 척추지압요법사가 되었으며, 일부는 마음을 바꾸어 국제연맹을 지지한다고 선언했다. 심령술사가 된 자도 많았고, 소수는 싱클레어처럼 에이브럼스 박사한테 굴복했다. 나머지는 자유연애, 근본주의, 텔레파시, 하딩의 이

1. 영국 총리를 세 차례 지낸 스탠리 볼드윈을 말한다.

상주의, 텍사스 석유주식, 수비학(數秘學), T. S. 엘리엇의 시, 에리크 사티의 음악, 또는 점술에 탐닉했다. 한두 명은 직업적인 마술사가 되었다. 요컨대 그들 모두는 자신의 천성에 반드시 필요한 만족과 위안을 발견했다. 즉 기이하고 어리석은 믿음의 대상을 발견했던 것이다. 이들 모두에게는 이전에 사회주의자로 활동할 때처럼 신앙심이 있었다. 그들은 경찰의 도움을 받아 사회주의를 포기할 수는 있었지만, 남의 말을 믿으려는 마음을 없앨 수는 없었다. 사회주의자는 한마디로 진실이 아닌 것을 믿고 싶은 충동을 도저히 주체하지 못하는 사람이다. 그는 선선한 저녁에 풀밭에 누워 있는 젖소가 우유 짜는 아가씨를 애타게 기다리듯, 그것을 열망한다. 목마른 의원이 술 한 모금을 갈구하듯, 그것을 염원한다.

그런 낭만적 기질의 소유자들에게 가장 큰 만족감을 주는 일은 진정한 사회주의와는 아무 관계가 없다. 따라서 그들 가운데 열에 아홉은 사회주의자가 아닐 경우 적어도 혁신당원이나 단세(單稅) 지지자, 또는 농촌구제법안의 전도사가 된다. 사회주의는 아무리 달콤하다 해도 그들을 완전히 충족시키지 못한다. 단세제도도 마찬가지이다. 그들은 언제나 다른 무엇을 추구한다. 언제나 좀 더 긴 구레나룻과 좀 더 지저분한 손톱을 가진, 마르크스보다 못한 다른 사람을 찾는다. 단세 지지자들이 여전히 난리를 피우고 있던 몇 년 전에 나는 그 주역들의 리스트를 작성하고, 그들의 이름 옆에 그들이 믿는 각종 난센스를 기입해보았다. 그 결과 모두가 적어도 두 개 이상의 난센스를 신봉하고 있었고, 심지어 10개의 난센스를 믿는 사람도 있었다. 단세 제도의 대표적인 주창자 한 명은 예방접종에 반대하기 위해 조직된 돌팔이의사들의 단체인 자유의료연맹의 회장이었다. 다른 한 명은 전투적인 생체해부 반대자로, 경찰이 존스홉킨스 의대를 폐쇄해야 한다고 주장했다. 세 번째 인물은 특히 평화로운 노부인들을 상대로 개종을 호소하는 무신론자였다. 네 번째는 마르틴 루터와 루시 스톤,[1] 시팅불[2]의 영혼으로부터 계시를 받는 사람이었다. 다섯 번째는 눈이 예쁜 귀여운 소녀에게 반해 아내를 버렸다가 결국 대학교수직을 잃었다. 자신이 밀러드 필모어[3]라고 믿고 있던 여섯 번째 인사는 가족의 요청에 의해 정신병원에 감금되었다.

이 모든 것의 밑바닥에 깔려 있는 것은 아주아주 오래된 사실로서, 여러 해 전 윌리엄 제임스에 의해, 제임스 전에는 프리드리히 빌헬름 니체에 의해, 니체 전에는 그리스인에 의해, 그리스인 전에는 인류 최초의 정치가들에 의해 간파된 바 있다. 그것은 인간이 두 부류로 확연히 구분된다는 사실이다. 제임스가 〔기질적으로〕 '단단한 마음을 가진 사람들'(tough-minded)이라고 부르는 사람들은 믿기에 앞서 증거를 요구하며, 반대로 그가 '무른 마음을 가진 사람들'(tender-minded)이라고 부르는 사람들은 자기 마음에 드는 것은 무엇이든 기꺼이 믿는다.[4] 온갖 종류의 돌팔이들이 호의호식하며 떵떵거리게 내버려둠으로써, 이 세상을 몹시 혼탁하게 만드는 것은 무른 마음을 가진 사람들이다. 이들은 주관적으로 마음에 드는 것과 객관적으로 올바른 것을 전혀 구분하지 못한다. 온 세상이 하룻밤 사이에 술에서 깨어나고, 심지어 술집을 제 집 드나들 듯하는 말괄량이마저 금주하기를 원하는가? 그렇다면 그것을 신속하고 확실하게 성취할 수 있는 방법은 있게 마련이다. 금주법이 그렇게 해주겠다고 약속하는가? 그렇다면 금주법은 당연히 옳다. 바로 이런 논리에 의해 싱클레어가 금주법 지지자가 되었던 것이다.(이것은 내가 앞에서 언급하지 않은 그의 우행 가운데 하

1. 미국의 여성참정권론자.
2. 리틀빅혼 전투에서 커스터 대령의 기병대를 섬멸한 부족의 족장.
3. 미국의 13대 대통령(1850-1853년 재임).
4. 윌리엄 제임스는 『프래그머티즘』(1907) 제1강 앞부분에서 'tough-minded'와 'tender-minded'에 대해 비교·설명하고 있다.

나이다.) 그리고 같은 논리에 의해 그를 추종하는 무른 마음의 형제자매들이 대거 반(反)주점연맹에 가세했던 것이다.

사회주의는 검증되지 않은 모호한 상태로 남아 있는 동안, 그런 모든 사람에게 강력한 호소력을 발휘했다. 15～20년 전에 사회주의는 완전히 한물간 자유로운 은화주조 운동을 대신하여 미국에서 엄청난 진전을 보이고 있었다. 오늘날 우생학과 산아제한을 외치고 있는 젊은 대학교수들은 당시에는 너나없이 사회주의자였다. 사회주의는 무른 마음을 가진 사람들을 홀렸다. 지금 아르메니아인의 운명을 슬퍼하고 있는 뚱뚱한 여자들이 그때는 사회주의를 위해 눈물을 흘렸다. 그러나 사회주의는 이윽고 냉혹한 현실의 벽에 부딪혔다. 러시아에서 시험되자마자 거품이 꺼져버렸다. 무른 마음을 가진 사람들조차 외면하기 어려울 만큼 끔찍한 증거들이 속출했다. 그래서 그들은 이런저런 방향으로 선회했다. 일부는 심령술로, 일부는 척추지압요법으로, 일부는 「창세기」로 전향했다. 싱클레어 같은 사람들은 금주법이나 단세제도나 단식이나 에이브럼스 박사의 전자진동으로 눈을 돌렸다. 그러나 내가 아는 한 이들 중 사리에 맞는 말을 한 사람은 없었다.

31

진실찬가

전쟁경보가 울려 퍼지고 있던 1917년 12월 28일, 나는 다행히도 지금은 폐간된 『뉴욕이브닝메일』지에 욕조의 역사에 대한 기사 한 편을 기고했다. 언젠가 밝힌 바 있듯이 이 기사는 황당무계한 이야기의의 연속으로, 모든 것이 의도적이었고 대부분이 빤한 거짓말이었다. 나는 욕조가 지난 세기(18세기)의 40년대에 신시내티에서 롱워스 가(家)의 시조[1]와 동시대에 살았던 어떤 인물에 의해 발명되기 전까지는 세상에 알려지지 않았다고 주장했다. 그리고 그 도시에는 흐르는 물이 없었기 때문에 그 발명가는 흑인들을 고용하여 인접한 오하이오 강에서 양동이로 물을 길어오게 했다고 설명했다. 또한 어떻게 욕조가 1850년대에 백악관에 설치되었는지, 어떻게 뉴욕 주 카유가 카운티 출신의 겁쟁이 대통령 밀러드 필모어가 최초로 목욕을 하게 되었는지 소개했다. 끝으로 이 공화국의 의대 교수들이 건강에 해롭다는 이유로 새 발명품의 사용에 반대했고, 버지니아·펜실베이니아·매사추세츠의 입법부가 그것의 사용을 금하는 법안을 제정했다고 말했다.

솔직히 말하거니와 그 기사는 순전한 풍자였다. 나는 사실 민주주

1. 19세기 초에 뉴저지 주에서 오하이오 주의 신시내티로 이주하여 포도주 사업으로 막대한 부를 축적한 니컬러스 롱워스.

의를 위한 전쟁의 견딜 수 없는 리비도를 승화시켜 견딜 만한 것으로 만들기 위해 욕조의 역사를 지어냈다. 그리고 고백하건대 그 기사가 『뉴욕이브닝메일』지에 실렸을 때 직업적 만족감까지 느꼈다. 내 기사는 신속하게 다양한 계몽적 신문에 버젓이 전재되었고, 얼마 뒤에는 기사를 읽은 사람들로부터 무수한 편지가 날아들기 시작했다. 그러다가 갑자기 나의 만족감은 당혹감으로 변했다. 독자들 가운데 열에 아홉은 나의 근거 없는 농담을 진담으로 받아들인 것 같았기 때문이다! 골동품 수집 취미를 가진 일부 독자는 그 주제의 이런저런 면에 대해 더 많은 정보를 요구했다. 디테일 면에서의 오류를 수정해준 독자도 있었다. 심지어 보강증거를 제시하는 독자도 있었다. 그러나 이게 다가 아니었다. 나는 이내 다른 사람들의 매우 진지한 글들에서 내가 쓴 엉터리 '사실들'을 발견하기 시작했다. 척추지압요법사들을 비롯한 돌팔이들은 그것들을 의사들의 어리석음을 보여주는 증거로 활용했다. 일부 의사는 엉터리 사실들을 공중위생의 향상을 입증하는 증거로 인용했다. 어디 그뿐인가. 학술잡지와 학술대회에서도, 심지어 의회에서도 회자되었다. 이 땅의 논설위원들은 내 이름은 언급하지 않고 내 엉터리 기사를 통째로 도용하여 주저리주저리 장황하게 욕조의 역사에 대해 상술하기 시작했다. 이렇게 부풀려진 엉터리 사실들은 끔찍하게도 북대서양을 건너 영국의 도덕향상운동가와 독일의 교수들에 의해 논의되었다. 그리고 마침내 표준적인 참고문헌 목록에까지 등재되어, 청년들에게 전수되기 시작했다.

나는 한동안 불안해 하다가, 재미있어 하다가, 다시 불안해지기 시작했다. 1926년 초에 죄를 씻고 영적으로 재탄생하기 위해, 나는 사실을 고백하고 사기행각을 마무리하기로 마음먹었다. 이 일은 5월 23일에 공식적으로 이루어졌다. 나는 이야기 전체를 지어냈으며, 그 안에는 진실은 단 한마디도 없다고 무조건 인정했다. 명백하고 크나큰 잘못을 저질렀다고 실토했다. 그리고 이 땅의 교육자들에게는 그런 형편없는 난센스를 젊은이들에게 가르치는 걸 중지해달라고, 역사학자들에게는 그것을 그들의 책에서 삭제해달라고 당부했다. 이 고백과 호소는 미국의 30개 주요 신문에 동시에 게재되었다. 각 신문사가 공언한 주장에 따르면 그 신문들의 총 발행부수는 2억 5천만 부 이상이었다. 그 중에는 미국 최대 신문이자 뉴잉글랜드 계몽주의자들의 기관지인 저명한 『보스턴헤럴드』지도 포함되어 있었다. 이 신문은 그 화창한 5월의 일요일에 이른바 사설 섹션의 제1면에 주먹만한 4단 머리기사로, 그리고 비꼬듯이 "미국의 대중은 모든 것을 받아들일 것이다"라는 딱지를 붙인 두 컷 만화와 함께 나의 고백을 보도했다. 그러나 『보스턴헤럴드』지는 3주가 지난 6월 13일에 같은 사설 섹션의, 그것도 제1면에 나의 10년 된 허위기사를 하나의 뉴스로 그대로 전재했다!

내 말을 오해하지는 말았으면 좋겠다. 나는 『보스턴헤럴드』지나 그 신문사의 유능하고 애국적인 편집진에게 돌을 던지려는 게 아니다. 누구나 알다시피 이 신문은 미국 언론의 자랑거리이며, 퓰리처가 발행한 신문들만큼이나 퓰리처상을 자주 수상하고 있다. 또한 공중도덕 향상과 앤드루 멜론의 이상주의, 성조기의 영광을 위해 부단히 노력하고 있다. 만일 이 신문이 내일 보스턴 감시협회로부터 탄압을 받는다면, 뉴잉글랜드는 당장 야만상태로 회귀할 것이다. 늑대와 퓨마가 보일스턴 거리를 배회하고, 하버드 로스쿨이 볼셰비즘의 먹이가 될 것이다. 그런데 대중은 그런 신문이 진실을 확립하고 전파하는 데 얼마나 많은 비용을 지출하는지에 대해서는 별로 관심이 없다. 보스턴의 중심가인 럭스버리의 철야기도회에 참석한 사람들의 정확한 명단을 취재하려면 아마도 1만 달러의 비용과 기자 한 명의 발품이 필요할 것이다. 나의 요점은 진실에 대한 이 엄청난 광기에도 불구하고, 인간의 마음에는 본능적으로 허구를 추구하는 그 무엇이 있고, 아무리 재능 있는 언론인도 그것에 굴복한다는 것이다. 독일의 철학자 한스 파이잉어는 그것을 자신의 이론에 정식으로 포함시키고, 『'흡사 그와 같이'의 철학』에서 상세히 설명하고 있다. 파이잉어 박사는 인간이 전적으로 진리에 의거하여 사고하는 것은 절대로 불가능하다고 말한다. 한 가지 이유는 의심의 여지가 없는 진실은 얼마 되지 않는다는 것이다. 다른 이유는 방금 말한 것처럼 인간에게는 진실에 대한 본능적인 반감이 있다는 것이다. 파이잉어에 따르면 우리의 모든 사고는 가정(假定)에 입각한 것이며, 이런 가정의 대부분은 진실이 아니다. 우리의 가장 엄숙하고 진지한 성찰에도 허구가 개입된다. 그리고 네 번 중 세 번은 허구가 순식간에 모든 사실을 밀어낸다.

이른바 진실에 대한 이 진리가 옳다는 것은 두말하면 잔소리이다. 모든 남자는 자기 아내에 대해 생각할 때, 아내가 아름답고 상냥하다고 가정해야만 한다. 그렇게 하지 않으면 절망감에 사로잡혀 아무 생각도 할 수 없게 된다. 쿨리지 박사를 평가하는 모든 100% 미국인은 결국 그를 존경하게 되어 있다. 그 대안은 무정부상태뿐이기 때문이다. 성직자들을 바라보는 모든 그리스도 교도는 스스로 진화론과 지옥에 빠지지 않겠다고 굳게 다짐할 수밖에 없다. 그렇다면 우리가 진실과 마주하기를 두려워하는 이유는 무엇인가? 꾸밈없는 진실은 주로 불쾌하고 전혀 위안을 주지 않기 때문이다. 욕조의 실제 역사가 무엇인지 나는 모른다. 그렇지만 그 문제를 파고드는 것은 지난한 작업일 테고, 고생한 결과는 일련의 진부한 사실을 확인하는 것에 불과할 것이다. 내가 1917년에 지어낸 허구는 적어도 그것보다는 나았다. 그것은 말도 안되는 이야기였지만, 분명히 어떤 매력을 갖고 있었다. 거기에는 영웅과 악당이 등장했다. 갈등이 있었고, 선이 승리했다. 그래서 그 허구는 조지 워싱턴과 벚나무에 얽힌 이야기처럼 사람들에게 받아들여졌고, 감히 장담하건대 더 나쁜, 그래서 더 재미있는 다른 것으로 대체되기 전까지는 명맥을 유지할 것이다.

다시 말해서, 그것은 분명히 진실이 아닌 것을 달콤하게 진술하여 위안을 주는 시였다. 여기에서 거짓과 아름다움이라는 두 요소는 거의 똑같이 중요하다. 시에서 진술된 내용이 거짓이라는 것만으로는 충분치 않다. 그 내용이 어느 정도는 우아하게 표현되어야 한다. 그것은 마음을 유혹하는 동시에 귀를 어루만져주어야 한다. 또한 그것이 도발적이라는 것만으로는 부족하며, 일상의 냉혹한 사실들로부터 우리를 보호해주는 안전한 도피처를 제공해주어야만 한다. 시인들은 물론 이런 교의에 저항할 것이다. 그들은 자신이 시를 통해 진실을 다루고 있고, 시에서 다루는 진실은 특별히 심오하고 은밀한 것이어서 결과적으로 시는 인간의 지혜를 늘려준다고 주장한다. 나는 척추지압요법사도 동일한 수준의 개연성을 지닌 똑같은 주장을 하고 있다는 말로 그들에게 응수하고 싶다. 양자는 실제로 허구를 다루고 있다. 이 허구는 진실이 아니다. 심지어 쇠락한 진실도 아니다. 단지 진실보다 나은 그 무엇이다. 그것은 인생을 좀 더 안락하고 행복하게 만들어준다. 현실의 모난 곳을 다듬어준다.

인류의 압도적 다수는 시는 물론이고 미의 다른 형식에 대해서도 무감각하다는 게 일반의 인식이다. 그러나 이런 인식 자체는 시인들이 자기의 직업을 명예롭고 고결하고 신비로운 것으로 만들기 위해 고안해낸 허구이다. 사실을 말한다면, 시에 대한 사랑은 인간의 가장 원초적인 특징들 가운데 하나이며, 이제 막 말하기와 훔치기를 배운 어린아이들한테서도 나타나는 특징이다. 나는 지금 단순한 말장난에 대한 사랑이 아니라, 적절하게 시라고 불릴 수 있는 것에 대한 사랑, 즉 유쾌한 허구에 대한 사랑을 논하고 있다. 봉제인형을 돌보는 소녀도 시인이고, 빨래집게 박스로 병정놀이를 하는 소년도 시인이며, 이웃에게 자식 자랑을 하는 엄마도 시인이고, 아내의 요리솜씨를 칭찬하는 남편도 시인이다. 단순한 사람일수록, 시에 대한 욕구가 더 크고, 따라서 더 꾸준히 시를 필요로 한다. 지식층의 인정을 받은 그 어떤 시인도 에드거 게스트만큼 많은 고객을 확보하지는 못했다. 게스트의 시가 지식층의 조롱을 받는가? 그렇다면 그것은 그 시가 신통찮기 때문이 아니라, 그 시의 허구가 콧대 높은 사람들을 만족시키지 못하기 때문이다. 게스트의 시는 덜 비판적인 습관을 가진 사람들한테 잘 어울리는 허구이며, 겸손한 사람들한테 잘 통하는 기쁨을 설교한다. 그런 기쁨의 필요성을 찬미하고, 그런 기쁨의 결핍을 비난한다. 그들에게 행복을 약속하고, 행복은 아니더라도 최소한 만족을 약속한다. 그의 시가 유명한 데는 이유가 있다! 그것이 키와니스 클럽 회원들이 모임을 갖고 등을 두드리며 서로를 위로하기 시작할 때마다 낭송되는 데는 그럴 만한 이유가 있는 것이다. 그의 시 자체가 일종의 위로이다. 다른 시들도 마찬가지이다. 로버트 브라우닝의 시는 비록 키와니스 클럽 회원들의 주목을 받지는 못했지만, 젊은 대학교수에 대한 위로로 가득하다. 브라우닝의 시는 젊은 교수에게 지식인으로 산다는 것은 놀랍고도 유쾌한 일이라고 말해준다. 이것은 물론 진실이 아니지만, 브라우닝의 시가 유쾌한 까닭이 바로 거기에 있다. 정상적인 사람은 진실을 듣고 싶어 하지 않는다. 진실은 소수의 이상한 사람, 주로 병적인 사람들의 열정이다. 그들은 진실을 말함으로써 살아 있는 동안 미움을 받고, 죽고 나면 금방 망각된다. 지혜의 장에서 이 세상에 남아 있는 것은 오랜 검증을 거친, 참으로 유쾌한 일련의 거짓말이다. 그런 거짓말로부터 인간의 지식이라 불리는 것의 대부분이 생겨난다. 시로 시작된 것이 사실로 끝나고, 역사책에 기록되어 오래도록 기억에 남는다. 1914년부터 1918년까지의 그 요란했던 시절을 상기해보라.

참, 내 이야기의 대단원을 깜빡 잊을 뻔했다. 사기행각을 자수한 지

9주가, 그리고 『보스턴헤럴드』지가 엄청난 실수를 저지른 지 6주가 지난 7월 25일에 나는 이 문제에 관한 또 하나의 기사를 기고하여, 모든 사실을 다시 한번 털어놓고, 그 짓궂은 장난과 언론의 문제에 대해 논했다. 이 두 번째 기사도 상당한 주목을 받으면서 공화국 전역의 신문들에 재차 게재되었고, 리버풀·멜버른·케이프타운 같은 먼 외국땅에서도 논의가 이루어졌다. 그 후 1927년 초에 품격 있는 『스크리브너스 매거진』[1]에 목욕의 역사에 관한 논문 한 편이 실렸는데, 여기에 나의 지긋지긋한 난센스가 다시 한번 사실로 기술되었다!

1. 1887년부터 1939년까지 스크리브너 출판사가 발행한 월간 문예지.

32

민간단체 간사

얼마 전 평소 친분이 있는 저명한 주교를 우연히 만났을 때, 그가 심한 감기와 함께 우울증이라고 불리는 증상으로 고생하고 있다는 것을 알게 되었다. 이 이중질환의 원인은 곧 분명해졌다. 그는 민간단체 간사들의 돌팔매질과 화살세례로 마음 아파하고 있었다. 고결하고 초월적인 성직에 몸담고 있다 보니 그는 자연히 이 땅에서 폭넓은 영향력을 행사하고 있었고, 이런저런 간사들은 그의 지배력을 온갖 사악한 계획에 이용하려고 기를 썼다. 매일 아침 8시만 되면, 침대에서 천상의 마지막 짧은 꿈을 꾸다가 전화벨소리에 잠에서 깨어난 주교는 전화기로 달려가 그들의 번지르르한 야간서신전보[1]의 내용을 들어야만 했다. 재수 없는 날에는 맨발로 서서 30분 동안 전화를 받아야 했는데, 그러다 보면 주교의 가슴에는 점점 화가 치밀어 올랐다. 결국 어느 쌀쌀한 날 아침에 그는 감기에 걸렸고, 그래서 기분도 울적해졌다.

대체로 매우 온후한 편인 이 성직자는 미국에 있는 각종 민간단체의 간사가 적어도 일주일에 1천 명 씩은 증가하고 있는 것으로 알고

1. night-letter. 전화를 통해 배달되는 전보로, 전화망의 사용이 상대적으로 적은 야간에 할인된 가격으로 신청하면 다음날 아침에 배달되었다. 장거리전화가 보편화되기 전인 20세기 초에 널리 이용되었다.

있다고 말했다. 그는 그리스도교와 도덕 관련단체에서 일하는 간사만 해도 줄잡아 3만 명은 된다고 했다. 또한 8천 명의 간사가 각종 반전 단체의 운영에 관여하고 있고, 1만 명 이상이 볼셰비키를 색출하고 탄압하는 조직들을 관리하고 있다고 말했다. 그는 각 단체의 회원들 가운데 회비를 내는 회원은 대여섯 명에 불과하고, 회원의 90%는 부유한 광신도 두세 명으로부터 지원을 받는 것으로 추정했다. 주로 은퇴한 중산층 신사들과 그 부인들인 이 광신도들은 야단법석을 떨어서라도 본인들이 이 세상에서 망각되지 않기만을 바랐고, 간사들이 발휘하는 놀라운 기술의 핵심은 그들에게 그 일의 수행방법을 보여주는 것이었다. 그 일은 주로 걱정거리를 찾아내서 그것을 추적하는 방식으로 이루어졌다. 그러나 부차적으로는 쌀쌀한 아침에 불쌍한 성직자들을 깨워서 아르메니아인의 비애, 샴에서 열성적인 선교활동을 해야 할 필요성, 매사추세츠 주 로웰 시에 소비에트를 세우려는 모스크바의 음모, 우드로 윌슨 재단의 높은 이상(理想), 오대호(五大湖)에서 대서양에 이르는 수로의 수심을 깊게 해야 할 절대적 필요성 따위에 대해서 끝없이 떠들어대는 야간서신전보를 듣게 하는 방식으로 이루어졌다.

민간단체 간사는 비교적 신종 직업이다. 후한 봉급을 받으면서 자선사업에 종사하는 그의 동료 YMCA 간사처럼, 그도 남북전쟁 이후에 세상에 첫선을 보였다. 전전(戰前)에 활동한 그의 선배들은 그에 비하면 멍청한 아마추어였다. 그들은 눈부신 고층빌딩 안의 편안한 사무실도 얻지 못했고, 두둑한 봉급이나 넉넉한 업무추진비도 받지 못했다. 오히려 자기 주머니를 털어 활동했고, 특히 금주법을 위해 일할 때는 큰 손해를 보는 경우도 적지 않았다. 오늘날의 간사는 펄뮤터[1]의 말대로 전혀 별개의 존재이다. 그는 돈을 펑펑 쓴다. 전도유망한

1. 영국 출신의 미국 극작가 몬터규 글래스가 쓴 희곡 『포타시와 펄뮤터』에 등장하는 유대인 사업가.

사람의 언어를 사용하고, 로터리 클럽과 키와니스 클럽의 회의에서 자신의 언변을 뽐낸다. 대개 실직한 기자나 홍보담당직원이었던 그는 자신의 얄팍한 재주를 총동원하여 '비전 있는 사람'으로 재빨리 변신한다. 현금을 얻기 위해 십중팔구 그는 자기가 대변하는 대의는 고결할 뿐만 아니라 신의 영감을 받은 것이라고 주장한다. 이 대의가 실현되지 못하면 문명도 좌절을 면치 못할 것이고, 샤토티에리[1]와 호그아일랜드[2]에서의 영웅적 노력도 수포로 돌아갈 터였다.

그의 직업은 고릴라처럼 난폭한 사회부장을 위해 부지런히 발품을 파는 것보다 훨씬 괜찮은 직업이고, 로비 단체를 홍보하기 위해 동분서주하는 것보다 훨씬 더 괜찮은 직업이다. 아침 7시에 일어날 필요도 없고, 일어난 뒤에 씩씩거리며 고생할 필요도 없다. 일단 돈 많은 호구 서너 명, 심지어 한두 명만 유혹하면, '전국적' 또는 '국제적' 단체를 신설할 수 있다. 이제 남은 일은 근사한 명함을 만들고 유능한 속기사를 채용한 다음, 주교와 신문사 편집국장을 비롯해서 경신성이 있는 사람들에게 유인물을 대량으로 배포하는 것이다. 문학적 열정을 가진 간사라면, 자신이 유인물을 준비할 수도 있겠지만, 대부분의 경우 그는 전문가들의 도움을 받는다. 1년에 한 번씩은 대대적인 모금운동을 벌이는데, 이는 단지 자신의 이름을 널리 알리기 위한 것이다. 비용은 원래 호구인 물주들이 댄다. 그들의 돈이 떨어지고 나면, 간사는 새로운 '국제'단체를 결성한다.

그런 사기꾼들이 지금 미국의 모든 도시에 넘쳐나고 있다. 업무용 빌딩들은 그들로 꽉 차 있다. 그들의 번영은 신문들의 기이한 친절에

1. 제1차 세계대전 기간인 1918년 7월 18일에 미국·프랑스·벨기에 연합군과 독일군 사이의 격전이 벌어졌던 프랑스 북부의 도시.
2. 필라델피아의 남서부를 가리키는 역사적 지명. 1917년에 조선소가 세워져 군함과 수송선이 건조되었다.

힘입은 바 크다. 지난 전쟁〔제1차 세계대전〕기간에 끔찍할 정도로 참전 선전공세에 시달렸던 평균적인 미국의 편집국장은 그것에 저항하는 것은 일종의 반역이라고 확신하게 되었고, 지금은 선전과 진짜 뉴스를 거의 분간하지 못하는 실정이다. 얼마 전에 양식 있고 경험이 풍부한 뉴욕의 언론인 스탠리 워커[1]는 뉴욕에서 발간되는 전형적인 주요 일간지 한 부를 검토했다. 그 결과 지역뉴스 64건 가운데 42건이 민간단체 간사들이나 그에 준하는 사기꾼들에게 이래저래 연결된다는 것을 알게 되었다. 민간단체 간사는 물론 편집국장들에게 자신의 정체를 드러내지 않는다. 그는 '뉴스거리'를 제공하면서 그것이 신문에 실려야 자신이 두둑한 봉급을 받을 수 있다는 사실을 암시하지도 않거니와, 자신이 속한 단체의 실질적인 규모·목적·구성원에 대한 모든 질문을 가급적 회피한다. 그 대신 주로 정직하고 이타적인 자선가로 알려져 있는 인사들의 단순 대리인으로 행세한다. 이 자선가들이 그를 먹여 살리는 물주들이다. 그의 봉급을 주고, 그의 사무실 운영비를 대고, 신문사 사무실에서 그의 체면을 세워준다. 이런 일을 해주고 그들은 무엇을 얻는가? 좋은 일을 하고 있다는 순수한 느낌을 얼마간 얻는다. 민간단체 간사는 사실 신문사를 상대로 흥정을 하는 입장이 되기 전에, 그들에게 그 점을 납득시켜야만 한다. 그러나 그들은 어느 정도 명성을 얻고, 그에 따른 다른 이익도 누린다. 실제로 미국에서 선행은 애국심과 마찬가지로 무엇인가를 팔아먹으려고 하는 사람들이 애용하는 수단이 되었다. 전사자들, 특히 이역만리 외국땅에서 희생된 전사자들을 위해 일한다는 제일 큰 전국적인 단체도 그런 장사꾼들의 이익을 위해 이용될 수 있다. 그럴 경우 자선은 종종 〔토지사용권이나 매점운영권 같은〕 이권의 형태로 보상을 받는다.

1. 『뉴욕헤럴드트리뷴』지 편집국장.

얼마 전 민간단체 간사들의 맹공으로 진땀을 흘리던 한 거대 신문사의 편집국 부장들은 자구책을 강구하게 되었는데, 이 자구책은 민간단체 간사들이 대단히 효과적으로 이용하던 설문지의 형식을 역이용하는 것이었다. 설문지에는 간사의 성명·주소·연봉을 적는 난이 있고, 또 재직하고 있는 단체의 총수입과 총지출을, 총액의 1% 이상을 차지하는 항목의 상세내역과 함께 기입하는 난이 있었다. 아울러 기부자와 직원의 전체 명단, 그리고 모금 총액의 1% 이상을 기부한 모든 기부자의 기부금액과 직원 총급여의 1%가 넘는 금액을 받는 모든 직원의 봉급을 기입하는 난도 있었다. 이 간단한 설문지가 간사들로부터 오는 우편물의 양을 적어도 50%는 감소시켰다. 적지 않은 간사들이 설문에 일절 응하지 않았다. 설문에 응한 간사들은 그들의 어마어마한 전국적·국제적 단체들이 알려진 것과는 달리 소수의 남녀로 구성된 소규모 클럽이고, 간사 자신이 수입의 대부분을 사용한다는 그리 놀랍지 않은 사실을 실토하는 셈이 되었다. 이것은 미국의 다른 신문사들도 효과적으로 이용할 수 있는 장치이다. 간사들이 보통 우편으로 답장을 보낼 때, 그들은 정직하게 답해야 한다는 압력을 받는다. 설문에 거짓으로 답하는 것은 돈을 갈취하려는 목적으로 우편을 이용하는 게 되며, 적지 않은 수의 훌륭한 사람이 바로 그 죄로 인해 애틀랜타와 레번워스[1]의 연방교도소에 수감되었기 때문이다.

나는 이 묘안을 민간단체 간사들의 해악을 줄일 수 있는 수단으로 제시하긴 하지만, 이 방법으로 그들을 완전히 제거할 수 있다고 낙관하지는 않는다. 그 업계의 고수들은 더 이상 보도자료를 발송하지 않는다. 그들은 진짜 뉴스를 만들어낸다. 반(反)주점연맹 같은 조직을 운영하는 숙련된 간사들은 그 정도로 특권층에 속한다. 뉴스 만들기

1. 미주리 강변에 있는 캔자스 주 북동부의 도시.

의 달인들은 신문사 사무실에서 선의를 구걸하지 않는다. 그들은 선의뿐 아니라 악의까지 이용해서 승승장구한다. 어떻게 하면 이런 자들을 제거할 수 있을까? 나는 도저히 모르겠다. 이제 미국인은 민간단체 간사들에게 영원히 시달릴 운명에 처한 것 같다. 금주법 위반 단속요원, 신앙부흥운동가, 라디오, 의회에 시달리듯이.

33

루돌프 발렌티노*

나는 이 유명한 신사가 치명적인 질환으로 쓰러지기 일주일 전쯤 우연히 뉴욕에서 그와 함께 식사를 하는 명예를 누림으로써, 일상의 따분함도 해소하고 인생의 교훈도 얻었다. 그때까지 나는 그를 만난 적도 없고, 그가 출연한 영화를 본 적도 없었다. 이 만남은 그의 요청으로 이루어졌는데, 제안을 받았을 때 나는 적잖이 당황했다. 그러나 만남의 목적은 이내 분명해졌다. 발렌티노는 곤경에 처해 있었고, 누군가의 조언이 필요했다. 영화계와는 완전히 무관하면서 나이 지긋하고 사심 없는 사람의 조언을. 그는 내가 쓴 글 몇 편을 우연히 읽어보고 내가 사려 깊은 인물이라는 느낌을 받았던 모양이다. 그래서 그는 나와의 저녁식사를 주선해달라고 자신의 동료인 영화계의 한 여성에게 부탁했다.

그날 밤은 지독히 더웠다. 우리는 상의를 벗고 인사를 나누었다. 내 기억에 그는 굉장히 폭이 넓고 두툼한, 연방대법원장 태프트의 바지도 흘러내리지 않게 할 정도로 튼튼한 멜빵을 메고 있었다.[1] 그렇게 날씬한 젊은이가 그 무더운 여름밤에 그런 멜빵을 메고 있으니 약간

* 무성영화 시대인 1920년대에 여성들이 가장 선망했던 이탈리아 출신의 미남배우.

1. 태프트는 제27대 대통령(1909-1913)에 이어, 제10대 연방대법원장(1921-1930)을 지냈는데, 몸무게가 무려 175kg이나 나갔다고 한다.

우스꽝스러워 보였다. 우리는 한 시간 동안 땀을 뻘뻘 흘리면서, 손수건과 냅킨, 테이블보의 끝자락, 인정 많은 웨이터가 가져다준 수건 등으로 연신 얼굴을 훔쳤다. 그러다가 한바탕 폭우가 쏟아진 다음에야 비로소 여유를 찾기 시작했다. 아름다운 만큼 센스도 만점인 주선자는 우리 둘만의 편안한 대화를 위해 슬그머니 자리를 비켜주었다.

발렌티노를 심적으로 동요하게 만든 문제는 알고 보니 아주 단순했다. 야비한 뉴욕의 신문들이 일제히 그 별것 아닌 문제를 대서특필하는 바람에, 그가 안절부절 못하게 되었던 것이다. 얼마 전 시카고에서 한 취재기자가 화려한 호텔의 남성용 화장실에서 탤컴파우더(땀분) 자판기를 발견했다. 물론 이 자체에는 전혀 특별한 게 없었지만, 그 탤컴파우더의 색이 핑크색이라는 게 문제였다. 이 뉴스를 접한 시카고 시민들은 온종일 키득거렸고, 여기에서 영감을 얻은 유명한 「시카고트리뷴」지의 논설위원은 논란이 될 만한 사설 한 편을 썼다. 미국 남성의 기생오라비화에 대해 익살스럽게 이의를 제기한 그 사설에서, 그는 별 생각 없이 이런 세태를 발렌티노와 그 족장 영화들[1] 탓으로 돌렸다. 하필이면 바로 그날 서부에서 동부로 돌아가는 길에 시카고를 지나고 있던 발렌티노는 문제의 사설을 읽고 발끈했고, 〔뉴욕에 돌아온 뒤에는〕 그것에 대해 그가 무슨 말을 하고 싶어 하는지 궁금해 하던 일군의 기자들에게 자신의 속내를 그대로 드러냈다. 그가 하고 싶어 하던 말에는 가시가 잔뜩 돋아 있었다. 자신의 순수한 미국주의를 내팽개치고 고국의 풍속으로 되돌아간 그는 사설을 쓴 논설위원에게 결투를 신청했고, 아무런 응답이 없자 권투시합을 제안했다. 그는 사

1. 발렌티노는 1921년에 「족장」(The Sheik)이라는 영화의 주연을 맡으면서 일약 할리우드 최고의 섹시가이로 떠오르며 여성들로부터 절대적인 인기를 얻었다. 이후 1926년에는 「족장」의 속편인 「족장의 아들」(The Son of the Sheik)에 출연했다. 「족장의 아들」은 발렌티노의 유작이 되었다.

나이의 명예를 짓밟혔다고 여기는 것 같았다. 자신이 스스로 생각하는 것보다 나약한 존재라는 뉘앙스를 풍기는 사설에 대해, 살벌한 독설 이외의 답변은 있을 수 없었다.

불운하게도 이 모든 일은 명예라는 말이 여성의 육체적 순결에 적용될 경우를 제외하곤 희극적인 의미를 띨 뿐인 미국에서 일어났다. 정치가나 은행가나 변호사, 심지어 미국이라는 나라의 명예에 대한 언급을 접한 사람이라면 누구나 당연히 비웃는다. 따라서 뉴욕에서도 발렌티노는 웃음거리가 되었다. 아울러 그의 강한 자존심은 유명해지고 싶은 욕망에서 비롯되었다는 여론이 주를 이루었다. 그는 명성을 탐하는 천박한 삼류배우라는 인상을 주었다. 이렇게 이중으로 모욕을 당한 그는 자존심의 벽을 더욱 높이 쌓아올렸다. 그의 이탈리아식 사고방식으로는 도저히 상황을 감당할 수 없었다. 그래서 중립적이고 초연한 연장자의 자문을 구했다. 불행하게도 나는 병명만 댈 수 있을 뿐, 내가 아는 한 치료법은 없다고 솔직히 고백할 수밖에 없었다. 나는 시카고 언론인의 비아냥을 대범하게 무시해버리거나 그것에 맞서 보복성 야유를 퍼붓는 선에서 그쳤다면 좋았을 것이며, 뉴욕에서는 기자들을 만나지 않았어야 했다고 말했다. 그러나 사태는 이미 엎질러진 물이었다. 그는 모욕당하고 비웃음거리가 되었지만, 그가 할 수 있는 일은 아무것도 없었다. 나는 이 불쾌한 광대극이 어서 빨리 끝나기를 조용히 기다리라고 충고했다. 그렇게 하는 것은 불명예스러운 일이라고 그가 항변했다. 불명예스럽다고? 나는 진실이 아닌 것을 불명예스러워할 이유는 전혀 없다고 주장했다. 제대로 된 인간에게는 여전히 양심이란 것이 있다. 그가 아침에 양심의 거리낌 없이 면도용 거울을 바라볼 수 있다면, 그는 여전히 이 세상에 두 발을 딛고 서 있는 셈이고, 심지어 악마에 맞설 수도 있다. 우리는 이런 고상한 문제들에 대해 열변을 토했지만, 결론을 얻지는 못했던 것 같다.

그러다가 우리가 주제와는 동떨어진 이야기를 하고 있다는 생각이 불현듯 뇌리를 스쳤다. 이 점을 좀 더 빨리 깨닫지 못한 것은 내가 너무 둔하거나 날씨가 너무 더운 탓이었다. 나는 발렌티노를 좀 더 자세히 관찰하기 시작했다. 이상하리만큼 천진난만한, 이 갓 서른을 넘은 젊은이는 상대의 경계심을 해제시킬 정도로 미숙한 티를 내고 있었다. 적어도 내 눈에는 그리 잘 생겨 보이지 않았지만, 그럼에도 상당히 매력적이었다. 그는 분명 귀티가 났다. 심지어 그가 입은 옷도 그의 동업자들이 흔히 입는 옷과는 달랐다. 그는 자신의 고국, 민족, 어린 시절에 대해 이야기하기 시작했다. 그의 말은 단순했지만, 왠지 모르게 표정은 굉장히 풍부했다. 나는 지금도 그의 무언의 표정이 눈에 선하다. 그러나 때로는 어렴풋이 또 다른 모습도 떠오른다. 그것은 흔히 신사(달리 적당한 말이 없기에 이 단어를 쓴다)라고 불리는 사람의 모습이다. 요컨대 발렌티노의 정신적 고통은 비교적 점잖은 사람이 마음의 평화와 체면을 동시에 잃어버릴 만큼 견디기 힘든 일련의 야비한 상황에 처했을 때 느끼는 그런 괴로움이었다. 그를 괴롭히고 있던 것은 그 사소한 시카고 에피소드가 아니었다. 그로테스크하다고 말할 수밖에 없는 그의 인생무상이었다. 그는 맨손으로 시작해서 엄청나게 눈부신 성공을 거두었는가? 그렇다면 그의 성공은 엄청난 만큼이나 부질없고, 대단히 하찮고 무의미한 것이었다. 그는 대중의 갈채와 환호를 받았는가? 그렇다면 대중이 환호할 때마다 그는 내심 부끄러움을 느꼈을 것이다. 발렌티노의 이야기는 오래된 디에고 발데스[1]의 이야기에 새로운 풍자가 추가된 것이다. 발데스는 어쨌거나 스페인의 제독이었다. 그러나 기품 있는 발렌티노는, 다시 말해서 통속적인 면도 있었지만 분명 고상한 면도 있었던 발레티노는 어쨌든 일반

1. 키플링의 시 「디에고 발데스의 노래」에 나오는 가공의 스페인 제독. 개인적인 성공의 결과인 온갖 공적 속박을 거추장스러워하면서 젊은 시절의 자유를 그리워하는 인물이다.

대중의 영웅이었을 뿐이다. 대중들이 떼를 지어 그를 에워쌌다. 여자들이 그를 우르르 쫓아다녔지만, 도대체 어떤 부류의 여자들이었던가? (사기결혼을 당한 것이나 다름없었던 그의 두 차례 결혼[1]과 그의 임종까지 침범했던 미국식 싸구려 열정을 생각해보라!) 이런 상황은 처음에는 단지 그를 당황시켰을 뿐이다. 그러나 말년에는 (내가 심리학 교수들만 못한 심리학자가 아니라는 전제하에 말한다면) 그를 불쾌하게 했을 것이다. 나아가 그를 두려움에 떨게 했을 것이다.

나는 불가해한 존재인 신들이 그의 불쾌감이 극에 달해 있던 순간에 그를 재빨리 데려간 것은 그에게 아주 잘된 일이었다고 생각하는 편이다.[2] 살아 있었다면, 그는 필시 자신의 명성을 자신의 열망에 근접하는 어떤 것으로 바꾸어보려 했을 것이다. 다시 말해서 다른 수많은 배우들이 그랬듯이 갈수록 가식적으로 변하고, 엄숙하게 예술가인 체하며, 자기 자신에게나 통하는 공허한 속임수를 쓰게 되었을 것이다. 그랬더라도 그는 틀림없이 실패했을 것이라고 나는 생각한다. 그에게는 진정한 예술가의 모습이 거의 보이지 않았기 때문이다. 그는 기본적으로 상당히 훌륭한 젊은이였는데, 이런 사람이 예술가로 변신하는 일은 없다. 그러나 그가 성공했다고 가정한다면? 그랬다면 그의 비극은 더욱 혹독하고 견디기 힘든 게 되었을 것이다. 엄청난 숭배와 동경의 대상이 된 끝에, 그는 유명해진 현재의 자신과 무명이던 과거의 자신이 별로 다를 바가 없다는 사실을 깨달았을 것이다. 베토벤의

1. 발렌티노는 1919년에 여배우 진 애커와 첫 결혼을 했는데, 애커는 자신이 레즈비언임을 숨기고 결혼했으나 곧 결혼을 후회하게 되었고, 두 사람은 부부관계도 맺지 않은 채 별거에 들어갔다가 1921년에 이혼했다. 그 후 발렌티노는 1922년 5월에 할리우드에서 미술감독으로 활동하던 나타샤 람보바와 재혼을 했다. 람보바는 발렌티노와 결혼하기 위해 순종적인 여자인 것처럼 행동했으나 사실은 정반대의 여자였다. 결국 이 결혼 역시 1925년에 파경으로 끝났다.
2. 발렌티노는 1926년 8월 15일에 쓰러져 맹장염과 위궤양 진단을 받고 수술을 받았으나, 그 후 병세가 악화되어 8일 뒤인 23일에 31세의 나이로 요절했다.

명성은 발렌티노의 명성보다 훨씬 달콤하고 찬란했을까? 물론 누가 봐도 이 질문에는 답이 내포되어 있는 것 같다. 그러나 베토벤의 경우는 어떠했는가? 그는 살아 있는 동안 자신의 명성에 관한 숱한 이야기를 직접 들었고, 그의 대답은 그의 음악에 강렬하고 생생하게 살아 숨 쉬고 있다. 베토벤도 갈채를 받는다는 것이 무엇을 의미하는지 알고 있었다. 괴테와 함께 길을 걸으면서, 그는 병실 창문을 통해 발렌티노의 귀에 들어갔던 것과 비슷한 종류의 속삼임을 들었다. 베토벤은 늠름하게 길을 재촉했다. 발렌티노는 벽으로 고개를 돌렸다.

바로 이런 것이 신들의 가장 몹쓸 장난이다. 결국 인간은 군중이 그의 주변에 들끓는 상황하에서도 이 세상에 홀로 외롭게 남아 있어야만 한다는 것이다. 그가 격렬하고 본능적인 욕구로 사람들의 인정을 받고자 한다면, 그 결과는? 막상 인정을 받고 나면, 그것이 스스로를 당혹스럽게 만든다는 사실, 그것의 근원과 동기가 본인의 인격을 모독한다는 사실을 발견할 뿐이다. 그런데 내가 일개 배우의 뻔한 이야기를 너무 감상적으로 다루고 있는 걸까? 그렇다고 느낀다면 발렌티노를 쿨리지, 또는 무솔리니, 또는 당신이 생각할 수 있는 어떤 불쌍한 인물로 대체해보라. 셰익스피어나 링컨이나 괴테, 또는 나처럼 베토벤으로 대체해보라. 감상적이든 아니든, 나는 가엾은 발렌티노의 곤경이 내 마음을 아프게 한다고 고백하지 않을 수 없다. 그의 곤경은 내게 돈벌이가 되는 이야깃거리를 제공해주었지만, 나는 마냥 기뻐할 수만은 없었다. 이승에서 그는 수백만의 젊은이가 꿈꾸는 하루하루를 살았다. 여성들에게는 최고의 매력남이었으며, 부와 명성을 누린 사람이었다. 그리고 아주 불행한 삶을 산 사람이기도 했다.

격언*

마음

- 어떤 사람이 자신의 곤경을 비웃으면 그는 많은 좋은 친구를 잃게 된다. 그들은 친구로서의 특권의 상실을 결코 용서하지 않기 때문이다.
- 악당과 바보가 싸움을 벌이면, 사람들은 으레 악당 편을 든다.
- 우정이란 동일한 오신(誤信), 사기꾼, 도깨비에 대한 공통의 믿음이다.
- 돈의 주된 가치는 우리가 돈이 과대평가되는 세상에 살고 있다는 데 있다.
- 아랫사람의 호의를 절대로 받아들이지 말라. 엄청난 대가를 치를 수 있다.
- 자연은 얼간이를 혐오한다.
- 새로운 논리. 그것이 통하면 좋을 것이다. 고로 그것은 통할 것이다.
- 모든 우행 가운데 가장 희생이 큰 것은 명백하게 진실이 아니 것을 열정적으로 믿는 것이다. 인간이 대체로 하는 일이 그런 것이다.
- 형이상학자는 노화된 간에서 나온 독소가 그의 두뇌를 가까스로 회전시킬 때, 마음이 간의 주인이라고 믿는 사람이다.
- 제1연: 지금 살아 있는 수백만 명은 죽지 않을 것이다. 제2연: 더 이상 전쟁이 없다면.
- 내가 노예제에 반대하는 것은 단지 노예를 싫어하기 때문이다.

* 여기에 소개한 격언들은 멩켄의 자선(自選)문집 *A Mencken Chrestomathy: His Own Selection of His Choicest Writing*(1949) 제30장에서 발췌한 것이다.

- 개와 함께 사는 것은 이상주의자와 함께 사는 것만큼이나 귀찮고 손이 많이 가는 일이다.
- 오늘날의 철학은 지적인 몽둥이질에 지나지 않는다.
- 어떤 사람이 조국을 사랑한다고 말한다면, 이는 그가 나라사랑에 대한 보상을 기대한다는 표시이다.
- 양심이란 누군가 우리를 지켜보고 있을지도 모른다고 경고하는 내면의 목소리이다.
- 사람은 남들이 악하다고 믿는다. 남들이 악하다고 믿는 건 죄악이지만, 그런 믿음이 어긋나는 일은 좀처럼 없다
- 인간은 날이면 날마다 서로를 불행하게 만드는 일에 몰두하는 유일한 동물이다. 그런 일은 일종의 예술이다. 이 분야의 달인을 일컬어 이타주의자라고 한다.
- 모든 실패가 인간에게 주는 교훈이 있다면, 그것은 그가 다음번에도 실패할지 모른다는 것이다.
- 명성: 시신방부처리사를 무대공포증에 시달리게 만드는 것.[1]
- 희망이란 불가능한 일이 일어날 것이라는 병적인 믿음이다.
- 부도덕이란 잘 나가는 자들의 도덕이다. 평범한 농부의 암말에게 죽은 모드 S.[2]가 끔찍할 정도로 부도덕하지는 않았다는 사실을 납득시키기란 아예 불가능하다.
- 이상주의자란 장미가 양배추보다 향기로우니까 장미 수프가 양배추 수프보다 맛있을 것이라고 결론 내리는 사람이다.
- 철학이 지루한 것은 철학자들이 현학적이어서 그런 게 아니라, 그들의 솜씨가 부족해서 그런 것이다. 그들은 단순한 위산과다를 치료하기 위해 엄청난 분량의 조개분말을 처방하는 의사와 다를 바가 없다.
- 불멸이란 자신이 죽었다는 사실을 믿지 않는 사자(死者)의 상태이다.
- 유명인사란 본인이 몰라서 천만다행인 많은 사람에게 알려져 있는 존재다.
- 도덕이란 인간의 모든 행동이 옳거나 그르거나 둘 중 하나라고 하는

1. 필요 이상으로 남의 눈을 의식하게 만드는 것.
2. 1880년대에 마차경주(harness racing)의 여왕으로 각광받던 암컷 경주마.

것인데, 그 99%는 그르다는 이론이다.

- 상투적인 의견 : 모든 사람에 의해 진실로 받아들여지지만 진실이 아닌 생각.
- 진보란 인류가 구레나룻과 충수(蟲垂)와 하느님을 제거해나가는 과정이다.
- 도덕을 중시하는 사람과 명예를 중시하는 사람의 차이가 있다면, 후자는 신용을 해치는 행위를 후회한다는 것이다. 설령 그런 행위로 소기의 목적을 달성하고 자기의 의중을 남들이 눈치 채지 못했다 하더라도 말이다.
- 후회 : 한참이 지난 뒤에야 자신의 잘못에 유감을 표하는 것.
- 자존심 : 아직까지는 아무도 자신을 의심하지 않는다는 안도감.
- 자살 : 뒤늦게 아내 친척들의 의견에 따르는 행위.
- 유혹이란 활동 가능한 육신에 가해지는 불가항력이다.
- 묘비 : 망각된 자에 대한 기억을 떠올리게 하는 흉물.
- 진리 : 누군가에게 어떤 식으로든 수치심을 안겨주는 어떤 것.
- 인기 : 남자들이 아내 자랑을 하고, 여자들이 남편 험담을 할 때 공감을 표하며 들어주는 능력.
- 연금수령자 : 어용 애국자.
- 자기가 겪고 있는 치통에서 유머를 발견할 수 있을 만큼 철학적인 사람은 꽤 있다. 그러나 자기가 구사하는 유머에서 치통을 발견할 수 있을 만큼 철학적인 사람은 여태껏 존재한 적이 없다.
- 우리가 지금 여기에 있다는 사실을 제외한 인간의 모든 지식은 헛소리에 불과하다.
- 이 세상을 살아가는 인간의 목숨은, 파리채를 든 100명의 소년이 있는 방 안에 갇혀 있는 파리의 목숨과 같다.
- 추수감사절 : 염증성 류머티즘을 앓고 있는 사람들이 광견병에 걸리지 않도록 해주신 은혜에 대해 사랑하는 〔하느님〕아버지께 감사를 드리는 날.
- 동맥이 경화될수록 심장은 약해진다.
- 흐느낌은 여성·아기·테너가수·목사·배우·취객이 내는 소리이다.

- 나쁜 남자: 자기가 착한 여자에 대해 이야기할 때마다 우는 부류.
- 거짓말쟁이: ① 아주 착한 척하는 사람. ② 아주 나쁜 척하는 사람.
- 한 가지 미덕보다 열 가지 악덕을 가지기가 더 어렵다.
- 내가 불가촉천민의 고통을 방관하고, 그들을 만년의 니체가 표현한 것처럼 통계와 악마에 내맡기고 있는가? 그런데, 하느님도 그렇게 하고 있다.
- 신사란 이유 없이는 절대로 여성을 때리지 않는 사람이다.
- 역사가: 성공하지 못한 소설가.
- 인생이란 막다른 길이다.
- 모든 탈출수법 중에서 죽음이 가장 효율적이다.

남자와 여자를 창조하시고[1]

- 사랑이란 이 여자가 다른 여자와는 다를 것이라는 망상이다.
- 그리스도교의 역사가 1,900년이나 흘렀건만, 모든 그리스도교 국가의 법과 전세계 그리스도 교도의 도덕적 판단에는 하나의 가정(假定)이 굳건히 자리 잡고 있다. 남녀가 함께 방에 들어가 문을 닫고 나면, 얼마 뒤에 남자는 더 슬퍼져서, 여자는 더 현명해져서 밖으로 나온다는 것이다.
- 여자가 "아니오"라고 말하면 내심 "네"라고 외치고 있다는 좋은 조짐이다. 물론 그녀가 "네"라고 말하면 더욱 좋은 조짐이다.
- 행복이란 투쟁 끝의 평화, 즉 난관을 극복하고 얻은 안전하고 편안하다는 느낌이다. 정말로 행복한 사람은 유부녀와 독신남성뿐이다.
- 여성의 키스는 언제나 프로권투 선수들이 나누는 악수를 연상시킨다.
- 여자가 남자를 아무리 사랑하더라도, 남자가 그녀를 위해 자살하는 모습을 보면 행복감을 느낄 것이다.
- 허니문이란 신부가 신랑의 맹세를 믿는 기간이다.
- 모든 독신 남성은 일부 유부녀에게 영웅이다.

1. 「창세기」 1장 27절.

- 교회의 제단에서. 신부 왈, "마침내! 마침내!" 신랑 왈, "너무 늦었어! 너무 늦었어!"
- 질투란 다른 사람의 취향이 자기의 취향 못지않게 저급하다는 이론이다.
- 첫 키스는 남성이 훔치고, 마지막 키스는 여성이 구걸한다.
- 부(富): 〔남자의 입장에서 말할 때〕 동서(同壻)보다 1년에 적어도 100달러 이상 많은 돈을 버는 것.
- 여자는 자기 남편을 믿을 때 훨씬 행복할 것이다. 그런데 그렇게 하는 것은 매우 어리석은 짓이기도 하다.
- 남녀의 대결에서 여성은 대형 전함을, 남성은 뗏목을 타고 싸운다.
- 이혼 위자료: 행복해진 측이 악마에게 지불하는 몸값.
- 유혹은 여자의 무기이자 남자의 변명거리이다.
- 낙천가: 여동생의 친한 친구와 결혼하는 부류의 남자.
- 유부녀를 동정하면, 당신은 두 명의 적을 만들거나, 아니면 한 명의 아내와 한 명의 친구를 얻게 된다.
- 여성은 소심한 남성을 좋아하지 않고, 고양이는 신중한 쥐를 좋아하지 않는다.
- 너무 늦기 전까지 결혼을 최대한 미루다가 결혼하는 남자가 결혼을 가장 잘하는 남자이다.
- 모든 여성의 인생에서 진실하고 절실한 사랑이 한번은 있다. 그러나 어떤 것이 그런 사랑인지 알아맞추는 여성은 극히 드물다.
- 독신자란 아내를 원하긴 하지만. 아직까지 아내를 얻지 않았다는 사실을 기뻐하는 사람이다.
- 여성은 흔히 남편의 속을 태우는 것을 즐긴다. 그러나 피둥피둥 살이 쪄서 그의 속을 태울 때는 그렇지 않다.
- 남자는 항상 자신의 첫사랑을 특별히 소중하게 기억한다. 그러나 그 뒤로는 모든 사랑을 한 묶음으로 생각하기 시작한다.
- 리노 발 급전: 부자는 침대에서 제단으로 뛰어오르지만, 빈자는 제단에서 침대로 뛰어오른다.
- 남편: 과거에는 마음껏 놀아나도 안전했지만, 지금은 안전하게 아내

손아귀에서 놀아나는 자. 본인의 실제 목둘레 16인치보다 작은 사이즈인 15.5인치의 셔츠를 입은 자.

- 여성혐오자: 여자들이 서로를 혐오하듯이 여자를 혐오하는 남자.
- 남자가 사랑에 반대하는 이유는 사랑이 쉽사리 식지 않기 때문이다. 여자가 사랑에 반대하는 이유는 사랑이 일단 식고 나면 다시 불붙지 않기 때문이다.
- 여성은 단순한 취미를 갖고 있다. 그들은 품안의 자식들이나 사랑에 빠진 남자들에 대한 수다에서 즐거움을 얻는다.
- 남성은 여성보다 시간을 알차게 보낸다. 더 늦게 결혼하고, 더 빨리 죽는다.
- 오직 사랑해서 결혼한 남자는 적어도 순수하다. 그러나 촐고츠[1]도 순수하기는 마찬가지였다.
- 아내가 남편의 이야기를 믿어주면, 남편은 아내를 의심하기 시작한다.
- 남자는 언제나 자기를 우롱한 여자를 비난한다. 같은 맥락으로 어둠 속에서 실수로 문짝에 부딪혀놓고는 문짝을 탓한다.
- 사랑은 트리올레[2]처럼 시작해서 대학의 무슨 응원소리처럼 끝난다.
- 부부가 그들의 결혼생활에 대해 토론을 할 때면, 마치 검시조서에 증언을 하고 있는 것 같다.
- 아주 사소한 것이 삶을 견디기 힘든 것으로 만든다. ……신발 속의 작은 돌멩이, 스파게티 속의 바퀴벌레, 여성의 웃음소리.
- 남자는 자신이 그토록 빨리 죽는다는 생각에 슬퍼한다. 여자는 자신이 그토록 오래 전에 태어났다는 생각에 슬퍼한다.
- 여자는 무엇인가에 대해 이야기를 시작할 때마다, 남자에게, 남자에 대해, 또는 남자에 빗대어 이야기한다.
- 여자는 아무리 행복하게 결혼생활을 하고 있더라도 자기의 결혼생활이 행복하지 않기를 바라는 멋진 남자가 있다는 것을 아는 순간 언제나 기뻐한다.
- 여성은 경험에서 나오는 지혜가 언제나 남성보다 낫다. 여자로 산다는

1. 1901년에 미국의 25대 대통령 윌리엄 매킨리를 암살한 광신적 아나키스트.
2. 프랑스의 고상한 정형시 형식의 하나.

것 자체가 대단한 경험이다.

- 자기 자식의 엄마가 될 여자를 선택할 때 망설이는 남자가 최악의 남자이다. 그리고 그는 망설이다가 기회를 놓친다.
- 간통이란 민주주의를 사랑에 적용한 것이다.
- 남편들은 절대 선량해지지 않는다. 단지 능숙해질 뿐이다.
- 최악의 결혼은 여자에게 다른 모든 남자들도 내 마음대로 주무를 수 있다는 믿음을 갖게 하는 결혼이다.
- 행복한 사랑의 중요한 비결은 그녀가 다른 남자와 결혼했다는 사실을 기뻐하는 것이다.
- 남자는 바보일 수도 있고, 이 사실을 모를 수도 있다. 그러나 그가 기혼자라면 이야기는 달라진다.
- 남자는 아무리 나이를 먹어도 여자한테 눈길이 가고, 여자는 아무리 뚱뚱해도 남자가 쳐다봐 주길 바란다.
- 독신남성한테는 양심이 있고, 유부남한테는 아내가 있다.
- 독신남성은 유부남보다 여성에 대해 더 많이 알고 있다. 그렇지 않다면 그들도 진작 결혼했을 것이다.
- 남자는 선천적으로 일부다처론자이다. 그의 곁에는 늘 두 명의 여자가 있다. 한 명은 그를 완전히 지배하고, 다른 한 명은 상의 뒷자락을 붙잡고 있다.
- 모든 여성은 조만간 딸을 질투한다. 모든 남성은 조만간 아들을 부러워한다.

시민과 국가

- 모든 선량한 사람은 자신을 지배하는 정부를 부끄러워한다.
- 미국의 인구를 x라고 하고 평균적인 미국인의 우행도(愚行度)를 y라고 할 때, 민주주의란 $x \times y$의 값이 y보다 작다는 이론이다.
- 최신 유행 논법: 당신이 노동자 범죄조직 보스에게 반대한다면, 당신은 노동자에게 반대하는 것이나 마찬가지다. 대중선동가에게 반대한다면, 민주주의에 반대하는 것이나 마찬가지다. 그리스도교에 반대한

다면, 하느님께 반대하는 것이나 마찬가지다. 돌팔이 의사가 만든 암(癌) 치료 연고의 사용에 반대한다면, 당신의 삼촌을 죽게 내버려두는 것이나 마찬가지다.

- 뉴딜정책은 구세군처럼 인간을 구원한다는 약속으로 시작되었고, 역시 구세군처럼 쉼터를 운영하고 평화를 어지럽히는 것으로 끝났다.
- 일자리를 잃은 정치인보다 비참하고 불쌍한 존재는 은퇴한 종마(種馬)밖에 없을 것이다.
- 민주주의란 보통사람들이 자신이 원하는 바를 알고, 그것을 열심히 노력해서 얻을 권리가 있다는 이론이다.
- 특권에 대한 전쟁은 결코 끝나지 않을 것이다. 다음번 대전(大戰)은 혜택을 받지 못한 사람들의 별난 특권에 반대하기 위한 전쟁이 될 것이다.
- 정치인 : 노모(老母)를 시청 청소부로 취직시킬 수 있을 정도의 영향력을 가진 사람.
- 민주주의는 여배우가 끊임없이 남편을 갈아치우듯이 일련의 불가사의한 일들을 끊임없이 시도한다. 온건하고 자립적이고 성실하고 지나치게 소심하지 않은 사람들에게 혹시나 하는 희망을 걸면서.
- 의회는 3분의 1의 악당, 3분의 1의 백치, 3분의 1의 겁쟁이로 구성되어 있다.
- 미국에는 제도라는 것이 없다. 오직 유행이 있을 뿐이다.
- 소수의 정신 나간 자들이 약자한테 손가락질을 한다.
- 현재 미국에는 오직 두 부류의 인간이 존재한다. 자신의 생계를 위해 일하는 사람과 그들에게 투표하는 사람.
- 데마고그의 마음은 일종의 훌륭한 메커니즘이다. 그것은 그가 생각해보라고 요구하는 것은 무엇이든 생각해낼 수 있다.
- 민주주의는 원숭이 우리에서 서커스를 공연하는 학예이다.
- 모든 패배는 그것이 아무리 사소하다 해도 보통 사람들의 구원자에게는 치명적이다. 그들은 코피 터진 메시아에 결코 감동하지 않는다.
- 의문의 여지없이 진보는 있다. 평균적인 미국인은 현재 2배나 많은 세금을 내고 있다. 예전 같으면 그의 호주머니에 있었을 돈이다.

- 미국의 진정한 매력은 전대미문의 희극적 국가라는 것이다.
- 사회주의자들의 합창: "자본 갖고 꺼져!" 반(反)사회주의자들의 응답: "『자본론』 갖고 꺼져!"
- 똑똑한 정치인일수록 더 많은 것을 믿지만, 그 중에서 그가 진짜로 믿는 건 거의 없다.
- 뉴딜 정책의 목적은 채권자 계층을 절멸시키고 모든 사람을 채무자 계층으로 만드는 것이다. 그것은 소를 사육하면서 암소만 기르고 황소는 기르지 않는 것과 같다.
- 모름지기 인간은 실패하는 동안은 하느님의 자녀이지만, 행운을 잡으면 그 즉시 공(功)을 악마에게 돌리는 존재이다.
- 자신의 이념을 시행하라고 정부에 요구하는 사람치고 그 이념이 바보 같지 않은 경우는 없다.
- 판사: 본인의 시험지를 직접 채점하는 법학도.
- 배심원: 자신들의 청력, 건강, 사업상의 일정에 대해 판사에게 거짓말을 하고도 그를 속이는 데 실패한 12명의 집단.
- 법정: 예수 그리스도와 유다 이스가리옷이 동등하게 맞서지만 유다가 이길 확률이 높은 장소.

천국의 비밀

- 신학: 알 수 없는 것을, 별 의미 없는 용어들을 사용해서 설명하려는 노력.
- 목사: 천국의 문 바깥에서 장사하는 암표상.
- 대주교: 그리스도보다 지위가 높은 그리스도교 성직자.
- 불멸에 대한 망상은 이집트를 파멸시켰다.
- 그리스도 교도들은 언제나 그런 일을 다시는 하지 않겠다고 목숨을 걸고 맹세한다. 교양인은 단지 다음번에는 좀 더 신중을 기하겠다고 결심한다.
- 조물주: 관객으로 하여금 웃는 걸 두려워하게 만드는 코미디언.
- 모든 불신자(不信者)의 마음속에는 혹여 죽은 뒤에 다시 깨어나 불멸

의 몸이 된 자신을 발견하게 될지도 모른다는 불편한 감정이 있다. 이것이 그의 불신에 대한 벌이다. 이것이 불가지론자의 지옥이다.

- 청교도주의 : 어딘가에 살고 있는 누군가가 행복할지도 모른다는 공포에 사로잡힌 사람들의 교의.
- 주일 : 미국인이 본인은 죽어서 천국에 가고, 이웃은 죽어서 지옥에 가게 해달라고 비는 데 바치는 날.
- 그리스도 교도 : 하느님 세 분은 기꺼이 섬기면서 부인 한 명은 용서하지 않는 사람.
- 성직자로 성공하려면 성(聖)과 속(俗)의 두 세계에 양다리를 걸치고 모든 가능성을 이용해야만 한다.
- 크리스천사이언스 : 눈에 정통으로 펀치를 맞는 순간 눈에서 불이 나는 것은 착시이기 때문에 펀치 자체도 허상이고 눈도 허상이라는 이론.
- 한 여신도가 오지의 신비로운 성당에서 무릎을 꿇고 있고, 장엄한 음악이 흐르고, 자욱한 향연(香煙)이 바람을 타고 내려오고, 호화로운 복장을 한 사제들이 그리 훌륭하지 않은 사어(死語)를 써가며 분주하게 장중한 의식을 집전하고 있다. 특히 그 열성적인 여신도의 외모가 매력적이라면, 이 장면은 의문의 여지없이 아름답다. 그러나 같은 여신도가 남부의 의원 복장을 한 감리교 광신도의 비명과 찡그린 표정에 자극을 받아 병적으로 신앙을 고백하고, 하느님에 대한 두려움으로 무릎을 덜덜 떨고, 베엘제붑과 일전이라도 벌이려는 듯 주먹을 꽉 쥐고, 입으로는 호산나와 할렐루야를 외치고 있다면, 그 모습은 참으로 볼썽사납다.
- 뱃멀미를 하는 원양여객선 승객은 하루에 265번이나 그의 곁을 지나다니며 호기롭게 큼직하고 반들반들한 시가를 피우는 건장한 선원을 미워한다. 똑같은 식으로 민주주의자는 이 세상에서 자기보다 즐겁게 사는 사람을 미워한다. 이것이 민주주의의 기원이다. 또한 청교도주의의 기원이기도 하다.
- 목사 : 사악한 자들에게 고용되어 덕행에는 보상이 없다는 사실을 그들에게 몸소 보여주는 자.

- 무신론자의 고백: 하느님은 없다는 사실에 대해 하느님께 감사합시다.
- 그리스도교권은 한 사람이 공공장소에서 벌떡 일어나 자신이 그리스도 교도라고 진지하게 맹세하면, 그 말을 들은 모든 사람이 웃음을 터뜨리는 세계의 일부 지역이라고 간략하게 정의할 수 있다.
- 링컨의 말마따나 하느님은 틀림없이 가난한 자를 사랑하신다. 그렇지 않으면 가난한 자들을 그렇게 많이 만들지는 않았을 것이다. 그분은 부자도 사랑하신다. 그렇지 않으면 그 엄청난 돈을 그토록 적은 수의 사람들에게 나눠주지는 않았을 것이다.
- 신문은 무지한 자를 더욱 무지하게 만들고, 광적인 자를 더욱 광적으로 만들기 위한 수단이다.

멩켄 연보

메리언 엘리자베스 로저스/이산편집부 옮김

1880 9월 12일, 미국 메릴랜드 주 볼티모어 시 웨스트렉싱턴 가(街) 380번지에서 아버지 오거스트 멩켄과 어머니 애나 아브하우 멩켄의 맏이로 태어나다. (할아버지 부르크하르트 루트비히 멩켄은 1828년 독일 라스 태생으로 1848년 11월 미국 볼티모어에 도착했다. 1852년 10월 미국에 귀화하고 담배회사를 세웠다. 아버지는 1854년 6월 16일생이며, 1873년과 1875년 사이에 오거스트 멩켄 앤 브라더 사(社)를 설립하여 동생 헨리와 함께 회사를 경영했다. 두 형제는 이 회사를 미국 남대서양 연안에서 가장 성공적인 시가(엽궐련) 제조업체의 하나로 성장시켰다. 불가지론자이며 고율 관세를 지지하는 공화당원이었던 오거스트는 프리메이슨의 충실한 단원이자 미국 최초의 프로야구단으로 꼽히는 워싱턴 내셔널 베이스볼 클럽의 공동구단주이기도 했다. 어머니 애나 아브하우는 1858년 6월 11일생이며, 독일 헤센 출신의 카를 하인리히 아브하우의 딸이었다. 오거스트와 애나는 1879년 11월 11일에 결혼했다.)

1882 5월 16일, 남동생 찰스 에드워드가 태어나다.

1883 가족이 유니온스퀘어 맞은편 웨스트볼티모어의, 잘 나가는 독일계 미국인들이 사는 동네인 홀린스 가(街)로 이사를 하다.

1886 9월, 사립학교인 F. 냅스 인스티튜트에 입학하다. 11월 17일, 여동생 애나 거트루드가 태어나다.

1888 피아노를 배우기 시작하다.

1889 2월 18일, 남동생 오거스트가 태어나다. 마크 트웨인의 『허클베리 핀의 모험』을 읽고 엄청난 충격을 받다.

1892 9월 5일, 공립 고등학교인 볼티모어 폴리테크닉 인스티튜트에 입학하다.

1893 화학, 사진, 저널리즘, 문학에 열중하다. 이넉프랫 무료도서관에 가서 일주일에 네다섯 권의 책을 읽다. 특히 디킨스, 초서, 셰익스피어, 헤릭, 피프스, 애디슨,

스틸, 스위프트, 존슨, 보즈웰, 필딩, 스몰렛, 스턴, 아널드, 매콜리, 조지 엘리엇, 테니슨, 스윈번, 새커리, 키플링을 비롯한 영국작가들의 작품을 탐독하다. 멩켄은 훗날 이 도서관을 "나의 학교"라고 부른다. 그의 동생 오거스트는 형이 "운동선수처럼 책을 읽었다"고 회상했다. 12월 2일, 오거스트 멩켄 앤 브라더 사 공장에 화재가 발생하여 2만 5,000달러 상당의 피해를 입다.

1895 스티븐 크레인의 『붉은 무공훈장』을 읽다.

1896 6월 23일, 15세에 볼티모어 폴리테크닉 인스티튜트를 개교 이래 최고의 평점을 기록하며 수석졸업하다. 여름에 『볼티모어아메리칸』지에 익명으로 시 한 편을 발표하다. 아버지한테 신문기자가 되려 한다고 말하지만, 아버지가 극력 만류하다. 오거스트 멩켄 앤 브라더 사에서 사무원 겸 외판원으로 정식근무를 시작하다.

1898 『크라이티어리언』지(뉴욕)를 정기구독 신청하고, 제임스 기번스 허니커, 퍼시벌 폴라드, 앰브로즈 비어스, 오스카 와일드, 조지 버나드 쇼, 프리드리히 니체의 작품에서 영향을 받다. 토머스 헨리 헉슬리의 산문체와 사상의 찬미자가 되다. 언론학 책을 공부하고, 뉴욕 언론 연합 신문 지국 학교라는 일종의 통신학교에 입학하다. 그리고 자신의 목표는 "기자로서 첫발을 내딛고 그 후에는 성실과 얼마간의 행운에 맡기는 것"이라고 말하다. 오거스트 멩켄 앤 브라더 사를 그만두기로 결심하는데, 아버지가 그 결정을 최소 1년만 연기해달라고 부탁하다. 이 절망의 순간에 멩켄은 자살을 생각하다. 12월 31일, 아버지가 급성 신장염으로 의식을 잃고 쓰러지다. (멩켄은 훗날 이렇게 쓴다. "나는 잘 기억하고 있다.……나는 마음속으로 만약 아버지가 돌아가시면 마침내 자유로워진다고 생각했다.……나는 아버지와 잘 지냈지만 가업을 이어갈 생각은 눈곱만큼도 없었으며 신문 일에 온통 정신이 팔려 있었다.")

1899 1월 13일, 아버지가 돌아가시고, 시신을 라우든 공원묘지에 묻다. 2주 후 『볼티모어헤럴드』(이하 『헤럴드』)지의 각 부서를 방문하여 일자리를 부탁하다. 2월 24일, 생애 첫 기사가 실리다. 7월 2일, 『헤럴드』지에 주급 7달러의 봉급을 받는 가장 나이 어린 (그리고 최초의) 수습기자로 고용되다. 러드여드 키플링에게 보내는 시 한 편이 『북맨』지 12월호에 발표되다. 기자 일에 전념하고자 오거스트 멩켄 앤 브라더 사에서 헨리 숙부를 위해서 하던 파트타임 일을 그만두다.

1900 『뉴욕선』지에 게재되는 에드워드 킹즈베리의 논설, 조지 에이드의 『속어로 된 우화집』, 에밀 졸라의 작품을 읽다. 시어도어 드라이저의 『시스터 캐리』를 발견하다. 하루에 12시간을 일하면서, 일주일 내내 단 하루도 쉬는 날 없이 『헤럴드』지 기자로서 기사를 쓰고, 틈틈이 단편소설과 시, 그리고 다른 도시의 신문들에 기고문을 쓰다. 만성기관지염으로 고생하다. 6월에 요양을 위해 자메이카

를 여행하다. 8월에 봉급이 세 번째 인상되어 주급 14달러를 받다. 11월에 윌리엄 제닝스 브라이언과 윌리엄 매킨리의 대통령 선거유세 취재를 담당하다.

1901 2월 1일, 봉급이 주급 18달러로 인상되다. 5월에 플로리다 주 잭슨빌을 잿더미로 만든 화재사건을 취재하다. 9월에 『헤럴드』지의 연극평 담당기자, 10월에 『선데이헤럴드』지 편집장이 되다(1903년 10월까지 두 직책을 유지했다). 극작가 조지 버나드 쇼와 입센을 옹호하다.

1903 10월에 『모닝헤럴드』지 사회부장이 되다. 키플링을 전범으로 삼은 시집 『시 속으로의 모험』을 상재. 자신이나 자신의 책을 언급하는 기사를 스크랩해주는 서비스를 신청하기 시작하다.(이 스크랩은 멩켄의 일생 동안 100권 이상에 달했다.)

1904 2월 7~8일 이틀간 발생한 화재로 볼티모어 시 번화가의 건물 1,500동과 140에이커의 대지가 잿더미가 되다. 6월 19~24일에는 시카고에서 열리는 공화당전당대회에, 7월 5~11월에는 세인트루이스에서 열리는 민주당전당대회에 참석하다. 8월 25일 『볼티모어이브닝헤럴드』지 사회부장이 되다. 멩켄을 비롯해서 정기적인 모임을 갖는 일군의 음악인들이 '새터데이나이트클럽'을 창설하다.(멩켄은 피아노를 담당.)

1905 『헤럴드』지 편집국장으로 승진하다. 조지 버나드 쇼에 관한 최초의 단행본 분량의 연구서인 『조지 버나드 쇼: 그의 희곡』을 상재.

1906 6월 17일, 『헤럴드』지가 발행을 중지하다. 7월 25일, 『볼티모어선데이선』지 편집장이 되다. 자체(字體)와 내용에 전면적인 쇄신을 단행하고, 시(詩)와 필립 수자의 음악비평을 소개하며, 볼티모어 시민의 보건문제에 관한 취재기사를 24부에 걸쳐 게재하고, 인기 작가들의 작품을 연재하다.

1908 니체에 관해서 영어로 쓰인 최초의 책인 『프리드리히 니체의 철학』을 상재. 시어도어 드라이저를 만나다. 3월에 첫 유럽 여행을 떠나 영국과 독일을 방문하다. 5월, 뉴욕에서 연극비평가 조지 진 네이선을 만나다. 『선』지의 논설위원을 겸임하다. 11월, 문학잡지 『스마트세트』에 월간 서평을 쓰기 시작하고(이 서평 쓰기는 1923년 12월까지 계속됨), 특히 제임스 브랜치 캐벌, 마크 트웨인, 조지프 콘래드, 드라이저를 상찬하다.

1909 『극작가 입센』의 분책으로 출판될 입센의 희곡 「인형의 집」과 「어린아이 에위올프」의 신판을 위한 주석과 서론 집필(볼티모어 주재 덴마크 영사 홀게르 A. 케벨과 공동으로)에 착수하다. 이 책들은 상업적으로 실패하여 시리즈 출판이 중단되다.

1910 4월 18일 『볼티모어이브닝선』(이하 『이브닝선』)지가 창간되고, 멩켄은 편집인으로 창간에 참여하다. 레너드 허슈버그와 함께 『당신의 아기에 대해서 반드시

알아야 할 것』을 대필하다. 『니체 철학의 요점』과 『인간 대(對) 그 남자』(로버트 리브스 라 몽트와 공저)를 상재.

1911 멩켄에게 독일문화 이해의 지평을 넓혀준 미국 작가 퍼시벌 폴라드와 절친한 사이가 되다. 5월 8일, 『이브닝선』지에 풍자적인 일일 칼럼 「프리랜스」를 시작하다. 이 칼럼을 통해 허구적인 욕조의 역사로 대표되는 우스갯소리를 비롯해서 지역 공중보건, 볼티모어 시에 살고 있는 아프리카계 미국인의 곤경, 여성운동, 미국어, 도덕가의 허세 등의 문제를 다루다. 훗날 그는 "채 1년이 지나기도 전에, 나는 내가 신문 1면에 자리를 잡고 있다는 것을 알았다"고 말했다.

1912 4월, 영국, 프랑스, 스위스, 독일을 방문하다. 6월 28일, 볼티모어에서 열린 민주당전당대회를 취재하다. 『예술가: 무언극』 상재.

1913 출판인 앨프레드 A. 커너프를 만나다. 3월 3일, 워싱턴 D.C.에서 여성참정권론자들의 시위행진을 취재하다.

1914 영향력 있는 미국인 비평가 제임스 기번스 허니커를 만나 절친한 사이가 되다. 4월, 조지 진 네이선 및 윌러드 헌팅턴 라이트와 동행하여 배를 타고 유럽에 가다. 네이선 및 라이트와 공저로 『8시 15분 이후의 유럽』을 상재. 7월 28일~8월 4일에 제1차 세계대전 발발. 9월, 멩켄과 네이선이 『스마트세트』지의 공동 편집주간이 되다. F. 스콧 피츠제럴드, 에드거 리 매스터스, 셔우드 앤더슨, 윌라 캐더, 벤 헥트, 유진 오닐, 에즈라 파운드 같은 미국 작가들을 비롯해서 알렉세이 톨스토이, 아나톨 프랑스, D.H. 로런스, 제임스 조이스 같은 영국과 유럽의 작가들의 작품을 소개하다. 네이선의 연극비평은 물론이고 멩켄의 서평도 폭넓은 관심을 끌다.

1915 5월 7일, 독일 잠수함이 영국 여객선 루시타니아 호를 격침시키자 미국 내에서 반독(反獨) 정서가 확산되다. 네이선과 함께 익명으로 편집주간을 맡은 잡지 『파리지엔』 창간호가 발행되다.(두 사람이 편집주간을 맡은 마지막호는 1916년 10월호이다.) 멩켄의 친독일적인 태도가 점점 더 논쟁적이 되어가는 「프리랜스」 칼럼에서 지배적인 논조를 이루다. 「프리랜스」가 10월 23일부로 아무 설명도 없이 갑작스럽게 끝나다.

1916 드라이저의 소설 『천재』가 뉴욕 악덕방지협회에 의해 몇몇 구절이 외설로 간주되자 발매가 금지되다. 멩켄은 이 책을 옹호하는 탄원서를 제출하기 위해 미국작가연맹의 지지를 부탁하다.(『천재』는 1922년까지 금서로 남아 있었다.) 그가 네이선과 함께 (8월부터 10월까지) 익명으로 편집을 맡은 『소시 스토리스』가 창간되다. 『벌레스크의 책』과 『다장조의 작은 책』을 상재. 『선』지의 편집장직을 사임하다. 12월 28일, 영국행 배에 몸을 싣고, 제1차 세계대전에 관한 기사를 쓰기 위해 독일로 가다.

1917 2월 1일, 독일이 중립국 선박을 적대시하는 무제한잠수함작전을 개시하다. 멩켄은 쿠바의 자유 반란을 취재하기 위해 독일을 떠나다.(자유 반란은 쿠바의 가르시아 메노칼 대통령을 지지하는 미국에 반대하는 운동이었다.) 3월 5일 아바나에 도착하고, 3월 14일에 미국으로 돌아오다. 3월 29일, 마지막으로 송고한 기사가 게재됨과 동시에 『선』지를 위한 기고를 중단하다. 4월 6일, 미국이 대독(對獨) 선전포고를 하다. 6월 15일, 「방첩법」이 제정되다. 6월 18일부터 1918년 7월 8일까지 『뉴욕이브닝메일』지에 글을 쓰다. 제임스 웰던 존슨을 만나고 아프리카계 미국인과 문화적 이슈에 관심을 집중하기 시작하다.

1918 7월 8일, 『뉴욕이브닝메일』지가 독일 정부가 제공하는 비자금을 받았다는 일부의 주장에 따라 이 신문의 편집장 에드워드 럼리가 체포되다. 멩켄이 이 신문에 글쓰는 것을 중단하다.(멩켄은 훗날, "나는 글쓰기를 중단하고, 영원히 신문사와는 관계를 끊었다고 생각했다"고 회상했다.) 7월, 볼티모어 시 각급 학교에서 독일어 과목이 폐지되고, 독일에 대한 반감이 거세지다. 수사국(FBI의 전신)이 멩켄에 관한 파일을 공개하다. 아울러 그의 편지가 공개되고, 수사관들이 그를 감시하다. 멩켄의 『염병할! 중상모략의 책』이 그의 친구이자 브로드웨이 연출가 필립 굿맨에 의해 출판되다. 11월 11일, 독일이 강화조약에 서명하다.

1919 『미국어』(초판이 단시일 내에 매진됨)와 『편견집: 첫 번째 시리즈』(이 역시 성공을 거둠) 상재. 멩켄이 『선』지 공동발행인 폴 패터슨 및 해리 블랙과 함께 취재범위를 전국으로 확대하고 독자적인 취재를 하기 위한 계획을 세우는 데 도움을 주다. 법무장관 미첼 파머가 급진주의자와 외국인에 대한 일제검거령을 내리다. 멩켄은 『스마트세트』에서의 작업이 부질없음을 느끼고, 한 친구한테 이렇게 말했다. "우리는 문학의 시대가 아니라, 격렬한 정치의 시대에 살고 있네."

1920 『이브닝선』지에 정기적으로 월요칼럼을 연재하기 시작하다.(연재는 1938년 1월 31일까지 계속된다.) 이 칼럼을 통해 자유로운 언론에 대한 간섭을 비난하고 모든 미국인에게 시민권을 보장하도록 요구하다. 싱클레어 루이스의 『메인스트리트』 원고를 읽고 출판을 권하다. 4월, 네이선과 함께 미스터리 잡지 『블랙마스크』를 창간하다. 『편견집: 두 번째 시리즈』를 상재. 멩켄이 영역하고 서론을 붙인 『안티크리스트』(니체) 상재.

1921 5월, 『네이션』지의 객원논설위원이 되다(1932년 12월까지). 11~12월, 워싱턴 D.C.에서 열린 해국군축회의를 취재하다. 『미국어』 제2판을 상재.

1922 8~10월, 영국과 독일을 여행하다. 『편견집: 세 번째 시리즈』를 상재.

1923 5월 8일, 볼티모어의 가우처 칼리지에서 강연을 할 때, 소설가이자 영문과 교수이던 새라 파월 하트(1898년 3월 1일 앨라배마 주 몽고메리에서 출생)를 만

나다. 여름, 미국문화와 미국정치에 초점을 맞춘 한 신생 잡지를 위해 미국 작가들에게 원고를 청탁하다. 12월, 멩켄과 네이선이 『스마트세트』의 공동편집주간 직을 사임하다. 『미국어』 제3판을 상재.

1924 멩켄과 네이선이 공동편집주간을 맡은 『아메리칸머큐리』지의 창간호가 1월에 발행되다. 장차 『아메리칸머큐리』지의 기고가들 중에는 카운테이 컬런, 제임스 웰던 존슨, W. E. B. 두 보이스, 도로시 파커, 셔우드 앤더슨, 상원의원, 변호사, 아메리카 인디언, 죄수 등이 망라될 것이다. 이 잡지의 레이아웃, 서체, 낙천성, 그리고 「아메리카나」 섹션(여기서 다루는 아이템은 전국의 신문과 잡지에서 선별했다)과 「프로파일」 섹션(잘 알려진 주제에 대한 유명 작가들의 묘사)이 광범위하게 모방되다. 6월 9~13일에는 클리블랜드에서 열린 공화당전당대회를, 6월 23~29일에는 뉴욕 시에서 열린 민주당전당대회를 각각 취재하다. 『시카고트리뷴』지에 칼럼을 쓰다(1928년 1월 29일까지). 『편견집: 네 번째 시리즈』를 상재.

1925 『아메리칸머큐리』지에서 사회정치 비평에 더 많은 비중을 두어야 한다고 강조하는 멩켄, 반면 문학에도 같은 비중을 두길 원하는 네이선, 이 두 사람 사이의 갈등이 점점 고조되다. 7월에 네이선이 공동편집주간 직에서 물러나다. 같은 달 멩켄은, 새롭게 통과된 테네시 주법(州法)을 어기고 진화론을 가르쳤다는 이유로 체포된 고교교사 존 스코프스의 재판을 취재하기 위해 테네시 주 데이턴을 여행하다. 12월 13일 오후 6시 어머니가 돌아가시다. 시신을 라우든 공원묘지에 묻다. 『아메리카나 1925』를 상재. 멩켄에 대한 책이 처음으로, 그것도 두 종이나(어니스트 보이드의 『H. L. 멩켄』과 아이작 골드버그의 『그 남자 멩켄: 비판적 전기』) 출판되다. 드라이저와의 우정이 일련의 오해로 인해 깨져버리다. 드라이저가 멩켄의 모친상에 조의를 표하지 않고 여성에게 매정한 태도를 보이는 것을 멩켄은 이해하지 못함.

1926 월터 리프먼이 멩켄을 "이 모든 세대(世代)의 교육받은 이들에게 가장 강력한 영향을 미치는 인물"이라고 평하다. 『아메리칸머큐리』 4월호가 동지(同誌)에 실린 허버트 애즈베리의 단편소설 「모자걸이」를 문제 삼은 뉴잉글랜드 감시협회의 억지주장으로 보스턴에서 발매금지되다. 그러자 멩켄은 그 협회의 간사에게 개인적으로 한 부를 팔고 일부러 체포를 당하다. 판사는 소설은 외설적이지 않다고 선고하고, 고소를 기각하다. 10월 미국 남부를 여행하고 캘리포니아에 도착하다. 헨리 숙부가 경영하던 오거스트 멩켄 앤 브라더 사가 파산하다. 『민주주의에 대한 주석』 『편견집: 다섯 번째 시리즈』 『아메리카나, 1926』을 상재.

1927 『편견집: 여섯 번째 시리즈』와 『편견집 선집』을 상재.

1928 범미회의(汎美會議)를 취재하기 위해 쿠바 아바나에 가다. 6월 11~16일에는

캔자스시티에서 열린 공화당전당대회를, 6월 23~29일에는 휴스턴에서 열린 민주당전당대회를 취재하다. 10월 12~30일, 순회 유세 중인 민주당 대통령 후보 앨 스미스의 길동무가 되다. 미국 전역의 신문과 잡지에 실렸던 멩켄에 대한 비난글과 악담의 모음집인 『멩케니아나: 독설의 사전』을 상재. 『아메리칸머큐리』의 발행부수가 최고 8만 4,000부에 달하다. 새라 파월 하트에게 끈질긴 구애를 시작하다.

1929 7월 6일, 새라 파월 하트가 결핵균에 감염된 한쪽 콩팥을 제거하기 위해 수술을 받다.

1930 1~2월, 런던해군군축회의를 취재하다. 4월, 가족들에게 새라 파월 하트와의 비밀약혼을 알리다. 8월 27일, 볼티모어의 성스데반 순교자 교회에서 새라 파월 하트와 결혼하고, 캐나다로 신혼여행을 가다. 볼티모어 커시드럴 가(街) 704번지의 새 보금자리로 이사하다. 『신들에 대한 보고서』를 상재. 책은 잘 팔리지만, 책에서 유대인을 "여태껏 들어본 중에 가장 불쾌한 족속인 것 같다"라고 표현한 구절(이 구절은 증쇄하면서 삭제된다) 때문에 감정적인 논쟁을 불러일으키다. 신문과의 인터뷰에서 자신이 유대인 배척자라는 평가를 부인하다. "나는 신앙심 깊은 유대인을 좋아하지 않습니다. 마찬가지로 신앙심 깊은 가톨릭교인도, 신앙심 깊은 프로테스탄트도 좋아하지 않습니다." 일기를 쓰기 시작하다.

1931 12월 4일 메릴랜드 주 솔즈베리에서 일어난 흑인 청년 매슈 윌리엄스 린치 사건을 비판하는 일련의 논쟁적인 칼럼을 쓰다. 멩켄의 칼럼에 격분한 메릴랜드 동해안의 주민들이 볼티모어와의 모든 상거래를 거부하고 『선』지와 『이브닝선』지의 불매운동을 벌이다. 『네이션』지가 "개인적인 위험에도 불구하고 남다른 저널리즘 정신"을 구현한 멩켄의 공적을 인정하다.

1932 1월 9일, 새라와 서인도제도로 여행을 떠나다. 6월 13~18일에는 시카고에서 공화당전당대회를, 6월 26일~7월 2일에는 역시 시카고에서 민주당전당대회를 취재하다. 11월, 프랭클린 D. 루스벨트가 대통령에 당선되다. 『대통령 만들기』를 상재.

1933 뉴딜정책에 점점 비판적이 되다. 멩켄의 비판은 대부분 대통령 자신보다는 정책자문단의 '돌팔이들'을 향하고 있다. 10월 18일 메릴랜드 동해안의 소도시 프린서스앤에서 일어난 흑인 청년 조지 안우드 린치 사건(메릴랜드에서 일어난 마지막 린치 사건)을 비판하는 논쟁적인 칼럼을 쓰다. 멩켄의 인기가 떨어지자 『아메리칸머큐리』지의 발행부수가 2만 8,329부까지 줄어들다. 멩켄이 12월호를 끝으로 편집주간 직에서 사임하다.

1934 1월부터 3월까지 두 달 동안 새라와 지중해로 유람선 여행을 떠나다. 여행 중에 팔레스타인의 유대인 입식자들을 방문했다가 강렬한 인상을 받다. 『이브닝

선』지에 이 주제로 쓴 글이 『에레츠 이스라엘』이라는 제목의 책으로 비공식 출판되다. 7월 9일부터 1935년 5월 20일까지 『뉴욕아메리칸』지에 미국 영어에 대한 시리즈 기사를 쓰다. 10월 15일, A.S.에이벌컴퍼니의 이사회에 참여하다. 시어도어 드라이저와의 우정을 회복하다. 12월 8일 워싱턴 D.C.의 그리다이언 클럽 앞에서 연설을 하다.(내용은 뉴딜정책을 부드럽게 비판하는 것이었다.) 『옳음과 그름에 관한 보고서』를 상재. 12월 12일, 『네이션』지에 마지막 기사를 게재하다.

1935 2월 14일 상원 청문회에서 코스티건-웨그너 반(反)린치 법안에 찬성하는 증언을 하다.(법안은 나중에 상원에서 의사진행방해로 통과되지 않는다.) 5월 31일, 아내 새라 하트 멩켄이 결핵수막염으로 세상을 떠나다. 아내의 작품집 『남부 앨범』을 편집하고, 6월 15일에 동생 오거스트와 영국을 여행하다.

1936 홀린스 가(街)의 옛집으로 돌아오다. 멩켄은 이 집이 "나의 두 팔만큼이나 중요한 부분"이라고 생각했다. 3월, 『아메리칸머큐리』지에, 대통령을 마을 카니발에서 가짜만병통치약을 파는 약장수와 비교하며 신랄하게 비판한 「루스벨트 박사의 3년」을 발표하다. 4월, 『뉴요커』지에 자전적 에세이들을 발표하다. 6월 8~13일에는 클리블랜드에서 공화당전당대회를, 6월 22~28일에는 필라델피아에서 민주당전당대회를 취재하다. 타운센드 플랜 지지대회(7월 14~20일 클리블랜드)와 찰스 카글린 신부가 결성한 유니언당의 전당대회(8월 13~18일 클리블랜드)도 취재하다. 8~10월, 전국순회유세에 나선 공화당 대통령 후보 앨프레드 랜던의 길동무가 되다. 『미국어』제4판을 상재.

1937 1월, 동생 오거스트와 플로리다 주 데이토나 비치에서 휴가를 보내다. 프랭크 R. 켄트, 제럴드 W. 존슨, 해밀턴 오언스와의 공저 『볼티모어의 『선』지들』을 상재. 멩켄이 편집하고 프랜시스 리츠가 라틴어에서 영역한 『학자들의 허풍』이 출판되다. 이 책은 멩켄의 선조인 라이프치히의 학자 요한 부르크하르트 멩케(1674-1732)가 쓴 학자의 가식에 대한 풍자적 비판이다.

1938 루스벨트 행정부가 언론과 어젠다를 설정하는 문제에서 지배력을 갖게 될 것을 우려한 멩켄은 선신문사 발행인 폴 패터슨에게 "우리는 고도로 발전된 정부의 선전에 직면하고 있습니다"라고 편지를 쓰다. 그리고 패터슨의 요청으로 1월 24일부터 5월 9일까지 『이브닝선』지의 임시편집국장이 되다. 5월 16일부터 1941년 2월 2일까지 『선』지에 「일요논설」을 쓰다. 여름, 신문기자조합과 협상을 벌일 선 신문사 협상위원회 위원장에 임명되다. 6~7월, 독일 여행을 하다. 자신의 관찰에 근거한 견해는 기사화하지 않다. 11월 27일, 나치의 박해를 피해 도망친 독일계 유대인 난민에게 미국의 문호를 개방하자고 제안하는 칼럼 「유대인에게 도움을」을 쓰다.

1939 미국의 안보를 위해서는 미국이 유럽의 분쟁에 개입하지 않아야 한다고 확신했던 멩켄은 점점 고립주의자가 되다. 4월 20일, 미국신문편집인협회에서 행한 연설에서 멩켄은 청중들에게 1917년 당시 정부의 검열제도를 상기시키고, 전쟁은 또다시 언론의 자유에 위협을 가할 것이라고 경고하다. 7월 31일, 경증 뇌졸중으로 고생하다. 9월 1일 히틀러가 폴란드를 침공하다. 9월 3일 영국이 대독(對獨) 선전포고를 하다.

1940 6월 22~29에는 필라델피아에서 열린 공화당전당대회를, 7월 13~19일에는 시카고에서 열린 민주당전당대회를 각각 취재하다. 8월 16일~11월 3일, 전국 순회 유세에 나선 공화당 대통령 후보 웬델 윌키의 길동무가 되다. 일련의 회고록 가운데 첫 번째 책인 『행복한 시절: 1880-1892』을 상재. 친한 친구이자 존스홉킨스 대학 의대의 생물통계학자인 레이먼드 펄이 세상을 떠나다.

1941 선 신문사 발행인이 멩켄의 반(反)루스벨트 및 반전(反戰) 견해를 우려했기 때문에, 1월 16일 선 신문사 이사회에서 물러나다. 언론계 생활에 대한 회고록, 『신문기자 35년』을 쓰기 시작하다(책은 1994년에 출판). 『신문사 시절: 1899-1906』을 상재. 4월, 쿠바 아바나를 여행하다. 미국에서 피난처를 찾는 몇몇 유대인 난민을 돕기 위해, 8월 26일 미국 국무부에 직접 그들에 대한 선처를 호소하는 탄원서를 제출하다. 12월 7일 일본의 진주만 공격으로 미국이 전쟁에 휘말리다.

1942 문필생활에 초점을 맞춘 회고록, 『작가와 편집인으로서의 나의 인생』을 쓰기 시작하다. 1948년까지 주기적으로 이 회고록 집필에 공을 들이다(책은 1993년에 출판). 『신(新)인용문 사전』을 상재.

1943 외설 혐의로 우편물 발송권을 상실한 『에스콰이어』지를 위해 10월에 증언을 하다. 『야만의 시절: 1890-1936』을 상재.

1945 『미국어: 보유(補遺)1』을 상재. 9월 2일, 제2차 세계대전 종전이 선포되다. 멩켄은 소름끼쳤던 연합국의 폭격이 끝난 직후, 베를린에 있는 친구들에게는 음식물, 신발, 그 밖의 생필품을 담은 상자들을, 일본 주재 통신원들에게는 자신의 책을 보냈다. 12월 28일, 시어도어 드라이저가 죽다.

1946 볼티모어의 노숙자들 사이에서 이루어지는 명절행사와, 그 행사의 주최자들이 군중들 사이에 청교도적 도덕을 강제하는 방법에 대한 풍자적인 이야기인 『크리스마스 이야기』를 상재.

1947 3월, 트루먼 대통령이 유럽의 경제 재건을 도울 생각이라는, 더 정확히 말해서 독일의 빠른 경제 재건에 찬성한다는 뉴스에 힘을 얻다. 8월, 경증 뇌졸중을 일으키지만 며칠 뒤 회복하다. 자서전 3부작이 『H. L. 멩켄의 시대』라는 제목 아래 한 권으로 출판되다. 에드거 켐러 및 윌리엄 맨체스터(이 두 사람은 각자 멩

켄의 전기를 쓰고 있었다)와 인터뷰를 하다.

1948 2월, 동생 오거스트와 플로리다에서 휴가를 보내다. 6월 19~22일의 공화당전당대회, 7월 10~15일의 민주당전당대회, 그리고 7월 23~26일의 혁신당전당대회(세 전당대회 모두 필라델피아에서 열림)를 취재하기 위해 『선』지에 복직하다. 멩켄의 인생과 저작에 대한 관심이 되살아나고 있음을 증명이라도 하듯, 4월 5일자 『뉴스위크』지가 멩켄을 커버스토리로 다루다. 6월 30일, 미의회도서관에 보관하기 위한 인터뷰를 녹음하다. 『미국어: 보유II』를 상재. 11월 4일, 미국철학회 회원들 앞에서 생애 마지막 공개연설을 하다. 8월 1일부터 11월 9일까지 『선』지에 일련의 기사를 쓰다. 11월 9일, 인종차별을 논박하는 마지막 칼럼을 게재. 11월 23일, 중증 뇌졸중을 일으켜 남은 인생 동안 더 이상의 독서나 글쓰기가 불가능해지다.(이후 죽는 날까지 멩켄은 주로 동생 오거스트의 간병을 받는다.)

1949 멩켄의 자선(自選) 문집 『멩켄 명문선』을 상재. 비서가 그의 원고, 회고록, 책을 비롯해서 후세를 위한 평론, 10만 통이 넘는 편지 등을 정리하고, 그의 방대한 장서를 뉴욕공공도서관과 다트머스 대학 그리고 이넉프랫 무료도서관에 기증하는 것을 거들며 여생을 보내다.

1950 10월 12일, 심근경색을 일으키다. 12월에 새터데이나이트클럽의 회원들이 클럽을 영구 해체하는 데 합의하다. 병원에 5개월을 입원한 후 1951년 3월에 퇴원하다.

1955 멩켄을 모델로 하는 인물을 등장시키는 제롬 로런스와 로버트 E. 리의 스코프스 재판에 대한 희곡 「신의 법정」이 4월에 상연되다. 멩켄의 일흔다섯 번째 생일날, 앨리스터 쿡이 엮고 서론을 붙인, 일명 앨리스터 쿡 판(版) 멩켄선집 『빈티지 멩켄』이 출간되고, 출간 이틀 만에 매진되다. 비서 로절린드 로핑크가 멩켄이 1948년 뇌졸중 발병 전에 썼던 미발표 원고를 우연히 발견하다(이 원고는 멩켄이 죽은 그 이듬해 『마이너리티 리포트: H.L. 멩켄의 노트북』이라는 제목으로 출판됨).

1956 1월 29일 오전 4~5시께 수면상태에서 관상동맥혈전증으로 세상을 떠나다. 그가 남긴 약 30만 달러 상당의 재산 중 4분의 3은 그의 유언에 따라 이넉프랫 무료도서관에 기증되다. 1월 31일, 그의 시신은 화장되고, 유골은 웨스트볼티모어의 라우든 공원묘지에 안장되었다.

인명색인